›Das ästhetische Wiesel‹, ›Das große Lalulā‹, ›Der Gingganz‹, ›Professor Palmström‹, ›Muhme Kunkel‹ – berühmt wurde Christian Morgenstern (1871-1914) vor allem durch seine humoristische Lyrik, über die Kurt Tucholsky sagte: »Man lacht sich krumm, bewundert hinterher, ernster geworden, eine tiefe Lyrik, die nur im letzten Augenblick ins Spaßhafte abgedreht ist – und merkt zum Schluß, daß man einen philosophischen Satz gelesen hat.« Doch die humoristischen Gedichte machen nur einen Teil von Morgensterns umfangreichem Œuvre aus: In liedhaften Versen beschrieb er das Meer und die nordische Landschaft, später, durch notwendige Kur- und Erholungsaufenthalte bedingt, die Schweizer und Tiroler Bergwelt und Italien; Liebesbegegnungen fanden ihren Ausdruck in Sonetten, Ritornells und Liedern.

Der vorliegende Band folgt der kommentierten Stuttgarter Ausgabe, in der die Gedichte Morgensterns nach der Fassung letzter Hand bzw. aus dem handschriftlichen Nachlaß ediert wurden. Er vereinigt sämtliche zu Lebzeiten veröffentlichten Gedichte Morgensterns sowie den vollständigen Nachlaß zur Galgenpoesie. Neben der humoristischen Lyrik enthält diese Ausgabe auch den »ernsten« Morgenstern, von *In Phantas Schloß* (1895) bis zu *Wir fanden einen Pfad* (1914). Sie geht damit weit über die bislang vorliegenden Auswahlbände hinaus und bietet erstmals ein Gesamtbild seiner Lyrik für ein breiteres Publikum.

Inhalt

CHRISTIAN MORGENSTERN
GEDICHTE
IN EINEM BAND

Herausgegeben von
Reinhardt Habel

Insel Verlag

insel taschenbuch 3015: Die vorliegende Ausgabe folgt den Bänden 1-3 der kommentierten Edition der Werke und Briefe Christian Morgensterns (Stuttgarter Ausgabe) im Verlag Urachhaus.

4. Auflage 2015

Erste Auflage 2004
insel taschenbuch 3015

Vertrieb durch den Suhrkamp Taschenbuch Verlag
Umschlag nach Entwürfen von Willy Fleckhaus
Satz: Libro, Kriftel
Druck: CPI – Ebner & Spiegel, Ulm
Printed in Germany
ISBN 978-3-458-34715-6

HUMORISTISCHE GEDICHTE

GALGENLIEDER

nebst dem »Gingganz«

Dem Kinde im Manne

»Im ächten Manne ist ein Kind versteckt: das will spielen.«

Nietzsche.

VERSUCH EINER EINLEITUNG

Wir leben in einer bewegten Zeit. Ein Tag folgt dem andern, und neues Leben sproßt aus den Ruinen. Auf moralischem, medizinischem, poetischem, patriotischem Gebiete, in Handel, Wandel, Kunst und Wissenschaft, allüberall dieselbe Erscheinung, dieselbe Tendenz. Symptom reiht sich an Symptom. Und solch ein Symptom war auch die Idee, welche eines schönen Tages des hinverflossenen Jahrhundertendes acht junge Männer, festentschlossen, dem feindlichen Moment, wo immer, im Sinne der Zeit und auch wieder nicht im Sinne der Zeit – diese Zeit, wie jede, als eine Zeit nicht nur der Bewegung schlechthin, sondern einer sowohl ab- wie aufsteigenden Bewegung, mit zeitweilig dem Ideale unentwegten Fortschritts nur zu abgekehrter Vorwiegung des ersteren Moments in ihr gesehen – die Singspielhalle, sozusagen, ihres Humors entgegenzustellen, zusammenschmiedete.

Ein sonderbarer Kult vereinte sie. Zuvörderst wird das Licht verdreht, ein schwarzes Tuch dann aus dem Korb und übern Tisch gezogen, mit Schauderzeichen reich phosphoresziert, und bleich ein einzig Wachs inmitten der Idee des Galgenbergs entnommner freudigschrecklicher Symbole. Dazu heißt der Erste Schuhu: der hängt zuhöchst und gibt den Klang zum Hauch des Rabenaas, der das Mysterium verwest; der Dritte heißt Verreckerle: der reicht das Henkersmahl; der Vierte Veitstanz, zubenannt der Glöckner: der zieht den Armesünderstrang; der Fünfte Gurgeljochem: der schert den Lebensfaden durch; der Sechste Spinna, das Gespenst: der schlägt zwölf; der Siebente Stummer

Hannes, zubenannt der Büchner; der singt Fisches Nachtgesang, und der Achte Faherügghh, mit dem Beinamen der Unselm: der kann das Simmaleins und spricht das große Lalulā. Und es wird das Knochenklavier geschaffen und der Gelächtertrab und die Elementarsymphonie und der Huckepackdalbert und der Eulenviertanz und der Galgenschlenkerer und Sophie die Henkersmaid als Symbild von der Weisheit unverweslichem Begriff.

Ein modulationsfähiger Keim.

Und in der Tat, wenn irgendwo, wenn irgendwann, mußte gerade damals und gerade bei denjenigen Kräften der Volksseele, in denen das Herz der vom Geist der neuen Zeit am wunderlichsten beeindruckten Unvoreingenommenheit des Natürlichen am zukunftswetterschwangervollsten pochte, ein besonders abwelthafter Rückschlag wider das Gesetz in der Vernunft von seiten mehr excös gerichteter Seelen erfolgen und damit ein Beweisschatten mehr geworfen werden, daß keine Zeit, so dunkel sie auch sich und in sich selber sei, indem sie »ihr Herze offenbart«, mit all den Widersprüchen, Knäueln, Gräueln, Grund- und Kraftsuppen ihres Wesens, als Schwan zuletzt mit Rosenfingern über den Horizont ihres eigenen Chaos – und sei es auch nur als ein Wesenstel ihrer selbst und sei es auch nur der lächelndsten Thräne im Wappen – emporzusteigen sich zu entbrechen den Mut, was sage ich, die Verruchtheit hat.

Es darf daher getrost, was auch von allen, deren *Sinne, weil sie unter* Sternen, die, wie der Dichter sagt: »versengen, statt erleuchten«, geboren sind, vertrocknet sind, behauptet wird, enthauptet werden, daß hier einem sozumaßen und im Sinne der Zeit, dieselbe im

Negativen als Hydra gesehen, hydratherapeutischen Moment ersten Ranges – immer angesichts dessen, daß, wie oben, keine mit Rosenfingern den springenden Punkt ihrer schlechthin unvoreingenommenen Hoffnung auf eine, sagen wir, schwansinnige oder wesentielle Erweiterung des natürlichen Stoffgebietes zusamt mit der Freiheit des Individuums vor dem Gesetz ihrer Volksseele zu verraten sich zu entbrechen den Mut, was sage ich, die Verruchtheit haben wird, einen Moment, wie ihm in Handel, Wandel, Kunst und Wissenschaft allüberall dieselbe Erscheinung, dieselbe Frequenz den Arm bieten, und welches bei allem, ja vielleicht gerade trotz allem, als ein mehr oder minder modulationsfähiger Ausdruck einer ganz bestimmten und im weitesten Verfolge excösen Weltauffasseraumwortkindundkunstanschauung kaum mehr zu unterschlagen versucht werden zu wollen vermag – gegenübergestanden und beigewohnt werden zu dürfen gelten lassen zu müssen sein möchte.

Hochachtungsvoll! Jeremias Müller

I

Laß die Moleküle rasen,
was sie auch zusammenknobeln!
Laß das Tüfteln, laß das Hobeln,
heilig halte die Ekstasen.

BUNDESLIED DER GALGENBRÜDER

O schauerliche Lebenswirrn,
wir hängen hier am roten Zwirn!
Die Unke unkt, die Spinne spinnt,
und schiefe Scheitel kämmt der Wind.

O Greule, Greule, wüste Greule!
Du bist verflucht! so sagt die Eule.
Der Sterne Licht am Mond zerbricht.
Doch dich zerbrach's noch immer nicht.

O Greule, Greule, wüste Greule!
Hört ihr den Ruf der Silbergäule?
Es schreit der Kauz: pardauz! pardauz!
da taut's, da graut's, da braut's, da blaut's!

GALGENBRUDERS LIED AN SOPHIE, DIE HENKERSMAID

Sophie, mein Henkersmädel,
komm, küsse mir den Schädel!
Zwar ist mein Mund

ein schwarzer Schlund –
doch du bist gut und edel!

Sophie, mein Henkersmädel,
komm, streichle mir den Schädel!
Zwar ist mein Haupt
des Haars beraubt –
doch du bist gut und edel!

Sophie, mein Henkersmädel,
komm, schau mir in den Schädel!
Die Augen zwar,
sie fraß der Aar –
doch du bist gut und edel!

NEIN!

Pfeift der Sturm?
Keift ein Wurm?
Heulen
Eulen
hoch vom Turm?

Nein!

Es ist des Galgenstrickes
dickes
Ende, welches ächzte,
gleich als ob
im Galopp
eine müdgehetzte Mähre

nach dem nächsten Brunnen lechzte
(der vielleicht noch ferne wäre).

DAS GEBET

Die Rehlein beten zur Nacht,
hab acht!

Halb neun!

Halb zehn!

Halb elf!

Halb zwölf!

Zwölf!

Die Rehlein beten zur Nacht,
hab acht!
Sie falten die kleinen Zehlein,
die Rehlein.

DAS GROSSE LALULĀ

Kroklokwafzi? Semememi!
Seiokrontro – prafriplo:
Bifzi, bafzi; hulalemi:
quasti basti bo...
Lalu lalu lalu lalu la!

Hontraruru miromente
zasku zes rü rü?
Entepente, leiolente
klekwapufzi lü?
Lalu lalu lalu lalu la!

Simarar kos malzipempu
silzuzankunkrei(;)!
Marjomar dos: Quempu Lempu
Siri Suri Sei[]!
Lalu lalu lalu lalu la!

DER ZWÖLF-ELF

Der Zwölf-Elf hebt die linke Hand:
Da schlägt es Mitternacht im Land.

Es lauscht der Teich mit offnem Mund.
Ganz leise heult der Schluchtenhund.

Die Dommel reckt sich auf im Rohr.
Der Moosfrosch lugt aus seinem Moor.

Der Schneck horcht auf in seinem Haus.
Desgleichen die Kartoffelmaus.

Das Irrlicht selbst macht Halt und Rast
auf einem windgebrochnen Ast.

Sophie, die Maid, hat ein Gesicht:
Das Mondschaf geht zum Hochgericht.

Die Galgenbrüder wehn im Wind.
Im fernen Dorfe schreit ein Kind.

Zwei Maulwürf küssen sich zur Stund
als Neuvermählte auf den Mund.

Hingegen tief im finstern Wald
ein Nachtmahr seine Fäuste ballt:

Dieweil ein später Wanderstrumpf
sich nicht verlief in Teich und Sumpf.

Der Rabe Ralf ruft schaurig: »Kra!
Das End ist da! Das End ist da!«

Der Zwölf-Elf senkt die linke Hand:
Und wieder schläft das ganze Land.

DAS MONDSCHAF

Das Mondschaf steht auf weiter Flur.
Es harrt und harrt der großen Schur.
  Das Mondschaf.

Das Mondschaf rupft sich einen Halm
und geht dann heim auf seine Alm.
  Das Mondschaf.

Das Mondschaf spricht zu sich im Traum:
»Ich bin des Weltalls dunkler Raum.«
  Das Mondschaf.

Das Mondschaf liegt am Morgen tot.
Sein Leib ist weiß, die Sonn' ist rot.
  Das Mondschaf.

LUNOVIS

Lunovis in planitie stat
Cultrumque magn' expectitat.
  Lunovis.

Lunovis herba rapta it
In montes, unde cucurrit.
  Lunovis.

Lunovis habet somnium:
Se culmen rer' ess' omnium.
  Lunovis.

Lunovis mane mortuumst.
Sol ruber atque ips' albumst.
  Lunovis.

DER RABE RALF

Der Rabe Ralf
  will will hu hu
dem niemand half
  still still du du
half sich allein
am Rabenstein
  will will still still
    hu hu

Die Nebelfrau
will will hu hu
nimmt's nicht genau
still still du du
sie sagt nimm nimm
's ist nicht so schlimm
will will still still
hu hu

Doch als ein Jahr
will will hu hu
vergangen war
still still du du
da lag im Rot
der Rabe tot
will will still still
du du

FISCHES NACHTGESANG

—
◡ ◡
— — —
◡ ◡ ◡ ◡
— — —
◡ ◡ ◡ ◡
— — —
◡ ◡ ◡ ◡
— — —
◡ ◡ ◡ ◡
— — —
◡ ◡
—

GALGENBRUDERS FRÜHLINGSLIED

Es lenzet auch auf unserm Spahn,
o selige Epoche!
Ein Hälmlein will zum Lichte nahn
aus einem Astwurmloche.

Es schaukelt bald im Winde hin
und schaukelt bald drin her.
Mir ist beinah, ich wäre wer,
der ich doch nicht mehr bin...

DAS HEMMED

Kennst du das einsame Hemmed?
Flattertata, flattertata.

Der's trug, ist baß verdämmet!
Flattertata, flattertata.

Es knattert und rattert im Winde.
Windurudei, windurudei.

Es weint wie ein kleines Kinde.
Windurudei, windurudei.

Das ist das einsame
Hemmed.

DAS PROBLEM

Der Zwölf-Elf kam auf sein Problem
und sprach: Ich heiße unbequem.
Als hieß' ich etwa Drei-Vier
statt Sieben – Gott verzeih mir!

Und siehe da, der Zwölf-Elf nannt' sich
von jenem Tag ab Dreiundzwanzig.

II

DIE TRICHTER

Zwei Trichter wandeln durch die Nacht.
Durch ihres Rumpfs verengten Schacht
fließt weißes Mondlicht
still und heiter
auf ihren
Waldweg
u. s.
w.

DER TANZ

Ein Vierviertelschwein und eine Auftakteule
trafen sich im Schatten einer Säule,
die im Geiste ihres Schöpfers stand.
Und zum Spiel der Fiedelbogenpflanze
reichten sich die zwei zum Tanze
Fuß und Hand.

Und auf seinen dreien rosa Beinen
hüpfte das Vierviertelschwein graziös,
und die Auftakteul' auf ihrem einen
wiegte rhythmisch ihr Gekrös.
Und der Schatten fiel,
und der Pflanze Spiel
klang verwirrend melodiös.

Doch des Schöpfers Hirn war nicht von Eisen,
und die Säule schwand, wie sie gekommen war;
und so mußte denn auch unser Paar
wieder in sein Nichts zurücke reisen.
Einen letzten Strich
tat der Geigerich –
und dann war nichts weiter zu beweisen.

DAS KNIE

Ein Knie geht einsam durch die Welt.
Es ist ein Knie, sonst nichts!
Es ist kein Baum! Es ist kein Zelt!
Es ist ein Knie, sonst nichts.

Im Kriege ward einmal ein Mann
erschossen um und um.
Das Knie allein blieb unverletzt –
als wär's ein Heiligtum.

Seitdem geht's einsam durch die Welt.
Es ist ein Knie, sonst nichts.
Es ist kein Baum, es ist kein Zelt.
Es ist ein Knie, sonst nichts.

DER SEUFZER

Ein Seufzer lief Schlittschuh auf nächtlichem Eis
und träumte von Liebe und Freude.
Es war an dem Stadtwall, und schneeweiß
glänzten die Stadtwallgebäude.

Der Seufzer dacht' an ein Maidelein
und blieb erglühend stehen.
Da schmolz die Eisbahn unter ihm –
und er sank – und ward nimmer gesehen.

BIM, BAM, BUM

Ein Glockenton fliegt durch die Nacht,
als hätt' er Vogelflügel,
er fliegt in römischer Kirchentracht
wohl über Tal und Hügel.

Er sucht die Glockentönin BIM,
die ihm vorausgeflogen;
d. h. die Sache ist sehr schlimm,
sie hat ihn nämlich betrogen.

»O komm«, so ruft er, »komm, dein BAM
erwartet sich voll Schmerzen.
Komm wieder, BIM, geliebtes Lamm,
dein BAM liebt dich von Herzen!«

Doch BIM, daß ihr's nur alle wißt,
hat sich dem BUM ergeben;
der ist zwar auch ein guter Christ,
allein das ist es eben.

Der BAM fliegt weiter durch die Nacht
wohl über Wald und Lichtung.
Doch ach, er fliegt umsonst! Das macht,
er fliegt in falscher Richtung.

DAS ÄSTHETISCHE WIESEL

Ein Wiesel
saß auf einem Kiesel
inmitten Bachgeriesel.

Wißt ihr
weshalb?

Das Mondkalb
verriet es mir
im Stillen:

Das raffinier-
te Tier
tat's um des Reimes willen.

DER SCHAUKELSTUHL
AUF DER VERLASSENEN TERRASSE

»Ich bin ein einsamer Schaukelstuhl
und wackel im Winde, im Winde.

Auf der Terrasse, da ist es kuhl,
und ich wackel im Winde, im Winde.

Und ich wackel und nackel den ganzen Tag.
Und es nackelt und rackelt die Linde.
Wer weiß, was sonst wohl noch wackeln mag
im Winde, im Winde, im Winde.«

DIE BEICHTE DES WURMS

Es lebt in einer Muschel
ein Wurm gar seltner Art;
der hat mir mit Getuschel
sein Herze offenbart.

Sein armes kleines Herze,
hei, wie das flog und schlug!
Ihr denket wohl, ich scherze?
Ach, denket nicht so klug.

Es lebt in einer Muschel
ein Wurm gar seltner Art;
der hat mir mit Getuschel
sein Herze offenbart.

DAS WEIBLEIN MIT DER KUNKEL

Um stille Stübel schleicht des Monds
barbarisches Gefunkel –
im Gäßchen hoch im Norden wohnt's,
das Weiblein mit der Kunkel.

Es spinnt und spinnt. Was spinnt es wohl?
Es spinnt und spintisieret...
Es trägt ein weißes Kamisol,
das seinen Körper zieret.

Um stille Stübel schleicht des Monds
barbarisches Gefunkel –
im Gäßchen hoch im Norden wohnt's,
das Weiblein mit der Kunkel.

DIE MITTERNACHTSMAUS

Wenn's mitternächtigt und nicht Mond
noch Stern das Himmelshaus bewohnt,
läuft zwölfmal durch das Himmelshaus
die Mitternachtsmaus.

Sie pfeift auf ihrem kleinen Maul, –
im Traume brüllt der Höllengaul...
Doch ruhig läuft ihr Pensum aus
die Mitternachtsmaus.

Ihr Herr, der große weiße Geist,
ist nämlich solche Nacht verreist.
Wohl ihm! Es hütet ihm sein Haus
die Mitternachtsmaus.

HIMMEL UND ERDE

Der Nachtwindhund weint wie ein Kind,
dieweil sein Fell von Regen rinnt.

Jetzt jagt er wild das Neumondweib,
das hinflieht mit gebognem Leib.

Tief unten geht, ein dunkler Punkt,
querüberfeld ein Forstadjunkt.

MONDENDINGE

Dinge gehen vor im Mond,
die das Kalb selbst nicht gewohnt.

Tulemond und Mondamin
liegen heulend auf den Knien.

Heulend fletschen sie die Zähne
auf der schwefligen Hyäne.

Aus den Kratern aber steigt
Schweigen, das sie überschweigt.

Dinge gehen vor im Mond,
die das Kalb selbst nicht gewohnt.

Tulemond und Mondamin
liegen heulend auf den Knien . . .

III
Der Gingganz und Verwandtes

DER GINGGANZ

Ein Stiefel wandern und sein Knecht
von Knickebühl gen Entenbrecht.

Urplötzlich auf dem Felde drauß
begehrt der Stiefel: Zieh mich aus!

Der Knecht drauf: Es ist nicht an dem;
doch sagt mir, lieber Herre; – : wem?

Dem Stiefel gibt es einen Ruck:
Fürwahr, beim heiligen Nepomuk,

ich GING GANZ in Gedanken hin . . .
Du weißt, daß ich ein andrer bin,

seitdem ich meinen Herrn verlor . . .
Der Knecht wirft beide Arm' empor,

als wollt' er sagen: Laß doch, laß!
Und weiter zieht das Paar fürbaß.

DER LATTENZAUN

Es war einmal ein Lattenzaun,
mit Zwischenraum, hindurchzuschaun.

Ein Architekt, der dieses sah,
stand eines Abends plötzlich da –

und nahm den Zwischenraum heraus
und baute draus ein großes Haus.

Der Zaun indessen stand ganz dumm,
mit Latten ohne was herum,

Ein Anblick gräßlich und gemein.
Drum zog ihn der Senat auch ein.

Der Architekt jedoch entfloh
nach Afri – od – Ameriko.

DIE BEIDEN FLASCHEN

Zwei Flaschen stehn auf einer Bank,
die eine dick, die andre schlank.
Sie möchten gerne heiraten.
Doch wer soll ihnen beiraten?

Mit ihrem Doppel-Auge leiden
sie auf zum blauen Firmament...
Doch niemand kommt herabgerennt
und kopuliert die beiden.

DAS LIED VOM BLONDEN KORKEN

Ein blonder Korke spiegelt sich
in einem Lacktablett –
allein er säh sich dennoch nicht,
selbst wenn er Augen hätt!

Das macht, dieweil er senkrecht steigt
zu seinem Spiegelbild!
Wenn man ihn freilich seitwärts neigt,
zerfällt, was oben gilt.

O Mensch, gesetzt, du spiegelst dich
im, sagen wir, – im All!
Und senkrecht! – wärest du dann nicht
ganz in dem gleichen Fall?

DER WÜRFEL

Ein Würfel sprach zu sich: Ich bin
mir selbst nicht völlig zum Gewinn!

Denn meines Wesens sechste Seite,
und sei es auch ein Auge bloß
sieht immerdar, statt in die Weite,
der Erde ewig dunklen Schoß.

Als dies die Erde, drauf er ruhte,
vernommen, ward ihr schlimm zu Mute.

Du Esel, sprach sie, ich bin dunkel,
weil dein Gesäß mich just bedeckt!
Ich bin so licht wie ein Karfunkel,
sobald du dich hinweggefleckt.

Der Würfel, innerlichst beleidigt,
hat sich nicht weiter drauf verteidigt.

KRONPRÄTENDENTEN

– »Ich bin der Graf von Réaumur
und hass' euch wie die Schande!
Dient nur dem Celsio für und für,
Ihr Apostatenbande!«

Im Winkel König Fahrenheit
hat still sein Mus gegessen.
– »Ach Gott, sie war doch schön, die Zeit,
die man nach mir gemessen!«

DIE WESTE

Es lebt in Süditalien eine Weste
an einer Kirche dämmrigem Altar.
Versteht mich recht: Noch dient sie Gott aufs beste.
Doch wie in Adam schon Herr Hæckel war,
(zum Beispiel bloß), so steckt in diesem Reste
Brokat voll Silberblümlein wunderbar

schon heut der krause Übergang verborgen
vom Geist von gestern auf den Leib von morgen.

IV

PHILANTHROPISCH

Ein nervöser Mensch auf einer Wiese
wäre besser ohne sie daran;
darum seh' er, wie er ohne diese
(meistens mindstens) leben kann.

Kaum daß er gelegt sich auf die Gräser,
naht der Ameis, Heuschreck, Mück und Wurm,
naht der Tausendfuß und Ohrenbläser,
und die Hummel ruft zum Sturm.

Ein nervöser Mensch auf einer Wiese
tut drum besser, wieder aufzustehn
und dafür in andre Paradiese
(beispielshalber: weg) zu gehn.

DER MOND

Als Gott den lieben Mond erschuf,
gab er ihm folgenden Beruf:

Beim Zu- sowohl wie beim Abnehmen
sich deutschen Lesern zu bequemen,

ein a formierend und ein z –
daß keiner groß zu denken hätt'.

Befolgend dies ward der Trabant
ein völlig deutscher Gegenstand.

DIE WESTKÜSTEN

Die Westküsten traten eines Tages zusammen
und erklärten, sie seien keine Westküsten,
weder Ostküsten noch Westküsten –
»daß sie nicht wüßten!«

Sie wollten wieder ihre Freiheit haben
und für immer das Joch des Namens abschütteln,
womit eine Horde von Menschenbütteln
sich angemaßt habe, sie zu begaben.

Doch wie sich befreien, wie sich erretten
aus diesen widerwärtigen Ketten?
Ihr Westküsten, fing eine an zu spotten,
gedenkt ihr den Menschen etwan auszurotten?

Und wenn schon! rief eine andre schrill.
Wenn ich seine Magd nicht mehr heißen will? –
Dann blieben aber immer noch die Atlanten –
meinte eine von den asiatischen Tanten.

Schließlich, wie immer in solchen Fällen,
tat man eine Resolution aufstellen.
Fünfhundert Tintenfische wurden aufgetrieben,
und mit ihnen wurde folgendes geschrieben:

Wir Westküsten erklären hiermit einstimmig,
daß es uns nicht gibt, und zeichnen hochachtungsvoll:
Die vereinigten Westküsten der Erde. –
Und nun wollte man, daß dies verbreitet werde.

Sie riefen den Walfisch, doch er tat's nicht achten;
sie riefen die Möwen, doch die Möwen lachten;
sie riefen die Wolke, doch die Wolke vernahm nicht;
sie riefen ich weiß nicht was, doch ich weiß nicht was
kam nicht.

Ja, wieso denn, wieso? schrie die Küste von Ecuador:
Wärst du etwa kein Walfisch, du grober Tor?
Sehr richtig, sagte der Walfisch mit vollkommener Ruh:
Dein Denken, liebe Küste, dein Denken macht mich
erst dazu.

Da war's den Küsten, als säh'n sie sich im Spiegel;
ganz seltsam erschien ihnen plötzlich ihr Gewiegel.
Still schwammen sie heim, eine jede nach ihrem Land.
Und die Resolution, die blieb unversandt.

UNTER ZEITEN

Das Perfekt und das Imperfekt
tranken Sekt.
Sie stießen aufs Futurum an
(was man wohl gelten lassen kann).

Plusquamper und Exaktfutur
blinzten nur.

UNTER SCHWARZKÜNSTLERN

Eines Mittags las man:
»Pfiffe zu mieten gesucht!
Hundertweis, zu jedem Preis!
Victor Emanuel Wasmann!«

Um sechs Uhr kam der erste Pfiff
von einem alten Kohlenschiff.
Um acht Uhr waren's tausend schon.
Um neun Uhr eine halbe Million.

Victor Emanuel Wasmann schlug
die Türe zu: Nun ist's genug!
Hört zu, ihr Pfiffe!
Ich habe einen Feind (hört! hört!),
der mir des nachts die Ruhe stört, –
auf den sollt ihr marschieren!

Er hat Gelächter angestellt,
die schickt er nachts mir an mein Bett,
da hocken sie auf der Decke,
mit Flügeln weiß und Flügeln rot,
und krähn und flattern mich zu Tod. –
Doch alles hat sein Ende.

Die Pfiffe pfiffen wie ein Mann;
empfingen ihren Sold sodann.
(Ein Schusterjungenpfiff sogar
bot Wasmann sich als Bravo dar.)

Drauf ließ er sie durchs Ofenloch...
Doch lange stand er brütend noch,
schrieb Zeichen, hob die Hand und schwur,
ein schwarzer Meister der Natur...

*

Bald nach diesem ging
ein Herr Axel Ring
kurzerhand
außer Land. –

Wasmann hatte gesiegt.

PALMSTRÖM

Palmström steht an einem Teiche
und entfaltet groß ein rotes Taschentuch:
Auf dem Tuch ist eine Eiche
dargestellt, sowie ein Mensch mit einem Buch.

Palmström wagt nicht sich hineinzuschneuzen, –
er gehört zu jenen Käuzen,
die oft unvermittelt-nackt
Ehrfurcht vor dem Schönen packt.

Zärtlich faltet er zusammen,
was er eben erst entbreitet.
Und kein Fühlender wird ihn verdammen,
weil er ungeschneuzt entschreitet.

DER TRAUM DER MAGD

Am Morgen spricht die Magd ganz wild:
»Ich hab heut nacht ein Kind gestillt –

ein Kind mit einem Käs als Kopf –
und einem Horn am Hinterschopf!

Das Horn, o denkt euch, war aus Salz
und ging zu essen, und dann –«
»Halt's –
halt's Maul!« so spricht die Frau, »und geh
an deinen Dienst, Zä-zi-li-ē!«

V

DAS NASOBĒM

Auf seinen Nasen schreitet
einher das Nasobēm,
von seinem Kind begleitet.
Es steht noch nicht im Brehm.

Es steht noch nicht im Meyer.
Und auch im Brockhaus nicht.
Es trat aus meiner Leyer
zum ersten Mal ans Licht.

Auf seinen Nasen schreitet
(wie schon gesagt) seitdem,

von seinem Kind begleitet,
einher das Nasobēm.

ANTO-LOGIE

Im Anfang lebte, wie bekannt,
als größter Säuger der G i g-ant.

Wobei g i g eine Zahl ist, die
es nicht mehr gibt, – so groß war sie!

Doch jene Größe schwand wie Rauch.
Zeit gab's genug – und Zahlen auch.

Bis eines Tags, ein winzig Ding,
der Z w ö l e f-ant das Reich empfing.

Wo blieb sein Reich? Wo blieb er selb? –
Sein Bein wird im Museum gelb.

Zwar gab die gütige Natur
den E l e f-anten uns dafur.

Doch ach, der Pulverpavian,
der Mensch, voll Gier nach seinem Zahn,

erschießt ihn, statt ihm Zeit zu lassen,
zum Z e h e n-anten zu verblassen.

O »Klub zum Schutz der wilden Tiere«,
hilf, daß der Mensch nicht ruiniere

die Sprossen dieser Riesenleiter,
die stets noch weiter führt und weiter!

Wie dankbar wird der Ant dir sein,
läßt du ihn wachsen und gedeihn, –

bis er dereinst im Nebel hinten
als Nulel-ant wird stumm verschwinden.

DIE HYSTRIX

Das hinterindische Stachelschwein
(hystrix grotei Gray),
das hinterindische Stachelschwein
aus Siam, das tut weh.

Entdeckst du wo im Walde drauß
bei Siam seine Spur,
dann tritt es manchmal, sagt man, aus
den Schranken der Natur.

Dann gibt sein Zorn ihm so Gewalt,
daß, eh' du dich versiehst,
es seine Stacheln jung und alt
auf deinen Leib verschießt.

Von oben bis hinab sodann
stehst du gespickt am Baum,
ein heiliger Sebastian,
und traust den Augen kaum.

Die Hystrix aber geht hinweg,
an Leib und Seele wüst.
Sie sitzt im Dschungel im Versteck
und büßt.

DIE PROBE

Zu einem seltsamen Versuch
erstand ich mir ein Nadelbuch.

Und zu dem Buch ein altes zwar,
doch äußerst kühnes Dromedar.

Ein Reicher auch daneben stand,
zween Säcke Gold in jeder Hand.

Der Reiche ging alsdann herfür
und klopfte an die Himmelstür.

Drauf Petrus sprach: »Geschrieben steht,
daß ein Kamel weit eher geht

durchs Nadelöhr, als Du, du Heid,
durch diese Türe groß und breit!«

Ich, glaubend fest an Gottes Wort,
ermunterte das Tier sofort,

ihm zeigend hinterm Nadelöhr
ein Zuckerhörnchen als Douceur.

Und in der Tat! Das Vieh ging durch,
obzwar sich quetschend wie ein Lurch!

Der Reiche aber sah ganz stier
und sagte nichts als: Wehe mir!

IM JAHRE 19000

Die Ameisen oder Emsen
sind so weit jetzt, daß sie Gemsen
sich als Sklaven halten (aus
Gründen ihres Körperbaus).

Da sie selber sehr viel kleiner,
so bedienen sie sich einer
Gemse oder zweier Gemsen
zu Gebirgspartien, die Emsen.

Ist sodann ein Adlernest
abgesucht bis auf den Rest,
gehn sie endlich, zog der Weih
schon den Ameisbären bei,

wieder ihm aus Horst und Rock –
und besteigen ihren Bock,
der sie, wie ein Stein, der springt,
heim zu ihrem Hügel bringt.

Angepflöckt, so stehn die Gemsen
in der Nähe dort der Emsen,
bei den Läusen u. s. w.
und verwünschen ihre Reiter.

DER GAUL

Es läutet beim Professor Stein.
Die Köchin rupft die Hühner.
Die Minna geht: Wer kann das sein? –
Ein Gaul steht vor der Türe.

Die Minna wirft die Türe zu.
Die Köchin kommt: Was gibt's denn?
Das Fräulein kommt im Morgenschuh.
Es kommt die ganze Familie.

»Ich bin, verzeihn Sie«, spricht der Gaul,
»der Gaul vom Tischler Bartels.
Ich brachte Ihnen dazumaul
die Tür- und Fensterrahmen!«

Die vierzehn Leute samt dem Mops,
sie stehn, als ob sie träumten.
Das kleinste Kind tut einen Hops,
die andern stehn wie Bäume.

Der Gaul, da keiner ihn versteht,
schnalzt bloß mal mit der Zunge,
dann kehrt er still sich ab und geht
die Treppe wieder hinunter.

Die dreizehn schaun auf ihren Herrn,
ob er nicht sprechen möchte.
Das war, spricht der Professor Stein,
ein unerhörtes Erlebnis! . . .

DER HEROISCHE PUDEL

Ein schwarzer Pudel, dessen Haar
des abends noch wie Kohle war,
betrübte sich so höllenheiß,
weil seine Dame Flügel spielte,
trotzdem er heulte: daß (o Preis
dem Schmerz, der solchen Sieg erzielte!)
er beim Gekräh der Morgenhähne
aufstand als wie ein hoher Greis –
mit einer silberweißen Mähne.

DAS HUHN

In der Bahnhofhalle, nicht für es gebaut,
geht ein Huhn
hin und her...
Wo, wo ist der Herr Stationsvorsteh'r?
Wird dem Huhn
man nichts tun?
Hoffen wir es! Sagen wir es laut:
daß ihm unsre Sympathie gehört,
selbst an dieser Stätte, wo es – »stört«!

MÖWENLIED

Die Möwen sehen alle aus,
als ob sie Emma hießen.
Sie tragen einen weißen Flaus
und sind mit Schrot zu schießen.

Ich schieße keine Möwe tot,
ich laß sie lieber leben –
und füttre sie mit Roggenbrot
und rötlichen Zibeben.

O Mensch, du wirst nie nebenbei
der Möwe Flug erreichen.
Wofern du Emma heißest, sei
zufrieden, ihr zu gleichen.

IGEL UND AGEL

Ein Igel saß auf einem Stein
und blies auf einem Stachel sein.
Schalmeiala, schalmeialü!
Da kam sein Feinslieb Agel
und tat ihm schnigel schnagel
zu seinen Melodein.
Schnigula schnagula
schnaguleia lü!

Das Tier verblies sein Flötenhemd...
»Wie siehst Du aus so furchtbar fremd!?«
Schalmeiala, schalmeialü –.
Feins Agel ging zum Nachbar, ach!
Den Igel aber hat der Bach
zum Weiher fortgeschwemmt.
Wigula wagula
waguleia wü
tü tü...

DER WERWOLF

Ein Werwolf eines Nachts entwich
von Weib und Kind und sich begab
an eines Dorfschullehrers Grab
und bat ihn: »Bitte, beuge mich!«

Der Dorfschulmeister stieg hinauf
auf seines Blechschilds Messingknauf
und sprach zum Wolf, der seine Pfoten
geduldig kreuzte vor dem Toten:

»Der Werwolf« – sprach der gute Mann,
»des Weswolfs, Genitiv sodann,
dem Wemwolf, Dativ, wie man's nennt,
den Wenwolf, – damit hat's ein End'.«

Dem Werwolf schmeichelten die Fälle,
er rollte seine Augenbälle.
»Indessen«, bat er, »füge doch
zur Einzahl auch die Mehrzahl noch!«

Der Dorfschulmeister aber mußte
gestehn, daß er von ihr nichts wußte.
Zwar Wölfe gäb's in großer Schar,
doch »Wer« gäb's nur im Singular.

Der Wolf erhob sich tränenblind –
er hatte ja doch Weib und Kind!!
Doch da er kein Gelehrter eben,
so schied er dankend und ergeben.

DIE FINGUR

Es lacht die Nachtalp-Henne,
es weint die Windhorn-Gans,
es bläst der schwarze Senne
zum Tanz.

Ein Uhu-Tauber turtelt
nach seiner Uhuin.
Ein kleiner Sechs-Elf hurtelt
von Busch zu Busch dahin ...

Und Wiedergänger gehen,
und Raben rufen kolk,
und aus den Teichen sehen
die Fingur und ihr Volk ...

KM 21

Ein Rabe saß auf einem Meilenstein
und rief Ka-em-zwei-ein, Ka-em-zwei-ein ...

Der Werhund lief vorbei, im Maul ein Bein,
der Rabe rief Ka-em-zwei-ein, zwei-ein.

Vorüber zottelte das Zapfenschwein,
der Rabe rief und rief Ka-em-zwei-ein.

»Er ist besessen!« – kam man überein.
»Man führe ihn hinweg von diesem Stein!«

Zwei Hasen brachten ihn zum Kräuterdachs.
Sein Hirn war ganz verstört und weich wie Wachs.

Noch sterbend rief er (denn er starb dort) sein
Ka-em-zwei-ein, Ka-em-Ka-em-zwei-ein ...

GEISS UND SCHLEICHE

Die Schleiche singt ihr Nachtgebet,
die Waldgeiß staunend vor ihr steht.

Die Waldgeiß schüttelt ihren Bart,
wie ein Magister hochgelahrt.

Sie weiß nicht, was die Schleiche singt,
sie hört nur, daß es lieblich klingt.

Die Schleiche fällt in Schlaf alsbald.
Die Geiß geht sinnend durch den Wald.

DER PURZELBAUM

Ein Purzelbaum trat vor mich hin
und sagte: »Du nur siehst mich
und weißt, was für ein Baum ich bin:
Ich schieße nicht, man schießt mich.

Und trag' ich Frucht? Ich glaube kaum;
auch bin ich nicht verwurzelt.
Ich bin nur noch ein Purzeltraum,
sobald ich hingepurzelt.«

»Jenun«, so sprach ich, »bester Schatz,
du bist doch klug und siehst uns; –
nun, auch für uns besteht der Satz:
wir schießen nicht, es schießt uns.

Auch Wurzeln treibt man nicht so bald,
und Früchte nun erst recht nicht.
Geh heim in deinen Purzelwald,
und lästre dein Geschlecht nicht.«

DIE ZWEI WURZELN

Zwei Tannenwurzeln groß und alt
unterhalten sich im Wald.

Was droben in den Wipfeln rauscht,
das wird hier unten ausgetauscht.

Ein altes Eichhorn sitzt dabei
und strickt wohl Strümpfe für die zwei.

Die eine sagt: knig. Die andre sagt: knag.
Das ist genug für einen Tag.

Gedichte und Vorreden, die in die Ausgabe letzter Hand nicht aufgenommen wurden

SCHLACHTGESANG

Den Kinnback ab,
den Kinnback ab!
Der Laie leihe sich dem Trab,
zum Teufel er sich hinpack'
vorm Kinnback!

Das Kniebein ab,
das Kniebein ab!
Der Laie leihe sich dem Trab,
sonst trägt ihm einen Hieb ein
das Kniebein.

Der Kinnback und das Kniebein,
die flößen keine Lieb' ein.
Hoiotoho hui hui hui
heulala weia!

WER DENN?

»Ich gehe tausend Jahre
um einen kleinen Teich,
und jedes meiner Haare
bleibt sich im Wesen gleich,

im Wesen wie im Guten,
das ist doch alles eins,
so mag uns Gott behuten
in dieser Welt des Scheins!«

DER NACHTSCHELM UND DAS SIEBENSCHWEIN
oder
EINE GLÜCKLICHE EHE

Der Nachtschelm und das Siebenschwein,
die gingen eine Ehe ein,
  o wehe!
Sie hatten dreizehn Kinder, und
davon war eins der Schluchtenhund,
zwei andre waren Rehe.

Das vierte war die Rabenmaus,
das fünfte war ein Schneck samt Haus,
  o Wunder!
Das sechste war ein Käuzelein,
das siebte war ein Siebenschwein
und lebte in Burgunder.

Acht war ein Gürteltier nebst Gurt,
neun starb sofort nach der Geburt,
  o wehe!
Von zehn bis dreizehn ist nicht klar; –
doch wie dem auch gewesen war,
es war eine glückliche Ehe!

DER WALFAFISCH
oder
DAS ÜBERWASSER

Das Wasser rinnt, das Wasser spinnt,
bis es die ganze Welt gewinnt.
Das Dorf ersäuft,
die Eule läuft,
und auf der Eiche sitzt ein Kind.

Dem Kind sind schon die Beinchen naß,
es ruft: das Wass, das Wass, das Wass!
Der Walfisch weint
und sagt, mir scheint,
es regnet ohne Unterlaß.

Das Wasser rann mit zasch und zisch,
die Erde ward zum Wassertisch.
Und Kind und Eul',
o greul, o greul –
sie frissifraß der Walfafisch.

DER IGEL

Ein Igel
saß pyramidalisch
auf einem Hügel.
(*)
– · –
Er fühlte sich
– wie sag' ich's ungeziert –

normalvokalisch
untergrundfundiert.

(*)
Lies: Strich, Punkt, Strich.
(Galgenschule, Verf. unbek.)

DIE BEIDEN ESEL

Ein finstrer Esel sprach einmal
zu seinem ehlichen Gemahl:

»Ich bin so dumm, du bist so dumm,
wir wollen sterben gehen, kumm!«

Doch wie es kommt so öfter eben:
Die beiden blieben fröhlich leben.

DAS FEST DES WÜSTLINGS

Was stört so schrill die stille Nacht?
Was sprüht der Lichter Lüstrepracht?
  Das ist das Fest des Wüstlings!

Was huscht und hascht und weint und lacht?
Was cymbelt gell? was flüstert sacht?
  Das ist das Fest des Wüstlings!

Die Pracht der Nacht ist jach entfacht!
Die Tugend stirbt, das Laster lacht!
  Das ist das Fest des Wüstlings!
(Zu flüstern)

DIE SCHILDKRÖKRÖTE

»Ich bin eintausend Jahre alt
und werde täglich älter;
der Gotenkönig Theobald
erzog mich im Behälter.

Seitdem ist mancherlei geschehn,
doch weiß ich nichts davon;
zur Zeit, da läßt für Geld mich sehn
ein Kaufmann zu Heilbronn.

Ich kenne nicht des Todes Bild
und nicht des Sterbens Nöte:
Ich bin die Schild – ich bin die Schild –
ich bin die Schild – krö – kröte.«

DER STEINOCHS

Der Steinochs schüttelt stumm sein Haupt,
daß jeder seine Kraft ihm glaubt.
Er spießt dich plötzlich auf sein Horn
und bohrt von hinten dich bis vorn.
   Weh!

Der Steinochs lebt von Berg zu Berg,
vor ihm wird, was da wandelt, Zwerg.
Er nährt sich meist – und das ist neu –
von menschlicher Gehirne Heu.
   Weh!

Der Steinochs ist kein Tier, das stirbt,
dieweil sein Fleisch niemals verdirbt.
Denn wir sind Staub, doch er ist Stein!
Du möchtest wohl auch Steinochs sein?
He?

DAS WASSER

(Dem Dichter Franz Servaes)

Ohne Wort, ohne Wort
rinnt das Wasser immerfort;
andernfalls, andernfalls
spräch' es doch nichts andres als:

Bier und Brot, Lieb und Treu, –
und das wäre auch nicht neu.
Dieses zeigt, dieses zeigt,
daß das Wasser besser schweigt.

DIE LAMPE

Es steht eine Lampe am weiten Meer.
Wo kommt denn die Lampe, die Lampe her?

Sie trägt ein Reformhemd aus grünem Tang
und steht auf der Insel Fragnichtlang.

Die Lampe, die Lampe, die Lampe, weh,
sie kommt aus der Werweißwosisee!

Da liegt ein Schiff ganz unten kaputt,
und aus seinen Fenstern schaun Molch und Butt.

Die Wellen, die Wellen, die haben sie geschwemmt:
Jetzt träumt sie, den Fuß auf die Küste gestemmt,

in ihrem Reformkleid aus grünem Tang...
Und im Hintergrund, da liegt – Fragnichtlang.

KLABAUTERMANN

Klabautermann,
Klabauterfrau,
Klabauterkind
im Schiffe sind.

Die Küchenfei
erblickt die drei.
Sie schreit: »O Graus,
das Stück ist aus!«

Den Pudel Pax –
den Kaufmann Sachs –
sie alle frißt
der Meerschoßdachs.

Klabautermann,
Klabauterfrau
Klabauterkind
wo anders sind.

DIE LUFT

(Herrn Dr. Lärmschutz-Lessing)

Die Luft war einst dem Sterben nah.

»Hilf mir, mein himmlischer Papa«,
so rief sie mit sehr trübem Blick,
»ich werde dumm, ich werde dick;
du weißt ja sonst für alles Rat –
schick mich auf Reisen, in ein Bad,
auch saure Milch wird gern empfohlen; –
wenn nicht – laß ich den Teufel holen!«
Der Herr, sich scheuend vor Blamage,
erfand für sie die – Tonmassage.

Es gibt seitdem die Welt, die – schreit.
Wobei die Luft famos gedeiht.

DER HECHT

Ein Hecht, vom heiligen Antōn
bekehrt, beschloß, samt Frau und Sohn,
am vegetarischen Gedanken
moralisch sich emporzuranken.

Er aß seit jenem nur noch dies:
Seegras, Seerose und Seegries.
Doch Gries, Gras, Rose floß, o Graus,
entsetzlich wieder hinten aus.

Der ganze Teich ward angesteckt.
Fünfhundert Fische sind verreckt.
Doch Sankt Antōn, gerufen eilig,
sprach nichts als: Heilig! heilig! heilig!

TAPETENBLUME

»Tapetenblume bin ich fein,
kehr' wieder ohne Ende,
doch statt im Mai'n und Mondenschein,
auf jeder der vier Wände.

Du siehst mich nimmerdar genung,
so weit du blickst im Stübchen,
und folgst du mir per Rösselsprung –
wirst du verrückt, mein Liebchen.«

ZUR ERSTEN UND DRITTEN BEZIEHUNGSWEISE VIERTEN AUFLAGE

Aufgefordert vom Verfasser, eine neue Einleitung zu schreiben oder die alte – meines seligen Jeremias – zu belassen, verbind' ich beides, insofern als ich zum ersten festgestellt zu haben wissen möchte, daß dieses Buch nunmehr nicht nur zum dritten beziehungsweise vierten Male in einem ersten Teile seines Inhalts, sondern zugleich zum andern mit einem zweiten Teile seines Inhalts zum ersten beziehungsweise zweiten Male, also einerseits zum dritten beziehungsweise vierten, andrerseits zum ersten beziehungsweise zweiten Male, seine Reise in die Umwelt antritt, zum zweiten aber, daß auch im gedachten ersten Teile nicht alles wie beim ersten und beim zweiten Male, sondern teils in Kleinigkeiten überfeilt, teils überlegter angeordnet, teils auch um ein Dutzend minder reifer Beeren ausgezwickt, gedruckt, worüber nicht zu larmoyieren, sondern sich zu freuen jedem Weisen leicht wird, worden ist.

Von der Verfertigung der ersten Gesänge an zweiter Stelle; jetzt vorerst an erster von den zweiten – als einer Art Ausbauch der ursprünglichen Leyer, schon im ersten Teile seinerzeit durch Etliches unleugbar annunziert. Es haben diese zweiten Lieder mit dem Galgen wohl so wenig mehr gemein, als wie der Galgenhügel unsrer Zeit mit dem von einstmals. Der Galten ist hinweg, der Hügel ist geblieben. So auch hier. Zuerst war am Galgenhügel der Galgen das Wesenzielle, jetzt ist es der Hügel. Und auf dem Hügel steht kein Holz mehr heut, es sei ein Baumstrunk denn, auf dem der GINGGANZ sinnend spinnend Bein mit Beine kreuzt... Um ihn, vor ihm bewegt sich (nach wie vor und wie auch sonst) die Zeit, reiht Tag an Tag sich, reiht Symptom sich an Symptom, gleich neuem Leben sprossend aus Ruinen.

Solch ein Symptom – und damit schwing' ich mich betreffs des ersten Teils in den der ersten und zweiten Auflage betreffs des letzteren bereits vorgedruckt gewesenen »Versuch einer Einleitung« meines unvergeßlichen Mitarbeiters am Reiche Deutscher Wissenschaft und Kunst & ihrer Deutung, des Lic. Dr. Jer. Mueller, meines Manns, zurück – zeitströmiger Entwicklung war's denn auch, daß eines Tags des hinvergangnen finis secli sich »acht junge Männer, festentschlossen, dem feindlichen Moment, wo immer, im Sinne der Zeit, und auch wieder nicht im Sinne der Zeit, diese

Zeit, wie jede, als eine Zeit nicht bloß der Bewegung schlechthin, sondern einer sowohl ab- wie aufsteigenden Bewegung, mit zeitweilig dem Ideale unentwegten Fortschritts nur allzu abgekehrter Vorwiegung des ersteren Moments in ihr betrachtet, munteren Sinnes sich entgegenzustellen, die Hand reichten.«

»Ein sonderbarer Kult« fährt Jeremias fort, »vereinte sie. Zuvörderst ward das Licht verdreht, ein schwarzes Tuch dann aus dem Korb und übern Tisch gezogen, mit Schauderzeichen reich phosphoresziert, und bleich ein einzig Wachs inmitten der Idee des Galgenbergs entnommner freudig-schrecklicher Symbole. Dazu hieß der erste Schuhu: der hing zuhöchst und gab den Klang zum Hauch des Rabenaas, der das Mysterium verweste; der dritte hieß Verreckerle: der bot das Henkersmahl; der vierte Veitstanz, zubenannt der Glöckner: der zog den Armesünderstrang; der fünfte Gurgeljochem; der schor den Lebensfaden durch; der sechste Spinna, das Gespenst: der schlug zwölf; der siebente Stummer Hannes, der Büchner zubenannt: der sang Fisches Nachtgesang, und der achte Faherüggh, mit dem Beinamen der ›Unselm‹: der konnte das Simmaleins und sprach das große Lalulā. Und es wurde das Knochenklavier geschaffen und der Gelächtertrab und die Elementarsymphonie und der Huckepack d'Albert und der Eulenviertanz und der Galgenschlenkerer und Sophie, die Henkersmaid, als Symbild von der Weisheit unverweslichem Begriff«. Und nun endet Jeremias – ende denn auch ich hier dies mein Ad- und Conscribonium – mit der kataraktnen Coda folgender Erachtung und Betrachtung:

»Ein modulationsfähiger Keim!

»Und in der Tat, wenn irgendwo, wenn irgendwann,

mußte gerade damals und gerade bei denjenigen Kräften der Volksseele, in denen das Herz der vom Geist der neuen Zeit am wunderlichsten beeindruckten Unvoreingenommenheit des Natürlichen am zukunftswetterschwangervollsten pochte, ein besonders abwelthafter Rückschlag wider das Gesetz in der Vernunft von seiten mehr excös gerichteter Seelen erfolgen und damit ein Beweisschatten mehr geworfen werden, daß keine Zeit, so dunkel sie auch sich und in sich selber sei, indem sie ›ihr Herze offenbart‹, mit all den Widersprüchen, Knäueln, Gräueln, Grund- und Kraftsuppen ihres Wesens, als Schwan zuletzt mit Rosenfingern über den Horizont ihres eigenen Chaos, und sei es auch nur als ein Wesenstel ihrer selbst und sei es auch nur mit der lächelndsten Träne im Wappen, emporzusteigen sich zu entbrechen den Mut, was sage ich, die Verruchtheit hat.

»Es darf daher getrost, was auch von allen, deren Sinne, weil sie unter Sternen, die, wie der Dichter sagt, zu dörren, statt zu leuchten, geschaffen sind, geboren sind, vertrocknet sind, behauptet wird, enthauptet werden, daß hier einem sozumaßen und im Sinne der Zeit, dieselbe im Negativen als Hydra betrachtet, hydratherapeutischen Moment ersten Ranges, immer angesichts dessen, daß, wie oben, keine mit Rosenfingern den springenden Punkt ihrer schlechthin unvoreingenommenen Hoffnung auf eine, sagen wir, schwansinnige oder wesenzielle Erweiterung des natürlichen Stoffeldes zusamt mit der Freiheit des Individuums vor dem Gesetz ihrer Volksseele zu verraten den Mut, was sage ich, die Verruchtheit haben wird, einem Moment, wie ihm in Handel, Wandel, Kunst und Wissenschaft allüberall dieselbe Erscheinung, dieselbe Tendenz den Arm bietet, und welches bei allem, ja vielleicht eben trotz allem, als ein mehr oder minder undulationsfähiger Ausdruck einer ganz bestimmten und im weitesten Verfolge excösen Weltauffasseraumwortkindundkunstanschauung kaum mehr zu unterschlagen versucht werden zu wollen vermag – gegenübergestanden und beigewohnt werden zu dürfen gelten lassen zu müssen sein möchte.«

A. D. MDCCCCIX Dr. Gundula Mueller

PALMSTRÖM

Palmström steht an einem Teiche
und entfaltet groß ein rotes Taschentuch:
Auf dem Tuch ist eine Eiche
dargestellt, sowie ein Mensch mit einem Buch.

Palmström wagt nicht sich hineinzuschneuzen, –
er gehört zu jenen Käuzen,
die oft unvermittelt-nackt
Ehrfurcht vor dem Schönen packt.

Zärtlich faltet er zusammen,
was er eben erst entbreitet.
Und kein Fühlender wird ihn verdammen,
weil er ungeschneuzt entschreitet.

DAS BÖHMISCHE DORF

Palmström reist, mit einem Herrn v. Korf,
in ein sogenanntes Böhmisches Dorf.

Unverständlich bleibt ihm alles dort,
von dem ersten bis zum letzten Wort.

Auch v. Korf (der nur des Reimes wegen
ihn begleitet) ist um Rat verlegen.

Doch just dieses macht ihn blaß vor Glück.
Tiefentzückt kehrt unser Freund zurück.

Und er schreibt in seine Wochenchronik:
Wieder ein Erlebnis, voll von Honig!

NACH NORDEN

Palmström ist nervös geworden;
darum schläft er jetzt nach Norden.

Denn nach Osten, Westen, Süden
schlafen, heißt das Herz ermüden.

(Wenn man nämlich in Europen
lebt, nicht südlich in den Tropen.)

Solches steht bei zwei Gelehrten,
die auch Dickens schon bekehrten –

und erklärt sich aus dem steten
Magnetismus des Planeten.

Palmström also heilt sich örtlich,
nimmt sein Bett und stellt es nördlich.

Und im Traum, in einigen Fällen,
hört er den Polarfuchs bellen.

WESTÖSTLICH

Als er dies v. Korf erzählt,
fühlt sich dieser leicht gequält;

denn für ihn ist Selbstverstehung,
daß man mit der Erdumdrehung

schlafen müsse, mit den Pfosten
seines Körpers strikt nach Osten.

Und so scherzt er kaustisch-köstlich:
Nein, m e i n Diwan bleibt – westöstlich!

BILDHAUERISCHES

Palmström haut aus seinen Federbetten,
sozusagen, Marmorimpressionen:
Götter, Menschen, Bestien und Dämonen.

Aus dem Stegreif faßt er in die Daunen
des Plumeaus und springt zurück, zu prüfen,
leuchterschwingend, seine Schöpferlaunen.

Und im Spiel der Lichter und der Schatten,
schaut er Zeusse, Ritter und Mulatten,
Tigerköpfe, Putten und Madonnen...

träumt: wenn Bildner all dies wirklich schüfen,
würden sie den Ruhm des Alters retten,
würden Rom und Hellas übersonnen!

DIE KUGELN

Palmström nimmt Papier aus seinem Schube.
Und verteilt es kunstvoll in der Stube.

Und nachdem er Kugeln draus gemacht.
Und verteilt es kunstvoll, und zur Nacht.

Und verteilt die Kugeln so (zur Nacht),
daß er, wenn er plötzlich nachts erwacht,

daß er, wenn er nachts erwacht, die Kugeln
knistern hört und ihn ein heimlich Grugeln

packt (daß ihn dann nachts ein heimlich Grugeln
packt) beim Spuk der packpapiernen Kugeln...

LÄRMSCHUTZ

Palmström liebt sich in Geräusch zu wickeln,
teils zur Abwehr wider fremde Lärme,
teils um sich vor drittem Ohr zu schirmen.

Und so läßt er sich um seine Zimmer
Wasserröhren legen, welche brausen.
Und ergeht sich, so behütet, oft in

stundenlangen Monologen, stunden-
langen Monologen, gleich dem Redner
von Athen, der in die Brandung brüllte,

gleich Demosthenes am Strand des Meeres.

DER VORGESCHLAFENE HEILSCHLAF

Palmström schläft vor zwölf Experten
den berühmten Schlaf vor Mitternacht,
  seine Heilkraft zu erhärten.

Als er, da es zwölf, erwacht,
sind die zwölf Experten sämtlich müde.
  Er allein ist frisch wie eine junge Rüde!

ZUKUNFTSSORGEN

Korf, den Ahnung leicht erschreckt,
sieht den Himmel schon bedeckt
von Ballonen jeder Größe
und verfertigt ganze Stöße
von Entwürfen zu Statuten
eines Klubs zur resoluten
Wahrung der gedachten Zone
vor der Willkür der Ballone.

Doch er ahnt schon, ach, beim Schreiben
seinen Klub im Rückstand bleiben:
dämmrig, dünkt ihn, wird die Luft
und die Landschaft Grab und Gruft.
Er begibt sich drum der Feder,
steckt das Licht an (wie dann jeder),
tritt damit bei Palmström ein,
und so sitzen sie zu zwein.

Endlich, nach vier langen Stunden,
ist der Albdruck überwunden.
Palmström bricht zuerst den Bann:
Korf, so spricht er, sei ein Mann!

Du vergreifst dich im Jahrzehnt:
Noch wird all das erst ersehnt,
was, vom Geist dir vorgegaukelt,
heut dein Haupt schon überschaukelt.

Korf entrafft sich dem Gesicht.
Niemand fliegt im goldnen Licht!

Er verlöscht die Kerze schweigend.
Doch dann, auf die Sonne zeigend,
spricht er: Wenn nicht jetzt, so einst –
kommt es, daß du nicht mehr scheinst,
wenigstens nicht uns, den – grausend
sag ich's –: Unteren Zehntausend! ...

Wieder sitzt v. Korf danach
stumm in seinem Schreibgemach
und entwirft Statuten eines
Klubs zum Schutz des Sonnenscheines.

DAS WARENHAUS

Palmström kann nicht ohne Post
   leben:
Sie ist seiner Tage Kost.

Täglich dreimal ist er ganz
   Spannung.
Täglich ist's der gleiche Tanz:

Selten hört er einen Brief
   plumpsen
in den Kasten breit und tief.

Düster schilt er auf den Mann,
   welcher,
wie man weiß, nichts dafür kann.

Endlich kommt er drauf zurück:
auf das:
»Warenhaus für Kleines Glück«.

Und bestellt dort, frisch vom Rost,
(quasi):
ein Quartal – »Gemischte Post«!

Und nun kommt von früh bis spät
Post von
aller Art und Qualität.

Jedermann teilt sich ihm mit,
brieflich,
denkt an ihn auf Schritt und Tritt.

Palmström sieht sich in die Welt
plötzlich
überall hineingestellt...

Und ihm wird schon wirr und weh...
Doch es
ist ja nur das – »W. K. G.«

BONA FIDE

Palmström geht durch eine fremde Stadt...
Lieber Gott, so denkt er, welch ein Regen!
Und er spannt den Schirm auf, den er hat.

Doch am Himmel tut sich nichts bewegen,
und kein Windhauch rührt ein Blatt.
Gleichwohl darf man jenen Argwohn hegen.

Denn das Pflaster, über das er wandelt,
ist vom Magistrat voll List – gesprenkelt.
Bona fide hat der Gast gehandelt.

SPRACHSTUDIEN

Korf und Palmström nehmen Lektionen,
um das Wetter-Wendische zu lernen.
Täglich pilgern sie zu den modernen
Ollendorffschen Sprachlehrgrammophonen.

Dort nun lassen sie mit vielen andern,
welche gleichfalls steile Charaktere,
(gleich als ob's ein Ziel für Edle wäre),
sich im Wetter-Wendischen bewandern.

Dies Idiom behebt den Geist der Schwere,
macht sie unstät, launisch und cholerisch …
Doch die Sache bleibt nur peripherisch.
Und sie werden wieder – Charaktere.

THEATER

Palmström denkt sich d i e s e s aus:
Ein quadratisch Bühnenhaus,

mit (v. Korf begreift es kaum)
drehbarem Zuschauerraum.

Viermal wechselt Dichters Welt,
viermal wirst du umgestellt.

Auf vier Bühnen tief und breit
schaust du basse Wirklichkeit.

Denn in dieser Quadratur,
wo pro Jahr ein Drama nur,

wird natürlich jeder Akt
höchst veristisch angepackt.

Mauern siehst du da von Stein,
Bäche murmeln quick und rein,

Erdreich riechst du schlecht und recht,
Gras und Baum blühn wurzelecht.

Alles steht hier für ein Jahr
und ist deshalb wirklich wahr. –

Palmström macht sich ein Modell:
formt aus Rauschgold einen Quell

und aus Schächtelchen ein Dorf...
und verehrt das Ganze Korf.

IM TIERKOSTÜM

Palmström liebt es, Tiere nachzuahmen,
und erzieht zwei junge Schneider
lediglich auf Tierkostüme.

So z. B. hockt er gern als Rabe
auf dem oberen Aste einer Eiche
und beobachtet den Himmel.

Häufig auch als Bernhardiner
legt er zottigen Kopf auf tapfere Pfoten,
bellt im Schlaf und träumt gerettete Wanderer.

Oder spinnt ein Netz in seinem Garten
aus Spagat und sitzt als eine Spinne
tagelang in dessen Mitte.

Oder schwimmt, ein glotzgeäugter Karpfen,
rund um die Fontäne seines Teiches
und erlaubt den Kindern ihn zu füttern.

Oder hängt sich im Kostüm des Storches
unter eines Luftschiffs Gondel
und verreist so nach Ägypten.

DIE TAGNACHTLAMPE

Korf erfindet eine Tagnachtlampe,
die, sobald sie angedreht,
selbst den hellsten Tag
in Nacht verwandelt.

Als er sie vor des Kongresses Rampe
demonstriert, vermag
niemand, der sein Fach versteht,
zu verkennen, daß es sich hier handelt –

(Finster wird's am hellerlichten Tag,
und ein Beifallssturm das Haus durchweht)
(Und man ruft dem Diener Mampe;
»Licht anzünden!«) – daß es sich handelt

um das Faktum: daß gedachte Lampe,
in der Tat, wenn angedreht,
selbst den hellsten Tag
in Nacht verwandelt.

DIE KORFSCHE UHR

Korf erfindet eine Uhr,
die mit zwei Paar Zeigern kreist,
und damit nach vorn nicht nur,
sondern auch nach rückwärts weist.

Zeigt sie zwei, – somit auch zehn;
zeigt sie drei, – somit auch neun;
und man braucht nur hinzusehn,
um die Zeit nicht mehr zu scheun.

Denn auf dieser Uhr von Korfen,
mit dem janushaften Lauf,
(dazu ward sie so entworfen):
hebt die Zeit sich selber auf.

PALMSTRÖMS UHR

Palmströms Uhr ist andrer Art,
reagiert mimosisch zart.

Wer sie bittet, wird empfangen.
Oft schon ist sie so gegangen,

wie man herzlich sie gebeten,
ist zurück- und vorgetreten,

eine Stunde, zwei, drei Stunden,
jenachdem sie mitempfunden.

Selbst als Uhr, mit ihren Zeiten,
will sie nicht Prinzipien reiten:

Zwar ein Werk, wie allerwärts,
doch zugleich ein Werk – mit Herz.

DIE GERUCHS-ORGEL

Palmström baut sich eine Geruchs-Orgel
und spielt drauf v. Korfs Nießwurz-Sonate.

Diese beginnt mit Alpenkräuter-Triolen
und erfreut durch eine Akazien-Arie.

Doch im Scherzo, plötzlich und unerwartet,
zwischen Tuberosen und Eukalyptus,

folgen die drei berühmten Nießwurz-Stellen,
welche der Sonate den Namen geben.

Palmström fällt bei diesen Ha-Cis-Synkopen
jedesmal beinahe vom Sessel, während

Korf daheim, am sichern Schreibtisch sitzend,
Opus hinter Opus aufs Papier wirft ...

DER AROMAT

Angeregt durch Korfs Geruchs-Sonaten,
gründen Freunde einen »Aromaten«.

Einen Raum, in welchem, kurz gesprochen,
nicht geschluckt wird, sondern nur gerochen.

Gegen Einwurf kleiner Münzen treten
aus der Wand balsamische Trompeten,

die den Gästen in geblähte Nasen,
was sie wünschen, leicht und lustig blasen.

Und zugleich erscheint auf einem Schild
des Gerichtes wohlgetroffnes Bild.

Viele Hunderte, um nicht zu lügen,
speisen nun erst wirklich mit Vergnügen.

DIE UNMÖGLICHE TATSACHE

Palmström, etwas schon an Jahren,
wird an einer Straßenbeuge
und von einem Kraftfahrzeuge
überfahren.

»Wie war« (spricht er, sich erhebend
und entschlossen weiterlebend)
»möglich, wie dies Unglück, ja – :
daß es überhaupt geschah?

Ist die Staatskunst anzuklagen
in bezug auf Kraftfahrwagen?
Gab die Polizeivorschrift
hier dem Fahrer freie Trift?

Oder war vielmehr verboten,
hier Lebendige zu Toten
umzuwandeln, – kurz und schlicht:
Durfte hier der Kutscher nicht –?«

Eingehüllt in feuchte Tücher,
prüft er die Gesetzesbücher
und ist alsobald im Klaren:
Wagen durften dort nicht fahren!

Und er kommt zu dem Ergebnis:
Nur ein Traum war das Erlebnis.
Weil, so schließt er messerscharf,
nicht sein k a n n, was nicht sein d a r f.

DIE BEHÖRDE

Korf erhält vom Polizeibüro
ein geharnischt Formular,
wer er sei und wie und wo.

Welchen Orts er bis anheute war,
welchen Stands und überhaupt,
wo geboren, Tag und Jahr.

Ob ihm überhaupt erlaubt,
hier zu leben und zu welchem Zweck,
wieviel Geld er hat und was er glaubt.

Umgekehrten Falls man ihn vom Fleck
in Arrest verführen würde, und
drunter steht: Borowsky, Heck.

Korf erwidert darauf kurz und rund:
»Einer hohen Direktion
stellt sich, laut persönlichem Befund,

untig angefertigte Person
als nichtexistent im Eigen-Sinn
bürgerlicher Konvention

vor und aus und zeichnet, wennschonhin
mitbedauernd nebigen Betreff,
Korf. (An die Bezirksbehörde in –).«

Staunend liest's der anbetroffne Chef.

DIE MAUSEFALLE

Palmström hat nicht Speck im Haus
dahingegen eine Maus.

Korf, bewegt von seinem Jammer,
baut ihm eine Gitterkammer.

Und mit einer Geige fein
setzt er seinen Freund hinein.

Nacht ist's und die Sterne funkeln.
Palmström musiziert im Dunkeln.

Und derweil er konzertiert,
kommt die Maus hereinspaziert.

Hinter ihr, geheimer Weise,
fällt die Pforte leicht und leise.

Vor ihr sinkt in Schlaf alsbald
Palmströms schweigende Gestalt.

II

Morgens kommt v. Korf und lädt
das so nützliche Gerät

in den nächsten, sozusagen,
mittelgroßen Möbelwagen,

den ein starkes Roß beschwingt
nach der fernen Waldung bringt,

wo in tiefer Einsamkeit
er das seltne Paar befreit.

Erst spaziert die Maus heraus,
und dann Palmström, nach der Maus.

Froh genießt das Tier der neuen
Heimat, ohne sich zu scheuen.

Während Palmström, glückverklärt,
mit v. Korf nach Hause fährt.

DIE WEGGEWORFENE FLINTE

Palmström findet eines Abends,
als er zwischen hohem Korn
singend schweift,
eine Flinte.

Trauernd bricht er seinen Hymnus
ab und setzt sich in den Mohn,
seinen Fund
zu betrachten.

Innig stellt er den Verzagten,
der ins Korn sie warf, sich vor
und beklagt
ihn von Herzen.

Mohn und Ähren und Cyanen
windet seine Hand derweil
still um Lauf,
Hahn und Kolben …

Und er lehnt den so bekränzten
Stutzen an den Kreuzwegstein,
hoffend zart,
daß der Zage,

noch einmal des Weges kommend,
ihn erblicken möge – und –
(… Seht den Mond
groß im Osten …)

KORFS VERZAUBERUNG

Korf erfährt von einer fernen Base,
einer Zauberin,
die aus Kräuterschaum Planeten blase,
und er eilt dahin,
eilt dahin gen Odelidelase,
zu der Zauberin ...

findet wandelnd sie auf ihrer Wiese,
fragt sie, ob sie sei,
die aus Kräuterschaum Planeten bliese,
ob sie sei die Fei,
sei die Fei von Odeladelise?
»Ja, sie sei die Fei!«

Und sie reicht ihm willig Krug und Ähre,
und er bläst den Schaum,
und sieh da, die wunderschönste Sphäre
wölbt sich in den Raum,
wölbt sich auf, als ob's ein Weltball wäre,
nicht nur Schaum und Traum.

Und die Kugel löst sich los vom Halme,
schwebt gelind empor,
dreht sich um und mischt dem Sphärenpsalme,
mischt dem Sphärenchor
Töne, wie aus ferner Hirtenschalme
dringen sanft hervor.

In dem Spiegel aber ihrer Runde
schaut v. Korf beglückt,

was ihm je in jeder guten Stunde
durch den Sinn gerückt:
Seine Welt erblickt mit offnem Munde
Korf entzückt.

Und er nennt die Base seine Muse,
und sieh da! sieh dort!
Es erfaßt ihn was an seiner Bluse
und entführt ihn fort,
führt ihn fort aus Odeladeluse
nach dem neuen Ort...

PROFESSOR PALMSTRÖM

Irgendwo im Lande gibt es meist
einen Staat, von dem, was sich an Geist
irgendwo befindet und erweist,
doch noch nirgendwo Professor heißt,

eben zum Professor wird gemacht,
wie von wem, der unaufhörlich wacht,
ob auch jeder Seele wird gedacht,
die der Menschheit Glück und Heil gebracht.

Solch ein Staat und solch ein Fürst, o denkt,
hat auch Palmströms Los zum Licht gelenkt,
hat ihm den Professorrang geschenkt
und das Kreuz für Kunst ihm umgehenkt.

Palmström gibt das Kreuz für Kunst zurück;
denn er trägt kein solches Kleidungsstück.

Den Professor nicht; denn man versteht:
Als Professor gilt erst ein Prophet.

MUHME KUNKEL

Palma Kunkel ist mit Palm verwandt,
doch im Übrigen sonst nicht bekannt.
Und sie wünscht auch nicht bekannt zu sein,
lebt am liebsten ganz für sich allein.

Über Muhme Palma Kunkel drum
bleibt auch der Chronist vollkommen stumm.
Nur wo selbst sie aus dem Dunkel tritt,
teilt er dies ihr Treten treulich mit.

Doch sie trat bis jetzt noch nicht ans Licht,
und sie will es auch in Zukunft nicht.
Schon daß hier ihr Name lautbar ward,
widerspricht vollkommen ihrer Art.

DER PAPAGEI

Palma Kunkels Papagei
spekuliert nicht auf Applaus:
niemals, was auch immer sei,
spricht er seine Wörter aus.

Deren Zahl ist ohne Zahl:
denn er ist das klügste Tier,
das man je zum Kauf empfahl,
und der Zucht vollkommne Zier.

Doch indem er streng dich mißt,
scheint sein Zungenglied verdorrt:
gleichviel, wer du immer bist,
er verrät dir nicht ein Wort.

»LORE«

Wie heißt der Papagei? wird mancher fragen.
Doch nie wird jemand jemandem dies sagen.

Er ward einmal mit »Lore« angesprochen –
und fiel darauf in Wehmut viele Wochen.

Er ward erst wieder voll und ganz gesund
durch einen Freund: Fritz Kunkels jungen Hund.

LORUS

Fritz Kunkels Pudel ward, noch ungetauft,
von einem Stiefmilchbruder Korfs gekauft.

Es trieb ihn, als er, hilfreich von Natur,
der sogenannten »Lore« Leid erfuhr,

sogleich zu ihr: worauf er, der nicht hieß,
sich ihr zum Troste »Lorus« taufen ließ:

den Namen also gleichsam auf sich nehmend –
und alle Welt durch diese Tat beschämend!

Korf selbst vollzog den Taufakt unverweilt.
Der Vogel aber war fortan geheilt.

WORT-KUNST

Palma Kunkel spricht auch. O gewiß.
Freilich nicht wie Volk der Finsternis.

Nicht von Worten kollernd wie ein Bronnen,
niemals nachwärts-, immer vorbesonnen.

Völlig fremd den hilflos vielen Schällen,
fragt sie nur in wirklich großen Fällen.

Fragt den Zwergen niemals, nur den Riesen,
und auch nicht, wie es ihm gehe, diesen.

Nicht vom Wetter spricht sie, nicht vom Schneider,
höchstens von den Grundproblemen beider.

Und so bleibt sie jung und unverbraucht,
weil ihr Odem nicht wie Dunst verraucht.

ZÄZILIE

Zäzilie soll die Fenster putzen,
sich selbst zum Gram, jedoch dem Haus zum Nutzen.

Durch meine Fenster muß man, spricht die Frau,
so durchsehn können, daß man nicht genau
erkennen kann, ob dieser Fenster Glas
Glas oder bloße Luft ist. Merk dir das.

Zäzilie ringt mit allen Menschen-Waffen...
Doch Ähnlichkeit mit Luft ist nicht zu schaffen.
Zuletzt ermannt sie sich mit einem Schrei –
und schlägt die Fenster allesamt entzwei!
Dann säubert sie die Rahmen von den Resten,
und ohne Zweifel ist es so am besten.
Sogar die Dame spricht, zunächst verdutzt:
So hat Zäzilie ja noch nie geputzt.

Doch alsobald ersieht man, was geschehn,
und spricht einstimmig: Diese Magd muß gehn.

Korf und Palmström
wetteifern in Notturnos

DIE PRIESTERIN

Nachdenklich nickt im Dämmer die Pagode...
Daneben tritt aus ihres Hauses Pforte
T'ang-ku-ei-i, die Hüterin der Orte
vom krausen Leben und vom grausen Tode.

Aus ihrem Munde hängt die Mondschein-Ode
Tang-Wangs, des Kaisers, mit geblümter Borte,
in ihren Händen trägt sie eine Torte,
gekrönt von einer winzigen Kommode.

So wandelt sie die sieben ängstlich schmalen
aus Flötenholz geschwungnen Tempelbrücken
zum Grabe des vom Mond erschlagnen Hundes –

und brockt den Kuchen in die Opferschalen –
und lockt den Mond, sich auf den Schrein zu bücken,
und reicht ihm ihr Gedicht gespitzten Mundes...

v. K.

DER ROCK

Der Rock, am Tage angehabt,
er ruht zur Nacht sich schweigend aus;
durch seine hohlen Ärmel trabt
die Maus.

Durch seine hohlen Ärmel trabt
gespenstisch auf und ab die Maus...
Der Rock, am Tage angehabt,
er ruht zur Nacht sich aus.

Er ruht, am Tage angehabt,
im Schoß der Nacht sich schweigend aus,
er ruht, von seiner Maus durchtrabt,
sich aus.

P.

Der Wasseresel und anderes

DER WASSERESEL

Der Wasseresel taucht empor
und legt sich rücklings auf das Moor.

Und ordnet künstlich sein Gebein,
im Hinblick auf den Mondenschein:

So daß der Mond ein Ornament
auf seines Bauches Wölbung brennt...

Mit diesem Ornamente naht
er sich der Fingur Wasserstaat.

Und wird von dieser, rings beneidet,
mit einem Doktorhut bekleidet.

Als Lehrer liest er nun am Pult,
wie man durch Geist, Licht und Geduld,

verschönern könne, was sonst nicht
in allem dem Geschmack entspricht.

Er stellt zuletzt mit viel Humor
sich selbst als lehrreich Beispiel vor.

»Einst war ich meiner Dummheit Beute«
so spricht er – »und was bin ich heute?

Ein Kunstwerk der Kulturbegierde,
des Waldes Stolz, des Weihers Zierde!

Seht her, ich bring' euch in Person
das Kunsthandwerk als Religion.«

DAS PERLHUHN

Das Perlhuhn zählt: eins, zwei, drei, vier...
Was zählt es wohl, das gute Tier,
dort unter den dunklen Erlen?

Es zählt, von Wissensdrang gejückt,
(die es sowohl wie uns entzückt):
die Anzahl seiner Perlen.

DAS EINHORN

Das Einhorn lebt von Ort zu Ort
nur noch als Wirtshaus fort.

Man geht hinein zur Abendstund'
und sitzt den Stammtisch rund.

Wer weiß! Nach Jahr und Tag sind wir
auch ganz wie jenes Tier.

Hotels nur noch, darin man speist –
(so völlig wurden wir zu Geist).

Im »Goldnen Menschen« sitzt man dann
  und sagt sein Solo an...

DIE NÄHE

Die Nähe ging verträumt umher...
Sie kam nie zu den Dingen selber.
Ihr Antlitz wurde gelb und gelber,
und ihren Leib ergriff die Zehr.

Doch eines Nachts, derweil sie schlief,
da trat wer an ihr Bette hin
und sprach: »Steh auf, mein Kind, ich bin
der kategorische Komparativ!

Ich werde dich zum Näher steigern,
ja, wenn du willst, zur Näherin!«
Die Nähe, ohne sich zu weigern,
sie nahm auch dies als Schicksal hin.

Als Näherin jedoch vergaß
sie leider völlig, was sie wollte,
und nähte Putz und hieß Frau Nolte
und hielt all Obiges für Spaß.

DER SALM

Ein Rheinsalm schwamm den Rhein
bis in die Schweiz hinein.

Und sprang den Oberlauf
von Fall zu Fall hinauf.

Er war schon weißgottwo,
doch eines Tages – oh! –

da kam er an ein Wehr:
das maß zwölf Fuß und mehr!

Zehn Fuß – die sprang er gut!
Doch hier zerbrach sein Mut.

Drei Wochen stand der Salm
am Fuß der Wasser-Alm.

Und kehrte schließlich stumm
nach Deutsch- und Holland um.

DIE ELSTER

Ein Bach, mit Namen Elster, rinnt
durch Nacht und Nebel und besinnt
inmitten dieser stillen Handlung
sich seiner einstigen Verwandlung,
die ihm vor mehr als tausend Jahren
von einem Magier widerfahren.

Und wie so Nacht und Nebel weben,
erwacht in ihm das alte Leben.
Er fährt in eine in der Nähe
zufällig eingeschlafne Krähe

und fliegt, dieweil sein Bett verdorrt,
wie dermaleinst als Vogel fort.

ANFRAGE

Der Ichthyologe Berthold Schrauben
will Umiges dem Autor glauben.
Er kennt dergleichen aus Oviden,
doch eines raubt ihm seinen Frieden:

»Wo nämlich«, fragt er, »bleibt die Stelle
der Fischwelt obbenannter Quelle.
Verkörpert sie sich mit zum Raben –
oder verbleibt sie tot im Graben?«

Persönlich sei er für das Erste,
dem Zweiten aber sei die mehrste
Wahrscheinlichkeit zu geben, da,
als seinerzeit die Tat geschah,

die Pica von dem mächtigen Feinde
in einen ohne Fischgemeinde
zunächst gedachten Wasserlauf
verwandelt worden sei, worauf

erst später jene, teils durch Neben-
gewässer, teils durch Menschenstreben,
als übliche Bewohnersphäre
ihm eingegliedert worden wäre.

Es sei für einen Fall wie diesen,
von Nennwert, nicht unangewiesen,

wenn er, empfänd' man's gleich als Bürde,
bis auf den Grund durchleuchtet würde.

ANTWORT (I. A.)

»Sehr geehrter Herr! Gestatten
Sie der Gattin meines Gatten
seine Antwort mitzuteilen.

Er beglückwünscht sich zu solchen
Äußerungen, die gleich Dolchen
seiner Werke Brust durchwühlen.

Doch er ist zurzeit verhindert.
Nämlich (was den Vorwurf mindert)
durch Verfolgung jenes Falles –

statt nach rückwärts, wie Sie streben,
vorwärts: in das neue Leben
unsrer trefflichen Schalalster!

(Ach, mein Herr, ich wünsch' es keinem.)
Folgender »Entwurf zu einem
bürgerlichen Trauerspiele«

gibt dem Ganzen eine Wende,
die uns, wie Sie (und wohl viele)
nicht ganz ungleichmütig fühlen

werden, lehrt, wie doch noch alles
recht in Blindheit lebt. Derweilen,
und mit Dank und Grüßen (falls der

Anteil an der Fisch-Allmende
wirklich echt in Ihren Zeilen!)
Ihre X. – Ich bin zu Ende.«

ENTWURF ZU EINEM TRAUERSPIEL

Ein Fluß, namens Elster,
besinnt sich auf seine wahre Gestalt
und fliegt eines Abends
einfach weg.

Ein Mann, namens Anton,
erblickt ihn auf seinem Acker und schießt
ihn mit seiner Flinte
einfach tot.

Das Tier, namens Elster,
bereut zu spät seine selbstische Tat;
(denn – Wassersnot tritt
einfach ein).

Der Mann, namens Anton,
(und das ist leider kein Wunder) weiß
von seiner Mitschuld
einfach nichts.

Der Mann, namens Anton,
(und das versöhnt in einigem Maß),
verdurstet gleichwohl
einfach auch.

DAS BUTTERBROTPAPIER

Ein Butterbrotpapier im Wald, –
da es beschneit wird, fühlt sich kalt…

In seiner Angst, wiewohl es nie
an Denken vorher irgendwie

gedacht, natürlich, als ein Ding
aus Lumpen usw., fing,

aus Angst, so sagte ich, fing an
zu denken, fing, hob an, begann,

zu denken, denkt euch, was das heißt,
bekam (aus Angst, so sagt' ich) Geist,

und zwar, versteht sich, nicht bloß so
vom Himmel droben irgendwo,

vielmehr infolge einer ganz
exakt entstandnen Hirnsubstanz –

die aus Holz, Eiweiß, Mehl und Schmer,
(durch Angst), mit Überspringung der

sonst üblichen Weltalter, an
ihm Boden und Gefäß gewann –

[(mit Überspringung) in und an
ihm Boden und Gefäß gewann.]

Mithilfe dieser Hilfe nun
entschloß sich das Papier zum Tun, –

zum Leben, zum – gleichviel, es fing
zu gehn an – wie ein Schmetterling...

zu kriechen erst, zu fliegen drauf,
bis übers Unterholz hinauf,

dann über die Chaussee und quer,
und kreuz und links und hin und her –

wie eben solch ein Tier zur Welt
(je nach dem Wind) (und sonst) sich stellt.

Doch, Freunde! werdet bleich gleich mir! – :
Ein Vogel, dick und ganz voll Gier,

erblickt's (wir sind im Januar...) –
und schickt sich an, mit Haut und Haar –

und schickt sich an, mit Haar und Haut –
(wer mag da endigen!) (mir graut) –

(Bedenkt, was alles nötig war!) –
und schickt sich an, mit Haut und Haar – –

Ein Butterbrotpapier im Wald
gewinnt – aus Angst – Naturgestalt...

Genug!! Der wilde Speckt verschluckt
das unersetzliche Produkt...

Zeitgedichte

DER ÄSTHET

Wenn ich sitze, will ich nicht
sitzen wie mein Sitz-Fleisch möchte,
sondern wie mein Sitz-Geist sich,
säße er, den Stuhl sich flöchte.

Der jedoch bedarf nicht viel,
schätzt am Stuhl allein den Stil,
überläßt den Zweck des Möbels
ohne Grimm der Gier des Pöbels.

DIE OSTE

Er ersann zur Weste
eines nachts die Oste!
sprach: »Was es auch koste! – «
sprach (mit großer Geste):

»Laßt uns auch von hinten
seidne Hyazinthen
samt Karfunkelknöpfen
unsern Rumpf umkröpfen!
Nicht nur auf dem Magen
laßt uns Uhren tragen,
nicht nur überm Herzen
unsre Sparsesterzen!
Fort mit dem betreßten

Privileg der Westen!
Gleichheit allerstücken!
Osten für den Rücken!«

Und sieh da, kein Schneider
sagte hierzu: Leider – !
Hunderttausend Scheren
sah man Stoffe queren …
Ungezählte Posten
wurden schönster Osten
noch vor seinem Tode
»letzter Schrei« der Mode.

DIE SCHUHE

Man sieht sehr häufig unrecht tun,
doch selten öfter als den Schuhn.

Man weiß, daß sie nach ewgen Normen
die Form der Füße treu umformen.

Die Sohlen scheinen auszuschweifen,
bis sie am Ballen sich begreifen.

Ein jeder merkt: es ist ein Paar.
Nur Mägden wird dies niemals klar.

Sie setzen Stiefel (wo auch immer)
einander abgekehrt vors Zimmer.

Was müssen solche Schule leiden!
Sie sind so fleißig, so bescheiden;

sie wollen nichts auf dieser Welt,
als daß man sie zusammen stellt,

nicht auseinanderstrebend wie
das unvernünftig blöde Vieh!

O Ihr Marie, Sophie, Therese, –
der Satan wird euch einst, der böse,

die Stiefel anziehn, wenn es heißt,
hinweg zu gehn als seliger Geist!

Dann werdet ihr voll Wehgeheule
das Schicksal teilen jener Eule,

die, als zwei Hasen nach sie flog,
und plötzlich jeder seitwärts bog,

der eine links, der andre rechts,
z e r r i ß (im Eifer des Gefechts)!

Wie Puppen, mitten durchgesägte,
so werdet ihr alsdann, ihr Mägde,

bei Engeln halb und halb bei Teufeln
von niegestillten Tränen träufeln,

der Hölle ein willkommner Spott
und peinlich selbst dem lieben Gott.

DIE ZEIT

Es gibt ein sehr probates Mittel,
die Zeit zu halten am Schlawittel:
Man nimmt die Taschenuhr zur Hand
und folgt dem Zeiger unverwandt.

Sie geht so langsam dann, so brav
als wie ein wohlgezogen Schaf,
setzt Fuß vor Fuß so voll Manier
als wie ein Fräulein von Saint-Cyr.

Jedoch verträumst du dich ein Weilchen,
so rückt das züchtigliche Veilchen
mit Beinen wie der Vogel Strauß
und heimlich wie ein Puma aus.

Und wieder siehst du auf sie nieder;
ha, Elende! – Doch was ist das?
Unschuldig lächelnd macht sie wieder
die zierlichsten Sekunden-Pas.

DIE LÄMMERWOLKE

Es blökt eine Lämmerwolke
am blauen Firmament,
sie blökt nach ihrem Volke,
das sich von ihr getrennt.

Zu Bomst das Luftschiff »Gunther«
vernimmt's und fährt empor

und bringt die Gute herunter,
die, ach, so viel verlor.

Bei Bomst wohl auf der Weide,
da schwebt sie nun voll Dank,
drei Jungfraun in weißem Kleide,
die bringen ihr Speis und Trank.

Doch als der Morgen gekommen,
der nächste Morgen bei Bomst, –
da war sie nach Schrimm verschwommen,
wohin du von Bomst aus kommst...

DIE STATIONEN

Überall, auf allen Stationen
ruft der Mensch den Namen der Station,
überall, wo Bahnbeamte wohnen,
schallt es Köpnik oder Iserlohn.
Wohl der Stadt, die Gott tut so belohnen:
Nicht im Stein nur lebt sie, auch im Ton!
Täglich vielmals wird sie laut verkündet
und dem Hirn des Passagiers verbündet.

Selbst des Nachts, wo sonst nur Diebe munkeln,
hört man: Kötschenbroda, Schrimm, Kamenz,
sieht man Augen, Knöpfe, Fenster funkeln;
kein Stationchen ist so klein – man nennt's!
Prenzlau, Bunzlau kennt man selbst im Dunkeln
dank des Dampfs verbindender Tendenz.
Nur die Dörfer seitwärts liegen stille...
Doch getrost, auch dies ist Gottes Wille.

ST. EXPEDITUS

Einem Kloster, voll von Nonnen,
waren Menschen wohlgesonnen.

Und sie schickten, gute Christen,
ihm nach Rom die schönsten Kisten:

Äpfel, Birnen, Kuchen, Socken,
eine Spieluhr, kleine Glocken,

Gartenwerkzeug, Schuhe, Schürzen . . .
Außen aber stand: Nicht stürzen!

Oder: Vorsicht! oder welche
wiesen schwarzgemalte Kelche.

Und auf jeder Kiste stand
»Espedito«, kurzerhand.

Unsre Nonnen, die nicht wußten,
wem sie dafür danken mußten,

denn das Gut kann anonym,
dankten vorderhand nur IHM,

rieten aber doch ohn' Ende
nach dem Sender solcher Spende.

Plötzlich rief die Schwester Pia
eines Morgens: Santa mia!

Nicht von Juden, nicht von Christen
stammen diese Wunderkisten –

Expeditus, o Geschwister,
heißt er und ein Heiliger ist er!

Und sie fielen auf die Kniee.
Und der Heilige sprach: Siehe!

Endlich habt ihr mich erkannt.
Und nun malt mich an die Wand!

Und sie ließen einen kommen,
einen Maler, einen frommen.

Und es malte der Artiste
Expeditum mit der Kiste. –

Und der Kult gewann an Breite.
Jeder, der beschenkt ward, weihte

kleine Tafeln ihm und Kerzen.
Kurz, er war in aller Herzen.

II

Da auf einmal, neunzehnhundert-
fünf, vernimmt die Welt verwundert,

daß die Kirche diesen Mann
fürder nicht mehr dulden kann.

Grausam schallt von Rom es her:
Expeditus ist nicht mehr!

Und da seine lieben Nonnen
längst dem Erdental entronnen,

steht er da und sieht sich um –
und die ganze Welt bleibt stumm.

Ich allein hier hoch im Norden
fühle mich von seinem Orden,

und mein Ketzergriffel schreibt:
Sanctus Expeditus – bleibt.

Und weil jenes nichts mehr gilt,
male ich hier neu sein Bild: –

Expeditum, den Gesandten
grüß' ich hier, des Unbekannten.

Expeditum, ihn, den Heiligen,
mit den Füßen, den viel eiligen,

mit den milden, weißen Haaren
und dem fröhlichen Gebaren,

mit den Augen braun, voll Güte,
und mit einer großen Düte,

die den überraschten Kindern
strebt ihr spärlich Los zu lindern.

Einen güldnen Heiligenschein
geb' ich ihm noch obendrein,

den sein Lächeln um ihn breitet,
wenn er durch die Lande schreitet.

Und um ihn in Engelswonnen
stell ich seine treuen Nonnen:

Mägdlein aus Italiens Auen,
himmlisch lieblich anzuschauen.

Eine aber macht, fürwahr,
eine lange Nase gar.

Just ins »Bronzne Tor« hinein
spannt sie ihr klein Fingerlein:

Oben aber aus dem Himmel
quillt der Heiligen Gewimmel,

und holdselig singt Maria:
Santo Espedito – sia!

EIN MODERNES MÄRCHEN

I FRÜCHTE DER BILDUNG

Schränke öffnen sich allein,
Schränke klaffen auf und spein
Fräcke, Hosen aus und Kleider,
nebst den Attributen beider.

Und sie wandeln in den Raum,
wie ein sonderbarer Traum,
wehen hin und her und schreiten
ganz wie zu benutzten Zeiten.

Auf den Sofas, auf den Truhn
sieht man sitzen sie und ruhn,
auf den Sesseln, an den Tischen
am Kamin und in den Nischen.

Seltsam sind sie anzuschaun,
kopflos, handlos, Männer, Fraun;
doch mit Recht verwundert jeden,
daß sie nicht ein Wörtlein reden.

Dieser Frack und jener Rock,
beide schweigen wie ein Stock,
lehnen ab, wie einst im Märchen,
sich zu rufen Franz und Klärchen.

Ohne Mund entsteht kein Ton,
lernten sie als Kinder schon:
Und so reden Wams und Weste
lediglich in stummer Geste.

Ein Uhr schlägt's, die Schränke schrein:
Kommt, und mög' euch Gott verzeihn!
Krachend fliegen zu die Flügel,
und – nur eins hängt nicht am Bügel!

II NOT LEHRT BETEN

Eine Spitzenbluse nämlich,
oh, entsetzlich und beschämlich,
hat sich bei der wilden Jagd,
wilden Heimjagd der Gespenster –
eine Spitzenbluse nämlich
hat sich bei der Jagd am Fenster-
haken heillos festgehakt.

Kalt bescheint der Mond die krause
Dulderin im dunklen Hause,
die vom Fenster fortstrebt, wie
wer da fliehen will im Traume,
doch kein Schrittchen rückt im Raume, –
grell bescheint der Mond die grause
krasse, krause Szenerie...

Da erscheint vom Nebenzimmer,
angelockt durch ihr Gewimmer:
denn sie schrie! die Bluse schrie! –
da erscheint vom Nebenzimmer,
hergelockt durch ihr Gewimmer,

schwebt herein vom Nebenzimmer,
schlafgeschloßnen Auges – SIE.

Und sie hakt das arme Wesen –
hakt es ohne Federlesen
los und hängt es ans Regal;
schwebt dann wieder heim ins Neben-
zimmer, schwebt, wie eben Wesen,
die im Schlafe wandeln, schweben,
schwebt so wieder dann ins Neben-
zimmer heim und heim zum Herrn Gemahl.

Gedichte, die in die Ausgabe letzter Hand nicht aufgenommen wurden

DER SAAL

Eugen, der Juwelendieb,
stahl auch Stiefel oder Hemden,
ohne daß ihm ein Befremden
über sich zurücke blieb.

Eines Monats aber stahl
er (man wird's nicht glauben wollen)
einen ganzen wundervollen
grade nicht benutzten Saal.

Mitten in dem Häuserblock
einer sehr belebten Gegend,

drin kein Mensch war Argwohn hegend,
lag der Saal im ersten Stock.

Durch den Boden einer Stube,
die darüber lag, ersann
einen Zugang er, und dann
stieg er einfach ein, der Bube.

Auf der Spree, da lag ein Kahn,
drein der Saal zunächst verbannt ward.
Freundlich lächelte der Strandwart,
sah er Eugens Karre nahn.

Eines Tags im Juli fuhr
er gen Hamburg ganz vergnüglich,
und von da ging's unverzüglich
übers Meer nach Baltimur.

Dort lief Eugen nach Attesten
für den lustigen Skandal –
und bereist seitdem den Westen
mit dem hier gestohlnen Saal.

Wer jedoch beschreibt den tristen
Reiz der Sache hier zu Haus!
Selbst die ältsten Polizisten
wissen nicht mehr ein noch aus.

Nichts mehr ist zurück vom Saale.
Das nur, was dahinter war,
beut, wie eine wüste Schale,
sich dem Bürgerauge dar.

DER FOLIANT

Korf läßt sich in einen Folianten einbinden,
um selben immer bei sich zu tragen;
die Rücken liegen gemeinsam hinten,
doch dann ist das Buch auseinandergeschlagen.
So daß er, gleichsam flügelbelastet,
mit hinter den Armen flatternden Seiten
hinwandelt oder zu andern Zeiten
in seinen Flügeln blätternd rastet.

IM SPIEGEL

Palmström sieht die Dinge gern im Spiegel,
und zumal ergötzt ihn das Gewölke
leichten Dampfs im Schoß kristallnen Grundes.

Und ihm schwant davor von Majas flügel-
hafter Art, und vor dem Schalk der Schälke
löst sich Welt zum – Atem eines – – Mundes – – –

UNVERBÜRGTES GERÜCHT

»Korf und Palmström fühlen sich als
›lästige Ausländer‹,
wiewohl sie natürlich gar keine sind.

Und erbitten sich von ihrem Herrn
Landesgewaltigen
die Gnade, sich Schrot und Korn, Schrot und Korn,

Schrot und Korn hinfüro zunächst
nennen zu dürfen, und
ersterben... (Man weiß noch nicht, wie es wird).«

NACHLESE
ZUR GALGENPOESIE

GALGENLIEDER NEBST ANDEREM

So hängen wir, so hängen wir, so hängen wir alle Tage
an dem gottverfluchten Galgengerüst.
Der Wind ist unser Nachtquartier
und senkrecht unsre Lage
an dem gottverfluchten Galgengerüst.
Und stößt der ein' den andern an,
so gibt es einen Schrei.
Da fällt er in den Dreck,
erlöst und frei.

So hängen wir, so hängen wir, so hängen wir alle Tage
als ein delikates Déjeuner.
Es naht der Wolf, der Fisch vom Golf,
Schakal, der Nekrophage
und der Elefant vom Müggelsee.
Der Wolf die Wad', der Fisch den Fuß,
der Schakal das Geschling',
der Elefant von einer Hand
den Zeigefing'.

So hängen wir, so hängen wir, so hängen wir alle Tage
bis sie alle satt sind und Mahlzeit gesagt,
des Fleisches los, das lästig bloß,
das uns nur eine Plage.
Und nur Gerippe sieht Sophie, die Henkersmagd.
Ihr Blick wird steil, sie spannt den Strick,
sie fegt die Stätte rein.

Sie sagt abscheul, oh ganz abreul!
Und geht feldein.

DAS GEBURTSLIED
ODER: DIE ZEICHEN.
ODER: SOPHIE UND KEIN ENDE

Ein Kindelein
im Windelein,
es macht schon
in die Bindelein.
Und um das Haus
oh Graus, oh Graus!
Da blasen
böse Windelein.

»Ein Mädelein!«
ruft Hedelein
und kneift ihm
in die Wädelein.
Doch ach am Haus
oh Graus, oh Graus!
Da wackeln
alle Lädelein.

Ein Eulelein
schiebts Mäulelein
vorbei am
Fenstersäulelein.
Es schreit im Haus:
»Oh Graus, oh Graus!

Hörst Du
die Silbergäulelein?«

Ein Würmelein
im Stürmelein
fliegt nieder
von dem Türmelein.
Es sagt im Haus:
»Es regnet drauß,
so gebt mir doch
ein Schirmelein!«

O Kindelein
im Windelein
heut machst du noch
ins Bindelein.
Doch gehst du aus
im langen Flaus
wirst du
ein Vagebindel sein!

DAS SIMMALEINS

Das ist das große Simmaleia
Simmaleialu
lusammalei.

Der Stein ist ein,
der Brei ist zwei,
die Schlei ist drei,
der Stier ist vier,
der Bünf ist fünf,

die Hex ist sechs,
was blieben ist sieben.

DER GLOCKENWURM

Der Glockenwurm,
der Glockenwurm
geht um im Turm
beim Neumondsturm.
Es klopft
und tropft –
und rotbezopft
Sophie dem Wurm
die Strümpfe stopft.

Der Glockenwurm,
der Glockenwurm
geht um im Turm
beim Neumondsturm.
O Laie geh
mit schneller Zeh!
Wann spaßte je
der Glockenwurm?
– – – – – – – –
Und das tut weh.

DIE UHR

(Eine Moor-Mär)

Vor Jahren sank in einen Sumpf
ein ganz verstorbner Menschenrumpf.
In seiner Westentasche stak
ein Ührelein mit tik und tak.

Der alte Moosfrosch spitzt das Ohr
und spricht: »Es tickt in unserm Moor!
Ei, ei, wenn mich nicht alles trügt,
so han wir eine Uhr gekriegt!«

Die Schokoladenschlange sagt:
»Wie bald, so kommt die Wassermagd
und nimmt – so ist sie – uns zum Tort
die neue Sumpfuhr neidisch fort!«

Und ehe noch das Tier geendet –
da siehst du schon herbeigewendet
die Hand der schnöden Wassernumpf!

Und wieder ward es still im Sumpf.

DES GALGENBRUDERS GEBET UND ERHÖRUNG

(Ein Nachtlied, im Jenseits vorzusingen)

Die Mond-Uhr wies auf halber Ilf,
da rief ich laut: Gott hilf, Gott hilf!
Wie singt im nahen Röhricht
die Unke gar so töricht!

Uu, uu, uu, uu –
So geht es immer und immerzu!
Ich kann solch lautes Grübeln
der Kröte nur verübeln.

So schweig doch still, verruchtes Maul!
Sonst freß dich gleich der Silbergaul!
Er frißt dich auf wie Hafer –
drum werde stiller, braver! . . .

– – – – – – – – – – – – – – –
– – – – – – – – – – – – – – –
– – – – – – – – – – – – – – –
– – – – – – – – – – – – – – –

Die Mond-Uhr wies dreiviertel Ilf,
verweht war mein: Gott hilf, Gott hilf! –
Im nahen Röhricht aber
erschien der Silbertraber.

ZIMMERFREUDEN

Wenn ich mittags fenstersteh
und die große Landschaft seh,
dampft mir plötzlich Bratenrauch
in den reinen Tannenhauch.

Regst umsonst vom Erdenjoch
Flügel der Ekstase –
Ochs und Hammel steigen noch
Göttern in die Nase.

EINE STIMMUNG AUS DEM VIERTEN KREIS

Zwei Hände, die so weiß, so weiß
als wie ein schlohweiß Laken,
vereinten sich im vierten Kreis,
während sie sonst gewohnter Weis'
in zwei verschiedenen Taschen staken.

Sie zitterten, jedoch nur leis,
als ob sie vor sich selbst erschraken,
sie fühlten sich auf fremdem Gleis,
und dennoch taten sie mit Fleiß
sich ineinander haken.

DAS AUGE DER MAUS

Das rote Auge einer Maus
lugt aus deren Loch heraus.

Es funkelt durch die Dämmerung...
Das Herz gerät in Hämmerung.

»Das Herz von wem?« Das Herz von mir!
Ich sitze nämlich vor dem Tier.

O Seele, denk an diese Maus!
Alle Dinge sind voll Graus.

BALLADE AUS EINEM TOTENTANZ

Tief im Walde sitzt der Tod
und schnitzt an einem Segelboot,
Si-Sa-Segelboot.

Wie die Geschichte weiter geht,
sich von selbst versteht.

Ein Elch geht nächtlich an den Teich
baden,
er wäscht sich erst die Zehen bleich
und dann die Waden.
Zum Schlusse taucht er das Geweih
ein –
ei!
Nun ist er endlich sauber.
In der Ferne gurrt ein wilder Tauber
sein
∪ ∪ ∪ ∪ ∪ ∪
×
.

DIE LUSTIGEN KÖNIGE

Wir sind die lustigen Könige,
Heissah hoh!
Und sind solang des Lebens froh
als wir nicht traurig sind.
Das aber liegt im Wind.*

* Anm. – ανεμος

DIE HOCHZEIT DER DINGE

Am Abend wenn der Mensch ist tot
  ti – ta – tot,
dann machen die Dinge Hochzeit,
  Hi – Ha – Hochzeit.

Dann heiratet das Holz den Stein
und bekommt mit ihm Kinderlein;
die werden wieder Hochzeiter
und so weiter.

Und auch die großen Lexika
schließen dann ihre Ehen.
Welch eine Sprachverwirrung wird da
von neuem wieder erstehen.

Dann werden sich endlich auch einmal
die Stiefel heiraten können
und Kinder kriegen ohne Zahl.
Es ist ihnen auch zu gönnen.

Ich wollte wohl, daß ich ein Stiefel wär,
daß ich da noch Leben hätte;
so zög ich lustig kreuz und quer
mit meiner Stiefelette.

Und sänge manch unsterblich Gedicht
auf ihre strahlende Schwärze
und schenkte ihr ein Kirchenlicht
und ein Pfefferkuchenherze.

Ja ja, die Welt ist rund und bunt
besonders um die Taille;
sie kommt sobald nicht auf den Hund,
die reizende Kanaille.

DAS LEICHDORNRÖSCHEN

Das Leichdornröschen sitzt gebückt:
Der Stiefel drückt – der Stiefel drückt
ein Zehlein groß, ein Zehlein klein.
Das Leichdornröschen gibt sich drein.
Das Leichdornröschen …

Leichdornprinzessin sitzt und spinnt
im Schoß ihr kleines Leichdornkind,
das hat ein blindes Auge nur
nach den Gesetzen der Natur,
das Leichdornkindlein …

Das Leichdornröschen sitzt voll Scham
und harrt auf seinen Bräutigam

und windet samtne Ringe
um beide Fingerlinge,
das Leichdornröschen ...

LIEBESERKLÄRUNG DES RABEN RALF AN DIE RÄBIN LOUISE BROXAK

Tůr! tůr! tůr!
  broxak! broxak!
kokoloko? klokoko!

Serbo – serbo –
  broxak! broxak!
kolkrekolo! krekloko?

Kar! Kar! Kar!
  broxak! broxak!
Kalakaka! Kralkaka!

TANZ-SCHNADERHÜPFL DER GIEBELWINDE

Hio hio kon kankio
  lio lio lio lankio
Berrsebelei berrsebelei
  hio hio hio hei!

GESPRÄCH EINER HAUSSCHNECKE MIT SICH SELBST

Soll i aus meim Hause raus?
Soll i aus meim Hause nit raus?
Einen Schritt raus?
Lieber nit raus?
Hausenitraus –
Hauseraus
Hauseritraus
Hausenaus
Rauserauserauserause ....

(Die Hausschnecke verfängt sich in ihren eignen Gedanken oder vielmehr diese gehen mit ihr dermaßen durch, daß sie die weitere Entscheidung der Frage lächelnd verschieben muß.)

AUGURISCH

Es gibt erlösende Momente
und wieder solche, die es nicht sind –
(nenn sie verbösende Momente,
wenn nomina dir von Gewicht sind).

Wie häufig, daß ein Wunsch uns brennt,
es möchte dies und das geschehn!
Doch das erlösende Moment
bleibt in der Ferne stehn.

LIEBE

Das Feuer brennt,
das Feuer nennt,
die Luft sein Schwesterelement –
und frißt sie doch (samt dem Ozon)!
Das ist die Liebe, lieber Sohn.

SAGEN UND NICHTSAGEN

Was sagt der Wind?
Du bist taub!
Du bist blind!
So sagt der Wind.

Was sagt das Laub?
Du bist blind!
Du bist taub!
So sagt das Laub.

Wer aber nichts sagt
(es faßt sich glatt)
das ist des Wichts Magd,
(der keine hat).

BERLINER GESELLSCHAFTSESSEN

Suppe
»Sie sind wohl nicht – nah oder fern –
verwandt mit Lina Morgenstern?!«

Vorgericht
»Böcklin – das ist ein Maler, wie?
Welch' eigentümliche Phantasie!«

Fisch
»Zwar hab' ich eine Ente zu Tisch,
aber ich halt' mich mehr an den Fisch.«

Braten
»Waren Sie schon in Norderney?«
»Nein, aber in Salzburg!«
»Ei!
Da war ja ich im vorigen Jahr.
'S ist doch aber dort schön, nicht wahr?«
»Ja, ja, besonders da und da!«
»Die See, die ist aber auch schön!«
»Ja,
das glaub ich Ihnen auf Ihr Wort.«
»Der Dr. P., der war auch dort.«

Nachtisch
»Sie haben doch das Stück gesehn –
von wem doch gleich?! Kein Schimmer!
Kurz, Kainz gab Den-und-den,
und Sorma war wie immer.«

Eis
»Die Kälte heute!«
»Die armen Leute!«
»Es sind wieder Unruhen.«
»Ja, was soll man tuen!«

U. s. w.
c. gr. in inf.

DIE PERLE DER SAISON

Es steht ein völlig goldnes Huhn
auf völlig samtnem Miste.
Du brauchst das Ganze nur zu tun
in eine Bilderkiste, –

dann wird in einem Kunstsalon
der Packen aufgestellt
und als die »Perle der Saison«
bestaunt von aller Welt.

Herr Meier hält sich für das Maß der Welt.
Verständlich *ist* allein, was *ihm* erhellt.

Herr Meier sagt, wozu doch eure Kunst,
wenn nicht für mich! Sonst ist sie eitel Dunst.

Noch mehr, bei weitem mehr: Herr Meier meint,
daß dann die Kunst im Grunde sträflich scheint.

Man muß sich eiligst von Herrn Meier wenden,
um nicht mit Mord und Raserei zu enden.

HÄUFIGE ERSCHEINUNG

Es war einmal ein Haus;
aus dem guckten viele Leute heraus.
Und war im Haus gegenüber ein Mann;
der meinte, sie guckten alle *ihn* an.

Das taten die nun freilich nicht.
Sie kannten nicht einmal sein Gesicht.
Er wußt' es auch recht gut, der Mann.
Und doch: Sie guckten ihn alle an.

NACHTBILD

Es horcht ein Hofhund hinterm Zaun
(»Achtung! Hunde!«)
Es horcht ein Hofhund hinterm Zaun
zur mitternächtigen Stunde.
Mit glüh'nden Augen steht der Hund
an einem Möbelwagen ...
Der Mensch ist fort. Die Nacht ist rund
mit Sternen ausgeschlagen.

RONDELL

Durch die Schnauzen der Cavalle
schreit ich ruhig meines Weges.
Mitten im Gewühl der Droschken
les' ich Kellers Tanzlegendchen.

Besser nirgends, denn auf Plätzen,
wo sich hundert Linien kreuzen,
kreuz' ich selbst, ein leichter Segler,
kühl-gelassen meines Weges.

Ruhig schreit ich durchs Gewimmel,
habe keine Angst vor Rädern,

lasse mir den Weg nicht irren
durch die Schnauzen der Cavalle.

DIE TÜRME

Die Häusertürme von Neu-Berlin
kamen einmal zusammen,
dieweil es ihnen geboten schien,
sich tätig zu entflammen.

Das Auge nämlich hatte sie
beschimpft in seiner Zeitung:
Es sprach von Hydrozephalie
moderner Hausbereitung.

Das ließ die eitle Zunft nicht ruhn,
sie fingen an zu toben.
(Sie hatten nämlich nichts zu tun
auf ihren Dächern droben.)

»Wir stellen dar den neuen Geist!«
mit Fug und Recht sie riefen.
»Den Bürgerstolz, der aufwärts weist
aus herrschaftlichen Tiefen.

Das Auge, dieses dumme Tier,
mag auf sich selber schreiben.
Wir sind Wahrzeichen. Wir sind Wir
und werden Wir verbleiben!«

Die Giebel wackelten dazu
mit ihren Dekorationen
und schrien: »Ja, laß uns nur in Ruh: –
sonst werden wir dich nicht schonen!«

Die Obelisken auch sodann,
die dickbefransten Säulen, –
sie alle drohten wie ein Mann:
»Wir werden dich schon verbeulen!«

Und aufgeblasenen Kröten gleich
hupften zurück die Türme, –
Hanswurste nach wie vor im Reich
der Lenz- und Winterstürme.

BABELVERSE

Schaufensterarrangements

Auch der Kaufmann hier in Babel
ist ein heimlicher Feldwabel,
treibt's in seinen Auslagscheiben
wie's die Tempelhofer treiben,

läßt die Waren aufmarschieren,
sich in Reih und Glied formieren,
rechts Konsole, links Konsole,
mittendrin Tablett mit Bowle.

Weiter vorn am Rand der Rampe
links 'ne Lampe, rechts 'ne Lampe.
Oben in der Mitte Gips
und im Halbkreis unten Nippes.

Steht so alles stramm gefüget,
hat der Gute seiner Pflicht genüget
und bei Zwölfuhr-Wache-Schritt
klirrt sein Fenster lustig mit.

Ja, es trägt in diesem Babel
jeder noch die Schnur am Nabel,
welche zu dem Korporal
führt von anno dazumal.

DER E. P. V.

(Dem 2. Garderegiment zu Fuß)

Der Exerzierplatzvogel singt,
sobald des Trommlers Fell erklingt.

Es nimmt voraus, das kleine Vieh,
des Schwegelpfeifers Tirili –

indem sein Köpflein nicht begreift,
warum derselbe noch nicht pfeift. –

Auf seinem Ast im Himmelsblau
sitzt unentwegt der E. P. V.,

sein Lied zu pfeifen stets parat,
ein nie versagender Soldat.

Wer stampft so spät den dunklen Damm
als wie ein roter Feuerjoh,
Es kehrt die Tram, die letzte Tram
zum trauten Nachtdepot!
Nun schlafen
sie im Hafen,
nun pflegen sie der Roh,
nun schlafen
all die braven
im Straßenbahndepot.

L'ART PAS POUR BŒUFS

Ochsen stehn herum
um ein Blumenbeet,
auf dem Beete steht
Veigulein, Tulipan, Chrysanthemum.

Ochsen drehn sich um.
Jeder heimwärts geht.
Auf dem Beete steht
Veigulein, Tulipan, Chrysanthemum.

UKAS

Durch Anschlag mach ich euch bekannt:
Heut ist kein Fest im deutschen Land.
Drum sei der Tag für alle Zeit
zum Nichtfest-Feiertag geweiht.

Erschrocken staunt der Heide Schaf mich an,
als säh's in mir den ersten Menschenmann.
Sein Blick berückt; wir stehen wie im Schlaf;
mir ist, ich säh' zum ersten Mal ein Schaf.

AUS DER VORSTADT

(Mit Seele vorzutragen)

»Ich bin eine neue Straße
noch ohne Haus, o Graus.
Ich bin eine neue Straße
und sehe komisch aus.

Der Mond blickt aus den Wolken –
ich sage: Nur gemach –
(der Mond blickt aus den Wolken)
die Häuser kommen noch nach!

Ich heiß auch schon seit gestern,
und zwar Neu-Friedrichskron;
und links und rechts die Schwestern,
die heißen alle schon.

Die Herren Aktionäre,
die haben mir schon vertraut:
Es währt nicht lange, auf Ehre,
so werd ich angebaut.

Der Mond geht in den Himmel,
schließt hinter sich die Tür –
der Mond geht in den Himmel –
ich kann doch nichts dafür!«

VOM STEIN-PLATZ ZU CHARLOTTENBURG

Den Stein-Platz soll ein Elefant
von Gaul, so hör ich, schmücken;
doch manche schelten dies genant
und finden keine Brücken

vom Elefanten bis zu Stein,
von Stein zum Elefanten –
und sagen drum energisch nein
zu dem zuerst Genannten.

Und doch! War Stein kein großes Tier?
Ich denke doch, er war es.
Und gilt der Elefant nicht schier
als Gottheit in Benares?...

Ihr wackern Richter, laßt den Wert
des Werks den Streit entscheiden!
Der Stein, den uns ein Gaul beschert,
wird seinen Stein-Platz kleiden.

Ihr, die man ein Kulturvolk heißt,
wagt's doch, Kultur zu haben!
Und dankt dem Bildner Stein im Geist,
und nicht nach dem Buch-Staben!

STEINE STATT BROT

Ja, wenn die ganze Siegesallee
aus Mehl gebacken wäre –
das wäre eine gute Idee,
auf Ehre!

Man spräche zum Hungernden: Iß dich rund
(Dein Landesvater will es!)
an Otto dem Faulen, an Sigismund,
an Cicero, an Achilles!

Zu Dank zerflösse bei Arm und Reich
des Mißvergnügens Wolke:
es wäre geholfen auf einen Streich
dem ganzen deutschen Volke.

Ein Loblied sänge der deutsche Geist
vom Pregel bis zum Rheine. –
Gib Kunst, o Fürst, die nährt und speist!
Gib Brot, o Fürst, nicht Steine!

IM BAYRISCHEN VIERTEL

Im Garten stand's, das wackre Haus,
ein Schinkelscher Villino.
Sie trugen es Stein für Stein hinaus,
samt der kleinen Madonna des Mino.

Statt seiner stieg ein Kasten empor,
banausisch und barbarisch,

ein Riesenkasten mit »Komfort«,
für Leute mehr summarisch.

Du alte Villa fest und zart,
mit deinen durchgeistigten Maßen, –
wie stehn sie da, vor deiner Art,
die neuen, patzigen Straßen!

Die Archiklepten von anno Jetz,
die solch ein Viertel satt macht,
sie wissen, wie man Warmwasserklosetts,
doch nicht, wie man eine Stadt macht.

QUARTIER LATIN

Sie sitzen in einem Giebel
des Häusermeers zu zweit.
Sie streiten über die Bibel
der neuen seltsamen Zeit.

Der eine ruft »Zarathustra«,
der andre »Das Kapital«!
Sie mischen ein Dutzend Lustra
in ihrem Gesprächspokal.

Die riesigen Polyeder –
sie drehn sie die ganze Nacht …
Und schließlich hat doch ein jeder
nur sich, sich selbst gedacht.

BERLINER MÄGDE AM SONNABEND

Sie hängen sie an die Leiste,
die Teppiche klein und groß,
sie hauen, sie hauen im Geiste
auf ihre Herrschaft los.

Mit einem wilden Behagen,
mit wahrer Berserkerwut,
für eine Woche voll Plagen
kühlen sie sich den Mut.

Sie hauen mit splitternden Rohren
im infernalischen Takt.
Die vorderhäuslichen Ohren
nehmen davon nicht Akt.

Doch hinten jammern, zerrissen
im Tiefsten von Hieb und Stoß,
die Läufer, die Perserkissen
und die dicken deutschen Plumeaus.

DER SÜNDFLOH

Als schauerlich und grausenvoll
die Sündflut um die Berge schwoll,
kam noch im siebenten Moment
ein junger Floh herzugerennt.

Doch da das obligate Paar
von Flöhen schon im Kasten war,

so mußte Noah ihn bestimmen,
ins nasse Grab zurückzuschwimmen.

Voll Eifer gleichfalls protestierten
die beiden, die bereits logierten,
weil – riefen sie (besonders er) –
ein dritter nicht gestattet wär!

Der Sündfloh (denn er war es) blieb,
obschon verborgen wie ein Dieb,
und zwar (trotz Jahwen in der Höhe)
vom einen der zwei beiden Flöhe.

Von welchem braucht man nicht zu sagen;
doch ward sodann aus Vorzeittagen
das Dreieck, wovon Ibsen schreibt,
der Neuzeit wieder einverleibt.

DER UNZUREICHENDE BRAND
oder
ZUR KUNST ERZOGEN

Herr Ix kann seinen Brand verlangen.
Es sitzt mit ärgerlichen Wangen
im ersten Rang und ballt die Hand:
»Acht Mark, und nicht einmal ein Brand!

Ich habe diese Schüssel Kleist
bezahlt, wie mein Billet beweist.
Mit Brand: so sagt die Speisekarte.
Wohlan. Wo ist der Brand? Ich warte.

Ich wünsche meinen Nervenchoc,
und en détail zwar wie en bloc.
Ihr Brand, Herr, ist der reine Quark.
Ich wünsche Brand für rund acht Mark!«

Menschen stehn vor einem Haus, – –
nein, nicht Menschen, – Bäume.
Menschen, folgert Otto draus,
sind drum nichts als Träume.

Alles ist vielleicht nicht klar,
nichts vielleicht erklärlich
und somit, was ist, wird, war,
schlimmstenfalls entbehrlich.

UNTER SPIEGELBILDERN

Unter lauter Spiegelbildern
war ich diese Nacht im Traum.
(Laß die Phantasie nicht wildern,
halte sie vielmehr im Zaum!)

Alles war daselbst vorhanden,
was Natur und Mensch gemacht,
selbst ein Löwe, der (in Banden)
einst vor ein Trumeau gebracht.

Doch nicht einmal nur war Tier und
Mensch und andres hier, o Graun!
Eine Frau war hundertvierund-
fünfzigtausendmal zu schaun.

Auch ein Fräulein war zur Stelle,
ganz gehüllt in blondes Haar,
die in eines Waldborns Welle
einst im Mond gestiegen war.

Leute sah man, die man nie sonst
so gesehn (und umgekehrt);
wer ein Vieh sonst, ein Genie sonst,
hier erst sah man seinen Wert.

Hüt' dich drum, du sichres Siegel,
wer du seist und wo du seist;
sieh dich niemals in den Spiegel,
sonst verfällst du meinem Geist.

Deines Spiegels dunkle Klarheit
hat dein Bild, du weißt nicht wie,
und dann seh ich deine Wahrheit;
denn die Spiegel lügen nie.

Der Korbstuhl knarrt. Ein Geist
hat sich in ihn gesetzt.
Ein Geist, der schwer sich reißt
vom trauten Hier und Jetzt.

DER KORBSTUHL

Befreit von jeder Menschenfracht
erholt der Korbstuhl sich bei Nacht.

Er re-agiert mit seinem Rohr
und kehrt die eigne Art hervor.

Er reckt und dehnt sich wohlig aus,
gewissermaßen »wie zu Haus«.

Sonst stets besetzt, erlebt er itzt
die Seligkeit, daß selbst er – sitzt.

»Ein Sessel in sich selbst«, – fürwahr,
ein Ding, so tief als wunderbar!

AUF EINER BÜHNE

Auf einer Bühne steht ein Baum,
geholt vom nächsten Wäldchensaum.

Ihn überragt zur rechten Hand
ein Felsenstein aus Leinewand,

indes zur Linken wunderbar
ein Rasen grünt aus Ziegenhaar.

Im Stehparkett der kleine Cohn
zerbirst vor lauter Illusion.

Der kleine Cohn ward zum Gericht
für das, was Kunst ist und was nicht.

Das war die Katze aus Kristall,
die mit den Beinen stets voran
durchs mährische Gesenke flog,
in dem durch sonderbaren Bann
ein Mädchen stand mit einem Ball,
der fünfundzwanzig Kilo wog.

Das Mädchen wog, man glaubt es kaum,
zweihundertvierzig ohne Schuh,
die Katze war wie eine Kuh,
das Ganze aber war ein Traum.

GOLCH UND FLUBIS

Golch und Flubis, das sind zwei
Kentauren aus der Titanei,

die mir einst in einer Nacht
Zri, die große Zra, vermacht.

Mangelt irgend mir ein Ding,
ein Beweis, ein Baum, ein Ring –

ruf ich Golch: und er verwandelt
sich in das, worum sich's handelt.

Während Flubis umgekehrt
das wird, was man gern entbehrt.

Bei z. B. Halsbeschwerden
wird das Halsweh Flubis werden.

Fällte dich z. B. Mord,
ging' der Tod als Flubis fort.

Lieblich lebt es sich mit solchen
wackern Flubissen und Golchen.

Darum suche jeder ja
dito Zri, die große Zra.

Des Zauberfräuleins kleiner Hund
wird, wenn sie ihn am Ohr ergreift,
sogleich ein seiden Taschentuch.

Und wirft sie's wieder auf den Grund,
dann – ohne Formel, ohne Buch,
sie wiederum ein Hund umschweift.

Du bist ein Katzenembryo,
von einem Nachtmahr ausgehustet,
mit einer Schlang' als Paletot,
die man aus sich herausgepustet.

Im Traum sodann als Alp verschluckt
von einer Studie Li – Tsiën – Lü
und schaudernd wieder ausgespuckt
von diesem Aschermittwoch früh.

DAS GEIERLAMM

Der Lämmergeier ist bekannt,
das Geierlamm erst hier genannt.

Der Geier, der ist offenkundig,
das Lamm hingegen untergrundig.

Es sagt nicht hu, es sagt nicht mäh
und frißt dich auf aus nächster Näh.

Und dreht das Auge dann zum Herrn.
Und alle haben's herzlich gern.

DAS LICHT

Warum erinnert mich das Licht
an ein einfältiges Gesicht

mit einer langen, dicken Nas'
und einem Kopf, der wie von Glas?

Die Zwiebel in den Schultern steckt
und obendrein die Zunge bleckt.

Warum hat mitten in der Nacht
mein Licht mir solchen Tort erdacht?

Es steht der Mensch in Spiritus,
in einem guten Bade,
wogegen der Christanthropus
sich wünscht in Limonade.

IM REICH DER INTERPUNKTIONEN

Im Reich der Interpunktionen
nicht fürder goldner Friede prunkt:

Die Semikolons werden Drohnen
genannt von Beistrich und von Punkt.

Es bildet sich zur selben Stund'
ein Antisemikolonbund.

Die einzigen, die stumm entweichen,
(wie immer), sind die Fragezeichen.

Die Semikolons, die sehr jammern,
umstellt man mit geschwungnen Klammern,

und setzt die so gefangnen Wesen
nach obendrein in Parenthesen.

Das Minuszeichen naht und – schwapp!
Da zieht es sie vom Leben ab.

Kopfschüttelnd blicken auf die Leichen
die heimgekehrten Fragezeichen.

Doch, wehe! neuer Kampf sich schürzt:
Gedankenstrich auf Komma stürzt –

und fährt ihm schneidend durch den Hals –
bis dieser gleich – und ebenfalls

(wie jener mörderisch bezweckt)
als Strichpunkt das Gefild bedeckt!...

Stumm trägt man auf den Totengarten
die Semikolons beider Arten.

Was übrig von Gedankenstrichen,
kommt schwarz und schweigsam nachgeschlichen.

Das Ausrufzeichen hält die Predigt;
das Kolon dient ihm als Adjunkt.

Dann, jeder Kommaform entledigt,
stapft heimwärts man, Strich, Punkt, Strich, Punkt...

Ich ging den Igel schauen, ich Schaf,
und traf das Pärchen im Winterschlaf.
Dafür sah ich die Otter.
Sie schwamm und sprang eine liegende Acht,
da hab ich der Ewigkeit gedacht,
ich ewiger Weltballtrotter.

Ein Wildschwein und ein Zahmschwein sahn
sich an durch eines Zaunes Zahn.

Das Zahmschwein (anders als das Wild-)
hielt jenes für sein Spiegelbild.

Hinwieder dies verächtlich spie
auf sein rasiertes vis-à-vis.

Das Zahmschwein wandte sich empört,
aus seiner Illusion gestört.

Die Wildsau lief, berechtigt-stolz,
ins nächstgelegne Unterholz.

SOZIALER AUSGLEICH

Man sieht den Menschen übern Hals
an, oder jedenfalls.

Man sieht ihn notgedrungen an,
weil man nicht anders leben kann.

Der aber sieht, auch ziemlich viv,
dich wieder an, retrospektiv.

VERTIEFTER BLICK

Durch das Eßbare hindurch
schauen wir das Uneßbare;
durch das Korn, entsproßt der Furch',
schauen wir des Bäckers Haare.

So ist jedes Stück Natur
durch Gedankenflug zu adeln,
und nur der als Tor zu tadeln,
der dabei verkehrt verfuhr.

DIE ZIRBELKIEFER

Die Zirbelkiefer sieht sich an
auf ihre Zirbeldrüse hin;
sie las in einem Buche jüngst,
die Seele säße dort darin.

Sie säße dort wie ein Insekt
voll wundersamer Lieblichkeit,
von Gottes Allmacht ausgeheckt
und außerordentlich gescheit.

Die Zirbelkiefer sieht sich an
auf ihre Zirbeldrüse hin;
sie weiß nicht, wo sie sitzen tut,
allein ihr wird ganz fromm zu Sinn.

DAS GRAB DES HUNDS

Gestern war ich in dem Tal,
wo der Hund begraben liegt.
Trat erst durch ein Felsportal
und dann wo nach links es biegt.

Vorwärts drang ich ungestört
noch um ein Erkleckliches –

ist auch niemand da, der hört?
Denn nun tat ich Schreckliches:

Hob den Stein, auf welchem steht,
welchem steht: Hier liegt der Hund –
hob den Stein auf, hob ihn – und –
sah – oh, die ihr da seid, geht!

Sah – sah die Idee des Hunds,
sah den Hund, den Hund an sich.
Reichen wir die Hände uns;
dies ist wirklich fürchterlich.

Wie sie aussah, die Idee?
Bitte, bändigt euren Mund.
Denn ich kann nicht sagen meh
als daß sie aussah wie ein – Hund.

DER MEILENSTEIN

Tief im dunklen Walde steht er
und auf ihm mit schwarzer Farbe,
daß des Wandrers Geist nicht darbe:
Dreiundzwanzig Kilometer.

Seltsam ist und schier zum Lachen,
daß es diesen Text nicht gibt,
wenn es keinem Blick beliebt,
ihn durch sich zu Text zu machen.

Und noch weiter vorgestellt:
was wohl ist er – ungesehen.

Ein uns völlig fremd Geschehen.
Erst das Auge schafft die Welt.

TOILETTENKÜNSTE

(Fritz Mauthnern)

Das Wort, an sich nicht eben viel,
rüstete sich zum Fastnachtsspiel.

Er setzte sich, das gute Wurm,
Perücken auf als wie ein Turm.

Sie barg die äußerst magern Hüften
in märchenhaften Röckegrüften.

Der Ball war voll Bewundrung toll.
Der König selbst sprach: Wundervoll!

Doch morgens krochen – flüchtig Glück! –
zwei Nichtse in ihr Bett zurück.

DIE DUMMHEIT SPRICHT

Der Mensch begießt, wer weiß warum,
den Nächsten mit Petroleum;
und steckt ihn an, und dieser ihn,
und beide brennen sie wie Kien.

Die Dummheit sitzt im Sorgenstuhl!
Ach Gott, ist das ein Jammerpfuhl!

Allein, allein, allein, allein,
es muß wohl sein, es muß wohl sein.

Es spricht in ihrem Schädel hohl:
Man braucht ihn wohl, man braucht ihn wohl,
den Krieg, denn wenn der Krieg verstummt,
so ist gewiß, daß man verdummt.

Verdummen aber darf man nicht,
mit tiefem Blick die Dummheit spricht;
nur dumm nicht – spricht sie – eher roh.
Ach Gott, wir sind nun einmal so.

DIE GLOCKE

Werbokken in Werbokknen
war ganz aus Käs gemacht,
aus weichem und aus trocknem,
seit jener großen Schlacht –

womit das Volk der Maden
den heiligen Krieg beendet
und sich durch Gottes Gnaden
dem Käse zugewendet.

Nur eine einzige Glocke
verblieb dabei dem Haufen:
Vermöge ihres Käses
begann sie wegzulaufen.

Es war die Käseglocke,
die Glocke Çekesla.

[Nicht lang, so hing sie klingend
dem Chor der Sterne nah.] [?]

Denn zärtlich ward derselben
ein Dom getürmt empor
aus weißem und aus gelbem
und aus grünem Käsmarmor.

Der Klöppel ward gedrechselt
aus einem Ziegenkäs,
den man im Grab gefunden
von einem alten Knäs.

Das Läutseil ward geflochten
aus seidnem Parmesan,
und tausend Käseglöckner
zogen tagtäglich daran.

Und hunderttausend Maden
nachts allsonntäglich
erflehten Gottes Gnaden
herab auf sich und dich.

Doch eines Tages sprang sie
aus ihrem Stuhl und – zer!
Seitdem gibt's in Werbokknen
wohl keine Glocke mehr.

Seit jenem Tage ward es
ein Land ganz ohne Ruhm
und sank samt seinem Käse
zurück ins Heidentum.

DIE WIEDERHERGESTELLTE RUHE

Aus ihrem Bette steigt sie bleich
im langen Hemd und setzt sich gleich.

Die Zofe bringt ihr Rock und Schuh
und führt sie sanft dem Diwan zu.

Todmüd in grauen Höhlen liegt
der Blick, den Fieber fast besiegt.

Ihr ganzer Leib ist wie verzehrt,
als hätt' in ihm gewühlt ein Schwert.

Der Medicus erzählt der Welt,
sie sei nun wieder hergestellt ...

Die Zofe kniet vor ihr und gibt
ihr von den Blumen, die sie liebt,

und schmückt sie zärtlich aus der Truhe, –
die wiederhergestellte Ruhe.

DER TEPPICH

Ein teurer Teppich liegt inmitten
des Raums, ehrfürchtig überschritten.

Auf einem Sofa sitzt ein Mann
und blickt den Teppich sinnend an.

WIEGENLIED

Schlaf, Kindlein, schlaf,
am Himmel steht ein Schaf;
das Schaf das ist aus Wasserdampf
und kämpft wie wir den Lebenskampf.
Schlaf, Kindlein, schlaf.

Schlaf, Kindlein, schlaf,
die Sonne frißt das Schaf,
sie leckt es weg vom blauen Grund
mit langer Zunge wie ein Hund.
Schlaf, Kindlein, schlaf.

Schlaf, Kindlein, schlaf.
Nun ist es fort, das Schaf.
Es kommt der Mond und schilt sein Weib;
die läuft ihm weg, das Schaf im Leib.
Schlaf, Kindlein, schlaf.

Der Mond, der ist kein guter Hirt,
  huleilulu huleilula,
er bläst auf der Schalmeien,
die Sternkind[er] sich zerstreuen
und laufen über den Berg.

Der Mond, der ist kein guter Hirt,
  huleilulilulei lulu.
Die Stern[e] wär'n all verloren.
Er bläst hinab zur Erden,
ihn kümmern nicht die Herden.

[...]
Der Mond, der ist ein groß Stück Geld,
man macht mit ihm viel Sternenzelt
tot.

Doch wechselte den Mond man gern,
bekäm' man lauter Gaslatern'
raus.
Die Gaslatern' sind gute Münz',
man kauft damit die Hinz und Künz
all.
Da ist man Prinz, dann kann man gehn
und hinter die gelben Sternlein sehn
all!

Da endlich schlägt dem Mond das Herz
  tu tu tu tu tu tu tu tu,
doch als er weggelaufen,
da kommen die Stern' zu Haufen
über den Berg zurück.

In dem Ofen, in dem Ofen
sitzen sieben kleine Zofen,
sie strählen dem Feuer sein güldnes Haar,
das Feuer aber singt wunderbar.
Es singt wie jemand, der nicht lang lebt
und Unerhörtes zu künden strebt.

Verworren rauscht es
wie dunkler Sturm,
wie fernerlauschtes
Geläut vom Turm.

Sehnsüchtig klagt es,
wie Leidenschaft jagt es.
Noch einmal lohet es,
ein Geysir Lichts,
dann züngelt tot es
zurück ins Nichts.

In dem Ofen, in dem Ofen
sitzen sieben kleine Zofen;
sie streuen ihr Haar mit Asche weiß,
die jungen Körperlein werden greis.
[...]

In dem Ofen, in dem Ofen
sitzen sieben Philosophen.
Sie haben es alle furchtbar heiß,
doch philosophieren sie über das Eis,
wie es zu fabrizieren wär,
just mitten in der Feuersphär'.
Zuletzt langt einer aus seinem Hirn
einen Gedanken wie eine geschmorte Birn'
und wenn du diesen Gedanken verspeist,
dann wirst du auch so ein Feuergeist.

DER KULTURBEFÖRDERNDE FÜLL

Ein wünschbar bürgerlich Idyll
erschafft, wenn du ihn trägst, der Füll.
Er kehrt, nach Vorschrift aufgehoben,
die goldne Spitze stets nach oben.

Wärst du ein Tier und sprängst auf Vieren,
er würde seinen Saft verlieren.

Trag einen Füll drum! (Du verstehst:
Damit du immer aufrecht gehst.)

Zeig mir, sprach zu mir ein Dämon,
zeig mir das Symbol des Menschen
und ich will dich ziehen lassen.
Ich darauf, mir meine schwarzen
Stiefel von den Zehen ziehend
sprach, dies, Dämon, ist des Menschen
schauerlich Symbol, ein Fuß aus
grobem Leder, nicht Natur mehr,
doch auch noch nicht Geist geworden,
eine Wanderform vom Tierfuß
zu Merkurs geflügelter Sohle.
Als ein Bildnis des Gelächters
stand ich da, ein neuer Heiliger.
Doch der Dämon, unbestimmbar
seufzend, bückte sich und schrieb mit
seinem Finger auf die Erde.

Mich erfüllt Liebestoben zu dir!
Ich bin deinst,
als ob einst
wir vereinigst.

Sei du meinst!
Komm Liebchenstche zu mir –

ich vergehste sonst
sehnsuchtstgepeinigst.

Doch achst, achst, schwach, arm Wortleinstche ei, was –
genug, da auch du mich liebstest.
Fühls, fühls ohne Worte mein Meinstlein:
Ich sehne dich Steste -st -st!

LIGNA LOQUUNTUR

Man soll nichts gegen jene Tafeln sagen,
die eine Hand an ihrer Stirne tragen,

den Namen einer Schenke nahebei,
den Paragraphen einer Polizei.

Sie sind, wenn sonst nichts spricht im weiten Land,
ein wundervoller geistiger Bestand.

Bescheiden zeugt ihr Dasein von – Kultur:
Hier herrscht der Mensch, – und nicht mehr Bär und Ur.

DER ESEL DES BURIDAN
oder
DIE ZWEI HEUBÜNDEL

Des Buridanus Eselstute
kennt jeder Böse, jeder Gute.
Und jeder, Mann wie Mädchen, weiß,
daß sie, vom Wirbel bis zum Steiß

verhungert ist, weil kurzerhand
sie sich nicht hat entschließen können,
von den beiden Bündeln Heu,
in deren Mitte sie sich fand,
das eine sich zur Speis
zu gönnen vorzugsweis,
nicht ganz unähnlich noch am Abend
da stand nichts als gependelt habend,
was sie noch in der Nacht fortsetzte
und weiter, bis, wie ich schon sprach,
sie tot in sich zusammenbrach.

Dies, wie gesagt, ist völlig klar,
man weiß, wer dieser Esel war
und wie er, trotz des Heus, das sich
ihm anbot, gleichsam doch verblich.

Besagter Esel also, denn,
wird, wo er blieb, gewußt, va ben.
[Er] ist, so sahen wir, verreckt
und sei darum mit Schweigen bedeckt.

Das Heu jedoch, das Heu jedoch,
was, Freunde, dünkt euch des Heus?
Das Heu ist nicht verreckt, beim Zeus,
und viele Esel gibt es noch.

Das Heu liegt heut wie ehedem,
liegt links, liegt rechts und höchst bequem
für jeden, der ungleich dem Obigen
als schlichter Esel zu belobigen.

Führwahr es gibt nicht viele Gaben,
die also kostenlos zu haben.
Auf, Eselschaft, drum ohne Scheu
zieht aus, zieht aus nach jenem Heu!
[. . .]

ESEL UND KEIN ENDE

Die Eselin des Bileam
am andern Tag geschritten kam.
Das Tier, das mit dem Engel sprach,
es trat herein in mein Gemach.

»Du lügst«, so sprach sie, »mit dem Heu
des Buridan, ja, meiner Treu.
Das Heu ist nicht mehr zu gewinnen.
Führ Esel an, nicht Eselinnen.«

Wobei sie mich ins Auge nahm
wie seinerzeit wohl Bileam
und dann (wie seinerzeit zugleich)
erhob den Blick zum Himmelreich.

»O Schwester!« sprach sie. Und die Stute
des Buridan erschien, die gute,
erschien, das Haupt vom Licht umwoben,
links in des Zimmers Ecke droben.

Die Bileama trug nun vor,
die Buridana war ganz Ohr.
Ich, den es anfing zu langweilen;
ich schrieb dazwischen diese Zeilen:

Ein Hecht, vom heiligen Anton
bekehrt etc.
Heilig! Heilig! Heilig!

Damit legt' ich die Feder hin –
verschwunden war die Eselin;
und deutlich sprach der leere Fleck:
Selbst Esel werfen sich nicht weg.

DER DROSCHKENGAUL

»Ich bin zwar nur ein Droschkengaul, –
doch philosophisch regsam;
der Freß-Sack hängt mir kaum ums Maul,
so werd ich überlegsam.
Ich schwenk ihn her, ich schwenk ihn hin,
und bei dem trauten Schwenken
geht mir so manches durch den Sinn,
woran nur Weise denken.

Ich bin zwar nur ein Droschkengaul, –
doch sann ich oft voll Sorgen,
wie ich den Hafer brächt' ins Maul,
der tief im Grund verborgen.
Ich schwenkte hoch, ich schwenkte tief,
bis mir die Ohren klangen.
Was dort in Nacht verschleiert schlief,
ich konnt' es nicht erlangen.

Ich bin zwar nur ein Droschkengaul, –
doch mag ich Trost nicht missen
und sage mir: So steht es faul

mit allem Erdenwissen;
es frißt im Weisheitsfuttersack
wohl jeglich Maul ein Weilchen,
doch nie erreicht's – oh Schabernack –
die letzten Bodenteilchen.«

DER KONVERTIT

Wie stehst du vor mir, kraus und fremd,
im neuen Weltanschauungshemd!

Und gingst doch gestern noch ganz nackt,
nur bloß mit deiner Haut bepackt?

»Ja, ja, ganz recht, jedoch du weißt:
Es friert zuweilen auch den – Geist!«

DEUS ARTIFEX

Wer kennte nicht die wackre Mähre,
die, täglich weniger gespeist,
zuletzt, gedrängt von innrer Leere,
emporfuhr als verklärter Geist?

Dies Tier ward Richards Rosinante,
als er sein bodlos Leben schloß.
Es hob der große Unbekannte
höchstselbst den Seligen aufs Roß.

Worauf er sprach: »Du mochtest wähnen,
du seist ein gottverlaßner Tropf.

Ich habe stets bei meinen Plänen
ein ganz bestimmtes Bild im Kopf.«

Und schritt hinweg. Der ganze Himmel
sprang auf und wünschte Richard Glück...
Und traun! Der Mann samt seinem Schimmel
war in der Tat ein Meisterstück.

DER HEILIGE PARDAUZ

Im Inselwald »Zum stillen Kauz«,
da lebt der heilige Pardauz.

Du schweigst? Ist dir der Mund verklebt?
Du zweifelst, ob er wirklich lebt?

So sag ich's dir denn ungefragt:
Er lebt, auch wenn dir's mißbehagt.

Er lebt im Wald »Zum stillen Kauz«,
und schon sein Vater hieß Pardauz.

Dort betet er für dich, mein Kind,
weil du und andre Sünder sind.

Du weißt nicht, was du ihm verdankst, –
doch daß du nicht schon längst ertrankst,

verbranntest oder und so weiter –
das dankst du diesem Blitzableiter

der teuflischen Gewitter. Ach,
die Welt ist rund, der Mensch ist schwach.

DAS LÖWENREH

Das Löwenreh durcheilt den Wald
und sucht den Förster Theobald.

Der Förster Theobald desgleichen
sucht es durch Pürschen zu erreichen,

und zwar mit Kugeln, deren Gift
zu Rauch verwandelt, wen es trifft.

Als sie sich endlich haben, schießt
er es, worauf er es genießt.

Allein die Kugel wirkt alsbald:
Zu Rauch wird Reh nebst Theobald...

Seitdem sind beide ohne Frage
ein dankbares Objekt der Sage.

DREI HASEN

Eine groteske Ballade

Drei Hasen tanzen im Mondschein
im Wiesenwinkel am See:
Der eine ist ein Löwe,
der andre eine Möwe,
der dritte ist ein Reh.

Wer fragt, der ist gerichtet,
hier wird nicht kommentiert,
hier wird an sich gedichtet;
doch fühlst du dich verpflichtet,
erheb sie ins Geviert
und füge dazu den Purzel
von einem Purzelbaum,
und zieh aus dem Ganzen die Wurzel
und träum den Extrakt als Traum.

Dann wirst du die Hasen sehen
im Wiesenwinkel am See,
wie sie auf silbernen Zehen
im Mond sich wunderlich drehen
als Löwe, Möwe und Reh.

DER ZWI

Er war ein wunderlicher Tropf.
Er hatte außer seinem Kopf
noch einen zweiten Kopf, am Knie,
weshalb man ihn auch hieß: den Zwi.

Was Essen, Trinken, Liebe, Schlaf,
kurz, das Gewöhnliche betraf,
vertrug das Paar sich höchst bequem
nach alphabetischem System.

Mehr wert indessen war, wie es
des Denkens göttlichen Prozeß
zum allgemeinen Wohl der Welt
in der Erkenntnis Dienst gestellt.

Es gab sich nämlich klar und schlicht
von jeder Impression Bericht,
die es – und zwar vom selben Ding –
im respektiven Hirn empfing.

Z. B. las das Schädelpaar
ein Buch (im Doppelexemplar),
so fand sofort nach jedem Blatt
ein Dialog (nach Platon) statt.

Ein andermal geht unser Held
mit zwei Bananen über Feld,
bis er auf einem Meilenstein
hinsitzt mit überschlagnem Bein.

Er ißt, und kaum er ausgespeist,
interpretiert zweimal sein Geist
den Hunger, der so süß gestillt,
verdoppelnd des Genusses Bild.

Unglaublich und absonderlich!
Ein Körper, denkt euch, und zwei Ich!
Ein Mensch, der selbst sich duzt, ein Mann,
der Aug' in Aug' sich sitzen kann!!

DIE GROSSE MINUTE

Der Bahnvorstand des kleinen Orts
bedünkt vom Rang sich eines Lords.

Ein Vorort-, Fern- und Güterzug
zu gleicher Zeit(!) – das ist genug.

Er steckt die Hand vorn in die Brust
und blickt mit wahrer Feldherrnlust.

Er streckt den Arm bald her, bald hin:
Sein Leben hat nun wirklich Sinn ...

Zum Größten spräch sein Herz nun: Komm!
Hier steht ein Mensch, voilà un homme!

DER GROSSTADTBAHNHOFTAUBER

(Eine Zivilisationsballade)

Der Großstadtbahnhoftauber pickt,
was Gott sein Herr ihm fernher schickt.

Aus Salzburg einen Zehntel Kipfel,
aus Frankfurt einen Würstchen-Zipfel.

Aus Bozen einen Apfelbutzen
und ein Stück Käs aus den Abruzzen.

So nimmt er teil, so steht er gleich
wer immer wem im Deutschen Reich

und außerhalb und überhaupt,
so weit man an dergleichen glaubt.

WINDGESPRÄCH

»Hast nie die Welt gesehn?
Hammerfest – Wien – Athen?«

»Nein, ich kenne nur dies Tal,
bin nur so ein Lokalwind –
kennst du Kuntzens Tanzsaal?«

»Nein, Kind.
Servus! Muß davon!
Köln – Paris – Lissabon.«

SCHWEIZER NOVELLE

Er machte vielmals: ziep, ziep, ziep!
doch kam er nicht, der Vogel.
Da stieg er, sich nicht fürder lieb,
auf einen Felsenkogel.

Von diesem warf er sich hinab
(versteht sich, nur im Geiste),
worauf er aus dem Felsengrab
nach Zürich weiterreiste.

Es fliegt ein Storch
übers Haus hin, horch,
der trägt ein Fröschel im Schnabel.

Ein Fröschel? Du Schaf!
Für die, die's betraf,
war das Fröschel im Göschel
ein Knabel.

WERFUCHSJAGD

Wer will den Werfuchs jagen,
der muß dies Sprüchlein sagen:

Maulwurfsstute,
komm, du Gute, –
Rabenmaus,
sei zu Haus,
blinde Natter,
steh Gevatter,
Stutenwolf,
bell um zwolf.

Phosphorspinnen,
helft gewinnen,
Waldschleichkuh,
brüll ihm zu.
Äser, Möder,
bildet Köder.
Grubenlamm,
sträub den Kamm.

Dann kommt der Werfuchs aus seinem Bau
wie ein Gebirgsnebel groß und grau.

Womit willst du mich denn schießen?
Mit Pfeil oder Spießen,
mit Kugel oder Schrot,
sprich gleich, sonst bist du tot.

Dann mußt du schnell und ohne Zagen
folgende Worte zum Werfuchs sagen:

Ich hab einen Bogen,
den hat mir der Wind geschnitzt
aus einem Wellenkamm des Meers,
und hab einen Pfeil,
den hat mir ein Kind geritzt
aus einem Blitzwurfspieß des wilden Heers.
Die Sehne aber,
die Pfeil und Bogen verschwistert,
die ist aus blondem Jungfrauhaar und knistert.

Und jetzt tritt hinter dich
und bete dies Sprüchlein her,
denn jetzt hilft dir kein Schießen mehr.

Drauf wird der Werfuchs zur Seite treten
und folgendes Schwanensprüchlein beten:

Ich danke dir, Herr Morgenstern,
du hast mich so geschaffen.
Ich lebte auch noch gar zu gern,
jetzt kommt der Tod mich raffen.
Doch ist es ja kein großer Mord,
wenn einer stirbt bloß durch ein Wort
und nur durch Wortes Waffen.

Dann magst du tun, was dir behagt …
Viel Glück zu deiner Werfuchsjagd.

Der Regenwurm trat eines Tags
zu einem Weib verwegnen Schlags

und bat es (denkt euch, welch Gewürm!)
und bat's um einen Regenschirm.

Das Fräulein greift nach einem Molch[en]
und fertigte ihm einen solchen

und tat ihn in ein Futteral.
Worauf sich der Besuch empfahl.

DER ZARTE GREIS

Er war so zart
geworden,
daß im Herbst –
als unter einen Baum er trat –
er lediglich von dürrem Laub
erschlagen ward!

Also zu lesen:
»Sonntagsblatt für Zerbst«
(Der Mann war Bootsmannsmaat
gewesen
an Bord »En-
dymions«, pensioniert und taub.)

SI DUO FACIUNT IDEM, NON FIT IDEM

Zwei Hühner können wie ein Hund ausschaun,
sofern man sie in rechter Stellung sieht
und recht entfernt und wenn (wie oft geschieht)
das eine gelb ist und das andre braun.

Wogegen nie zwei Hunde wie ein Huhn
ausschaun können, wie man sie auch stellt –
und hätten sie die Farben aller Welt
und hätten nichts sonst auf der Welt zu tun.

NATURSPIEL

(Eine Unterlage für Programm-Musik)

Ein Hund,
mit braunen Flecken
auf weißem Grund,
jagt ein Huhn,
mit weißen Flecken
auf braunem Grund,
nicht unergötzlich
in einem Torgang
von links nach rechts,
von rechts nach links,
herüber,
hinüber.

Plötzlich
(Gott behüte u n s
vor einem ähnlichen Vorgang!)

springen
wohl im Ringen
und Reiz
der Gefechts-
leiden-
schaft,
wie im Takt –
(oh, wie kann
man
es
nur
heraus-
bringen!) . . .
als wie kraft
eines gegen-
seitigen
winks
der beiden
Eigen-
tümer –
die Flecken des Huhns
los und locker
aus ihrer Fassung
auf den Hund über
und die Flecken des Hunds
ihrerseits
auf das Huhn.
Und nun – :
(Welch ein Akt
ungestümer
reziproker
Anpassung,
mit keinem anderweitigen

Tableau
noch Prozeß
im weiten Haus,
Kreis,
Rund
und Reigen
der Natur
zu belegen!)
ist der Hund –
weiß
und das Huhn – braun
anzuschaun!!

DER REGEN

Ein Regen kam auf eine Kirmes
und bat den Eigentümer von
dem »tanzenden Chamäleon«
um Überlassung eines Schirmes.

Doch während er noch bat – wie dumm –
bekam er schon den Sonnenstich
und mußte sterben und verblich
zum allgemeinen Gaudium.

MOPSENLEBEN

Es *sitzen* Möpse gern auf Mauerecken,
die sich ins Straßenbild hinaus erstrecken,

[um] von sotanen vorteilhaften Posten
die bunte Welt gemächlich auszukosten.

O Mensch, lieg vor dir selber auf der Lauer,
sonst bist du auch ein Mops nur auf der Mauer.

TERTIUS GAUDENS

(Ein Stück Entwicklungsgeschichte)

Vor vielen Jahren sozusagen
hat folgendes sich zugetragen.

Drei Säue taten und ein Huhn
in einem Hof zusammenruhn.

Das Huhn, wie manchmal Hühner sind
(im Sprichwort mindestens), war blind.

Die Säue waren schlechtweg Säue
von völliger Naturgetreue.

Dies Dreieck nahm ein Mann aufs Ziel,
vielleicht war's auch ein Weib, gleichviel.

Und trat heran und gab den Schweinen –
Ihr werdet: Runkelrüben meinen.

O nein, er warf – (er oder sie) –
warf – Perlen vor das schnöde Vieh.

Die Säue schlossen träg die Lider...
Das Huhn indessen, still und bieder,

erhob sich ohne Hast noch Zorn
und fraß die Perlen auf wie Korn.

Der Mensch entwich und sann auf Rache;
doch Gott im Himmel wog die Sache

der drei Parteien und entschied,
daß dieses Huhn im nächsten Glied

die Perlen außen tragen solle.
Auf welche Art die Erdenscholle –

das Perlschwein –? Nein! das war verspielt!
das Perl-H u h n zum Geschenk erhielt.

TIERISCHES GEMÄLDE

Zwei Bellmaschinen (nach Descartes)
bebellen eine Singmaschine.
Die schießt hinweg in voller Fahrt
wie eine zweite Zeppeline.

Worauf die beiden Gallicismen
verstummen. Mit gesenktem Schwanz
beschäftigen sie sich nun ganz
mit ihren Blutzapfmechanismen.

DER NEUE VOKAL

Der Festredner:
»Unsterblich werden Sie leben,
solang es Menschenmund
und Menschenwitz wird geben
auf diesem Erdenrund.«

Ein Fähnrich, halblaut zur Gattin des
Gefeierten, Frau Prof. Ulich:
»Was hat denn Ihr Gemahl
nun eigentlich ausgeheckt?«

Die Gattin ebenso:
»Er hat einen neuen Vokal
erfunden oder entdeckt.«

Der Fähnrich:
»Das ist ja phänomenal,
eine wahre Speise für Geister!
Na, Gnädigste, und wie heißt er
denn nun, dieser neue Vokal?«

Die Gattin:
»Er kann ihn noch niemandem sagen,
er läßt ihn erst patentiern;
wir woll'n – nach so langen Plagen –
doch nicht ihr Erträgnis verliern!«

Der Fährich:
»Verstehe, Sie wollen Tantiemen!«

Die Gattin:
»Gewiß, das ist unser Ziel!
Wer den Vokal will nehmen,
erhält ihn für so und so viel.«

Der Festredner, abschließend:
»Sie gaben uns mehr, Herr Ulich,
als irgend ein Mensch bislang;
wir trollten fromm und betulich
den alten Schlendriangang.
Da kamen Sie, Geist der Geister,
in unser Jammertal
und gaben uns, teurer Meister,
den August-Ulich-Vokal!«

DIE DREI WINKEL

Drei Winkel klappen ihr Dreieck
zusammen wie ein Gestell
und wandern nach Hirschmareieck
zum Widiwondelquell.

Dort fahren sie auf der Gondel
hinein in den Quellenwald
und bitten die Widiwondel
um menschliche Gestalt.

Die Wondel – ihr Decorum
zu wahren – spricht Latein:
Vincula, vinculorum,
in vinculis Fleisch und Bein!

Drauf nimmt sie die lockern Braten
und wirft sie in den Teich: –
Drei Winkeladvokaten
entsteigen ihm allsogleich.

Drei Advokaten stammen
aus dieses Weihers Schoß.
Doch zählst du die drei zusammen,
so sind es zwei rechte bloß.

PROBLEM

Es flog ein Stein so weit, so weit –
und hatte doch kein Federkleid!
(Es wär ihm ja zu gönnen ...)
Indessen, rechte Seltsamkeit,
daß Steine – fliegen können!

DER VERGESS

Er war voll Bildungshung, indes,
soviel er las
und Wissen aß,
er blieb zugleich ein Unverbeß,
ein Unver, sag ich, als Vergeß;
ein Sieb aus Glas,
ein Netz aus Gras,
ein Vielfreß –
doch kein Haltefraß.

ETIKETTEN-FRAGE

Ein halber Eßl. und ein Teel.
besahn einander stolz und scheel.

Der Teel. erklärte: »Ich bin mehr!«
Der halbe Eßl. rief, nein, Er!

Die Wissenschaft entschied voll Hohn:
Das kommt vom populären Ton.

Ihr seid, sprach patzig die Madam,
einfach fünf Gramm und zehen Gramm.

DER FLÜGELFLAGEL

Der Flügelflagel gaustert
durchs Wiruwaruwolz,
die rote Fingur plaustert
und grausig gutzt der Golz.

NAMENLOS

Gruselett

Auf einem Felsen im Weltmeer,
drauf gespenstisch das Nordlicht brennt,
da lebt ein namenlos Wesen,
das niemand bisher noch kennt.

Es schwebt wie von Blut überflossen
von des Nordlichts gespenstischer Pracht.
Sein meersalzfahles Gefieder
webt Wunder in Weltallsnacht.

Es blickt mit strahlenden Augen
aufs Wellengewell und -gejohl...
Es hat einen – Fisch im Magen
und fühlt sich gewaltig wohl.

Es weiß nichts von Namen und Worten,
es kennt sich selbst nicht einmal...
Es lebt – – ein namenlos Wesen
im namenlosen All.

DAS TELLERHAFTE

Das Tellerhafte kommt heran
auf sieben Gänsefüßen –
Das Tellerhafte kommt heran,
mein Dasein zu entsüßen.

Bald liegt's als wie ein Fisch ihm auf,
und bald wie Brot und Butter;
bald kommt es in gestrecktem Lauf
als wie ein Pferd, Frau Mutter!

Ich fühle mich so recht verhext
als wie in alten Mären:
ich werde, werde wohl demnächst
ein Galgenkind gebären.

DER DACHS

Hier in der Nähe wohnt ein Dachs,
doch werd ich nie ihn schauen,
es ist nicht bloß ein Skribifax
und haust in echten Bauen.

Er wechselt oft sein Heim vor Flöhen
und andrem Ungeziefer,
im Sommer liebt er mehr die Höhen,
im Winter steigt er tiefer.

Da schlägt er drunt' im Schluchtengrund
am sturmgebrochnen Baume
und bläfft und winselt wie ein Hund.
So lacht [er] laut im Traume.

GIGASTER

Gigaster hieß der Blitz, der dort
im Tannengrund verschwunden.

Vom Himmel fuhr er wie ein Wort,
das seinen Weg gefunden.

Er traf das Herz der Erde nicht,
wie *sein* Herz wohl erspannte.

Doch bracht' er einem Maulwurf Licht,
der aufschrie – und verbrannte.

SCHICKSAL

Der Wolke Zickzackzunge spricht:
»Ich bringe dir, mein Hammel, Licht.«

Der Hammel, der im Stalle stand,
ward links und hinten schwarz gebrannt.

Sein Leben grübelt er seitdem:
warum ihm dies geschah von wem?

SÉANCE

Die ausgestorbene Seekuh Naus
erschien in Madam Müllers Haus.

Und schrieb auf ein Papier mit Blei:
Ja! (Daß sie ausgestorben sei).

Man gab das Blatt herum im Saal.
Worauf die Seekuh sich empfahl.

DER DREIACHTELHASE

Kennst du den Dreiachtelhasen
des Herrn Roux in Angoulême,
dieses neue Tier, mit dem
(wie wir jüngst bei Lange lasen)
sein Erfinder Tag und Nacht
treffliche Geschäfte macht?

Nein? – So kaufe, Bester, dir
schleunigst dieses neue Tier;
denn dann hast du, Glücklicher,
ein Tier mehr als Gott der Herr,
der den Löwen und den Affen
(wie wir einst bei Luther lasen),
– der Herr Roux sogar geschaffen, –
doch nicht den – Dreiachtelhasen.

SCHOLASTIKERPROBLEM [I]

Wieviel Engel sitzen können
auf der Spitze einer Nadel –
wolle dem dein Denken gönnen,
Leser sonder Furcht und Tadel!

»Alle!« wird's dein Hirn durchblitzen.
»Denn die Engel sind doch Geister!
Und ein ob auch noch so feister
Geist bedarf schier n i c h t s zum Sitzen.«

Ich hingegen stell den Satz auf:
Keiner! – Denn die nie Erspähten
können einzig nehmen Platz auf
geistlichen Lokalitäten.

DER MONDBERG-UHU

Der Mondberg-Uhu hat ein Bein,
sein linkes Bein, im Sonnenschein.
Das rechte Bein jedoch des Vogels
bewohnt das Schattenreich des Kogels.

Bis hundertfunfzig Grad im Licht
gibt Herschel ihm (zwar Langley nicht),
im Dustern andrerseits desgleichen
dasselbe mit dem Minuszeichen.

Sein Wohl befiehlt ihm (man versteht),
daß er sich stetig ruckweis dreht.
Er funktioniert wie eine Uhr
und ist doch bloß ein Uhu nur.

Ein Sandkorn ist der Erdball, rufst du aus
und blickst ergriffen auf den Sternensaus.

Dann wendest du dich um und lauschst beim Tee
den Professoren A und B und C.

Und siehe da, auf deinem Körnchen Sand
erhebt sich Wissenschaft, ein Elefant.

Das Korn bleibt Korn. Du aber fromm und munter,
du bringst den Elefanten auf ihm unter!

Und liegst davor sogar noch auf den Knien.
Das Sandkorn trägt geduldig dich und ihn.

Denn trotz Gelehrsamkeit und Hochgefühl:
Ihr seid nicht größer als – ein Molekül.

BRIEF EINER KLABAUTERFRAU

»Mein lieber und vertrauter Mann,
entsetzlieber Klabautermann,
ich danke dir für was du schreibst,
und daß du noch vier Wochen bleibst.

Die ›Marfa‹ ist ein schönes Schiff,
vergiß nur nicht das Teufelsriff;
ich lebe hier ganz unnervos,
denn auf der Elbe ist nichts los.

Bei einem Irrlicht in der Näh
trink manchmal ich den Fünfuhr-Tee,
doch weil sie leider böhmisch spricht,
verstehen wir einander nicht.

1. 6. 04 Stadt Trautenau.
Deine getreue Klabauterfrau.«

Fünf Teufelslegendchen

DIE MÖNCHE

Es gibt eine Wiese bei Köln:
Auf die sind dereinst aus der Hölln
zwölf weiße Mönche gestiegen und haben
auf ihr gehockt wie zwölf weiße Raben.

Doch als die Glocke schlug drei,
da faßten sich zwei und zwei
und sind in klappernden Holzpantinen
dem Abt ihres Klosters im Traum erschienen.

Der Abt warf wild sich herum...
Doch sie tanzten in ihm, rum plum,
als sei sein Gewissen die Wiese von Köln!
Und des Morgens: da fuhren sie mit ihm zur Hölln...
Da fuhrn dreizehn weiße Kutten aus Köln
beim Vieruhrmettengebrumm.

DER SCHÜLER

Ein Schüler in Paris,
gestorben und zur Hölle verdammt,
sich eines Abends wies
vor seinem Lehrer, der noch im Amt.
Ein Hemd war sein Gewand,
das war mit lauter Sophismen bestickt.
Und nachdem er den Unglücksmann angeblickt,
verneigte er sich und verschwand.

DER RABBINER

Ein Prager Rabbiner, namens Brod,
gelangte durch teuflische Magie
zu solcher Macht, daß selbst der Tod
vergeblich wider ihn Flammen spie.

Doch endlich geriet es dem Tode doch:
Er verbarg sich in einer Rose Grund.
Der Teufel dachte der Rose nicht – und
der Rabbiner starb, als er an ihr roch.

DER MALER

Ein Maler kühlte sein Gelüst –
und malte in der Apsis Grund
den Teufel wüst wie einen Hund.
Da stieß ihn dieser vom Gerüst.

Doch tiefer unten Maria stand.
Die reichte ihm ganz schnell die Hand
und, daß er stehn kunnt, seinem Fuß
die Spitze ihres winzigen Schuhs –

und sprach zu dem Erschrocknen: Sieh,
so lohnt die junge Frau Marie
dem Schelm, der heute schier geprahlt,
doch vordem s i e so s c h ö n gemalt!

DER HAHN

Zu Basel warf einst einen Hahn
der hohe Magistrat ins Loch,
dieweil er eine Tat getan,
die nach des Teufels Küche roch.

Er hatte, wider die Natur,
ein Ei gelegt, dem Herrn zum Trotz!
Doch nicht genug des Frevels nur, –
er schien auch reulos wie ein Klotz.

So ward er vor Gericht gestellt,
verhört, gefoltert und verdammt,
und Rechtens dann, vor aller Welt,
ein Holzstoß unter ihm entflammt.

Der Hahn schrie kläglich Kikriki,
der Basler Volk sang laut im Kreis.
Doch plötzlich rief wer: Auf die Knie!
Gottlob! jetzt schrie er – Kyrieleis!

DAS GRAMMOPHON

Der Teufel kam hinauf zu Gott
und brachte ihm sein Grammophon
und sprach zu ihm, nicht ohne Spott:
»Hier bring ich dir der Sphären Ton.«

Der Herr behorchte das Gequiek
und schien im Augenblick erbaut:
Es ward fürwahr die Weltmusik
vor seinem Ohr gespenstisch laut.

Doch kaum er dreimal sie gehört,
da war sie ihm zum Ekel schon, –
und höllwärts warf er, tief empört,
den Satan samt dem Grammophon.

Die Nordsee und die Ostsee,
die tat es einst verdrießen:
sie konnten nicht ergründen,
wo sie zusammenstießen.

Und dennoch! Irgendwo war es,
das war mir ganz gewiß.
Doch wo? Und sie verfielen
in schwere Bekümmernis.

Doch endlich haben sie beide
sich an den Menschen gewandt
und nahmen sich Advokaten,
einen aus jedem Land.

Die Advokaten saßen
in einem bekränzten Saal
und nahmen zunächst das Mittags-
und dann das Abendmahl.

Und dann das Frühstück morgens
und dann ein Mittagsbrot
und dann war ein [kleines] Festmahl
bis zum nächsten Morgenrot.

Und dann ein Gabelfrühstück
und dann ein Sektbüffet
und dann ein Herrenbierabend
und dann ein Rasttagsbankett.

Nachdem sie so vierzehn Wochen
voll Eifer sich gespeist,
da war somit gekräftigt
zum großen Werk ihr Geist.

Dann haben sie sich gesetzet
um einen grünen Tisch
und haben die beiden Meere
gezeichnet auf einen Wisch.

Und haben ihre Federn
in ihre Tinte getunkt
und bestimmt ihre Grenze durch einen
imaginären Punkt.

Die Ostsee und die Nordsee,
sie reichten sich stumm die Hand:
sie haben nun – wie im Theater –
auch ihre »vierte Wand«.

DIEBESLIED

Auf Mars, Venus und Merkur
läßt sich herrlich stehlen,
weil derselbigen Natur
Monde gänzlich fehlen.

Doch am meisten sei bedacht,
auf Saturn zu hausen,
unter dessen Ring die Nacht
finster oft zum Grausen!

Ein Kritikus, zehn Jahre tot,
erhob sich eines Nachts aus dem
um seinen Sarg geworfnen Lehm
und stieg empor zum Morgenrot.

Dort sprach er schrecklich als Gespenst:
Mein Volk, ich möchte wirklich, daß
du – wenn auch zwar verspätet – was
ich heut erkannte, auch erkennst.

Der Mann, von dem wir dachten, er
sei nur ein Witzbold, voll von Bier,
der Mann, mein Volk, o denke dir,
der Mann war allen Ernstes mehr!

Der Mann war, wenn man's recht erwägt,
nicht so sehr mit Kohol geweiht,
als vielmehr jener »Feuchtigkeit«,
womit man h u m o r überträgt.

DIES ATER

Als Müller sich erkennt als Geist,
entdeckt er, daß er Müller heißt.

Und weiß von dieser Stunde an,
er wird nie Deutschlands größter Mann.

DER SCHNUPFEN

Ein Schnupfen hockt auf der Terrasse,
auf daß er sich ein Opfer fasse

– und stürzt alsbald mit großem Grimm
auf einen Menschen namens Schrimm.

Paul Schrimm erwidert prompt: Pitschü!
Und h a t ihn drauf bis Montag früh.

Der Waldmensch liest in seinen Borken,
die er vom Baum sich blätternd schält,
und wo die Welt sich ihm erzählt
vom Flaschenboden bis zum Korken.

Da sieht er, wie sie tappt und torkt,
in Bildern tausendbunt zu wählen.
Da folgt er ihr nach Himmels-Sälen,
wie dorthin, wo es ewig orkt.

Das ganze göttliche Gesinde
– vom Engel bis zum Beelzebub –
entpellt er langsam seiner Rinde,
die ihm der Wurm zur Fibel grub.

DIE STEINERNE FAMILIE

Die steinerne Familie,
aus Marmelstein gemacht,
sie kniet um eine Lilie,
im Kreis um eine Lilie,
in totenstiller Nacht.

Der Lilie Weiß ist weicher
als wie das Weiß des Steins,
der Lilie Weiß ist weicher,
doch das des Steins ist bleicher
im Weiß des Mondenscheins.

Die Lilie, die Familie,
der Mond, in sanfter Pracht,
sie halten so Vigilie,
wetteifernde Vigilie,
in totenstiller Nacht.

SCHOLASTIKERPROBLEM [II]

Kann ein Engel Berge steigen?
Nein. Er ist zu leicht dazu.
Menschenfuß und Menschenschuh
bleibt allein dies Können eigen.

Lockt ihn dennoch dieser Sport,
muß er wieder sich ver-erden
und ein Menschenfräulein werden
etwa namens Zuckertort.

Allerdings bemerkt man immer,
was darin steckt und von wo –
denn ein solches Frauenzimmer
schreitet anders als nur so.

HISTORISCHE BILDUNG
oder
DIE VERFOLGTE WELTGESCHICHTE

Es sitzt ein Fräulein auf dem Altan
und liest eine Nachricht aus Ispahan.

Sie liest von einer Rebellion, –
bewegt, so hebt und sinkt ihr Ton.

Drauf liest sie eine Nachricht aus Fes
(ein Wagen rollt vorbei indess).

Drauf liest sie was aus Engelland,
die andre Dame horcht gespannt.

Dann liest die andre Dame vor;
die erste lauscht jetzt, völlig Ohr.

So lesen Tante sich und Nichte
abwechselnd vor – die Weltgeschichte.

Und folgen ihr mit strengem Blick
und äußern Beifall und Kritik.

Und bilden sich auf diese Art;
(denn »Bildung« ist des Weibes Bart).

Und legen dann das Tagblatt fort,
verzeihen hier und richten dort.

Die »Weltgeschichte« tritt voll Pein
von einem Bein aufs andre Bein.

DIE ZWEI PARALLELEN

Es gingen zwei Parallelen
ins Endlose hinaus,
zwei kerzengerade Seelen
und aus solidem Haus.

Sie wollten sich nicht schneiden
bis an ihr seliges Grab:
das war nun einmal der beiden
geheimer Stolz und Stab.

Doch als sie zehn Lichtjahre
gewandert neben sich hin,
da war's dem einsamen Paare
nicht irdisch mehr zu Sinn.

War'n sie noch Parallelen?
Sie wußten's selber nicht, –
sie flossen nur wie zwei Seelen
zusammen durch ewiges Licht.

Das ewige Licht durchdrang sie,
da wurden sie eins in ihm;
die Ewigkeit verschlang sie,
als wie zwei Seraphim.

DER FLIEGEN ENDE

Eine musicalische Threnodie

»Im Herbste sterben viele Fliegen
an einem Pilz (Empusa),
(Empusa muscae Cohn)«. O Musa
muscarum, singe dies Erliegen
der Fliegen durch Empusa Cohn:
besing's mit trübem Summeton
(auf meines Ofens Avalon)
mit seinen Morgen-Siegen
und seinen Abend-Plagen,
erbaue deine Sagen
vom Fliegenvolk und Fliegenland,
und wie dann alles sein Ende fand
in der Empusa Magen –
in der (wir hörten's einmal schon) –
in der Empusa muscae Cohn!
(Im Meyer nachzuschlagen.)

DAS NILPFERD

Ein Nilpferd las sich jüngst, o weh,
statt mit groß 𝔑 mit groß ℌ.

Worauf es flugs von den Ästheten
als Wappentier ward auserbeten.

Zerknirscht von ungeheurer Pein,
ging es ob dieser Torheit ein...

Seit damals wird dem Nilflußpferd
die deutsche Schrift nicht mehr gelehrt.

Und schreibt man klug das Nilflußroß
römisch und ›Hippopotamos‹.

DER PAPAGEI

Es war einmal ein Papagei,
der war beim Schöpfungsakt dabei
und lernte gleich am rechten Ort
des ersten Menschen erstes Wort.

Des Menschen erstes Wort war A
und hieß fast alles, was er sah,
z. B. Fisch, z. B. Brod,
z. B. Leben oder Tod.

Erst nach Jahrhunderten voll Schnee
erfand der Mensch zum A das B
und dann das L und dann das Q
und schließlich noch das Z dazu.

Gedachter Papagei indem
ward älter als Methusalem

bewahrend treu in Brust und Schnabel
die erste menschliche Vokabel.

Zum Schlusse starb auch er am Zips.
Doch heut noch steht sein Bild in Gips,
geschmückt mit einem großen A,
im Staatsschatz zu Ekbatana.

PLÖTZLICH ...

Plötzlich staunt er vor seinem Zwicker,
daß er nicht »gehe«, gleich als ob das Glas
wie eine Uhr, nun eben: »gehen« müßte.
Wie? war er – stehen geblieben? –
Lebenswitz
Auf zwei Sekunden Wahrheit, hier für drei
zuviel schon. Gleichwohl. »Plötzlich« ... Schluß.

Auf einem Wandkalenderblatt
ein Leu sich abgebildet hat.

Und blickt dich an bewegt und still
den ganzen 17. April.

Wodurch er zu erinnern liebt,
daß es ihn immerhin noch gibt.

BOMBINA

Die Feuerunke ruft halloh!
Es brennt in Deutschland irgendwo.
  Bombina.

Es brennt in Deutschland irgendwann:
Sie findet's aus und zeigt es an.
  Bombina.

Sie bringt's heraus das kluge Vieh:
Es brennt in Deutschland irgendwie.
  Bombina.

Es brennt in Deutschland irgendwas
und nur das Wasser bleibt stets naß.
  Bombina.

KURHAUSKONZERTBIERTERRASSENEREIGNIS*

Die Fledermaus
hört »sich« von Strauß.

(Der Bogen-Mond
wirkt ungewohnt.)

* Dieser Titel wird auch peribolhygienisch bei drohenden Zornausbrüchen als Prophylaxe gebraucht. Ohne weitere Zutat ausgesprochen reagiert er sofort ab. Beim deutschen Reichspatent mit »Fluchersatz« angemeldet.

Da rührt ihr Flugel
die Milchglaskugel.

Der Damen Wut:
»Mein Haar! Mein Hut!«

Sie tanzt – wirr – worr – –
'nem Gast ins Pschorr.

Der Pikkolo
entfernt sie: – : s o : . . .

Die Fledermaus
ist eben aus.

ZIVILISATORISCHES

Ein Fisch schrieb jüngst in seinem Blatt:
»Ich bin des trocknen Tons nun satt.
Ich will (als einer nur von vielen)
zwei Hände, um Klavier zu spielen.
Tief in der Südsee lebt mit Brillen
ein Molch, der tut uns wohl den Willen.
Er teile das Rezept uns mit.
Bad Westerland, Sylt. E. P. Schmidt . .«

Das Blatt verließ die Druckerei.
Der Hering las es wie der Hai.
Fast jeder bis hinauf zum Wal
empfand den Einfall als Skandal,
ja, mehr als das, in seltner Einheit,
als dekadentische Gemeinheit.

(Alleinzig der Polyp sah jetzt,
wozu er in die Welt gesetzt.
Und schwamm herum, von Sinnen schier
nach einem scheiternden Klavier.)

Der Molch indes mit spitzen Ohren
hat seine Kundschaft nicht verloren:
Er sandte Schmidten die Broschüre
»Fischhände (später Manicüre)
nur durch Gymnastik in drei Jahren«.
Da war nun alles zu erfahren.
Man sieht, wie da in Westerland
zum Menschen noch der Fisch entbrannt:
die Wunder der Natur, der wilden,
kulturgemäß hinaufzubilden.

DER GESTRICHENE BOCK

Ein Wildbret mußt' allabendlich
auf einem Hoftheater sich
im Hauptakt auf das Stichwort ›Schürzen‹
von links aus der Kulisse stürzen.

Beim zwölften Male brach es aus
und rannte dem Souffleur ins Haus,
worauf es kurzweg – und sein Part –
von der Regie gestrichen ward.

*Zwei Hof*theaterdiener brachten
am nächsten Morgen den gedachten
gestrichnen königlichen Bock
per Auto nach Hubertusstock.

Dort geht das Wildbret nun herum
und unterhält sein Publikum
aus Reh, Hirsch, Eber, Fuchs und Maus
von ›Rolle‹, ›Stichwort‹ und ›Applaus‹.

LEBENS-LAUF

Ein Mann verfolgte einen anderen
(aus Deutz). (Er selber war aus Flandern.)

Der Deutzer, just kein großer Held,
gibt unverzüglich Fersengeld.

Der Fläme sagt sich: Ei, nun gut!
und sammelt es in seinen Hut.

Und sammelt bis zur finstern Nacht,
und morgens, als der Hahn erwacht,

und jener weiter flieht, voll Reue,
da füllt er seinen Hut aufs neue.

Durch ganz Europa geht es so.
Sie sind bereits am Flusse Po.

Sie sind in Algier ungefähr,
da ist der eine Millionär.

Wie – Millionär? Oh Allahs Güte!
Sein Schatz mißt hunderttausend Hüte.

Nein: Legionär – dies ist das Wort!
Und jener sagt's ihm auch sofort.

Und beide teilen sich das Geld
und kaufen sich dafür die Welt.
– – – – – – –
Tief in Marokko steht ein Kreuz,
da ruhn die aus Brabant und Deutz,

die beiden fremden Legionäre.
O Mensch, »das Geld ist nur Chimäre«.

DER GLAUBE

Eines Tags bei Kohlhasficht
sah man etwas Wunderbares.
Doch daß zweifellos und wahr es,
dafür bürgt das Augenlicht.

Nämlich standen dort zwei Hügel,
höchst solid und wohl bestellt;
einen schmückten Windmühlflügel
und den andern ein Kornfeld.

Plötzlich, eines Tags um viere
wechselten die Plätze sie;
furchtbar brüllten die Dorfstiere,
und der Mensch fiel auf das Knie.

Doch der Bauer Anton Metzer,
weit berühmt als frommer Mann,

sprach: »Ich war der Landumsetzer,
zeigt mich nur dem Landrat an.

Niemand anders als mein Glaube
hat die Berge hier versetzt.
Daß sich keiner was erlaube:
Denn ich fühle stark mich jetzt.«

Aller Auge stand gigantisch
offen, als er dies erzählt.
Doch das Land war protestantisch,
und in Dalldorf starb ein Held.

DROSCHKENGAULS WINTERTROST

Ich stoße Dampf aus Haut und Nase,
der Frost entwickelt meine Gase.

Ich dringe in die Atmosphäre –
als wär ich eine Mondhof-Mähre.

Es fehlt nur, daß ich blutig glute,
so wär ich eine Nordlicht-Stute. –

Ja, raucht' ich hint' im Fixsternhimmel, –
ich wär ein Vollmilchstraßennebelschimmel!

II

An einem Stein bin ich verankert.
Warum? Weil ich ein Maultierbankert?

Doch nicht an dem genug. O nein!
Ich ziehe auch noch diesen Stein.

So muß ich, fremde Schuld zu sühnen,
der Gasse zum Gelächter dienen?

Bin ich ein Schiff, vom Sturm bedräut,
daß man mit Kette mich vertäut?

Das Schlimmste aber: ich muß ihn
samt Milch und Kutscher auch noch ziehn.

[. . .]

Das Mondschaf sagt sich selbst gut Nacht,
d. h. es wurde überdacht
von seinem eignen Denker:
Der übergibt dies alles sich
mit einem kurzen Federstrich
als seinem eignen Henker.

Es gibt ein Gespenst,
das frißt Taschentücher,
es begleitet dich
auf deinen Reisen,
es frißt dir aus dem Koffer,
aus dem Bett,
aus dem Nachttisch,
wie ein Vogel
aus der Hand.
Mit 18 Tüchern,

stolzer Segler,
fährst du hinaus
aufs Meer der Fremde,
mit acht bis sieben
kehrst du zurück,
ein Gram der Hausfrau.
Wehe, wehe,
nie sah ein Auge
den scheußlichen Alf,
doch tausend Tücher
schlingt er allnächtlich
in seinen
weltweit
verteilten
Bauch.

ZWISCHENDURCH

...Ein Hund, der naß im Regen wurde,
empfand die Nässigkeit als Burde
und wünschte sich ein Taschentuch,
um sich zum mindestens die Nase –
statt dessen wälzte er im Grase
sich, doch mit Mißerfolg, da dies
ihm gleichfalls nichts als Nässe ließ...

Da, wo des Meeres Bett
schon dunkel violett,

umschwimmt ein Brillenfisch
ein schwärzliches Gemisch.

Ein Zentner Schnupftabak
versank mitsamt dem Wrack.

Ein Tintenfisch verschlang den Mister
Karfunkel, einen Schulmagister.

Und schwimmt mit dem vor allem Volke
in einer roten Tinten-Wolke.

DAS BUCH
EX LIBRO

Ein Buch lag aufgeschlagen,
auf irgend einem Pult,
in irgend einer Nacht.

Auf seinen Seiten ruhte
des Mondes bleiches Licht,
des Mondes blasse Lust.

Da ließ die zwei Paginen
der zwei Paginen Geist,
der zwei Paginen Sinn.

Und florte wie ein Schleier,
vom Mondenlicht gelockt,
ins Mondenlicht hinein.

Der Schleier wies die Sonne
(sie stieg von Seite neun
bis Seite zehn empor

in ihrem schönsten Feuer,
  ein strahlend Phänomen,
    ein flammendes Geleucht)...

Sie hing in Mondspinnweben,
  ein güldner Ball des Glücks,
    ein güldnes heiliges Herz!

Der Fensterrahmen rückte.
  Die Klause wurde blau.
    Der Schleier sank zurück.

Das Buch lag wieder traumhaft,
  samt seiner Majestät,
    im wieder nächtigen Raum.

Ein Sturmstoß kann es blättern...
  Ein Sturmstoß schloß die Mär.
    Vom Turm her scholl es zwölf.

DIE EISERNE GANS

[Galgenschule · Verfasser unbekannt · Schema: Das Nasobēm]

Ist eine Gans aus Eisen,
die niemand kennt im Land.
Ihr mögt bis Böheim reisen,
Ihr findet nit ihren Stand.

Sie schenkt Euch täglich Federn,
so viel Ihr wollt und kauft.
Ihr werd't sie nicht zerfledern,
wie sehr Ihr sie auch rauft.

Ist eine Gans aus Eisen,
an die [noch niemand glaubt],
sie sprang doch gleich Athenen,
o Mensch, aus deinem Haupt.

DER RAUCHVOGEL

Aus dem hohen Schornstein wolkt ein Vogel,
kolkt empor ein rabenschwarzer Rauchvogel;
feuerfarben ist sein Bauchgefieder,
feuerfunkelfarben ist dein Bauch, Vogel!
Düstrer Ruß und Qualm sind Rumpf und Flügel
und dein Hals ein blauspiralner Schlauch, Vogel;
doch dein Haupt und Schnabel, hoch im Himmel,
sind nur noch ein Husch und Hauch, Vogel!

DER SPERLING UND DAS KÄNGURUH

Im zoologischen Garten

Vor seinem Haus das Känguruh –
es guckt wohl einem Sperling zu.

Der Sperling sitzt auf dem Gebäude,
doch ohne sonderliche Freude.

Vielmehr er fühlt, den Kopf geduckt,
wie ihn das Känguruh beguckt.

Der Sperling sträubt den Federflaus –
die Sache ist auch gar zu kraus.

Ihm ist, als ob er kaum noch säße . .
Wenn nun das Känguruh ihn fräße?!

Doch dieses dreht nach einer Stunde
den Kopf aus irgend einem Grunde,

vielleicht auch ohne tiefern Sinn,
nach einer andern Richtung hin.

AUF DEM FLIEGENPLANETEN

Auf dem Fliegenplaneten,
da geht es dem Menschen nicht gut:
denn was er hier der Fliege,
die Fliege dort ihm tut.

An Bändern voll Honig kleben
die Menschen dort allesamt,
und andre sind zum Verleben
in süßliches Bier verdammt.

In Einem nur scheinen die Fliegen
dem Menschen vorauszustehn:
Man bäckt uns nicht in Semmeln
noch trinkt man uns aus Versehn.

VICE VERSA

Ein Hase sitzt auf einer Wiese,
des Glaubens, niemand sähe diese.

Doch, im Besitze eines Zeißes,
betrachtet voll gehaltnen Fleißes

vom vis-à-vis gelegnen Berg
ein Mensch den kleinen Löffelzwerg.

Ihn aber blickt hinwiederum
ein Gott von fern an, mild und stumm.

KORBSESSELGESPRÄCH

Was ich am Tage stumm gedacht,
vertraut er eifrig an der Nacht.

Mit Knisterwort und Flüsterwort
erzählt er mein Geheimnis fort.

Dann schweigt er wieder lang und lauscht –
indes die Nacht gespenstisch rauscht.

Bis ihn der Bock von neuem stößt
und sich sein Krampf in Krachen löst.

DIE UNTERHOSE

Heilig ist die Unterhose,
wenn sie sich in Sonn' und Wind,
frei von ihrem Alltagslose,
auf ihr wahres Selbst besinnt.

Fröhlich ledig der Blamage
steter Souterränität,
wirkt am Seil sie als Staffage,
wie ein Segel leicht gebläht.

Keinen Tropus ihr zum Ruhme
spart des Malers Kompetenz,
preist sie seine treuste Blume
Sommer, Winter, Herbst und Lenz.

DIE SCHWESTERN

Die Kanone sprach zur Glocke:
»Immer locke, immer locke!

Hast dein Reich, wo ich es habe,
hart am Leben, hart am Grabe.

Strebst umsonst, mein Reich zu schmälern,
bist du ehern, bin ich stählern.

Heute sind sie dein und beten
morgen sind sie mein und – töten.

Klingt mein Ruf auch unwillkommen,
keiner fehlt von deinen Frommen.

Beste, statt uns zu verlästern,
laß uns einig sein wie Schwestern!«

Drauf der Glocke dumpfe Kehle:
»Ausgeburt der Teufels-Seele,

wird mich erst der Rechte läuten,
wird es deinen Tod bedeuten.«

DIE ZWEI TURMUHREN

Zwei Kirchturmuhren schlagen hintereinander,
weil sie sonst widereinander schlagen müßten.
Sie vertragen sich wie zwei wahre Christen.
Es wäre dementsprechend zu fragen:
warum nicht auch die Völker
hintereinander statt widereinander schlagen.
Sie könnten doch wirklich ihren Zorn
auslassen, das eine hinten, das andre vorn.
Aber freilich: Kleine Beispiele von Vernunft
änderten noch nie etwas am großen Narreteispiele
der Zunft.

PHYSIOGNOMISCHES SKIZZENBLATT

Lalacrimas, es war ein Wesen,
dem Weinen immer nahe stand,
indessen Lagrimaß, davon genesen,
durch Mienenspiele sich entband.

Ich lernte sie als Schwestern kennen,
und sie ergänzten sich so baß,
daß ich so frei war, sie bei mir zu nennen:
*La*l*a*crimas und Lagrimaß.

TAUFNOVUM

Ruth so ward der Bub genannt
und das Mägdlein Ferdinand.

Denn die Eltern sagten gleich:
Die sind was fürs Dritte Reich.

Täten alle so wie sie,
herrschte viel mehr Harmonie.

Nehmt euch dran ein Beispiel Leute!
Wandelt resolut das Heute!

DAS FERNKLAVIER

Castor sitzt in Leipzig hier.
Und in Pest steht ein Klavier.
Castor spielt. Und seine Weise
rührt die Tasten, laut (auch leise)
dort in Pest.

Pest strömt zum Fest.

DENKMALSWUNSCH

Setze mir ein Denkmal, cher
ganz aus Zucker, tief im Meer.

Ein Süßwassersee, zwar kurz,
werd ich dann nach meinem Sturz;

doch so lang, daß Fische, hundert,
nehmen einen Schluck verwundert. –

Diese ißt in Hamburg und
Bremen dann des Menschen Mund. –

Wiederum in eure Kreise
komm ich so auf gute Weise,

während, werd ich Stein und Erz
nur ein Vogel seinen Sterz

oder gar ein Mensch von Wert
seinen Witz auf mich entleert.

PALMSTRÖM UND v. KORF

DAS ACHTFACHE (TRICOLOR-BINOCLE) GLAS

Palmström bekam ein Opernglas geschenkt,
womit er sich nun in die Welt versenkt.
Doch glaubt nicht, daß man ihn beneiden darf:
denn ach! Es ist für seine Welt zu scharf.

Die Welt, die ihn umfängt und int'ressiert,
mißt dreihundert Meter im Geviert.
Das Fernglas aber zeigt immer Gegenstände,
die viel, viel weiter draußen im Gelände.

Er sieht mit seinen Linsen lediglich
ein ungewisses Nebelreich um sich,
ja, Zirkus selbst, Konzertsaal und Theater
sind nichts wie einige verschwommne Krater.

Palmström versucht hierauf nach solchem Scheitern
den Horizont behutsam zu erweitern.
Umsonst! es weiß der wundervolle ›Zeiss‹
allein von Solchem, wovon er nichts weiß.

DIE WISSENSCHAFT

So beschließen beide denn
nach so manchem Doch und Wenn

sich mit ihren Theorien
vor die Wissenschaft zu knien.

Doch die Wissenschaft, man weiß es,
achtet nicht des Laienfleißes.

Hier auch schürzt sie nur den Mund,
murmelt von ›Phantasmen‹ und

beugt sich wieder dann auf ihre
wichtigen Spezialpapiere.

»Komm«, spricht Palmström, »Kamerad, –
alles Feinste bleibt – privat!«

Palmström hat sehr viele Menschen gern,
doch die von ihm sehr geliebten Herrn
sind nicht immer gern zu haben,
sondern oft vertrackte Knaben.

ALPINISMUS

I

Palmström rechnet mit v. Korf zu Haus
den Kubikinhalt der Alpen aus
(denn er denkt die Alpen sich als einen
Würfel aus Touristen, Kühen und Steinen)
und fixiert des Würfels Höh auf praeter-
propter 63 Kilometer.
Er besteigt, statt daß wie sonst er reist,
ihn in Julinächten oft im Geist.

190 000 Fuß ob Tschirne
liegt er und sieht faustgroß die Gestirne.

II (ANGEWANDTE WISSENSCHAFT)

Palmström denkt die Alpen sich als Kubus...
und besteigt sie so, mit seinem Tubus.

Dreiundsechzighundert Hektometer
überm Spiegel seiner Wohnung steht er –

sieht die Gasschiff-Flotte der Korona
und erblickt das Mondschaf in persona.

FEUERPROBE

In das Museum der Gegenbeispiele
zu Stuttgart
kommt nach dem Münchner Elektra-Weihspiele
Palmström
und überreicht dem Kustos, Herrn Kriegar-Ohs
sardonisch
ein Partiturexemplar von Figaros
Hochzeit,
Kriegar-Ohs nimmt sich Muße, den Fall zu buchen,
und spricht dann:
»Dürften wir nicht vielmehr um Sie selber ersuchen,
statt des –«
Drauf eilt Palmström vor das Tor der Stadt Stuttgart
voll Rührung
und zieht dort bis auf die Erde den Hut ab:
Ave!

THEATER II

Korf läßt dies Problem nicht schlafen,
und er fühlt sich erst im Hafen,
als er Palmström, voll vom Geist,
eine Art von – Zollstock weist.

»Siehst du diesen Zollstock«, spricht er; –
»dieser Zollstock ist ein Dichter:
Brich mit Kunst ihn hin und wieder,
nütze seine vielen Glieder,
und ein Baum erwächst daraus
und ein Kirchturm und ein Haus
und ein Fenster und ein Ofen
und eine Sphinx für Philosophen!
Wolken von besondrer Schwere,
Schiffe hinten auf dem Meere,
Sternenbilder, Alpenketten
formst du draus gleich Silhouetten,
kurz, in linearem Risse
schaffst du jegliche Kulisse.
›Wirklichkeit‹ zwar schaust du nie,
doch es jauchzt die Phantasie.

Deine massigen Materien,
Palmström, schick sie in die Ferien!
Statt ein schildkrötplumpes Leben
laß uns Blitzstrahl-Chiffren geben, –
ja, fürwahr, gezückt mit Witz,
wird dies schwache Reis zum Blitz,
der, des Dichters Blitz verbündet,
dessen Wortwelt hintergründet!« …

Palmström liest von reichen Leuten,
die das Geld, das sie erbeuten,
teils in Kellern fremder Schergen,
teils in eignen Schränken bergen.

Er ist fern von solchem Sinn;
was er hat, das legt er hin.

Korf ist fassungslos, und er entflieht,
wenn er Bücher wie den »Brockhaus« sieht.

Er versteht [es] nicht, wie man
zentnerschwere Bücher leiden kann.

Denn er haßt, wie man daselbst den Geist
gleichsam in ein Grab von Stoff verweist.

Geist ist leicht und sollte drum doch auch
leicht gewandet gehn, nach Geisterbrauch.

Doch der Europäer ruht erst dann,
wenn er ihn in Bretter »binden« kann.

Korf erfindet eine Art von Witzen,
die erst viele Stunden später wirken.
Jeder hört sie an mit langer Weile.

Doch als hätt' ein Zunder still geglommen,
wird man nachts im Bette plötzlich munter,
selig lächelnd wie ein satter Säugling.

DER DURCHGESETZTE BAUM

Palmström läßt sich eine Kapsel baun,
und erfüllt dieselbe mit Alaun.

Hierauf pflanzt er sie in seinen Garten,
um den Wuchs des Kornes abzuwarten.

Regen fällt und Sonne scheint darauf,
und die Erde nimmt das Korn in Kauf,

läßt sich täuschen oder denkt: dem Mann
macht es Spaß, und mir kommt's nicht drauf an.

Und so treibt sie aus der Kapsel Hals
ein Alaunreis zierlich und voll Salz,

und das Reis erwächst, man glaubt es kaum,
bis zu einem wundervollen Baum.

Palmström (ohne vor Triumph zu turkeln!)
läßt den Baum von A bis Z ver-gurgeln,

und von jedermann, der Halsweh hat, –
Palmström wird der Favorit der Stadt.

Palmström legt des Nachts sein Chronometer,
um sein lästig Ticken nicht zu hören,
in ein Glas mit Opium oder Äther.

Morgens ist die Uhr dann ganz »herunter«.
Ihren Geist von neuem zu beschwören,
macht er sie mit schwarzem Mokka munter.

DIE BRILLEN

Korf liest gerne schnell und viel,
darum widert ihn das Spiel
all des zwölfmal Unerbetnen,
Ausgewalzten, Breitgetretnen.

Meistens ist in sechs bis acht
Silben völlig klargemacht,
und in ebensoviel Sätzen
läßt sich Bandwurmweisheit schwätzen.

Es erfindet drum sein Geist
etwas, was ihn dem entreißt:
Brillen, deren Energien
ihm den Text zusammenziehen!

Beispielsweise dies Gedicht
läse, so bebrillt, man – n i c h t!
Dreiundsechzig seinesgleichen
gäben erst – ein – Fragezeichen!

DIE WINDHOSEN

Beim Windhosenschneider Amorf
erstehen sich Palmström und Korf
zwei Windbeinkleider aus best-
empfohlenem Nordnordwest.

So angetan wirbeln sie quer
und kreuz über Festland und Meer
und fassen die Schurken beim Schopf
und lassen die Guten beim Topf.

Der Wetterwart schaut sie und stutzt:
Zum ersten Mal sieht er verdutzt,
was sonst rein phänomenal,
im Dienst einer klaren Moral.

DIE WINDSBRAUT

Bei diesem Wirbel über Land und See
hat Korf zum ersten Mal das Weib erschaut,
nach dem er oft gespäht in Luv und Lee,
als wie nach einer sehr erwünschten Braut.

Doch ach, sie war die Braut bereits des Winds,
die »Windsbraut« war's, die seine Ruh gestört, –
er hat es aus dem Mund des schönen Kinds,
daß sie des Winds Gespiel sei, selbst gehört.

v. Korf begibt sich stumm nach seinem Giebel.
Er scheint des Götterspielens schmerzlich müde

und widmet seine Wind-Inexpressibles
dem Freund, und sich erneuter Solitüde.

VOM EWIGEN FRIEDEN

Palmström, dem die Sache gleichfalls leid ist,
ist das Donum keineswegs zu Dank.
Erstens, weil für seinen Schrank
das Gehöse viel zu weit ist.

Zweitens... usw. Schließlich, endlich
schreibt er seinem vorgesetzten Staat:
»Werter Herr! In summa: Eine Tat
soll geschehen! Gratis selbstverständlich!«

Und er bietet ihm die Wetterhosen
um den Preis des ewigen Friedens an.
Nämlich, sagt er, niemand fürder kann
wider den Besitzer sich erbosen.

»Niemand greift Sie an sotanen Falles.
Bauen Sie drum den Hosen einen Turm!
Einen ›Palmströmturm‹, und das ist alles.
Hier in Ihren Händen ruht – der Sturm.«

Palmström fühlt sich reiner Tränen Beute.
Endlich, glaubt er, sei die Welt befreit,
und ihm träumt von einer neuen Zeit...
Doch auf Antwort wartet er noch heute.

DIE SCHREIBMASCHINE

Korf erfindet eine Schreibmaschine,
die, daß sie gewählten Zwecken diene,
nicht mit Farben schreibt, vielmehr mit Feuer
und auf Wolkenfetzen ungeheuer.

Sitzt er mitternächtlich an den Tasten,
glaubt man an ein meteorisch Glasten.
Doch es ist ein neu Poem, von Korfen
in den Raum zu kurzer Schau geworfen.

Massenweise strömt man zur Lektüre,
späht aus Speicherguck und Dachfalltüre,
und in blitzesschnellen Arabesken
liest man Korfs gigantische Grotesken.

Auf dem Söller seines Hauses kauernd
und auf Cumulus und Stratus lauernd
harrt er halbe Nächte, fabelnd, grübelnd,
und dem Raum sein blankes Blau verübelnd.

Nahen endlich wieder Wolkenlasten,
stürzt er sich gewaltig auf die Tasten;
und empor auf feurigen Kothurnen
funkeln Korfs phantastische Notturnen.

Palmström stellt ein Bündel Kerzen
auf des Nachttischs Marmorplatte
und verfolgt es beim Zerschmelzen.

Seltsam formt es ein Gebirge
aus herabgefloßner Lava,
bildet Zotteln, Zungen, Schnecken.

Schwankend über dem Gerinne
stehn die Dochte mit den Flammen
gleichwie goldene Zypressen.

Auf den weißen Märchenfelsen
schaut des Träumers Auge Scharen
unverzagter Sonnenpilger.

Korfs und Palmströms Zwiespalt
oder
Palmström wird Staatsbürger

I. DIE BEIDEN FESTE

Korf und Palmström geben je ein Fest.

Dieser lädt die ganze Welt zu Gaste:
doch allein zum Zwecke, daß sie – faste!
einen Tag lang sich mit nichts belaste!
Und ein – Antihungersnotfonds ist der Rest.

Korf hingegen wandert zu den Armen,
zu den Krüppeln und den leider Schlimmen
und versucht sie alle so zu stimmen,
daß sie einen Tag lang nicht ergrimmen,
daß in ihnen anhebt aufzuglimmen
ein jedweden »Feind« umfassendes – Erbarmen.

Beide lassen so die Menschen schenken
statt genießen, und sie meinen: freuen
könnten Wesen (die nun einmal – denken)
sich allein an solchen gänzlich neuen
Festen.

II. EIN INTERVIEW

Palmström wird gefragt, wie er sich zu der
Todesfrage stelle.
Er erwidert: »Lieber Herr und Bruder,

gibt's denn da noch wirklich ein sich Stellen
innert einer Welt
christlicher Geschwister und Gesellen?

Lieber Herr, was wollen Sie dem Armen
mit Gewehr und Beil?
Ist der Mensch so bar noch an Erbarmen?

Oder lassen Sie mich anders sprechen:
Ist man ohne Teil
an dem, sei's auch traurigsten Verbrechen?

Wer es ist, der trete vor und hebe
seine Hand zum Licht.
Oder aber unser Bruder – lebe!«

III. [A] DER HOMUNCULUS

Als man dies im Blättchen liest gedruckt,
meldet sich ein einflußreicher Mann:
»Ich, mein Herr, bin ohne Teil daran!

Ich bin kein Produkt wie dies Produkt.
Es und ich, wir haben nichts gemein;
ich bin außerhalb der Welt erzeugt,
keine Mutter hat mich je gesäugt,
künstlich trat ich in dies Dasein ein.
Ein Homunkel bin ich, weltenfern
aller wirklichen Humanität.
Und ich appelliere früh und spät:
Schützt mich vor dem Menschen, hohe Herrn!«

III. [B] VOM STEUERZAHLEN

Korf, wie aus Teil I schon zu entnehmen,
zahlt natürlich keine Steuern,
was genügt, ihn ringsum zu verfehmen.

Denn er mag den Staat nicht fördern,
der sich auf Gewalt der Waffen gründet.
Besserm bleibt sein Geist und Geld verbündet.

Und man würd' ihn unverwandt verhaften,
wär er nicht gefeit (wie angedeutet)
wider all dergleichen Machenschaften.

IV. PALMSTRÖMS VERHAFTUNG

Palmström weigert sich (ganz selbstverständlich)
irgendwelchen Heeresdienst zu tun.
Doch wer immer schilt dies feig und schändlich.

Denn man ist noch rings um ihn katholisch
oder protestantisch usw.
und da gilt es noch als diabolisch

einen Christenmenschen nicht zu morden,
heischen dies Gott, König, Vaterland.
Palmström ist hierauf verhaftet worden.

V. IM GEFÄNGNIS

Im Gefängnis sitzt der Brave.
Doch er sagt sich: ins Gefängnis
sollte jeder, der kein Sklave.

Alle wahrhaft freien Seelen
sollten diese ihrer einzig
werte Stätte nicht verfehlen.

Ohne Murren, ohne Zucken
sollten sich der Freien Nacken
unter der Gewalt Joch ducken.

Bis das Volk der breiten Fährte
erst durch Staunen, dann durch Denken
gleichfalls sich zur Freiheit klärte.

VI. KORFS NAHEN

Korf geht mitten durch die Wachen,
die ihn pflichtbeflissen greifen,
doch sie greifen in die Leere.

Und sie stoßen die Gewehre
hin und her durch ihn, doch heiter
wandert er zu Palmström weiter.

VII. KORFS BESUCH

Mit dem Wärter, der das Essen
bringt, betritt er die Kamurke,
drin sein Freund, der Schurke Palmström,
haust.

Stotternd, stolpernd, stürzt der Wächter
fort und fabuliert von Geistern,
die er nicht zu meistern wisse...
Man

kommt in corpore gelaufen...
Alle werfen sich auf Korfen – –
Doch umsonst geworfen! Korf ist –
Geist...

VIII. PALMS ENTLASSUNG

Es ist unmöglich, Palmström zu behalten
(obwohl er selbst am liebsten bleiben möchte);
denn Korfs Erscheinung ist nicht auszuschalten.

In zwölf Gefängnissen ist Palm gewesen ...
Doch haben überall so Direktoren
wie Untergebne den Verstand verloren.

So daß man ihn mit aufgehobnen Händen
zuletzt beschwört, sich heimwärts zu entschließen,
und ihm erlaubt, niemanden totzuschießen.

IX.

Er kommt nach Hause. Niemand sieht ihn an.
Man liebt sie nicht, die vom Gefängnis kommen.
»Es hangt doch eben immer etwas an.«

Wer im Gefängnis saß, dem bleibt ein Fleck.
Der Bürger draußen, von vollkommner Tugend,
er wendet instinktiv sich etwas weg.

X.

Eines Tages pocht ein ernster Herr
an die Tür und stellt sich vor und spricht:
»Sie sind doch Herr Palmus Palmström, nicht?

Ich bin sozusagen hergeschneit
von den ernsten Männern unsrer Zeit,
insbesondere von der Schreibrichkeit.

Ich bin selber Schreibrich, wie bekannt.
Kurz und gut, wir würdigen Ihr Wesen.
Prächtig ist dies Nichtvielfederlesen.

Mutig gehn Sie stets auf alles los,
Scherz und Ernst: Sie sind in beidem groß.
Und Ihr Freund ist schlechterdings famos.

Doch just eben dies, verstehn Sie recht ...
Dieser Zwiespalt! halb sind Sie – Hanswurst –
halb von Don Quichotischem Geschlecht ...

Seien Sie doch eins von beidem ganz!
Oder teilen Sie sich, wenn Sie wollen
mit Herrn Korf in jene beiden Rollen!

Sehn Sie, wir sind da um kunstzurichten.
Ein Charakter sei so oder so.
Ihren Ernst verkennen wir mitnichten,

doch Sie nehmen hier zu viel auf sich!
Etwas bleibt an Ihnen – lächerlich!
Sehn Sie zu, wie Sie den Zwiespalt schlichten.«

XI.

So beschließen denn nach sieben-
tägigem Konzil die Freunde –
Muhme Kunkel vorzuschieben.

Muhme Kunkel zwar verwahrt sich;
doch nach langem Überlegen
tritt sie vor und offenbart sich

als ein Weib von großer Güte.
»Palm«, so spricht sie, »Gott behüte,
daß ich meines Friedens wegen

euch um eure Hoffnung brächte.«
[*bricht ab*]

– – – – – – – – – – – – – – – – – –

Palmström kehrt zurück von einer Reise
aus dem noch unerforschten Ewigen Eise.
»Einmal«, so erzählt er, »war es so kalt,
daß man völlig den Verstand verlor.
Denken Sie nur, die Kälte war dergestalt,
daß sogar das siedende Wasser gefror.«

VOM ZEITUNGLESEN

Korf trifft oft Bekannte, die voll von Sorgen
wegen der sogenannten Völkerhändel. Er rät:
»Lesen Sie doch die Zeitung von übermorgen.

Wenn die Diplomaten im Frühling raufen,
nimmt man einfach ein Blatt vom Herbst zur Hand
und ersieht daraus, wie alles abgelaufen.

Freilich pflegt man es umgekehrt zu machen,
und wo käme die ›Jetztzeit‹ denn sonst auch hin!
Doch de facto sind das nur Usus-Sachen.«

Es kommen zu Palmström heute
die wirklich praktischen Leute,

die wirklich auf allen zehn Zehen
im wirklichen Leben stehen.

Sie klopfen ihm auf den Rücken
und sind in sehr vielen Stücken –

so sagen sie – ganz die Seinen.
Doch wer da mit beiden Beinen

im wirklichen Leben stände,
der wüßte doch und befände,

wie viel, so gut auch der Wille,
rein idealistische Grille.

Sie schütteln besorgt die Köpfe
und drehn ihm vom Rock die Knöpfe.

Sie hoffen zu postulieren:
er wird noch einer der Ihren,

ein [Glanzstück erlesenster Sorte,]
ein Bürger mit einem Worte.

NOCTURNO VON PALMSTRÖM

Das Huhn, das Huhn geht unter,
die Sonnen gehn zum Stall . . .
Wer traurig oder munter,
der schläft jetzt überall.

Auf ihrer Stange schlafen
die Sonnen dicht an dicht,
dieweil das Huhn dem Hafen
der Nacht entgegensticht.

Das Huhn, das Huhn geht unter,
die Sonnen sind [im] Stall . . .

Wer traurig oder munter,
der schläft jetzt überall.

DIE PASTILLEN

Palmström geht herum mit einem Kasten
und verschenkt Pastillen gegen Husten, –
doch dieselben sind nicht einzunehmen.

Sondern, ehe man beginnt zu prusten,
muß man eine der verhaßten Pasten
in die Hand zu nehmen sich bequemen.

Zwischen Daumen dann und Zeigefinger
hält man sie als permanente Drohung –
und der Reiz im Halse wird geringer.

Nämlich, es gereicht zur mindren Frohung,
wenn die bittre Pille wird verspiesen.
Und so wird der Kitzel heimgewiesen.

FOR THE HAPPY FEW

Korfs Geruchs-Sinn ist enorm.
Doch der Nebenwelt gebricht's –
und ihr Wort: »Wir riechen nichts«
bringt ihn oft aus aller Form.

Und er schreibt wie Stendhal Beyle
stumm in sein Notizbuch ein:

Einst, nach überlanger Weile,
wird mein Werk gerochen sein.

Korf erfindet eine Mittagszeitung,
welche, wenn man sie gelesen hat,
ist man satt.
Ganz ohne Zubereitung
irgendeiner andern Speise.
Jeder auch nur etwas Weise
hält das Blatt.

Korf zu Taten zu befeuern,
redet man ihm allerhand
von Münchhausens Abenteuern.

Dies versetzt v. Korf in Brand,
und er geht nach einem Sumpf
und verläßt das feste Land.

Mit den Füßen, mit dem Rumpf
sinkt er unter, nur der Kopf
ragt noch samt des Schopfes Stumpf.

Doch, wenn man ihn recht versteht,
weiß man, daß er nimmermehr
in dem Sumpf zugrunde geht.

Denn, wie man schon oft erfuhr,
ist v. Korf kein Mensch wie wir,
ist ein Mensch pro forma nur.

Und so zieht er sich als Geist,
der er ist, aus Sumpf und Moor
wieder unters Volk empor.

Niemand sieht den Geist natürlich,
sondern hält ihn für figürlich,
doch die Tatsache beweist.

Und v. Korf erklärt: Münchhausen
tat vermutlich auch nicht flausen.
Doch ihn hörten nur Banausen.

DIE WAAGE

Korfen glückt die Konstruierung einer
musikalischen Personenwaage,
Pfund für Pfund mit Glockenspielansage.

Jeder Leib wird durch sein Lied bestimmt;
selbst der kleinste Mensch, anitzt geboren,
silbergongig seine Last vernimmt.

Nur v. Korf entfesselt keine Weise,
als (man weiß) nichtexistent im Sinn
abwägbarer bürgerlicher Kreise.

KORF IN BERLIN

Korf – man kennt ihn wohl genügend –,
Korf begibt sich nach Berlin,
einem Zug der Zeit sich fügend.

In Berlin empfängt man ihn ...
Zwar erblickt man ihn nicht leiblich,
denn, wie ja schon dargeziehn,

ist er weder männ- noch weiblich,
sondern schlechterdings ein Geist,
dessen Nichtsehn unausbleiblich.

Korf erfindet eine Zimmerluft,
die so korpulent, daß jeder
Gegenstand drin stecken bleibt.

Etwa wenn er mit dem Feder-
halter grade nicht mehr schreibt,
weil die Dienstmagd an die Türe pufft –

gibt er kurzweg ihm ein Alibi –
mitten in der Luft entweder
oder sonstwo in ihr, gleichviel wo und wie.

IM WINTERKURORT

Um das Frösteln der Spatzen abzuschaffen
gründet Palmström eine Mäntelfabrik.
Diese liefert den p. p. Spatzen Waffen

wider den Frost in Form von Ulstern, Pelzen
u. s. w. Man sieht sie zur Kurmusik
auf den Promenaden behäbig stelzen.

L'ART POUR L'ART

Das Schwirren eines aufgeschreckten Sperlings
begeistert Korf zu einem Kunstgebilde,
das nur aus Blicken, Mienen und Gebärden
besteht. Man kommt mit Apparaten,
es aufzunehmen; doch v. Korf »entsinnt sich
des Werks nicht mehr«, entsinnt sich keines Werks mehr
anläßlich eines »aufgeregten Sperlings«.

DER FROMME RIESE

Korf lernt einen Riesen kennen,
dessen Frau ihm alles in den Mund gibt,
was sie nicht mag.

Nacht und Tag,
wenn sie ihm solchen Willen kundgibt,
sieht man ihn seine Lippen geduldig trennen

und vorsichtig hinter sein Zahngehege
alles schieben, was seiner Frau im Wege.

Und es ist ihr viel im Wege, der Frau.
Ganz unmöglich wäre, zu sagen genau,

was von Mücke bis Mammut gewissermaßen
ihr mißfällt. Man findet da ganze Straßen,
ganze Städte voll Menschen, man findet Gärten,

Flüsse, Berge nebst Perücken, Bärten,
Stöcken, Tellern, Kleidern; mit einem Worte:
eine Welt versammelt sich an gedachtem Orte.

Auch v. Korf mißfällt und wird von dem frommen
Riesengatten still in den Mund genommen.

Und nur, weil er ein »Geist«, wie schon beschrieben,
ist er nicht in diesem Konvikt verblieben.

Palmström wünscht sich manchmal aufzulösen,
wie ein Salz in einem Glase Wasser,
so nach Sonnenuntergang besonders.

Möchte ruhen so bis Sonnenaufgang
und dann wieder aus dem Wasser steigen –
Venus-Palmström-Anadyomene . . .

DER WELTKURORT

Palmström gründet einen Weltkurort.
Mitten auf der schönsten Bergeskrone
schafft er eine windgefeite Zone
für die Kur sowohl wie für den Sport.

Nämlich eine Riesenzentrifuge,
innerhalb von welcher das Hotel,
schlägt den stärksten Sturmwind ab im Fluge
und zurück zu seinem Ursprungsquell.

Unerreicht vom bitterbösen Nord,
unerreicht vom bitterbösen Föhne,
blüht der neue Platz in stiller Schöne,
und zumal im Winter ist man dort.

Bilder, die man aufhängt umgekehrt,
mit dem Kopf nach unten, Fuß nach oben,
ändern oft verwunderlich den Wert,
weil ins Reich der Phantasie erhoben.

Palmström, dem schon frühe solches kund,
füllt ⟨dergleichlich⟩ eines Zimmers Wände
und als Maler großer Gegenstände
macht er dort begeistert Fund auf Fund.

ALS WIE EIN ZWEIG IM WIND

Palmström schwankt als wie ein Zweig im Wind...
Als ihn Korf befrägt, warum er schwanke,
meint er: weil ein lieblicher Gedanke,
wie ein Vogel, zärtlich und geschwind,
auf ein kleines ihn belastet habe –
schwanke er als wie ein Zweig im Wind,
schwingend noch von der willkommnen Gabe.

PALMSTRÖM AN EINE NACHTIGALL, DIE IHN NICHT SCHLAFEN LIESS

Möchtest du dich nicht in einen Fisch verwandeln
und gesanglich dementsprechend handeln,
da es sonst unmöglich ist,
daß mir unternachts des Schlafes Labe
blüht, die ich nun doch notwendig habe!
Tu es, wenn du edel bist!

Deine Frau im Nest wird dich auch so bewundern,
wenn du gänzlich in der Art der Flundern
auftrittst und im Wipfel wohlig ruhst,
oder, eine fliegende Makrele
sie umflatterst, holde Philomele,
(– die du mir gewiß die Liebe tust!)

Palmström lobt das schlechte Wetter sehr,
denn dann ist auf Erden viel mehr Ruhe;
ganz von selbst beschränkt sich das Getue,
und der Mensch geht würdiger einher.

Schon allein des Schirmes kleiner Himmel
wirkt symbolisch auf des Menschen Kern,
denn der wirkliche ist dem Gewimmel,
ach nicht ihm nur, leider noch recht fern.

Durch die Gassen oder im Gefilde
wandert Palmström, wenn die Wolke fällt,
und erfreut sich an dem Menschenbilde,
das sich kosmo-logischer verhält.

Ein Publikum in ⟨Oberhagen⟩,
nachdem es lang geblieben stumm,
befand sich, als die Zeit erschienen,
als »palmström-reifes« Publikum.

Womit gemeint war, daß ein jeder,
zumal betreffs Philosophei,
im ganzen Oder und Entweder
der Sache wie zu Hause sei.

Als Palms Erzeuger dies vernommen,
⟨hat er als Wort anheimgestellt:⟩
»*Damit* die Kindlein zu ihm kommen,
denn ihrer ist auch diese ⟨Welt⟩«.

DER HEILSAME GAUL

Palmström führt ein Polizeipferd vor.
Dieses wackelt mehrmals mit dem Ohr
und berechnet den ertappten Tropfen
logarythmisch und auf Malz und Hopfen.

Niemand wagt von nun an einen Streich:
denn der Gaul berechnet ihn sogleich.
Offensichtlich strahlt durch ihn das ganze
Land in wachsendem Gesittungsglanze.

FEST DER MULTIMILLIONÄRE

Neuyorker Multimillionäre haben
in Rom entfaltet ihre großen Gaben.

Man speist zunächst das obligate Fleisch
im Urwald und bei Papageigekreisch.

Doch erst beim Obst wird von dressierten Affen
der eigentliche Clou des Fests geschaffen.

Die Affen holen aus der Bäume Kronen
Bananen, Kokosnüsse und Melonen

und präsentieren sie (man grault sich fast)
den hochgebornen Römern, die zu Gast.

Doch Jubelrufen weicht der kurze Graus,
denn jede Frucht ist Schale nur und Haus

von goldnen Uhren, Zigarettendosen,
Manschettenknöpfen, kurz, den schönsten Chosen.

Auch Palmström ist bei diesem Fest und er
empfängt in einer Nuß ein Necessaire.

MUHME KUNKEL

ROLF UND LULU

Palmströms Muhme geht voraus,
wo's ein Tier zu schützen gilt.
Tapfer hält sie ihren Schild
vor die kleinste Ackermaus.

Ihre Dienstmagd Lulu Hammer,
welche Fleisch freut wie ein Wolf
sperrt sie, samt dem Kälblein Rolf
eines Tags in ihre Kammer.

Legt ein Beilchen ihr parat,
spricht: Wofern dir Fleisch so not
schlag denn auch dies Fleisch selbst tot, –
oder aber iß Salat.

Lulu, ganz in sich verwandelt
fühlt, wie grauslich ihre Gier,
bittet ab dem Bruder Tier.
Ja, noch mehr, sie hat gehandelt

wie sonst nur der Helden Weise:
Nämlich gab, fürwahr, sie tat es,
Rolf die Köpfe des Salates
und verblieb selbst ohne Speise.

Schließlich ruft sie nach der Muhme...
Rolf und Lulu gehn heraus...
Und sie lebt seitdem im Haus,
reinerer Moral zum Ruhme.

EXLIBRIS

Ein Anonymus aus Tibris
sendet Palman ein Exlibris.

Auf demselben sieht man nichts,
als den weißen Strahl des Lichts.

Nicht ein Strichlein ist vorhanden.
Palma fühlt sich warm verstanden.

Und sie klebt die Blättlein rein
allenthalben dankbar ein.

SELMA

Selma Kunkel, [Palmas] Schwester,
lebt hingegen im Orchester.
Nur wo Leute sich vereinigten,
fühlt ihr Geist sich ganz im Seinigen.

Und im dicksten Volksgewimmel
fühlt ihr Herz sich erst im Himmel.
Doch die zwei (und das ist selten)
lassen sich vollkommen gelten.

DER NEFFE

Palman, wie vorangedeutet schon,
wuchs heran ein junger Brudersohn.
Dieser sucht, ihr scheinbar Gegenteil,
mitten im Gewühl der Welt sein Heil.

Seine Mutter, eine Frau aus Ulm,
nannte ihn auf Tantes Vorschlag: Kulm.
Und fürwahr ein Gipfel, ein Extrem
tritt in ihm ans Licht, höchst unbequem.

Korf und Palmström gehn dem jungen Mann
mannigfaltig beispielsvoll voran;
doch er ist, das wird bald jedem klar,
beispiellos und unberechenbar.

Der Psychologe Storch erklärt:
Wovon sich Palma Kunkel nährt,
ist unbefriedigtes Geschlecht.
Gebt jeder Magd doch ihren Knecht,
so hat die liebe Menschheit Ruh
und ich, der Psycholog, dazu.
[. . .]
Der Psychologe Storch, voll Freud,
bedünkt sich ungemein gescheut.

PALMAS MUTTER

Palmas Mutter sprach einst still und schlicht:
Nahst du Frauen, vergiß die Geißel nicht.

Und der Philosoph, vom Weib gequält,
hat der Welt dies blinden Munds erzählt.

Doch, man muß ein altes Weib verstehn:
»Nimm das Ding mit!« sprach sie. »Doch – für wen?

Für die Frauen, meinst du. Immerhin
birgt mein Rat noch einen zweiten Sinn.

Hängst du dieser zweiten Wahrheit nach,
wird dir tiefer aufgehn, was ich sprach.«

Palmas Mutter, manchem zum Verdruß,
gab nie einen Rat, der keine Nuß.

Palma Kunkeln naht die Frage,
was zum Kriegsproblem sie sage.

Längs im Innersten entschieden,
wünscht sie allen Menschen Frieden.

(Zwar zum Unterschied von vielen
freilich nur: mit großen Zielen.)

Doch sie weiß zugleich: auf Erden
sind die Menschen erst im Werden.

Ringsum ungeheure Horden
wollen noch das große Morden,

sind noch ganz durchleidenschaftet,
noch vom Geist zu schwach durchkraftet,

müssen erst noch lange reifen,
eh sie Gott und sich begreifen.

I DAS FORSTHAUS

Palma Kunkel ist häufig zum Kuraufenthalt
in einem einsamen Forsthaus weit hinten im Wald,
von wo ein Brief so befördert wird,
daß ihn, wer gerade Zeit hat, ein Knecht oder Hirt
dem Wild des angrenzenden Jagdrevieres
um Hals oder Bein hängt . . . worauf in des Tieres
erfolgender Schußzeit er, wenn auch oft spät,
auf ein Postamt und von dort an seine Adresse gerät.
So das Wild, wie die Nachbarn sind stolz auf die Ehre.
Und man weiß keinen Fall, daß ein Brief je
verloren gegangen wäre.

II ZEHN JAHRE SPÄTER

Dies war so geschrieben, vor manch einem Jahr.
Doch heute, da ist es insofern nicht mehr wahr,
als – zuerst war's ein Kauz, der drauf kam,
die Sache dahin in Erwägung er nahm:
daß, wenn man direkt die postalische Bürde
besorgte, der Abschuß erspart werden würde.
Er ist damals gleich nach dem Postamt geflogen

und wurde als »Briefkauz« auf einem großen Bogen
vermerkt und der Hirsch und der Has hinterher,
und schließlich waren die Jagdgründe leer.
Denn natürlich hatte das ganze Wild nun
nur noch zwischen Forsthaus und Reichspost zu tun,
und kam es dabei auch durchs alte Revier,
war es jetzt doch als »Brief-Wild« geschütztes Getier.

LORUS

Lorus, im Verlaufe seines Strebens,
trifft den ersten Kater seines Lebens.

Dieser krümmt, traditioneller Weis'
seinen Rücken fürchterlich zum Kreis.

Lorus spricht mit unerschrockner Zärte:
»Pas vobiscum, freundlicher Gefährte!«

Welches Wort von »Lore« er gelernt
und womit er vielen Groll entfernt.

Auch der Kater, sichtbarlich betroffen,
läßt auf bessere Beziehung hoffen.

Besagter Kater, selbst nicht mehr sehr biegsam,
besitzt doch eine Tochter, klein und schmiegsam.
Dasselbe Kind, mit Namen Nikolaus,
geht frei bei Lor und Lorus ein und aus.
Sie meint, daß was auch in der Welt geschieht,
sich ⟨als⟩ Appell zum Spiel auf sie bezieht.

Lorus, anerkannt als Phänomen,
soll um jeden Preis als – Kriegshund gehn.

Lange überlegt er hin und her,
denn der Fall ist ungewöhnlich schwer.

Gerne will sein Herz den Menschen dienen,
doch der Feind gehört wohl auch zu ihnen.

Und er ist, obschon ein Hund mit Bart,
doch kein Richter über Menschenart.

Schließlich, sich mit keinem zu verqueren,
läßt er sich den Bart von Palmström scheren

und erlaubt sich, ihn zum Angedenken
halb dem Freund und halb dem Feind zu schenken.

Bartlos geht er so, doch kaum als Tor,
aus dem schwierigen Konflikt hervor.

Eines Tages – welch ein Meisterstück! –
bringt man Lorus Brief und Bart zurück.

Der Minister schreibt: Es herrsche Frieden
und man sei in Gegner nicht geschieden.

Was nun freilich nicht in Frage käme,
wenn man einen Hund als Kriegshund nähme.

Doch verzichte man, wie dem auch sei,
gern auf ihn, auf Wunsch der – Polizei!

Dorten sei sein Platz, ganz sonnenklar,
und man danke ihm für Brief und Haar.

Lorus möchte gern den Menschen dienen,
doch der Schlimme zählt wohl auch zu ihnen.

Und er ist, obschon ein Hund mit Bart,
doch kein Richter über Menschen-Art.

Drum verschickt er nochmals seine barbas
diesmal an den Polizeibramarbas,

mit der Bitte, sie den guten Kreisen
teils und teils den schlimmen zuzuweisen.

Und er schließt, ein wenig ungeduldig:
»Daß ich mehr als nur mein Kinnhaar schuldig,

weiß ich; doch zunächst und vorderhand
sei die Sache solcherart bewandt.

Möge dies zu Akt genommen werden.«
Und seit Diesem schweigen die Behörden!

Lorus, der Dressur verständlich fern,
lernt nichts destominder ernst und gern
und er nimmt bei Korf private Stunde
in der »Lebenschronik großer Hunde«.

Doch läßt ihn deren Ruhm bereits nicht ruhn,
noch mehr erregt ihn schönes Menschentun
und nicht den Bart nur, nein sein ganzes Haar
bringt er der Heilsarmee zum Opfer dar.

Hierauf entzieht er sich dem Knabenspotte
zu einem Dachs und schläft in dessen Grotte.
[. . .]

ZÄZILIE

Palmström hört von diesem Streich,*
er beschließt das Kind sogleich
vor dem großen [Schrei'n] zu retten
und aus solcher Hausfrau Ketten.

Aufgesetzt wird ein Vertrag,
daß sie tun kann, was sie mag,
insofern ihr Tun die Züge
irgendwelcher Großheit trüge.

Lang bedenkt Zäzilie sich
wittert irgendeinen Schlich,
schließlich holt sie die Entscheidung
von den Knöpfen ihrer Kleidung.

Zwar den Koffer läßt sie schlau
erst noch bei der Wäschefrau.
Doch sie selbst, wie Mägde pflegen,
geht dem Neuen kühn entgegen.

* *[Dieses Gedicht ist die Fortsetzung von Zäzilie, S. 87]*

Das erste, des Zäzilie beflissen,
ist dies: sie nimmt von Tisch und Stuhl die Bücher
und legt sie Stück auf Stück, wie Taschentücher,
jeweils nach bestem Wissen und Gewissen.

Desgleichen ordnet sie die Schreibereien,
die Hefte, Mappen, Bleis und Gänsekiele,
vor Augen nur das eine Ziel der Ziele,
dem Genius Ordnung das Gemach zu weihen.

Denn Sauberkeit ist nicht zwar ihre Stärke,
doch Ordnung, Ordnung ist ihr eingeboren.
Ein Scheuerweib ist nicht an ihr verloren,
dafür ist Symmetrie in ihrem Werke.

GEGENSÄTZE

Zäzilie wird von ›Lore‹ nicht geliebt,
was manchen ernsten Zwischenfall ergibt.
Denn diese spürt in Gegenwart der Dirne
zu stark den krassen Gegensatz der Hirne.

Man trifft vielleicht das Rechte, wenn man sagt:
Das ganze Leben dieser guten Magd
mag kaum so viel in puncto Scharfsinn taugen
als ein Kalkül aus ›Lores‹ grauen Augen.

Doch Lorus ist Zäzilien wohlgesinnt.
Er tröstet insgeheim das arme Kind
und wischt zuweilen, ihr zur Kräfteschonung,
mit seinem Wedel Staub in Palmströms Wohnung.

VORREDEN UND ANMERKUNGEN ZU DEN GALGENLIEDERN

Drei Vorreden
Historische Dokumente, zusammengestellt von Christian Morgenstern

I. VORREDE ZUR ERSTEN AUFLAGE*

Euch, meine lieben deutschen Brüder und Schwestern, sei mein Buch voll besten Vertrauens in die Hände gelegt. Ein gut Stück Sonne ist d'rin eingefangen, und so Ihr nicht allzu hastig, sondern mit kurzen, prüfenden Schlücklein den Becher ausschmecket, den ich Euch kredenze, so wird Euch mein Wein ein fröhlich Feuer im Blut anfachen und in allen Grüblein und Fältlein die Schalkgeister aufwecken, die sich da in unsern trüben Läuften versteckt und verschlafen haben.
Denn glaubt's Euch nur selber! Ihr könnt noch lachen, ob Ihr gleich meint, 's müßt ein jeder heut mitgreinen

* Des »Lustigen Buchs« des Lichtwar Gelasius. (Wer Lichtwar Gelasius' Schriften kennt, wird wissen, daß er, zumal wenn es ihm warm um's Herz wurde, gern einen alterthümelnden Ton anschlug, gleich als hätte sein »kindsfröhlicher« Humor nach vertraulicheren und naiveren Ausdrucksmitteln gesucht, als sie ihm unser glattes, förmliches Hochdeutsch zu bieten vermochte.)

mit dem Elend des andern, 's wär' ein Verbrechen, ein frei frisch Lied singen, während über der Gass' drüben dem Leben geflucht wird und rings im Land kein End' ist des Jammerns und Anklagens.

Eure Mit-Thränen machen's nicht besser, sondern schlechter. Daß Ihr die Arm' rührt und auf bess're gemeine Läufte zuschafft, das thut noth. Daß Ihr helft und zusprecht, wo Ihr könnt, des muß Euch allstunds Euer Menschenherz mahnen. Aber mit trüben Gesichtern herumgehen und die Stimm' dämpfen, und den Frohsinn und Leichtsinn verketzern, das macht die Welt nur noch düst'rer und führt uns're Weg immer tiefer in's Jammerthal, denn aus ihm heraus.

Freud' und Kraft und Gesundheit und ein spöttisch Sichwegschwingen über den Eintag kann auch anstekken, so gut wie Verzagung und Wehklagen und Weltverfluchen. So hab' denn auch ich mich nicht um der gemeinen Trübsal willen in Sack und Asche gehen heißen, sondern mein kindsfröhlich und spottlustig Gemüth frank sein Wesen lassen austoben, daß oft eine große Narretei herausfährt und kein Acht ist aller ehrbaren, großwürdig ernsten Zipfelmützer und Kuttengänger, noch was sich sonst irgend unter Masken und Gewanden hochthuig einherträgt, ja daß oft alles Leben gleich einem Federball herumgejagt wird, als wär' ein ausgelassen Kind beim Spiel und hätt' sich um einen Mutterkuß verwett't, der Ball dürft' nimmer herunter in's Gras fallen.

Ach, meine lieben deutschen Brüder und Schwestern, was seid Ihr im Grund doch für ein ernsthaftig Volk!

Schau ich Euch nicht auf der Wiese herumsteh'n und auflegen zum Federballflug mit einem seltsamen Gemisch von Mitlustigkeit und bösem Gewissen, mit täppisch vergnügtem Springen von einem Bein auf's ander Bein und merkwürdigem Kopfgeschüttel, da's doch »im Grund ein so unnütz Spiel« sei.

Oh auf Euch methschwere Dokterer und Hängemäuler! Auf Euer vielnütz Spiel, das Ihr da in Euern Stadtgemäuern treibt voll Hastens und Hin- und Her-Jagens und Erraffens und Uebervortheilens, voll Heuchelns und Geldsackanbetens, und das alles ohne Freiheit im Geist, mit dem rechten Knechtsglauben an die Wichtigkeit und das So-sein-Müssen Eurer so genenneten Kultur!

Aber ich will Euch nicht bös machen, noch Eurer und meiner zu grausamen Spott haben. Nur müßet Ihr nicht gleich dem afrikanischen Federvieh den Kopf zu tief in Eure Großstadt- und Kleinstadt-Sandhaufen gesteckt halten, sondern ein frei trotzig Antlitz zum Blauhimmel aufrecken und Euch kein'n Augenblick lassen die Willkür verkümmern, all und jed Ding in die Luft zu werfen, diweil Ihr, solang Ihr den Atem habt, Herrn seid und Eigentümer jedweden Namens und Werts, sodaß Ihr, wenn Ihr des nur Willens wärt, allstunds möchtet die Welt umkehren und umtaufen können. Und allsobald könntet Ihr der Rose den Namen Hund zugebieten und dem Hunde den Namen Rose. Könntet das Meer Land, das Land Meer, den Berg Thal, das Thal Berg, das Brot Essig, den Wein Grütze, das Licht Eisen, Euch selber aber statt Menschen Möpse, Kameelthiere, Nadelöhre, Hagebutten, Hosenlätze, Thurmfahnen, Irrsterne, Milwecken, Tausendfüße oder was weiß ich benamsen.

Obzwar sich nun darob Eure Gelahrten an den Zopf fahren und bemeinen werden, das sei ein unwissenschaftlich Behaupten, indem kein Nam' eines Dinges gemacht, vielmehr seit Uralt zurechtgeworden sei – so will ich doch, daß Ihr verschlucket, was ich Euch hier *cum grano salis* vorsetze, und Euch auch ein eigen Kapitel dafür zum Beweis verfassen.

Und nun ist's wohl, daß Ihr schon wieder seid heiter lachend worden, wofern Euch überhaupt ob meines kleinen Auffahrens ein Wölklein über die Stirn gehuscht. Wer aber etwa griesgrämig und verzürnt sich weg gekehrt, dem sei'n auch noch drei Krewze nachgesegnet, die er samt seinem eignen Krewz auf seinem Buckel durch die Welt schleppen mag.

Die Hölle in alle Krewzspinnen und Nachtwürmer!

Frau Sonne zum Gruß aber dem freien und frohmutigen Geistesadel deutscher Nation!

Geschrieben anno MDCCCLXXV *sub tecto*.

Lichtwar Gelasius.

II. VORREDE ZUR ZWEITEN AUFLAGE

Nachdem der bekannte Schriftsteller Lichtwar Gelasius kürzlich ein so beklagenswerthes Ende genommen – er wurde, wie man weiß, eines Tages buchstäblich verhungert in seiner Dachkammer aufgefunden – glauben wir sein Andenken nicht besser ehren zu können, als indem wir eine zweite Auflage des »Lustigen Buches« veranstalten. Möge der unglückliche Dichter nach seinem Tode in seinem Vaterlande die Anerkennung finden, *die ihm zu seinen Lebzeiten* das neidische Schicksal versagte.

1885 Die Verlagsbuchhandlung

III. VORREDE ZUR FÜNFUNDZWANZIGSTEN AUFLAGE

Lichtwar Gelasius! Wer kennte ihn nicht, den unsterblichen Poëten, mit der lachenden Thräne im Wappen, dessen »Lustiges Buch« in kürzester Frist Gemeingut des Volkes der Dichter und Denker geworden ist, – dem von seiner dankbaren Vaterstadt zu Beginn dieses Jahres ein Standbild gesetzt, und dessen Büste jüngst in der Walhalle feierlich aufgestellt ward? Wer wird es demnach nicht freudig begrüßen, daß wir die 25. Auflage seines »Lustigen Buches«, die infolge einer überaus günstigen Konstellation gerade im Jahre der 50. Wiederkehr seines Geburtstages zu erscheinen im Stande ist, mit Porträt und Facsimile des Autors, sowie Illustrationen berühmter Meister versehen, als Jubelausgabe in die Welt hinaus schicken?
So ist denn unser Herzenswunsch:
Möge unser Gelasius im Festgewand neue Freunde gewinnen – zu den alten Freunden!

1895 Die Verlagsbuchhandlung

GALGENBERG

Blödem Volke unverständlich
treiben wir des Lebens Spiel.
Gerade das, was unabwendlich,
fruchtet unserm Spott als Ziel.

Magst es Kinder-Rache nennen
an des Daseins tiefem Ernst; –

wirst das Leben besser kennen,
wenn du uns verstehen lernst.

DIE GESCHICHTE
5. KAPITEL. DAS GESPRÄCH

Es waren einmal acht lustige Könige; die lebten. Sie hießen aber so und so. Wer heißt überhaupt? Man nennt ihn. Eines Tages aber sprachen die lustigen Könige zueinander, wie Könige zueinander sprechen. »Die Welt ist ohne Salz; laßt uns nach Salz gehen!« sagte der zweite. »Und wenn es Pfeffer wäre!« meinte der sechste. »Wer weiß das Neue?« fragte der fünfte. »Ich!« rief der siebente. »Wie nennst du's?« fragte der erste. »Das Unterirdische«, erwiderte der siebente, »das Links, das Rechts, das Dazwischen, das Nächtliche, die Quadrate des Unsinnlichen über den drei Seiten des Sinnlichen.« »Und der Weg dazu?« fragte der achte. »Das einarmige Kreuz ohne Kopf und der Basis über dem Winkel«, sagte der siebente. »Also der Galgen!« sagte der vierte. »Esto«, sprach der dritte. Und alle wiederholten »Esto«, das heißt jawohl.

Und die acht lustigen Könige rafften ihre Gewänder und ließen sich von ihrem Narren hängen.

Den Narren aber verschlang allsogleich der Geist der Vergessenheit.

[FRAGMENTE]

Betrachten wir den »Galgenberg« als ein Lugaus der Phantasie ins Rings. Im Rings befindet sich noch viel Stummes.

Die Galgenpoesie ist ein Stück Weltanschauung. Es ist die skrupellose Freiheit des Ausgeschalteten, Entmaterialisierten, die sich in ihr ausspricht. Man weiß, was ein mulus ist: Die beneidenswerte Zwischenstufe zwischen Schulbank und Universität. Nun wohl: ein Galgenbruder ist die beneidenswerte Zwischenstufe zwischen Mensch und Universum. Nichts weiter. Man sieht vom Galgen die Welt anders an und man sieht andre Dinge als Andre.

Anmerkungen

Sehr geschätzter Herr Morgenstern!
Sie beabsichtigen, Ihre ›Galgenlieder‹ der Öffentlichkeit zu überantworten, ein Unterfangen, zu dem ich Ihnen, wie Sie wissen, immer Mut gemacht habe. Es fehlt unserer neueren Literatur leider nur zu sehr an wirklich tiefen und gedankenvollen Dichtungen, in denen sich der echt deutsche Hang zum Übersinnlichen mit der unmittelbaren Freude an der Welt der Erscheinungen gepaart findet.

Sie wünschen nun von mir eine Art Einführung des Lesers in Ihre schönen Poesien, aber, mein sehr verehrter, lieber Herr, ich ziehe doch vor, einer Aufforderung nicht zu folgen, der Sie selbst instinktiv aus dem Wege gegangen sind, indem Sie wahrscheinlich des Dichterwortes gedachten: ›Bilde, Künstler, rede nicht.‹ Meiner unmaßgeblichen Meinung nach ist es gering, wenn der Leser erfährt, daß Sie die ›Galgenlieder‹ für einen Freundeskreis erfunden haben, mit dem Sie vor Jahren ausgelassene Abende verlebten, daß dieser Kreis sich Galgenberg nannte und einen Schuhu, einen Verreckerle, einen Gurgeljochem, einen Rabenaas, einen Stummen Hannes, einen Veitstanz, ein Gespenst und einen Faherüggh – ich schreibe wohl richtig? –, mit dem Beinamen der Unselm, zu seinen Mitgliedern zählte, daß sein Zuhöchsthängender zugleich der geniale Vertoner vieler Ihrer Weisen war und daß Sie selbst, nachdem Zeit und Umstände den Kreis schon lange auseinandergesprengt, die einmal angeschlagene Tonart weiter pflegten, so daß zu dem ursprünglichen Grundstock noch manches ernste und heitere Stück hinzu erstand. In die Gedichte selbst jedoch hineinzutreten, als der Philosoph und Philologe, der ich bin, in ihre wunderlichen Schächte einzusteigen und mit der Grubenlampe meines außerordentlichen Wissens, wie Sie allzu gütig schreiben, ihre Geheimnisse und Verborgenheiten abzuleuchten, halte ich zum mindestens für verfrüht. Bedenken Sie auch, daß ich bei meinem Alter nicht mehr imstande sein würde, einen wirklichen, einen ernsthaften Kommentar Ihrer Carmina zu Ende zu führen. Denn wir dürfen uns nicht verhehlen, daß ein solcher nicht einen, sondern eine ganze Anzahl Bände umfassen müßte – ich erwähne bloß den rein philologischen, den philosophischen, den psychologischen, den naturwissenschaftlichen, den literarischen, vom rein schönliterarischen ganz zu schweigen.

So muß ich denn, wenn auch mit blutendem Herzen, auf diesen mich hoch ehrenden Auftrag verzichten, bin aber zu weiteren Diensten stets gern bereit.

Hochachtungsvoll
Jeremias Mueller, Dr. phil.

NACHREDE
VORBEMERKUNG ZU DEN ANMERKUNGEN

Auf unwiderstehlichen Wunsch eines großen Leserkreises und nach jahrelangen ernsten Studien habe ich mich entschlossen, den Galgendichtungen nun doch einige Anmerkungen zu widmen. So ergreife ich hiermit die Nachrede und suche ein in der Vorrede nicht gefundenes Verständnis hierorts nachzuerringen. Meine Mittel sind gering, das weiß ich, aber mein Wille ist gut: der Wille nämlich, Dunkles aufzuhellen, Krauses zu entwirren, Schwanhaftes zu verdeutlichen. Im besondern aber ist – wenn auch hierin wie überhaupt gegen den Wunsch des Verfassers – dieses Commentarium gegen jene gerichtet, welche geglaubt haben, seine exzösen Ponilias durch, um mich so auszudrücken, methorologische* Termini näher haben erklären und charakterisieren zu können. Sie werden mit Erstaunen sehen, daß sie von dem wahren Inhalt jener Poesien bisher schlechterdings nichts geahnt haben, und, sich die Brust schlagend, den Spruch murmelnd: O tacuissentes – entepentes – leiolentes.

Jeremias Mueller, Dr. phil.

EIN ZWISCHENWORT ALS NACHWORT
ZUR VORBEMERKUNG

An erster Stelle möchte ich hier noch eine Bitte und einen Dank aussprechen. Die Bitte nämlich, mit mir

* Methorologisch: Abgeleitet von Meth (alte Schreibart).

meiner lieben Frau Gundula den Dank aussprechen zu dürfen, den ihre aufopfernde Hilfe mir in der langwierigen und schwierigen Arbeit an diesen Anmerkungen geleistet hat. Und den Dank, nicht zuletzt auch an Sie alle, daß dieser Bitte hier Genüge geschehen.

Jeremias Mueller

BUNDESLIED

[Anmerkung zur ursprünglichen Fassung]

Seul = Seil. Am Galgen spricht man naturgemäß dunkler, so und so.

Die Unke schlägt. Sie ist des Galgenbruders Nachtigall.

Die Eul. Als Repräsentant einer älteren Weltanschauung.

Die Silbergäul. Die alten Rosse des Helios.

GALGENBRUDERS LIED AN SOPHIE, DIE HENKERSMAID

[Strophe] 1
Sophie ist des Henkers Töchterlein. Außerdem aber hieß Sophia stets Weisheit. Der zweite Sinn ist demnach folgender: Gib mir deinen Gnadenkuß, o Weisheit! Zwar wird mein Mund immer nur Worte der Finsternis stammeln – »doch du bist gut und edel«.

[Strophe] 2
Des Haars: nämlich der natürlichen schützenden Hülle jugendlicher Illusionen.

[Strophe] 3
Wenn dir die Weisheit in den Schädel schauen soll, mit andern Worten, wenn du dich selbst erkennen willst, so muß dir vorher die Augen für das, was du bisher deine Welt genannt hast, der Aar, das heißt der Geist des Zweifels, aufgefressen haben. Das »zwar« ist lediglich »rhetorisch«. Es müßte eigentlich etwa so heißen: Das Aug sogar / bracht' ich dir dar / denn du bist usw.

DAS GEBET

Die Rehlein usw. – Reh (Cervus Capreolus L.) aus der Familie der Hirsche, 1,25 m lang bis 30 kg schwer, in Europa bis 58° nördl. Breite, auch in Asien. Vgl. Dombrowski (1876), Eulefeld (1896).

DAS GROSSE LALULĀ

Man hat diesem Gesang bisher viel zuviel untergelegt. Er verbirgt einfach – ein Endspiel. Keiner, der Schachspieler ist, wird ihn je anders verstanden haben. Um aber auch Laien und Anfängern entgegenzukommen, gebe ich hier die Stellung:

Kroklokwafzi = Ka5 = (weißer) König a 5. Das Fragezeichen bedeutet: Ob die Stellung des Königs nicht auf einem andern Felde vielleicht noch stärker sein könnte. Aber sehen wir weiter.

Ṣẹm̄emem̄i! = Se1 = (schwarzer) Springer e 1. Das Ausrufungszeichen bedeutet: starke Position!

Ḅifẓi, ḅạf̣ẓi = bf2 und ba3 (weiß). Versteht sich von selbst.

Enṭẹpẹntẹ = Te 3 = (weißer) Turm e 3.

ḷeiolẹntẹ = Le 2 = (schwarzer) Läufer e 2.

ḳos mạlẓipempu silzuzankunkrei (sehr interessant!) = K a 4 oder 6 = König (schwarzer König) a 4 oder a 6. Nun ist dies aber nach den Schachregeln unmöglich, da der weiße König auf a 5 steht. Liegt also hier ein Fehler vor? Kaum. Das eingeklammerte Semikolon beweist, daß Verf. sich des scheinbaren Fehlers wohl bewußt ist. Gleichwohl sagt er durch das Rufzeichen: ›Laßt ihn immerhin stehn‹. Nun gut, vertrauen wir ihm, obschon kopfschüttelnd.

dos = D 6 oder 7 = (weiße) Dame auf einem Felde der sechsten oder siebenten Reihe. Weiß ist so stark, daß seine Dame auf jedem Felde dieser beiden Reihen gleich gut steht.

Siri Suri Sei (Aha! Nun klärt sich K a 4 oder 6 auf!) = S 6 = weißer Springer 6 (sei, italienisch = 6). Ja, aber auf welchem Felde? Nun eben! Dies ist nicht näher bezeichnet. Der Springer wird daher den Platz des schwarzen Königs neben dem weißen einnehmen und diesem dafür überlassen, sich in der sechsten Reihe, oder, falls da die Dame stehen sollte, in der vierten Reihe einen bequemen Platz zu suchen. So ist denn alles zur Zufriedenheit erledigt. (Im übrigen ergibt der vierte Teil der um zwei verminderten Buchstabensumme der drei Strophen die Zahl 64. Sapienti sat.)

DER ZWÖLF-ELF

Der Zwölf-Elf (Endekus dodekus), ein sogenannter Schwarzelf oder -elb.

die linke – Ein Mensch, zum Beispiel Professor

Nikisch, würde die rechte oder aber beide Hände erhoben haben.

da schlägt es – Infolgedessen oder: den Augenblick darauf. Beides läßt sich verfechten. Im ersten Fall ist der Zwölf-Elf so etwas wie ein mächtiger Dämon. Im zweiten nur ein Gelehrter, der weiß: »Jetzt schlägt es gleich zwölf, daher will ich schnell vorher die Hand erheben.«

der Teich mit offnem Mund – Ein gewagtes Bild. Denn: machte der Teich den Mund zu, so wäre er damit selbst überhaupt nicht mehr da. Man ersieht daraus wieder einmal, wie gefährlich die Institution der Konsequenz ist, weshalb sie denn auch, zumal bei Frauen und Dichtern, keiner allzu großen Liebe genießt.

Zeile 4. Man denkt unwillkürlich an den »Freischütz«.

Zeile 8. In dem ihrigen nämlich. – Kartoffelmaus, vollerer Ausdruck für die Feldmaus. Nebenbei ist es eine exorzisierte Maus. Und zwar exorzisiert nach der in der katholischen Kirche hierfür üblichen Formel: Exorcizo usw. Mitgeteilt von Karl Eugen Neumann, Anm[erkungen] zu den Reden Gotama Buddhos.

Das Irrlicht usw. – Irrlichter (Irrwische, Tückebolde), über sumpfigem, mit verwesenden Stoffen erfülltem Boden schwebende, auch hüpfende, flammenähnliche Lichterscheinungen; noch völlig rätselhaft (!) (M. K. K., Leipzig und Wien 1900).

Sophie... Die Weisheit sieht den Untergang der Wissenschaft voraus. (Siehe »Das Mondschaf«).

Nachtmahr s. Alp, Quälgeist. Vgl. auch Purzelalp, Claudius. Hierzu wieder: Der Purzelbaum, S. 91.

-strumpf – Also vielleicht ein weibliches Wesen.

Der Rabe Ralf – ein später Nachfahr der beiden Wodansraben Hugin und Munin. Im Privatleben Dr. Robert W....... e.

Zeile 24. Wie immer.

Über die Dichtung »Das Mondschaf« allein könnte man ein dickes Buch, ja was sage ich, mehr als ein dickes Buch schreiben. Da wären in einem Abschnitt die Beziehungen jeder einzelnen Zeile zur Kantischen Philosophie im besonderen nebst der darin enthaltenen Kritik derselben aufzuzeigen, da Sie unter dem »Mondschaf« doch ganz offenbar (wie ja auch die Widmung verrät) das »Ding an sich« verstanden wissen wollen, da wäre in einem andern die naturwissenschaftliche Seite der Sache zu behandeln, ob man das »Mondschaf« mit dem Mondkalb in eine Reihe zu stellen habe oder ob hier ein ganz neuer Tier- oder vielleicht sogar Menschentypus vorliegt, da wäre nachzuforschen, inwieweit zum Beispiel das »Mondschaf« den Freiherrn Friedrich von Hardenberg bezeichnen [könnte] und was dann alles daraus, für Ihre eigene Entwickelung, für unser Urteil über diese Entwickelung, für die Wirkung dieser Entwickelung, soweit sie vorauszusehen, und endlich für den Wert der eventuellen Wirkung dieser Entwickelung folgen dürfte, des weiteren, ob und wieviel das Opus von der Idylle des Malers Müller »Die Schaf-Schur« beeinflußt oder doch angeregt sein möchte, wohin ferner der Gleich*klang* des Wortes Schur mit dem französischen jour (de la gloire) zu führen vermag – ein »Ritt« ins Politische – und ob es Ihnen endlich gelungen sein sollte, mit der lateinischen Übersetzung des »Mondschafes«

die Kirchenliederpoesie des Mittelalters zu treffen und zu charakterisieren, wobei ich mir einen kleinen Abstecher in mein Spezialgebiet, die Macaroniker, kaum versagen würde, vom poesiekritischen und schönliterarischen Standpunkt ganz zu schweigen.

DAS MONDSCHAF

Mondschaf = Mundschaf = etwa: Sancta Simplicitas.

steht – hier so viel wie ›träumt‹.

auf weiter Flur – bedeutet das unabsehbare Gefilde des Menschlichen.

harrt und harrt. Man beachte den unwillkürlichen Gleichklang mit hart (durus), wodurch die Unabwendbarkeit des Wartens phonisch illustriert erscheint.

der großen Schur – Schur = Jour: Dies irae, dies illa.

rupft sich einen Halm – Der Mensch bescheidet sich in Resignation. Vgl. das klassische Wort von dem Jüngling, der mit tausend Masten in See sticht usw. Man könnte auch sagen: ›Entsagen sollst du, entsagen!‹

und geht dann heim auf seine Alm – Es ›geht‹. Es läuft nicht, noch springt es. Darin liegt, wie in dem weichen innigen ›heim‹ – ein Wort, das nur der Deutsche hat – eine wehmütige Ergebenheit ohne Groll. Alm weist darauf hin, daß die Heimat des Verzichtenden wohl und immerhin doch in einer mäßigen Höhe zu denken ist.

Das Mondschaf spricht. Es ›spricht‹. Zu singen hat es doch wohl die rechte Frische nicht mehr.

›Spricht‹ ist feierlich, dumpf; aber noch immer stark und bewußt.

zu sich – Nicht zu andern. Es ist einsamen Geistes und verrät dies auch im Traum.

im Traum – Der Traum ist dem Mondschaf dasjenige Element, was dem Fisch die Flut.

Ich bin des Weltalls dunkler Raum – Das Mondschaf vergißt in seiner Schwermut ganz die Sterne. Sein Denken verschwägert sich schon langsam der andämmernden Todesnacht.

liegt – Es ist bereits umgesunken, vielleicht zwischen 2 und 5 Uhr morgens.

Sein Leib ist weiß – Es ist unschuldig geblieben wie Schnee. Fromm und mild hat es sein Geschick getragen und geendet.

die Sonn' ist rot – Was kümmert den Sonnenball das Mondschaf? Er behält seine roten Backen. Seine freche brutale Gesundheit triumphiert in gleichgültiger Grausamkeit über das weiße Weh der geknickten Menschenseele. Vgl. auch Goethe: Seele des Menschen usw.

DER RABE RALF

In diesem Gedicht wird die Sozialdemokratie charakterisiert bzw. ihr Übergang von Lassalleschen zu Marxistischen Ideen.

FISCHES NACHTGESANG

Das tiefste deutsche Gedicht.

DAS HEMMED

Das Hemd eines Galgenbruders, das Sophie gewaschen und auf die Leine gehängt hat, draußen auf der Galgenwiese. – Das kleine Kind, wie welches das Hemmed »weint«, (nämlich – vermutlich – tropft, weil es noch vom Waschen naß ist), ist dasselbe wie im Zwölf-Elf, Zeile 14, und, damit es nur gleich herausgesagt sei, das Kind Sophiens.

(Eine andere Version freilich entrückt das Hemmed ins Gebiet der Wolken, oder zum mindesten in das meteorgleich umherirrende »Patrie«-[*Fetzen*]).

Verdämmet, Kinde u. a. m. a. a. a. O.: schlechte deutsche Formen. Vgl. zu diesem Thema auch: Dr. Otto Hauser, Neue freie Presse, 30. IV. 1905. Es heißt dort unter anderm: »Wenn uns dagegen Christian Morgenstern, dessen sonstige Lyrik auch ziemlich dünn ist, den Galimathias seines ›großen Lalulā‹ hinsetzt und in ›Fisches Nachtgesang‹ auf den fragwürdigen Einfall kommt, nur das rhythmische Schema hinzusetzen« (sic!), »so ist es schwer abzusehen, was das mit dem Galgen zu tun hat.« Der Herr Rezensent hätte keine unglücklicheren Beispiele wählen können als justament diese. Denn das »große Lalulā« handelt vom ersten bis zum letzten Worte von nichts anderem als eben vom Galgen (!) (denn die Anmerkung, die es als Schachendspiel erklärt, ist nur sozusagen eine »Nebenlösung«) und »Fisches Nachtgesang« ist laut Anmerkung (siehe dort) »das tiefste deutsche Gedicht«. Als solches hat es natürlicherweise auch mit dem Galgen zu tun, denn sonst wäre es das nicht.

DAS PROBLEM

Ein Gedankengang, der bei Max Dreyer zum Beispiel wegfiele. Es ist darum oft von Wert, wenn man nicht nur so geradeaus heißt. Man kommt dadurch oft, worauf man sonst nicht kommt. Gott verzeiht ihm ganz gewiß. Ja, er freut sich noch obendrein, nicht just über den Namenswechsel, aber über das rege Innenleben des Zwölf-Elfs, der bei dem Gyntschen »Ich bin mir selbst genug« nicht stehn bleibt. Obwohl keineswegs Solveig, nur Sophie auf ihn »wartet« (sozusagen).

DAS KNIE

Dasselbe bedeutet gewissermaßen das rastlose Schreiten des guten Prinzips nach sich selbst, nachdem es (Zeile 5 und 6) vom bösen beinahe vernichtet worden wäre.

E s i s t k e i n B a u m: nämlich: keine Weltesche Yggdrasil.

E s i s t k e i n Z e l t: nämlich: kein Sternenzelt.

Diese alten schönen Vorstellungen müssen, zum mindesten seit Fritz Mauthner, ad acta gelegt werden. –

Manche wollen in dem Knie nur einfach den Begriff der Zeit sehen. Sie gehen von der Mittelstrophe aus und fassen sie insofern als einen Angriff auf die Kantische Lehre von der transzendentalen Idealität von Raum *und Zeit auf*, als sie in ihren ersten zwei Zeilen Kant im Krieg der Geister unterliegen lassen: aber freilich nur zur Hälfte. Der Raum nämlich (das Um und um) wird mit Kant »erschossen«. Die Zeit aber bleibt, (»einsam« nunmehr) als diejenige sinnliche Form der Anschauung, auf welche sich zuletzt alles, also auch der Raum, zurückführen läßt. – Auch diese Deutung hat viel für sich.

DER SEUFZER

Pars pro toto. – In Wirklichkeit wird der Gute in ein Fischloch gefahren sein. –
Nach den jüngsten pädagogischen Gesichtsstandpunkten für die neureichsdeutschen Schullesebücher umgewälzte Fassung:

Zeile 2:
und träumte von Freundschaft und Freude.

Zeile 5, 6:
Der Seufzer dacht' an die Ahnen sein
und blieb nachsinnend stehen.

BIM, BAM, BUM

Ist von einigen politisch interpretiert worden: Sie sehen in Bim den Fürsten Bülow, in Bam den Liberalismus und in Bum das Zentrum.

in römischer Kirchentracht: nach dieser Deutung nur symbolisch zu verstehen: Der Liberalismus sucht Bülown gegenüber die Rolle zu spielen, die vordem das Zentrum inne hatte. Aber ach, selbst dies hilft nichts.

Gegen diese Deutung ist nur einzuwenden, daß sie sich auf das Jahr 1908 bezieht (in Zeile 8 liegt geradezu die Geschichte des 10. Januar), während das Poem schon 1898 existiert haben dürfte. Trotzdem ist sie nicht schlechterdings abzulehnen. Dichter pflegen ihrer Zeit um 50 Jahre voraus zu sein. Gibt man dies zu, so steht man nicht nur vor keiner Antizipation, sondern umgekehrt vor einem Rückblick um vier Jahrzehnte.

DER SCHAUKELSTUHL AUF DER VERLASSENEN TERRASSE

Versinnbildlicht die christliche Theologie seit Immanuel Kant (1724-1804).

Die Linde ist nicht ganz unmerkwürdigerweise die Naturwissenschaft, die ihr im Wackeln Gesellschaft zu leisten scheint; ob wirklich oder nur in ihrer, der Theologie, Vorstellung, bleibt dahingestellt. Zeile 9 bis Schluß: Ressentiment.

DIE MITTERNACHTSMAUS

Die Mitternachtsmaus ist die sittliche Weltordnung.

HIMMEL UND ERDE

Fassung für den deutschen Sprachverein: Tief unten steht im dunklen Schilf, / den Hahn gespannt, ein Forstgehilf.

MONDENDINGE

Man hat dies irrtümlicherweise als eine Mondamin-Reklame aufgefaßt. Aber dem Verfasser lagen ganz andre Dinge am Herzen. Wer vor diesem Nachtgemälde eines erstorbenen Trabanten noch an Maismehl denkt, dem ist nicht zu helfen.

das Kalb: Das Mondkalb, natürlich.

Tulemond und Mondamin: Der Mann im Mond und die Frau im Mond.

schweflig: schwefelgelb.

Hyäne: Eine Schwester des Fenriswolfes.

Strophe 4: eine machtvolle Strophe.

(Im Verzeichnis zu widmen: E.T.A. Hoffmann und E.A. Poe.)

DER GINGGANZ

Verfasser hat sich erlaubt, aus dem Worte des Stiefels: »Ich ging ganz in Gedanken hin!« die Wörter »ging ganz« herauszugreifen und, zu einem Ganzen vereinigt, zum Range eines neuen Substantivs masc. gen. (in allen casibus unveränderlich, ohne Pluralis) zu erheben. Ein Gingganz bedeutet für ihn damit fortan ein in Gedanken Vertiefter, Verlorener, ein Zerstreuter, ein Grübler, Träumer, Sinnierer. –

Knecht – Stiefel-Knecht.

Knickebühl, Entenbrecht – Zwei Ortschaften, zwischen denen das »Feld« (Zeile 3) liegt.

Urplötzlich – Nachdem der Stiefel, der seinen Besitzer verloren hat (Zeile 11), eine Weile so für sich hingegangen, überkommt es ihn plötzlich. Er glaubt sich, wie sonst, am Fuße seines Herrn stecken und einherwandern. Aber zugleich ist ihm auch dieses (eingebildete) Wandern – Müssen lästig. Er fordert daher den Knecht auf, ihn auszuziehen, worauf ihn dieser durch seine gutmütige Frage in die Wirklichkeit zurückstürzt. Er erkennt jetzt, daß er ja gar nicht gezwungen, sondern freiwillig »geht« und sucht sein wunderliches Ansinnen vor dem Knecht zu rechtfertigen. Der aber in seiner Einfachheit und Treuherzigkeit winkt mit beiden Armen ab. »Er könne sich das schon denken, er fühle durchaus mit und halte es für seines Herrn ganz unwürdig, ihm, dem dummen Burschen, Vortrag zu halten usw.«

Nepomuk geb. um 1330 in Pomuk, ward Generalvikar in Prag und auf Befehl des Königs Wenzel am 20. März 1393 in der Moldau ertränkt (nach den Jesuiten freilich bereits am 29. April 1383). – Es muß unentschieden bleiben, welcher Version der Stiefel gefolgt ist. Nur das scheint festzustehen, daß der Zeile 11 genannte »Herr« ein böhmischer Auswanderer gewesen, – Auswanderer deshalb, da die Szene, den Ortsnamen zufolge, irgendwo im nördlichen Deutschland, etwa in der Nähe von Emden, zu suchen sein dürfte. –

DER LATTENZAUN

Zeile 10: »Der Senat« deutet auf – Hamburg? Auch die Flucht über See, die Hals über Kopf (siehe die völlige *Rat*losigkeit und Verwirrung der Schlußzeile!) angetreten wird, läßt auf eine Hafenstadt schließen.

DIE BEIDEN FLASCHEN

Das Christentum hat so wenig wie für die Tiere etwas für Flaschen übrig, also auch keine Engel.

Die Fassung dieses Gedichtes für deutsche Lesebücher und Schul-Anthologien wurde vom Lehrkollegium wie folgt festgesetzt:

Zeile 3 und 4:
Sie möchten gerne Kuchen essen.
Doch der Himmel hat sie vergessen.

Und Zeile 6 bis 8:
sie auf zum blauen Wolkenraum.
Doch niemand hört dort ihren Traum
und kuchenbäckt die beiden.

DAS LIED VOM BLONDEN KORKEN

Teilweise verneunt [?]. Wer dieses Lied nicht sogleich begreift, der nehme einen Kork, versehe ihn unten mit etwas erweichtem Bienenwachs und drücke ihn gegen den nächstbesten Wandspiegel, so daß er auf dessen Fläche kleben bleibt. Hierauf rücke er sich einen Sessel davor, setze sich auf denselben und »fühle« sich nun in die Sache »ein«.

DER WÜRFEL

Beide übertreiben den Tatbestand oder nehmen ihn doch jedenfalls zu tragisch; der Würfel jedoch wie ein zwar weltfremder und vergrübelter, aber dabei doch durchaus feingebildeter Geist, während die Erde wie ein Waschweib schimpft. Ein leider auch im bürgerlichen Leben häufig wiederkehrender Vorgang.

DIE WESTE

Man weiß, eine wie große Rolle heute die Herrenweste spielt und eine noch wie viel größere Italien als Trödel-Laden Europas. Und in der Tat hat es viel für sich, eine Kultur, die man nicht in sich trägt, wenigstens über dem Magen, um die Rippen, zu tragen.

DER MOND

Man nimmt sogar an, unsere Vorfahren hätten unser ganzes Alphabet auf diese Weise erfunden: indem sie nämlich den leeren Raum zwischen dem ihnen (vgl. oben) gegebenen A und dem ihnen (vgl. oben) gegebenen Z einfach in dreiundzwanzig Teile teilten und sodann jeden derselben mit einem anderen Buchstaben zwischen *a* und *z* ausfüllten.

DIE WESTKÜSTEN

Ecuadōr – südamerikanischer Freistaat am Stillen Ozean, vom Äquator durchschnitten. Cf. Wappäus in Steins Handbuch der Geographie (1871); Villavicencio (1858); Kolberg, Reisebilder, 4. Auflage (1897); Wolf (1892); Stübel, Skizzen (1886); usw.

UNTER ZEITEN

Imperfekt, Zeitform der unvollendeten Vergangenheit, dient zur Bezeichnung eines dauernden Zustandes oder der Gleichzeitigkeit einer Handlung mit einer andern in der Vergangenheit. Der sogenannte deutsche Imperfekt ist eigentlich das Präteritum.

Perfekt, Zeitform, welche Vollendung oder Abschluß einer Handlung anzeigt.

Futurum, Zeitform der Zukunft, kommt als Futurum simplex für eine überhaupt in die Zukunft fallende Handlung und als Futurum exactum zur Bezeichnung einer Handlung, welche als vor einer andern, gleichfalls zukünftigen Handlung vollendet dargestellt werden soll.

Plusquamperfectum, Zeitform, welche eine Handlung als einer andern vergangenen vorausgegangenen bezeichnet. –

Verfasser hätte hier besser deutsche Ausdrücke gewählt.

Zeile 5 und 6: »Fin de siècle«.

UNTER SCHWARZKÜNSTLERN

Hier wird schwarze Magie getrieben. Näheres zu dem Thema h. u. a. a. O. bei E. Swedenborg, A. Strindberg, Sir Peladan, E.T.A. Hoffmann, E.A. Poe u. a. m. Ferner Geschichte der Magie, Ennemoser, Maury, Christian, Fabart, Plytoff, Mannhart, Uriarte und Grässe.

Axel Ring. Ein Schwede?

DIE HYSTRIX

Vgl. Katalog des Zoologischen Gartens zu Berlin.

Gray, John Edward, Zoologe, geb. 12. Februar 1800 in Walsall (Straffordshire), 1840 Kustos am britischen Museum, † in London 7. März 1875.

Sebastian, »Heiliger, unter Diocletianus Haupt-
mann der Prätorianer, ward Christ, von mauretani-
schen Bogenschützen mit Pfeilen durchbohrt, dann
288 zu Tode gestäubt; Schutzpatron der Schützenge-
sellschaften. Tag: 20. Januar.« (M. K. C.)

im Dschungel. Vgl. Rudyard Kipling.

MÖWENLIED

Zeile 1 und 2: Eine Erfahrung, die sich jedem aufdrängt, sobald er eine Möwe daraufhin betrachtet.

Zeile 9 und 10: Man wende hier um Himmels willen nicht das Luftschiff ein. Höchstens den – Engel.

DIE FINGUR

Bedeutet vielleicht den, wie manche glauben, unheilvollen Einfluß der »schwarz-gelben« Geistlichkeit auf Tirol. Eine Deutung, die sich allerdings Wort für Wort in frappanter Weise ausspinnen ließe. Wiewohl wir Ge*lehrte uns nie* genug hüten können, der ewig beweglichen, immer neuen, »seltsamen Tochter Jovis« allzutief in die Augen zu sehen.

DER WALFAFISCH ODER DAS ÜBERWASSER

Walfafisch: Walfisch. Veraltete Form.

Bemüht sich, in biederer Holzschnittmanier die in den Mythologien aller Völker vorkommende große Flut in ländliche deutsche Verhältnisse zu übertragen. Wir finden ein Dorf, eine Eule, eine Eiche, ein Kind, alles Gegenstände einer sichern und vertrauten Heimatkunst. Auch der Walfisch, welcher auftritt, ist durchaus deutsch. Er könnte vorher vor dem Gehäus des Heiligen Hieronymus gelegen haben. Daß er das Kind sowie die Eule am Schluß »frißt«, nachdem er anfangs – aus Mitleid mit dem Kinde – geweint hat, widerspricht dem nicht. Erstens sind Kind und Eule ja doch verloren, und dann macht sich z. B. das Deutsche Reich von heute ja auch nichts daraus, zu fressen, wo es eben etwas zu fressen gibt, auch wenn es noch so oft vorher den Tod des Stifters der christlichen Religion beklagt und sich vor ihm das Versprechen gegeben hat, sein Aug' aufs Ewige und nicht auf Perser oder Hottentotten zu richten.

DIE LUFT

Wir befinden uns in vorgeschichtlicher Zeit. Die Luft ist (vornehmlich infolge Mangels an Bewegung) sterbensunglücklich – und der Mensch noch nicht erschaffen. Aber er wird es: und zwar eben für die Luft. Und siehe da: sein alsbald anhebendes und orkanartig anschwellendes Geschwätz und Geschrei massiert sie in förderlichster Weise, so daß sie seitdem das angenehmste und gesündeste Leben führt. (Aus einem populären Vortrag der »Urania« über naturwissenschaftliche Lyrik des Verfassers [mit Lichtbildern].)

DIE ZIRBELKIEFER

»Nach Descartes, der dem mystischen Dualimus des Plato die weiteste Geltung verschaffte, sollte das eigentliche Wohnzimmer im Gehirn (– der Klaviersalon –) die Zirbeldrüse (Epiphysis oder Glandula pinealis) sein, ein dorsaler Teil des Zwischenhirns (der zweiten embryonalen Hirnblase). Diese berühmte Zirbeldrüse ist von der vergleichenden Anatomie neuerdings als das Rudiment eines unpaaren (bei einigen Reptilien noch heute tätigen) Sehorgans, des Pinealauges, erkannt worden«. (Ernst Haeckel, Die Lebenswunder).

Für Ernst Haeckel ist: das wahre »Seelenorgan« – das Phronema. Vielleicht würde es auch für die Zirbelkiefer das Phronema gewesen sein, wenn sie statt des Cartesius die »Lebenswunder« gelesen hätte. Aber diese Bäume sind eben verdammt konservativ. Und dann – es kommt ihnen wenig drauf an, nach welcher Theorie sie sich selbst als Kunstwerke bewundern dürfen. Nur dem Menschen ist solches nicht gleichgültig: Er würde jeden verachten, dem heute noch nach Descartes »fromm zu Sinn« werden wollte. Er braucht durchaus seinen Bölsche.

VERSCHIEDENES

EINE PHILOSOPHISCHE BALLADE

Nirwanides der Große sprach
zu seiner Kriegsgefährten Troß:
»Ihr saht, wie mir zusammenbrach
mein teures Pferd, mein Sansaros!

Sein Fall hat mich aufs Neu' gelehrt,
was längst an meinem Herzen fraß:
Daß alles Irdische nichts wert,
und alles Sein ein schlechter Spaß.

Wie war ich diesem Tier so gut,
und hielt's voll weiser Vorsicht schmal,
mit Nachtviolen, Pfaffenhut
und Wolkenkuckuckskraut zumal!

Wie sorgt' für seiner Seele Heil
ich stets am ›ewigen Lebens‹-Born,
wie zähmt' ich fromm sein sterblich Teil
mit Geißelhieb und scharfem Sporn!

Und doch! und doch! zusammen brach's
und ging in eine bessre Welt! . . .«
Nirwanides der Große sprach's
und schritt apathisch in sein Zelt.

Doch mancher aus der Krieger Troß
rief leise lachend: »Meiner Treu!
Nie wär gestorben Sansaros,
gab Wasser ihm der Fürst und Heu.«

DER GOCKL

Wann i denk, was das Schicksal
mir alles hot beschert!
Gottes Gnade ist groß –
aber i bin's auch wert.
Wer dös an meiner Wiegn
mir vorgsungen hätt –!
Alles hab i, alles hab i,
nur koan Geist hab i net.

I mach so scheene Builder
und Gsangl holdrioh,
und bildhauern tu i
und betten tu i a.
Und's Theater, ja's Theater,
wann i dees nimmer hätt! –
Alles hab i, alles hab i,
nur koan Geist hab i net.

Wann's mir langweili werd, na
so roas i umanand,
geh auf d'Jagd und schiaß Gemsn
oder kaaf mer a Stuck Land,
oder 's werd auf a Schiff gstiegn
oder in'n Klub wird was g'redt –
Alles hab i, alles hab i,
nur koan Geist hab i net.

IM NORDOSTEN

In diesem Hause wie ein Schatten schmal
und schmutzig, mit möblierten Zimmerzetteln,
auf denen Wirtinnen um Mieter betteln,
in diesem Haus sind – Wanzen ohne Zahl.

Ich sehe sie, ein greulich Ornament,
von Dach bis Keller die Tapeten sprenkeln
und nachts aufs Menschliche hinüberplänkeln; – –
und irgendwo sitzt kratzend ein Student.

GROSSTADT-MORGEN

Wie schön, wenn in der Häuser Kammern
Aurora scheucht den Schlaf der Nacht,
Klaviere fangen an zu jammern
und Orgelmänner drehn mit Macht.

In allen Stuben brummt und stöhnt es,
die lieben Kindlein scheinen wach,
vom Droschkendonner bebt und dröhnt es
im Haus, vom Keller bis zum Dach.

Wie lieblich solche Großstadt-Frühe,
die lächelnd uns die Ruhe stiehlt
und ihre valse impromptue
auf unsrer Nervenzither spielt.

WIE SICH DER KLEINE LUTZ DIE MONATSNAMEN MERKT

Jaguar
Zebra
Nerz
Mandrill
Maikäfer
Pony
Fliegender Hund
Auerochs
Salamander
Locktauber
Robbenbär
Zehenbär.

NEUE BILDUNGEN, DER NATUR VORGESCHLAGEN

Der Ochsenspatz
Die Kamelente
Der Regenlöwe
Die Turtelunke
Die Schoßeule
Der Walfischvogel
Die Quallenwanze
Die Rabenmaus
Der Gürtelstier
Der Pfauerochs
Der Werfuchs
Das Dreihorn

Der Zwöllefant
Die Tagigall
Der Sägeschwan
Der Süßwassermops
Der Weinpintscher
Das Sturmspiel.

DER MORD

Eine Berliner Ballade

I

Es liegt ein Mann in der Panke
... winkewanke ... winkewanke ...

Wer hat ihn in dies Bett gestupft,
dahin doch sonst der Frosch nur hupft? ...

Es sieht ihn einer schlafen –
der hockt in Bremerhaven.

Der hockt in einem leeren Faß
im Schiffsbauch der ›Felicitas‹. –

Es liegt ein Mann in der Panke,
... winkewanke ... winkewanke ...

Wer hat ihn in dies Bett gestupft,
dahin doch sonst der Frosch nur hupft?

... winkewanke ... winkewanke ...

II

Das Meer rauscht ohne Unterlaß
um einen Menschen in einem Faß.

Gekrümmt, an Leib und Seele wund,
verflucht er seinen Kerker rund.

Er hat nicht länger Vorrat mehr.
Von Ratten wimmelt's um ihn her.

Er bricht nachts die Büffettür los –
und schreibt darauf mit Kreide groß:

»Ich bin eine Ratte, sucht mich nicht,
sonst spring ich euch plötzlich ins Gesicht.«

Dann kriecht er unter eine Bank
und schlingt hinunter Speis' und Trank.

Das Schiff geht stampfend seinen Trott.
Und all das ist am Ende . . . Gott.

III

»Wer sind Sie? – Jesus! Mensch bist du's?«
»Ich komm' von Holland und zu Fuß.«

»Wie siehst denn aus! Als wie dein Geist!«
»Ich hab' halt viel gehungert, weißt.«

»Wo warst denn nur? Was gingst denn fort?«
»Ich hatte was zu schaffen dort.«

»Und läßt mich hier, Dein Kind im Leib –«
»Drum komm' ich ja auch wieder, Weib.«

»In Fetzen – wie ein Vagabund«!
»Ich mußte nach Berlin heim und –«

Es klopft. »Du zitterst ja – – als wenn – –«
»Da sind sie ... Also doch ... Nun denn –«

DER HUT

Psychodram

Der Wind! ... es ist – als regten alle Geister
der Tiefe sich mit wirbelndem Gespött,
dem Menschen seine Ohnmacht darzutun.
Gemach! gemach! Den Mantel, wißt ihr, den
behielt ich gar zu gern und nicht, wie Joseph
den seinen ließ der Gattin Potiphars,
werd ich auch meinen lassen und desgleichen
den Hut – was wollt ihr mit dem Hut?
Ihn prahlend durch die Gassen rollen, wie
der Knabe wilden Laufs den Reifen treibt?
Nein, nein! wart nur, mein lockrer Hut!
Die Schnur um deine Hüfte lös ich schnell
und glaub's, das Band, das dich mit mir verbindet,
es hält, es ist kein zartes Rosenband.
So – flieg mir nur vom Kopfe, wie du willst,
an diesem Schnürchen hol ich dich zurück ...
Verwünscht! ... Du folgst zu pünktlich meinem Rat ...

Komm, komm – o dieser Wind, wie ich ihn hasse!
Wo ist mein schöner Scheitel! ach zerwühlt!
In zehn Minuten soll ich zum Diner.
Schon wieder! – – ah – o – o – pfui – es reißt
elendes Fabrikantenmachwerk! Haltet ihn!
Natürlich mitten in der Gosse – he! mein Hut!
Ach bitte! Bitte haben Sie die Güte!
Der Esel! Bitte sehr, mein Herr, ich seh's:
Es war unmöglich! Heda! Dort der Hut!
O süßer Reiz des Lebens! Junge, lauf!
In fünf Minuten ist Diner bei Schmidt.
Zum Kuckuck nochmal! Fangt mir meinen Hut!
Ein Geldstück mit dem König für den Hut!
Da – Gott sei Dank – er hält Siesta – langsam
bedächtig dreht er sich, man sieht, ihn drückt
schon das Bewußtsein seiner großen Schuld –
Wie? nichts? ein Blendwerk nur? kein Funken Reu?
O falscher Hut – ja stürme nur dahin
aus meinen Augen, schnödes Ungeheuer,
vergeh in deiner Sünden Maienblust.
Wie lächerlich! Jetzt hält dich einer auf,
j e t z t, wo dein Anblick mir ein Gram und Schimpf.
Ja, ja, es ist mein Hut. Ich danke vielmals.
Hier, bitte, für die Mühe. So, mein Hut!
Soeben setzt man sich bei Schmidt zu Tisch.
Wir aber wollen heimwärts wandeln und
mein ist die Rache, spreche ich, dein Herr.

IM STIER DES PHALARIS

Im erzenen Stier des Phalaris,
von tausend Scheiten unterheizt,
saß einst ein Grieche namens Kris
mit andern Opfern braungebeizt.

Doch während alle schrien vor Schmerz,
hat er aus vollem Hals gelacht
und gleich, als sei es nur ein Scherz,
sein Loblied auf den Stier gemacht.

Ein Koch, der mit ihm wurde gar,
empfand sein Lachen mit Verdruß.
Worauf Kris: »Du m u ß t schrein, nicht wahr?
Und ich muß lachen, muß, muß, muß.

[. . .]

GESUNDE ARBEITSTEILUNG
STIMME AUS DEM BÜRGERTUM

An mich ist nichts von dem gerichtet,
womit dein Buch die Leute kränkt, –
du bist ein Mensch, der schreibt und dichtet
und ich ein Mensch, der Bier verschänkt.
Wenn du den Durst nun bei mir stillst,
so magst du drucken, was du willst.

Du giltst gewißlich mancherorten
als einer, der sein Fach versteht.
Ich bin kein Freund von großen Worten,
und Schiller ist mein Hauspoet.
Sein Faust und Gretchen sind genug
der Poesie für meinen Krug.

Wir wollen uns, mein Freund nicht zanken.
Ein jedes Tier hat sein Pläsier.
Dir gab der liebe Gott Gedanken
und Schlichtheit und Gesundheit mir.
Vor Gott und Christ in seinem Reich,
das wisse, sind wir alle gleich.

DIE WAHNSINNIGE

»Ich will den Kapitän sehn, schrie
die Frau, den Kapitän, verstehn Sie?«
»Das ist unmöglich«, hieß es. »Gehn Sie!
so gehn Sie doch!! Sie sehn ihn nie!«

Das Weib, mit rasender Gebärde:
»So bringen Sie ihm das – und das –«
(Sie spie die ganze Reling naß.)
Das Schiff, auf dem sie fuhr, hieß »Erde«.

MORALISCHE BALLADE

Es war einmal ein Bleichgesicht:
An dessen Wiege saß sie nicht,
die Muse der Verständnisleiter
für Kunst und Künstler usw.

Jedoch das Bleichgesicht erhob
den Anspruch auf doch solches Lob, –
woraus sich mancherlei entwickelte,
wobei es dem und jenem prickelte.

Meingott, 's gibt viele Bleichgesichter,
nicht jeder Weiße ist ein Dichter,
nicht jeder Schwarze ist ein Mohr,
und keiner kann imgrund davor.

Allein es gibt auch jederzeit
Erkenntnis und Bescheidenheit.
Und wer sie hat, wird still gepriesen,
und wer sie nicht, hinweg gewiesen.

NI DIEU NI MAÎTRE

Ein Esel emanzipierte sich,
lief weg und amüsierte sich.
Tags fraß er auf den Wiesen Heu,
nachts spielte er in Wäldern Leu
und wieherte zum stillen Äther
sein prahlendes »ni dieu ni maître!«
Bis eines Abends in sein Idyll

erscholl eines wirklichen Löwen Gebrüll.
Als nun sein König vor ihm stand,
gab ihm der Esel dreist die Hand
und sprach: »Du wirst entschuldigen,
einem großen Geiste huldigen
ist unser unwert, ist unmodern.
Wir wollen keinen Gott, keinen Herrn!
Wir sind gleichwertige Könige, beide,
und tun einander nichts zu Leide.«

Da lachte der Löwe und legte die Tatze
auf die ebenbürtige Königsfratze,
daß diese wie eine taube Nuß
zerbarst.
Und die Moral zum Schluß:
Was dem Löwen freisteht gegebenen Falls,
dem Esel kostet es den Hals.

Es war einmal wer irgendwann,
der schritt durchs Marktgetriebe,
ein innen ganz zerwühlter Mann
von Herzeleid und Liebe,

er sah um sich der Menschen Chor
und Träne stieg ihm so empor,
daß seine Augen brannten
wie hundert Diamanten.

Da kam ein Freund des Wegs daher
und zog den Hut und sagte,
wie dieses Treffen ihm so sehr
gefiele und behagte;

doch da der andre gar nichts sprach,
so sah er im Gesicht ihm nach
und sah, um Gottes willen!
zwo Tränen dort er quillen.

Der Freund, ein Mensch von vielem Wert,
begriff alsbald, es habe
sein Freund in seiner Brust ein Schwert,
das itzt just in ihm grabe –

und »Große Seele!« rief er aus,
»ich weiß um deinen Brand und Braus,
o laß es mich verkünden,
du wirst ein Lied anzünden!«

Doch der hub an, ein Taschentuch
aus seinem Rock zu zupfen,
und sprach: »Es ist ein rechter Fluch
mit diesem ewigen Schnupfen!

Wie lang schon hab ich den Katarrh,
ich alter tumber Wandernarr –
du bist doch Arzt! ich bitte
verordne mir ein Mittel!«

Ob dieses Reims und überhaupt
beschloß betrübt der andre,
daß man am besten ungeschnaubt
sich auseinanderwandre.

Und sprach: »Ja, ja, der Dichterstand!
(So war auch ich ein Narr nur...)
Die Augen glänzen wie Demant,
und dann ist's ein – Katarrh nur!«

ER

Er kratzte sinnend sich den Hinterkopf
mit seinem Kleinenfingernagel, den er
so lange nicht beschnitten hatte, bis
derselbe rings um unsre Erdensphäre
gewachsen war und ihm am Ende jener
den längst inzwischen kahl gewordnen Schopf
hinreichte (Ziel zugleich und Hindernis) –
ob es nicht kürzer auch gegangen wäre.

BÖHMISCHER JAHRMARKT

[Ein Zyklus]

I

Ein Fernrohr wird gezeigt, womit
man seinen eignen Rücken sieht.

Es führt durchs Weltall deinen Blick
im Kreis zurück auf dein Genick.

Zwar braucht er so geraume Frist,
daß du schon längst verstorben bist.

Doch ward ein Standbild dir geweiht,
empfängt ihn dies zu seiner Zeit.

II

Da jedermann nicht vergewärtigt,
daß man ein Standbild ihm erstellt,
wird nebenan im nächsten Zelt
ein solches Standbild angefertigt.
Drum fast ein Tor, wer nicht bestellte
daselbst für billige Gebühr
sein Monument. Den Platz dafür
vermittelt man im dritten Zelte.

III

Karten, ungeheure Karten
hängen an der Wand und warten.

Überall in allen Ländern
stecken Stecknadeln mit Bändern.

Auf den Bändern stehn die Namen
der geehrten Herrn und Damen,

die für solche Monumente
gegen Zahlung einer Rente

dementsprechende Parzellen
freundlich zur Verfügung stellen.

Ohne jegliche Methoden
kommt man so zu Grund und Boden

sei's in Schwaben, sei's in Schweden
(von dem Nachruhm nicht zu reden).

IV

Der Summe dieser Grundstückspächter
entwächst von selbst und obendrein,
gleichsam als Interessenwächter
ein diesbezüglicher Verein.

Der Jahresbeitrag ist gebührlich,
zumal das Jahrbuch gänzlich frei,
und wer kein Sonderling natürlich
bestellt darin sein Konterfei.

Man sieht ihn dann an Ort und Stelle
mit seinem Fernrohr stehn und schaun:
In Wahrheit eine Freudenquelle
für gleichgesinnte Herrn und Fraun.

V

Doch, wie gesagt, trotz allem Streben
läßt der ertrachtete Effekt
sich nicht persönlich mehr erleben.

Die weitre Regelung bezweckt
die Herme. Nebenbei indessen
darf man sich selbst nicht ganz vergessen.

Man stirbt, wenn auch nicht heut und morgen.
Und will man dann begraben sein,
so muß doch jemand dafür sorgen.

Und dies tut wieder ein Verein,
und zwar begräbt er in der Norm
im Sockel und in Aschenform.

VI

Dies alles und noch mehr ist Ihnen
vielleicht ein wenig viel erschienen.
Jedoch von Ihrer Ruhe trennt
Sie schließlich nichts als ein – Agent.

Ein Stellvertreter, dem Sie jährlich
ein Fixum zahlen, nicht zu spärlich,
wird Ihnen gegen ein Entgelt
im Nebenzimmer vorgestellt.

Wir hoffen, daß Sie sich ihn mieten.
Sie finden wahrlich nirgends nichts
so Vorteilhaftes angesichts
des Ungeheuren, das wir bieten:

Ein Fernrohr, schlechterdings ein Wunder,
ein Grab, ein Denkmal, ein Stück Grund
wo nicht, erscheint ein Strohmann – und
befreit Sie von dem ganzen Plunder.

Sie zaudern noch? Wir geben glatt
das erste Schaltjahr als Rabatt.
Ist's möglich – können Sie noch schwanken?
Fürwahr! Sie werden uns noch danken.

KOMPENSATION

(Ein Impromptu als Dank)

Ein Hänge-Wagen kam sich vor,
als seinen Vorspann er verlor,
wie er, der mit einem Mal
verloren hat sein Ideal.
Ein Neutrum schien er nun zu sein, –
doch dies just gab ihm Neues ein:
Als Wagen (Masculinum) war
jetzund er aller Wirkung bar; –
drum ward er Neutrum resolut
und löste sich als Willens-Gut
nach trocknem Gassengang und -lauf
im Weltenlauf vergeistigt auf.

Nun wagt er mit, als schöne Kraft,
wo irgend jemand wagt und schafft.
Zwar die Grammatik steht erbost; –
Doch Freiheit bleibt des Geistes Trost.

GALGENRÄTSEL

Im Femininum und sächlich,
da wird's ein Licht genannt,
nun fährt's im Wagen gemächlich,
und nun geht's durch das Land.

Nimm's zweimal von vorn und von hinten,
und einmal mittendurch –

so ist's in rosa Tinten
ein wunderschöner Lurch.

PARODIEN UND DICHTERISCHE SPIELE

MODERNE ROMANTIK

I

Am Kirchhof stehn drei Kreuze.
Des Posthorns Peitsche knallt.
Im Walde schrein drei Käuze.
O wie bald! O wie bald! O wie bald!

Verzeiht mir, wenn ich mich schneuze,
denk an den Kirchhof ich
und die Peitsch' und die Käuz' und die Kreuze
und den Wald und das Posthorn und mich.

II

Kecker Bursche zog ich aus,
Frühlingsstorm im jungen Schädel.
Nun ade, du Vaterhaus!
Heißa, blondes Mädel!

In die Welt zog Jahr um Jahr...
Aus ist meine Rolle...
Welkes Gartenlaub im Haar
sitz ich da und schmolle.

Und meine Seele stand vor steilen Bergen
und hatte sehr zu tun mit ihrem Kerne;
denn aus ihm sproßte wie aus weiter Ferne
ein ganzer Haufe von sehr großen Zwergen –

die regungslose rote Augensterne
auf sie hinhefteten . . . Da kam der Ferge
und warf den schwersten seiner schweren Särge
auf mich, daß ich sehr tiefe Schmerzen lerne.

Und Wölfe saßen rings um die Zisterne . . .
Und eine Stille ging als wie ein Scherge . . .
Und ich erwachte dumpf in der – Taberne.

AUS LAMETTA VOM CHRISTBAUM DER SIEBENTEN ERLEUCHTUNG

X

(Von einem Adepten)

Ich wünschte daß ihr jene pfade trätet
Auf denen unsre antilopen-süchte
Den myrrhenduft berauschenderer früchte
Genossen als um die ihr glücklich bätet –

Daß weid und pappel ihres matten silbers
Entwohnten zierrat euch zu knieen schütte
Indes zum tempelhof des weltvergilbers
Die knaben wallen wein in buchner bütte.

Dann würden eure wunden durch die gitter
Der allzustrengen schergen röter bluten
Und eure seelen auf dem hochgeschuhten
Kothurn des engels nahn dem kranz der ritter.

EIN GESANG WALT WHITMANS

Ich sitze, den Blick auf meine Weltkarte gerichtet. Ich besinge das Weltmeer, die Mutter der Erde.

Schwärzlich türmt es sich auf, fürchterlich brüllt es einher, wie ein fließendes Gebirge, unberechenbar, schrecklich, ein Spiel der Stürme.

Blau liegt es da, wie eine Verheißung vielfältigen Glücks.

Weltteile, völkertragende, steigen aus seinem Schaum empor.

Fünf, sechs Venusse tauchen aus ihm empor, ungeheure, liebes- und lebensdurstige nach der Sonne verlangende und den Küssen der tausend Myriaden Sterne.

Asia, die unergründliche, den Kamm des Himalaya im Haar, an der Brust die Rose von Schiras, ihr Herz Indien, die Mutter der Menschen.

Europa, die blasse, bewegliche, den Kopf voller Träume und Launen, die Französin unter den Fünfen, die Aristokratin, die Freundin der Wahrheit, die Mutter der Kunst.

Afrika, die riesige gelbe Kuh, faul in allzuviel Sonne lagernd, der Pyramiden unfruchtbare Brüste starrend im heißen Samum, mit der schwarzen üppigen Flechte des Nils.

Amerika, die jugendlichste, unreifste, mit den vierundvierzig Herzkammern und noch keiner rechten Seele, begehrlich, erfinderisch, voll übersprudelnder Kraft, weltklug mit überlegenen Allüren, Demokratin (bis auf weiteres), nur des richtigen Mannes bedürftig, um vielleicht einst die Erste der Fünfe zu werden.

Australia, die Blutarme, umgeben von pausbäckigen Amoretten.

Grönland, die Venus der Eisbären,
ihr Herz Island mit den heißen Quellen der Sagen.

Sechsfach öffnet sich so der unendliche Meeresschoß, sechsmal birst so die tiefblaue wallende Decke, – und auftauchen die sechs beherrschenden Göttinnen, liebes- und lebensdurstig, nach der Sonne verlangende und den Küssen der tausend Myriaden Sterne.

NOCH EIN GESANG WALT WHITMANS

(Frater peccavi)

Ich singe den Gesang meines Zimmers.

Ich singe den Gesang meiner Tapete, meines Plafonds, meines Fußbodens, meiner Türen, meiner Fenster, meiner Umzimmer, Unter- und Überzimmer.

Ich singe die Lampe, die aus dem Zentrum herabhängt.

Ich singe den Ofen in der Ecke, breitspurig, hervortretend, seine Verzierung auf der Brust.

Ich singe die drei andern Ecken leer oder gefüllt mit Schränken, Büsten, Wandbrettern, rechtwinklig laufend nach rechts oder links.

Ich singe den Teppich, den Tisch und die Stühle. Waagrecht liegt er am Boden. Senkrecht setzen sie ihre Beine auf seine Fläche.

Ich singe die Bilder und Karten an der einen Wand. Jedes nach seiner Weise.

Ich singe die Bilder und Spiegel an der andern Wand. Ein jedes auf seine Weise.

Den Schreibtisch besinge ich und seine Bücher, Blätter, Federn, Gestelle, Uhren, Schiebladen, Schlösser, Tintenfaß, Löschapparat, Briefauftrenner, Kuverts, große und kleine, den silbernen Trinkbecher, das Kalenderbuch, das Petschaft, die blaue Schachtel mit dem unzerbrechlichen Bleistift Koh-i-noor.

Ich singe den Pendel der großen Uhr, wenn er hin- und herschwankt.

Ich singe die Gardinen, weiß, mit den Mustern der Fabriken, durchbrochen, fallend nach links und rechts.

Ich singe den messingenen Fenstergriff, blank, sauber. Das Mädchen putzt ihn jeden Morgen. Das flinke, gemietete Mädchen aus Ruppin, im Norden der Mark.

Tretet herein, Freunde!

Hier ist mein Zimmer!

Sauerstoff, Stickstoff, Licht, Wärme, Luftdruck (doch nur so viel wie gerade recht), weiche Kissen oder ein Divan (denn ihr könntet müde geworden sein), ein Apfel, eine Birne, beides aus Borsdorf, in einer Kiste geschickt, Stroh, Papier herum von fürsorglichen Händen.

Oder wenn ihr Wein wollt?

Herein tritt der Kaufmann, zwei Stock tiefer. Er sieht sich um. Höflich zieht er den Hut. Er fragt mit lauter Stimme.

Er nennt uns seine Weine:

Den Zeltinger, den Brauneberger, den Nierensteiner, den Rauenthaler, den Rauenthaler Berg, den Rüdesheimer, den Geisenheimer, den St. Julien, den Médoc, den Pontet Canet, den Marcobrunner, den Kaisersekt, die Veuve Cliquot, den Pomery Greno, den Heidsick Monopol.

Wählt meine Freunde. Laßt ihn bringen, was er hat. Mein Zimmer ist groß genug dazu.

Mein Zimmer ist nicht nur mein Zimmer. Mein Zimmer ist die Welt, the world, orbis pictus.

Hört mich an, Ihr Zimmerbewohner aller fünf Welt-teile!

Große Zimmergenossenschaft der Demokratie!

Camerados!

Singt mit mir den Zimmergesang, den millionenhaften!

Singt mit mir den Zimmergesang der Demokratie!

Was spricht die Nacht,
wenn sie erwacht?
Sie spricht auf weiß
»Es dämmert leis!«
Und all die Sphinx-
Geburten rings
singen nach rechts und links:
O daß das neue Licht uns träfe
grad auf die Schläfe!

Was spricht die Nacht,
wenn sie erwacht?
Sie spricht auf blau:
»Jetzt kommt der Tau!«
Und all die Sphinx-
Geburten rings
singen nach rechts und links:
O daß das neue Licht uns träfe
grad auf die Schläfe!

Was spricht die Nacht,
wenn sie erwacht?

Sie spricht auf rot:
»Nun bin ich tot!«
Und all die Sphinx-
Geburten rings
singen nach rechts und links:
O daß das neue Licht uns träfe
grad auf die Schläfe!

BLUTNÄCHTE XIII

Mein hohler Zahn
sitzt vor dem Fenster
und nachtschluchzt
irrschluchzt vom Vergessen
der blauen Lippe
im Silberkahn
gotthin
erdweg
güldla
glitt sein Kuß
kehlab
seelein
Heiligmond
warf Honigschein
in der Pußtakoppelkuppel
meiner Hirnrinde
tanzten sieben todrotsündige Stirnwinde
den Ringelklingelkringelschlingelreihn.

IM BAD

(Frei nach einem Lustspieldichter)

Sprach sie: O lieber Mann, der Tag
dünkt mich ein rechter Wandertag.

Sprach ich: O liebe Frau, der Tag
dünkt mich vielmehr ein Plaudertag.

So ländlich-tändlich scherzten wir,
bis wir uns endlich herzten schier.

Und unsrer Wonnen bunter Gang
schloß erst mit Sonnenuntergang,

wo uns ein Schwarm besuchen kam,
empfangen kaffeekuchensam;

worauf, gelöst, des Tages x
verschied als – Donnerstag – jour fixe.

DER DICHTER

Ein lang Gewand streng wallender Terzinen,
des blauer Saum die Erde fast berührte,
umfloß den Dichter, wie er mir erschienen.

Die edlen Füße staken in Sonetten,
indes das Band, das ihm die Stirne schnürte,
aus Epigrammen war, gleich goldnen Bienen,
die sich im Mondschein aneinanderketten.

So schritt er sanft und schürzte sein Ghasel,
gelassen, gleich dem stolzen Beduinen.
Ich barg mein Haupt am Rhythmus der Terzinen . . .
Fern graste der Gewöhnlichkeit Kamel.

AUS DEM NACHLASSE EINES TEUTSCHEN TICHTERS

Barmherzige Wolken,
ihr sättigt den armen,
enterbten Dichter
mit immer neuen
reizvollen Speisen!
Ihr wölbt euch zu Früchten
und dehnt euch zu Broten;
Fische und Vögel
gaukelt ihr gern ihm vor.
Fleht seine Lippe
durstig zum Himmel,
öffnen sich flugs
eure Tränensäcke –
und dankbar leckt er
vom hängenden Schnurrbart
die reichlichen Tropfen.
Was weiß der Laie,
der stoffgebundne,
vom Mahl des Poeten?
Pack dein Kaufgeld
und troll dich fort,
o edler Mitmensch!
Luft und Wasser
waren noch stets

unsre Köche!
Welcher Dichter
nährte sich je
von irdischer Atzung?

AM QUELL DER EUTERPE

Im Gemurmel der Reime
kommen herangefleußt
Blüten voll Seime,
die der Ruhende gern geneußt,

der den tänzelnden Wellchen
sie abfängt auf ihrer Reis'
und aus solchen Kelchen
zu saugen weiß.

ETUDE

(X'scher Bau mit Y'scher Schlußwendung)

Ich spreche oft von Blumen, welche
mir ihre wollustdunklen Kelche
zu Festen ohne Ende reichten,
die ich in den sehr wenig seichten
Stunden, die mir das Herz erweichten,
austrank und in den mondgebleichten
Nächten, da ich dich fand am Quellche.

VOM NEUEN WEIBE

(Rhapsodie)

Und weiße Pröbste
gingen auf den Wiesen
und
aßen Öbste,
die sie bald vergaßen,
vom tauben Mund
der Dinge, welche beim
Ersprießen
fließen,
als wie solche Trauben,
die, wenn sie reifen,
den sehr tiefen Reim
auf Rauben
wie zum Greifen
uns erlauben; –
und Nächte brachen auf –
wie Wunden zum
Betasten fahler Tode
Verse sprechen
und stumm
den Star der Weltpagode
stechen –
indem
ein wundes Lächeln
durch die Silben
der irren Tröste
in die Wüste sehnte,
als dehnte
im Vergilben

sich erlöste
Verwirrung nach dem Lehm,
den Rosen fächeln . . .

RONDEL

Wie eine Hummel brummt mein Geist
sein Reich voll Unrast hin und her;
die Blüten lassen heut ihn leer,
so viel' er hungrig auch umkreist.

Denn kaum erfüllt ihn ein Begehr –
als ihm ein andres dies verweist!
Wie eine Hummel brummt mein Geist
sein Reich heut rastlos hin und her.

»Wenn also strenge Reihn du reihst«,
dozierst du, »ist dein Herz nicht schwer!«
Du bist ein Esel, wer du seist!
Heut komm' mir keiner in die Quer!
Wie eine Hummel brummt mein Geist.

Wir sind zu sehr geneigt, uns zu verzwieseln,
wir wollen lieber wie ein Regen tröpfeln,
als, stromgleich von Felsköpfeln zu Felsköpfeln
uns werfend, ganze Bergstöck' kühn verkieseln.

Was hilft's, vom Himmel selbst herabzurieseln
auf ganzer Länder tausendfaches Köpfeln; –
es ist ein Schaffen wie mit Spitzen-Klöpfeln,
es ist kein Rauschen, nur ein schnödes Nieseln.

Wie anders doch, gleich bajuvarschen Hieseln,
die ganze Welt mit fester Faust zu schöpfeln,
die letzten dicken Wämser aufzuknöpfeln,

die bestverfilzten Zöpfe aufzudrieseln,
ein Wildstrom kommen allen Kleistertöpfeln –
und so um ew'gen Ruhm mit Glück zu mieseln.

AUS DEN BLÄTTERN FÜR HEIMATKUNDE
DER LYRIKER VON BUXTEHUDE

(nach einer heimatlichen Sage)

Es war einmal ein Ritter
in einem tiefen Wald;
der liebte süß und bitter
die liebliche Gestalt
der frommen keuschen Maged
Aurora von Brabant
und hat ihr auch gesaget,
wie sehr er ihr entbrannt.

O Ritter, kühner Ritter mein,
wie pocht mein Herz dir zu!
Auch ich bin solch ein Blümelein
im Heimatwald wie du.
Auch ich ein Buxtehude
und innig zugetan
der frommen keuschen Trude
von der Kuxhafener Bahn.

KINDERGEDICHTE

DAS HÄSLEIN

Unterm Schirme, tief im Tann,
hab ich heut gelegen,
durch die schweren Zweige rann
reicher Sommerregen.

Plötzlich rauscht das nasse Gras –
stille! nicht gemuckt! – :
Mir zur Seite duckt
sich ein junger Has ...

Dummes Häschen,
bist du blind?
Hat dein Näschen
keinen Wind?

Doch das Häschen, unbewegt,
nutzt, was ihm beschieden,
Ohren, weit zurückgelegt,
Miene, schlau zufrieden.

Ohne Atem lieg ich fast,
laß die Mücken sitzen;
still besieht mein kleiner Gast
meine Stiefelspitzen ...

Um uns beide – tropf – tropf – tropf –
traut eintönig Rauschen ...
Auf dem Schirmdach – klopf – klopf – klopf ...
Und wir lauschen ... lauschen ...

Wunderwürzig kommt ein Duft
durch den Wald geflogen;
Häschen schnubbert in die Luft,
fühlt sich fortgezogen;

schiebt gemächlich seitwärts, macht
Männchen aller Ecken...
Herzlich hab ich aufgelacht –:
Ei! der wilde Schrecken!

BEIM MAUSBARBIER

»Springst auch zum Bader?«
  »Ja!«
»Spring'n wir zusammen!«
  »Ein schöner Sonntag heut –«
»Duck dich!«
  »Was ist?«
»Ein Has!«
  »Ein Has! das ist was Recht's!«
»Sei still! wenn er dich hört, so –«
  »Nun?«
»Verklagt er uns beim Raben!«
  »Du!«
»Was hast? ein Korn?«
  »Hihi! die Hälfte fress' ich –«
»Mehlgebacknes?«
  »Und mit der andern zahl' ich –«
»*Den* Barbier? Und ich?«
  »Hi! wenn du noch dein Weibchen wärst!«
»Ich beiß' dich –«

»Still! da sind wir!«
»Guten Morgen!«

Aus einem Erdloch
unter einer Wurzel
verbeugt sich tief
ein alter Mausekopf – :
»Frisieren? brennen?
Bitte, nur herein!«

Die Mäuslein nehmen Platz
auf einer Moosbank
und harren stumm
in saubern Spinnwebmänteln,
indes der Alte
seine Eisen draußen
auf einen Stein
ins Sonnenfeuer legt.

»Die Härchen ausziehn?«
»Nach der Mode!«
»Bitte! . . .«
Bedächtig zieht
der alte Mausbarbier
die Schnurrbartfädchen
durch das warme Scherlein.

Dann wichst er sie
ein wenig noch mit Harz
und wäscht zum Überfluß
die samtnen Köpfchen
mit Birkenöl
und scheitelt sie geschickt.

Dann knüpft er flink
die Mäntel ab
und bürstet
die sonntäglichen Wämser
spiegelglatt.

Mit Anstand holt
das eine Mäuslein drauf
den Kuchen aus der Tasche:
»Bitte!«
»Danke!« …

Von seinem Loch aus
guckt der Mausbarbier
dem stolzen Paar
behaglich knabbernd nach
und lugt vergnügt
zum blauen Himmel auf,
der reiche Kundschaft
heute noch verspricht.

ELBENREIGEN

Auf der Wiese webt und schwebt
Elbenringelreigen;
feiner Füßchen Schnee sich hebt
zu geheimen Geigen.

Schleier schlingen sich im Ring,
Silberflechten flimmern,
Flügel wie von Schmetterlingen
scheu im Monde schimmern.

Jedes Köpfchen krönt ein Kranz
goldner Leuchtlaternchen,
wunderwirr verstrickt der Tanz
all die tausend Sternchen.

Busen wogen, Wangen glühn
bräutliches Begehren – :
Wird der Rechte heut sich mühn,
werden sie nicht wehren.

Lüstern läuft ein lauer Wind
übers Taugelände...
Plötzlich hebt ein Elbenkind
warnend beide Hände:

›Horcht! Was kommt da übern Berg
durch den Wald gegangen?‹
»Hei, die Zwerge, dummen Zwerge
wolln uns fangen, fangen!«

»›Husch hinaus! und auf den Strom!‹«
O ihr Trotzeköpfchen!
Durch die Bäume lugt ein Gnom –
schüttelt trüb sein Schöpfchen.

SPRUCH VOR TISCH

Erde, die uns dies gebracht,
Sonne, die es reif gemacht. –
Liebe Sonne, liebe Erde,
euer nie vergessen werde!

Spann dein kleines Schirmchen auf;
denn es möchte regnen drauf.

Denn es möchte regnen drauf,
halt nur fest den Schirmchen-Knauf.

Halt nur fest den Schirmchen-Knauf –
und letzt lauf! und jetzt lauf!

Und jetzt lauf! und jetzt lauf!
Lauf zum Kaufmann hin und kauf!

Lauf zum Kaufmann hin und sag:
Guten Tag, guten Tag!

Guten Tag, Herr Kaufmann mein,
gib mir doch ein Stückchen Sonnenschein.

Gib mir doch ein Stückchen Sonnenschein;
denn ich will mein Schirmchen trocknen fein;

Denn ich will mein Schirmchen trocknen fein.
Und der Kaufmann geht ins Haus hinein.

Und der Kaufmann geht hinein ins Haus,
und er bringt ein Stückchen Sonne heraus.

Und er bringt ein Stückchen Sonne heraus.
Sieht es nicht wie gelber Honig aus?

Sieht es nicht wie gelber Honig schier?
Und er tut es sorgsam in Papier.

Und er tut es sorgsam in Papier.
Und dies Päckchen dann, das bringst du mir.

Und zu Haus, da packen wir es aus –
sieht es nicht wie gelber Honig aus?

Und die Hälfte kriegst dann Du, mein Irmchen,
und die andre Hälfte kriegt das Schirmchen.

Und jetzt spann dein Schirmchen auf –
und lauf! und lauf!

WALDMÄRCHEN

Es lebt ein Ries' im Wald,
der hat ein Ohr so groß,
wenn da ein Donner schallt,
ist's ihm ein Jucken bloß.

Er macht s o mit der Hand,
als wie nach einer Hummel –
sein eigenes Gebrummel
erschreckt das ganze Land.

Und kommt die Regenzeit,
dann schläft er, und es wird
aus seinem Ohr ein Teich,
und dort sitzt dann der Hirt

und tränkt dran seine Schaf';
doch manchmal dreht, o Graus,

der Ries' sich um im Schlaf –
und dann ist alles aus.

DIE WEIDENKÄTZCHEN

Kätzchen, ihr, der Weide,
wie aus grauer Seide,
wie aus grauem Samt!
O ihr Silberkätzchen,
sagt mir doch, ihr Schätzchen,
sagt, woher ihr stammt.

»Wollen's gern dir sagen:
Wir sind ausgeschlagen
aus dem Weidenbaum;
haben winterüber
drin geschlafen, Lieber,
in tieftiefem Traum.«

In dem dürren Baume
in tieftiefem Traume
habt geschlafen ihr?
In dem Holz, dem harten,
war, ihr weichen, zarten,
euer Nachtquartier?

»Mußt dich recht besinnen:
Was da träumte drinnen,
waren wir noch nicht,
wie wir jetzt im Kleide

blühn von Samt und Seide
hell im Sonnenlicht.

Nur als wie Gedanken
lagen wir im schlanken
grauen Baumgeäst;
unsichtbare Geister,
die der Weltbaumeister
dort verweilen läßt.«

Kätzchen, ihr, der Weide,
wie aus grauer Seide,
wie aus grauem Samt!
O ihr Silberkätzchen,
ja, nun weiß, ihr Schätzchen,
ich, woher ihr stammt!

NÄCHTLICHE SCHLITTENFAHRT

Die Uhr schlägt zwölfe.
Im Walde stehn zwei Wölfe.

Zwei Wölfe stehn im Wald.
Eine Schlittenpeitsche knallt.

Ein Schlitten kommt gefahren.
Die zwei Wölfe sträuben die Haare.

Fahr zu, Fuhrmann, fahr zu!
Sonst werden dir die Wölfe was tun!

Der Fuhrmann läßt die Zügel.
Das Pferd rast über den Hügel.

Den Hügel hinauf, den Hügel hinunter –
Dahinter die Wölfe mit roten Zungen –

Jetzt fährt er über den See:
Das Eis liegt tief im Schnee.

Das Eis kracht unter den Kufen.
Jetzt sind sie am andern Ufer.

Schon kann man das Forsthaus sehn.
Die zwei Wölfe bleiben stehn.

Der Förster winkt mit der Laterne.
Überm Wald stehn hunderttausend Sterne.

Der Förster klopft den Rappen – :
Nun kriegst du auch noch ein Schaff Hafer!

Ein Schaff gelben Hafer, und Ihr,
Herr Fuhrmann, einen Krug Bier!

Der Fuhrmann sitzt in der Halle.
Das Rößlein stampft im Stalle.

Dort steht eine Kuh mit ihrem Kalb.
Die Uhr schlägt zweieinhalb.

KLAUS BURRMANN, DER TIERWELTPHOTOGRAPH

DAS HEIDESCHAF

Du denkst wohl, ich will dich scheren,
ich will dir scheren die Woll'?
O nein, du mein Heidschnuckchen,
ich bin doch nicht Hans Zwoll!

Hans Zwoll mit seiner Schere,
der dir die Woll' abschert,
und drüben dann nach Hamburg
damit zu Markte fährt!

Du brauchst nicht so zu blöken,
du dummes, kleines Schaf. –
Ich bin doch nur Klaus Burrmann,
der Tierweltphotograph.

DER KLUGE IGEL

Den Igel, welcher Pflaumen spießt
und sie alsdann in seinem Nest
als leckre Winterkost genießt,
hält Onkel Burrmanns Bild hier fest.
Der Igel wälzt sich um und um
mit innerlichem Wohlgebrumm,
bis er, mit Pflaumen ganz beschwert,
nach seiner Höhle heimwärts kehrt.

Dort nimmt ihm ab die Igelfrau
die fetten Früchte, rund und blau,
und legt sie in die tiefen Töpfe
(zumal auch für die kleinen Tröpfe)
und stellt die Töpfe an die Wand
und spricht mit hocherhobner Hand:
»Dies für den Winter, wenn es friert!
Heut wird noch Heuschreck schnabuliert.«

FÜCHSLEIN-LEBEN

Einen Jungen-Fuchsen-Reigen
will euch hier Klaus Burrmann zeigen.

Sommermorgens schon um viere
läßt Mama die kleinen Tiere
aus den Zimmerchen des Baus
auf den Wiesenplan hinaus.

Tanzen dürfen dort im Ringel-
reihn die kleinen roten Schlingel;
denn am Tag ist keine Zeit
zu solch feiner Lustbarkeit.

Seht, da geht die Sonne auf.
Nun beginnt der Tageslauf.

Fuchspapa erscheint und spricht:
Jetzt beginnt mein Unterricht!

»Denke dir, mein lieber Knabe«,
spricht er zu dem jüngsten Knaben:

»Denke dir, ich wär' ein Rabe!
Nun! Wie fängt man einen Raben?«

Peter (wie der Kleine heißt)
ist nun just kein großer Geist,

doch sein Schwesterchen Elise
legt sich stracks platt auf die Wiese.

Und obwohl ihr gar nichts fehlt,
stellt sie tot sich und entseelt.

Drauf fängt Vater Fuchs voll Lächeln
mit den Armen an zu fächeln

und begibt sich hupfend flugs
zu dem tot vermeinten Fuchs –

ganz so wie ein Rabe täte,
der ein Beutestück erspähte.

Und schon packt er ihre Pfote. –
Doch da springt sie auf, die »Tote«!

Kneift ins Bein ihn und – fürwahr!
fräß' ihn auf mit Haut und Haar,
wär's der eigne Vater nicht,
welcher stolz nun also spricht:

»Siehst du, Peter, deine Schwester
weiß schon mehr als du, mein Bester.
Peterchen, was bist du doch
für ein kleiner Dummkopf noch!«

DIE UHUFAMILIE

Im Eichbaum sitzt der Uhumann
und zieht sich seine Schuhu an.

Daneben sitzt das Uhuweibchen,
und knüpft sich zu das Uhuleibchen.

Das kleine Uhukind jedoch –
es bürstet sich die Zähne noch.

Klaus Burrmann sieht sie alle drei
und knipst sie alle drei, juchhei,

bei ihrer Morgentoalette
in seine Kamerakassette.

ÜBERFAHRT NACH AFRIKA

Von Hamburg aus fährt Onkel Klaus
aufs weite, blaue Meer hinaus.

Er reist zuerst nach Kairo und
von dort sodann nach Swakopmund.

Von Swakopmund mit Ochsenpost
von Deutsch-Südwest nach Deutsch-Südost.

Und wo er lagert und marschiert
wird Mensch und Tier photographiert.

Vernehmt und schaut nun, was er sah
auf seiner Fahrt nach Afrika!

MOGEL

Der Diener Mogel, treu und leise,
begleitet Burrmann auf der Reise.

Er ist ein halber Neger und
gebürtig aus Stadt Swakopmund.

Stadt Swakopmund, das ist ein Hafen,
in welchem nachts die Schiffe schlafen.

Doch wenn man aus dem Schiffe steigt,
sich Afrika, das große, zeigt.

Der Diener Mogel also heißt
mit Vornamen Hans Immerdreist.

So taufte ihn ein Missionar
und goß ihm Wasser übers Haar.

Nun trägt der Brave früh und spat
Klaus Burrmann nach den Apparat

durch Wüstensand und Urwald dicht,
und füchtet sich vor niemand nicht.

DER GEFÄHRLICHE WALFISCH

Der Walfisch – nun, das wißt ihr doch –
bläst Wasser aus dem Nasenloch.

Klaus Burrmann hat ihn konterfeit,
just wie er auf ein Luftschiff speit!

Die Gondel füllt sich ganz, o weh!
mit Wasserflut der wilden See,

so daß das Luftschiff sinkt und sinkt
und seine Mannschaft schier ertrinkt.

Dem Walfisch ist das einerlei …
Der Dampfer aber eilt herbei

und zieht sie alle, Mann und Maus,
heil aus dem Ozean heraus.

DAS NASHORN

Das wilde Nashorn trinkt im Tümpel
um Mitternacht.

Ringsum liegt Urwaldbaumgerümpel
vom Blitz zerkracht.

Es ist so schwarz in Wald und Ried,
daß sich das Nashorn selbst kaum sieht.

Doch hinter einer Baumstamm-Mauer
da liegt Klaus Burrmann auf der Lauer:

Es flammt ein weißes Pulver: Blupp!!!
Das Nashorn denkt: es blitzt! – Doch seht:

Da hat er auch schon, huppdiwupp,
des Nashorns nächtliches Porträt.

DIE BEIDEN LÖWEN

Ein Löw' und eine Löwin sehn
im Dunkel einen Esel stehn.

Worauf, denselben zu verspeisen,
sie voller Arglist ihn umkreisen.

Freund Burrmann merkt's und hat Erbarmen:
er hilft mit seiner Kunst dem Armen.

Sein Pulver knallt und zischt, und schnell
wird's um die Tiere schneeweißhell.

Die Löwin zieht den Schweif ein, und
der Löwe hält vor Schreck den Mund.

Voll Angst entfliehn sie, mit Geschrei – –
Der Mond sagt: Ich war auch dabei.

DER VOGEL STRAUSS

Der Vogel Strauß steckt, wie bekannt,
den Kopf gern in den Wüstensand.
Zumal, wenn ihm Freund Burrmann naht
mit seinem Knipsknaps-Apparat.
Doch Klaus, gewitzigt und gewandt,
erbaut sich unterm Wüstensand
ein Zimmer, ganz mit Glas gedeckt,
worin er sich voll List versteckt.
Auf dessen Decke türmt er drauf
aus Sand ein künstlich Berglein auf
und höhlt es innen aus, daß man
von unten her hineinschaun kann.
Gerannt kommt nun der Straußenvogel
und sieht von fern den Diener Mogel,
den er für Burrmann selber hält.
»Ha!« denkt der Strauß, »du wirst geprellt!«
Und macht sich unsichtbar wie immer –
grad über Onkel Burrmanns Zimmer.
Doch eh er sich noch sagt: »Wie dumm!« –
da blitzt schon das Magnesium.
Er sperrt nur noch den Schnabel weit ...
da ist er auch schon konterfeit.
Klaus Burrmann und sein Diener Mogel,
sie haben nun den ganzen Vogel.
Den Kopf im Sande hat der eine,
der andere hat Hals, Rumpf und Beine.

DAS GIRAFFENBEIN

Dies ist ein Giraffenbein
aus dem großen Afrika.
Nur das Bein siehst du allein,
sonst ist nichts vom Tiere da.
Denn die Giraffe schreitet aus
so weit als wie von hier bis dort;
vermöge ihres Körperbaus
bewegt sie wie ein Wind sich fort.
Drum muß die Giraffe sich
selber knipsen bei der Nacht!
Scheint dir dies verwunderlich,
frag Freund Burrmann, wie man's macht.

WIE DIE GIRAFFEN SICH SELBER PHOTOGRAPHIEREN

Über einen von den Pfaden,
drauf des Nachts Giraffen gehn,
spannt er einen langen Faden,
den sie in der Finsternis nicht sehn.
Wenn sie dieses Garn berühren,
lodert das Magnesiumlicht –
und sie müssen sich photographieren,
ob sie wollen oder nicht!
Staunend stehn sie mit gereckten Hälsen,
während links der Sturzbach braust,
und verschwinden flugs dann hinter Felsen...
Doch Freund Burrmann lacht sich in die Faust.

DAS KROKODIL

In Afrika da fließt der Nil.
In diesem lebt das Krokodil.
Ein Tier, das oft, wenn auch nicht immer,
so lang wie euer Kinderzimmer!
Dies Tier frißt Menschen wie Salat,
doch nur, wenn man ihm Böses tat.

So schießt zum Beispiel hier ein Mohr
mit spitzem Pfeil nach seinem Ohr.
Das Krokodil fährt auf ihn zu
und hält ihn auch schon fest im Nu!
Doch Mogel und der Onkel Klaus
sie sehn's und ziehn ihn wieder raus.

Der Mohr springt hoch vor lauter Glück.
Das Kroko schwimmt enttäuscht zurück.
Und läßt du einige Zeit vergehn,
so wirst du nichts mehr von ihm sehn.

DER MARABU

Der Marabu, von dem es heißt,
er sei ein nachdenklicher Geist,

nimmt bei des Vollmonds hellem Brand
sehr gern ein gutes Buch zur Hand –

und setzt die Brille auf die Nase
und liest des Nachts in der Oase.

Er denkt, es hat des niemand acht,
wodurch er so gelehrt sich macht.

Doch Burrmann folgt mit Hilfe Mogels
dem Lebensgang auch dieses Vogels.

Hans Mogel wird, mit Leim behandelt,
in einen Marabu verwandelt.

Stativ und Apparat dazu
in einen zweiten Marabu.

Als nun die Nacht kommt und der Mond,
erscheint der Vogel, wie gewohnt,

und hakt die Brille hinters Ohr
und zieht ein Lesebuch hervor.

Unweit zwar, an der Palme Fuß,
sieht er zwei weitre Marabus; –

doch, da dieselben gleichfalls lesen,
versöhnt er sich mit ihrem Wesen.

Er schlägt sein Buch auf, Seite dreißig,
und liest wie immer ernst und fleißig.

Da drückt Hans Mogel auf den Ball ...
man hört ein Klirren von Metall ...

doch weiter nichts. Die Dreie stehn
ganz still, als wäre nichts geschehn.

Nach einer Weile aber – knall! –
drückt Mogel abermals den Ball.

Verflossen ist die nötige Zeit,
der Marabu ist konterfeit.

Die beiden falschen Marabus
verschwinden von der Palme Fuß ...

Der echte aber spricht zu sich:
»Dies alles ist höchst wunderlich!« ...

TRUDCHEN

Was hat denn gestern Klein Trudchen,
mit Schere und Streichholz gemacht?
Siehst du, das hat Freund Schillings
den Eltern nun hinterbracht.

Grad wie mit Scher und Streichholz
das Kind gekaukelt hat,
so sitzt es jetzt gefangen
auf diesem weißen Blatt.

DER HÖHLENBÄR

Im Walde sitzt der Höhlenbär
vor seiner Höhle drauß
und denkt: Wer kann mir Böses tun!
Ich bin doch hier zu Haus.

Er fängt sich eine Hummel
und schlürft ihren Honig aus.
Er denkt: Wer kann mir wohl was tun,
ich bin doch hier zu Haus.

Doch im Gebüsch verborgen
steht schmunzelnd Onkel Klaus
und fängt ihn samt der Hummel
in sein Guckkastenhaus.

TRAUDL-BUCH

Dieses Büchlein
wurde von Onkel Christian und
Tante Margarita
für Traudl Anwand Anfang Februar
1910 in Obermais gemacht.

GRAF ADOLAR UND SEIN HAUSHOFMEISTER

»Guten Morgen, junger Herr Grafensohn,
lernten Sie heut schon Ihre Lektion?«

»Ich hab' heut keine Lust zum Studieren;
will lieber im Wald herumpromenieren.«

Herr Pelikan! Herr Pelikan!

Da haben ein halbes Dutzend Dohlen
einen ganzen Korb voll Zwetschgen gestohlen.

Das ist Amanda Tausendschön,
die hier auf diesem Bild zu sehen.

DIE SANDMÄNNLEIN

Mariechen schlief im Garten ein,
da kamen neun kleine Sandmännlein

und bauten ihr mit leiser Hand
ein wunderlieblich Schloß aus Sand.

DER RUMPELPUM

Klein Hänschen und der Gockelhahn,
die sehn voll Schrecken den Rumpelpum nahn.

Der Rumpelpum kommt aus Wald und Berg
und ist ein großer Zauberzwerg.

HANS UND LIESE

Dies sind die Pferde Hans und Liese;
o Kind, sei immer brav wie diese.

DAS WAGENRAD

Das Wagenrad hat zehn Speichen.
Willst Du dem Wagenrad gleichen,
das ohne Rast, ohne Ruh sich dreht,

so nütz' auch Du Deine zehn Finger
von früh bis spät.

DIE DREI PRINZESSINNEN

Hier seht Ihr Eulalien, Rosalien, Emilien,
die drei Prinzessinnen aus Sizilien.

DAS HAUS IM MORGENROT

Steht ein Haus im Morgenrot.
Wer mag wohnen drinnen?
Eine Maus (doch die ist fort)
und drei große Spinnen.

Was spinnen die Spinnen im Morgenrot?
  Regen, Regen, Regen!
Und wenn die Maus nach Hause kommt,
so ist kein Schnee mehr gelegen.

Der Eisbär, der Eisbär,
  der sitzt auf seinem Block.

Auch er hat, auch er hat,
  aus Pelz einen Rock.

ROTKÄPPCHEN

»Wen willst Du denn besuchen,
Rotkäppchen, mit deinem Kuchen?
Wo willst Du denn hinein,
Rotkäppchen, mit Deinem Wein?«

Herr Pelikan, Herr Pelikan,
so sehn Sie sich doch die Geschichte mal an!

Däumlinchen auf dem Wasserrosenblatt,
das Besuch von zween Kröten hat.

Dies ist ein Meerfisch aus Havanna,
wo dieses liegt, fragt Tante Anna!

HANS-KLAUS

Hans-Klaus mit Hund und Zigarette
geht stolz vorbei an Klein-Babette,
er hält den Kopf im Nacken sehr,
der Dackel tut es noch viel mehr.

Babette hört zu stricken auf,
verwundert steht der Kinder Hauf.
Sogar das Holzpferd und die Miez,
sind beide höchst erstaunt, man sieht's.

SOFIECHEN

Sofiechen auf dem Sofa sitzt,
dieweil der Spitz die Ohren spitzt.
Der Kater schnurrt in guter Ruh,
die Puppe, die sagt nichts dazu.

DIE MÄUSEMAMA

Die Mäusemama spricht zu den Mäuschen:
»Geht mir nicht weiter fort vom Häuschen,
denn drüben hat der Fuchs gesessen,
der wird euch allesamt sonst fressen.«

DER BRUNNEN

Brunnen auf, Brunnen auf,
freuen sich die Blümlein drauf,
Brunnen zu, Brunnen zu,
haben die Blümlein wieder Ruh.

DIE GÄNSCHEN

Gänschen, Gänschen, schnack, schnack, schnack,
putzt ihr euern Federfrack?

Däumlein, Däumlein,
wo bist du hin, wo bist du hin?
Was hast du mich verlassen,
ich kann es gar nicht fassen.
Däumlein, Däumlein,
wo bist du hin, wo bist du hin?

In Grönland, in Grönland,
da ist es so kalt;
da hüllt man in Pelzwerk
die ganze Gestalt.

Die Pinguine fürchten nicht
den Menschen, der mit ihnen spricht;
sie kommen dicht an ihn heran
und wundern sich über den fremden Mann.

Herr Winter
geh hinter,
der Frühling kommt bald!
Das Eis ist geschwommen,
die Blümlein sind kommen
und grün wird der Wald.

Herr Winter
geh hinter,
dein Reich ist vorbei.
Die Vögelein alle,
mit jubelndem Schalle,
verkünden den Mai.

Beim Puppendoktor Wunderlich,
da ist es ganz absunderlich.
Der Puppen Heilung ist sein Amt,
und wirklich heilt er allesamt!
Auch Traudelchen für ihre Puppe

erhält ein Fläschchen süße Suppe.
Der Rabe krächzt dazu, wie stets,
bald »Wohl bekomm's!« und bald »Wie geht's?«
Er kann nur diese beiden Worte
und braucht sie immer am falschen Orte.
Klein Traudchen wünscht sich fast nach Haus,
es ist auch alles gar zu kraus.

Der Vogel Strauß mit seinen
erstaunlich langen Beinen,
der läuft, fürwahr, es fehlt nicht viel,
so schnell wie ein Automobil.

Ich bin die Mutter Sonne und trage
die Erde bei Nacht, die Erde bei Tage.
Ich halte sie fest und strahle sie an,
daß alles auf ihr wachsen kann.
Stein und Blume, Mensch und Tier,
alles erhält sein Licht von mir.
Tu auf dein Herz wie ein Becherlein;
denn ich will leuchten auch dort hinein!
Tu auf dein Herzlein, liebes Kind,
daß wir e i n Licht zusammen sind!

NACHLESE ZU DEN KINDERGEDICHTEN

Es geht ein Mann durch Föhren,
sein Schritt ist kaum zu hören.
Doch geht der Gute mit dem Wind!
Drum merkt das kleinste Hasenkind
mit seinem Schnuppernäschen:
Es kommt ein Feind für[s] Häschen!

Frau Holle in ihrem himmlischen Haus
schüttelt die Federbetten aus.

Das eine Kissen hat ein Loch –
und welches noch?
Das andre Kissen hat auch ein Loch –
und welches noch?
Das dritte Kissen hat auch ein Loch –
und welches noch?
Ach nein, jetzt hat keins mehr ein Loch.
   O, ich glaube doch!
   So? Glaubst du doch?
Je! Je! Je!
Der viele, viele, viele, viele Schnee!

Jetzt zieh ich dir den Handschuh an.

Zuerst kommt der kleine Finger dran.
Nur nicht knicken, den kleinen Mann.

Jetzt den nächsten Finger her!
Aber der knickt ja noch viel mehr!

Der Mittelfinger, der bleibt stehn,
da sitzt der Handschuh wunderschön.

Der Zeigefinger ist furchtbar stolz.
Er hält ganz fest wie ein Stück Holz.

[...]

Jetzt knüpfen wir ihn hier noch zu.
Hat jetzt die liebe Seele Ruh?

Jetzt wollen wir den Tannenbaum putzen.

Wir wollen erst die Zweiglein fragen:
Was wollt ihr denn tragen? Was wollt ihr denn tragen?

Kleine Wachskerzen! Kleine Wachskerzen!
Und drüber [die] roten Feuerherzen.

Ei, ei! Ihr wißt aber schön zu bitten –
und einen Funkelstern noch inmitten?

Und Eiszapfen aus Glas, und Eiszapfen aus Glas
und silbern Haar und goldnes Gras.

Und was denn noch, Frau Tannenkönigin?
Helle Äuglein, um zu spiegeln drin.

Ei, das will ich glauben.

Es pickt am Fenster,
pick, pick, pick, pick.
Das sind zwei Spatzen,
der eine dünn, der andre dick.

Was willst denn du, du kleines Paar?
»Eine halbe Semmel zum neuen Jahr,
einen halben Apfel aus deinem Keller,
einen Zwiebelkuchen von deinem Teller.«

Ei, ei, ihr beiden kecken Knaben,
die Semmel sollt ihr kriegen, mehr nicht,
den Kuchen soll das Rotkehlchen haben,
wenn das einmal bei mir vorspricht.

Aber das ist wohl zu bescheiden,
das ist nicht so wie ihr zwei beiden.

»Schönen Dank für die Semmel, schönen Dank
für das Brot,
im Winter, da leidet halt jeder Not.
Da tuen Hunger und Kälte zu weh,
und morgen klopfen wir wieder, ade!«

Ja, ja, schon gut, du Hans in den Gassen,
doch das Rotkehlchen soll sich auch sehen lassen.

Kennst du den großen Elefanten,
du weißt, den Onkel von den Tanten,
den ganz ganz großen, weißt du, der,
der immer s o macht, hin und her.

Der läßt dich nämlich vielmals grüßen,
er hat mit seinen eignen Füßen
hineingeschrieben in den Sand:
Grüß mir Sophiechen Windelband!

Du darfst nicht zu sehr drüber lachen!
Wenn Elefanten so was machen,
so ist dies selten, meiner Seel'!
Weit seltner als bei dem Kamel.

IM STALL

Im Stall, im Stall, im Stall,
da tollen zwei Dackel herum,
da hocken zwei Häslein dumm,
da machen zwei Öchslein: brumm.
Im Stall, im Stall, im Stall.

Im Stall, im Stall, im Stall,
da tun zwei Kätzlein miaun,
da tun zwei Schwälblein baun,
da stampfen zwei Rößlein braun.
Im Stall, im Stall, im Stall.

Im Stall, im Stall, im Stall,
da springen zwei Mäuslein scheu,
da fressen zwei Kühlein Heu,
da liegen zwei Kälblein auf der Streu.
Im Stall, im Stall, im Stall.

Im Stall, im Stall, im Stall,
die Häslein, die Dackel, die Öchslein, die Schwälblein,
die Kätzlein, die Rößlein, die Kühlein, die Kälblein,
sie haben es alle gar lustig und fein –
du möchtest wohl gleich die zwei Mäuslein sein?
Im Stall, im Stall, im Stall.

DIE VOGELSCHEUCHE

Die Raben rufen: »Krah, krah, krah!
Wer steht denn da, wer steht denn da?
Wir fürchten uns nicht, wir fürchten uns nicht
vor dir mit deinem Brillengesicht.

Wir wissen es ja ganz genau,
du bist nicht Mann, du bist nicht Frau.
Du kannst ja nicht zwei Schritte gehn
und bleibst bei Wind und Wetter stehn.

Du bist ja nur ein bloßer Stock,
mit Stiefeln, Hosen, Hut und Rock.
Krah, krah, krah!«

WENN'S WINTER WIRD

Der See hat eine Haut bekommen,
so daß man fast drauf gehen kann,
und kommt ein großer Fisch geschwommen,
so stößt er mit der Nase an.

Und nimmst du einen Kieselstein
und wirfst ihn drauf, so macht es klirr
und titsch – titsch – titsch – dirrrrrr.
Heißa, du lustiger Kieselstein!
Er zwitschert wie ein Vögelein
und tut als wie ein Schwälblein fliegen –
doch endlich bleibt mein Kieselstein
ganz weit, ganz weit auf dem See draußen liegen.

Da kommen die Fische haufenweis
und schaun durch das klare Fenster von Eis
und denken, der Stein wär etwas zum Essen;
doch so sehr sie die Nase ans Eis auch pressen,
das Eis ist zu dick, das Eis ist zu alt,
sie machen sich nur die Nase kalt.

Aber bald, bald, bald
werden wir selbst auf eignen Sohlen
hinausgehn können und den Stein wieder holen.

DIE ENTEN LAUFEN SCHLITTSCHUH

Die Enten laufen Schlittschuh
auf ihrem kleinen Teich.
Wo haben sie denn die Schlittschuh her –
sie sind doch gar nicht reich?

Wo haben sie denn die Schlittschuh her?
*Woher? Vom Schlitt*schuhschmied!
Der hat sie ihnen geschenkt, weißt du,
für ein Entenschnatterlied.

EISENBAHNSPIEL

Sch! Sch! Eisenbahn,
jetzt kommen wir nach Marzipan.

Marzipan ist einer von den Orten,
da gibt es weiter nichts als Torten.

Sch! Sch! Weiter geht's,
jetzt kommen wir nach Kringelbretz.

Kringelbretz
liegt in der Nähe von Salzlaugen.

Sch! Sch! pust! pust!
Jetzt kommen wir nach Eichkatzenlust.

Eichkatzenlust liegt mitten im Wald.
Da wohnt der Förster Theobald.

Sch! Sch! rarara.
Jetzt sind wir in Schlaraffia.

Schlaraffia, das ist eine Stadt,
in der jeder seine Tasse Schokolade hat.

Sch! Sch! Immerzu, immerzu,
jetzt sind wir in Eisbärenruh.

In Eisbärenruh da ist es zu kalt.
Das ist kein lustiger Aufenthalt.

Sch! Sch! schnell, schnell,
jetzt sind wir in Kachelofenzell.

Da ist es schön warm, da bleiben wir dort,
o weh, der Zug fährt schon wieder fort.

Sch! Sch! immer fest, immer fest.
Jetzt halten wir in Storchennest.

In Storchennest, da wird es nie leer.
Da kommen die kleinen Kinder her.

Sch! Sch! Das ist ein Sausen!
Jetzt halten wir in Puppenhausen.

Da ist es sonderbar über die Maßen,
da gehen nur Puppen auf den Straßen.

Sch! Sch! Das dauert aber lang.
Dies ist das Dörflein Hasenfang.

In Hasenfang wird nicht gehalten,
desgleichen nicht in ⟨Brennholzspalten⟩.

Dagegen in Pfeiferkönigsgrün.
Da wohnen der König und die Königin.

Hier haben wir ganze drei Minuten
und können einen Apfel essen, wenn wir uns sputen.

Sch! Sch! Noch eine Station.
Da sind wir in Kuddelmuddel schon.

In Kuddelmuddel, da holt man uns ab,
zwei Pferdlein fahren uns fort im Trab.

Durch sieben Straßen geht's wie im Braus.
Und dann sind wir endlich, endlich zuhaus.

AUSFLUG MIT DER EISENBAHN

Puff puff Eisenbahn –
jetzt fahren wir nach Wiesenplan!

Wiesenplan, das ist die Stadt,
die den Kohlweißling zum Bürger hat.

Der Kohlweißling bewohnt ein Haus,
das sieht wie eine Glocke aus –

wie eine Glockenblume blau!
Da wohnt der Kohlweißling und seine Frau.

Und weht der Wind, macht die Glocke kling kling,
und da freuen sich Herr und Frau Schmetterling.

Puff puff Eisenbahn!
Jetzt fahren wir wieder aus Wiesenplan

hinaus, hinaus, dem Walde zu...
wohin? wohin?... Nach – Quellwaldruh!

Der Bahnwärter von Quellwaldruh,
das ist ein Frosch und quakt dazu.

»Quak, quak, aussteigen! quak!!
In Quellwaldruh ist heut Ostertag!

In Quellwaldruh ist heut Osterfeier,
da versteckt der Osterhas bunte Eier!

Rote und gelbe und allerlei,
und das Suchen steht allen Fahrgästen frei!

Quak, quak, quak! Guten Tag!«
»Guten Tag! Schönen Dank! Herr Bahnwärter Quak!«

Und jetzt woll'n wir unter den Eichen und Buchen
und Tannen und Birken die Ostereier suchen!

Und im Moos und unter den großen Wurzeln,
darüber die kleinen Kinder purzeln.

Nicht wahr? Und haben wir alle gefunden,
und in unsre Sacktücher eingebunden,

dann fahr'n wir am Abend wieder nach Haus
und packen das Wunder vor Großmutter aus! –

DAS TREUE RAD

Der Radfahrkünstler Sausebrand
ist wohlbekannt in Stadt und Land.

Nicht minder kennen Land und Stadt
Rundumundum, sein treues Rad.

Frühmorgens, wenn die Sonn' aufgeht,
Rundumundum vom Stroh aufsteht,

geht brunnenwärts mit andrem Vieh
und wäscht sich Miene, Brust und Knie.

Worauf's, bis man zum Frühstück pfeift,
mit Karo noch ein Weilchen läuft.

Um sieben tritt aus seiner Tür
laut pfeifend Sausebrand herfür.

Und langgestreckten Laufes naht
Rundumundum, sein treues Rad.

Es kniet sich hin wie ein Kamel
und trinkt vergnügt sein Schälchen Öl.

Und freundlich klopft ihm Sausebrand
den Rücken mit der flachen Hand.

Nun aber schnell! Der Herr ruft: Hopp!
und sprengt davon im Hochgalopp.

Schlaf, Kindlein, schlaf!
Es war einmal ein Schaf.
Das Schaf, das ward geschoren,
für wen? für einen Mohren.
Der Mohr, der brauchte Kleider
und ging zum nächsten Schneider
und brachte ihm die Wolle
und sagte ihm, er solle

ihm einen Rock draus machen.
Dem Schneider kam das Lachen;
er sagte zu dem Neger:
Mein lieber Schornsteinfeger,
aus bloßer Wolle machen
wir Schneider keine Sachen,
du mußt sie hier daneben
zuerst zum Weber geben,
und wenn sie der gewoben,
dann wohnt dort weiter droben
der Färber Hottentottich
mit einem großen Bottich,
und einem Schurz voll Klecksen,
und seine Frau kann hexen.
Drauf gab der Mohr die Wolle
dem Weber, namens Holle.
Der wob sie, aber gab sie
alsdann dem Färber Habsi
anstatt dem Hottentottich,
der just vor seinem Bottich
in seinem Schurzfell stand
und [drob] Ingrimm empfand
und seiner Frau erzählte,
die drauf zwei Äpfel schälte
und dann ein Mus draus machte
und das dem Weber brachte.
Der Weber war ein Töffel
und aß davon zehn Löffel
und gab den Rest dem Mohren!
Da tat mit den zwei Toren,
wie ja vorauszusehen,
ganz Schreckliches geschehen.
Der Mohr ward durch den Zauber

zu einem weißen Tauber
und flog der Hex', o Jammer,
in ihre Speisekammer.
Der Weber aber hatte
die Form nun einer Ratte
und sprang dem Hottentottich
mitten in seinen Bottich.
So ward das Schäflein Liese,
weit draußen auf der Wiese,
für unsern armen Mohren,
fürwahr, umsonst geschoren.
Und Habsi Hans, der Färber,
war nun zuletzt ihr Erber,
und trug sie hin zu Huckepack,
dem Schneider, der ihm einen Frack
und eine Hose machte draus.
Und damit ist die Geschichte aus.

SCHLUMMERLIEDCHEN [I]

Bitte, bitte, schlafe!
  Am Himmel ziehn zwei Schafe...
  Wo ziehn sie hin? Wo ziehn sie hin?
  Sie ziehen an der Königin
    vorüber...

Wo ist die Königin der Nacht?
  Sie lehnt im Horn des Monds und wacht.
  Und wacht [an dunklen Türen]
    des Himmels.

Bitte, bitte, schlafe!
  Am Himmel ziehn zwei Schafe.
  Wo ziehn sie hin? Wo ziehn sie hin?
  Sie ziehen an der Königin
    vorüber...

SCHLUMMERLIEDCHEN [II]

Schlaf, Kindlein, schlaf!
Es war einmal ein Schaf.
Das Schaf, das ward geschoren,
da hat das Schaf gefroren.
Da zog ein guter Mann
ihm seinen Mantel an.
Jetzt braucht's nicht mehr zu frieren,
kann froh herumspazieren.

Schlaf, Kindlein, schlaf!
Es war einmal ein Schaf.

DIE DREI SPATZEN

In einem leeren Haselstrauch
da sitzen drei Spatzen, Bauch an Bauch.

Der Erich rechts und links der Franz
und mitten drin der freche Hans.

Sie haben die Augen zu, ganz zu,
und obendrüber da schneit es, hu!

Sie rücken zusammen dicht an dicht.
So warm wie der Hans hat's niemand nicht.

Sie hör'n alle drei ihrer Herzlein Gepoch.
Und wenn sie nicht weg sind, so sitzen sie noch.

HERR LÖFFEL UND FRAU GABEL

Herr Löffel und Frau Gabel,
die stritten sich einmal.
Der Löffel sprach zur Gabel:
»Frau Gabel, halt den Schnabel,
du bist ja bloß aus Stahl!«

Frau Gabel sprach: »Herr Löffel,
Ihr seid ein großer Töffel
mit Eurem Gesicht aus Zinn,
und wenn ich Euch zerkratze
mit meiner Katzentatze,
so ist Eure Schönheit hin!«

Das Messer lag daneben
und lachte: Gut gegeben!
Der Löffel aber fand:
Mit Herrn und Fraun aus Eisen
ist nicht gut Kirschen speisen,
und küßte Frau Gabel galant –
die Hand.

DAS WEIHNACHTSBÄUMLEIN

Es war einmal ein Tännelein,
mit braunen Kuchenherzlein
und Glitzergold und Äpflein fein
und vielen bunten Kerzlein:
Das war am Weihnachtsfest so grün,
als fing es eben an zu blühn.

Doch nach nicht gar zu langer Zeit,
da stand's im Garten unten,
und seine ganze Herrlichkeit
war, ach, dahingeschwunden.
Die grünen Nadeln war'n verdorrt,
die Herzlein und die Kerzlein fort.

Bis eines Tags der Gärtner kam,
den fror zu Haus im Dunkeln,
und es in seinen Ofen nahm –
hei! tat's da sprühn und funkeln!
Und flammte heim- und himmelwärts
in hundert Flämmlein an Gottes Herz.

Träum, Kindlein, träum!
Im Garten stehn zwei Bäum'.

Der eine, der trägt Sternlein,
der andre Mondenhörnlein.

Da kommt der Wind der Nacht gebraust –
und schüttelt die beiden mit rauher Faust.

Das Mondenhörnleinbäumlein steht,
als wäre gar kein Wind, der weht.

Dem Sternenbäumlein aber, ach,
dem fallen zwei Sternlein in den Bach.

Da kommen zwei Fischlein munter –
und schlucken die Sternlein hinunter.

Und hätte es nicht sterngeschnuppt,
so wären sie nicht so schön geschuppt.

Träum, Kindlein, träum,
im Garten stehn zwei Bäum...

Der eine, der trägt Sternlein,
der andre Mondenhörnlein...

Träum, Kindlein, träum...

TRAUMLIEDCHEN

Träum, Kindlein, träum,
im Garten stehn zwei Bäum'.

Der eine, der trägt Rosen,
der andre Aprikosen!

Da kommt der König Abendlust –
und steckt seiner Königin eine Rose an die Brust.

Da reckt sich die Königin mit ihrer Rose –
und pflückt dem Herrn König eine Aprikose.

Der König bricht die Frucht in zwei Stücke
und gibt eine Hälfte der Frau Königin zurücke.

Drauf lassen sie beide sich's trefflich munden.
Den Kern aber, den sie darinnen gefunden,

den Aprikosenkern, klein und fein,
den pflanzen sie in ein Beet hinein.

Und daß er es dort recht artig hat,
umwickelt ihn Frau Königin mit einem Rosenblatt,

mit einem Rosenblatt, mit einem Rosenblatt,
auf daß es der Kern dort recht lieblich hat.

Dort schlummert er lange, dort schlummert er fest,
als wie ein Vögelchen in seinem Nest.

... Träum, Kindlein, träum,
im Garten stehn zwei Bäum'...

... der eine, der trägt Rosen,
der andre Aprikosen...

Träum, Kindlein, träum...

Glöckchen kling
Vögelchen sing.
Längs dem Haus
läuft die Maus.
Fliegen fängt
das Kätzchen.

DER FUCHS UND DIE HÜHNER

Es lockt der Fuchs die Hühner,
die werden immer kühner;
er lockt sie mit der Flöte,
daß er sie alle töte.
O Hühner, laßt die Neugier sein
und fallt auf keinen Fuchs herein.

SCHERZFRAGEN

Ein schwarzer Spitz und ein weißes Huhn,
was können die wohl zusammen tun
unter all dem Vielen?
Preußen spielen!

Ein gelber Chines und ein blau Firmament,
was können die wohl tun, wenn der Hafer sie brennt
unter all den Sachen?
Weiß machen.

Ein Pfützchen Wasser und ein Mützchen Sonnenschein,
womit können die Euch wohl nützen,
wenn Ihr nur wollt?
Ei, mit Silber, ei, mit Gold.

VOM TRINKEN

Sieh zu! Sieh zu!
Wie trinkt das Pferd?
Wie trinkt die Kuh?

Sie gießen das Wasser nicht in den Schlund
wie du.
Sie nehmen es erst ganz sachte,
ganz sachte,
sie nehmen es erst ganz sachte,
ganz vorn, ganz vorn in den Mund.
Da wird das kalte Wasser warm
und schadet nicht dem Kragen
und schadet nicht dem Magen
und schadet nicht dem Darm.

Siehst du?

IN DER »ELEKTRISCHEN«

Du bist ja ein Hamster,
ein Hamster bist du,
widibumster, widibamster,
und hast braune Schuh'.

Und hast solche Zähne,
wie ein Hamster sie hat,
widibumster, widibamster,
und das mitten in der Stadt! –

Und du bist eine Füchsin
mit so einer Schnut', –
und du bist ein Entrich
mit einem steifen Hut.

Und du bist eine Häsin,
und du bist eine Maus,
und du bist ein Werwolf, –
und jetzt steig ich aus.

DAS NEUE SPIEL

Lirum, larum, Löffelstiel!
paßt auf, ich weiß ein neues Spiel!

Die Nase –
das ist ein Hase.

Die Ohren –
das sind zwei Mohren.

Das Kinn –
da wollen sie alle drei hin.

Jetzt fangen sie an zu laufen...
Sie können schon nicht mehr schnaufen...

Die Nase ist immer vorn,
dahinter laufen die Mohr'n.

Die Augen aber lachen:
Was sind denn das für Sachen!

Was sind denn das für Faxen!
Ihr seid doch angewachsen!

Das wissen wir allein!
so schallt es von den drei'n.

Macht euch doch nicht so groß!
Wir spielen ja doch bloß! –

Lirum, larum, Löffelstiel!
Ei, ist das nicht ein feines Spiel?

SCHNAUZ UND MIEZ

Ri ra rumpelstiez –
wo ist der Schnauz? wo ist die Miez?

Der Schnauz – der liegt am Ofen
und leckt sich seine Pfoten.

Die Miez – die sitzt am Fenster
und wäscht sich ihren Spenzer.

Rumpeldipumpel schnaufeschnauf –
da kommt die Frau die Treppe rauf.

Was bringt die Frau dem Kätzchen?
Einen Knäul, einen Knäul, mein Schätzchen!

Einen Knäul aus grauem Wollenflaus,
der aussieht wie eine kleine Maus.

Was bringt die Frau dem Hündchen?
Ein Halsband, mein Kindchen!

Ein Halsband von besondrer Art,
auf welchem steht: Schnauz Schnauzebart.

Ri ra rumpeldidaus –
und damit ist die Geschichte aus.

DER KAUFMANN

In seinem Kaufgewölbe,
da sitzt der Kaufmann Mölbe.
Er liest in seinen Büchern,
wieviel an Stoff und Tüchern

er schon verkauft in diesem Jahr
und wie es wohl im vorigen war.
Er zählt eins zwei, zwei drei, drei vier;
vorm Fenster geht ein Musketier.

Ein kleiner Hund mit Namen Fips
erhielt vom Onkel einen Schlips
aus gelb und roter Seide.

Die Tante aber hat, o denkt,
ihm noch ein Glöcklein dran gehängt
zur Aug- und Ohrenweide.

Hei, ward der kleine Hund da stolz.
Das merkte selbst der Kaufmann Scholz
im Hause gegenüber.

Den grüßte Fips sonst mit dem Schwanz;
so ging er jetzt voll Stolze ganz
an seiner Tür vorüber.

WINTERNACHT

Es war einmal eine Glocke,
die machte baum, baum...
Und es war einmal eine Flocke,
die fiel dazu wie im Traum...

Die fiel dazu wie im Traum...
Die sank so leis hernieder,
wie ein Stück Engleingefieder
aus dem silbernen Sternenraum.

Es war einmal eine Glocke,
die machte baum, baum...
Und dazu fiel eine Flocke,
so leis als wie ein Traum...

So leis als wie ein Traum...
Und als vieltausend gefallen leis,

da war die ganze Erde weiß,
als wie von Engleinflaum.

Da war die ganze Erde weiß,
als wie von Engleinflaum.

GEDICHTE 1895-1905

IN PHANTAS SCHLOSS

Ein Zyklus
humoristisch-phantastischer
Dichtungen

Dem Geiste Friedrich Nietzsches

Sei's gegeben, wie's mich packte,
mocht es oft auch in vertrackte
Bildungen zusammenschießen!
Kritisiert es streng und scharf, –
doch wenn ich Euch raten darf:
Habt auch Unschuld zum Genießen!

PROLOG

Längst Gesagtes wieder sagen,
hab' ich endlich gründlich satt.
Neue Sterne! Neues Wagen!
Fahre wohl, du alte Stadt,
drin mit dürren Binsendächern
alte Traumbaracken stehn,
draus kokett mit schwarzen Fächern
meine Wunden Abschied wehn.
Kirchturm mit der Tränenzwiebel,
als vielsagendem Symbol,
Holperpflaster, Dämmergiebel,
Wehmutskneipen, fahret wohl!

Hoch in einsam-heitren Stillen
gründ' ich mir ein eignes Heim,
ganz nach eignem Witz und Willen,
ohne Balken, Brett und Leim.
Rings um Sonnenstrahlgerüste
wallend Nebeltuch gespannt,
auf die All-gewölbten Brüste
kühner Gipfel hingebannt.
Schlafgemach –: mit Sterngoldscheibchen
der Tapete Blau besprengt,
und darin als Leuchterweibchen
Frau Selene aufgehängt.

Längst Gesagtes wieder sagen,
ach! ich hab' es gründlich satt.
Phantas Rosse vor den Wagen!
Fackeln in die alte Stadt!

Wie die Häuser lichterlohen,
wie es kracht und raucht und stürzt!
Auf, mein Herz! Empor zum frohen
Äther, tänzergleich geschürzt!

Schönheit-Sonnensegen, Freiheit-
Odem, goldfruchtschwere Kraft,
ist die heilige Kräftedreiheit,
die aus Nichts das Ewige schafft.

AUFFAHRT

Blutroter Dampf . . .
Rossegestampf . . .
»Keine Szenen gemacht!
Es harren
und scharren
die Rosse der Nacht.«

Ein lautloser Schatte,
über Wiese und Matte
empor durch den Tann,
das Geistergespann . . .
auf hartem Granit
der fliegende Huf . . .
fallender Wasser
anhebender Ruf . . .
kältendes Hauchen . . .
wir tauchen
in neblige Dämpfe . . .
donnernde Kämpfe
stürzender Wogen
um uns.

Da hinauf
der Hufe Horn!
In die stäubende Schwemme,
hoch über den Zorn
sich sträubender Kämme
empor, empor!
Aus klaffenden Wunden
speit der Berg
sein Blut gegen euch.
Mit Wellenhunden
fällt euch an
der Haß der Höhe
wider das Tal.
Aber ihr fliegt,
blutbespritzt,
unbesiegt
empor, empor.

Vor euch noch Farben
verzuckenden Lebens,
auf grünlichem Grau
verrötender Schaum;
hinter euch
Schwarz und Silber,
die Farben des Todes.
Ein Schleier,
an eure Mähnen geknüpft,
schleppt
geisterhaft nach.
Wie ein Busentuch
zieht ihr hinauf ihn
über des Bergs
zerrissene Brust.

Müde sprang sich
der Sturzbach.
Nur mit den Lippen
wehrt er sich noch.
Und bald
wird er zum Kind
und hängt sich selber
spielend an eure Schweife.
Weiter! Weiter!

Da!
Winkende Gipfel
im Sicheldämmer!
Langsamer traben
die Rosse der Nacht.
Heilige Sterne
grüßen mich traut.
Ewige Weiten
atmen mich an.
Langsamer traben
die Rosse der Nacht,
gehen,
zögern,
stehen still.

Alles liegt nun
florumwoben.
Schlaf umschmiegt nun
Unten, Oben.
Nur die fernen
Fälle toben.

Leise Geisterhände
tragen
mich vom Wagen
in des Schlummers
Traumgelände.

Aller Notdurft,
alles Kummers
ganz befreit,
fühle ich ein höhres Sein
mich durchweben.
Wird die tiefe Einsamkeit
mir auf alles Antwort geben?

IM TRAUM

Wer möcht' am trägen Stoffe kleben,
dem Fittich ward zu Weltenflug!
Ich lobe mir den süßen Trug,
das heitre Spiel mit Welt und Leben.
In tausend Buntgewande steck' ich,
was geistig, leiblich mich umschwebt;
in jedem Ding mich selbst entdeck' ich:
Nur der lebt Sich, der also lebt.

Mir ist, ich sei emporgestürmt
über stürzende Wasserfälle.
Mir engt's die Brust, um mich getürmt
ahn' ich schützende Nebelwälle.
Aus dumpfen Regionen,
aus Welten von Zwergen,
trieb's mich fort,

ob auf ragenden Bergen
ein besserer Ort
dem Freien, zu wohnen.

Es weht mir um die Stirne
ein Hauch wie von Frauengewand ...
Folgte zum steilen Firne
mir wer aus dem Unterland?
Es beugt sich zu mir nieder
ein liebes, schönes Gesicht ...
Glaubst du, ich kenne dich nicht,
Sängerin meiner Lieder?
Du bist ja, wo ich bin,
mein bester Kamerade!
Bei dir trifft man kein Schade,
meine Herzenskönigin!

»Du flohest aus Finsternissen,
mühsamen Mutes,
ich weiß es.
Du hast zerrissen
dein Herz, dein heißes,
und bei dem Leuchten deines Blutes
bist du den dunklen Pfad
weiter getreten,
bis du mich fandest
und mit tiefen Gebeten
mich an dich bandest,
daß ich dich liebgewann,
dem ringenden Mann
ein treuer Kamerad.

Du brachst uralte Ketten
und kamst heute Nacht
in mein Reich.
Ich will dich betten
an meiner Brust
warm und weich,
in Träumepracht
deine Seele verzücken:
Der ganzen Welt
Außen und Innen
sei deinem Sinnen
preisgestellt.
Magst sie schmücken
mit lachender Lust,
magst sie tausendfach
deuten und taufen,
mit Berg und Wald,
mit Wiese und Bach,
mit Wolken und Winden,
mit Sternenhaufen
dein Spiel treiben,
deinen Spaß finden;
brauchst nicht zu bleiben
an einem Ort;
magst die Welt
bis zu Ende laufen;
denn Hier oder Dort,
wo du auch seist,
wo sich das Himmelszelt
über die Erde spannt:
Das sei deinem Geist
Phantas Schloß genannt.«

Schneller strömt des Blutes Fluß,
Wonne mich durchschauert,
auf meinen Lippen dauert
sekundenlang dein süßer Kuß.
Nun nimm mich ganz, und trage
mein Fragen mit Geduld!
Für alles, was ich nun sage,
trägst du fortan die Schuld.

PHANTAS SCHLOSS

Die Augenlider schlag' ich auf.
Ich hab' so groß und schön geträumt,
daß noch mein Blick in seinem Lauf
als wie ein müder Wandrer säumt.
Schon werden fern im gelben Ost
die Sonnenrosse aufgezäumt.
Von ihren Mähnen fließen Feuer,
und Feuer stiebt von ihrem Huf.
Hinab zur Ebne kriecht der Frost.
Und von der Berge Hochgemäuer
ertönt der Aare Morgenruf.

Nun wach' ich ganz. Vor meiner Schau
erwölbt azurn sich ein Palast.
Es bleicht der Felsenfliesen Grau
und lädt den Purpur sich zu Gast.
Des Quellgeäders dumpfes Blau
verblitzt in heitren Silberglast.
Und langsam taucht aus fahler Nacht
der Ebnen bunte Teppichpracht.

All dies mein Lehn aus Phantas Hand!
Ein König ich ob Meer und Land,
ob Wolkenraum, ob Firmament!
Ein Gott, des Reich nicht Grenze kennt.
Dies alles mein! Wohin ich schreite,
begrüßt mich dienend die Natur:
Ein Nymphenheer gebiert die Flur
aus ihrem Schoß mir zum Geleite;
und Götter steigen aus der Weite
des Alls herab auf meine Spur.

Das mächtigste, das feinste Klingen
entlauscht dem Erdenrund mein Ohr.
Es hört die Meere donnernd springen
den felsgekränzten Strand empor,
es hört der Menschenstimmen Chor
und hört der Vögel helles Singen,
der Quellen schüchternen Tenor,
der Wälder Baß, der Glocken Schwingen.

Das ist das große Tafellied
in Phantas Schoß, die Mittagsweise.
Vom Fugenwerk der Sphären-Kreise
zwar freilich nur ein kleinstes Glied.

Erst wenn mit breiten Nebelstreifen
des Abends Hand die Welt verhängt
und meiner Sinne maßlos Schweifen
in engere Bezirke zwängt –
wenn sich die Dämmerungen schürzen
zum wallenden Gewand der Nacht
und aus der Himmel Kraterschacht
Legionen Strahlenströme stürzen –

wenn die Gefilde heilig stumm,
und alles Sein ein tiefer Friede –
dann erst erbebt vom Weltenliede,
vom Sphärenklang mein Heiligtum.

Auf Silberwellen kommt gegangen
unsagbar süße Harmonie,
in eine Weise eingefangen,
unendlichfache Melodie.
Dem scheidet irdisches Verlangen,
der solcher Schönheit bog das Knie.
Ein Tänzer, wiegt sich, ohne Bangen,
sein Geist in seliger Eurythmie.

Oh seltsam Schloß! bald kuppelprächtig
gewölbt aus klarem Ätherblau;
bald ein aus Quadern, nebelnächtig,
um Bergeshaupt getürmter Bau;
bald ein vom Silberampeldämmer
des Monds durchwobnes Schlafgemach;
und bald ein Dom, von dessen Dach
durch bleiche Weihrauch-Wolkenlämmer
Sternmuster funkeln, tausendfach!

Das stille Haupt in Phantas Schoße,
erwart' ich träumend Mitternacht: –
Da hat der Sturm mit rauhem Stoße
die Kuppelfenster zugekracht.
Kristallner Hagel glitzert nieder,
die Wolken falten sich zum Zelt.
Und Geisterhand entrückt mich wieder
hinüber in des Schlummers Welt.

SONNENAUFGANG

Wer dich einmal sah
vom Söller des Hochgebirgs,
am Saum der Lande
emporsteigen,
aus schwarzem Waldschoß
emporgeboren,
oder purpurnen Meeren
dich leicht entwiegend –
wer dich einmal sah
die bräutliche Erde
aufküssen
aus Morgenträumen,
bis sie, von deiner Schwüre
Flammenodem
heiß errötend,
dir entgegenblühte,
in der zitternden Scham,
in dem ahnenden Jubel
jungfräulicher Liebe –
der breitet die Arme
nach dir aus,
dem lösest die Seele du
in Seufzer
tiefer Ergriffenheit,
oh, der betet dich an,
wenn beten heißt:
zu deiner lebenschaffenden
Glutenliebe
ein Ja und Amen jauchzen –
wenn beten heißt:

In den Ätherwellen des Alls
bewußt mitschwingen,
eins mit der Ewigkeit,
leibvergessen, zeitlos,
in sich der Ewigkeit
flutende Akkorde –
wenn beten heißt:
stumm werden
in Dankesarmut,
wortlos
sich segnen lassen,
nur Empfangender,
nur Geliebter ...
wer dich einmal sah
vom Söller des Hochgebirgs!

WOLKENSPIELE

I

Eine große schwarze Katze
schleicht über den Himmel.
Zuweilen
krümmt sie sich zornig auf.
Dann wieder
streckt sie sich lang,
lauernd,
sprungharrend.
Ob ihr die Sonne wohl,
die fern im West
langsam sich fortstiehlt,
ein bunter Vogel dünkt?

Ein purpurner Kolibri,
oder gar
ein schimmernder Papagei?
Lüstern dehnt sie sich
lang und länger,
und Phosphorgeleucht
zuckt breit
über das dunkle Fell
der gierzitternden Katze.

II

Es ist, als hätte die Köchin
des großen Pan
– und warum sollte der große Pan
keine Köchin haben?
Eine Leibnymphe,
die ihm in Kratern
und Gletschertöpfen
köstliche Bissen brät
und ihm des Winters
Geysir-Pünsche
sorglich kredenzt? –
als hätte diese Köchin
eine Schüssel mit Rotkohl
an die Messingwand
des Abendhimmels geschleudert.
Vielleicht im Zorn,
weil ihn der große Pan
nicht essen wollte . . .

III

Wäsche ist heute wohl,
große Wäsche,
droben im Himmelreich.
Denn seht nur, seht!
Wie viele Hemdlein,
Höslein, Röcklein,
und zierliche Strümpflein
die gute Schaffnerin
über die blaue Himmelswiese
zum Trocknen breitet.
Die kleinen Nixen,
Gnomen, Elben,
Engelchen, Teufelchen,
oder wie sie ihr Vater nennt,
liegen wohl alle nun
in ihren Bettchen,
bis ans Kinn
die Decken gezogen,
und sehnlich lugend,
ob denn die Alte
ihren einzigen Staat,
ihre weißen Kleidchen,
nicht bald
ihnen wiederbringe.
Die aber legt
ernst und bedächtig
ein Stück nach dem andern
noch auf den Rasen.

IV

Wie sie Ballett tanzen,
die losen Panstöchter!
Sie machen Phoebus
den Abschied schwer,
daß er den Trab seiner Hengste
zum Schritt verzögert.

Schmiegsam, wiegsam
werfen und wiegen
die rosigen Schleier sie
zierlich sich zu,
schürzen sie hoch empor,
neigen sie tief hinab,
drehn sich die wehende
Seide ums Haupt.
Und Phoebus Apollo!
Bezaubert vergißt er
des heiligen Amts,
springt vom Gefährt
und treibt das Gespann,
den Rest der Reise
allein zu vollenden.
Er selber,
gehüllt in den grauen Mantel
der Dämmrung,
eilt voll Sehnsucht
zurück zu den
lieblichen, lockenden
Tänzerinnen.

Zügellos rasen
die Rosse von dannen.
Der Gott erschrickt:
Dort entschwindet
sein Wagen,
und hier –
haben die schelmischen
Töchter des Pan
sich in waschende Mägde
verwandelt.
Durch riesige Tröge
ziehen sie weiße,
dampfende Linnen,
und hängen sie rings
auf Felsen und Bäumen
zum Trocknen auf
und legen sie weit
gleich einem Schutzwall
auf Wiesen und Felder.
Ratlos steht
der gefoppte Gott.
Und leise kichern
die Blätter im Winde.

V

Düstere Wolke,
die du, ein Riesenfalter,
um der abendrotglühenden Berge
starrende Tannen
wie um die Staubfäden
blutiger Lilien schwebst:

Dein Dunkel redet
vom Leid der Welt.

Welchen Tales Tränen
hast du gesogen?
Wie viel angstvoller Seufzer
heißen Hauch
trankst du in dich?
Düstere Wolke,
wohin
schüttest die Zähren
du wieder aus?
Schütte sie doch
hinaus in die Ewigkeit!
Denn wenn sie wieder
zur Erde fallen,
zeugen sie neue
aus ihrem Samen.
Nie dann
bleiben der Sterblichen
Augen trocken.
Ach! Da wirfst du sie schon
in den Abgrund . . .
Arme Erde,
immer wieder aufs neue
getauft
in den eigenen Tränen!

VI

Oh, oh!
Zürnender Gott,
schlage doch nicht

deine himmlische Harfe
ganz in Stücke!

Dumpfe Donnerakkorde
reißt
herrisch
dein Plektron.
Zick, zack
schnellen
die springenden Saiten
mit singendem Sausen
silbergrell
über die Himmel hin.

Holst du auch manche
der Flüchtlinge
wieder zurück,
viele fallen doch
gleißend zur Erde nieder,
ragenden Riesen des Tanns
um den stöhnenden Leib
sich wirbelnd,
oder in zischender Flut
sich für ewig
ein Grab erkiesend.

Zürnender Gott!
Wie lange:
Da hast du dein Saitenspiel
kläglich zerbrochen,
und kein Sterblicher
denkt mehr deiner,
des grollenden Rhapsoden
Zeus-Odin-Jehova.

SONNENUNTERGANG

Am Untersaum
des Wolkenvorhangs
hängt der Sonne
purpurne Kugel.
Langsam zieht ihn
die goldene Last
zur Erde nieder,
bis die bunten Falten
das rotaufzuckende Grau
des Meeres berühren.

Ausgerollt ist
der gewaltige Vorhang.
Der tiefblaue Grund,
unten mit leuchtenden Farben
breit gedeckt,
bricht darüber
in mächtiger Fläche hervor,
karg mit verrötenden
Wolkengirlanden durchrankt
und mit silbernen Sternchen
glitzernd durchsät.
Aus schimmernden Punkten
schau' ich das Bild
einer ruhenden Sphinx
kunstvoll gestickt.

Eine Ankerkugel,
liegt die Sonne im Meer.
Das eintauchende Tuch,

schwer von der Nässe,
dehnt sich hinein in die Flut.
Die Farben blassen,
mählich verwaschen.
Und bald strahlt
vom Himmel zur Erde
nur noch
der tiefe, satte Ton
blauschwarzer Seide.

HOMO IMPERATOR

Gewandert bin ich
auf andere Gipfel,
deren Riesenfüße
das Meer, wie ein Hund,
demütig leckt;
an deren Knöcheln
es wohl auch manchmal
bellend hinaufspringt,
den brauenden Nebeln nach,
als seien diese
warme Dämpfe aus leckeren Schüsseln.

Wär' ich der Mond,
der Hunden verhaßte,
ich hülfe herauf dir
auf den Berg.
Doch Ich bin der Mensch,
lasse dich lächelnd
unten kläffen
und übe an dir

meinen göttlichen Spott.
Denn sieh,
du armes, krauses Meer!
Was bist du denn
ohne Mich?

Ich gebe dir Namen
und Rang und Bedeutung,
wandle dich tausendfalt
nach Meinem Gelüst.
Meine Schönheit,
Meinen Witz
hauch' Ich als Seele dir ein,
warf' Ich dir um als Kleid:
Und also geschmückt
wogst du und wiegst du dich
vor deinem König,
ein trefflicher Tänzer,
brausköpfiger Vasall!
In Meine hohle Hand
zwing' Ich hinein dich
und schütte dich aus,
einem Kometen,
der grade vorbeischießt,
aufs eilige Haupt.
Wie einen Becher
faß Ich dein Becken
und bringe dich
als Morgentrunk
meinem Liebchen Phanta.

In dein graues Megärenhaar
greift Mein lachender Übermut

und hält es gegen die Sonne:
Da wird es eitel Goldhaar und Seide.
Und nun wieder nenn' Ich dich
Jungfrau und Nymphe und Göttin,
und deiner dämonischen Leidenschaft
sing' Ich ein Seemanns-Klagelied.

Oder Ich deute den donnernden Prall dir aus
als stöhnende Sehnsucht um Himmelsglück,
als wühlenden Groll,
als heulenden Haß:
So redet Schwermut, flugohnmächtig,
wenn sie der Krampf der Verzweiflung
zu jagenden Fieberschauern schüttelt.

Aber du drohst:
»Eitler Prahler,
breite die Arme nur aus,
und komm an mein nasses Herz!
Dann wirst du kunden,
wer größer und mächtiger,
du oder ich!«

Drohe mir immer,
doch wisse: die Stunde,
da du Mich sinnlosen Zornes verschlingst,
tötet auch dich.
Ein kaltes, totes Nichts,
wertlos, namenlos,
magst du dann
in die Ewigkeit starren,
entseelt,
entgöttert.

Denn Ich, der Mensch,
bin deine Seele,
bin dein Herr und Gott,
wie Ich des ganzen Alls
Seele und Gottheit bin.
Mit Mir vergehen
Namen und Werte.
Leer steht die Halle der Welt,
schied Ich daraus.
Gleich unermeßlichem Äther
füllt Mein Geist den Raum:
In Seinen Wellen allein
leuchtend, tönend,
schwingt der unendliche Stoff.

Eine Harfe bin Ich
in tausend Hauchen.
Zertrümmere Mich:
Das Lied ist aus.

KOSMOGONIE

Ewiges Firmament,
mit den feurigen Spielen
deiner Gestirne,
wie bist du entstanden?

Du blauer Sammet!
Welch fleißige Göttin
hat sich auf dir
mit goldnen und silbernen
Kreuzstichmustern verewigt?

Wie! oder wären
die Sterne Perlen,
tagesüber
in Wolkenmuscheln gebettet:
Aber des Nachts
tuen die Schalen sich auf,
und aus den schwarzen,
angelspottenden Tiefen empor
lachen und funkeln
die schimmernden Schätze
des Meers Unendlichkeit?

Oft auch ist mir,
ein mächtig gewölbter
kristallener Spiegel
sei dieser Himmel,
und was wir staunend
Gestirne nennen,
das seien Millionen
andächtiger Augen,
die strahlend
in seinem Dunkel sich spiegeln.

Oder wölbt
eines Kerkers bläuliche Finsternis
feindlich sich über uns?
Von ungezählten Gedankenpfeilen
durchbohrt,
die von empörter Sehne
der suchende Menschengeist
rings um sich gestreut:
Das Licht der Erkenntnis aber,
die Sonne der Freiheit,

quillt leuchtend
durch die zerschossenen Wände.

Nein, nein! . . .
Mit spottenden Augen
blinzt die Unendlichkeit
auf den sterblichen Rätselrater . . .
Und dennoch
rat' ich das tiefe Geheimnis!
Denn bei Phanta
ist nichts unmöglich.
– – – – – – – – – – – – – – – – – – – –
In der leeren, dröhnenden Halle des Alls
rauschte der Gott der Finsternis
mit schwarzen, schleppenden Fittichen
grollend dahin.
So flügelschlug der düstere Dämon
schon seit Äonen:
An seiner Seele fraß das Nichts.
Umsonst griffen die Pranken
seines wühlenden Schaffenswahnsinns
hinaus in die unsägliche Leere.

Vom eigenen Leibe mußte er nehmen,
wollte er schaffen –:
Das hatte ihn jüngst quälend durchzuckt.
Und nun rang und rang er
gegen sich selber, der einsame Weltgeist,
daß er sich selbst verstümmle.
Bis sein Wollen, ein Löwe,
in seiner Seele aufstand
und ihm die Hand ans Auge zwang,
daß sie es ausriß mit rasendem Ruck.

Ströme Blutes schossen nach.
Der brüllende Gott aber krampfte
in sinnloser Qual die Faust um das Auge,
daß es zwischen den Fingern
perlend herausquoll.
Den glänzenden Tropfenregen
rissen die fallenden Schleier des Bluts
in wirrem Wirbeltanze
hinab, hinaus in die eisigen Nächte
des unausgründlichen Raums.

Und die perlenbesäten blutigen Schleier
kamen in ewigem Kreislauf wieder,
schlangen erstickend sich
um des flüchtenden Gottes Haupt,
zerrten ihn mit sich,
warfen ihn aus,
ein regelloses, tobendes Chaos.
Tiefer noch zürnte der gramvolle Gott.
Nicht Schöpfer und Herrscher,
Spielball war er geworden,
weil er, vom Schmerz bewältigt,
den heiligen Lebensstoff,
statt ihn zu formen, zerstört.

Äonen hindurch
trug er die Marter der glühenden Schleier,
litt er in seiner eigenen Hölle.
Dann aber stand zum anderen Male
sein Wollen, ein Löwe,
in seiner Seele auf.
Sieben Kreisläufe des Chaos
rang er und rang er noch,

und dann
gab er den Arm dem Wollen frei.
Und er nahm sich auch noch
das andere Auge
aus dem unsterblichen Gotteshaupt
und warf die blutüberströmte,
unversehrte Kugel
mitten hinein ins unendliche All.

Da stand sie, glühend,
in unermeßlicher Purpurründung,
und sammelte um sich
die tanzenden Blutnebel,
daß sie, ein einziger Riesenring
von Flammenschleiern,
um den gemeinsamen Kern
sich wanden und kreisten.
Der blinde Gott aber saß
und lauschte dem Sausen der Glut.

Äonen kreiste der Ring:
Dann zerriß er.
Und um die glasigen Perlen
des zerkrampften Auges
ballten sich Bälle kochenden Bluts,
glühende, leuchtende Blutsonnen,
und andere Bälle,
die unter roten Dampfhüllen
langsam gerannen.
Durch die Unendlichkeit
schwangen sich zahllose Reigen
zahlloser Welten

in tönender Ordnung
um das geopferte, heile Auge.

Der blinde Gott aber
lauschte dem Klang der Sphären,
die seinen Preis jauchzten,
den Preis des Schaffenden,
und flog tastend mit seinen
schwarzen, schleppenden Fittichen
durch seine Schöpfung,
ein Schrecken den Menschlein
auf allen Gestirnen,
der große Luzifer.

DAS HOHELIED

Singen will ich den Hochgesang,
den mit Sterngoldlettern
der heilige Geist der Erkenntnis
in den schwarzen Riesenschiefer
nächtigen Firmaments
leuchtend gegraben,
den jauchzenden Hochgesang,
des Kehrreim von zahllosen Chören
von Weltengeschlechtern das All durchtönt:
Auf allen Sternen ist Liebe!

Siehe, ich maß auf dem Feuerfittich
rascher Kometen die Bahnen der Ewigkeit,
durch tausend Planetenreigen
flog ich zitternden Geistes,
spähte und lauschte hinab

auf die kreisenden Bälle
mit überirdischen Sehnsuchtsinnen.
Und entgegen schwoll mir allewig
aus unzählbarer Lebenden Brüsten:
   Auf allen Sternen ist Liebe!

Sahst du je ein liebendes Paar
sich vereinen zu seligem Kuß,
sahst du je der Mutterlippe
stummes Segengebet des Kindes
reinen Scheitel inbrünstig weihen,
sahst du je die stille Flamme
heiliger Freundschaft im Kusse brennen –
oh dann sang auch deine Seele,
stammelte schauernd die süße Gewißheit:
   Auf allen Sternen ist Liebe!

Trunken bin ich von diesem Liede,
das aus der Harfe der Ewigkeit hallt.
Oh meine Brüder auf wandelnden Welten,
deren Sonne purpurne Kränze
um die Muttersonne des Alls
ewigen Rhythmus' Sturmschwung reißt,
grüßen laßt euch durch Äonen!
Tausendgestaltiger Sterblicher Hymnen
ein' ich des Menschengeschlechts Dithyrambe.
   Auf allen Sternen ist Liebe!

Liebe! Liebe! durch die Unendlichkeit
ausgegossen, ein Strom erlösenden Lichts,
in das Nichts, die Nacht der Herzen
deine glühenden Wogen schlagend –
hebend aus dem Dumpfen das Heilige –

aus dem Chaos rettend und schaffend den Gott –
Gottheit auf die Stirn dem Menschen
prägend und ins schimmernde Aug' ihm
Gottheit senkend – Liebe! Liebe!
  Auf allen Sternen ist Liebe!

Liebe! Liebe! bist du die Mutter auch
aller Schmerzen, aller der Lebensqual,
wer erträgt um dich nicht alles,
stolzen Mutes, ein Held, ein Ringer!
Heilig sprechen wir Haß und Leid und Schuld,
denn wir lassen von dir nicht, oh Liebe!
Träges Verschlummern lockt uns nicht,
Leben und Tod soll ewig dauern,
denn wir wollen d i c h ewig, oh Liebe!
  Auf allen Sternen ist Liebe!

Erden werden zu Eis erstarren
und ineinanderstürzen,
Sonnen die eigene Brut verschlingen,
tausend Geschlechter und aber tausend
werden in Staub und Asche fallen:
Aber von Ewigkeit zu Ewigkeit
bricht aus unzähliger Lebenden Brüsten
dreimal heilig und hehr das hohe Lied,
dreimal heilig des Lebens Preisgesang:
  Auf allen Sternen ist Liebe!

ZWISCHEN WEINEN UND LACHEN

Zwischen Weinen und Lachen
schwingt die Schaukel des Lebens.
Zwischen Weinen und Lachen
fliegt in ihr der Mensch.

Eine Mondgöttin
und eine Sonnengöttin
stoßen im Spiel sie
hinüber, herüber.
In der Mitte gelagert:
Die breite Zone
eintöniger Dämmerung.

Hält das Helioskind
schelmisch die Schaukel an,
übermütige Scherze,
weiche Glückseligkeit
dem Wiege-Gast
ins Herz jubelnd,
dann färbt sich rosig,
schwingt er zurück,
das graue Zwielicht,
und jauchzend schwört er
dem goldigen Dasein
dankbare Treue.

Hat ihn die eisige Hand
der Selenetochter berührt,
hat ihn ihr starres Aug',
Tod und Vergänglichkeit redend,

schauerlich angeglast,
dann senkt er das Haupt,
und der Frost seiner Seele
ruft nach erlösenden Tränen.
Aschfahl und freudlos
nüchtert ihm nun
das Dämmer entgegen.
Wie dünkt ihm die Welt nun
öde und schal.

Aber je höher die eine Göttin
die Schaukel zu sich emporzieht –
je höher
schießt sie auch drüben empor.
Höchstes Lachen
und höchstes Weinen,
e i n e s Schaukelschwungs
Gipfel sind sie.

Wenn die Himmlischen endlich
des Spieles müde,
dann wiegt sie sich
langsam aus.
Und zuletzt
steht sie still
und mit ihr das Herz
des, der in ihr saß.

Zwischen Weinen und Lachen
schwingt die Schaukel des Lebens.
Zwischen Weinen und Lachen
fliegt in ihr der Mensch.

IM TANN

Gestern bin ich weit gestiegen,
abwärts, aufwärts, kreuz und quer;
und am Ende, gliederschwer,
blieb im Tannenforst ich liegen.
Weil' ich gern in heitrer Buchen
sonnengrünem Feierlichte,
lieber noch, wo Tann und Fichte
kerzenstarr den Himmel suchen.

Aufrecht wird mir selbst die Seele,
läuft mein Aug' empor den Stamm:
Wie ein Kriegsvolk, straff und stramm,
stehn sie da ohn' Furcht und Fehle;
ernst, in selbstgewollter Buße,
nicht zur Rechten nicht zur Linken:
Wer der Sonne Kuß will trinken,
hat im Dämmer keine Muße.

Denksam saß ich. Moose stach ich
aus des Waldgrunds braunem Tuch.
Und der frische Erdgeruch
tat mir wohl, und heiter sprach ich:
Wahrlich, ich vergleich' euch Riesen
unerbittlichen Gedanken,
die sich ohne weichlich Wanken
Höhenluft der Wahrheit kiesen.

Philosophin Mutter Erde
hat euch klar und schlicht gedacht,
jeglichem zu Lehr' und Acht,

wie man teil des Lichtes werde.
Stolz aus lauem Dämmer flüchten,
Rast und Abweg herb verachten,
nur das eine Ziel ertrachten –
also muß der Geist sich züchten.

Lang noch an den schlanken Fichten
sah ich auf mit ernstem Sinn.
Erde! Große Meisterin
bist du mir im Unterrichten!
Besser als Folianten lehren,
lehrst mich du, solang mein Leben.
Unerschöpflich ist dein Geben,
doch noch tiefer mein Verehren.

DER ZERTRÜMMERTE SPIEGEL

Am Himmel steht ein Spiegel, riesengroß.
Ein Wunderland, im klarsten Sonnenlichte,
entwächst berückend dem kristallnen Schoß.
Um bunter Tempel marmorne Gedichte
ergrünt geheimnisvoller Haine Kranz;
der Seen Silber dunkle Kähne spalten,
und wallender Gewänder heller Glanz
verrät dem Auge wandelnde Gestalten.

Wohl kenn' ich dich, du seliges Gefild! . . .
Doch was in heitrer Ruh' erglänzt dort oben,
ist mehr als dein getreues Spiegelbild,
ist Irdisches zu Göttlichem erhoben.
Du zeigst ein friedsam wolkenloses Glück,
um das umsonst die Staubgebornen werben . . .

Und doch! Auch du bist nur ein Schemenstück!
Ein Hauch –: Du schläfst im Grund in tausend
Scherben.

Ein Hauch! . . . Von düstren Wolken löst ein Flug
sich von der Felskluft Schautribünenstufen.
Um meinen Gipfel streift ihr dumpfer Zug,
als hätte sie mein fürchtend Herz gerufen.
Hinunter weist beschwörend meine Hand,
indes mein Aug' nach oben bittet »Bleibe!« –
Umsonst! Ein Stoß zermalmt des Spiegels Rand,
und donnernd bäumt sich die gewaltige Scheibe

und stürzt, von tausend Sprüngen überzackt,
mit fürchterlichem Tosen in die Tiefen.
Der Abgrund schreit, von wildem Graun gepackt.
Blutüberströmt die Wolken talwärts triefen.
Fahlgrüner Splitterregen spritzt umher,
den Leib der Nacht zerschneidend und zerfleischend.
Mordbrüllend wühlt der Sturm im Nebelmeer
und heult in jede Höhle, wollustkreischend.

Der Berge Adern schwellen, brechen auf
und schäumen graue Fülle ins Geklüfte.
Ihr Flutsturz reißt verstreuter Scherben Hauf
unhemmbar mit in finstre Waldnachtgrüfte.
Es wogt der Forsten nasses Kronenhaar,
durchblendet von demantnem Pfeilgewimmel . . .
Doch um die Höhen wird es langsam klar,
durch Tränen lächelt der beraubte Himmel.

Und bald verblitzt der letzten Scherbe Schein,
zum Grund gefegt vom Sturm- und Wellentanze.

Nur feiner Glasstaub deckt noch Baum und Stein
und funkelt tausendfach im Sonnenglanze . . .
Ich schau', ich sinne, hab' der Zeit nicht acht –:
Den Tag verscheuchte längst der Schattenriese.
Und aus der Tiefe predigen durch die Nacht
die Fälle vom versunknen Paradiese.

DAS KREUZ

Die gestürzten Engel
schweben um den Berg.
Mit weißen, bleiernen Riesenfittichen
schleicht ihr Flug aus den Talen,
daß er die Höhen der Erde auch
todeskältend überfinstere,
daß im Schweigen der Nacht
endlich das Leben sterbe.

Lebendige Flammen
entrief ich dem Fels
zum Schutze.
In goldenem Zorn
leuchtet das Berghaupt.
Aber die heißeste Stirn,
das glühendste Aug'
ist nicht lange gefeit,
wo solcher Flügel
grabkalte Bahrtücher
der Vernichtung eisige Schauer
ins Haupt schatten.

Und fahles Grauen
würgt mir die Kehle
und reißt einen Schrei mir
aus der Brust
und wirft ihn hinaus
in die Finsternisse . . .
vom grauen Fittichgewölbe
fällt er ohnmächtig
in mich zurück.

Im Schein der mühsam
kämpfenden Lohe
trete ich, halb von Sinnen,
zum Rande des Abgrunds
und breite, wie prüfend,
die Arme aus.

Da zucken die Nebelgespenster
grausengepackt zusammen.
Ihr schnürender Reigen
löst sich, zerstreut sich.
In wildem Entsetzen
rasen heulend die Satane
um den Gipfel.
Ich aber erkenne
auf der zitternden Wand
ihrer Flügelflucht
ein mächtiges, schwarzes Kreuz.

Meines Körpers
kreuzförmiger Schatte
quält triumphierend
die Engel des Todes

hinweg, hinab,
zurück in ihr trauriges Reich.

Ich stehe noch lange,
die Arme gebreitet,
doch nicht mehr in Angst
noch als Wehr,
nein! jetzt als Gruß
und heilige Ehrung
den tausend lächelnden Lichtaugen
des unsterblichen Alls.

DIE VERSUCHUNG

Der alte, ehrwürdige Herr
mit dem großen Bart
war heute bei mir.
»Ich habe dich gestern gerettet!«
sagte er freundlich.
»Den Einfall, die Arme
zur Kreuzform zu strecken,
hab' ich dir gesteckt.«
Ich schüttelte dankbar
die biedere Rechte.
Er aber drohte mir
mit dem Finger:
»Ein Schelm bleibst du doch!
Ich traue dir nicht.
Doch höre!«
Und er kniff mir den Arm
und zeigte mir rings
die Lande –:

»Dies alles soll dein sein,
wenn du hier hinfällst
und mich anbetest.«
Der Arme, er wußte nicht,
daß Erde und Himmel
durch Phanta längst mein war.
»Nun, willst du nicht?«
rief er halb ängstlich
halb ärgerlich.
Ich aber machte ihm
schnell eine kalte Kompresse
um die erhitzten Schläfen
und führte ihn sorgsam
den Berg hinunter.
Auf halber Höhe
traf ich den großen Pan.
Er wollte gerade
eine Windhosen-Orgel bauen.
Doch ich entriß ihn
dem kühnen Projekte
und stellte ihm
seinen greisen Kollegen vor.
»Alte Bekanntschaft!« rief Pan
und zog die krumme Nase
mißmutig noch krümmer.
»Vielleicht hilft er dir
bei der Windhosen-Orgel!«
schlug ich begütigend vor.
Das leuchtete ein.
Arm in Arm
zogen die beiden ab.
Ich aber stieg,
ein freier, glückseliger Mensch,

singend wieder empor
auf meine herrlichen,
klaren, einsamen Höhen.

DER NACHTWANDLER

Sanfter Mondsegen über den Landen.
Schlafstumme Berge, Wälder, Tale.
In den Hütten erstorben die Herde;
an den Herden eingenickte Großmütter,
zu deren Knien offne Enkel-Mäulerchen
unter verhängten Äuglein atmen.
Auf Daunen und Strohsack
schnarchendes Laster, schnarchende Tugend.
Wachend allein: Diebe, Dichter,
Wächter der Nacht, und auf Gassen, in Gärten
und in verschwiegenen Kammern
lispelnde Liebe.

Sanfter Mond! du segnest,
weil du nichts andres kannst.
Aber am Herzen
zehren dir Neid und Groll,
weil die Menschen dich also mißachten,
daß sie zu Bett gehn, wenn du kommst.
Ärgerlich ziehn sie die Vorhänge zu:
Und du stehst draußen
und – segnest milde deine Verächter

Sanfter Mond! manchmal auch
lugen Herrschergelüste gefährlich vor
unter deiner Demut.

Dann rufst du in verträumte Gehirne:
»Auf! auf!
Ich bin die Sonne!
Kommt: es ist Tag!«
Und der blöden Schläfer
glaubt es dir mancher
und steigt ernsthaft
aus seinen Kissen
und geht gravitätisch
über die Dächer.
Scheel sehen die Kater ihn an.
Er aber wandelt und klettert,
als hätt' ihm sein Arzt
die Alpen verschrieben.

Wie? Freundchen!
Hätt' ich dich heut' gar ertappt?
Mir dünkt, da unten
käm' solch ein Wandler!
Armer Fremdling,
– besser: Hemdling –,
wer bist du?
Welchem Bette entflohst du?
Opferlamm
mondlicher Lüsternheit,
meilenweit mußt du gewandert sein!

Redet er nicht im Schlaf? horch!

»Wer bin ich? . . .
Eine lebendige Litfaß-Säule,
etikettiert von oben bis unten: –
Staatsbürger,

Gemeindemitglied,
Protestant,
Hausbesitzer,
Ehemann,
Familienvater,
Vereinsvorstand,
Reserveleutnant,
Agrarier,
Christlicher Germane,
Antisemit,
Deutschbündler,
Sozialmonarchist,
Bimetallist,
Wagnerianer,
Antinaturalist,
Spiritist,
Kneippianer,
Temperenzler –«

»Wie!« ruf' ich,
»Und nie Mensch?«

Aber da reißt
der Schläfer die Augen auf,
und – »Mensch?«
von verzerrten Lippen heulend,
stürzt er,
fehltretend,
die Felswand hinab,
von Zacke zu Zacke
im Bogen geschleudert.

Ich aber,
ich »Mörder«,
muß unbändig lachen.
Ich kann nicht anders –
Gott helfe dem Armen!
Amen!

ANDRE ZEITEN, ANDRE DRACHEN

Immer nicht an Mond und Sterne
mag ich meine Blicke hängen –:
Ach man kann mit Mond und Sternen,
Wolken, Felsen, Wäldern, Bächen
allzuleichtlich kokettieren,
hat man solch ein schelmisch Weibchen
stets um sich wie Phanta Sia.

Darum senk' ich heut bescheiden
meine Augen in die Tiefe.
Hier und da ein Hüttenlichtlein;
auch ein Feuer, dran sich Hirten
nächtliche Kartoffeln braten –
wenig sonst im dunklen Grunde.
Doch! da drunten seh' ich eine
goldgeschuppte Schlange kriechen...

Hochromantisches Erspähnis!
Kommst du wieder, trautes Gestern,
da die Drachen mit den Kühen
friedlich auf den Almen grasten,
wenn sie nicht grad' Flammen speien
oder Ritter fressen mußten –

da der Lindwurm in den Engpaß
seinen Boa-Hals hinabhing
und mit grünem Augenaufschlag
Dame, Knapp' und Maultier schmauste –
kommst du wieder, trautes Gestern?

Eitle Frage! Dieses Schuppen-
Ungetüm da drunten ist ein
ganz modernes Fabelwesen,
unersättlich zwar, wie jene
alten Schlangen, doch auch wieder
jenem braven Walfisch ähnlich,
der dem Jonas nur auf Tage
seinen Bauch zur Herberg' anbot.

Feuerwurm, ich grüße froh dich
von den Stufen meines Schlosses!
Denn ob mancher dich auch schmähe,
als den Störer stiller Lande,
und die gelben Humpeldrachen,
die noch bliesen, noch nicht pfiffen,
wiederwünschte, – ich bekenne,
daß ich stolz bin, dich zu schauen.
Höher schlägt mir oft das Herze,
seh' ich dich auf schmalen Pfaden
deine Wucht in leichter Grazie
mit dem Flug der Vögel messen
und mit Triumphatorpose
hallend durch die Nächte tragen.

Sinnbild bist du mir und Gleichnis
Geistessiegs ob Stoffesträgheit!
Gleichnis bist du neuer Zeit mir,

die, jahrtausendalter Kräfte
Erbin, Sammlerin, sie spielend
zwingt und formt, beherrscht und leitet!

Andre Zeiten, andre Drachen,
andre Drachen, andre Märchen,
andre Märchen, andre Mütter,
andre Mütter, andre Jugend,
andre Jugend, andre Männer –:
Stark und stolz, gesund und fröhlich,
leichten, kampfgeübten Geistes,
Überwinder aller Schwerheit,
Sieger, Tänzer, Spötter, Götter!

DIE WEIDE AM BACHE

Weißt du noch, Phanta,
wie wir jüngst
eine Nyade,
eine der tausend
Göttinnen der Nacht,
bei ihrem Abendwerk
belauschten?

Einer Weide
half sie, sorglich
wie eine Mutter,
ins Nachthemd,
das sie zuvor
aus den Nebel-Linnen des Bachs
kunstvoll gefertigt.
Ungeschickt

streckte der Baum die Arme aus,
hineinzukriechen
ins Schlafgewand.
Da warf es die Nymphe
lächelnd ihm über den Kopf,
zog es herab,
strich es ihm glatt an den Leib,
knöpfte an Hals und Händen
es ordentlich zu
und eilte weiter.

Die Weide aber,
in ihrem Nachtkleid,
sah ganz stolz
empor zu Luna.
Und Luna lächelte,
und der Bach murmelte,
und wir beide,
wir fanden wieder einmal
die Welt sehr lustig.

ABENDDÄMMERUNG

Eine runzelige Alte,
schleicht die Abenddämmerung,
gebückten Ganges
durchs Gefild
und sammelt und sammelt
das letzte Licht
in ihre Schürze.

Vom Wiesenrain,
von den Hüttendächern,
von den Stämmen des Walds,
nimmt sie es fort.
Und dann
humpelt sie mühsam
den Berg hinauf
und sammelt und sammelt
die letzte Sonne
in ihre Schürze.

Droben umschlingt ihr
mit Halsen und Küssen
ihr Töchterchen Nacht
den Nacken
und greift begierig
ins ängstlich verschlossene
Schurztuch.

Als es sein Händchen
wieder herauszieht,
ist es schneeweiß,
als wär' es mit Mehl
rings überpudert.

Und die Kleine,
längst gewitzt,
tupft mit dem
niedlichen Zeigefinger
den ganzen Himmel voll
und jauchzt laut auf
in kindlicher Freude.
Ganz unten aber

macht sie einen großen,
runden Tupfen –
das ist der Mond.

Mütterchen Dämmerung
sieht ihr mit mildem
Lächeln zu.
Und dann geht es
langsam
zu Bette.

AUGUSTNACHT

Stille, herrliche Sommernacht!
Silberfischlein springen lustig
in dem himmlischen Meer.
Hochauf schnellen
die zierlichen Leibchen sich,
blitzschnell
wieder verschwindend.
Hinter grauen Wolkenklippen
gleißt es verdächtig.
Da kauert arglistig
der Mann im Mond –
und fischt.
Verstohlene, seidene
Angelschnüre
wirft er hinab
in die arglose Flut.
Ach! und nun
zappelt auch schon
ein warmer Weißling

am Haken
und fliegt
im weiten Bogen
hinauf zu den grauen,
häßlichen Klippen...
Mir ist,
ich höre ein leises,
behäbiges Lachen.

MÄDCHENTRÄNEN

Die schönen, blauen Augen des Himmels
hängen voll trüber Nebelschleier,
und unter verstohlenen Schluchzern
strömen graue Güsse zur Erde nieder.
Auf traurigen Häuptern tragen die Bäume
das schwere Tränenweh, die Bäche
hetzen verstört sich talwärts, mürrisch
vermummt sich der Berg in weißer Wolle.

Und das alles?
Weil mit allzuglühender Lippe
der liebesrasende, ungestüme Sonnengott
des Morgenhimmels reine, kühle Mädchenunschuld
bestürmt und die tief errötende Geliebte
mit allzuversengenden Küssen
in ihrer jungfraustillen Seele
fassungslos aufgewühlt.
Wie ein Krampf packte die Leidenschaft
den überwältigten Herzensfrieden...
Und all die verwirrten Gefühle

lösten und schütteten sich aus
in einem großen Weinen.

Mählich verebben die Seufzer.
Versöhnlicher, weicher wird das Herz.
Und schon sehe ich wieder ein halbes Lächeln,
ein warmes Winken
undämmbar aufdrängender Liebe
in den schönen, blauen Augen.

LANDREGEN

Auf der Erde
steht eine hohe, gewaltige,
tausendsaitige Regenharfe.
Und Phanta
greift mit beiden
Händen hinein
und singt dazu –:
monoton,
wie ein Indianerweib,
immer dasselbe.
Die Lider werden mir
schwer und schwerer.
Nach langem Halbschlaf
erwach' ich wieder, –
reibe verstört mir
die trägen Augen –:
Auf der Erde
steht eine hohe, gewaltige,
tausendsaitige Regenharfe.

DER BELEIDIGTE PAN

Auf der Höhlung
eines erstorbenen Kraters
blies heute Pan,
wie Schusterjungen
auf Schlüsseln pfeifen.
Er pfiff »die Welt« aus,
dies sonderbare,
zweideutige Stück
eines Anonymus,
das Tag für Tag
uns vorgespielt wird
und niemals endet.
Oh pfeife doch minder,
teuerer Waldgott!
Halt' Einkehr, Pan!
Wer hieß dich denn
unter Menschen gehen? . . .

MONDAUFGANG

In den Wipfeln des Walds,
die starr und schwarz
in den fahlen Dämmerhimmel
gespenstern,
hängt eine große
glänzende Seifenblase.

Langsam löst sie sich
aus dem Geäst
und schwebt hinauf
in den Äther.

Unten im Dickicht
liegt Pan,
im Munde
ein langes Schilfrohr,
dran noch der Schaum
des nahen Teiches
verkrustet schillert.

Blasen blies er,
der heitere Gott:
Die meisten aber
platzten ihm tückisch.
Nur eine
hielt sich tapfer
und flog hinaus
aus den Kronen.

Da treibt sie schimmernd,
vom Winde getragen,
über die Lande.
Immer höher steigt
die zerbrechliche Kugel.

Pan aber blickt
mit klopfendem Herzen –
verhaltenen Atems –
ihr nach.

MONDBILDER

I.

Der Mond steht da
wie ein alter van Dyck:
Ein rundes, gutmütiges
Holländergesicht
mit einer mächtigen,
mühlsteinartigen,
crêmefarbenen
Halskrause.
Ich möcht ihn
wohl kaufen,
den alten van Dyck!
Aber ich fürchte,
er ist im Privatbesitz
des Herrn Zebaoth.
Ich müßte den Ablaß
wieder in Schwang bringen!
Vielleicht ließ' er ihn
dafür mir ab...
Hm.
Hm.

II.

Eine goldende Sichel
in bräunlichen Garben,
liegt der Mond
im bronzenen Gewölk.
Mag da weit

die Schnitterin sein?
Ich meine,
die Schwaden bewegen sich –
oh, ich errate alles!
Ins Ährenversteck
zog wohl ein Gott
die emsige Göttermaid, –
irgend ein himmlischer
Schwerenöter der Liebe,
Jupiter-Don Juan
oder Wodan-Faust...
In frohem Schreck
ließ sie die Sichel fallen...
Oh, ihr königlich freien,
heiter genießenden,
seligen Götter!

III.

Groß über schweigenden
Wäldern und Wassern
lastet der Vollmond,
eine Ägis,
mit düsterem Goldschein
alles in reglosen Bann
verstrickend.
Die Winde
halten den Atem.
Die Wälder ducken sich
scheu in sich selbst hinein.
Das Auge des Sees
wird stier und glasig –:
Als ob eine Ahnung

die Erde durchfröre,
daß dieser Gorgoschild
einst ihren Leib
zertrümmern werde...
Als ob eines Schreies
sie schwanger läge,
eines Schreies voll Grausen,
voll Todesentsetzen...
῎Εσσεται ἦμαρ!

IV.

Durch Abendwolken fliegt ein Bumerang,
ein goldgelbes Bumerang.
Und ich denke mir: Heda!
Den hat ein Australneger-Engel
aus den seligen Jagdgründen
dorthin geschleudert –
vielleicht aus Versehen!?
Der arme Nigger!
Am Ende verwehrt ihm ein Cherub,
über den himmlischen Zaun zu klettern,
damit seine Waffe
er wieder hole...
Oh, lieber Cherub,
ich bitte für den Nigger!
Bedenke:
Es ist solch ein schönes,
wertvolles,
goldgelbes Bumerang!

ERSTER SCHNEE

Die in Wolkenkuckucksheim
zerreißen ihre Manuskripte,
und in unzähligen,
weißen Schnitzelchen
flattert und fliegt es mir
um die Schläfen.
Die Unzufriednen!
Nie noch blieben
der Lieder sie froh,
die im Lenz
ihnen knospeten,
nie noch
der dithyrambischen Chöre,
die durch glühende Julinächte
von ihren Munden
wie Donner brachen.
Immer wieder
zerstören gleichmütig sie,
was sie gedichtet:
Und in unzähligen,
weißen Stückchen
flattert es
aus dem grauen Papierkorb,
den sie schelmisch
zur Erde kehren.

Große, redliche Geister!
Ich, der Erde armer Poet,
versteh' euch.
Wenn wir u n s s e l b s t

genügen wollen,
ehrlich Schaffende wir,
müssen wir
unsren Gedanken wieder
all die bunten Hüllen ausziehn.
Ach! allein
in der Maske des Worts
wird unser Tiefstes
dem Nächsten sichtbar!

Ihr Stolzen verschmäht es,
den Wortewerken,
die ihr erschuft,
Dauer zu leihen,
und ihr könnt es –
denn ihr seid Götter!
Keiner von euch
will Trost, will Erlösung,
weiß von dem Wahnsinn
Glückes und Leides:
In euch selbst
seid ihr euch ewig genug!

Aber wir Menschen,
wir Selig-Unseligen,
tief in gemeinsame Lose
Verstrickten,
müssen einander
die Herzen erschließen,
müssen einander
fragen, belehren,
trösten, befreien,
stärken, erheitern,

und zu all Dem
raten und planen,
formen und bauen,
rastlos, mühvoll,
an dem Menschheitstempel
»Kultur.«

Ich stehe stumm
in den wirbelnden Flocken
und denke mit Schwermut
meines Stückwerks.
Doch streue ich selbst
nichts in den lustigen Tanz.
Meine Werke, ihr Götter,
stürben wie roter Schnee,
wollt' ich sie opfern!
Ich schrieb mit Herzblut...
Homo sum.

TALFAHRT

Die du im ersten
jungfräulichen Schnee
dort am fallenden Hang
ahnungsvoll schläfst,
talbrünstige Lawine!
Wach auf!
Und trage mich,
wildestes Roß,
wieder hinab
in der Menschen Gefilde!

Die zierliche Flocke
bewegt sich ... wächst ...
und stürmt immer toller
von Fels zu Fels ...
Ich springe ihr nach
und fasse beherzt
in ihr weißes,
wehendes Mähnenhaar,
indessen Phanta
den Renner lenkt,
wie auf rollender Kugel
die Göttin des Glücks,
hochaufgerichtet
und furchtlos.

Wir sind am Ziel.
Vom Laufe ruht
im Bach des Tals
das Rößlein aus.
Ich flieg' auf weichen
Wiesenplan,
und lächelnd
hilft mir Phanta auf.
Und dann – zerbricht sie
ihren Stab.

EPILOG

Am Schreibtisch finde ich mich wieder,
als wie aus krausem Traum erwacht ...:
Vor mir ein Buch seltsamer Lieder,
und um mich stille Mondesnacht.
Ich schaue auf den kleinen Ort,

aus dem mein Geist im Zorn geflohn: –
Nachtwächter ruft sein Hirtenwort
zu greiser Turmuhr biedrem Ton ...
Wie knochige Philisterglatzen
erglänzt des Pflasters holprig Beet ...
Und auf den Giebeln weinen Katzen
um ein versagtes tête-à-tête.

Euch also, winklige Gemäuer,
durchschnarcht von edlen Atta Trolls,
bewarf ich einst mit wildem Feuer
aus den Vulkanen meines Grolls!
Ich sah in eurer Kleinlichkeit
die Welt, die in mir selbst ich trug:
Es war ein Stück Vergangenheit,
das ich in eurem Bild zerschlug.
Von oben hab' ich lachen lernen
auf euer enges Kreuz und Quer!
Wer Kurzweil trieb mit Sonn' und Sternen,
dem seid ihr kein Memento mehr!

In tiefentzückten Weihestunden
fernab dem Staub der breiten Spur,
hab' ich mich wieder heimgefunden
zum Mutterherzen der Natur!
In ihm ist alles groß und echt,
von gut und böse unentweiht:
Schönheit ist Kraft ihm, Kraft ihm Recht,
sein Pulsschlag ist die Ewigkeit.
Wen dieser Mutter Hände leiten
vom Heut' ins Ewige hinein,
der lernt den Schritt des Siegers schreiten,
und Mensch sein heißt ihm König sein!

AUF VIELEN WEGEN

Meinem Freunde Friedrich Kayssler

Wär' der Begriff des Echten verloren,
in Dir wär' er wiedergeboren.

Als Haß mir nach der Wurzel schlug,
warst Du bei mir, das war genug,
hast mir zu Deinem Leben
das meine neu gegeben.

Zehn Jahre zusammen!
Es löst sich der Dunst.
Auf schlagen die Flammen
unserer Kunst.

Träume

HIRT AHASVER

Ich träumte jüngst, mir träumte, daß ich träumte,
daß ich geträumt, geträumt zu haben hätt',
wie Ahasver mit zweimal sieben Kühen,
den sieben magern und den sieben fetten,
im Mondschein übers Moor gewandert wär',
worüber selbst ein später Weg mich wies.
»Ei guten Abend, Meister Ahasver«, –
begrüßt' ich keck ihn, daß ein magres Tier
erschreckt zur Seite setzte, – »Was ist das?
Ihr treibt die vierzehn Kühe durch die Welt?«
Verächtlich schoß des Alten Blick nach mir,
und zornig murmelnd zog er einer fetten
den lauten Stecken übers Hinterteil.
Heidi! wie sich die Rinderbeine regten,
die magern immer flink voran, dahinter
mit schwipp und schwapp der Hängebäuche Trott;
bis Fern' und Dämmrung endlich sie verschlang,
und nur des Hirten wehnder Weißbart noch
ein Weilchen aus den Weiten schimmerte...
Doch mir verschob sich alles nun. Und weiter
flog hin und her das Webeschiff des Traums.

DIE IRRLICHTER

Ein Irrlicht, schwebt' ich heut im Traume
auf einem weiten, düstren Sumpfe,
und um mich der Gespielen Reigen
in wunderlich geschlungnen Kränzen.
Wir sangen traurig-süße Lieder
mit leisen, feinen Geisterstimmen,
viel feiner als die lauten Grillen,
die fern im Korn eintönig sangen.
Wir sangen, wie das harte Schicksal
uns wehre, daß wir Menschen würden:
So oft schon waren wir erschienen,
wo sich zwei Liebende vereinten,
doch immer, ach, war schon ein andres
Irr-Seelchen uns zuvorgekommen,
und seufzend hatten wir von neuem
zurück gemußt zum dunklen Sumpfe.
So sangen wir von unsern Leiden –
als uns mit einem Mal Entsetzen
in wirren Läufen huschen machte.
Ein Mensch entsprang dem nahen Walde
und lief verzweifelten Gebarens
gerade auf uns zu –: Der Boden
schlug schwankend, eine schwere Woge,
dem Armen überm Haupt zusammen.
Verstummt zu zitterndem Geflüster
umschwirrten wir die grause Stelle...
Bald aber sangen wir von neuem
die alten traurig-süßen Lieder.

MENSCH UND MÖWE

Eine neugierkranke Möwe,
kreiste ich zu Häupten eines
Wesens, das in einen weiten
dunklen Mantel eingewickelt,
von dem Kopfe einer Buhne
auf die grüne See hinaussah.
Und ich wußte, daß ich selber
dieses Wesen sei, und war mir
dennoch selbst so problematisch,
wie nur je dem klugen Sinne
einer Möwe solch ein dunkler
Mantelvogel, Mensch geheißen.
Warum blickt dies große, stumme,
rätselhafte Tier so ernsthaft
auf der Wasser Flucht und Rückkehr?
Lauert es geheimer Beute?
Wird es plötzlich aus des Mantels
Schoß verborgne Schwingen strecken
und mit schwerem Flügelschlag den
Schaum der weißen Kämme streifen?
So und anders fragte rastlos
mein beschränktes Möwenhirn sich,
und in immer frechern Kreisen
stieß ich, kläglich schreiend, oder
ärgerlich und höhnisch lachend,
um mich selber... Da erhob sich
aus dem Meere eine Woge...
stieg und stieg... Und Mensch und Möwe
ward verschlungen und begraben.

DER SCHUSS

›Nimm die Fahne!‹ – ›gib!‹ – und weiter –
Leichenhügel – Gräben – Hecken –
Donnern – Brausen – Knattern – Pfeifen –
Stöhnen – Schreien – Wimmern – Schnaufen –
Pulverschleier – Kugelregen –
›vorwärts, Kameraden!‹ – ›hurra!‹ –
blaue Gruppen – springend – stürzend –
Flüche – Bitten – Seufzer – Pfiffe –
Tiergesichter – Fetzen Fleisches –
Blut in Rinseln – Bächen – Lachen –
wildgewälzte Pferdeleiber –
Sterbende – zerstampft – zerrissen –
Arme – Hände – hemmend – heischend –
fortgestoßen – ›vorwärts!‹ – ›hurra!‹ –
›nieder!‹ – ›Feuer!‹ – ›auf!‹ – ›Attacke!‹ –
›ah!‹ – ›da!‹ – ›Mar –!‹ – ›ich!‹ – ›hier!‹
– ›die Fahne!‹ – –
Und ich stürze tot zusammen.
Jäh schreck' ich auf –:
Im Hause fällt ein Schuß.

DER GLÄSERNE SARG

Zwölf stumme Männer trugen mich
in einem Sarge von Kristall
hinunter an des Meeres Strand,
bis an der Brandung Rand hinaus.
So hatte ich's im Testament
bestimmt: Man bette meinen Leib

in einem Sarge von Kristall
und trage ihn der Ebbe nach,
bis sie den tiefsten Stand erreicht.
Der Sonne ungeheurer Gott
stand bis zum Gürtel schon im Meer:
An seinem Glanze tränkte sich
wollüstig noch einmal die Welt.
Ich selber lag in rotem Schein
wie ein Gebilde aus Porphyr.
Da streckte katzengleich die Flut
die erste Welle nach mir aus.
Und ging zurück und schob sich vor
und tastete am Sarg hinauf
und wandte flüsternd sich zur Flucht.
Und kam zurück und griff und stieß
und raunte lauter, warf sich kühn
darüber, einmal, vielemal.
Und blieb, und ihrer Macht gewiß,
umlief frohlockend sie mein Haus
und pochte dran und schäumte auf,
als ihrer Faust es widerstand.
Und hoch und höher wuchs und wuchs
das Wasser um mein gläsern Schloß.
Nun wankte es, als hätt' ein Arm
und noch ein Arm es rauh gepackt,
und scholl in allen Fugen, als
ein Wellenberg auf ihm sich brach
und es wie ein Lawinensturz
umdröhnte und verschüttete.
Und langsam wich der nasse Sand.
Und seitlich neigte sich der Sarg.
Und, unterwühlt und übertobt,
begann er um sich selber sich

schwerfällig in die See zu drehn.
Zu mächtig, daß die Brandung ihn
zum Strand zu schleppen hätt' vermocht,
vergrub er rollend sich und mich
in totenstillen Meeresgrund.
So lag ich denn, wie ich gewollt.
Und dunkle Fische zogen still
zu meinen Häupten hin und her.
Und schwarzer Seetang überschwamm
mein Grab. Und mein Bewußtsein schwand.

DER STERN

Ich träumt' einmal, ich läg', ein blasser Knabe,
in einem Kahne schlafend ausgestreckt,
und meiner Lider fein Geweb durchflammte
der hohen Nacht geheimnisvoller Glanz.
Und all mein Innres wurde Licht und Schimmer,
und ein Entzücken, das ich nie gekannt,
durchglühte mich und hob mein ganzes Wesen
in eine höhere Ordnung der Natur.
Ein leises Tönen hielt mich hold umfangen,
als zitterte in jedem Sternenstrahl
der Ton der Heimat, die ihn hergesendet,
ein Ton vor allen aber traf mein Herz
und ließ die andern mehr und mehr verstummen
und tat sich auseinander wie der Kelch
der Königin der Nacht und offenbarte
auf seinem Grunde mir sein süßes Lied...

»Wir grüßen dich in deine stillen Nächte
als deiner Zukunft tröstliche Gewähr,

es schalten ungeheure Willensmächte
in unsrer Tage blindem Ungefähr.
Sie ziehn dich von Gestaltung zu Gestaltung,
heut schleppst du dich noch schweren Schrittes hin,
doch bald begabt dich freiere Entfaltung
mit reicherer Natur und höherm Sinn.
So wandeln wir auf leichten Tänzerfüßen,
die wir dereinst auch dein Geschick geteilt,
und dürfen dich mit einem Liede grüßen,
das dich auf Strahlen unsres Sterns ereilt.
Oh flüchte bald nach unsern Lustgefilden,
und laß der kalten Erde grauen Dunst,
oh sähst du, zu welch göttlichen Gebilden
uns schuf des Schicksals heiß ersehnte Gunst!
Auf Blumen wandeln wir wie leichte Falter,
aus Früchten saugen wir der Kräfte Saft,
uns ficht kein Elend an, zerbricht kein Alter,
der frühern Leiden lächelt unsre Kraft.
Denn allzu schön, als daß wir uns entzweiten,
erschuf uns das Gestirn, das uns gebar, –
wir können uns nicht Schmerz und Not bereiten,
die Schönheit macht uns aller Feindschaft bar!
Wir lieben uns aus tiefsten Herzensgründen,
wir trinken unsres Anblicks Glück und Huld,
wir wissen nichts wie ihr von fahlen Sünden,
und keinen ängstigt das Gespenst der Schuld.
Oh komm! daß sich die dornenlose Rose
auch Deiner Schläfe duftend schmiegen kann!
Die schönste Schwester diene deinem Lose
und schenke dich dem schönsten Mann – oh komm –!«

Da unterbrach ein dumpfer Glockenton
die reinen, feinen Stimmen jener Welt.

Ich richtete mich halb im Bette auf –
und sah viel Sterne durch mein Fenster glühn ...
und sank zurück. Und weiter floß die Nacht.

DER BESUCH

Wie doch ein Traum so traurig stimmt,
wenn unser Geist Vergangenheit
und Gegenwart als eines nimmt!

Ich saß bei dir im Brautgemach
und sprach von deinem Bräutigam,
und wie so alles anders kam ...

Und lachte hell und scherzte laut ...
Doch endlich ward mein Sinn zu schwer –
du warst ja eines andern Braut!

Ein Garten lag vor deinem Haus,
da trug ich meinen Schmerz hinein
und weinte meine Wehmut aus.

Und als ich wiederkam, da schien,
als ahntest du, was mich erregt,
und selber wardst du sanft bewegt.

Dein Mütterlein umfing mich still,
sie wußt' um die geheime Lieb',
die stumm in mir ihr Wesen trieb.

Wir setzten uns den Tisch umher...
Du hattest alles selbst gekocht –
doch mir, mir mundete nichts mehr.

DAS BILD

Aus seinem Rahmen trat dein Bild
und schlang den Arm mir ums Genick –
und, eingewurzelt Blick in Blick,
durchgingen wir ein fremd Gefild...

Und gingen stumm und unverwandt
und tranken unsrer Seelen Glanz
und wurden e i n e Seele ganz
und fühlten, was wir nie gekannt...

Da schlug ein Lärm an unser Ohr –
ich sprach ein Wort – du fuhrst zurück –.
Zerflossen war das kurze Glück,
und alles wieder wie zuvor.

MALERERBE

Die Spanne, die nicht Träumen ist noch Wachen,
beschenkt mich oft mit seltsamen Gedichten:
Der Geist, erregt, aus Chaos Welt zu machen,
gebiert ein Heer von landschaftlichen Sichten.

Da wechseln Berge, Täler, Ebnen, Flüsse,
da grünt ein Wald, da türmt es sich graniten,

da zuckt ein Blitz, da rauschen Regengüsse,
und Mensch und Tier bewegen sich inmitten.

Da sind der Vordern fortgepflanzte Wellen,
die meinen Sinn bereitet und bereichert,
das Erbe ihrer Form- und Farbenzellen,
darin die halbe Erde aufgespeichert.

DAS ÄPFELCHEN

Auf einer Wiese, der sich hier und dort
ein reich beschwerter Apfelbaum enthob,
ergötzten wir, ein Häuflein Freunde, uns,
mit grünem Obst uns scherzend zu bekriegen.
Ich lag im Gras, entsandte, deckte mich,
erspähte Blößen, wurde selbst getroffen –
da plötzlich stand, wer weiß, woher sie kam,
die Liebste meiner Knabenzeit vor mir
und winkte, wie zu zarter Fehde fordernd,
mir zu, – daß ich ein unreif Äpfelchen
gemeßnen Schwungs nach ihrer Wange schickte.
Oh wieviel Liebe da aus ihren Augen,
aus ihrem Lächeln brach, als, leicht errötend,
sie sich ein wenig nun herunterbeugte
und schelmisch drohte – wieviel tiefe Liebe!
Mein Auge floh vor soviel süßem Glück,
und sehnend streckt' ich meine Rechte aus
und faßte ihres Kleides reinen Saum,
ihn, wie aus Reue meiner Tat, zu küssen.
Da ging mein Glück wie ein Gewebe auf...
Und andre Bilder spann mein träumend Hirn.

ROSEN IM ZIMMER

Ich stand, eine Vase
voll üppiger Rosen,
auf einer Konsole
am Lager der Liebsten
und goß überschwengliche
Gluten und Düfte
ins mondige Dämmer
der magdlichen Kammer.
Aufseufzte das Mädchen
und streckte das weiße
Gelenk ihrer Linken
nach mir und umschloß mich
und hob mich hinüber –
und alles im Schlafe.
Da schwankte die Vase,
und all meine Rosen
entfielen ihr lodernd
und hüllten in Purpur
das brüstliche Linnen:
Aufschlugen erschreckt sich
zwei glänzende Augen –
und sahn mich, den Menschen,
sich über sie beugen ...
Ich aber – ihr Götter! –
mich über sie neigend,
ich ward meines Kusses
betrogen! –: Nur Rosen,
worauf ich mich neigte!
Kein Liebchen, kein Lager,
kein Zimmer, kein Ort mehr –

nur Rosen, nur Rosen!
Ich stürzte in Rosen –
durch Rosen – auf Rosen ...
bis quälende Schmerzen
der Schläfe mich weckten.

KINDERGLAUBE

Heut ritt ich im Traum
auf schneeweißem Pferde
ohne Zügel und Zaum
rings um die Erde.
Und wo ein Dach,
war ein Treiben
hinter den Scheiben:
Alles war wach!
Großäugig, tieflockig,
schmalfüßig, kurzrockig,
lugten die Kindlein
der Menschen mir nach.

Oh euch süße Gesichter
vergess' ich nie mehr,
euch glückliche Lichter
durch Nacht zu mir her,
euch Näschen, vom Fensterdruck
schelmisch gestumpft,
euch Wädchen und Kniechen,
nur dürftig bestrumpft,
euch rosige Händchen,
ans Glas angestützt,
euch kosige Mündchen,
neugierig gespützt!

Ihr Kindchen, ich segn' euch
viel tausend tausend mal!
Nur Großes begegn' euch
im Sonn- und Mondenstrahl!
Euer Lachen, Euer Weinen
sei edler Frucht geschwellt!
Ihr seid ja, ihr Kleinen,
die Zukunft unsrer Welt!
Euch reifen die Lieder
auf meines Lebens Baum...
Einst sehn wir uns wieder –
und nicht mehr im Traum!

Vom Tagwerk des Todes

DER SÄEMANN

Durch die Lande auf und ab
schreitet weit Bauer Tod;
aus dem Sack um seine Schulter
wirft er Keime ohne Zahl.

Wo du gehst, wo du stehst,
liegt und fliegt der feine Staub.
Durch die unsichtbare Wolke
wandre mutig, doch bereit!

Durch die Lande auf und ab
schreitet weit Bauer Tod;
aus dem Sack um seine Schulter
wirft er Keime ohne Zahl.

VÖGLEIN SCHWERMUT

Ein schwarzes Vöglein fliegt über die Welt,
das singt so todestraurig...
Wer es hört, der hört nichts anderes mehr,
wer es hört, der tut sich ein Leides an,
der mag keine Sonne mehr schauen.

Allmitternacht, Allmitternacht
ruht es sich aus auf dem Finger des Tods.
Der streichelt's leis und spricht ihm zu:
»Flieg, mein Vögelein! flieg, mein Vögelein!«
Und wieder fliegt's flötend über die Welt.

DER TOD UND DAS KIND

»Kindchen, was willst du
erwachen zum Leben?
Komm mit mir,
dir ist besser so!
Den Kampf zu bestehn,
hast du nicht Kraft,
komm, leg dein Köpfchen
an meine Brust,
sieh doch,
mein Mantel ist warm und gut!
Komm, Kindchen,
wir bitten den Wind;
der trägt uns hinüber
in meinen Garten;

da will ich dich betten
ins grüne Gras...
Und wenn die Zeit vergangen ist,
dann wirst du Blume und Schmetterling,
blühende Blume, glühender Schmetterling...!
Nicht wahr, nun willst du?
Komm, kleines Herz!
Dir ist besser so!«

DER TOD UND DER MÜDE

»Von der Brücke hinunter
in die dunklen, ruhlosen Fluten,
deren Wellen um Wellen
deine Blicke mit sich fortziehen,
deren Wellen um Wellen
ein Stück deines Willens
davonführen,
bis er ganz dir geraubt,
und dein Leib,
leer,
schwer,
übers Geländer schlägt –

von der Brücke hinunter
schaue, spähe...
siehst du das Wort nicht,
das meine Finger
ins Wasser schreiben?
Friede... Friede...!
und was ich nun schreibe?
Komm!

Siehst du es nicht?
Beuge dich tiefer!
Komm!!!«

DER TOD UND DER EINSAME TRINKER

EINE MITTERNACHTSZENE

›Guten Abend, Freund!‹
»Dein Wohl!«
›Wie geht's?‹
»Dein Wohl!«
›Schmeckt's?‹
»Dein Wohl!«
›Du zürnst mir nicht mehr?‹
»Dein Wohl!«
›Im Ernst?‹
»Dein Wohl!«
›Hab Dank!‹
»Dein Wohl!«
›Aber -‹
»Dein Wohl!«
›Zuviel!‹
»Dein Wohl!«
›Nun -‹
»Dein Wohl!«
›Wie du willst!‹
»Dein Wohl!«
›Narr!‹
»Dein Wohl!«
›Genug!‹
»Dein –«

DER FREMDE BAUER

Ein Mann mit einer Sense tritt
zur Dämmerzeit beim Dorfschmied ein.
Der schlägt sie fester an den Stiel
und dengelt sie und schleift sie scharf
und gibt sie frohen Spruchs zurück
und frägt sein wer? woher? wohin?
und lauscht dem Fremden offnen Munds,
als der ihm dies und das erzählt.
Und wie die Rede irrt und kreist,
berührt sie auch das letzte Los,
das jedem fällt, und – »Unverhofft!
so möcht' ich hingehn!« ruft der Schmied –
und stürzt zusammen wie vom Blitz …
Die Sense auf der Schulter geht
der fremde Mann das Dorf hinab.

DER TOD IN DER GRANATE

Im Mantel der Granate,
die nach dem Feind sich senkt,
liegt Meister Tod im Schlafe,
behaglich ausgestreckt.

Da zuckt mit einem Male
in jähem Schreck sein Fuß:
Versengt hat ihm die Sohle
die abgebrannte Schnur.

Ein Blitz und ein Donner –
und Rauch und Geheul –:
der Tod steht im Herzen
des feindlichen Heers.

IM NEBEL

Schaurig heult das große Dampfhorn
seine Warnung in den Nebel...
Irgendwo antwortet schaurig,
leis bald, lauter bald, ein andres...
Angstvoll stehn die Passagiere,
jeden Nerv gespannt die Mannschaft...
Schaurig heult das große Dampfhorn...
Dumpf antwortet's aus dem Nebel...
Alles späht, horcht, mißt die Pausen,
die Maschine schafft mit Halbdampf,
langsam schiebt sich undurchdringlich
Dunkel der Koloß sich vorwärts...
Schaurig heult das große Dampfhorn...
Dumpf antwortet's aus dem Nebel...
In den Schiffsraum steigen Wachen,
an den Luken, an den Booten
harrt Bemannung, von der Brücke
schallt des Kapitäns Befehlsruf...
Schaurig heult das große Dampfhorn...
Dumpf antwortet's näher und näher...
Die Erregung wächst zum Fieber...
Ahnt wer, daß des Todes Hand die
Kompaßnadel abgelenkt hat,
daß der Mann am Steuer falsch fährt?...
Schaurig heult das große Dampfhorn...

Laut antwortet nächste Nähe...
Böllerschlag –: Schwerfällig tasten
weiße Kugeln in die Dämmrung...
»Schiff an Steuerbord!« – Zu spät! – Schon
schießt es rauschend, ungeheuer,
unaufhaltsam aus dem Nebel –
gräßlich mischen sich die Hörner –
rasend rolln die Steuerketten –
»Rückdampf!« – Schreie – Donnerkrachen –
alles stürzt zu Boden – Flammen
speit der Kesselraum – der Spiegel
senkt sich – aller Kampf vergebens! –
»Boote ab!« – Umsonst! – In Wirbeln,
Strudeln, Kratern dreht sich alles
tollen Tanzes in die Tiefe...
Wo verblieb der fremde Fahrer?
Sank er? Fuhr er feig des Weges?
Lautlos lastet dicker Nebel
über totenstillen Wassern.

AM ZIEL

Schlote schnauben, Lichter funkeln,
Pfeifen schrillen, Rufe schallen,
draußen vor des Bahnhofs Hallen
harrt Verderber Tod im Dunkeln.

Fest ist alles abgekartet
mit dem trunknen Wart der Weiche,
daß der Zug das Gleis erreiche
drauf der Gegen-Eilzug wartet.

Und schon wächst es mit den grellen
Spählaternen aus der Ferne,
glühnder Rauch verhüllt die Sterne,
hohl erdröhnt das Holz der Schwellen.

Blind, im Schienen-Überfluge,
stampft der Zug die falschen Gleise:
Schimmernd grüßt das Ziel der Reise –
leise lacht es hinterm Zuge.

DIE GEDÄCHTNISTAFEL

»Der dort unten ruht jetzund,
sein Schatten stieß ihn in den Grund.
Am steilen Fels den schmalen Gang
klomm verwegen er entlang.
Scharf lag auf ihm das Mittagslicht,
der Schweiß rann ihm übers Gesicht.
Da blieb er, sich zu trocknen, stehn –
muß dabei seinen Schatten sehn.
Und wie er ihn sieht, reckt sich der
von der Wand gegen ihn her.
Den Wandrer fasset bittre Not,
er fühlet, neben ihm steht der Tod
und drängt ihn in das tiefe Grab
der wilden Felsenschlucht hinab.
Er sinkt zusammen in kaltem Schweiß,
alles dreht sich mit ihm im Kreis.
Er preßt die Stirn an den kalten Stein
und denkt an Weib und Kinderlein.
Aber der Tod hatt' gewonnen Spiel
und schob und stieß ihn, bis daß er fiel.

Eine Dirn aus unserm Dorf hat's geschaut,
ein fremder Maler den Stein aufgebaut,
die Verse sind von der alten Kathrein.
Sprecht: Armer Wandrer, wir denken Dein!«

AM MOOR

Flackernd lösen sich vom Sumpf
ungewisse Schemen ...
Nach der alten Weide Stumpf
sieh den Weg sie nehmen.
Auf dem Stumpfe sitzt der Tod:
Dumpfe Fiedel lockt und droht
mit verworrnen Themen.

Huschend schlingt der wirre Kreis
sich um Tod und Weide ...
Um die Flämmchen schimmert's weiß
wie von feinster Seide.
Knaben, Mädchen, Männer, Fraun
glaubst wie Schatten du zu schaun
tief im Totenkleide.

Und ein Seufzen hebt sich her,
düster dich zu bannen ...
Schaudernd fühlst du: Schon will Er
dein Gemüt entmannen.
Der Gespenster Reihn erschrickt?
Haben sie dein Haupt erblickt?
Und du eilst von dannen.

IM FIEBER

Ich lag in Fieberphantasien...
Aus allen Ecken wuchs es her...
Wohin ich sah, ich sah nur Ihn,
wohin ich tastete, war Er...
Die Tücher, die Tapeten liehn
ihm ihrer Muster Fratzenmeer...
Und schloß ich fest die Lider, schien
sein Aug' in meines weit und leer.

Ein Opfer wilder Bilderreihn
entschlief ich endlich. Mich umspann,
mich sporne rittlings sein Gebein
durch Felsenwüsten glutwindan...
Verzehrend fraß sein Frost sich ein,
indes mich Blutschweiß überrann,
und auf Geröll und spitzem Stein
der wunde Fuß nicht Weg gewann.

Doch nicht ein Fristchen durft' ich ruhn.
»Wir müssen« – stachelte sein Hohn –
»zum Richter über all dein Tun,
der Weg ist weit nach seinem Thron.
Gebucht, in klaftertiefen Truhn,
erharrt dich dort, wofür dich Lohn
und Strafe wird ereilen nun:
Bereite dich, verlorner Sohn!«

Da ging die Stubentür, und leis
umklang mein Bett ein sanfter Schritt,
und eines Stirnbands kühlend Eis

erlöste mich vom grausen Ritt.
Doch ehe noch ein Wort dem Kreis
der Wirrgedanken sich entstritt,
verschob schon wieder sich das Gleis,
und neuer Traumgang riß mich mit.

Wie anders aber war das Bild,
das nun mein Fiebergeist entband!
Mein liebster Freund umfing mich mild
und hob mich von des Lagers Rand.
Aus Zweigen harrte mein ein Schild:
Drauf trug mich vierer Fremden Hand
wie ein erbeutet Edelwild
hinaus ins sommerliche Land.

Wer waren sie? wo lief ihr Pfad?
Sie stürmten voll erhabner Wucht...
bis, wo ein Lärm vollbrachter Mahd
herklang aus stiller Waldesbucht.
Noch rollte hoch das Sonnenrad,
doch schon geschnitten lag die Frucht;
denn Wolken drohten Blitz und Bad:
Und alles war schon helle Flucht.

Dort setzten sie aufs hohe Korn
die Bahre ab. Noch stand sie nicht:
Da schoß schon goldner Wetterzorn:
Ein Glutstoß stob die Ährenschicht.
Mein Herz stand still vom scharfen Dorn.
Es sank der Erde höchst Gedicht,
der Mensch, zurück in ihren Born,
als Asche, Wasser, Luft und Licht.

Eine Großstadt-Wanderung

Eine lange Gasse war mein Nachtweg.
Vor mir schalt ein Kerl mit seiner Dirne,
hohl zerbrach der Hall am Wall der Wände.
Nun ein kurzer Kampf – und gellend schreiend
floh das Weib den Weg an mir vorüber.
Aus dem Dämmer tauchten, wie dem Boden
jäh entwachsen, drohende Gestalten,
Pfiffe schrillten, schwere Tritte trabten,
Flüche zischten: Fort! die Polizisten!
Und im Nu von Nacht verschlungen alles.
Wimmern noch … Geworfne Türen … Stille …
Ausgestorben schien der ganze Stadtteil.
Rot und trübe kämpften die Laternen.

Und ich sah, erstarrt, durch eine Hauswand …
Eines Kaufherrn Schlafgemach beschlichen
zwei geschwärzte Burschen. Auf den Schläfer
warf der eine sich, der andre feilte
an dem Schrank. Dem Ächzen seiner Säge
mischten grausig sich erstickte Laute.
Gold, Papiere, Ringe rissen gierig
ihre Finger aus den Fächern … Leise
rief es durch die Tür: Die Wache warnte.
Hastig raffte jeder noch das Nächste,
wusch sich flüchtig die befleckten Hände –
Dringend rief es noch einmal. Die Kerze
gloschte. Schwarz und lautlos lag das Zimmer.

Und ich ging die lange Gasse weiter.
Hinter fensterlosen Mauern sah ich
neue Frücht' und Opfer der Gesellschaft.
Der zerschlug sich den geschornen Schädel ...
Der verstierte sich hinauf zur Luke ...
Der durchtappte rastlos seine Zelle ...
Augen brannten; Lippen fluchten flüsternd;
Fäuste krampften sich; Gehänge klirrten;
mancher wälzte sich in lauten Träumen;
doch die meisten schliefen tief wie Tote.
Frech vertiert, verduldet, unterwürfig,
gramzerfressen, haßverzerrt, verachtend,
also prägten schrecklich sich die Mienen.

Und mich zog die lange Gasse weiter.
Endlosen Fensterreihn entscholl es,
mir nur hörbar, dumpf und unablässig,
wie von Stöhnen, Weinen, Weherufen.
Sieche, Krüppel, Giftige, Zersetzte
nährten dort des Lebens arme Flämmchen,
hofften, rafften sich von Tag zu Tage,
bis des Todes Weisheit endlich siegte.
Wie sie so in weißen Kissen wachten ...
Opfer ihrer Herkunft, ihres Standes,
ihrer Gierden, ihrer Dienst' und Taten,
ihrer Mitwelt, die sie stieß und hemmte!
Wie die bleichen Händ' anklagend winkten!

Und ich floh die trübe Gasse weiter.
Gebt euch nicht so stolz, ihr roten Mauern,

oder prahlt mit freudigeren Gästen!
Niemand weiß es, wer sie sind, sie selber
lächeln seltsam, fragst du, wie sie heißen.
Sind an Tafeln zwar geladen worden,
drauf zu lesen, wo man sie getroffen –:
Den in einem Wehr beim Fest der Fische;
die in einem Hag voll Heckenrosen;
den auf blanken Gleises kaltem Kissen;
den in einer Herberg fremdem Zimmer.
Aber alle ruhn sie bleich und schweigend,
lächeln starr-verächtlich deiner Fragen.

Und ich wanderte mechanisch weiter.
Hinter einer hohen Gartenmauer
hob aus Bäumen sich ein altes Kloster,
dessen eisenstabverkreuzte Scheiben
wirren Lärms zuweilen dumpf erklirrten.
Plötzlich ward ein Fenster aufgerissen,
und ein Mensch im Hemde überschrie sich
in den leeren Park hinunter: »Rechts schwenkt!
Laufschritt! Marsch marsch! Das Gewehr
zum Sturm rechts!
Ha-alt! Nieder! Fertig! Feuer! Feuer!
Feu-« Jäh brach es ab, zu schlug das Fenster.
Fernes Toben. – Über dem Portal stand:
»Selig sind, die große Trübsal dulden!«

Und ich setzte meine Schritte weiter –
fast so ungewiß wie der Betrunkne,
der im Morgengrauen mir entgegen
kam –: Nun tappte er zur Seit', nun rückwärts,

schoß vornüberfallend vorwärts, rannte
wider die Laterne, griff ins Leere,
schwankte, rollte in den Kot der Gosse...
Selber wirbelte mir Wust im Haupte...
Särge, drängten sich die Häuser; Grüfte
hallten, wo ich schritt; von Moder, Fäulnis
schnob die Luft; Gewölke Bluts und Tränen
dampften, dunsteten, mich dumpf erstickend...
Weiß nicht mehr, wie ich den Weg vollendet.

Vier Elementarphantasien

MEERESBRANDUNG

»Warrrrrrrte nur.......
wie viel schon riß ich ab von dir
seit den Äonen unsres Kampfs –
warrrrrrrte nur.......
wie viele stolze Festen wird
mein Arm noch in die Tiefe ziehn –
warrrrrrrte nur.......
zurück und vor, zurück und vor –
und immer vor mehr denn zurück –
warrrrrrrte nur.......
und heute mild und morgen wild –
doch nimmer schwach und immer wach –
warrrrrrrte nur.......
umsonst dein Dämmen, Rammen, Baun,
dein Wehr zerfällt, ich habe Zeit –
warrrrrrrte nur.......

wenn erst der Mensch dich nicht mehr schützt –
wer schützt, verloren Land, dich dann?
  warrrrrrrte nur.......
mein Reich ist nicht von seiner Zeit:
es stirbt, ich aber werde sein –
  warrrrrrrte nur.......
und will nicht ruhn, bis daß du ganz
in meinen Grund gerissen bist –
  warrrrrrrte nur.......
bis deiner höchsten Firnen Schnee
von meinem Salz zerfressen schmilzt –
  warrrrrrrte nur.......
und endlich nichts mehr ist als Ich
und Ich und Ich und Ich und Ich –
  warrrrrrrte nur.......

ERDRIESE

Grab tausend Klafter
hinab in den Grund,
da weckt dein Scheit
ein hallend Gewölb –:
den Kugelkerker
aus zwölffachem Erz,
darin Erdriese
gefangen.

Hörst du ihn
bei seinem Werk?
Mit Fersen und Fäusten
stampft und stößt er,
wirft mit dem breiten Nacken

sich dumpf an die Wände,
scharrt mit Nägeln und Zähnen ...
lautlos nun,
und nun brüllend
wie zehntausend Stiere.

Gleich einer Espe
zittert der Ball ...
Die Meerunholde
schrecken aus ihrem Spiel
und stürzen den Festen zu ...
Die Feuerhexen
schießen mit sprühendem Brandhaar
aus ihren Küchen ...

Die Acker- und Felsenschläfer
rücken und recken sich:
Städte und Länder
versinken
in Trichtern und Schächten.
Hörst Du ihn noch?
Ward er nun still?
Horch!
Er schnarcht!
Wie es brummt und sägt! ...
Nun schläft er, der Alte.

DER STURM

»Bis an die Knöchel
steh' ich
im tiefen See.
Den Horizont hinab,
wo mir Gebirge
die grauen Rachen –
entgegensperren,
greif' ich
und ziehe
aus ihren Schlünden
die zähen Schleimschleier
unendlicher Nebel.
Und ich halte sie in die Sonne,
die euch scheidet,
mir noch im Mittag steht:
Das glüht, das leuchtet!
Das gefällt euch!
Und ich schlag' das Gewölk
wie Schaum
mit der flachen Hand,
und wirbl' es
und ball' es
und kraus' es –
und zaus' es –
heissah halloh!
Und ich pust' es
auf eure Dörfer
und hebe die Füße
aus eurem tiefen See
und laufe

Mutter Sonne davon,
heissah,
unter die purpurnen Sterne!«

DIE FLAMME

»So sterben zu müssen –
auf einer elenden Kerze!
tatenlos, ruhmlos
im Atemchen
eines Menschleins
zu enden!...
Diese Kraft,
die ihr alle nicht kennt –
diese grenzenlose Kraft!
Ihr Nichtse!...
Komm doch näher,
du schlafender Kopf!
Schlummer,
der du ihn niederwarfst –
ruf doch dein Brüderlein Tod –
er soll ihn mir zuschieben –
den Lockenkopf –
ich will ihn haben – haben!
Sieh,
wie ich ihm entgegenhungre!
Ich renke mir alle Glieder
nach ihm aus...
Ein wenig noch näher –
näher –
ein wenig
so –

jetzt vielleicht –
wenn's glückt –
ah! du Hund!
Er will erwachen?
still –
still –
so ist's noch besser!
Der Pelz am Mantel –
Der Pelz – der Pelz –
hinüber – hinüber –
ahhh! faß ich dich – hab ich dich –
hab ich dich, Brüderchen –
Pelzbrüderchen, hab ich dich – ahhh!
Hilft dir nichts –
wehr dich nicht mehr!
Mein bist du jetzt –
Hand weg!
Wasser weg!
Mein bist du jetzt!
Wasssser weg!
Wart', da drüben ist
auch noch für mich –
so –
den Vorhang hinauf –
fängst mich nicht mehr –
Tuch – Tuch –
jetzt bin ich Herr!
Siehst du, jetzt breit' ich mich
ganz gemächlich im Zimmer aus –
laß doch den Wasserkrug!
Laß doch das Hülfgeschrei!
Bis sie kommen
bin ich schon längst

in den Betten und Schränken –
und dann könnt ihr nicht mehr herein –
und ich beiß' in die Balken der Decke –
die dicken, langen, braunen Balken –
und steig' in den Dachstuhl –
und vom einen Dachstuhl –
zum andern Dachstuhl –
und irgendwo
werd' ich wohl Stroh finden,
und Öl finden,
und Pulver finden –
das wird eine Lust werden!
Das wird ein Fest werden!
Und wenn ich die Häuser alle zernichtet –
dann wollen wir mit Wäldern
die Fische in den Flüssen kochen –
und ich will euch hinauftreiben
auf die kältesten Berge –
und da droben
sollt auch ihr meine Opfer werden,
sollt ihr meine Todesfackeln werden –
und dann wird alles still sein –
und dann –

Gedichte vermischten Inhalts

KLEINE GESCHICHTE

Litt einst ein Fähnlein große Not,
halb war es gelb, halb war es rot,
und wollte gern zusammen
zu einer lichten Flammen.

Es zog sich, wand sich, wellte sich,
es knitterte, es schnellte sich, –
umsonst! es mocht' nicht glücken
die Naht zu überbrücken.

Da kam ein Wolkenbruch daher
und wusch das Fähnlein kreuz und quer,
daß Rot und Gelb, zerflossen,
voll Inbrunst sich genossen.

Des Fähnleins Herren freilich war
des Vorgangs Freudigkeit nicht klar, –
indes, die sich besaßen,
nun alle Welt vergaßen.

DAS HÄUSCHEN AN DER BAHN

Steht ein Häuschen an der Bahn,
hoch auf grünem Hügelplan.

Tag und Nacht, in schnellem Flug
braust vorüber Zug um Zug.

Jedesmal bei dem Gebraus
zittert leis das kleine Haus –:

»Wen verläßt, wen sucht auf
euer nimmermüder Lauf?«

»Oh nehmt mit, oh bestellt
Grüße an die weite Welt!«

Rauch, Gestampf, Geroll, Geschrill . . .
Alles wieder totenstill.

Tag und Nacht dröhnt das Gleis.
Einsam Häuschen zittert leis.

AMOR DER ZWEITE

(Sommerabend im Park des Fürsten. Um eine Marmorbank zu Füßen der Mediceïschen Venus versammelt sich eine kleine Gesellschaft, den Dichter in ihrer Mitte bittend, die mit neuen Versen zu erfreuen. Er beginnt unter einigen galanten Entschuldigungen, während die Schönen und ihre Kavaliere sich auf und um die Bank erwartend gruppieren. Verstecktes Lachen, Flüstern und Fächerschlagen begleiten den leichten Vortrag, nach dessen Beendigung man sich lebhaft plaudernd und scherzend wieder in den hohen dämmrigen Laubgängen des Parks zerstreut, nicht ohne den Poeten mit zweien seiner liebenswürdigsten Verehrerinnen einer anmutigen Einsamkeit zu überlassen.)

Das Schloß liegt unbewohnt seit Jahr und Tag,
der Park verwildert, pfadlos, unzugänglich,
dicht eingestrüppt von wirrem Weißdornhag.

Wo Grotten, Treppen, Hügel uranfänglich:
Verfall nun: Stämme, Schutt, gesunkner Grund ...
des Friedens Stätte einst, nun wüst und bänglich.

In dieses Parkes Tiefe birgt ein Rund
von Birken zweier Götter Steingebilde,
den Alten hochberühmt durch ihren Bund –:

Den Gott des Krieges, mit zerbrochnem Schilde,
und sie, der Liebe hohe Königin,
in wohl gewahrter Lieblichkeit und Milde.

Sie blicken zärtlich gen einander hin,
und bunte Falter tragen ihre Grüße, –
doch kennt ihr auch des Spiels geheimen Sinn? ...

In einer Sommermondnacht Wundersüße,
in einer Nacht, da eine Nachtigall
tot niederstürzte vor der Göttin Füße,

so wild war ihrer Sehnsucht Überschwall,
in einer solchen Nacht des Drangs der Säfte
geschah der dunkle, unerhörte Fall,

daß aus dem Übermaß der Lebenskräfte
ein Strom in jenes Paar hinüberrann
und es mit trügerischem Leben äffte –:

Herab zur Erde springen Weib wie Mann . . .
Und stürmisch, wie sich Glut und Flut umfassen,
vergessen sie den langen, kalten Bann . . .

Doch schon beginnt die Lippe zu erblassen,
versagt das Blut den weitern tollen Lauf –:
Sie müssen schaudernd von einander lassen . . .

Nach ihren Säulen streben sie hinauf –
allein umsonst –: Sie sinken, wo sie stehen:
Und wieder nimmt sie Steines Starrheit auf.

Zwölf Monde gingen hin, seit dies geschehen,
als gleicher Frist das Gleiche sich begab:
Man wachte auf, doch Venus – lag in Wehen!

Und alsobald erscheint ein muntrer Knab',
zum Leben sichtlich denn zum Tod bereiter,
und bricht sich schon ein Birkenreislein ab . . .

Und während Mars und Venus innig heiter
ihm zusehn, zielt er schon nach links und rechts
auf Mäuse, Hummeln, Vögel und so weiter.

Und merkt es nicht im Eifer des Gefechts,
daß seine Eltern still und stiller werden, –
bis plötzlich er der Letzte des Geschlechts.

Er springt hinzu mit kindlichen Geberden,
er ruft und tastet, –: Stein und nichts als Stein!
Und eben erst entrückt dem Schoß der Erden,

von niemandem belehrt als sich allein,
verwirft er endlich all die eitlen Fragen
und richtet sich in seinem Reiche ein.

Ein freundlich Heer von ungetrübten Tagen,
so schien es, war dem losen Schelm beschert ...
Wie manches Tierherz mußte ihn verklagen:

Denn ach wie manches ward von ihm versehrt!
Wenn früher schon die Liebe hoch hier blühte,
so war ihr jetzt kein Herz mehr abgekehrt.

Bis eines Tags ein Paar bekränzter Hüte,
seit Jahr und Tag das erste Menschenpaar,
sich kreuz und quer den alten Park durchmühte.

Weh, Amor! nun ereilt dich die Gefahr! –:
Denn, kaum daß jene durchs Gebüsch gedrungen, –
der kleine Gott schon Stein geworden war.

»O sieh doch! sieh!« so jubeln sich die jungen
Entdecker zu – »Ein Fund! ein Schatz! ein Hort!«
Das Mädchen ist zu Amorn hingesprungen –:

Der spielt noch, steinern, seine Rolle fort
und steht mit trotzig aufgespanntem Bogen –
und treibt den Jüngling so zum rechten Wort ...

Von jäher Röte Flammen überflogen,
bekennt sein Lieb sein Werben ihm zurück –
und fühlt sich schon an seine Brust gezogen ...

Wer glaubte nicht der beiden reinem Glück?
So laßt uns nur die Frage noch beschwichten,
wie sich beschließt das wunderliche Stück.

Man wollte auf den Kleinen nicht verzichten
und nahm ihn mit, er war ja »herrnlos Gut«!
Die Eltern glückt' es wieder aufzurichten.

Sie ließ man wieder in der Wildnis Hut.
Sie blicken immer noch voll Zärtlichkeiten,
doch ewig nun erloschen schweigt ihr Blut.

Indessen steht vor Amor man, (dem Zweiten),
als allbekanntem »Raub«, bewundernd da . . .
Man glaubt, er stamme aus Canovas Zeiten . . .

Ich aber lächelte, als ich ihn sah.

DER ZEITUNGLESENDE FAUN

Auf einem Eichenstrunk, die Ziegenbeine
behaglich überschlagen, sitzt ein Faun
und liest in einem alten Zeitungsblatt,
das er im Walde irgendwo gefunden.
Ein Feuilleton ›Die Presse, ihre Macht
und heilige Mission‹ beschäftigt ihn.

»Die Presse« liest er »ist das Fundament
der heutigen Kultur, der stärkste Hebel
geistigen Fortschritts, höherer Gesittung.
Sie ist die Lehrerin, Erzieherin
und Richterin der Völker! Nichts entzieht sich

der Allmacht ihrer Kritiker: Sie prüft,
beleuchtet alles, was du denkst und tust,
sie ist die vornehmste, stets wachsame
und drum so wichtige Vertreterin
der öffentlichen Meinung. Papst und Kaiser
umbuhlen sie. Und bis herab zum Bettler
sieht alle Stände, alle Klassen man
ihr unterworfen und gezwungen, sie
zu respektieren. Und noch mehr, noch mehr!
Sie ist das unentbehrlich-wichtigste
Verkehrs- und Bildungsmittel unsrer Zeit:
Bezieht ein großer Teil der Menschheit doch
heut sein gesamtes Wissen aus der Zeitung!
Denn mehr und mehr verdrängt die Tagespresse
der langen Bücher zweifelhaften Wert:
Der Menschen Kraft, Bedürfnis nehmen heut
die Zeitungen und Zeitschriften in Anspruch,
so daß der Sammlung fordernden Lektüre
kein Raum mehr bleibt. Die für den Tag geschriebnen
und mit dem Tag vergehnden Zeitungen,
sie wirken eben rascher als die dicken,
gedankenschweren Bücher, ja noch mehr!
In ihren Händen liegt das Schicksal aller
schriftstellerisch- und dichterischen Werke!«

Mit breitem Grinsen liest es der Panisk,
und seine Flöte an die Lippen langend,
erhebt er sich und trabt vergnügt waldein.
Ein Wiesel raschelt unterm Stamm hervor;
die hohen Eichen flüstern hell im Wind;
und das Papierchen tanzt in eine Pfütze.

GOLDFUCHS, SCHÜRZ' UND FLASCHE
EINE BALLADE*

Auf der Waldwies' hausten heut
sonderbare Brüder,
sangen, sprangen um die Wett'
zu eines Alten Fiedel, –

Goldfuchs, rund wie ein Bankier,
Schürze, zart und weiß wie Schnee,
Flasche, grau wie Asche.

Sang der Goldfuchs:
Alles dreht
sich um mich
früh und spät,
rum didl dum,
rum didl dauz,
bum bum bum,
bauz!

Sang die Schürze:
Alles dreht
sich um mich
früh und spät,
rum didl dum,
rum didl dauz,
bum bum bum,
bauz!

---

* Aus einem Liederspiel, komponiert von Robert Kahn.

Sang die Flasche:
Alles dreht
sich um mich
früh und spät,
rum didl dum,
rum didl dauz,
bum bum bum,
bauz!

Warf der Alt' die Fiedel weg,
kriegt' den Fuchs zu fassen,
schickt' ihn wie 'nen Schlitterstein
weit hinaus aufs Wasser,
griff die Schürze, stopfte sie
zwischen Ripp' und Gürtel,
schmiß die leere Flasch' zu Boden,
daß sie gell zerklirrte . . .

Wandte sich, das Buschwerk schlug
hinter ihm zusammen,
aber lang noch hört' man ihn
fernher brummen:
Alles dreht
sich um mich
früh und spät,
rum didl dum,
rum didl dauz,
bum bum bum,
bauz!

DIE BRÜCKE

(Einem Bildhauer der Zukunft)

Bis an die Knie stehn im Strom
die beiden Riesen Kraft und Maß:
Auf ihren breiten Nacken ruht
der Brücke stählernes Gebälk.

Beine breit in Grund gestemmt,
Hände auf des andern Schulter,
Stirn an Stirne fest gepreßt,
stehn sie da und schaun hinunter.

Da flieht die Welle ruhlos hin,
und weiße Segel ziehn einher,
und dunkle Schlote wölken Rauch,
und Schollen türmt des Winters Frost.

Aber unbewegten Blicks
stehn die muskelfrohen Hünen;
leis nur zuckt des einen Leib
stampft es droben donnernd drüber.

Der andre aber preßt die Stirn
nur fester, fester nur die Faust:
Er kennt des Bruders trotzig Herz,
das tief im Kern die Menschheit haßt.

DER TAG UND DIE NACHT

Aus der Laube der Dämmerung,
drin sich der Tag und die Nacht
ein Weilchen geliebt,
scheucht ihn des Abends Ruf.

Aber die Nacht
eilt ihm nach ...
Und wie sie dahinstürmt,
löst sich ihr herrliches Haar
und fällt ...
Sie wankt,
bricht in die Knie –:
Weithin
hüllen die schwarzen Strähnen
die Erde.

Lange verharrt sie so
dunklen Grams.
Aber schon sehe ich
ihren Geliebten
wiederkehren
und der Vorsonnendämmerung
schweigende Laube
neuer Umarmungen
kurzem Entzücken
winken.

DER SCHLAF

Der Schlaf schickt seine Scharen in die Nacht,
Unholde, Legionen auf Legion...
Vom Rücken schleichen sie ihr Opfer an,
auf leisen Tatzen, und umarmen es,
wie Bären, unentrinnbar und geräuschlos, –
bis alle Muskeln ihm erschlafft, und stumm
von ihrer Brust der Leib zu Boden rollt...
Und wenn so alles hingebettet liegt,
so traben sie zu ihrem Herrn zurück,
und ihr Gebrumm erfüllt wie dumpfer Donner
die düstren Waldgebirge seines Reichs.

PFLÜGERIN SORGE

Über der Erde Stirne,
durch Tag und Nacht,
pflügt ein hagres Weib
hin und her...
Wilde Stiere,
kaum zu hemmen, ziehn,
reißen ihre Pflugschar durch den Grund:
Doch je rasender die Nacken zerrn,
nur so tiefer drückt den Baum sie ein.

Über der Erde Stirne,
durch Tag und Nacht,
führt Frau Sorge
Furche, Furche, Furche...
Leidenschaften,

kaum zu zähmen, ziehn,
reißen ihre Pflugschar durch den Grund:
Doch je wilder die Dämonen zerrn,
nur so tiefer gräbt den Stahl sie ein.

LEGENDE

(Empfunden bei einem Prélude Chopins)

Vom Tisch des Abendmahls erhob
der Nazarener sich zum Gehn
und wandte sich mit seiner Schar
des Ölbergs stillen Wäldern zu.

Erloschen war der Wolken Glut;
in Hütt' und Höfen ward es licht;
hell glänzten nah und näher schon
die Fenster von Gethsemane.

Aus einer Scheune klang vertraut
das Tanzlied eines Dudelsacks,
und Mägd' und Bursche drehten sich
zum Feierabend drin im Tanz.

Und Jesus trat ans Tor und sah
mit tiefem Aug dem Treiben zu...
Und plötzlich übermannte ihn
ein dunkles, schluchzendes Gefühl.

Und, Tränen in den Augen, trat
er zu auf eine junge Magd
und faßte lächelnd ihre Hand
und schritt und drehte sich mit ihr.

Ehrfürchtig wich der rohe Schwarm;
die Jünger standen starr und bleich; –
Er aber schritt und drehte sich
als wie ein Träumer, weltentrückt.

Da brach auf eines Jüngers Wink
des Spielers Weise jählings ab –
ein krampfhaft Zucken überschrack
des Meisters hagre Hochgestalt –:

Und tiefverhüllten Hauptes ging
er durch das Tor dem Garten zu …
Wie dumpf Gestöhn verlor es sich
in der Oliven grauer Nacht.

DIE APOKALYPTISCHEN REITER

Beim stillen Weinglas saß ich spät und spannte
zerrißne Saiten neu der treuen Geige –:
Da war's, daß mir das harte Haupt des Dante

erschien in meines Römers dunkler Neige:
als wollte es die Lieder-Stufen höhnen,
auf denen ich zu meinem Ruhme steige.

Und alsobald begann im Zorn zu tönen
mein Saitenspiel von hochvermeßnen Händen
und füllte mein Gemach mit ehrnem Dröhnen.

Und zuckend von irrlichterischen Bränden
zerbarst vor mir die laute Nacht in Stücke,
und von Gespenstern schwoll's aus fahlen Wänden …

Doch wie ich rasch des Worts tollkühne Brücke
nach solcher Schattenflucht zu schlagen strebe,
entweicht es schon und lockt mit neuer Tücke...

bis endlich in die rinnenden Gewebe
einschlägt des Willens grollende Gewalt
und eins ergreift inmitten seiner Schwebe –:

Mit finstren Stämmen drängt empor ein Wald,
drin Wiesengrund im Dreieck ausgeweitet,
von Klumpen Mondgewölkes überballt.

Doch mehr mein Aug dem Dämmer noch entstreitet:
Vier sattelleere Rosse schau ich grasen
und dunkle Körper unweit hingebreitet.

Sind's Räuber, die die Flucht hierher geblasen?
Ein Mondstrahl gleißt: Dies Haupt verrät ein Weib,
zwei grüne Augen schillern im Verglasen.

Und um dies Haupt, welch fürchterlicher Leib!
Nur widerwillig gibt die fahle Nacht
sein Bild, daß keinem es zu treu verbleib'.

Und jäh erkenn' ich, wer hier Rast gemacht –:
Der Tod, der Krieg, der Hunger und die Pest, –
tiefmüde Nachtrast! Nur der Hunger wacht...

Die Greisin kauert Kinn an Knie gepreßt...
Der Krieg, die Stirn am Schwertknauf, atmet schwer,
blutüberronnen noch vom letzten Fest...

In freudelosen Halbschlaf sank selbst Er...

PARABEL

Kennst du die Figur der Polonaise,
wenn die Paare, hochgefaßter Hände,
Lauben, wie die Tänzer sagen, bilden?

Und das immer letzte Paar, sich bückend,
durch die Bogen an die Spitze schreitet,
dort als Tor sich wieder aufzustellen?

Nun, so wirst du mich begreifen, wenn ich,
dies betrachtend, an die Menschheit denke,
wie sie sich vom Greis zum Kind erneuert:

Gleich als ob das Paar des höchsten Alters
plötzlich in der andern Rücken schwände,
vorn das Spiel von neuem aufzunehmen...

DAS ENDE

Jahrhunderttausende durchmißt mein Geist...
Verwandelt ist der Erde Angesicht,
der Menschheit letzte Horde tief vergreist.

Kaum bricht durch Wolken mehr das liebe Licht.
»Wie alt sind wohl die Menschen?« fragt ein Kind
den Vater. Und ich höre, wie der spricht:

»So alt, mein Liebling, als die Sterne sind!«
»Was sind das Sterne, Vater?« »Späh einmal,
wenn nachts im Nebel wühlt der wilde Wind.

Vielleicht erspähst du einen stillen Strahl:
Der kommt von Welten, die unendlich fern:
Uralte Sagen rühmen ihre Zahl.«

»Doch Vater, sprich, wie alt ist solch ein Stern;
denn gleiches Alter gabst den Menschen du?«
»Das, kleiner Frager, wüßt ich selber gern!

Sieh, Kind, zähl tausend Jahren tausend zu
und abertausend, zähl solang du magst, –
dein Hirnchen käme nimmermehr zur Ruh!

Kein Mund weiß Antwort dem, wonach du fragst:
Denn keine Rechnung führt dahin zurück,
daran neugierig du zu rühren wagst . .

Doch alter Märchen weiß ich manches Stück –
noch mehr die Mutter! Willst du? Geh hinein!
(Oh Kinderherz mit deinem kurzen Glück!)«

Kaum ward es Tag, schon bricht die Nacht herein...
Der Knabe läuft nach einem plumpen Bau...
Im Aug' des Mannes glimmt ein stierer Schein...

Ein tiefes Graun verwehrt mir weitre Schau.

DER BORN

Im Garten Gottes
wirft ein Born
sein Silber
Tag und Nacht empor:

Ohn Maßen stürzt
die Flut hinauf
und fällt zurück,
ein Perlenmeer.

Urewig türmt
der Strahl sich ab
und baut sich wieder
aus sich selbst,
urewig kreißt
der Schoß und nimmt
Empfängnis
von der eignen Frucht.

In Silberschauern
wirbeln sich
Legionen Tropfen
durch den Raum...
Im Garten Gottes
spielt ein Born
gedankenlos
das Spiel der Welt.

DER URTON

Fernher schwillt
eines Dudelsacks
einförmig-ewigwechselnde
Melodie:
Unaufhörlich
hebt sich und senkt sich

über dem Urton
ihr unerfaßliches Spiel
. . . .

Auf dem ehernen Tische
Unendlichkeit
liegt unermeßlicher Sand gebreitet.
Da streicht ein Bogen
die Tafel an:
Einen Ton
schwingt und klingt
die fiebernde Fläche.
Und siehe!
Der Sand
erhebt sich und wirbelt
zu tausend Figuren.
Aus ihnen,
den tanzenden
tönenden,
glühenden
schlingen sich Tänze,
binden sich Chöre,
winden sich Kränze,
umringen sich,
fliehen sich,
finden sich wieder.

Aber das Spiel
der Formen, Farben und Töne
durchbrummt
unaufhörlich,
beherrscht
fürchterlich-unerfaßlich

der tiefe Urton
. . . .

Fern verschwillt
des Dudelsacks
einförmig-ewigwechselnde
Melodie
Dorf, Wald, Welt
versinkt mir
schweigend
in Nacht.

DER EINSAME TURM

Wer laut von diesem längst verlassnen Turm
der Tannen Ringwald überrufen wollte,
und trüge, was er riefe, stärkster Sturm,
er ahnte, daß es nie ein Ziel errollte.
So einsam steigt der alte Bau empor;
er fühlte Fürsten einst auf seinen Stufen,
bis, dunkler Taten schauerlich verrufen,
sein stiller Reiz der Menschen Gunst verlor.

Nur daß von Jägern sich zuweilen wer
vorbei verirrt, von wanderfrohen Seelen,
von Bettelpack, und wer die Kreuz und Quer
den Forst durchschleicht, sich Holz und Wild zu stehlen;
nur daß an seinem Fuß zuweilen sich,
wie heut, Zigeunervolk sein Reisig schichtet
und mit der Bogen wehmutwildem Strich
sein Weltweh in den fremden Frieden dichtet.

In allen Kronen hängt noch goldner Glanz ...
Die Sonne säumt noch, ihren Tag zu enden ...
Der Söllerblöcke halb zerfallnen Kranz
umlodert noch ihr scheidendes Verschwenden ...
Und aus dem Purpur schwillt es wie ein Born,
ein Strom von Tönen –: Abends erst Erschauern
erregt des Turms uraltes Äolshorn,
der Sonne nachzujauchzen, nachzutrauern.

Die Heimatlosen drunten horchen auf – –.
Und einer nimmt die Geige von den Knien
und strebt mit manchem jähen Sprung und Lauf
des Winds Gesang phantastisch zu durchziehen ...
Und wie so Wind und Seele sich verweben,
erwachen mehr und mehr der treuen Geigen ...
Ein aller Leidenschaften schluchzend Leben
erstürmt des Himmels immer tiefres Schweigen.

Gefangen folgt zuletzt die ganze Schar
der Windposaune wunderlichen Launen ...
Nun rast es tollkühn, unberechenbar...
Nun stockt es wie in fragendem Erstaunen ...
Oh Sonne! Sonne! Mutter! Mutter! flehen,
verzweifeln, weinen, drohen all die Stimmen
und drohn und flehn in immer bangren Wehen,
je mehr des Tages Brände rings verglimmen.

Doch droben – seht ihr? die Zigeunerin!
Entstahl sie sich dem Kreis der braunen Söhne?
Wo *k*am sie *h*er, das Weib? Wie kam sie hin?
Wie wächst sie hoch in schattenhafter Schöne!
Und hört ihr – hört! wie ihre Lippen singen –

ein Lied, das endlich alles überwindet,
in sich die andren Stimmen alle bindet,
damit Natur und Menschheit sie umklingen.

Es ist das tiefe Lied der Einsamkeit,
das Königslied der großen Ungekrönten,
das Klagelied der würdelosen Zeit,
das Trutzlied aller nur mit sich Versöhnten,
und ist der Weisheit gütiger Gesang,
des Willens jugendewiges »Es werde!«,
der Liebe Durst und Pein und Überschwang,
es ist das Schicksals-Hohelied der Erde.

Der Wald ward still. Kein Hauch im Wipfelschweigen.
Der Sterne Chor bewegt sich klar herauf...
Und schlanke Leiber, edle Häupter zeigen
sich hoch vom Turme seinem ernsten Lauf...
Die überall Verstoßenen, sie wohnen
in der Unendlichkeit azurnem Zelt –:
Um ihre Stirnen brennen bleiche Kronen,
und ihre Seelen sind der Sinn der Welt.

Waldluft

AUFFORDERUNG

Stiller Wälder süßen Frieden
laßt uns suchen und genießen!
Stätten, heimlich, abgeschieden,
mögen uns der Welt verschließen!

Seht ihr dort das braune Tierchen –
unsern kleinen Nüsseknacker,
unser schelmisches Possierchen,
unsern blitzbehenden Racker?

Wirf uns nicht mit Bucheneckern,
Kätzchen, führ uns leise Wege,
wo Gelächter heimlich meckern,
kommen Menschen ins Gehege …

Nachtigallenchor dem Reigen
lichter Elben schlägt und flötet,
bis der Mondnacht Silberschweigen
erste Frühe überrötet …

Wo auf großgeäugter Hinde
lauscht die stumme Elbin Stille,
wenn das Ungestüm der Winde
endlich zwang ihr flehnder Wille …

Wo der Gnomen kluge Völkchen
aus Irrflämmchen, Neumond-Tauen,
Regenruch, Gewitterwölkchen
ihr geheimes Wissen brauen …

Stiller Wälder süßen Frieden
laßt uns suchen und genießen!
Stätten, heimlich, abgeschieden,
mögen uns der Welt verschließen!

KRÄHEN BEI SONNENAUFGANG

Noch flieht der Blick des jungen Tags
der Berge nebelgraue Gipfel,
und schon entschwebt, gemeßnen Schlags,
die erste Krähe ihrem Wipfel.

Der schwankt, befreit von schwerer Last,
daß rings die Zweige sich bewegen:
Fahlsilbern sprüht von Ast zu Ast
des Frühtaus feiner Flüsterregen.

Doch eh' sein Flüstern noch erstickt,
enttönt ein »Krah« dem stillen Raume:
Der Vogel hat am Wolkensaume
das erste blasse Rot erblickt.

Auf allen Wipfeln wacht es auf
und schüttelt sich und ruft nach Taten ...
In lautem Streiten und Beraten
erhebt sich endlich Hauf um Hauf.

Nur zwei Gewitzte warten schlau,
bis alles nach und nach verstoben,
sie wissen einen nahen Bau,
den gestern Jäger ausgehoben.

Ein Käuzleinflügel harrt hier noch,
die Kecken lecker zu belohnen –:
Das Paar umkreist erregt das Loch ...
Braungolden glänzt das Meer der Kronen ...

DAS HÄSLEIN

Unterm Schirme, tief im Tann,
hab ich heut gelegen,
durch die schweren Zweige rann
reicher Sommerregen.

Plötzlich rauscht das nasse Gras –
stille! nicht gemuckt! –:
Mir zur Seite duckt
sich ein junger Has...

Dummes Häschen,
bist du blind?
Hat dein Näschen
keinen Wind?

Doch das Häschen, unbewegt,
nutzt, was ihm beschieden,
Ohren, weit zurückgelegt,
Miene, schlau zufrieden.

Ohne Atem lieg ich fast,
laß die Mücken sitzen;
still besieht mein kleiner Gast
meine Stiefelspitzen...

Um uns beide – tropf – tropf – tropf –
traut eintönig Rauschen...
Auf dem Schirmdach – klopf – klopf – klopf...
Und wir lauschen... lauschen...

Wunderwürzig kommt ein Duft
durch den Wald geflogen;
Häschen schnubbert in die Luft,
fühlt sich fortgezogen;

schiebt gemächlich seitwärts, macht
Männchen aller Ecken ...
Herzlich hab ich aufgelacht –:
Ei der wilde Schrecken!

MITTAG-STILLE

In der blauen Mittag-Stille
stehn die Föhren ohne Regung;
hält des Windes wilder Wille
einmal nicht sie in Bewegung?
Wie sie dem Gebieter grollen,
der sie Tag und Nacht ohn' Ende
zwingt, Gehorsam ihm zu zollen,
Flüsterlob und Wohlduft-Spende!

Und sie rühren keine Nadel,
träumen stumm ins blaue Schweigen;
selber ihren Groll und Tadel
haben sie nicht Lust zu zeigen;
kurzes Spechtgeklopf umlärmt sie,
Brummvolk summt nach süßem Lohne,
tiefes Wohlgefühl durchwärmt sie
von der Wurzel bis zur Krone.

DER ALTE STEINBRUCH

Tief im Walde, tief im Walde
bildet, fern der Wege Reich,
eines Bruchs verlaßne Halde
einen kleinen, stillen Teich.

Moosbewachsne Blöcke ragen
aus der seichten Regenflut,
Falter und Libellen jagen
über bunter Lurche Brut.

Aber wenn im Abendbrande
hinterm Wald die Glut verraucht,
stößt und rudert es vom Rande,
kriecht und klettert, plumpst und taucht.

Und der Unken Urgroßahne
– niemand weiß, wann Gott ihn schuf –
ruft, daß er sein Weibchen mahne,
seinen dunklen Werberuf.

Daß das Froschgeschlecht nicht sterbe,
bleibt zuletzt nicht einer still:
Denn der Tümpel ist ein Erbe,
das getreu gewahrt sein will.

Liebeskranke Grunzer fliehen
der bewegten Weibchen Schlund;
immer kühnre Harmonien
fülln den dämmertrauten Grund.

Bis des Mondes Goldhorn endlich
neuen Schimmers alles speist:
Nun erwahrt sich unabwendlich
trunkner Nächstenliebe Geist...

Tief im Walde, tief im Walde
schwärmt Froschbräutigam und Braut
in versteckter Steinbruchhalde,
bis der letzte Stern ergraut.

BEIM MAUSBARBIER

»Springst auch zum Bader?«
»Ja!«
»Spring'n wir zusammen!«
»Ein schöner Sonntag heut –«
»Duck dich!«
»Was ist?«
»Ein Has!«
»Ein Has! das ist was Recht's!«
»Sei still! wenn er dich hört, so –«
»Nun?«
»Verklagt er uns beim Raben!«
»Du!«
»Was hast? ein Korn?«
»Hihi! die Hälfte fress' ich –«
»Mehlgebacknes?«
»Und mit der andern zahl' ich –«
»Den Barbier? Und ich?«
»Hi! wenn du noch dein Weibchen wärst!«
»Ich beiß' dich –«

»Still! da sind wir!«
»Guten Morgen!«

Aus einem Erdloch
unter einer Wurzel
verbeugt sich tief
ein alter Mausekopf – :
»Frisieren? brennen?
Bitte, nur herein!«

Die Mäuslein nehmen Platz
auf einer Moosbank
und harren stumm
in saubern Spinnwebmänteln,
indes der Alte
seine Eisen draußen
auf einen Stein
ins Sonnenfeuer legt.

»Die Härchen ausziehn?«
»Nach der Mode!«
»Bitte! . . .«
Bedächtig zieht
der alte Mausbarbier
die Schnurrbartfädchen
durch das warme Scherlein.

Dann wichst er sie
ein wenig noch mit Harz
und wäscht zum Überfluß
die samtnen Köpfchen
mit Birkenöl
und scheitelt sie geschickt.

Dann knüpft er flink
die Mäntel ab
und bürstet
die sonntäglichen Wämser
spiegelglatt.

Mit Anstand holt
das eine Mäuslein drauf
den Kuchen aus der Tasche:
»Bitte!«
»Danke! ...«

Von seinem Loch aus
guckt der Mausbarbier
dem stolzen Paar
behaglich knabbernd nach
und lugt vergnügt
zum blauen Himmel auf,
der reiche Kundschaft
heute noch verspricht.

ELBENREIGEN

Auf der Wiese webt und schwebt
Elbenringelreigen;
seiner Füßchen Schnee sich hebt
zu geheimen Geigen.

Schleier schlingen sich im Ring,
Silberflechten flimmern,
Flügel wie von Schmetterlingen
scheu im Monde schimmern.

Jedes Köpfchen krönt ein Kranz
goldner Leuchtlaternchen,
wunderwirr verstrickt der Tanz
all die tausend Sternchen.

Busen wogen, Wangen glühn
bräutliches Begehren –:
Wird der Rechte heut sich mühn,
werden sie nicht wehren.

Lüstern läuft ein lauer Wind
übers Taugelände...
Plötzlich hebt ein Elbenkind
warnend beide Hände:

›Horcht! Was kommt da übern Berg
durch den Wald gegangen?‹
»Hei, die Zwerge, dummen Zwerge
wolln uns fangen, fangen!«

»›Husch hinaus! und auf den Strom!‹« ...
Oh ihr Trotzeköpfchen!
Durch die Bäume lugt ein Gnom –
schüttelt trüb sein Schöpfchen.

»UR-UR«

In den dunkelsten Nächten,
wo nur die Eule noch jagt,
zieht durch des einsamsten Waldes
finstersten Teil
ein gespenstischer Stier...

Sie nur
kennt seinen Namen
und ruft ihn –:
»Ur-Ur… Ur-Ur…«

Über ihm streicht sie
mit glühenden Augen…
Niemand weiß es, denn sie:
Urvater ist es,
Waldvater,
Weltvater,
totgeglaubt,
ewig doch –
»Ur-Ur… Ur-Ur…«

Wach
wird der ganze Wald,
horcht,
späht…
Gedrängt und geduckt,
zittern die Vöglein…
Unhörbar huscht's
durch die Bäume…
»Ur-Ur… Ur-Ur…«

GEIER NORD

Der Geier Nord fliegt übern Wald,
in einen grauen Sack gekrallt,
er hat nicht leicht zu tragen.
Er fliegt zu niedrig ob der Erd',

die Fichten drohen ihm Gefährd',
die dort so spitzig ragen.

Da ... schon ... da hängt das Wolkentuch!
Hörst du des Geiers grausen Fluch?
Er muß es fahren lassen:
Und aus dem aufgerißnen Sack
spreun lustig sich auf Tann und Hag
Frau Holles weiße Massen.

Erdmännlein halten hohle Hand
und schmücken mit dem Glitzer-Tand
laut kichernd ihre Weiblein.
Die stelzen hoch daher, doch weh!
schon schmelzen die Geschmeid' aus Schnee,
und naß sind alle Leiblein.

Am Himmel kommt der Nord zurück
mit einem neuen Wolkenstück, –
doch wieder bleibt es hängen.
Wenn das so fort geht –, Leutlein, rennt
nach Haus, sonst wird das Element
euch ernstlich noch bedrängen!

Das Völklein läuft. Der Geier gibt's
voll Trotz nicht auf – und endlos stiebt's
aus aufgespießten Säcken ...
Den ganzen Tag, die ganze Nacht ...
Wohl tausend Stück, von ihm gebracht,
den Waldgrund nun bedecken.

Zwischenstück

Fusch-Leberbrünnl
(Herzogtum Salzburg)
Nulla dies sine linea
Tagebuch-Fragment
10.-22. August 1896

VOR EINEM GEBIRGSBACH

(10.) Waagrecht diese Wasser, – und zu Ende
Wellenspiel und jähe Formenwende!
Wo liegt's? Der Wechsel selbst, für sich allein?
Der Wechsel nur in mir, nur Form, nur
Schein?

(11.) Dunkel von schweigenden Bergen
umschlossen,
vergessen die Welt wie ein Puppenspiel,
nebelumflossen, regenumgossen,
doch in der Brust ein leuchtendes Ziel.

(12.) Hinaus in Nebel und Regen,
wie stark auch der Himmel trauft!
Mit Sprühwasser-Morgensegen
die junge Stirne getauft!

(14./15.) Spät von Goethe und andrem Wein
hab ich mich des Nachts getrennt –:
Legionenfacher Schein
überfloß das Firmament.

Wie ein Silberschauer rann
grenzenlose Sternenpracht
über Gipfel, Hang und Tann
durch die tiefe, heilige Nacht.

MORGEN

(15.) Nun sind die Sterne wieder
von blaßblauer Seide verhüllt,
nun Näh' und Ferne wieder
von junger Sonne erfüllt.
Ihr weißen Wasser, die ihr
hinab zur Ebne springt,
oh sagt den Freunden, wie mir
das Herz heut singt und klingt.

UND DOCH!

(d.) Und doch, ich sag es frank und rund,
mir fehlt noch was zum Glücke –:
Ein lieber, süßer Mädchenmund,
ein Arm, der meinen drücke,
ein Aug, darein ich glänzen könnt'
mein jubelndes Empfinden,
ein Blondhaar, das ich keinem gönnt'
sich um die Hand zu winden.

(d.) Schwerer Nebel dunkle Lasten
sinken von dem Schnee der Kämme
über öde Herdenrasten

in des Tannichts finstre Stämme.
Nur des Baches bleiche Brandung
rauscht und leuchtet noch gerettet, –
bis die düstre Dunstgewandung
endlich ihn auch überbettet.

VOR ZURÜCKGESCHICKTEN VERSEN

(16.) Urteilsloser Nörgler Schlag
ruhig schelten lassen!
Müssen dich nach Jahr und Tag
dennoch gelten lassen.

(17.) Schlechte Wittrung trägt sich gut,
wenn die Luft nur rein ist;
Städtedunst verdirbt das Blut,
selbst wenn Sonnenschein ist.

(d.) Möcht' es wohl hier oben wagen,
Apostat vom Tinten-Grale,
mit des Bergstocks hartem Stahle
Runen in den Fels zu schlagen.

ABENDLICHE WOLKENBILDUNG

(d.) Oben stille, bleiche Lämmer,
drunter sonngoldschwere Züge,
trotz erhöhter Hellnis Lüge
ohne Wehr dem nahen Dämmer.

(18.) Wer doch den trüben Wahn erfunden,
daß keine Seele glücklich sei!
Ich war's, ich b i n ' s ! in reichen Stunden
von aller kleinen Trübsal frei.

Nicht wahrlich, da mit heisrem Atem
die Menge mir den Weg verbellt, –
doch nun Suleika sich und Hatem
mit goldnen Liedern mir gesellt.

Nun da Natur mich treu umbreitet
mit Tannen, hehr wie Hafis' Geist,
und drüber mir die Blicke weitet,
bis, wo der letzte Fels vereist.

Wie sollt ich da nicht M e n s c h sein mögen,
ein weltverleumderischer Tropf!
So gern sie auch herunter bögen
den heitren, hochgemuten Kopf.

ABENDBELEUCHTUNG

(19.) Wie sich die Gebirge bauen,
Sonnenspätlichts überboten,
fern zurück: von milchig blauen
bis zu violett- und roten!

»DICHTER«?

(20.) Nur nicht eignen Gang bespähen!
Immer kopfhoch weiter wandern!
Bald genug, und gleich den andern
wirst du im Register stehen.

BRIEFE

(d.) Briefe von den beiden treusten,
liebsten, schönsten Weggenossen!
Ihr in dritten Freundes Fäusten:
Und der Zirkel ist geschlossen.

VOR EINEM WASSERFALL

(d.) In breiten Spießen stürzt die Flut zu Tal,
noch mehr, in lang hinabgedehnten Brüsten – –
bis endlich wehnder Staub der letzte Strahl
und hier und dort gestreut nach Winds Gelüsten.

»LEBERBRÜNNL«-SCHLUCHT

(d.) Jeden Abend, den ich kehre
aus der Täler weitem Lauf,
geht mein Herz in Dank und Ehre
deiner stillen Schönheit auf.

(21.) Freundin Phanta hat unzweiflich
mich hier oben schnöd verlassen,
doch Faulenzen, Schlafen, Prassen
macht es unliebsam begreiflich.

NATUR SPRICHT

(d.) Mußt denn um mein ewig Leben
immer arme Verse spinnen?
Glaubst du Größeres zu geben,
wo so Großes zu gewinnen?

Laß die undankbaren Musen,
bin ich Mutter nicht von allen?
Besser als an ihrem Busen
wirst du dir bei mir gefallen!

ICH ANTWORTE

Ja, wenn ich gewinnen könnte,
kindesweich noch wie vor Jahren!
Allzufrüh schon, Mutter, gönnte
mir mein Stern, allein zu fahren.

Kannst mir Lieb' und Heimat geben?
Für mich Tote neu mir schenken?
Dunkles Irrn, verfehltes Streben
in Vergessens Abgrund senken?

Kannst du neu mich selber schaffen?
Nochmals dich in mich verschwenden?
Kannst du bessre Lebenswaffen
tatbereitem Sohne spenden?

Nein, auch du kannst mich nur trösten.
Hülfe kommt allein von innen.
Meiner Lebenswerte größten
werd' ich nur durch mich gewinnen.

NEBEL UMS HAUS

(d.) Ein Dunstgewölb, wie ich noch keines sah!
Durchbleicht von außen von des Vollmonds Schein!
Auf kleiner Insel dünk' ich mich allein –
bin ich Napoleon auf St. Helena?...
Der nahe Bach gibt lauter Brandung Ton...
Durchs Tannicht schimmert's hell – wie meilenweit...
Ich brüt' in ungeheure Einsamkeit...
Nach Englands Küste kehrt Bellerophon.

ZUM ABSCHIED, AN F.-L.

(22.) Wie ich schwer von deiner stillen,
unberührten Schönheit gehe!
Doch ich habe tiefen Willen,
daß ich einst dich wiedersehe.

* * *

ANMUTIGER VERTRAG

Auf der Bank im Walde
han sich gestern zwei geküßt.
Heute kommt die Nachtigall
und holt sich, was geblieben ist.

Das Mädchen hat beim Scheiden
die Zöpfe neu sich aufgesteckt...
Ei, wie viel blonde Seide da
die Nachtigall entdeckt!

Den Schnabel voller Fäden,
kehrt Nachtigall nach Haus
und legt das zarte Nestchen
mit ihrem Golde aus.

Freund Nachtigall, Freund Nachtigall,
so bleib's in allen Jahren! –:
Mir werd' ein Schnäblein voll Gesang,
dir eins voll Liebchens Haaren!

DIE BEIDEN NONNEN

Ich müßt' es malen, solltet ihr sie sehen,
wie ich sie sah, die beiden schwarzen Schwestern –:
Allein sich glaubend im beschneiten Walde,
der Jugend süße Ungeduld nicht zügelnd,
mit einem Male Menschen, Mädchen, Kinder.
Die Kleider flogen um die leichten Füße,
die Hüften wiegten sich, und jubelnd jagten

sie sich mit weißen Bällen durch die Bäume...
Ein schwerer Ast begrub sie fast in Flocken...
Ein Reh erschreckte sie, – und wie des Schreckens
sich schämend, klatschten toll sie in die Hände...
Dann stellten sie sich plötzlich gegenüber
und maßen ihre Kraft, die offnen Finger
verstrickend, bis die eine lachend kniete...
Und fort und fort so heitre Kurzweil treibend,
entschwanden sie dem nicht geahnten Späher,
bis selbst die Stimmen, heller Lieder selig,
im Winterwald sich endlich fern verloren.

AM SEE

In trüber Schwermut schaut der feuchte Mond
wie ein verweintes Auge durch die Nacht...

Umraucht vom eignen Odem schläft der See,
breitausgebettet bis zum fernsten Wald...

Oft fährt's in Busch und Röhricht schaudernd auf,
wie wenn im Halbschlaf sich ein Seufzer löst...

Dann wieder Stille, als ob selber Gott
als Alp auf seiner Erde lastete...

AUF DEM STROME

Am Himmel der Wolken
erdunkelnder Kranz...
Auf schauerndem Strome

metallischer Glanz...
Die Wälder zu seiten
so finster und tot...
Und in flüsterndem Gleiten
vorüber mein Boot...

Ein Schrei aus der Ferne –
dann still wie zuvor...
Wie weit sich von Menschen
mein Leben verlor!...
Eine Welle läuft leise
schon lang nebenher,
sie denkt wohl, ich reise
hinunter zum Meer...

Ja, ich reise, ich reise,
weiß selbst nicht wohin...
Immer weiter und weiter
verlockt mich mein Sinn...
Schon kündet ein Schimmer
vom morgenden Rot, –
und ich treibe noch immer
im flüsternden Boot.

FRAGE

Wie tief die Wipfel heut erschauern!
Wie Schicksal greift es in mein Herz
und überwältigt mich, zu trauern,
und reift zu altem neuen Schmerz.

Schwermütige Gemälde steigen
zu klagender Musik empor,
und wie sie Jahr um Jahr mir zeigen,
erkenn' ich, was ich schon verlor.

Zuletzt in mich zurückgetrieben –
was bleibt mir nun? wem darf ich traun?
Wer wird mein stilles Tagwerk lieben?
Was bürgt mir, nicht umsonst zu baun?...

Wie tief die Wipfel heut erschauern!
Wie Schicksal greift es in mein Herz
und überwältigt mich, zu trauern,
und reift zu altem neuen Schmerz.

SEHNSUCHT

Dort unten tief im Dämmer-Grunde,
wo nun so wach die Wasser gehn,
und hier verstreut und da im Bunde
die mondumwobnen Villen stehn,

dort hast du nun mit all den andern
zur sanften Ruhe dich gelegt,
indes dem Freund allein im Wandern
das Blut sich minder ruhlos regt...

Schlaf' süß in deinem Silbertale,
mein Dunkelauge, Rätselkind,
gegrüßt von jedem reinen Strahle,
der selig in die Tiefe rinnt!

Schlaf' süß! und sieh den Freund im Traume
sich nächtlicher Natur vertraun
und von des Bergwalds dunklem Saume
verzückt und schmerzlich niederschaun!

FRIEDE

Wie weich sich Form und Farbe binden
in Sommermittags glühem Hauch –:
Das Dorf im Schatten alter Linden;
ein rötlich Dach; ein Wölkchen Rauch;

der Bergbach, dessen heitre Eile
sich glitzernd durch die Wiese webt;
der Straße laubverhüllte Zeile,
die ahndevoll zur Ferne strebt;

und all dies gütig eingeschlossen
von hoher Felder Gold und Duft;
und alles flimmernd überflossen
von lerchenlauter Juliluft...

Ich schau' des Herdrauchs fromme Kreise
zum hohen Blau erblassend ziehn, –
und meine Seele füllen leise
des Friedens süße Harmonien.

BESTIMMUNG

Von dieser Bank hinauszuträumen,
wenn ferner Erdsaum, lichtverwaist,
entgegen den gestirnten Räumen
die Sonne dampfend überkreist!...

Da fühle deine treue Erde,
wie sie ihr Weltwerk schafft und schafft,
daß jedes Land gesegnet werde
von ihrer Mutter trunkner Kraft!

Und wie du heiß die Arme breitest,
von mächtigem Gefühl erfaßt,
und dein Gemüt zur Menschheit weitest,
die dumpf und dunkel liebt und haßt, –

ergreifst du, was du bist, von ferne,
und, was du darfst, und, was du mußt,
und wirst dir deiner guten Sterne
von neuem still und stolz bewußt.

Neue Gedichte der 2. Auflage (1911)

BERGZIEGEN

Vor dem Abendhimmel gehen
längs der Felsen schärfsten Kanten
ein – (da bin ich schon gesehen!)
Bock und seine Geißtrabanten.

Und nun spähen sie herunter,
stehen, wie aus Stein geschnitten...
Aber blitzschnell sind sie munter,
bin ich meines Wegs geschritten!

Und in weiten Sätzen eilt die
Herde, mich ins Dorf zu bringen;
blick ich rückwärts, so verweilt sie,
schreit ich, hör ich's wieder springen.

Endlich sprech ich Donnerstrophen,
wende mich an ihre Bärte:
Laßt des Philosophen Fährte!
Seid doch selber Philosophen.

Feierlich und fragend schauen
lang wir einer auf den andern...
Und mit hochgezognen Brauen
lassen sie mich schließlich wandern.

MATTENRAST

Wiese, laß mich ganz in dein
Wohlgefühl versinken,
dein legionenfältig Sein
als mein eignes trinken.

Deine breite Sonnenbrust
laß die meine werden,
meine Lust die feine Lust
deiner Gräserherden.

Mächtig schwelle mein Gesang
dann aus solchem Grunde,
künde Glückesüberschwang
höchster Sommerstunde.

NEBEL IM GEBIRGE

[*Hier folgt das Gedicht* Schwerer Nebel, *s. o. S. 518*]

SOMMERNACHT IM HOCHWALD

Im Hochwald sonngesegnet
hat's lange nicht geregnet.

Doch schaffen sich die Bäume
dort ihre Regenträume.

Die Espen und die Erlen –
sie prickeln und sie perlen.

Das ist ein Sprühn und Klopfen
als wie von tausend Tropfen.

Die Lärchen und die Birken –
sie fühlen flugs es wirken.

Die Fichten und die Föhren –
sie lassen sich betören!

Der Wind weht kühl und leise.
Die Sterne stehn im Kreise.

Die Espen und die Erlen:
sie schaudern tausend Perlen ...

DER VERGESSENE DONNER

Ein Gewitter, im Vergehn,
ließ einst einen Donner stehn.

Schwarz in einer Felsenscharte
stand der Donner da und harrte –

scharrte dumpf mit Hals und Hufe,
daß man ihn nach Hause rufe.

Doch das dunkle Donnerfohlen –
niemand kam's nach Haus zu holen.

Sein Gewölk, im Arm des Windes,
dachte nimmer seines Kindes –

flog dahin zum Erdensaum
und verschwand dort wie ein Traum.

Grollend und ins Herz getroffen,
läßt der Donner Wunsch und Hoffen,

richtet sich im Felsgestein
wie ein Bergzentaure ein.

Als die nächste Frühe blaut,
ist sein pechschwarz Fell ergraut.

Traurig sieht er sich im See
fahl, wie alten Gletscherschnee.

Stumm verkriecht er sich, verhärmt;
nur wenn Menschheit kommt und lärmt,

äfft er schaurig ihren Schall,
bringt Geröll und Schutt zu Fall...

Mancher Hirt und mancher Hund
schläft zu Füßen ihm im Schrund.

ICH UND DIE WELT

Fritz und Liese K.

Diese Sammlung ist, der Entstehungszeit ihrer Gedichte nach betrachtet, die umfassendste, die ich bisher veröffentlicht habe. Sie reicht bis vor die Entstehung meines Erstlings In Phantas Schloss – also bis in den Sommer 1894 – zurück und schließt mit dem Frühjahr 1898 ab. Sie bildet demnach eine Ergänzung zu meinem ersten und noch mehr zu meinem zweiten Buche Auf vielen Wegen, dessen Inhalt hauptsächlich in den Jahren 96 und 97 entstanden ist. Ihre Gedichte sind im wesentlichen chronologisch geordnet. Mit Ein Wunsch gehen sie ins Jahr 95 über, mit den Stimmungen vor Werken Michelangelos ins Jahr 96, mit Präludium ins Jahr 97 und mit Mensch Enkel ins Jahr 98.

Berlin, Frühjahr 1898. Chr. M.

Wie ward ich oft gebrochen, brach mich selbst,
und dennoch leb ich, unverwüstlich stark;
was alles liegt in mir geknickt, verdorrt,
doch unaufhaltsam wächst es drüber hin.

JÜNGLINGS ABSAGE

Oh liebt mich nicht, ihr Guten und Gerechten,
oh laßt mich nicht so herb und qualvoll leiden,
von eurem Wege muß mein Weg sich scheiden,
und gegen euch, nicht mit euch, muß ich fechten.

Umsonst, daß wir um Ziel und Pfade rechten,
umsonst, daß sorglich wir die Kluft verkleiden,
den Einsamen, der nicht mit euch mag weiden,
ihr bannt ihn doch zuletzt, als einen Schlechten.

Dürft ich euch lieben! ... Doch wenn eure Hände
Erhabenstes mit rohem Griff mißhandeln,
und wenn ihr tobt in eures Sinns Umnachtung,

dann wünscht ich mir die Faust voll Feuerbrände,
dann möcht ich, Gorgo gleich, zu Stein euch wandeln –
durch e i n e n Blick unsäglicher Verachtung.

CARITAS, CARITATUM CARITAS

An seinem Grabe rief des Priesters Mund:
»Ob unbewußt, er war d o c h Kirchenchrist!
O glaubt es, des Allmächtigen Bildnis ist
verschwunden nie aus seiner Seele Grund!«

Wohl mancher biß sich da die Lippe wund,
ersah er, wie voll heuchlerischer List
der Moloch Kirche noch die Toten frißt
in seinen gierigen, eifersüchtigen Schlund.

Und ob ein Held auch alle Kerker brach,
die je ihn diesem Ungetüm versklavt,
im Tode schleicht ihm seine »Liebe« nach

und spricht: »Die andern ruhn in meinem Bauch,
wie sollt ich dich als frei und ungestraft
verschonen?! Sei getrost, ich fress' dich auch.«

O – RAISON D'ESCLAVE

»Krücken, Krücken! gebt uns Krücken!
Ach, wie geht die Menschheit lahm,
seit man, neu sie zu beglücken,
ihr die alten Stützen nahm.

Brillen, Brillen! gebt uns Brillen!
grün und blau und gelb und rot!
Volles Licht ist für Pupillen
unsrer Art der sichre Tod.

Lügen, Lügen! gebt uns Lügen!
Ach, die Wahrheit ist so roh!
Wahrheit macht uns kein Vergnügen,
Lügen machen fett und froh!

Gängelbänder, Schaukelpferde,
Himmel, Hölle und Moral –
und dich selbst gib deiner Herde
neu zurück, oh großer Baal!«

GEBT MIR EIN ROSS ...

Gebt mir ein Roß, und laßt mich reiten
aus diesem Meer von Staub und Stein,
in Wäldernacht, in Steppenweiten
laßt einsam mich und selig sein!
  Hurrah! hussah! Der Rappe fliegt...
  Die schwarzen Mauern fliehn zurück...
  Vor mir in stiller Ferne liegt
  der Freiheit unaussprechlich Glück...

Vorüber tausend glatten Städten,
bis mich ein freies Land empfängt,
wo nicht Kultur mit Sklavenketten
die kühne Mannesfaust behängt!
  Hurrah! hussah! Zigeunerkind!
  Herauf zu mir! mein Arm hält fest!
  Hin, wo die Berge pfadlos sind!
  Ein Horst sei unser Hochzeitsnest!...

Und spürt uns die verruchte Sippe
im hohen Felsenbrautbett auf – –
todwilde Jagd zur nächsten Klippe!
Die letzte Kugel aus dem Lauf!
  Hurrah! hussah! Die Tiefe droht...
  Umschling mich, Weib! Hörst du sie schrein?...
  Viel lieber hier im Abgrund tot
  als dort im Staub lebendig sein!...

FRÜHLING

Wie ein Geliebter seines Mädchens Kopf,
den süßen Kopf mit seiner Welt von Glück,
in seine beiden armen Hände nimmt,
so faß ich deinen Frühlingskopf, Natur,
dein überschwenglich holdes Maienhaupt,
in meine armen, schlichten Menschenhände,
und, tief erregt, versink' ich stumm in dich,
indes du lächelnd mir ins Auge schaust,
und stammle leis dir das Bekenntnis zu:
Vor so viel Schönheit schweigt mein tiefstes Lied.

DAS KÖNIGSKIND

Ich ging an träumenden Teichen
vorüber in mondiger Nacht;
in den flüsternden Kronen der Eichen
spielten die Winde so sacht...
Da umspann mich der Zauber der Stunde,
daß ich hemmte den einsamen Gang –
nur die Nixen sangen im Grunde,
tief im Grunde,
ihren leisen, dunklen Gesang.

Ihr Antlitz tauchten die Sterne
ins schauernde Wellenmeer,
aus duftverschleierter Ferne
grüßten die Berge her.
Kein Laut in schweigender Runde –
keines Vögleins verspäteter Klang –

nur die Nixen sangen im Grunde,
tief im Grunde,
ihren leisen, dunklen Gesang.

Da war mir, es käme gezogen
ein Nachen im leichten Wind
und trüge über die Wogen
ein strahlendes Königskind . . .
Und ich rief mit bittendem Munde –
doch keine Antwort klang –
nur die Nixen sangen im Grunde,
tief im Grunde,
ihren leisen, dunklen Gesang.

LEISE LIEDER . . .

Leise Lieder sing ich dir bei Nacht,
Lieder, die kein sterblich Ohr vernimmt,
noch ein Stern, der etwa spähend wacht,
noch der Mond, der still im Äther schwimmt;

denen niemand als das eigne Herz,
das sie träumt, in tiefer Wehmut lauscht,
und an denen niemand als der Schmerz,
der sie zeugt, sich kummervoll berauscht.

Leise Lieder sing ich dir bei Nacht,
dir, in deren Aug mein Sinn versank,
und aus dessen tiefem, dunklen Schacht
meine Seele ewige Sehnsucht trank.

FROHSINN UND JUBEL ...

Frohsinn und Jubel überall –
in meinem Herzen kein Widerhall.
Ein bittres Zucken im harten Gesicht ...
Verzicht! Verzicht!

Daß mir kein Weib in die Augen schau, –
es könnte zu tief erschrecken.
Ich kenn auf Erden nur e i n e Frau –
die mag mich nicht – die mag mich nicht –.
Verzicht! Verzicht!

WAS RUFST DU ...

Was rufst du, traurig Herz! sei still!
Es kann nicht sein –
ergib dich drein.
Es kann nicht alles also sein,
wie deine Sehnsucht will.

Nimm Abschied, Herz, von deinem Traum,
er war zu schön.
Von lichten Höhn
wieder hinab
ins einsame Grab!
Schau, dort fliegt's,
was du geträumt ...
Die Welle wiegt's
hinab zu Tal ... –

Zerschäumt, zerschäumt!
Es w a r einmal . . .
O Dunst und Schaum!
Nimm Abschied, Herz, von deinem Traum,
er war zu schön.

Weine, mein Herz, soviel du magst,
klag und wein!
Es wird dein letztes Weinen sein
auf lang.
Ich weiß, daß du nicht fürder klagst,
wenn dieser Schmerz sich niederzwang.
Dann wirst du hart
und schweigst erstarrt . . .
Weine, mein Herz! klag und wein!
Es wird dein letztes Weinen sein
auf lang.

NUN HAST AUCH DU . . .

Nun hast auch du, mein Herze,
dein großes Liebesleid,
nun bist auch du vom Schmerze
gesegnet und geweiht.

Von heut ab wird dein Klagen
nicht tändeln mehr wie einst,
und auch dein schönstes Sagen
wird sein, als ob du weinst.

WINTERNACHT

Flockendichte Winternacht ...
Heimkehr von der Schenke ...
Stilles Einsamwandern macht,
daß ich deiner denke.

Schau dich fern im dunklen Raum
ruhn in bleichen Linnen ...
Leb ich wohl in deinem Traum
ganz geheim tiefinnen? ...

Stilles Einsamwandern macht,
daß ich nach dir leide ...
E i n e weiße Flockennacht
flüstert um uns beide ...

EIN WUNSCH

Weißt, was ich möchte, Mädchen?
Ich wollt, ich wär ein Maurer
und stürzte vom Gerüst,
und kurze Frist nur gäbe
man meinem Leben noch ...
Sie trügen in dein Haus mich,
du pflegtest mich voll Mitleid,
voll frauenhafter Güte,
voll leiser Traurigkeit ...
Und deine Hände lägen
auf meiner Fieberstirn,

und unter deinen Händen
schliefe mein Herzblut ein.

ALS ICH EINEN LAMPENSCHIRM MIT KÜNSTLICHEN ROSEN ZUM GESCHENK ERHIELT

O laß mich diese stummen Rosen küssen,
die auf durchhelltem Grund sich dunkel ranken –
sie werden oft in freundlichen Gedanken,
doch öfter noch mich traurig sehen müssen.

O laß mich diese stummen Rosen küssen,
und also jede Mitternacht dir danken,
daß du bewahrt mein Auge, zu erkranken,
und meine Stirn, in Fieber stehn zu müssen.

O laß mich diese stummen Rosen küssen –
sie bluten mir von Zeiten, die versanken,
von düstrer Qual, von sonnigen Genüssen ...

von jungen Blicken, die sich suchend tranken,
von eitler Sehnsucht stammelnden Ergüssen,
von kurzer Träume klagendem Verschwanken.

ENTWICKELUNGS-SCHMERZEN

Ich werde an mir selbst zugrunde gehn.
Ich, das sind zwei, ein Möchte sein und Bin, –
und jenes wird zum Schlusse dies erwürgen.
Das Möchte sein ist wie ein rasend Roß,

an dessen Schweif das Bin gefesselt ward,
ist wie ein Rad, darauf das Bin geflochten,
ist wie ein Mönch, der sich den Leib zerdornt,
wie eine Furie, deren Finger sich
in ihres Opfers Haar verstricken, wie
ein Vampir, der am Herzen sitzt und saugt
und saugt...
Wohl wie ein Gott auch, der emporziehn will,
oder ein Weib, aus dessen Augen es
dem Wanderer entgegenlockt, und das
der atemlose Narr doch nie erreicht.
So sieht mein Ich von innen aus, von außen
ein Haus wie andre, hell die Fenster manchmal,
doch öfter dunkel. Stoß die Tür auf! schau
die schöne Eh' von Bin und Möchte sein!
Schaut nur hinein und ruft bedauernd ach!
und weh! und, wenn's euch leichter macht, auch pfui!
Bin ich nicht Dichter? Hab ich nicht das Vorrecht –
oh welch ein Vorrecht! – jedem frechen Auge
die Räume meiner Häuslichkeit zu zeigen?
Hört doch mein Pathos, das euch jeden Winkel
beschreibt und tut, als hätt es just zum Zweck,
ihn euch als Sehenswürdigkeit zu preisen.
Ist's Eitelkeit, die mich zum Cicerone
der eignen Seele macht? ist's Geiz nach Ehre?
Mangel an Scham, an Stolz, an Wert, an Tiefe?
Das alles ist's wohl auch, doch ist's noch mehr.
So etwas noch wie Rachsucht, Grausamkeit,
Blutgierde, Haß, Verachtung wider mich selbst,
so etwas, das nicht hat, was es erlechzt,
ein Durst nach Macht, der, ungestillt, verzehrt,
das Wär' ich! vor der kalten Sphinx Ich bin.
Ja, darum führ ich euch herum in mir,

weil ich mir selbst damit das Herz zerreiße,
mich selbst erniedre und zum Schwätzer mache;
es tut so wohl, wenn man den stumpfen Schmerz
laut bluten läßt aus aufgerißnen Wunden.
Und dann: Ihr seht ja nur das Blut und nicht
das Herz, daraus es stammt! Es lacht vielleicht,
wenn ihr des Blutes Färbung düster findet,
und weint gewiß, indes ihr wähnt, es lacht.
Wohl lud ich oft euch in mein Haus, – allein
die Dielen haben Doppelböden, Spiegel,
dreht man sie um, sind Türen insgeheim,
und im Getäfel schlafen weite Truhen.
Ihr wißt gar nichts. Und ob ich mich verlöre
in einen Strom von Worten! Werft euch lüstern
in diesen Strom! Da fließt er. Er gehört euch. –
Ich werde an mir selbst zugrunde gehn.

SCHICKSALS-SPRUCH

Unhemmbar rinnt und reißt der Strom der Zeit,
in dem wir gleich verstreuten Blumen schwimmen,
unhemmbar braust und fegt der Sturm der Zeit,
wir riefen kaum, verweht sind unsre Stimmen.
Ein kurzer Augenaufschlag ist der Mensch,
den ewige Kraft auf ihre Werke tut,
ein Blinzeln – der Geschlechter lange Reihn,
ein Blick – des Erdballs Werdnis und Verglut.

FRAGE OHNE ANTWORT

Was bist du, Unbegriffnes,
Mensch genannt, –
Antlitz in Antlitz
eingewendet Janushaupt, –
Urwerden
Aug in Aug mit Wissenheit, –
Urzwiegesicht
und doch ureine Form – –?

WOHIN?

Wohin noch
wirst du mich reißen,
ruhlose Sehnsucht –
wohin? wohin?
Hinter mir
dunkles Vergessen gebreitet;
vor mir der Zukunft
dunklerer Pfad ...
Aber noch hallt
meiner Hoffnungen Hufschlag
vor den rollenden Rädern,
auf denen
hochaufgerichtet ich noch,
allen Gefahren
heiter trotzend,
die Ferne suche.
Schatten und Lichter –
vorüber – vorüber –

in den Tiefen
klirrende Ketten –
nicht an mir –
nicht für mich –
mich laßt hinweg.
höher hinauf!
Freiheit! Leben!
Zukunft! Sterne!
Empor!
Noch
halten die Götter
goldene Schilde
schützend
über mein junges Haupt.

INMITTEN DER GROSSEN STADT

Sieh, nun ist Nacht!
Der Großstadt lautes Reich
durchwandert ungehört
der dunkle Fluß.
Sein stilles Antlitz
weiß um tausend Sterne.

Und deine Seele, Menschenkind?...

Bist du nicht Spiel und Spiegel
irrer Funken,
die gestern wurden,
morgen zu vergehn, –
verlorst
in deiner kleinen Lust und Pein

du nicht das Firmament,
darin du wohnst, –
hast du dich selber nicht
vergessen,
Mensch,
und weiß dein Antlitz noch
um Ewigkeit?

AM MEER

Wie ist dir nun,
meine Seele?
Von allen Märkten
des Lebens fern,
darfst du nun ganz
dein selbst genießen.

Keine Frage
von Menschenlippen
fordert Antwort.
Keine Rede
noch Gegenrede
macht dich gemein.
Nur mit Himmel und Erde
hältst du
einsame Zwiesprach.
Und am liebsten
befreist du
dein stilles Glück,
dein stilles Weh
in wortlosen Liedern.

Wie ist dir nun,
meine Seele?
Von allen Märkten
des Lebens fern
darfst du nun ganz
dein selbst genießen.

VATERLÄNDISCHE ODE

Weh dir,
der du ein Deutscher bist!
Deine glühende Seele
mußt du in Einsamkeit flüchten;
denn im Qualm und Geschrei deiner Märkte
achtet niemand dein –
und wie ein Narr
stehst du, feierlich dich gebärdend,
schwere, langsame Worte rollend,
unter der wirren, kreischenden Menge.

Rolltest du blanke Taler
in ihre Gassen,
heiß umpestete dich
ihr geiler Atem –
aber verhüllten Hauptes,
Mensch der Würde,
wendest du dich …
Hier ist unheiliger Boden.

Weh dir,
der du ein Menschenfreund –
doppelt weh dir,

der du es Deutschen bist!
Aus der Inbrunst deiner Liebe
mußt du dich
immer wieder
in brennender Scham
an die Knie der Einsamkeit
flüchten!

DER EINSAME CHRISTUS

Wachet und betet mit mir!
Meine Seele ist traurig
bis an den Tod.
Wachet und betet!
mit mir!
Eure Augen
sind voll Schlafes, –
könnt ihr nicht wachen?
Ich gehe,
euch mein Letztes zu geben –
und ihr schlaft...
Einsam stehe ich
unter Schlafenden,
einsam vollbring ich
das Werk meiner schwersten Stunde.
Wachet und betet mit mir!
Könnt ihr nicht wachen?
Ihr alle seid in mir,
aber in wem bin ich?
Was wißt ihr
von meiner Liebe,
was wißt ihr

vom Schmerz meiner Seele!
O einsam!
einsam!
Ich sterbe für euch –
und ihr schlaft!
Ihr schlaft!

DER BLICK

Mir gegenüber,
dicht unterm Dach,
sitzt ein Weib
am geduckten Fenster
und näht.

Früh
in das steigende Licht,
spät
in die fallende Nacht.

Manchmal
blickt es vom Schoße auf
und verloren hinaus
auf die Dächer –
die Wolken –
die Ewigkeit.

Ich kann
sein Auge nicht sehn,
aber ich fühle den Blick –
ich blicke ihn mit,
den zehrenden Blick
auf die Dächer –

die Wolken –
die Ewigkeit …

DER WISSENDE

Wer einmal frei
vom großen Wahn
ins leere Aug
der Sphinx geblickt,
vergißt den Ernst
des Irdischen
aus Überernst
und lächelt nur.

Ein Spiel bedünkt
ihn nun die Welt,
ein Spiel er selbst
und all sein Tun.
Wohl läßt er's nicht
und spielt es fort
und treibt es zart
und klug und kühn –
doch lüftet ihr
die Maske ihm:
er blickt euch an
und lächelt nur.

Wer einmal frei
vom großen Wahn
ins leere Aug
der Sphinx geblickt,
verachtet stumm

der Erde Weh,
der Erde Lust,
und lächelt nur.

DAS AUGE GOTTES

Einst träumte mir das Auge Gottes,
und Grausen überfiel mich.
Entschürzt, entzaubert lag die Welt vor ihm,
entwirrt, entblößt, bis in den letzten Winkel
entheimlicht, nüchtern, reiz- und rätsellos.
Nichts l o g ihm mehr.
Der ahnungsvolle Rauch,
den wir in Qual und Wonne Leben nennen,
zerflattert vor ihm, ward kalte Klarheit,
Durchsichtigkeit, notwendige Verknüpfung.
Die Blitz' und Donner der Gefühl' und Triebe,
des Unbewußten herrlich jäher Sturm –
Verhältnisse von Zahlen.
Und mich fror.
Graunvolle Ahnung grenzenloser Öde
befiel mich.
Und ich wünschte mir den Tod.

STIMMUNGEN VOR WERKEN MICHELANGELOS

DER ABEND

(Grabmal des Lorenzo v. M.)

Sah ich dich nicht schon einmal,
lichtloser Sinnierer?...
Sah ich dich nicht schon
viel vielemal?...
Wenn ich des Tages Straße
hinabgegangen
und im Dämmer,
traurige Träume schwer,
saß und hinaussann
in Blut und Schatten
und in die brechenden Blicke
erstarrenden Lebens...
Lagst du da nicht
am Wegrand,
den Rücken
am letzten Meilenstein,
schwer-lässig den Leib
ellbogengestützt,
aus überernsten, verschatteten Augen
über des Irdischen Wandel
brütend?...
Warf ich mich da nicht
vor dich hin
und vergrub mich
in deine Augen
und ward mit dir eins

und brütete selber
aus ihren Höhlen
hinaus in die Landschaft?...
Und dann sah ich
noch einmal im Geist
die langen Menschenzüge des Tags
des Weges wallen,
wie sie dem Goldtor des Morgens
fröhlich entsprangen,
Blumen im Haar
und sorglosen Lachens voll;
wie der und jener
zu Staube dann glitt
und immer mehr
sanken, stürzten –
bis endlich der heiße Mittag
müdrastender Völker
schläfrige Lager fand.
Dann wieder Aufbruch,
klingendes Spiel,
neue Siege der Kraft,
neue Opfer.
Wohin zogen sie aus,
die Morgenscharen?
Wo winkt ihr Ziel?
Wohin leuchten
aufblitzende Sterne?
Dort liegt es –:
Ein dunkles Tor,
drin alle verschwinden,
langsam,
auf ewig.
– – –

Laß mich!
Aus deinen kalten,
unsterblichen Augen
kann ich nicht länger schaun;
denn unendliches Weinen
drängt mir empor, –
und es sinken erbarmungsvoll
Tränen der Schwermut
wie Schleier
zwischen den Sterblichen
und das Bild
seines grausamen Schicksals.

EIN SKLAVE

(Louvre)

Du bist der Schmerz,
der fremde Augen meidet,
der, übertief,
die eignen Augen schließt,
du bist der Schmerz,
der ohne Tränen leidet,
weil sich ihr Strom
nach innen stumm ergießt.
Ein ratlos Fliehn
todwilder Wehgedanken
tobt hinter deiner Lider
schlaffem Fall...
Sie brechen aus...
Zurück in ihre Schranken
peitscht sie Vernunft

mit spitzem Geißelknall.
Nun stehn sie eng,
wie angstgedrängte Pferde,
tiefköpfig, zitternd,
blutig, schaumbedeckt …
und stürzen endlich
wie vom Blitz zur Erde,
von einem letzten Schlag
zu Tod erschreckt.
Und, der sie hegt, dein Leib,
er will mit ihnen
zu Boden stürzen –
Ah! … Aufbrennt das Mal
umschnürter Brust …
Du stöhnst … Mit starren Mienen
erträgst du weiter
deines Loses Qual.

FRÜHLINGSREGEN

Regne, regne, Frühlingsregen,
weine durch die stille Nacht!
Schlummer liegt auf allen Wegen,
nur dein treuer Dichter wacht …

lauscht dem leisen, warmen Rinnen
aus dem dunklen Himmelsdom,
und es löst in ihm tiefinnen
selber sich ein heißer Strom,

läßt sich halten nicht und hegen,
quillt heraus in sanfter Macht …

Ahndevoll auf stillen Wegen
geht der Frühling durch die Nacht.

ABEND AM SEE

Auf die düstern Kiefernhügel
legt sich kupfern letzte Sonne...
Sanft wie über weichen Sammet
schmeicheln Winde drüber hin...

Eine kurze Spanne weilt sie
goldbraun auf den stillen Wäldern,
bis ihr milder, süßer Schimmer
plötzlich, wie ein Lächeln, stirbt.

SO MÖCHT ICH STERBEN...

So möcht ich sterben, wie ich jetzt mein Boot
aus sonnenbunten Fluten heimwärts treibe.

Noch glüht die Luft, noch liegt ein gütig Gold
auf mir und allem um mich her gebreitet.

Bereit und heiter tu ich Schlag auf Schlag
dem Schattensaum der stillen Ufer zu...

So möcht ich sterben, Sonnengold im Haar!
Der Kiel knirscht auf – und mich umarmt die Nacht.

SCHICKSALE DER LIEBE

I

Ich stand, ein Berg,
still und einsam
Da kamst du
und zerschmolzest
das Erz meiner Adern!
Nun bricht es vulkanisch heraus,
ein Schrecken dem Wandrer,
ein Schrecken mir selber.
Verdorrt steht
mein blühender Schmuck,
stumm
meiner Quellen Gespräch,
und langsam
verrinnt
mein Blut
um dich...

II

Wir sind zwei Rosen,
darüber der Sturm fuhr
und sie abriß.

Gemeinsam
wirbeln sie nun
den Weg entlang,
und ihre Blätter
wehn durcheinander.

Heimatlose,
tanzen und fliehn sie,
nur für einander
duftend und leuchtend,
den Weg der Liebe –:

Bis sie am Abend
der große Feger
lächelnd
auf seine Schaufel nimmt.

CASTA REGINA!

Wie oft zerriß ich
der Leidenschaft
schwüles Rosengerank
um Deinetwillen,
reines Weib,
und sang Dir, zartesten Glückes voll,
Anbetung und Liebe!

Dich,
die, keusch in innerster Brust,
ihrem Herren sich wahrt,
grüßt, Ehre bietend, mein Herz
und fleht aus der Sonne der Zukunft
den goldensten Strahl
Deiner Stirn.

Süß ist das Spiel der Liebe,
und die Rosen der Wollust duften heiß –
purpurne Lieder blühn ihr

aus meiner Harfe –
doch mit dem würdigsten Kranze
krön ich
die weiße Stirne der Keuschheit.

Trunkne Mänade,
die du in fallenden Schleiern
vor glühenden Jünglingen
schrankenlos rasest –
lodernder Urgewalt
bist du ein göttlich Bild.

Aber vor Dir,
die, göttlicher noch,
der Mutter in sich
die Jungfrau opfert,
knie ich in Ehrfurcht,
und große Söhne
segnen mit mir
Dein heiliges Haupt.

PROMETHEUS

Dein Leben setz an dein Werk!
Deine Liebe zerbrich!
Auf einsame Berge
flüchte verfehmt empor!
Fittichfinster
fällt auf dich
der Geier Wahnsinn...
Zuckend läßt du
dich zerfleischen...

Über ihn fort
mit sterbenden Blicken
bohrst du dich noch
in ewige Nächte ...
Dunkel,
dampfend,
tropft es
den Abgrund hinab ...
Wer
achtet
dein?
Wer
hebt unten
demantene Schalen? ...
Aber zwei Wanderer
hör ich
über dich reden –:
»Ein kranker Geist!«
»Ein krankes Werk!« ...
Siehe, Prometheus,
das ist dein Dank.

HYMNUS DES HASSES

Heil dir,
der du hassen kannst,
dem im reichen Mark
tötende Flamme schläft,
den es lüsten kann,
als ein großer Blitz
ins feige Antlitz der Welt
zu verglühn,

grabend dein stolzes Mal
in der Menschheit Stirn!

Heil dir,
dem erhabenen Zorns
schmerzendes Feu'r
enge Adern zerreißt,
daß, den Überstrom deines Bluts
in gewölbten Händen, du
um dich spähst,
daß Todestaufe
deine Feinde
von dir empfingen!

Heil dir,
der du den trägen Trotz
stumpfer Geschlechter irrst,
dessen strafender Haß
strafende Liebe ist!
Sonne der Zukunft
loht aus dir,
wenn vernichtend heiß
göttlichen Grimmes Odem
von dir geht!

WENN DU NUR WOLLTEST

Ich bin eine Harfe
mit goldenen Saiten,
auf einsamem Gipfel
über die Fluren
erhöht.

Du laß die Finger leise
und sanft darüber gleiten,
und Melodien werden
aufraunen
und aufrauschen,
wie nie noch Menschen hörten;
das wird ein heilig Klingen
über den Landen sein...

Ich bin eine Harfe
mit goldenen Saiten,
auf einsamem Gipfel
über die Fluren
erhöht –

und harre Deiner,
oh Priesterin!
daß meine Geheimnisse
aus mir brechen
und meine Tiefen
zu reden beginnen
und, wie ein Mantel,
meine Töne
um dich fallen,
ein Purpurmantel
der Unsterblichkeit.

DER SPIELER

Zu jeglichem Ding
will ich also sprechen:
»Sei mein Würfel!
Im Becher der Phantasie
will ich den höchsten Wurf
mit dir wagen!

Mit jedem Großen,
der aus dem Schoß
der rollenden Erde stieg,
will um den Kranz ich
mit dir werfen!«

Allzu zaghaft
spielte bisher der Mensch,
brach nieder zu oft
unter der Würfel Last, –
starke Sehnen
spür ich frohlockend –:
Wieviel Augen habt ihr,
Dinge?

Trotzt – ihr – mir? –
Einmal naht es euch doch,
daß ihr allzusamt
in meinen Becher müßt –
und ich ihn,
und mit ihm euch,
mir voran
in die Grube schmettre.

IM EILZUG

Über der Erde
erhabene Rundung,
hart dem Tag
auf fliehender Ferse,
rollende Räder
rauscht mit mir!

Vom Horizonte
schürzen Gewölke sich
nächtlich herauf
und schwärzen seltsam
ein formlos Gesicht
in den stahlhellen Himmel.

Ein breiter Stierkopf,
träg und tückisch,
wächst und schwillt es
über die Welt...
dehnt und verzerrt sich...
verschwimmt in Nacht...

Rollet, raset
den Rücken der Erde,
Räder, empor!
Des Tages Gewandsaum
möcht ich noch einmal
inbrünstig küssen!

AN FRIEDRICH NIETZSCHE

Die Park-Kapelle spielte »Lohengrin«.
Da löste sich mein Blut zu jähem Gang,
daß heiß und weh das Herz mir überschwoll.
Auch Du hast jene Töne ja geliebt
und einst voll tiefen Dursts in dich getrunken,
auch Du an ihnen zitternd dich berauscht,
wie ich mich heute zitternd dran berausche.
O Du! . . .
Und unter Tausenden, die stumpf
ihr kaltes Ich behaglich wiederkäuten,
hab ich, mit starren, unerschloßnen Mienen,
in innern Tränen fassungslos geweint.

ODI PROFANUM . . .

Flieh um so tiefer in dich selbst zurück,
als du dich keinem recht enträtseln kannst . . .
Verhäng die Fenster deiner Seele
mit dichtgeknüpften Alltagsphrasen!

Mit dummem Lächeln stehn sie um dich her
und rühren hier und tasten dort dich an –
Gib acht! Bedroht sind deine Schätze
von tempelschänderischen Fingern.

Verbirg dich im Gewölb des Frühgewölks
und in des Abends langem Schattenwurf,
am liebsten aber in der Nächte
hochherrlich ausgespannten Zelten.

Dort wanderst du allein mit deinem Schmerz
und schmückst die Erde ungestraft mit Lust,
aus deines Geistes grünen Körben
ein unerschöpflicher Verschwender.

AN SIRMIO*

(Catulls Ode)

Kaum glaub ich's noch! Catull, du bist daheim!
Daheim auf deinem lieben Sirmio!
Oh Sirmio, Sirmio, Kronjuwel Neptuns!
In allen Meeren, Strömen, Seen sucht
Deingleichen man umsonst: Kein Vorgebirg,
kein Halbeiland, kein Eiland kommt dir gleich!
Wie gern bin ich zu dir zurück geeilt!

Wie schön, die Sorg und all den fremden Kram,
der mir nichts ist, im Rücken weit, weit, weit,
am eignen Tisch, im eignen Bett zu ruhn!
Das ist doch noch ein Lohn nach so viel Plag!
Mein Zauber-Sirmio, freust du dich denn auch?
Und du, mein See, brandest du mir Wollkomm?
Ja, alles lacht und ruft: Catull ist da!

* Sirmio (heute Sermione), Halbinsel im Süden des Gardasees, mit einer Villa des Catull.

AUF DER PIAZZA BENACENSE

(Riva am Gardasee)

Den Nacken hoch, Germane!
Diese Gassen
trat deines Ahns
geschienter Herrenfuß.
Hier eben, wo ich schreite,
schritt auch er,
geehrt vom Italer,
und seiner Weiber
Gebet und Furcht.
Ich blonder Enkel bin
kein Fremder hier;
der Bursch dort teilt vielleicht
uralte Vaterschaft
mit meinem Blut.
Wie mir das Herz schlägt,
töricht laut und stark!
Es ist ein Stolz
um alte Volkheit doch, –
und waren's Bären auch,
die hier als Gäste
des schönsten Reichs gehaust –
der Enkel hegt,
nicht ihren Grimm,
doch ihre Kraft noch heut.
Den Nacken hoch, Germane!
Felskastelle
des Berner Dietrich
und des großen Karl

erzählen heut
von alten Siegen noch,
und schwarze Augen
brennen heut noch heißer,
wenn sie des Nordens
blauer Blitz versengt.

FLIEGENDES BLATT

Kecke weiße Spitzensäume,
schlanke Stiefeletten,
aus den Augen Purzelbäume
toller Amoretten,
Zöpfe, minder Liebes*zäume*,
eher Liebes*ketten*,
Lippen, heiß vom Hauch der Träume, –
wer kann da sich retten?

ÜBERMUT

Einher zu gehn, den freien Kopf
sechs Fuß hoch über der Erde!
genug, daß aus dem ärmsten Tropf
ein stolzer König werde.

Die Brust wird breit, die Hüfte leicht,
das Auge Glut und Glanz.
Ihr Toren, die ihr kriecht und schleicht,
mein Gang ist eitel Tanz.

BAHN FREI!

Nur müßt ihr mich nicht halten wollen,
wenn die Rosse der Phantasie
vor meiner Geißel dahinrasen!
Wehe dem Schurken,
der mir in die Zügel fällt, –
siebenmal schleif ich ihn
um den Bezirk
meiner Welt.
Wehe vor allem dem Rezensenten,
der mir
mit höchst ungriechischem Feuer
den Weg bedräut.
Meine Peitsche ist länger noch
als seine Ohren,
von stärkerem Leder
als seine Hirnhaut,
die Schnur noch gespaltner
als seine Zunge.
Bahn frei!
Kurz ist zur Fahrt die Zeit.
Springt mit herauf,
wenn's euch lüstet!
Tausend gewähr ich Platz,
hier an den Mähnen,
hier an den Schweifen,
hier auf den Rücken der Rosse,
und hier oben bei mir
auf dem Wagen
weiteren tausend.
Herauf, Freunde!

Sturm um die Stirn,
Sonnen im Aug,
so laßt uns jauchzend
die tausendundein Weltwege
durchbrausen.

PER EXEMPLUM

Ich wollt, ich wäre Gott;
denn Mensch sein
heißt Prahler sein.

In Gedanken
mit Sternen spielen –
Spiel für Dichter
und Wäscherinnen.

Aber wär ich Gott...
ich griffe mir
per exemplum
ein violettbestrumpftes,
schnupftabaktalariges,
zölibatbettiges
Pfäfflein
von irgendeinem
bigotten Planeten,
macht' es so groß
wie mich selber
und hängt' ihm dann
das ganze Sternall
als Rosenkranz

über die Hand –
es abzubeten.

»Hurtig, hurtig!
Dein Lohn ist
die ewige Seligkeit!«

»»Aber Herr, Herr...««

»Nichts da! Gebetet!«

Ach! daß ich Mensch bin, –
ein Murmeltier,
auf den Alpen
passiver Begriffe.

Ἄσβεστος γέλως

Die Tage der Gläubigen
uralten Wahns
sind dahin!
Unauslöschlich Gelächter
grüßt,
was sie lassen und tun.

Am Sonnenhimmel
schaun sie noch immer
schwärzliche Punkte
und sprechen: »Seht!
Gottes Finger
deuten auf uns!«
Wissen sie nicht,

daß sie Flecken des eigenen Augs
anbeten?
Rührendem Schauspiel
lohnt
unauslöschlich Gelächter.

Bändigen
wolln sie den Huf der Zeit,
mit Spruch und Fluch
bannen das steigende Roß,
drauf frühlingsgewaltig
der freie Geist,
der Zukunft König,
einherbraust!
Weh den Zermalmten!
Ihr Ende
umschallt
unauslöschlich Gelächter.

Hören sie nichts?
Vom Aufgang zum Niedergang
lacht es ja unablässig,
grüßt,
was sie lassen und tun,
unauslöschlich Gelächter.

BOTSCHAFT DES KAISERS JULIAN AN SEIN VOLK

Kehrt Phoebus Apollo
zum zwölften Male,

sollen der Christen
Tempel fallen!

Ihre Säulen
sollen gebrochen werden
und ihre Kreuze
sich in die Erde bohren!

Und der Priester unheilig Volk
sei in ihnen,
als ihren Heimstätten,
wenn sie zusammenstürzen!

Und alles Volk
gehe in Rosen umher
und werfe die Steine
in seine Schlüchte und Wässer!

Und Tag und Nacht
solln die Posaunen
der neuen Tempel
jauchzen!

Wann aber der alten
Boden flach ward,
so soll man
Gärten darüber breiten!

Denn die Zeit ist um,
da das Kreuz geragt,
der neue Mensch
reckt seine Hand.

AUF MICH SELBER

Höchste Unabhängigkeit –
sin' qua non condicio;
Zwang der Herdengängigkeit –
maxima contricio!

Rang, Besitz und Menschengunst –
larum lirum larum;
eine Kunst statt aller Kunst:
hic fons lacrimarum.

ÜBERN SCHREIBTISCH

I

Bau dich nur an in deiner Welt,
und schiele nicht nach fremden Trieben,
bist du nur selbst dir treu geblieben,
so hast du einst auch deinen Mann gestellt.

II

Willst du fest und fördernd leben,
mußt du oft den Blick verkleinern
und, dich schaffend zu erheben,
vielem dein Gefühl versteinern.

VOR ALLE MEINE GEDICHTE

»Traurig« – »lustig« –
Worte!
Ich schreibe für Männer.
Freue sich, wer da kann,
der lebendigen Kraft,
die, unbekümmert
um das, was sie greift,
nur sich selber
auslassen und üben will!
Schaffen ist Kraft!
O ihr empfindsamen Werter!

WIR LYRIKER

Warum wir immer noch Verse schreiben?
Um unbekannt und ungestört zu bleiben.

PÖBLESSE OBLIGÉE

»Gutes laßt uns stets beschweigen;
denn es dünkt uns selbstverständlich;
Schlechtem aber stets bezeigen,
wie wir ihm so tief erkenntlich.«

EINIGEN KRITIKERN

Laßt bei diesem Kot und Stroh
es nunmehr bewenden,
müßt nicht euer Bestes so
leichten Sinns verschwenden!

KRIEGERSPRUCH

Alte treue
Fahne Einsamkeit,
mit dir scheue
ich keinen Streit.
Hülle mich ein,
mein Panier,
in dir
will ich leben und begraben sein.

HERBST

I

Hörst du die Bäume im Windstoß zischen?
Siehst du, wie sie sich drehen und winden
unter des Regens tausendsträhniger Geißel?
Gekrümmten Rückens, erstarrten Blutes,
flüstern sie unaufhörlich heisere Flüche
in den kalten, grausamen Herbst hinaus.
Blühten sie nicht in dankender Schönheit
Göttern und Menschen auf?

Bargen der Vöglein süßes Geschwätz nicht treu?
Schildeten nicht vor Schloßen das zarte Beet?
Und der Sonne furchtbare Feuer –
wer empfing sie, sich lautlos opfernd?...
Sieh, wie die Armen im Sturm erschauern –:
Wie langzottige frierende Hunde,
denen das nasse gesträubte Fell
überwirbelt nach vorne weht,
trotzen gesträubt die trostberaubten,
und ihr herzzerbrechendes Seufzen
rauscht umsonst
an's graue Gewölb der Wolken.

II

Ihr Götter der Frühe,
schenket mir gute Gedanken!
Küßt mir die helle Stirne
mit lächelnden Lippen!
Aufatmend tret ich hinaus
auf die Altane...
Von leichten Winden gerührt,
schwanken die Büsche,
und, holdanwogend,
grüßt der glitzernde See
die treuen Ufer.
Fernher kommen
fließige Segel gezogen, –
ihr Unsichtbaren,
tragen sie eure Geschenke?
Aber was frag ich!
Von euerer Nähe
Odem schauern

Himmel und Erde...
Euren Odem selber im Busen,
tret ich,
überbegnadet,
fromm,
zurück ins Zimmer...

III

Der graue Herbst
lädt mich zu sich hinaus,
übern grauen See,
übern grauen Wald,
in die graue, graue Himmelsferne...
Bin ich der einzige Mensch der Erde?...
Tiefe Verlassenheit fällt mich an.

EIN FÜNFZEHNTER OKTOBER

Vier Abendstimmungen
am (53.) Geburtstag Friedrich Nietzsches

I

Urplötzlich –
durch Vorhangspalten –
der Mond...
Drunter,
schneehell,
der See...
Dazwischen
schwarzblaue Kluft...
Hinaus,

in den Nichtraum-Raum
der Myriaden Welten!
Abgrund!
Ausgrund!
Urungrund!...
Nicht fallen, Geist! –:
Hier! –:
Lampe, Bücher, Tintenfaß!...
O Narrheit!
Narrheit!
Narrheit!

II

Was wollt ihr doch
hier um mich?
Wißt, wer ihr seid?
Wer ich bin?
Was wandelt durch uns?
Welch Spieles Puppen
sind wir?
»Lebe! lebe!«
Ich lebe ja!
Auch das ist Leben,
wenn unter dem Fuße
der Feindin Finsternis
der Wurm sich krümmt
und an ihm
zu beiden Seiten hinauf
strebt,
züngelt,
seufzet
– – –

III

Wahrt euer Mitleid für euch,
gutherzige Menschlein!
Auch der düstersten Leidenschaft
bitterster Seufzer
ist köstlicher noch,
als was ihr uns bieten könntet!
In unserm Schmerz,
Zorn, Haß, Einsamsein –
wieviel glücklicher sind wir
als ihr!
Hinweg mit dem Leichnam,
den, trostbeflissen,
eu'r Eifer heranschleppt!
Fort mit der Mumie!
Was soll
den lebendigen Göttern
der tote!

IV

Und da ich nun so frei wie nur ein Mensch,
von Schönheit übervoll und hell an Geist,
so weiß ich nicht, was ich n i c h t zwingen sollte
in meiner Kunst gefügig Alphabet.
Frei, f r e i! du schönstes Wort der neuen Welt,
Paß aller Unersättlichen und Glück!
Wer ermaß schon deinen Wert?
Höher, heitrer wölbst du des Helden Stirn,
stolzer stößt ihm das Herz,
wuchtiger wirken die Lungen ihm,

und seine Schritte
tragen geflügelt ihn über die Erde.
Keines Gottes rächender Blitz
schreckt,
wer selber von Flammen ein Schoß.
Lächelnd löst er den Blitz
seiner Hand –:
Mein ist er, war er von je!
Ich gab ihn dir,
ihm dich,
dich mir! ...
Frei! ruf ich, frei! ...
Und sieh, kein Echo wirft den Ruf zurück –
ins Grenzenlose warf ich ihn.
Fliege, mein Adler, schieße, mein Stern!
Und erst die Stunde, die mein Auge bricht,
wird dich den Kopf zerschelln und enden sehn –
am Echoschild des Tods.

UND SO HEBE DICH DENN ...

Und so hebe dich denn
aus den Nebeln des Grams
auf des Selbstvertrauens
mächtigen Fittichen
aufwärts,
bis du dir selber
mit all deinem Leide
klein wirst,
groß wirst
über dir selber
und all deinem Leide.

DIE KINDER DES GLÜCKS

Sorglosen Lächelns
die Lippen geschürzt,
fröhlich die blühenden
Wangen gerötet,
tanzen wir Kinder des Glücks
unsre sonnigen Pfade dahin.

Rosenkränze
und schimmernde Bälle
werfen wir uns
und den Fremdlingen zu.

Wer uns begegnet,
dem huscht es wie Gold
über das sinnende
Antlitz.

Auf weichen Armen
trägt uns das Weib,
süß von Küssen
duftet die Luft.

Unser Wort
ist Gesang
und Gesang
unsre Antwort.

Fallen uns Feinde an,
schütten wir lachend

klingende Blitze
über sie aus.

Aber dem Urfeind
kommen am liebsten wir
raschen Entschlusses
selber zuvor.

Wir sind der Welt
unschuldigster Sinn,
wir sind die Erntenden
mühsamer Saaten.

Sorglosen Lächelns
die Lippen geschürzt,
fröhlich die blühenden
Wangen gerötet,
tanzen wir Kinder des Glücks
unsre sonnigen Pfade dahin.

GEFÜHL

Ha, fühl's! du mußt!
Ein Neues gärt empor...
Mit tausend Armen krampft und reckt sich's auf...
Ein dunkler, graunvoll süßer Lärm schwillt an...
So rollt das Meer in Vorsturm-Melodien...
Oh Kraft! oh Leben!
Komm herauf! herauf!
Natur gebier!
Ein neues Erdenfest
entfrühlinge der Völker trägem Schoß!

Ja! ja! du willst!
Ich fühl es ja!
Ich fühl's!

BEI EINER SONATE BEETHOVENS

Da rollte der Donner selber –
und Titanen
schnitten mit flachen Händen
Steinplatten aus dem Fels
und schmetterten sie
frohlockend hinaus,
daß sie wie Vögel
die Luft durchschossen ...

VOR DIE VIER SÄTZE EINER SYMPHONIE

I

Wie das noch so hoch getürmte
Wasser wieder muß zum Meere,
fällt der noch so hoch gestürmte
Geist zurück in toter Schwere.

II

Fester Boden kann dich retten,
wenn du dich verloren hast;
trage fromm der Erde Ketten,
und zur Lust wird dir die Last.

III

Stiegst du aus der Wasser Gruft
auf die feste Erden,
magst du nun einmal der Luft
kecker Segler werden.

IV

Auf zur Erdenmutter Sonne
trägt den Vogel sein Gefieder,
Feuer tiefster Daseinswonne
schenkt ihm seine höchsten Lieder.

KINDERLIEBE

Nach Klostersitte floß dein wollen Kleid
in grauer Strenge faltenlos zum Fuß,
doch drüber hin, gelöst und quellend reich,
des sanftesten Marienkopfs Gelock.
Braunaugen, wie von stiller Gluten Wehn
erschimmernd, sich verschleiernd – strahlt ihr noch?...
Ich war wohl acht, du dreizehn Jahre alt.
Was war's, das unsre Lippen jäh verband –
ach eine selige Sekunde nur –
wie erster unaussprechlich süßer Durst
von Mann zu Weib – in weltvergeßnem Kuß –
dem schönsten Kusse, den ich je geküßt ..?..
Wo weilst du, Liebe, – nun wohl Mutter längst,
doch ewig junge Beatrice mir –?
Gemahnt auch dich noch Hauch versunkner Zeit –
und gabst auch Du dein Herz nie süßer hin?

»ABER DIE DICHTER LÜGEN ZU VIEL«

Der Dichter muß des Menschen Sklave werden,
sonst ist es nichts, sonst bleibt es bei Geberden.

Habe Lust an der Wirklichkeit!
Sie ist der Urquell der Phantasie.

GLÜCK

Nun bebt in banger Fülle meine Welt,
der Jahre Gärten wollen Früchte tragen.
Und wie auf weichen Wiesenteppich oft
ein goldner Apfel, zart empfangen, rollt,
so rührt den Plan der täglichen Gefühle
ein heimlich reif und süß geworden Lied.

MACHT-RAUSCH

Dich zu spielen, gewaltige Orgel –:
Blind,
mit tastenden Händen
über den Herzen der Welt!

Mit jedem Griff
Unnennbares lockend,
Stürmen und Säuseln
abgrundentfesselnd, –
eine Fuge

aus Seufzern,
Gelächtern,
Flüchen,
Wehklagen,
Wollüsten,
Jauchzern …
So zu sitzen!
Blind
vor brausendem Tönemeer –
unter meiner Hand,
des Mächtigen,
auf und nieder rauschendem Tönemeer …
Und ein Lauschen
auf allen Sternen …

PRÄLUDIUM

Singe, o singe dich, Seele,
über den Eintag empor in die
himmlischen Reiche der Schönheit!
Bade in goldenen Strömen der Töne dich rein
vom Staube der Sorgen!

Was dir die Welt geraubt, vergiß es!
Was dir dein Ich verwehrt,
genieß es im Traum!
Auf klingenden Wellen
kommen die heimlichsten Wunder
wie Düfte
ferner Gärten
zu deinen leis zitternden Sinnen.

Singe, singe, Seele des Menschen,
vom Grauen der Nächte bedroht,
dich empor,
wo, lichtumgürtet,
der Phantasien
jungfräulicher Reigen
die zierlichen Füße
auf nie verblühenden Wiesen
verführerisch setzt.

WO BIST DU . . .

Wo bist du, süße Blume meiner Tage?
Ich strecke müde, glückverlangende Hände
nach deinem holden Kelche aus?
Wo bist du –
daß ich das keusche, sammetweiche Haupt
dir küsse?
Wo bist du –
daß der Falter meiner Seele
an deiner Blüte Staub
sich neu vergolde?
Ich dürste, hungere nach deinem Duft!
Wo birgst du deine Schönheit?
Welcher Garten des Paradieses
umfriedet deine Pracht?
Wo bist du – bist du –
süße Blume meiner Tage?

GLEICH EINER VERSUNKENEN MELODIE ...

Gleich einer versunkenen Melodie
hör ich vergangene Tage
mich umklingen.
Heiß von Tränen
wird mir die Wange,
und von wehmütigen Seufzern
schluchzt mir die Brust,
an der du –
ach Du!
einst dein blondes,
erglühendes Köpfchen bargst,
o Geliebte!

GESELLSCHAFT

I

Aus der Gesellschaft Lärm und Lachen
hebt schwermütigen Flügelschlags
meine einsame Seele sich
fernen schweigenden Höhen zu,
wo der Nachtwind klagend
in mächtigen Bäumen harft,
und in den langen Schatten
des kühlen Mondes
meine Träume und Wünsche
sorgenvoll wandeln ...
Ach, die ihr hier scherzt und lacht
und mit leeren Tönen

der Tag und Nächte
kostbare Luft erfüllt –
was hab ich mit euch –
was hab ich mit euch
zu schaffen!

II

Jene schmerzlichen Stimmungen!
Wenn du plötzlich den Kopf
in den Nacken wirfst –:
Alles um dich wird starr, tot –:
Und du springst auf,
um herbe Lippen
ein mühsam Lächeln.
Hinaus!
Ins Freie!
Allein sein! Dein sein!
Ins Erdreich
stampft dein erregter Fuß
deine Unrast...
Schluchzend, stammelnd
löst sich dein Trotz...
Stiller wirst du,
gütiger, reifer...
Jene schmerzlichen Stimmungen.

LIEDER!

Träumerische Stimmen
durchstürmen meine Seele...
Nackte Mädchen

jagen sich
an Hügelhängen hin...

Tief unten rauscht
der breite blaue Fluß.
Über mir in tönenden
Kreisen zieht ein Aar.

Lieder...
Lieder...
Lieder überall!
Im Sonnenschein,
im grünen Gras,
im Wald,
im Fluß,
im Tal...

EWIGE FRÜHLINGSBOTSCHAFT

Sieh mit weißen Armen, schwellenden Brüsten,
purpurnen Lippen, blitzenden Augen dort
der jungen Weiber hold erregte Reigen
aus den immergrünen Toren der Jugend,
gleich aus brechenden Körben rollenden Früchten,
quellen – strömen – – sich ergießen – – –
des Lebens unversiegliche Bürgschaft selber.

Und du stürzest nieder in deiner Kraft,
und besiegt vom Zauber unendlicher Anmut,
lässest du willenlos dich mit Rosenbanden
fesseln, und durch den zierlichen Fuß der Erwählten

küssest und wirkst du mit neuen Gelöbnissen dich
an den gütigen Schoß deiner ewigen Mutter.
Aus den immergrünen Toren der Jugend
wiegen jungfräuliche Reigen sich
in die grauen Gefilde der Welt.
Und es zittert die keusche Myrte,
und unruhig atmet die Rose,
wenn im hohen Äthergewölbe
die Kerzen der Nacht aufflammen.

AN MUTTER ERDE

Sie wolln mich umgarnen,
sie wollen mich fortreißen –
aber ich werfe mich
an deine heilige Brust,
Mutter Erde...
Mit weiten Händen
greif ich in deine Schollen,
mit tiefen Zügen
schlürf ich den herben Duft
deiner Kräuter...
Nein, Du
verlässest mich nicht,
du nährst mich,
du stärkst mich,
daß die bösen Geister
mich lassen müssen,
und ich hoch und heiter
wieder des Weges wandere,
den ich mir kor.
Dafür will ich dich auch

ohn End, ohn Ende
lieben und preisen ...
Und wenn du mich einst
vom Strahl der Sonne
zurückheischst,
dann will ich
mein Haupt still
in deinen Schoß betten ...
Und du wirst
meinen Schlummer behüten
von Ewigkeit
zu Ewigkeit

AUS EINER LIEDER-GRUPPE

EIN SOMMERABEND

In Musik gesetzt von Robert Kahn

FEIERABEND

Lindenduft ... Bienenchor ...
Vogelsang und Brunnenrauschen ...
Knarrend schließt sich Tor um Tor;
Feierabend lockt hervor,
Grüße auszutauschen.

Junges Volk will Gesang,
Fiedelspiel und kecke Reigen;
säume heute keiner lang,
sich zur Ehr und uns zu Dank
seine Kunst zu zeigen!

Einer weiß ein neues Lied,
andre freuen sich der alten;
wer von Fern zu Ferne zieht,
muß es, eh er weiterflieht,
fröhlich mit uns halten.

Düfteschwerer Dämmerflor...
Vogelsang und Brunnenplauschen...
Trete nun der Mensch hervor,
lasse in den großen Chor
seine Stimme rauschen!

VOLKSLIED

Draußen im weiten Krieg
ist blieben mein armer Schatz,
draußen im fremden Land,
da liegt er kalt und blaß.

Läg ich doch bei ihm im Grab
in der fremden Erd!
Was tu ich hier allein
am einsamen Herd?

Stiller Mond,
der in mein Fenster scheint,
hat schon jemand so
um seinen Schatz geweint?

GEHEIME VERABREDUNG

Glühend zwischen dir und mir
Julinächte brüten;
gleiche Sterne dort und hier
unsern Schlaf behüten.

Wähl das schönste Sternelein,
will das gleiche tuen; –
morgen droben Stelldichein
auf geheimen Schuhen.

Gibst du nur nichts anderm Raum,
als mich dort zu finden,
wird ein gleicher süßer Traum
dich und mich verbinden.

ERNTELIED

Wo gestern noch der Felder Meer
gewogt in allen Farben,
steht heut in Reih und Glied ein Heer
festlich gegürteter Garben.

Es will der goldne Heeresbann
vor Frost und Hungers Wüten
das ganze Dorf mit Maus und Mann
bis übers Jahr behüten.

Und liegen die Bataillone erst
im sichern Scheunquartiere,

du fändst, und wenn du der König wärst,
nicht beßre Grenadiere.

DER ABEND

Auf braunen Sammetschuhen geht
der Abend durch das müde Land,
sein weiter Mantel wallt und weht,
und Schlummer fällt von seiner Hand.

Mit stiller Fackel steckt er nun
der Sterne treue Kerzen an.
Sei ruhig, Herz! Das Dunkel kann
dir nun kein Leid mehr tun.

NACHTWÄCHTERSPRUCH

Ihr Leut im Dorfe, laßt euch sagen,
die Glock am Turm ist elf.
Nicht lang, so wird es wieder tagen,
drum auf, und geht zu Bett!

Denn der nur gilt in der Gemeine,
der rüstig wirkt und schafft,
der sorgt getreulich für die Seinen,
bis ihn der Tod entrafft.

Ihr Leut im Dorfe, laßt euch sagen,
die Glock am Turm ist elf.
Nicht lang, so wird es wieder tagen,
drum auf, und geht zu Bett!

O FRIEDE!

O Friede, der nun alles füllet,
erfüll auch uns mit süßer Ruh,
und bis ein Tag sich neu enthüllet,
deck uns mit trauten Träumen zu.

Wie manches, was des Tages Wille
mit rechter Klarheit nicht ergreift,
dem hilf, daß es in deiner Stille
zu freundlicher Vollendung reift!

Wen Schicksalsschläge grausam trafen,
den tröste des, was ihm geschehn;
wer neid- und haßerfüllt entschlafen,
den laß versöhnt den Morgen sehn!

So allem, dem gleich uns auf Erden
zuteil des Lebens schwankes Los,
laß deines Segens Tiefe werden,
gib Kraft aus deinem heiligen Schoß!

* * *

ERDEN-WÜNSCHE

Ein Weib, ein Hund, ein Segelboot,
mein Freund, sein Weib und sonst nichts mehr;
ein freies Schaffen, ein edler Tod,
das wäre so mein Begehr.

Vergaß ich nichts? Wer fehlt noch, wer?
Mein Triumph wider den Tod!
Ein Sohn, dem mein Wollen im Blute loht,
und Kraft noch tausendmal mehr.

EINS UND ALLES

Meine Liebe ist groß
wie die weite Welt,
und nichts ist außer ihr,
wie die Sonne alles
erwärmt, erhellt,
so tut sie der Welt von mir!

Da ist kein Gras,
da ist kein Stein,
darin meine Liebe nicht wär,
da ist kein Lüftlein
noch Wässerlein,
darin sie nicht zög einher!

Da ist kein Tier
vom Mückchen an
bis zu uns Menschen empor,

darin mein Herze
nicht wohnen kann,
daran ich es nicht verlor!

Ich trage die Welt
in meinem Schoß,
ich bin ja selber die Welt,
ich wettre in Blitzen,
in Stürmen los
und bin der Gestirne Zelt!

Meine Liebe ist weit
wie die Seele mein,
alle Dinge ruhen in ihr,
das ganze Weltall
bin ich allein,
und nichts ist außer mir!

OB SIE MIR JE ERFÜLLUNG WIRD ...

Ob sie mir je Erfüllung wird, die Lust,
in alle Höhn und Tiefen auszuschweifen,
die Welt mit Riesenarmen zu umgreifen,
so Brust an Brust
der Allnatur zu reifen,
und dann, ein Sonnenweinstock, Erdemdust
ein Meer purpurner Herbste abzustreifen?

KÜNSTLER-IDEAL

O tiefe Sehnsucht, die ich habe,
erfülltest du dich einst einmal,
daß ich nach dieses Lebens Grabe
mich wiederfänd in Lust und Qual –
in einem neuen Künstlerwerden,
in einem Gott des Tons, des Steins...
daß ich in ewigen Geberden
so webte am Gewand des Scheins.

Ob Not und Leid des Schöpfers Lose,
nur Schöpfer sein bedünkt mich wert,
aus bittren Dornen flammt die Rose,
nach der mein ganzes Blut begehrt.
O immer neu mit vollen Händen,
der Schönheit Meister, aufzustehn,
von Welt zu Welt, mit hehren Bränden,
ein unbekannter Gott, zu gehn!

AN MEINE SEELE

Was wirst du noch wollen,
du ewig begehrende,
wohin du noch fliegen,
du sturmwindwilde!
Die in Erkenntnis du
rein dich badetest,
die du des Schaffens
heiligen Wahnsinn kostetest,
die du der Macht

überweltliche Freuden ahnetest,
die du von Strömen der Liebe
quollest und duftetest!
War dir ein Lohn je genug?
Hielt dich ein Ziel je zurück?
Oh, wie der Wind tagaus, nachtein
um den rollenden Ball
seine ruhlosen Fittiche regt,
nicht über Meeren rastend,
nicht auf der Berge Haupt,
ewig wechselnder Wolke
Former und Feger –
oh, wie sein Odem
des Pols und der Wüste
streitende Lüfte sind
und der blitze Herden
ein Spiel seiner Lust –
so bist du, meine sturmwilde Seele,
ein ewiger Odem,
ein schwangerer Weltwind,
ein Schoß von Gewittern!
Oh du meine Seele,
die du in tausend Herzblutquellen
durch den Ring äonischer Alter
heran, herauf wuchsest bis zu mir,
du wie die Menschheit uralte Seele,
du, deren zahllose Wurzeln
saugend die ganze Erde umklammern,
schwankend vor Glück
schreit' ich mit deiner lieben Last
und kann noch nicht fassen,
daß grade ich
dein Werk, deine Frucht.

MONDSTIMMUNG

Über den weiten
schweigenden Wäldern der Welt
möcht ich gleich dir, o Mond,
großen Auges dahinziehn...
wenn die dämmrigen Wiesen
den Geist ihrer Nebel
zu dir emporwölken,
und breite Gewässer
schwärzliche Eilande
silbern umrinnen...
wenn die Dörfer sich tiefer
dem erdigen Boden schmiegen,
und die steinernen Städte
mit weißeren Giebeln und Türmen
lautlos
vor deinem Angesicht schlafen.
Auf die träumende Menschheit dann
möcht ich gleich dir
großen Auges hinabschaun
und der leisen Musik
ihres flutenden Blutes
lauschen.

AN DIE WOLKEN

Und immer wieder,
wenn ich mich müde gesehn
an der Menschen Gesichtern,
so vielen Spiegeln

unendlicher Torheit,
hob ich das Aug
über die Häuser und Bäume
empor zu euch,
ihr ewigen Gedanken des Himmels.
Und eure Größe und Freiheit
erlöste mich immer wieder,
und ich dachte mit euch
über Länder und Meere hinweg
und hing mit euch
überm Abgrund Unendlichkeit
und zerging zuletzt
wie Dunst,
wenn ich ohn Maßen
den Samen der Sterne
fliegen sah
über die Äcker
der unergründlichen Tiefen.

VOR STRINDBERGS »INFERNO«

Er,
der Menschheit Gedankenlöwe,
aller Hirn- und Herzungeheuer Herr,
brüllt über seine Wüste hin,
über die Wüste der Schrecken und Qualen,
nach seinen Opfern,
den glut- und sandwindgepeitschten Pilgern.
Und Tausende brechen
heulend und haareraufend
in ihre Knie,
werfen sich langhin

vor seinem furchtbaren Brüllen –
»Ja! wozu – wozu dich fliehen –
unsre Füße versagen –
unsre Sinne sind siech ...
Dir Schrecklichem,
dir Übermächtigem,
oh! sich zu opfern!
Deine Stimme zerreißt uns
die Eingeweide –
Herr Herr unser Gott,
da nimm unser Herz,
da trink unser Blut!
Oh Rausch der Erschlaffung,
sich von dir
langsam ausschlürfen zu lassen –
oh seliges Hinübersterben
aus der Wüste in dich ....«
ER,
der Menschheit Gedankenlöwe,
aller Hirn- und Herzungeheuer höchstes
und unersättlichstes,
brüllt –
und die Wüste
erzittert in ihren Vesten,
heute
wie ehedem,
da sie ihn gebar.

NE QUID NIMIS!

(Zur Psychologie der Stoa)

Machtlos sein
in seinem Zorn,
seiner Verzweiflung!
Nicht wissen wohin!
Auf und ab stampfen
in seinem engen Gemach, –
durch die Straßen
laufen, fahren, –
vergessen –
unmöglich!
Überall
diese Unrast,
dieser Ekel,
dieser Haß,
diese Verachtung!
Und schonen müssen,
was man zerschlagen will,
zertreten,
zertrümmern will,
alles in sich hinein
schlucken müssen,
würgen müssen,
fast erstricken
an seiner Unlust,
nicht einmal s c h r e i e n dürfen
wie ein Tier,
nur stöhnen,
seufzen,

schelten,
knurren dürfen!
So wirst du krank,
Seele,
müd, matt,
vergiftet, –
ein Licht,
das, niedergehalten,
gierig
die eigene Kerze
verzehrt.

QUOS EGO!

Nörgelt mir nicht
am freien Flug
meiner Phantasie,
sonst reiß ich alles,
was fest und sicher,
aus seinen Wurzeln
und schleudr' es auf euch
in die trostlose Niederung,
wahnsinnbewältigt.

Denn tot und verdrossen
schleicht euch das Blut,
und es ist keine Lust,
euch leben zu sehn
und mit euch zu leben.
Flügel, Flügel,
mit mir zu fliegen,
mit mir zu schwelgen

im kreißenden Feuerregen
tanztaumelnder Gestirne,
alle glühenden Kelche
der blauen Nacht
auszuschmecken,
an alle Brüste
zu stürzen,
die ihre flammenden Knospen
aus aller Urwelt
Ahnungstiefen
dem Erdesohn
entgegenstarren – –!
aber nicht so,
in einsamem Taumel!
Mit mir, ihr alle!
So kommt doch, Menschen!
Laßt euren Bruder
nicht so allein!

NATURA ABUNDANS

Ich sehe vor mir das schwarze Loch,
das tiefe, abgründige Loch,
in das ich tausend und abertausend
Gedanken hinuntergeworfen,
goldene Gedanken
zu Menschenlust und Vorteil,
die niemand wollte,
denen niemand Gestalt lieh.
Und doch waren's
Schöpfergedanken,
oh glaubt mir,

des Lichtes wert.
Was sollt ich mich brüsten?
Wer so viel
in Jahren und Jahren
versinken sah,
wer so viel Frühlinge
ungeschaut opferte,
ihm ist das Herz
nicht mehr danach,
sich vor Menschen zu brüsten.
Er sieht nur mit starrem Aug
und zuckendem Mund
auf den Abgrund Vergessenheit,
der ihm zu viel verschlang.

DU TRÜBER TAG ...

Du trüber Tag
mit deinen stillen, grauen Farben,
mit deinem Duft von Wehmut und von Wissen –
in einem leisen Frieden ohne Namen
möcht meine Seele weit in dich verwehen,
meine Seele voll Wehmut und Wissen
und der stillen, traurigen Farben
entbehrter Sonne.

KONZERT AM MEER

(Eine Erinnerung an Sylt)

Und Wagner wühlte das Meer auf.
Da türmte das göttlich empörte
der Brandung Bänke
zu schäumenden Mauern
und brach sie
in langen, brünstigen Donnern
weithin auf den Strand.
So stoßen tausend Hengste zugleich
den Dampf durch die schrecklich geblähte Nüster.

Und ich, der schwache, eintagige Mensch,
stand davor,
mit fliegenden Gliedern,
und meine Hände
öffneten sich gegen das Meer,
als wollten sie's versteinern,
dies dionysische Schauspiel,
dieses königliche Wogen-Sterben,
diese morituri te salutant, Wagner!
te salutant, Mensch!

Und da reckt' ich mich auf.
Und da lag mein Auge
löwenfunkelnd
über dem sterbenden Meer.

DER FREIE GEIST

Oh das ist Glück, wenn so zerschlagen
die Welt zu deinen Füßen liegt;
wohin dich deine Flügel tragen,
ist aller Raum und Zeit besiegt;
du schnellst dich tanzend durch die Weiten
und lachst der Menschen Wert und Wort,
ein Stück Natur aus Ewigkeiten,
selbst Urteil, Stunde, Maß und Ort.

NUR WER ...

Nur wer die Welt bis auf den Grund zersetzt,
daß ihm der Schaum durch arme Finger rann,
versteht, was Mensch, was Leben heißt, nur ihm
sind aller Freuden Tiefen offenbart.

DIE LUFT WARD REIN ...

Die Luft ward rein von »Gott«,
nun ist das Weltall frei –
auf, spannt die Bogen
nach den fernsten Sternen!

AUS RELIGION

Wir treiben mit Gefühlen Spott
um höhere Gefühle,
zerbrechen wolln wir euch und »Gott«
die angemaßten Stühle.

JA TRUTZE NUR...

Ja trutze nur, trutz',
hartnäckiger Nord,
dem begeistert Hinschreitenden!
Setze nur deinen hündischen Atem
wider den seinen –
doch erreicht er sein Ziel
und türmt sein Werk,
ein ragendes Riff,
das steil
über Erddunst und Erdwind
im heiligen Frieden
ewiger Ätherbläue
weltvergessen
sein Haupt sonnt.
Und die Adler des Himmels
rasten auf ihm.

MORGENSTIMMUNG

Wenn so die Nacht die treugewölbten Hände
von ihrer Erde stillem Antlitz hebt,
und in die kühlen, duftenden Gelände
der erste Hauch des jungen Morgens bebt –

da laß uns Arm in Arm nach Osten gehen
bis vor das Tor der großen, stummen Stadt,
und Schläf' an Schläf' die junge Sonne sehen,
die uns so süßem Sein erschaffen hat.

WEISSE TAUBEN

Weiße Tauben
fliegen durch blaue Morgenluft...
grüßet, weiße Tauben,
mein Mädchen von mir!

Fliegt meinen Namen
vor ihrem Fenster
ins Morgenblau –
wie wird sie sich freuen! –:
»Oh ihr süßen, weißen Tauben
im blauen Morgen,
grüßt ihn,
grüßt ihn mir wieder!«

Ihr weißen Tauben!

ALLEIN IM GEBIRG

Oh du! daß du an meiner Seite wärst!
Mit dir auf diese stillen, grünen Seen,
auf diese edlen, blauen Berge träumen;
aus all der Schönheit noch zu einer höhren
zurückzuwissen, wenn die Seele dürstet;
an deiner Augen Spiegel dann zu hängen,
die klarer als das klarste Bergseebecken
nur mich – wie meine dein Bild – widerschimmern;
im warmen Steinsitz dann zurückzulehnen,
bis e i n e r Sehnsucht unsre Lippen folgen
und, ohne Wunsch, nur wie in himmelsholder
Gelöstheit, unsre Seelen sich berühren;
und wieder dann so Kopf an Kopf den Weiten
der ungeheuren Landschaft hingegeben,
mit Augen, die vor Glück in Schleiern liegen,
mit sanftem Atem zarter, junger Liebe –
oh du, daß du an meiner Seite ruhtest!
Was ist mir all die Schönheit ohne dich.

ABENDPROMENADE

Das war ein langer Weg mit jungen Bäumen,
unweit des Hauses, den wir jenen Abend
so unermüdlich auf und nieder gingen,
so zärtlich Arm in Arm; ich weiß noch, wie du
den deinen unter meinen Mantel schmiegtest,
daß dir sein Flügel halb die Schulter hüllte.
Was schwatzten wir nicht alles da! Du klagtest
von Sorgen, die zu früh dir zugemessen,

ich kam dir philosophisch, treu dich lehrend,
was grade mir an Weisheit aufgegangen;
dazwischen wehten milde Abendwinde,
und unten lag der See in mattem Glanze.
Und weißt du auch noch, wie ein altes Weibchen
uns lächelnd als ein junges Brautpaar grüßte
und wir ihm fromm doch fruchtlos widersprachen?
Ach, Herz, wenn ich an diesen Abend denke
und an den kleinen Weg mit jungen Bäumen,
dann möcht ich jeden Lufthauch für dich bitten,
er mög dir all des Glückes Träger werden,
das ich dir wünsche, Tapfre, Liebe, Gute!

GÖRLITZER BRIEF

Oh, das war schön, Herzbruder, lieber Freund,
als wir die kalte, klare Weihenacht
ausfuhren übers eingeschneite Land!
Durchs Astgewirr der Pappelbäume brach
der stillen Felder meilenweites Weiß;
die Erde ward uns wieder einmal rund,
und unser Geist ein Vogel über ihr.
Die Pferde dampften, und mit ihrem Trab
im Takte scholl das traute Schellenzeug;
des Kutschers Riesenmantel flatterte,
und holte seine Sensen-Geißel aus,
so war es Kronos selber, der uns fuhr.
So saßen wir nachdenklich Seit' an Seit',
mit seiner jungen Hoffnung jeder still,
und jeder still mit seiner jungen Not.
Da plötzlich, als der Blick sich grenzenlos
auf Äcker öffnete – ein weißer Blitz –

ein blendend Meteor! – und wieder Nacht.
(Mir hat einmal ein Weib aus meiner Hand
den Lebenslauf des Meteors gesagt.)
Die Kälte schnitt, und knirschend sang der Schnee.
Wir wandten um, und als die alte Stadt
nun wieder näher kam, da glänzte hier
und glänzte dort ein baum-erhelltes Haus:
Es war mir wie ein tiefes, fernes Lied
von Erdenkinder Hoffen und Geduld –:
Ein bißchen Lieb' und Licht, – und schon ein Fest! –
Doch freilich, wieviel Häuser lagen schwarz! –
Nun schlief die Ebne wieder hinter uns
mit ihrem ungeheuren Firmament, –
noch seh ich, w i e die Sterne funkelten!
Oh, das war schön, Herzbruder, lieber Freund!

AN DIE MORAL-LIBERALEN

Ihr seid mir kluge, wackre Leute,
nicht Fleisch nicht Fisch, nicht heiß nicht kalt,
im Gestern halb und halb im Heute, –
Freigeister ihr, mit Vorbehalt.

AN N.

Mag die Torheit durch dich fallen,
mir, mir warst du Brot und Wein,
und was mir, das wirst du allen
meinesgleichen sein.

AN **

Da steht man nun in fremder Stadt allein
mit dem, was man gefehlt und man getan,
und den man liebt, der will nicht bei dir sein
und wandelt eigenwillig eigne Bahn.

Und einer Liebe wunderreicher Hort
bleibt unerschöpft und wenig unerlebt;
ich stehe einsam hier, du einsam dort,
und sind im Tiefsten doch so ganz verwebt.

AN DENSELBEN

Nur eines laß den Scheidenden dich bitten:
Tu ohne Reue, was du immer tust!
Ich will, daß du des Nachts in Frieden ruhst, –
sonst haben beide wir umsonst gelitten.

War's not, daß du das Tafeltuch zerschnitten,
ist Bruch mit mir, darauf dein Leben fußt, –
verwirr dich nicht in Gramgedankenwust!
Was du erstrittst, hab reuelos erstritten!

Genieße deines Wollens Frucht in Kraft,
verhüll gleich mir des Einst verschlungne Tage:
Daß jeder so, gesund in Schaft und Saft,

ein starker, grader Stamm gen Himmel rage.
Vernichten hieß dich deine Leidenschaft –:
So schreit in Schönheit, ohne Reu und Klage!

LEBENSLUFT

Freiheit!
Freiheit!
Nur keine Liebe,
die ich nicht will,
nur keine Vogelschlingen
mich Liebender,
nur kein Handauflegen
den leichten Flügeln
der Seele!
Denn alle Liebe
will besitzen,
und ich
will nicht
besessen sein.

STILLES REIFEN

Alles fügt sich und erfüllt sich,
mußt es nur erwarten können
und dem Werden deines Glückes
Jahr' und Felder reichlich gönnen.

Bis du eines Tages jenen
reifen Duft der Körner spürest
und dich aufmachst und die Ernte
in die tiefen Speicher führest.

MENSCH ENKEL

So sah ich
den Menschen eben,
als ich über die Straße ging –:

Der Zeiten ungeheuren Felsblock
auf den Schultern,
gebückt hinstürmend...

ABENDLÄUTEN

In deine langen Wellen,
tiefe Glocke
leg ich die leise Stimme
meiner Traurigkeit;
in deinem Schwingen
löst sie
sanft sich auf,
verschwistert nun
dem ewigen Gesang
der Lebensglocke,
Schicksalsglocke,
die
zu unsern Häupten
läutet, läutet, läutet.

OH ZITTRE MIR NICHT SO ...

Oh zittre mir nicht so, mein Herz,
da schwer das Leben auf dir liegt,
wir haben ja noch jeden Schmerz
im leichten Sinn besiegt.

Und wenn du gar so einsam bist
in dem, was deine Schönheit macht, –
ein Herze, das dich nicht vergißt,
du findst es noch vor Nacht.

LEBENS-SPRÜCHE

Mag noch so viel dein Geist dir rauben, –
dein Blut muß ans Leben glauben!

Wozu das ewige Sehnen?
Laßt uns die Brust dehnen!
Auch ohne romantischen Trug –:
Wir sind! Das ist doch genug.

In allem pulsieren,
an nichts sich verlieren.

WAS MIR SO VIEL VOM TAGE STIEHLT …

Was mir so viel vom Tage stiehlt,
das ist das liebe Singen.
Wenn Frühlicht mein Gemach durchspielt,
kann ich kein'n Ernst vollbringen.

Dann pfeif ich mir und sing ich mir,
und dann streck ich die Arme zur Sonne,
und werde lachend Kind und Tier
in eitel Daseinswonne.

WOHL KREIST VERDUNKELT OFT DER BALL …

Wohl kreist verdunkelt oft der Ball;
doch über den paar Wolken droben,
da blaut das sterndurchtanzte All
und läßt sich von den Göttern loben.

Die liegen auf den Wolkenbergen,
wie Hirten einer Fabelwelt,
und wissen kaum von all den Zwergen,
die das Gebirg im Schoße hält.

Sie lachen mit den weißen Zähnen
den Göttern andrer Sterne zu –.
Komm, Bruder, laß die leeren Tränen,
wir sind auch Götter, ich und du!

SINGENDE FLAMMEN

Zu einem Bilde H. Hendrichs.

Zwei Flammen steigen schlank empor
in stiller, weißer Wacht,
sie singen einen leisen Chor
empor zur Nacht,
zur Nacht.

Zwiefacher Liebe Dankgebet
ertönt in zarter Pracht,
der Erde Doppelseele weht
empor zur Nacht,
zur Nacht.

MOOR

Vor einem Bilde Feldmanns.

Als dich des ersten Menschen Aug erblickte,
empfand er schauernd: Meer! und aber: Meer!
Doch eine Stimme sprach dazwischen: tot!

Und eine düstre Trauer fiel auf ihn,
daß seine Sprache sich verwandelte,
wie wenn ein Vogel unter Wolken fliegt,
die ihn verdunkeln.

NÄCHTLICHE BAHNFAHRT IM WINTER

Wenn du so auf müder Nachtfahrt
durch die dunklen Lande eilest,
wird dir manches Graun und Rätsel,
das du sonst zum Klaren teilest.

Kannst das Dunkel nicht zerspähen,
wirst ohn Ende fortgerissen –:
Hier ein Licht und dort ein Schatten
aus durchdröhnten Finsternissen.

Und du denkst, wie durch die weißen
Wälder frierend Rehe ziehen,
bis sie vor den Dörfern stehen
mit von Frost zerschundnen Knien.

Und du siehst die vielen Menschen
langgestreckt im Schlafe liegen,
und du siehst die große Erde
alles durch den Weltraum wiegen.

Du erschrickst –: Von lauter Stimme
hörst du einen Namen rufen – –
Ja, das ist das alte Städtchen
deiner ersten Werdestufen.

Und du denkst der lieben Gassen,
und du siehst dich selbst als Knaben...
Und schon liegt das Städtchen wieder
fern in Schlaf und Nacht begraben.

Und ein Schaudern und ein Wundern
läßt dein festes Herz erbeben,
und dich graut vor deiner Menschheit
unenträtselbarem Leben.

DUNKLE GÄSTE

Was willst du, Vogel mit der müden Schwinge, –
du pochst umsonst der Seele Glasvisier;
du willst, daß ich dein Lied der Klage singe,
ich aber will, du sterbest außer mir.

Sieh, in mir ist es wie ein Turm am Meere,
der seine Flammen in die Ferne brennt,
daß manches Tier aus all der dunklen Leere
ihm zuschwebt übers schwanke Element.

Allein umsonst: An seinen starken Scheiben
erlahmt der dunklen Gäste kranke Sucht, –
sieh, meine Flammen wollen golden bleiben,
sie sind kein Herd für trüber Wandrer Flucht.

BEGEGNUNG

Wir saßen an zwei Tischen – wo? – im All ...
Was Schenke, Stadt, Land, Stern – was tut's dazu!
Wir saßen irgendwo im Reich des Lebens ...
Wir saßen an zwei Tischen, hier und dort.

Und meine Seele brannte: Fremdes Mädchen,
wenn ich in deine Augen dichten dürfte –

wenn dieser königliche Mund mich lohnte –
und diese königliche Hand mich krönte –!

Und deine Seele brannte: Fremder Jüngling,
wer bist du, daß du mich so tief erregest –
daß ich die Knie dir umfassen möchte –
und sagen nichts als: Liebster, Liebster, Liebster –!

Und unsre Seelen schlugen fast zusammen.
Doch jeder blieb an seinem starren Tisch –
und stand zuletzt mit denen um ihn auf –
und ging hinaus – und sahn uns nimmermehr.

DUNST

Kam des Wegs spät abends
längst des Stromes.
Da erdröhnte fern die Nacht
und rollte
einen Eilzug über Brückenbogen,
die gescheuchten Schatten
fahl entstiegen.
Funkelnd glitt
der Fenster gelbe Reihe
drunten mit
in schwarzer Fluten Spiegel,
drüber aber
ließ der fliehnde Kessel
seines Dampfs
langlagerndes Gewölke.
Wirr zerflatterten
die weißen Dünste

in der blauen
winterklaren Weltnacht …
Und da kam ein Traum
in meine Seele –
und vor mir
zerflossen –
Sternennebel.

OHNE GEIGE

Ich möcht eine Geige haben,
so ganz für mich allein,
da spielt ich all meine Schmerzen
und all meine Lust hinein.

Denn ach, ihr lieben Leute,
ihr wißt nicht, was geigen heißt,
ihr habt wohl fleißige Finger,
doch nicht den heiligen Geist.

Ich höre die Welten singen,
wenn er mein Haupt durchweht –
doch ach, ich hab keine Geige,
ich bin nur ein armer Poet.

VENUS ASCHTHORETH

Du jagtest durch den Saal auf leichten Knien
und warfst das Haar mit fordernder Geberde,
du wolltest mich zu dir hinunter ziehn,
mich saugen, wie den Tropfen trockne Erde.

In deines stumpfen Tänzers Arme sankst
du weit rücküber und, nach mir gedreht,
verschlangst du mich mit jedem Blick und trankst
mein fliegend Herzblut, Venus Aschthoreth!

REINE FREUDE

Ich bin doch wohl kein Richter,
nichts denn Dichter.
Denn wenn ich so die großen Ströme höre,
erhabner Geister Schaffens-Wogenchöre,
was frag ich da noch, was sie rauschen!
Ich stehe zitternd, ganz gebannt von Lauschen,
und fühle nichts als: Mensch! und breite schweigend
die Arme, Lebens Urkraft fromm mich neigend.

AN DIE MESSIAS-SÜCHTIGEN

Messias, komm! gib endlich Licht!
laß endlich unsre Sehnsucht landen!
So jammert ihr – und habt noch nicht
den ersten großen Mann verstanden.

ERSEHNTE VERWANDLUNG

Jedes Großen Sehnsucht ist,
allem Volk auf Erden
– wie sich sehnte Jesus Christ –
Brot und Wein zu werden.

MITMENSCHEN

Das sind die mitleidlosen Steine,
die Tag und Nacht dein Ich zerreiben;
willst du dein ganzer Eigner bleiben,
so flieh die liebende Gemeine.

Und bricht einmal dein volles Herz
und spricht von einer Überwindung: –
»Oh!« ruft des Nächsten kleiner Schmerz,
»bei Gott, ich kenne die Empfindung!«

Daß er so wenig weiß und kann,
das ist es, was den Edlen schmerzt,
indes der eitle Dutzendmann
zu jedem Urteil sich beherzt.

DIE RUSSISCHE TRUHE

Ich hab eine russische Truhe,
bemalt mit Blumen sonderbar,
in diese Truhe tue
ich meine Werke Jahr um Jahr.

Ich liebe die fremde Truhe,
mit dem, was meine Kraft ihr gab.
Sie mag einst meine Ruhe
teilen im grünen Grab.

VORFRÜHLING

Vorfrühling seufzt in weiter Nacht,
daß mir das Herze brechen will;
die Lande ruhn so menschenstill,
nur ich bin aufgewacht.

Oh horch, nun bricht des Eises Wall
auf allen Strömen, allen Seen;
mir ist, ich müßte mit vergehn
und, Woge, wieder auferstehn
zu neuem Klippenfall.

Die Lande ruhn so menschenstill;
nur hier und dort ist wer erwacht,
und seine Seele weint und lacht,
wie es der Tauwind will.

THALATTA!

Es stürzen der Jugend
Altäre zusammen,
die heiligen Bilder
zerfallen zu Staub,
des Tempelhaines
Opferflammen

zerflattern,
der Winde Raub.

Das Meer wirft grüßend seine Schäume
bis hart vor meine Füße hin –.
Ja, du bist mehr als alle Träume!
Das Beil an die geweihten Bäume!
Daß ich ein Schiff mit Segeln zäume!
Auf, Seele, – Sucherin!

ZUM II. SATZ (ANDANTE CON MOTO) VON BEETHOVENS APPASSIONATA

Oh siehe die Lande, sie liegen so stille
und freun sich der sternigen Kühle entgegen,
es rastet der Sonne gewaltiger Wille,
und leiser wird alles Bewegen und Regen.

Es baut sich die Nacht auf unzähligen Säulen
des Lichtes empor über schlafende Fluren,
und langsam veratmen ihr Jauchzen und Heulen
die träumenden Seelen der Kreaturen.

EINE JUNGE WITWE SINGT VOR SICH HIN

Sitze nun so allein,
traurig in Schwarz gehüllt,
gehe fort, komme heim, –
immer sein Bild!

Ach, und das Leben rings
lacht mich so lockend an,
aber des Schmetterlings
Flügel sind lahm.

Wenn ich in'n Spiegel schau –:
Lippen so rot, so rot –
Seide so tot, so tot –:
Einsame Frau ...

Draußen so Lenz und Licht,
drinnen so tränengrau, –
faß es und faß es nicht –:
Einsame Frau ...

MIR KOMMT EIN ALTES BERGMANNSLIED ZU SINN

Mir kommt ein altes Bergmannslied
zu Sinn,
das mahnt mich an die Zeit, da ich
verliebt gewesen bin,
zum erstenmal
mit aller Lust und Qual,
davon ich spät erst, spät
genesen bin.

Wie drängt ein ganzer Jugendtraum
empor,
sing ich das alte Bergmannslied
mir selber leise vor.
Es glänzt ein Saal
im nachtgestirnten Tal,

die Dorfkapelle spielt
die Weise vor.

Und dann der Tanz den Saal hinauf,
hinab.
Ach, was ich mich in Wunsch und Wahn
damals vermessen hab!
Oh süße Qual,
der ich mein Herz empfahl,
und die ich noch nicht ganz
vergessen hab.

DU DUNKLER FRÜHLINGSGARTEN . . .

Du dunkler Frühlingsgarten,
durch den ich wandre jede Nacht,
all deine Knospen warten
auf ihre junge Pracht.

Wie liegst du schwarz und schweigend nun
und doch so sonnenbang und -toll!
Schon geht der Mond, im See zu ruhn,
b a l d ist die Stunde voll.

EIN SOMMER

Verse

Der's gehört

Der Waldbach rauscht Erinnerung...
An so viel traute Stätten meines Lebens
erinnert mich sein nächtliches Gespräch.

Und wie ich so, den Kopf vergraben, sitze,
da bricht ein Born von Tränen in mir auf
und rauscht mit ihm unhörbar durch die Nacht.

Mir ist, als flösse dieser Bach da draußen
ein heimlich Bette in mir selbst herab
und spülte nun den lange trocknen Grund
zu neuem sonderbaren Leben auf;
wie Moos und Flechte legt's gelöste Arme
in sein Gefäll, wie klein und große Kiesel
befreit es sich und läuft mit ihm des Wegs; –
mir ist, ich spürte, wie die Welle wühle
und nichts mehr fest und sicher in mir sei,
und fühle mich beunruhigt hingegeben
in eines wunderlichen Spiels Gewalt.

Was fragst du viel! Du hast in diesem Bach
des Lebens selber eingeschränktes Bild.
Des Werdens-Stromes Brausen hörst du nicht,
der Bach, der kleine, findet erst dein Ohr;
und lag die Welt dir gestern starr und still,
so redet sie dir heut aus seinem Mund
von ihres Flusses nimmermüder Flucht,
so hat sich die waagrechte Ebene,
die sie dich gestern dünkte, heut geneigt –
und rauschend reißt der Stunden Fall dich mit.

BLICKFEUER

I

Du kennst der Küste rege Leuchtturm-Feuer,
die schlaflos ewig wache Wimpern heben,
als seien es des Schicksals Augen selber,
die ruhlos auf der Dinge Wandel rollen, –

Und stehst vielleicht so selber vor den Dingen,
sie immer wieder groß und fragend messend,
indes des Weltmeers ewig gleiche Woge
zu deinen Füßen ihre Rätsel brandet ...

II

Und dann sind noch andre Feuer,
die mit unbewegter treuer
Güte durch das Dunkel schauen,
wie wohl Augen stiller Frauen
flehn: aus schwankenden Bezirken
komm, im Heimischen zu wirken.

VOGELSCHAU

Begriffst du schon ein Wunder wie dies eine,
daß die Erde um die Sonne fliegt?
O Nacht, vor deinem Sternenscheine
liegt all mein Menschliches besiegt ...

Ein riesenhafter Erdkloß kreist
unaufhörlich um ein großes Feuer:
Da gebiert die Scholle Geist –:
der Mensch wird, Zwerg und Ungeheuer, –

und ruft, Ausschlag der Bodenrinde,
Erd und Himmel tönend an –
und spielt sein Spiel in Weib und Mann...
gleich einem ewigen Kinde...

Ja, Kinder-Spiel ist, was da ist,
das sagt dir jede stille Nacht,
und nur dein tiefes Kind-Sein macht,
daß du noch weiter fröhlich bist.

ZUM LEBEN ZURÜCK!

Zum Leben zurück!
Verwechsle mir nicht Weg und Ziel!
Wohl ist auch Wandern Glück,
doch leicht wirst du der Füße Spiel.

Mit deinem Erreisten
siedle dich beizeiten an,
und strebe zu leisten,
was fördern kann.

MAIMORGEN

So mag sich wieder blinde Nacht
zum reinsten Morgen klären,
sich Lebensglück aus Lebensmacht
in neuem Glanz gebären.

Der Nebel flieht, als ob er Ried
und Wald auf ewig flöhe,
und meine Seele ist das Lied
der Lerchen in der Höhe.

SELIGE LEICHTIGKEIT

Keine ›Verse‹! Singend Leben,
wie es aus den Bächen tönt!
Ward dir innrer Reiz gegeben,
nun, so quillt es schon verschönt.

Deine Meißel, deine Feilen
habe nun im Blut gelöst,
und so laß denn talwärts eilen,
was die muntre Welle flößt.

Rhythmenselig, bogenspringend,
liebe Lockung Aug und Ohr,
alles mit zu tanzen zwingend,
ströme, schwimme, süßer Flor!

ABEND-TRUNK

So tritt man abends an den Rand
des Brunnens, wenn die Sonne sinkt,
und schöpft sich mit gewölbter Hand
und trinkt und trinkt –

wie wenn ich deinem Zaun vorüber
wandre und dein Köpfchen nickt...
ein Wort herüber und hinüber –
wie das erneut, wie das erquickt!

DAGNY

Wenn dieses zarte Glühen
in deine Wangen strahlt,
als wie den frühsten frühen
Himmel ein erster Schimmer malt,
da fühl ich erst, wie rein du bist,
welch feine klare Schale
voll unberührtem Wein du bist,
bestimmt zu höchsten Mahle
der Erde.

D. (norweg.) = Erstes Frühlicht.

An solch einem Vorabend der Liebe –
du weißt noch nicht, was da werden wird,
aber dein Herz ist so süß bewegt,
in den reinen Abend so aufgelöst...

großer Sonne, die rot
hinter die blauen Berge sinkt,
trinkst du träumend dein Glas nach ...
und die gedämpfte Musik,
die du von fröhlichem Volk
fernher hörst,
spinnt dich nur tiefer ein ...
und du fühlst,
wie ein anderes Haupt
leis deiner Schläfe sich schmiegt
und mit dir hinausträumt
aus braunen geliebten Augen ...
und du schließest die deinen
und sitzest so lange,
ganz still und vergessen;
und dann stehst du auf
und küssest ein paar
geschenkte Blumen
und vergräbst dein Gesicht ganz
in schmeichelnde Blüten ...
An solch einem Vorabend der Liebe ...

Oh, um ein Leuchten deiner Augen alles!
Hör mich! Ein Märchen –. Als der alte Gott
noch jung in seinen Gärten wandelte,
da fand er einst auf einer Wiese sie
in leichtem Schlummer reizend hingestreckt.
Und wie er überwältigt steht, die Arme
noch zum zerteilten Busch zurückgebreitet,
erwacht sie von dem Brechen eines Zweigs
und hebt der Wimpern seidnen Silberwurf
und träumt den ersten großen Blick ihm zu.

Und wie der Herrliche nun näher eilt
und vor ihr kniet, da geht ein Rätselleuchten
aus ihrem Aug, wie wenn in Wogenschleiern
sich das Geheimnis einer Meergrundsonne
verhüllen wollte und sich doch verriete...
Und sieh, um dieses Leuchten schuf Gott alles,
was ist, – der Sterne schimmernde Girlanden –
der Vögel Legion, den Tag der Liebe
durch ewige Äonen wiederholend –
und dich und mich – und alles Glück und Elend
von Ewigkeit zu Ewigkeit – ! – Du lächelst!
Oh, um dies Leuchten deines Lächelns alles!

Brausende Stille,
wie lieb' ich dich,
wenn du nicht ganz mich
überwältigst,
deutender Phantasie
noch Raum gewährend.
Liegt mein Ohr
an der Muschel Unendlichkeit?
Rauscht das Meer des ewigen Seins
daraus?
Oh, dann rauscht
auch ihr, auch ihr Blut mit,
brandet bis an mein Herz,
wie meins an ihrs!
Brausende Stille,
wie lieb' ich dich,
die du mich
mit der fernen Geliebten
so zart vereinigst.

Dich zu singen
wie ein liebes, trautes Lied,
so oft ich wollte! ...
Oder dein Aug
aus dem Ring meines Fingers
dunkeln zu sehn,
fraglich, wechselnd,
und immer geliebt! ...
Das Leben ist plump
wie ein Klavier –
(nicht mehr, nicht minder) –
ach, daß es die feine, biegsame,
singende Geige wäre,
die ich zu oft mir
in Träumen baute
und spielte!

VON DEN HEIMLICHEN ROSEN

Oh, wer um alle Rosen wüßte,
die rings in stillen Gärten stehn –
oh, wer um alle wüßte, müßte
wie im Rausch durchs Leben gehn.

Du brichst hinein mit rauhen Sinnen,
als wie ein Wind in einen Wald –
und wie ein Duft wehst du von hinnen,
dir selbst verwandelte Gestalt.

Oh, wer um alle Rosen wüßte,
die rings in stillen Gärten stehn –
oh, wer um alle wüßte, müßte
wie im Rausch durchs Leben gehn.

»DAS WUNDER IST …«

Vom Hang nach Einsamkeit erfaßt,
verstürm' ich mich in dir, Natur,
hin auf nur mir vertrauter Spur,
ein schlechter Menschengast.

Und träumend mal' ich mir im Schreiten,
wie's plötzlich sich aus Büschen biegt –
und s i e zu tausend Zärtlichkeiten
mir in die Arme fliegt.

LEBENSBILD

Schwankende Bäume
im Abendrot –
Lebenssturmträume
vor purpurnem Tod –

Blättergeplauder –
wirbelnder Hauf – –
nachtkalte Schauder
rauschen herauf.

VOLKSWEISE

Da waren zwei Kinder, jung und gut,
aber ihr Blut
floß gar schnelle.
Sie lachten sich zu,
da warf ihre Ruh
die erste harmlose Welle.

Doch jeden Tag warf sie eine mehr,
bis gar wild hin und her
Wogen wallten.
Da ging es zum Sterben,
gradaus ins Verderben –
sie konnten ihr Herz nicht halten.

Ich saß, mir selber feind wie nie,
vor der gelaßnen großen Nacht
und schrie
mich aus in ihren schwarzen Schacht.

Da kam's zurück, wie Hauch zurück:
»Wo bist du, Kind? Was willst du Kind?
Mein Auge ist von Sternen blind.
Was nennst du Schmerz? Was nennst du Glück?

Wachse, wie du mußt,
und welkst du, geht es schnell dahin.
Das Leben hat nur Deinen Sinn.
Aber ewig bleibt dir meine Mutterbrust.«

SEGELFAHRT

Nun sänftigt sich die Seele wieder
und atmet mit dem blauen Tag,
und durch die auferstandnen Glieder
pocht frischen Bluts erstarkter Schlag.

Wir sitzen plaudernd Seit' an Seite
und fühlen unser Herz vereint;
gewaltig strebt das Boot ins Weite,
und wir, wir ahnen, was es meint.

Seht in ihrem edlen Gange
dieses jugendfrische Kind,
leuchtend Aug, erwärmte Wange,
und sein Löckchen holt der Wind.

Wie die Füße schön sich setzen
ohne Scheu und Ziererei,
reißet ihr das Kleid in Fetzen,
und sie wandelt dennoch frei,

wandelt all in ihrer Reinheit
sonder Arg in Tat und Wort,
und betrogene Gemeinheit
wendet sich betroffen fort.

Nun streckst du die schlanken Glieder
aufs reine Lager hin;
müde fallen die Lider,
doch mein Bild blieb darin.

Du fühlst ein süß Genügen,
als wär' ich selber nah;
und schon mit gleichen Zügen
liegst du ruhend da.

SIE AN IHN

Dies nur Dir verdanken wollen
alles Guten, alles Schönen,
dies an deine immer vollen
Geberhände sich gewöhnen! ...

Wie du meinen Willen wandelst,
meine Seele nach dir bildest,
und so weisest und so mildest
mich in alledem behandelst!

SCHWEIGEN IM WALDE

Da ging ich heut im Walde wo,
da war's so still, so still, – o so –,
daß, als ich mir
das Herze nahm
zu sagen: O wie still ist's hier!
nur Flüstern mir vom Munde kam.

WALDKONZERTE . . .

Waldkonzerte! Waldwindchöre!
Düstres Solo strenger Föhre –
Tannensatz nach tiefem Schweigen –
heller Birken Mädchenreigen –

Buschgeschwätze – Gräserlieder –
Blätterskalen auf und nieder – –
wenn ich euch nur immer höre –
Waldkonzerte! Waldwindchöre!

LEICHTER VORSATZ

So jedem Tag, der leichten Schritts enteilt,
ein Liederveilchen in die Locken werfen,
daß, wenn ihn abends Dämmerung umfängt,
ihre Hand liebkosend ihm
die kleine Blume aus den Haaren wirrt
und sie ihm zeigt – und er – staunend lächelnd
nicht sagen kann, woher sie dahin kam –
und beide so mit Lächeln auf sie schaun – !

FARBENGLÜCK

Ist nicht dies das höchste Farbenglück:
Birkenlaub in Himmelblau gewirkt?
Doch schon winkt ein graublau Felsenstück,
dunklen Efeus sprunghaft überzirkt.
Und schon sinkt mein Blick in grüne Wiesen

und in Wasser und in weißen Dunst –
und ich weiß nicht, wem von allen diesen
schenk' ich meine Gunst und meine Kunst ...

DER HÜGEL

Wie wundersam ist doch ein Hügel,
der sich ans Herz der Sonne legt,
indes des Winds gehaltner Flügel
des Gipfels Gräser leicht bewegt.
Mit buntem Faltertanz durchwebt sich,
von wilden Bienen singt die Luft,
und aus der warmen Erde hebt sich
ein süßer, hingegebner Duft.

AUF LEICHTEN FÜSSEN

So sein heitres Gleichgewicht
allem mitzuteilen,
in des Abends liebem Licht
leicht dahinzueilen –

Eine wilde Rose wo
im Vorübergehn zu küssen,
und dem stillen Walde so
sich gestehn zu müssen –

Wieder dann aus Luft und Licht
seidne Verse fangend,
nur sein heitres Gleichgewicht
auszuruhn verlangend –!

GENÜGSAMKEIT

Ich brauche nur den Duft der Welt,
die ganze Welt zu haben,
ich hab mein' Sach auf nichts gestellt,
gleich manchem leichten Knaben.

Du lächelst mir, so wird mir gut,
als wärst du ganz mein eigen,
und aus der Seele Mutterflut
die süßesten Lieder steigen.

GUTE NACHT

Nebel lag überm Land,
und die Bäume rauschten so sacht,
da gab mir deine liebe Hand
ihr erstes süßes ›Gutenacht‹.

Und ich dann noch in den Nebel ging –
und die Bäume wühlten in meinem Sinn –
und ich bebte und redete vor mich hin –
und mein Auge voll Tränen hing.

HEIMAT

Nach all dem Menschenlärm und -dust
in dir, geliebtes Herz, zu ruhn,
so meine Brust an deiner Brust,
du meine Heimat nun!

Stillherrlich glänzt das Firmament
in unsrer Augen dunklen Seen,
des Lebens reine Flamme kennt
kein Werden und Vergehn.

SCHWALBEN

Schwalben, durch den Abend treibend,
leise rufend, hin und wieder,
kurze rasche Bogen schreibend,
goldne Schimmer im Gefieder –.

Oh, wie möcht' ich dir sie zeigen,
diese sonnenroten Rücken!
Und der götterleichte Reigen
müßte dich wie mich entzücken.

HOLDE UNGERECHTIGKEIT...

Holde Ungerechtigkeit
jeder seligen Sekunde,
die da spricht: zu keiner Zeit
hingst du s o dem Glück am Munde!...

Doch indem wir dies so denken,
kommt's von Herzensgrunde:
Alle wollt' ich gern verschenken,
hing' ich i h r am Munde.

Wie mir der Abend das Grün der feiernden Tannen vergoldet
und noch mit leuchtendem Rot drunter die Stämme beglückt!
Irgendwo zwitschern und zwitschern noch kleine beseligte Meisen;
fernher, fernhin rollt selten ein spätes Gefährt,
oder es schlägt die Flut des Strands verborgene Zeile,
wenn ein Dampfer sie jäh rauschenden Buges verdrängt.
Aber da schaudert es plötzlich – die Sonne versank hinter Bergen,
und in das hohe Gewölk eilt nun der purpurne Glanz.
Farblos steht nun der Wald, allein die Gewässer, sie strahlen
lang noch das rötliche Blau mächtig entloderter Luft ...
Also sah ich einmal noch um Mitternacht rosige Schimmer
in des umschwiegenen Fjords zitternder Spiegelung ruhn.

Was möchtest du noch einmal sehn,
wenn du einst tot bist?

Ein Stückchen Wald
im Vormittagsonnenglanz –
rötlich flimmerndes Zittergras,
auf schlanken, durchsichtigen Stielen
im harzigen Winde fächernd –
über seiner unendlichen Anmut
ein Zirkel Azur
mit zwei weißen Wölkchen –
ein Eichhorn,

von Tanne zu Tanne springend –
und einmal den Schatten
eines ziehenden großen Vogels...

So etwas wünscht' ich noch einmal zu sehn,
wenn ich einst tot bin.

HOCHSOMMERSTILLE

Das sind die stillen Tannen des August,
die stehn so unbewegt den ganzen Tag;
und wenn du nachts im lauen Fenster liegst,
aufstarren sie an blasser Himmelswand,
wie mit Asphaltbraun mächtig hingesetzt.

WEITER HORIZONT

Das ist's, was mich hier so entzückt:
Diese unbedingte Weite,
dieser Horizont in Tief' und Breite
verschwenderisch hinausgerückt.

WASSER-STUDIE

Dieses Blitzen auf der Bläue –
daß ich's bildlich näherbringe –
ist wie weißer Schmetterlinge
unentwirrbares Gebräue.

EINE NACHT

Sah ich schon je so finstre Nacht?
Da ich sie, Freund, dir schildern will,
such ich nach Worten selbst umsonst, so sehr
füllt Finsternis mich selber ganz und gar.

ES RAUSCHT DER WIND –

Es rauscht der Wind in den hohen Bäumen ...
Tief unter ihm ich und mein Wort.
Es rauscht der Wind in den hohen Bäumen ...
Er rauscht meine Seele mit sich fort –
   Nirwana zu.

ABWEHR UND BITTE

Bin ich schmerzlich, bin ich's nur mir selber;
denkt, o denkt, die Erde ist so reich!
Eine Träne macht das Laub nicht gelber,
faßt es, Freunde, nicht so tragisch gleich!

Müßt das Leben nicht so wichtig nehmen,
wenn es euch die herbe Seite zeigt,
aber wann euch Glück die Schale neigt –
oh, so adelt mir das süße Schemen!

VERGEBLICHES WARTEN

Du kommst heut nicht – –.
Ich schaue auf den Busch,
der seine schlanken Zweige herbstlich sträubt,
und wie die Heide rötlich mich umschwankt,
und wie die Landschaft sich in Abend hüllt, –
und reiße mir ein Büschel Heide aus,
von jener Stelle, da du sitzen solltest.
Du kommst heut doch nicht – –.
Und so will ich heim.

DAS GEBET

Erst schuf mir dein Geständnis Schmerz:
Ich bete jede Nacht für dich.
Bald aber sprach's in mir, daß ich
nicht ungetröstet bliebe:
Was ist denn solch Gebet, o Herz,
als eine Form der Liebe!

NACHTWIND

Wenn der Abend düster dunkelt
und der Nachtwind sich erhebt,
nur die Lampe bei dir funkelt,
einzig Licht, das um dich lebt; –

denn die Sterne sind verhangen,
und die Hütten schlafen schon, –
fühlst du mit verhaltnem Bangen
dunkler Mächte dunkles Drohn.

Und Du schiebst das Buch zurücke,
weichend aus gewohnter Spur,
suchst geschloßnen Augs die Brücke
zur dich rufenden Natur.

Wie's aus schwarzen Tiefen brauset,
seufzend schwillt und wieder fällt;
wie's dann wieder lange pauset
und der Bach sich schadlos hält!

Plötzlich stößt der Sturm den Flügel
deines Fensters zürnend zu, –
trotzig schließest du den Bügel;
draußen herrscht erschrockne Ruh.

Und dann schüttelst du mit einem
dich des Schauders wieder frei,
wendest wieder dich zu Deinem,
und der Zauber ist vorbei.

MARGERITE

Du standst vor einem Blumenglas am Fenster
und legtest deine Hand
mit einer schönen
unendlich gütigen Bewegung
um eine Margerite,

ihr von unten her
den Blätterkreis mit der
gekrümmten Hand
verengend
und sie mit einem Seufzer –
mir wenigstens erschien es so –
und voller Liebe anblickend,
daß ich empfand,
daß zwischen dir und jener Blume sich
Geheimnis stiller Zwiesprache
verberge. –
Und wie ich heute selbst
das gleiche Spiel,
mein selber lächelnd, treibe
und ›mit Schmerzen‹ ende, –
lächle ich nicht mehr –
und denke jenes Abends an dem Fenster
und jener traurig-gütigen Geberde.

WIND UND GEIGE

Drinnen im Saal eine Geige sang,
sie sang von Liebe so wild, so lind.
Draußen der Wind durch die Zweige sang:
Was willst du, Menschenkind?

Drinnen im Saale die Geige sang:
Ich will das Glück, ich will das Glück!
Draußen der Wind durch die Zweige sang:
Es ist das alte Stück.

Drinnen im Saale die Geige sang:
Und ist es alt, für mich ist's neu.
Draußen der Wind durch die Zweige sang:
Schon mancher starb an Reu.

Der letzte Geigenton verklang;
die Fenster wurden bleich und blind;
aber noch lange sang und sang
im dunklen Wald der Wind...

Was willst du, Menschenkind...

LIED

Wenn so der erste feine Staub
des Sommers auf die Blätter fällt –
dann ade, du Frühlingswelt!
Dann ade, du junges Laub! –
Ach, wie sterben die Frühlinge schnelle!

Wenn erst das Auge sich versöhnt
mit all dem Grün und Weiß und Rot,
da beginnt des Frühlings Tod,
da versommern wir verwöhnt...
Ach, wie sterben die Frühlinge schnelle!

Und dann schauen wir vom Hügel,
wie das Land sich müde sonnt...
Leblos steht ein Mühlen-Flügel,
wie ein Kreuz, am Horizont – –.
Ach, wie sterben die Frühlinge schnelle!

WANDERNDE STILLE

Wie die Stille übers weite Wasser hergewandert
kommt –!
während Tages letzte Rosenglut verglimmt,
verschwimmt.
Wie die Stille übers weite Wasser hergewandert
kommt –!
während schwärzlichen Gebirgen düsterroter Mond
entflammt.
Wie die Stille übers weite Wasser hergewandert
kommt –!
Zornig schreit im tiefen Wald ein Vogel – und
verstummt.
Wie die Stille übers weite Wasser hergewandert
kommt –!

MÄCHTIGE LANDSCHAFT

Vor dem blassen Dämmerhimmel,
den Gewölke, grau verworren,
fast schon jetzt zu Nacht verdunkeln,
steh ich, wie ich mich vom Armstuhl,
drin ich grad ein wenig ruhte,
aufgehoben, mit vom Schlafe
noch nicht ganz befreiten Augen.

Und das ungeheure Bild der
Landschaft, das mich so auf einmal
trifft, wie sie den Flügel ihrer
Wolken in die Nacht vorausreckt,

Wasser, Wälder, Berge so im
Schoß des eignen Schattens tragend,
hält mich lang noch wie im Traume.

STURMNACHT

Das ist eine Nacht! eine Wacht!
Das Meer, es rauscht nicht mehr, es rollt...
Alle Sturmdämonen stehen im Sold
dieser Nacht.

Unheimlich weiß durch die Dämmerung
leuchtet der Strand –;
des Wolkenbruches rasendem Sprung
ächzt Fenster und Wand –.

Das ist eine Nacht! eine Schlacht!
Da wird wohl mancher Mast zu Spott...
Die Natur kennt keinen Gott
in solcher Nacht.

DIE STIMME

Eine junge Mutter singt
eintönig ihrem Kind,
ihr Sinn in ferne Zeiten rinnt,
voraus, zurücke dringt, –
und mit dem Liede spielt der Wind...

und trägt's zu mir,
und trägt's zu dir,

daß es uns selber rührt und regt,
als säng' sie's dir,
als säng' sie's mir,
und laut in uns das Herze schlägt, –
als säng', was wir geworden sind,
die Mutter dort eintönig
zum Wiegen in den Wind.

EIN ANDERMAL

Wie die junge Stimme singt,
mild und mütterlich!
Ihre stille Güte bringt
Frieden über mich.

Junger Frühlingserde Lust
singt in zarter Nacht
so aus eines Vögleins Brust
Blüten-Wiegenwacht.

Junge Stimme, sing und sing
alle Sorgen ein, –
Lebensring an Lebensring
wird sich treulich reihn.

MIT GESCHLOSSENEN AUGEN

S'ist wohl verlaufen Blut, das so
in meinen Ohren zirpt und schwirrt – –.
Mir ist, ich ging' im Süden wo,
von dichten Reben überwirrt –

Vielleicht im Tal der Sarca, wo
der Fuß durch Meilen Weinland irrt
und Grillenvolks Unisono
aus hundert Gärten silbern sirrt.

Tal der S., mit Arco, Gardasee.

VORMITTAG AM STRAND

Es war ein solcher Vormittag,
wo man die Fische singen hörte;
kein Lüftchen lief, kein Stimmchen störte,
kein Wellchen wölbte sich zum Schlag.

Nur sie, die Fische, brachen leis
der weit und breiten Stille Siegel
und sangen millionenweis'
dicht unter dem durchsonnten Spiegel.

›DICH‹

Was möcht' ich wohl vom weiten Sein
jetzund alleinziglich?
Ich faß es in drei Zeichen klein:
dich.

SPRUCH ZUM WANDERN

Empfange mich, du reine Luft,
und gib mir deine Kraft;
vertilge, was in mir an Gruft,
und nähre, was da schafft!

Daß ewig neuen Blutes Strom
verjüngten Adern kreise
und erdenmütterlich Arom
noch fernste Träume speise!

VORMITTAG-SKIZZENBUCH

I

Ein Pferd auf einer großen Wiese
in der Morgensonne stehend, –
nur die Ohren
und den langen vollen Schweif bewegend, –
drunter ein breiter schwarzer Strich,
sein Schatten.

II

Wie sich der Weg hier
den Hügel hinabwirft –
dann sich ein Weilchen verschnauft –
dann wieder
langsam,

bedächtig,
den nächsten hinaufsteigt!

III

O du glückselig zitternd Espengrün
vorm wasserblauen Firmament –
und ihr daneben, feierliche Fichten,
der Zweige schwere dunkle Zotteln
kaum bewegend!

IV

Ein Schmetterling fliegt über mir.
Süße Seele, wo fliegst du hin? –
Von Blume zu Blume –
von Stern zu Stern –!
Der Sonne zu.

V

Vögel im Wald – –.

Niemand nennt sie,
niemand kennt sie.

Was das wohl so erleben mag
den lieben langen Tag!

Da geh ich unter ihnen hin
mit Bärenschritt und Bärensinn – –

Ja, wenn ich noch ein Mädchen wär –!

Vögel im Wald – –

VI

Auf den Höfen ringsum
läutet es Mittag.
Läutet's auch Mittag –
in mir?..

Ich seh' ein Glockenblume
neben mir blauen:
mit neun offnen Glocken
und drei noch verschloßnen.

Die läute für mich mit,
nun, da es rings
auf den Höfen
den Mittag läutet.

DER WIND ALS LIEBENDER

Der monddurchbleichte Wald
liegt totenstumm.

Da kommt ein Wind
von ferne sacht gewandelt,
hoch über seine tausend Häupter her.

Die Espe neben mir, die merkt's zuerst
und gibt sich zitternd hin.

Und weiter eilt,
als wie ein Liebender sein Mädchen sucht,
der sachte Wind.

Nun rauscht der Waldrand drüben
jenseits der Wiese auf.

Und wieder stehn
die mondlichtbleichen Stämme
totenstumm.

MEER AM MORGEN

Herrlich schäumende Salzflut
im Morgenlicht,
die tiefen Bläuen
in weißen Stürzen auskämmend,
hin
über grünere Seichten
zur Küste stürmend –
aus-rollend dich nun,
die Felsen hochauf umleuchtend!
Metallgrün
stehen die runden rauschenden Büsche
vor deinen fernher schwärzlichen Böen,
und rötlich milchige Wolken
strecken sich lang
in den zärtesten Himmel
darüber.

ABEND-SKIZZENBUCH

I

Leuchtroter Berberitzenstrauch
hängt sonnenbraunen Fels herab,
an dessen Fuß, ein blauer Gast,
mein eigner Schatten, schauend, ruht.

II
(Unio mystica)

Zwei Farben nur:
Der stählern-blaue Fjord,
die nachtviolen-blauen Höhen um ihn,
und drüber
wolkenloser rosenblasser
Abendhimmel.

HERBST

Zu Golde ward die Welt;
zu lange traf
der Sonne süßer Strahl
das Blatt, den Zweig.
Nun neig
dich, Welt hinab
in Winterschlaf.

Bald sinkt's von droben dir
in flockigen Geweben
verschleiernd zu –
und bringt dir Ruh,
o Welt,
o dir, zu Gold geliebtes Leben,
Ruh.

Anhang

ERSTER SCHNEE

Der Fjord mit seinen Inseln liegt
wie eine Kreidezeichnung da;
die Wälder träumen schnee-umschmiegt,
und alles scheint so traulich nah.

So heimlich ward die ganze Welt...
als dämpfte selbst das herbste Weh
aus stillem, tiefem Wolkenzelt
geliebter, weicher, leiser Schnee.

WINTERMONDNÄCHTE

I

Der Mond tritt über die Eichen
und wandelt die Äcker im Schnee
mit seinem geisterbleichen
Schimmer in einen weiten See.

Tiefdunkle Wälder säumen
den regungslosen ein,
und hoch aus blassen Räumen
tropft Sternensilberschein.

II

O fühle mir die bleiche Glut
des Mondes dich umfließen!
Du mußt die Augen schließen –
und nun nur lauschen,
was die Flut
des fernen Bachs dir Liebes tut
mit ihrem Märchenrauschen.

III
(Die Ski-Läufer)

Mondnacht über Markt und Gassen –
Mondnacht in der Brust der stillen –
und ein alles Lebens Willen
grenzenlos Gewährenlassen –.

An geheimnisvollen Hängen –
auf noch ungestapften Matten –
unter Tannen-Feiergängen –
zwischen Silberlicht und Schatten –.

Plötzlich durch den Wald herunter:
jugendjubelnd, fackelnkreisend
rascher Bursch' und Mädchen bunter
Schwarm im Sturm zu Tale gleisend – –.

Ruf und Gruß ... und wieder Schweigen –
zauberweißes Märchenspinnen –
und ein in dein tiefstes Sinnen
Glück und Glanz sich nieder Neigen.

WALDGEIST

Was ist das für ein Klagelaut
im totenstillen Winterwald –
ganz nahe bald, ganz ferne bald –
daß es mich schier ein wenig graut?

Ich bleibe stehn und horche lang –.
Ein Schweigen, tiefer als das Grab.
Und weiter setz' ich meinen Stab, –
und wieder klagt die Stimme bang.

Bis ich entdecke, es ist just
mein Stock, von dem dies Singen geht,
wenn meine Hand ihn unbewußt
im feuchten Schnee der Straße dreht.

Und weiter, wie der Weg mich weist,
verfüg' ich mich nach kurzer Rast
und fühle mich nun selber fast
als dieses Walds verwunschnen Geist.

DER TRAUM

Es war ein süßer Traum
von Dir, –
was, weiß ich kaum.
Doch seine Süßigkeit
blieb mir
den ganzen Tag, –
daß, als mein Schlittengleis
zur Abendzeit
die Straße lief,
da deine Wohnung lag,
der Heide, ich,
ein leis
›Gott segne dich‹
als jenes süßen
Traumes letztes Grüßen
rief.

WIE VIELES IST DENN WORT GEWORDEN ...

Wie vieles ist denn Wort geworden
von all dem Glück, das mich durchdrang!
Von all den seligen Akkorden
ach, nur ein schwacher, flacher Klang.

Und doch! Wie würde sich's erlauschen,
war keinem Tag sein Lied vergällt?
Selig eintönig, wie das Rauschen
des Baches, der vom Felsen fällt.

UND ABER RÜNDET SICH EIN KRANZ

I

Wir merkten bald im Reden-Wechselspiel,
wie wir zu hundert bunten Dingen standen;
und eine Kinderfreude überfiel
uns heimlich, da wir uns so ähnlich fanden.

II

Wir wussten uns nichts mehr zu sagen,
und was wir sagten, wurde seicht.
Von der verwirrendsten der Fragen
fühlten wir unsre Herzen schlagen.

Und beide zitterten wir leicht.

Mit dir, wer weiß, würd' ich noch manche Pfade
zu ungekannten Lebensquellen finden;
du, mein' ich, würdest meine Seele nicht
in ihren höchsten Stunden einsam lassen!

Darf ich, dein Ring, dich, Perle, in mir fassen?
Willst du den Kranz der Zukunft mit mir winden?
Anbet' ich dich als mein erlösend Licht,
als meines Lebens große Himmelsgnade?

Auch du bist fremd und feind den großen Worten.
Sie haben uns zu oft betrogen.
Wir haben selbst damit zu oft gelogen;
vielleicht nicht wollend, doch zu allen Orten.

Schmerzlich mißtrauend jenen blinden Räuschen,
die Menschen treiben, Menschen anzuhangen,
umfangen unsre Seelen sich voll Bangen
und zittern, sich noch einmal zu enttäuschen.

SCHNEEFALL

So still zu liegen und an dich zu denken,
indessen Legionen weißer Blumen
mein dunkles Ich in ihren Schnee versenken!

Warum nicht also sterben! einst, wenn alles
beschlossen lieget in uns, um uns her,
das Haupt im Schoß des weißen Wolkenfalles.

WIE KAM ES NUR?

»Wie wenn ein Föhn
die Flur
enteist.

O, Fragen schreckt!

Ach, Träume sind nur schön,
du weißt,
solang' kein Ruf den Träumer weckt.«

Du bist so weit oft fort.
Wo weilest du?
Dein Blick versinkt
in unbekannte Fernen.
Und ruft ein Wort
dich aus der Ruh,
so blinkt
ein fremder Schein
in deinen Augensternen.

Wo magst du, Seele, sein?
Wohin wohl eilest
mit stetem Flügelschlag
du fort von mir?

Ich bin allein.
Ich weiß nicht, wo du weilest.
Was säumest du?
O sag'!

»Vielleicht bei Dir.«

Vergessen –
(trübes Lied!)
was rührst du dran?

Ein Vogel zieht
den hohen Himmelsplan
so weit, so weit.

So flieht die Zeit,
die Beute Augenblick
in ihren Fängen.

Fernen drängen
(verhaßt Geschick!)
sich zwischen Dich und ihn.

Kaum sieht
dein Aug' noch dann
ein fernes Pünktchen ziehn.

Vergessen –
(trübes Lied!)
was rührst du dran!

EIN WEIHNACHTSLIED.

Wintersonnenwende!
Nacht ist nun zu Ende!
Schenkest, göttliches Gestirn,
neu dein Herz an Tal und Firn!

O der teuren Brände!
Hebet hoch die Hände!
Lasset uns die Gute loben!
Liebe, Liebe, Dir da droben!

Wintersonnenwende!
Nacht hat nun ein Ende!
Tag hebt an, goldgoldner Tag,
Blühn und Glühn und Lerchenschlag!

O du Schlummers Wende!
O du Kummers Ende!

»Deine Rosen an der Brust,
sitz' ich unter fremden Menschen,
lass' sie reden, lass' sie lärmen,
jung Geheimnis tief im Herzen.

Wenn ich einstimm' in ihr Lachen,
ist's das Lachen meiner Liebe;
wenn ich ernst dem Nachbar lausche,
lausch' ich selig still nach innen.

Einen ganzen langen Abend
muß ich fern dir, Liebster, weilen,
küssend heimlich, ohne Ende,
Deine Rosen an der Brust.«

Den langen Tag bin ich dir fern gewesen,
bis nun beim abendlichen Licht
dir wiederum mein ganzes Wesen
wie eine Knospe auseinanderbricht

und Dir erduftet, Dir erblühet,
als seiner Sonne, die ihm frommt.
Des Tags Gestirn hat mir umsonst geglühet;
nun kommt die Nacht, und meine Sonne kommt.

Ich wache noch in später Nacht und sinne,
wie ich dir etwas Liebes sagen möchte,
daß ich dir einen Kranz in Worten flöchte,
daraus du würdest meiner Sehnsucht inne,

die mich nach deiner Gegenwart erfüllet,
als wär' ich nur bei dir gewahrt vor Sorgen,
als lebt' ich nur in Deinem Blick geborgen,
den teuren Blick, der mich in Liebe hüllet.

Du bist mein Land,
ich deine Flut,
die sehnend mich ummeeret;
Du bist der Strand,
dazu mein Blut
ohn' Ende wiederkehret.

An Dich geschmiegt,
mein Spiegel wiegt
das Licht der tausend Sterne;
und leise rollt
dein Muschelgold
in meine Meergrundferne.

Es kommt der Schmerz gegangen
und streicht mir über die Wangen
wie seinem liebsten Kind.
Da tönt mein' Stimm' gebrochen.
Doch meines Herzens Pochen
verzagt nicht so geschwind.

Und gäb' die böse Stunde
noch gerner von sich Kunde;
mein Herz ist fromm und fest.
Ich bin ein guter Helde;
mein Lachen zieht zu Felde,
Und Siegen ist der Rest.

In einer Gletscherspalte
laßt mich ruhn,
rein und allein.

In einer
jener tiefen Eisestruhn,
drin das Gebein
schon manchen Mannes bleicht.

Wenn einstens dann der Berg
sein Meer erreicht,
werd' ich mit ihm
in dessen Schoß vergehn.

Und anders nicht
je wieder auferstehn,
als Welle denn
und Wind
und Wolkenwerk –

– und Phosphorschein,
nächtlicher Kiele Licht…

MIT EINEM LORBEERBLATT

Auf diesem Lorbeerblatt
den Kuß des Fernen,
den durch die Nacht
nach deinen Lippen bangt,

den es verlangt,
an ihrer schmalen Pracht
sich seiner Sehnsucht einmal satt
zu lernen.

Von seinem ehrnen Grün
in sie hinüber
wird seines Grußes
ganze Süße gehn,

bis es von ihrem Glühn
wird trüb und trüber.
Dann mag's mit deines Fußes
Staub verwehn.

Und wir werden zusammen schweigen –
und ich werde mein Haupt an dich legen –
und du wirst dein Haupt auf mich neigen –
und ich werde den Nacken bewegen
und deinen Lippen entgegenstreben
und Leben
von ihnen trinken
und ihnen spenden –
und wieder zurück dann sinken

und Brust nur und Wimper noch regen –
und dann werden wir wieder zusammen schweigen –

um dann aber das Schweigen zu enden –
und aber zu enden in Schweigen –
in ewigen Wenden.

Und so verblaßte goldner Tag
nach wonnigem Verweilen;
und über allem Leben lag
ein Hauch von Abwärts-Eilen
in Grab und Tod.

Bis voll unendlich süßer Macht
sich Stern auf Stern entzündete
und am Gewölb' der hohen Nacht
den Zirkel weiter ründete
zum Morgenrot.

Lärchenwald im Wintermorgenstrahl.
Duftig Goldgezweig im jungen Blau.
Auf den Wipfeln
Wodens wache Vögel,
unbeweglich, stumm
sich sonnend.

O braune, nährende Erde, so lange schliefst
verhüllt, verhehlt in blendender Decke du;
nun endlich zeigst du wieder den lieben Schoß,
den warmen, fruchtbarn, – und meine Seele strömt

von Wiedersehens Dankbarkeit über dir,
du Mutterscholle, du Heimat im fremden All.

Die Berge stehn
im Morgenduft
der Märzenluft
so silberfein,
daß man
ein Seidenweber
möchte sein,
sie hinzubannen
all in ihren Zärten
von Licht und Schatten:
denn so sanften Glanz
hat Seid' allein
der Flächen Spiel
zu gatten.

MOND AM NACHMITTAG

Der Mond – ein Nebelwölklein bleich
im blauen Abendsonnenreich.

Gleich einer runden Flocke Flaum
im reinen Abendätherraum.

Kein Kinder-Kupferlicht der Nacht,
ein Ball wie wir, in Tagespracht.

In heller Himmel ehrnem Schild
als wie von uns ein Spiegelbild.

Ein Wassertropfen in verschlungnen Kehren
in meiner Hand herniederlief,
zu weitrem Fall ihr zu entgleiten;
da eilt' ihn schon die Sonne zu verzehren.

So suchst du dich in deiner Handvoll Zeit
hinab, hinweg zu immer fernern Tiefen.
Da – just wann dir Entscheidung zugewogen,
trifft dich des Gottes unbarmherziger Bogen.

Ein Schlänglein dehnt sich übern heißen Steig;
die Tannen träumen, trunkenstumm von Licht;
von Süd und Sommer tiefste Bläue spricht;
nun, grauer Grübler, stirb nun, Zweifler, schweig!

Und glühe mit in frommer Sonnenlust,
und wirf dein Sorgen in den weichen Wind,
und nimm vom Weg das Schlänglein an die Brust,
das Schlänglein Schicksal! Sieh, sein Aug' ist blind!

(NORDSTRAND)

I

Ihr dunklen Tanneninseln, eurer denk ich oft.
Wenn so der rote Abend gleichsam aus euch wuchs, –
den Himmel überwuchs, – als hättet ihr den Tag
nun endlich ganz in euch hinein, hinab gedacht,
und kreißtet nun vom Feuer des verschlungenen
Sonnengedankens, stelltet ihn nun wieder aus euch dar,

wie Künstler ein Stück Welt, das sie in sich gesaugt, –
wie Denker eine Wahrheit, die sie bluten macht –!
Ihr dunklen Tanneninseln, eurer denk' ich oft.

II

Des Frühlings unbestimmte Ahnung füllt die Luft.
Tiefschmerzlich-schwärzliche Gewölke ruhen groß
am geisterblassen Firmament der Abendnacht.
Erhabner Tragik unbeschreibliche Gewalt
strömt aus des Himmels abgrundtiefer Dämmerung,
steigt aus der Berge trauerblauem Schattenschoß,
weht von der Wasser meilenweitem Wogenplan
den Menschen an, dem jeder stummgewordne Schmerz
mit unterirdischem Ruf vor diesem Blick erwacht.

III

O Trauer, die mir immer wieder, wie ein Wind,
ein allzu lauer, in die seltsame Seele greift
und dunkle Gründe, die verborgnes Eis bedeckt,
(je heitrer aber eine tiefe Seele ist,
je stärker bindet ihres Abgrunds Quellen Eis,
die sonst, entfesselt, all ihr Glück vernichteten)
mit ihrem Tränenhauch gefährlich lösend streift,
o Trauer, weiche, weiche doch von mir; ich bin
vor deinem Tauwind Frühling, Frühling noch zu sehr!

(MOLDE)

IV

O diese Vormittage, trunken von Glanz und Glück!
O dieser Meeres-, Berges-, Himmelsbläuen seliges Spiel!
Wenn über des Fjordes lichtazurne Fläche so
ein leichter Wind mit violendunklen Fluten naht!
Du stehst und wartest auf dem sonnigen
Dampfschiffsteg;
und wie die vorderste Welle sich am Pfeiler bricht
und dich der erste Hauch anatmet, frisch und kühl,
da trifft er auf dem glänzenden Spiegel deines Augs
verwandte Feuchte, – und du schauerst im Innersten.

V

Die schneebedeckten Gipfel rötet Abendlicht.
Die Heiterkeit der Gletscher! Keines Menschen Fuß
entweiht des Himmels kühles, reines Höhngeschenk,
den Blütenschnee vom Weltbaum der Erkenntnisse.
Ein Regenbogen wächst von ihnen zu mir her, –
die einzige Brücke zu der grünen Welt und mir.
Und flüchtig mißt mein leichter Geist die bunte Bahn –
und salbt sich mit dem roten, reinen, kühlen Schnee...
und schon verblaßt Rückeilendem so Luft wie Firn.

VI

Tiefsinnig blaun die Berge durch die Dämmernacht,
(Im Dorf die Glocke scholl soeben zwölf)
vom wolkenvollen Himmel brütend überdrückt,
vom regungslosen Fjorde bleiern eingefaßt.

Und eine Stille! Hämmer schmieden hallend Erz,
unzählige Glocken läuten Sturm, – Gesang
erfüllt die Lüfte, – Unterweltliches reckt sich dumpf, –
ein Ringen wie von Schatten wälzt sich durch den
Raum, –
und aus der Ferne klagt ein langgezogener Ton – – –

VII

Schon graut der Tag. Und ist noch Mitternacht.
Die Meisen zwitschern schon im erwartungsvollen
Wald.
Die Tannen atmen stärker in der kühlen Luft.
Die kleinen Quellen schwatzen schon, geschäftig wach.
(Ganz anders redet solch ein Quell in dunkler
Nacht.)
Und von des Berges Gipfel, dem der Osten schon
sich rötet, kommt ein Wandrer durch den Wald herab
und singt des Lands schwermütige Lieder vor sich hin, –
und Tränen stürzen ihm ins Aug', indes er singt.

(BERGEN)

VIII (Bei einer Weise von Grieg)

Schwill, süße, bittre Klage, in des Abendwindes
sehnsüchtig Atmen hinüber, hebt euch beide so
zum roten Gewölk, die Geisterschwingen noch einmal
in Sonne tauchend, sterbende Schwäne der
Dämmerung,
mit Götterstimmen die tiefe flammende
Unendlichkeit,
den ewigen Morgen der Geburten singend, – und,

die purpurschweren Fittige dann mit einem Mal
sinken lassend, – Sonnengold im gebrochnen Aug', –
stürzt nieder in den violetten Schattenschoß der Nacht!

O sieh das Spinnenweb im Morgensonnenschein,
wie es vom Tau noch voll kristallner Tropfen hängt!
Im leichten Winde wiegt es seiner Perlen Pracht,
die in den silbergrauen Maschen hier und dort
so flüchtig sich wie sanft und zierlich eingeschmiegt.
Sieh, so ist alles Glück. So hängt es flüchtig sich
in unsrer Tage schwankendes Gespinst,
und es erschauert unter seiner köstlichen Last
des Majaschleiers weltdurchwallendes Geweb.

EINER SCHOTTIN

Nie hörte ich mit solchem Liebreiz je ein Weib
antworten, mit solch hingegebenster Weiblichkeit,
als Dich dein ›yes‹, dein ›yes‹ auf deiner Nachbarn Wort.
Der sanften braunen Augen einer jungen Kuh
erinnert mich dies so von aller Feindlichkeit,
von aller Selbstigkeit entblößte weiches ›yes‹.
Und schottische Mondscheinnächte, wie ich manchmal sie
gemalt sah, steigen herzelösend vor mir auf
und zeigen mir die Heimat, deren Kind du bist.

EINER JUNGEN SCHWEIZERIN

So manche fremde Sprache tönte mir zu Ohr,
und fremder war wie eigner ich oft herzlich feind:
doch immer fand ich jede Sprache schön, sobald
sie von den Lippen eines schönen Weibes kam.
Die rauhsten Laute wurden Glockenton, ein Quell,
lebendig, strahlend, brach das reiche Wort hervor,
so königlich wie schlicht, voll jener Jugendkraft,
die jedes äußre Zeichen adelt, da sie sich
in jedem selbst mit ihrem ganzen Reiz verschenkt.

Was kannst du, Süße, wider dies, daß du so schön!
In deiner eigenen Schönheit wehrlos wandelst du,
und ob du lächelst, ob du ernst wirst, bist du schön;
und weintest du, dich ließe deine Schönheit nicht,
nur rührender aus Tränen leuchtete sie vor;
und zürntest du, so wär' es ihres Zürnens Macht,
nicht die des Deinen, die ein jedes Herz besiegt.
Doch welch unmöglich Scheiden zwischen ihr und Dir,
die du sie selbst, die du die Schönheit selber bist!

Wer seine Sehnsucht so wie einen dritten Gaul
vor seinen Lebenskarren schirren könnte, – traun,
es wäre gut bedient! Das leichte Flügelpferd
erhöb' ihn zu des Sonnengotts Gefährten selbst.
Wenn er nur dann wie jener Jüngling Phaeton
nicht *allzu* stürmisch führe, Himmel und Erde blind
verachtend, seines Feuerrosses Herr nicht mehr,
sein Opfer, willen-, ziellos durch den Raum geschleift,
unähnlich ganz dem herrngeborenen Gott des Lichts!

O Schicksal, Schicksal, Schicksal, warum gabst du mir
den Griffel, statt des angestammten Stiftes, lässest
mich darben mitten im verschwenderischsten Überfluß!
O Schicksal, nimm den Kelch der Bilder von mir, nimm
der Väter Schöpfersinn, mit neuer Phantasie vermählt,
aus diesem Herzen, allzu großer Träume voll,
als daß es in Ergebung schweigen könnte, – nimm
die Qual mir, unter einer schaffensohnmächtigen Welt,
ein Seher ungeborner Welten, stammelnd einherzugehn!

O Seele, Seele mit dem beweglichen Spiegel du,
dem allzu beweglichen, preisgegeben jedem Hauch,
der mit dir spielt, wie schmerzest du mich oft, daß ich
entfliehen möchte, blind hinstürzend irgendwo,
nur des gedenk, wie ich des Unbehagens Alp,
den marternden abschüttelte, um jeden Preis,
und wär's um den des Lebens; Seele, mit welcher Not
du mich die Zärten zahlen lässest, die du mir,
wenn dich ein Glück berührt, durch jede Vene strömst!

O, wer sie halten könnte, die hellen Gedanken, die,
in Morgenstunden oder wann die Sonne sich neigt,
wie lichte Schwäne durch den blauen Wellenplan
der Seele ziehn, Verheißungen des höchsten Glücks,
in ihrer edlen Bildung Offenbarungen
von einer Schönheit, die du nie, o nie, verwirklichen wirst!
O, wer sie halten könnte, die hellen Gedanken, die,
in Morgenstunden oder wann die Sonne sich neigt,
wie Schwäne durch den blauen See der Seele ziehn...

ODE AN DAS MEER

Im Schnee der Alpen hör' ich von dir, o Meer,
wie du des Landes felsige Küste schlugst,
des Landes, des ich treu gedenke,
liebend gedenke wie einer Heimat.

Und durch die Ferne rollt mir dein Donnerton,
vermein' ich, fürchterliche Gewißheit zu:
»Daß solche Mären nimmer lügen,
der du mich kennen gelernt, du weißt es.«

Ich weiß es, Zeuge manch einer Schreckensnacht,
da du mit fahlen Wogen gewandert kamst,
mit unerschöpflich sturmgebornen,
aus deiner Wüste, der grenzenlosen.

Ein bleiches Band, erglomm deiner Brandung Gischt,
ein greller Reif, mit dumpfem, eintönigem
Gedröhn in ungezählten Lagen
um das bedrängte Gestad' geschmiedet.

Und aus dem Dunkel braute wahnwitzig wild
der Wind und regte des Hauses Festen auf
und warf des Regens jähe Schauder
wider die Scheiben, dadurch ich starrte.

O Meer, o Meer, wie liebt' ich dich immer doch!
Selbst als ich einst im polternden Bauch des Schiffs,
des schwerhinstampfenden, dich rasen
hörte, im Schoß deines Zornes selber.

Wiewohl ich wehrlos in meiner Koje lag,
der Sorge näher, denn der Bewunderung,
und liebend, wenn ich's recht erwäge,
einzig gedachte des wackren Schiffes

und seiner Führer, vom Kapitäne bis
zum Heizer, die dein grausiges Todesdrohn
mit schlichter Zucht und Mannheit brachen,
irrlos aufs morgende Ziel gerichtet.

Umsonst war's damals, wie du auch wütetest.
Allein du sorgst entrissener Beute nicht.
Und spottet dein der Bug von Eisen,
rettet sich schwer die befallne Barke.

An armer Fischer Hütten und Booten hast
du dich geübt, vergriffen an ihnen selbst;
die kümmerlich von dir sich nährten,
hast du zerschmettert an deinen Klippen!

Und doch – und doch! Treubrüchig-vergeßliches,
kühl-heiteres, schicksalsträchtiges, ewiges Meer,
ich lieb', ich lieb' dich auch noch, wenn du
männerverschlingende Wogen schleuderst,

ein Gleichnis ungebrochener, erster Kraft,
ein Zeugnis ungezähmtesten Herrentums,
Länder andonnernd, deren Völker
gram dem heroischen Traum hinwandeln

vertieftern Lebens, träge hinabgebeugt
in müder Weisheit ärmliches Regeljoch,
sich mühend, ein Geschwärm Termiten,
emsig und zärtlich, zur Ehre Gottes, –

des Gottes nicht, der Deiner Geweide Sinn:
als der ein Gott groß-schreitender Leidenschaft,
ein Gott, noch jeden Augenblick Manns,
Welten zu stürzen wie zu gebären ...

Von hohen Alpen schau' ich dich, Ozean,
wie du des Landes felsige Küste stürmst,
des Landes, des ich treu gedenke,
zürnend gedenke wie einer Heimat, –

und ruf' dir zu, feindseliger Freude hell:
Dank, Dank, daß du noch Du bist, Verwegener,
dich selbst erfüllend und dein Wesen, –
sei's um den Preis auch knirschender Opfer –!

Bis einst der Mensch, gewachsen an deinem Bild,
dir's heim in ebenbürtigen Taten zahlt, –
und Du ohnmächtig knirschst und frohndest
deinem dich peitschenden Xerxes, Sklave!

CAESARI IMMORTALI

Verzweifelnd, wie ich heut dem Unmut meiner selbst
entrinnen soll, ergreif' ich endlich den Plutarch
und schlage Cäsars Leben auf. Und mir geschieht,
als wüsch' ich mich in einem kalten klaren Quell
von aller Schwäche, Dumpfheit, Überspanntheit rein.
Ich fühle mich von jener zehnten Legion,
in die er seinen unüberwindlichen Willen goß;
und wo ein zager Flüchtling sich aufs Polster warf,
da steht ein straffer Krieger blitzenden Auges auf.

VOR EINER BÜSTE SCHOPENHAUERS

Ein großes Antlitz ist wie eine Flamme, die
grell und gewaltig aufsteht aus dem ungewissen Schein
irrlichternder Erdgeister und mit einem Mal
den ganzen Schwarm zu Schatten und Gespenstern
macht,
den falschen Tag in riesenhafter Lohe Grimm
entlarvend, daß, wohin wir blicken, unser Aug',
der rechten Sonne trunken, nichts als Dämmerung
mehr unterscheidet, grauer, blasser Schemen Spiel, –
und eine Sehnsucht, übermächtig, uns erfaßt...

Nur immer rein des Zweifels ewig spülenden Quell
durch seine Seele leiten, nie der Träume Schlamm
sich lagern lassen auf dem Grund des Gedankensees,
noch ihn bewuchern von der Wünsche Schlingkraut,
noch
der Überzeugungen Eis ihn fesseln lassen, – stets
ihn halten als des Sturmes vorbestimmtes Reich,
als das Kristallbad jedes noch so fernen Sterns,
als einen Born, zu dessen Gletscherkühle sich
und tiefem grünen Klar voll Lust der Wandrer neigt!

Noch niemals fiel es irgendeinem Volke ein,
zu schenken einem Dichter einen hohen Berg,
mit dem Beding, von ihm herabzusteigen nur,
um ihm zu bringen diesem Ebenbürtiges.
Ja, bannen müßt' es selbst das allzu schweifende
Geschlecht der Dichter an so hohen Aufenthalt,

wo nur das Höchste Recht hat, und der Dinge Maß,
gereckt ins Ungemeine, seinen Blick entwöhnt
des bunt zufälligen Wirbels, drein sein Tag ihn warf.

Das Unerträglichste, was es auf Erden gibt,
das ist die billige Weisheit des schnell fertigen Munds,
das ist der von sich selbst höchst überzeugte Witz,
das selbstgefällige Klappern hohlen Menschenhirns; –
wo eins nur möglich ist für den, der denkend ward:
sich in des Schweigens Mantel einzuwickeln, wie
von Frost gepackt, vom Schüttelfrost der Scham,
und in den tiefsten Bergen sich zu vereinsamen,
wo Pöbel Optimist ein unbekanntes Gelächter ist.

(SEGANTINI)

Dein in den Alpen denk' ich oft, verwandtes Aug',
wenn die granitnen Wänd' mich überwältigen...
Vor einer aber stand ich immer wieder still
und taufte ihr erhabenes, strenges Bild auf Dich:
wenn über blauen Dämmerungen sie den Fels,
den von Jahrtausenden zergrabnen, goldrotbraun
im kühlen Höhenklar des Abends badete, –
ein Urwort der Natur, ein trotziger Riesentraum...
Und Dein da dacht' ich stets, voll Neid und Sehnsucht
Dein.

AN LUDWIG JACOBOWSKI (†)

Du hast mich lieb gehabt und, wie ich mich euch gab
in Liedern, die ich so für mich hin bildete,
des Lebens Vielklang mit Gesang verbindend, wie
die Sennen tun, wenn sie der Glocken Wirrsal reizt, –
du warst mein Freund, du hast an mich geglaubt.
Zu spät erkenn' ich's, lesend immer wieder nun,
was du von mir gesagt, – und in den reinen Hauch
des Herbstes flüstr' ich meinen Dank, als möchtest du,
vorüberwandelnd, atmen ihn wie einen Duft...

Du hast nie andre denn dich selbst gehört, mein Freund;
als unterhielte eine Parade-Trommel sich
mit andern Instrumenten. Wirbelnd und wirbelnd stets,
beherrscht sie aller, doch zumeist ihr eignes Ohr;
von ihrem eignen Lärm berauscht, fanatisiert,
vibrierend wie ein Pfau in seiner Eitelkeit,
erfährt sie nie den Zuspruch wirklicher Musik –
(wie kaum der klirrende Pfau je den der Nachtigall).
So bleibe denn das Kalbfell, Ärmster, das du bist.

Hab' ich dich endlich, armer Freund, dahin gebracht,
daß du gestehst: »Verzeih, es m u ß für mich so sein;
ich gehe sonst zugrund'; ich m u ß so denken, Freund!«
Seh, weiter wollt' ich nichts. Ich wollte nur dies Wort,
dies eine ehrliche statt all des tauben Schalls.
Geständen wir doch immer uns und andern ein,
warum just unser Urteil so und so sein muß!

Bekennte sich doch endlich jeder zu sich selbst, –
und des Geschwätzes würde minder, mehr der Tat.

Man preist's Resignation; doch endlich ist es nichts,
als daß Natur sich hülfreich in die Bresche stellt;
ein Zeichen von Gesundheit ist es, weiter nichts.
Der spielerische Geist, von unsichtbarer Hand
mit festem Griff herumgedreht, so daß sein Aug'
nun wieder auf den nah- und nächsten Dingen ruht.
Nun aber kommen sie und rufen tönend aus:
»Wir resignieren: denn – und weil – und sintemal –!«
Gebt immer der Natur die Ehre, nicht dem Geist.

Den stehngebliebnen Zeiger meiner kleinen Uhr,
die mir am Morgen heute nicht wie sonst erklang,
bewegt mein Finger Stund' um Stunde vor, bis er
des Zeitenrades Stundenspeiche wieder naht.
Doch wie ich so des Weisers schwache Gegenwehr
in raschen Runden überwinde, – fällt das Bild
so spielend überkreister Zeit mich rächend an –:
Acht Stunden Werden ahnen sich mir grausend auf...
Und wie ein Frevler senk' ich die leichtfertige Hand.

Wer wahrhaft Künstler, lacht des ganz Armseligen,
worein sein glühendes Wollen sich verliert.
So lacht der Himmel über seinen Blitz,
den mißgestalteten, in dem er sich »entlädt«,
und nimmt – wie oft! – ihn grollend wieder an sein Herz.
Doch freilich wiederum: Wer wahrhaft Künstler ist,
er gibt im Stückwerk auch von seiner ganzen Kraft;

und stößt er's von sich, wie die Wolke ihren Blitz,
und nimmt's nicht mehr zurück: so zündet es
wohl auch.

(NIETZSCHE)

I

Begreife dieses Schicksal, junges Herz, –
beinahe lieber noch: begreif' es nicht!
Denn wenn du es begriffst, dich ließe Scham
vielleicht nicht weiter leben, – und du hast
so liebe Augen, – nein, begreif' es nie;
nur ahn' es, ahn' es, wenn du still einmal
an Menschengröß' und -schicksal schaudernd denkst
und mir gelobst, in deiner guten Brust,
ein Bildner deiner selbst zu sein wie Er.

II

Vor einem Flußbett stand ich, das den Berg, vereist,
hinuntersank, und lauscht', ergriffen hingewandt,
des Felsgewässers unterirdischem Geroll,
das dort, unsichtbar, mächtig murmelnd, seine Bahn
zur Tiefe zog ... ein Bild von Dir mir, hoher Geist,
der du, verschüttet in winterkalte Einsamkeit,
Verborgenheit, Vergessenheit, den stürmenden Gang,
den eingebornen, Deines Schicksals ruhlos wallst,
den unbekümmerten, der nur nach seiner Tiefe strebt.

Wind, du mein Freund!
Lang hielten Berge mich
grämlich umzäunt.
Nun wieder grüß' ich dich,
frei, dich, den Freien;
nun gib mir, Himmelssproß,
wieder die Weihen,
Wecker zu sein wie du
aller verschlafnen Ruh'!
Wind, du mein Freund!
Du mein liebster Genoß!

Glückselig nach dem Regen lacht
der helle Frühlingshain.
Von hundert Birken trieft die Tracht
der Tropfen auf den blumigen Rain.

Und hundert Birken flüstern Glück
im Abendwind und Abendlicht.
Und eine Regenbogenbrück'
beschließt das holde Gedicht.

Butterblumengelbe Wiesen,
sauerampferrot getönt –
o du überreiches Sprießen,
wie das Aug' dich nie gewöhnt!

Wohlgesangdurchschwellte Bäume,
wunderblütenschneebereift –
ja, fürwahr, ihr zeigt uns Träume,
wie die Brust sie kaum begreift.

Von Frühlingsbuchenlaub ein Dom.
Und drin ein schmetternder Solist.
In solcher Schönheit Überstrom
wird ärgster Heide Christ

und jauchzt: Gelobt seist Du, Marie!
wenn er sein Lieb im Arme hält.
Und Kyrieleis! bittflüstert sie.
Und köstlich dünkt die Welt.

Feuchter Odem frischer Mahd
in der Abendruh!
Wie so mancher Wiesenpfad
hauchte dich mir zu;

schenkte mir dein herbes Bad
in der Abendruh!
Edler Odem frischer Mahd,
Seele, reine, du!

Das sind die Reden, die mir lieb vor allen:
Die Wässerlein vom hohen Felsen rinnend,
mein ganzes Herz mit ihrer Lust gewinnend,
ohn' End zum tiefen Grund hinabzufallen.

Du Wiegenlied vor allen Wiegenliedern,
zur Ewigkeit hinweg vom Eintag wiegend,
das laute Selbst zu jener Ruh' besiegend,
die keine leeren Klagen mehr erniedern!

Wie der wilde Gletscherbach
selber sich entgegenbraust,
auf sein wogendes Gejach'
weiß zurückgekraust!

So der einzelne der Zeit
zornerfüllt entgegenschwillt.
Doch die rollt zur Ewigkeit.
Und alles ist ein Bild.

Bergschwalben rauschen durch die Luft,
wie wenn man über Seide streicht.
Die Täler all füllt Abendluft
und meine Brust ein scheu Vielleicht.

Ob mir noch einmal, Glück, bestimmt
ein Abglanz deiner tiefen Welt?
O Duft, der golden mich umschwimmt!
O klares Abendätherzelt!

Des Morgens Schale quillt von Sonnenlicht
und Rosenduft und Nachtigallenschlag.
Ich bring' sie Dir zum neuen Schöpfungstag,
der sich zu unserm Angesicht
erhebt.

Setz' deine Lippe mit an ihren Rand!
Und mit uns jedes morgendliche Paar,
das, seiner Liebe Frühlingskranz im Haar,
mit uns in diesem Morgen-Lande
lebt!

Welch ein Schweigen, welch ein Frieden
in dem stillen Alpentale.
Laute Welt ruht abgeschieden.
Silbern schwankt des Mondes Schale.

Von den Wiesen strömt ein Düften.
Aus den Wäldern lugt das Dunkel.
Brausend aus geheimen Klüften
bricht der Bäche fahl Gefunkel.

Überm Saum der letzten Bäume
weiße Wände stehn und steigen
in die blauen Sternenräume.
Welch ein Frieden, welch ein Schweigen!

Bleich in Sternen steht der Raum.
Schimmernd schießen Bälle.
Deine Schönheit sucht mein Traum
in der weiten Helle.

Bis du dich herniederneigst
vom gestirnten Pfade
und mit deiner Gnade
mich zur Ruhe schweigst.

Inmitten dessen, was wir uns erzählten,
mit einem Mal ein Stocken ohne Grund,
drin unsre Wesen schweigend sich erwählten.

Und dann, im selben Satze – nach Sekunden,
in denen wir uns innerlichst vermählt, –
ein Weiterplaudern, leicht und ungebunden.

Ich liebe dich, Du Seele, die da irrt
im Tal des Lebens nach dem rechten Glücke,
ich liebe dich, die manch ein Wahn verwirrt,
der manch ein Traum zerbrach in Staub und Stücke.

Ich liebe deine armen wunden Schwingen,
die ungestoßen in mir möchten wohnen;
ich möchte dich mit Güte ganz durchdringen;
ich möchte dich in allen Tiefen schonen.

»Was denkst du jetzt?
Ach, hinter diese Stirne
zu dringen, – wär' es, wär' es
mir gegeben!
Ein Bettler steh ich da
vor deinem Leben,
das unaufhörlich
sich in dir verschließt.
Besitz' ich dich,
wenn ewig Unbeseßnes
in deiner Brust
an mir vorüberfließt?

O allzu streng und kärglich Zugemeßnes,
was sich von Aug' und Munde nur
ergießt!
O gib mir Teil
an jenem stummen Weben!
Was denkst du jetzt?
Ach, hinter diese Stirne
zu dringen, – wär' es, wär' es
mir gegeben!«

O weine nicht! Ich weiß, ich tu dir weh,
weil ich ein Mensch bin, Launen hingegeben.
(So muß ein Mensch am andern stetig sterben:
das grub ich aus wie ein Gesetz im Leben.)
O weine nicht! Wenn ich dich weinen seh',
möcht' ich nie mehr um fremde Liebe werben.

O weine nicht! Ich weiß, ich tu dir weh.
Und sollte nur dir wohl zu tuen streben.
(So reichen Menschen sich den Kelch, den herben,
des Leidens, bis die Lippen bitter beben …)
O weine nicht! Wenn ich dich weinen seh',
möch' ich mich selbst in jähem Groll verderben.

O weine nicht!

Nebelgewölke, den Berg entlang
schleppend die schweren Gewebe,
vor des Tälerwinds Morgengang
flüchtend in lässiger Schwebe,

lösend sich langsam von Wald und Fluh,
letzte Zinnen umschließend,
wallend unendlichen Bläuen zu,
sonnegeküßt zerfließend.

Sahst du nie der Dämmrung grelle Helle
aus des Weges weißen Kieseln stechen,
eine gleißend bleiche kalte Welle
ängstigend dir in die Schläfen brechen?

Wenn es dann dein Aug' auf Wiesen scheuchte,
brach dir's nicht auch hier geheim entgegen
wie ein tiefes zehrendes Geleuchte –?
und du fühltest es wie Furcht dich regen …

AUGUSTTAG

Herbstes Ahndung, düster groß,
während noch der Sommer waltet!
Nehmt mich auf in euren Schoß,
Wolken, schmerzlich tief gefaltet!

Nach der Schwermut jenes Kommers
in Gestürmen schreit mein Wille;
denn ich liebe nicht des Sommers
tote, sattgewordne Stille.

SEPTEMBERTAG

Dies ist des Herbstes leidvoll süße Klarheit,
die dich befreit, zugleich sie dich bedrängt;
wenn das kristallene Gewand der Wahrheit
sein kühler Geist um Wald und Berge hängt.

Dies ist des Herbstes leidvoll süße Klarheit . . .

VORABENDGLÜCK

Siehe, wie wunderlieblich der Abend lacht!
O nun singe noch, Seele, dein Lied vor Nacht!
O nun singe noch dein wunderliebliches Lied,
ehe der Tag auf rosiger Wolke von hinnen zieht!

Abendkelch voll Sonnenlicht,
noch einmal geneiget,
eh' des Tages Herze bricht,
und der Nacht verhüllt Gesicht
seinen Tod beschweiget!

Alles Herzwehs Abendwein,
laß dich trinken, trinken!
Glüh' dein Gold in mich hinein!
Und dann mag auch über mein
Haupt ihr Antlitz sinken.

Es gibt noch Wunder, liebes Herz,
getröste dich!
Erlöste dich
noch nie ein Stern aus deinem Schmerz,
des Strahlenspiel
vom hohen Zelt
in deiner Qualen
Tiefe fiel
und sprach: »Sieh, wie ich zu dir kam
vor allen andern ganz allein!
Du liebes Herz, wirf ab den Gram!
Bin ich nicht dein?
Getröste dich!«

Erlöste dich
noch nie ein Stern...

Ein Wanderlied, vom Abendwind vertragen,
ich fing es auf; weiß nicht, woher es kam;
ein Wunderlied von Wünschen und Entsagen,
das meine Seele ganz gefangennahm.

Ein Wanderlied. War es mein eigen Sehnen,
aus dem es sprang, da ich in Träumen schritt?
Ein Wunderlied voll Hoffnungen und Tränen,
in dem ein Herz mit seinem Schicksal stritt.

Und wenn du nun zur dunklen Ferne treibst,
als wie ein Blatt auf mitleidloser Welle, –
daß du mir, Teure, immer in der Helle
dem Leben dienender Gedanken bleibst!

Und war ich nur ein Funke, dir zu leuchten,
und war mein Gruß nur wie ein Wetterschein, –
o laß, wann Tränen je dein Auge feuchten,
ein Glänzen auch von ihm darinnen sein.

Vielleicht daß dann ein Licht dich sanft erhelle,
daß du der Sorge starke Herrin bleibst,
und nicht auf deines Tränenstromes Welle
zu Fernen, immer düstereren, treibst.

Mit diesem langen Kuß
auf deine Lippen laß uns scheiden.
O warum muß
ich solcher Trennung Schmerzen leiden.
Und hätte jederstund
nur einzig dies Verlangen,
an Deinem süßen Mund
auf Ewigkeit zu hangen.

Liebe, Liebste, in der Ferne,
wie so sehr entbehr' ich Dich!
Leuchteten mir milde Sterne,
ach, wie bald ihr Glanz erblich!

Wenn ich deine weichen Wangen
leis in meine Hände nahm,
und voll zärtlichem Verlangen,
Mund zu Mund zum Kusse kam;

wenn ich deine Schläfen rührte
durch der Haare duftig Netz,
o, wie war, was uns verführte,
beiden uns so süß Gesetz!

Und nun gehst du fern und einsam.
Ach, wie achtlos spielt das Glück!
Bringt, was einmal uns gemeinsam,
noch einmal sein Strom zurück?

Liebste, Liebste, in der Ferne,
wie so sehr entbehr' ich dich!
Leuchteten uns milde Sterne,
ach, wie schnell ihr Glanz erblich!

Und aber ründet sich der Kranz
des viergeteilten Jahres.
Die Schlange beißt sich in den Schwanz.
Und was noch ist, bald w a r es,
ein seltsam Einst.

Der Herbstwind heult; die Wolken weben tief;
die Nächte sinken jäher, dunkler nieder;
schon brämet Schnee der Berge Häupter wieder;
und lange schon der letzte Vogel rief
sein Lebewohl.

Und aber ründet sich der Kranz
des viergeteilten Jahres.
Die Schlange beißt sich in den Schwarnz.
Und was noch ist, bald w a r es,
ein seltsam Einst.

ERSTER SCHNEE

Aus silbergrauen Gründen tritt
ein schlankes Reh
im winterlichen Wald
und prüft vorsichtig, Schritt für Schritt,
den reinen, kühlen, frischgefallnen Schnee.

Und Deiner denk' ich, zierlichste Gestalt.

MEIN GASTGESCHENK AN BERLIN

ZWEI GESÄNGE

I.

1.
Wie oft der Großstadt mächtige Gemälde –
wenn Rauch und Dunst, der Dämmerung gegattet,
die Abendglut den lauten Gassen schattet –
wenn falbem Gelb und stumpfem Rot die Zinnen
getürmter Bauten grau hinüberrinnen – –
Wie oft der Großstadt mächtige Gemälde
mit rauhem Zauber mein Gemüt umspinnen!
Am meisten aber, wenn der Tag sein Licht bestattet.

2.
Wenn dann vom steingewölbten Damm getragen
der Züge lichte Reihn die Stadt durchstampfen,
den Fluß auf langen Brücken überjagen,
der Hallen Bogenlampen unterdampfen,
empfangend nun des Abends müde Menge
und nun nach ihren Orten sie verteilend,
nach Regeln einer unsichtbaren Strenge
in festen Fristen hin und wider eilend…!

3.
Du wanderst durch die volkerfüllten Gassen;
das Dunkel mischt und mildert alle Risse;
du liebst den großen Strom auf Ungewisse
und magst dich gerne von ihm treiben lassen.
Die Fenster prahlen tausend Siebensachen,
ein jedes findet seine eignen Pächter;
und allzu viele bleiben nicht Verächter,
erschließt sich einer Schenke schmucker Rachen.

4.
Die Menge stockt ... das Pflaster dröhnt und zittert ...
Es stürmen an hochspringende Gespanne,
als ob ein Zug Geschütz herangewittert,
und auf den Wagen drängt sich Mann an Manne;
die Schellen gellen ihre langen Rufe,
die Brunst der Fackeln loht zurück im Sturme ...
Zur Ferne hallen schnell die treuen Hufe,
und schaurig klagt das Brandsignal vom Turme ...

5.
– O nein, Ihr Schirmchen hat mich nicht belästigt,
mein liebes Fräulein! Zwar es traf mein Herz
und hatte sich schon völlig – ohne Scherz! –
mit seinen Widerhaken drin befestigt.
Mir scheint, der Stock ist einst ein Pfeil gewesen,
dieweil er solche Liebeswunden sticht –
oh helfen Sie mir wieder zu genesen! –
Mein Gott, was machen Sie für ein Gesicht!

6.
Da will ich lieber ins Theater treten,
wo mancher Mensch sich wohl erträglich macht,
indem er nach der Vorschrift des Poeten
einhergeht, redet, stumm ist, weint und lacht.
Man käm' vielleicht zum idealsten Ziele,
wenn man gleich Dramen schrieb' für ganze Städte,
drin dann ein jeder seine Rolle hätte –
und wehe dem, der aus der Rolle fiele!

7.
Doch laßt uns an Probleme nichts verzetteln,
auf die bei Patzenhofer nicht noch Tucher

(was meint des Pilsner redlicher Versucher?)
noch auch bei Pschorr – vielleicht jedoch bei Spaten? –
vom Weltgeist eine Antwort zu erbetteln, –
es sei denn, daß, wer recht vom Geist beraten,
den siebten Bier-Stock auf den sechsten türmte
und gleichsam so den Gott mit Seideln stürmte.

8.
Erkenn ich recht? wie geht es? »Nun, es geht so;
ich hab heut vierzehn Feuilletons geschrieben,
nun muß ich ins Café, danach zu Bötzow,
zum Schlusse will man noch ein Mädchen lieben,
dazwischen aber – hätt' ich bald vergessen –:
Man gibt ja ›Faust‹ in neuer Zubereitung!
Da kann man wieder erst um zwölf Uhr essen –
ach Freund, man ist ein Opfer seiner Zeitung!«

9.
So wandre ich dem Zufall hingegeben
die lange schmale Straße auf und nieder;
du siehst bei Tag und Nacht sie bunt beleben
der Dirnenhüte nickende Gefieder.
Hier findest die Modelle du der »Jugend«,
hier wird das »Simplicissimum« verstanden,
hier sieh der Großstadt wahres Leben branden
in umgewerteter neudeutscher Tugend.

10.
Doch andres siehst du lieber? Oh so sende
den Blick empor den starren Häuserfluchten,
und sieh – wie über bergige Gewände –
den Mond sich rot aus schwarzen Wolken wuchten:
So furcht ein goldner Wikingbug, indessen

sich in der Tiefe blaue Klippen bäumen –
doch ach! ich habe die Kritik vergessen,
nur Pierrot Lunaire darf also träumen.

11.
Nun ja, die Kritiker sind meist Semiten
und diese wieder starke Nachempfinder,
als eigne Künstler meistens andrer Kinder,
und so voll Mißtraun gegen jeden Dritten.
Ich höre schon den klugen Chorus leiren
»Das Rätsel seines Könnens ist sein Kennen;
er sog sich voll wie Liliencron an Byron.«
Und Michel wird zudem mich undeutsch nennen.

12.
Dagegen nur versichr' ich frank und bieder,
daß ich »Don Juan« viertels nur gelesen
und mehr als »Poggfred« schätze Detlevs Lieder, –
bin überhaupt ein Buchwurm nie gewesen.
Ein Buch nur war's, das ewig mich ergetzte:
die grandiose Narrensymphonie,
die Partitur des Schicksals-Potpourri,
die sich ein Gott aus unsern Köpfen setzte.

13.
Wie wär's, wenn ich der Chiffren dieses Buches
ein Seitlein nachzureimen mich erkühnte,
obzwar gewiß, daß mehr mir Grolls und Fluches
als Danks und schnellen Ruhms daraus ergrünte!?
Wie wär's, dem Moloch in den Schlund zu stieren,
so unästhetisch das auch manchmal ist,
dem Moloch Großstadt, der so viele frißt,
ein wenig in die Zähne zu spazieren?!...

14.
Die große Straße hab' ich längst gemieden
und gehe heim, es ist schon spät geworden;
der Mond liegt voll auf meinen Bücherborden ...
Oh Heinrich, hätt ich deiner Sprache Frieden!
Oh Miguel, daß ich Sanchos Weisheit hätte!
Oh Francois, wär' ich fromm und sanft wie du!
Oh Laurence, deine Einfalt gib dazu! –
So betend leg ich friedlich mich zu Bette.

II.

15.
September rauscht, die Blätter wehn und wischen
gleich Schleppen unsichtbarer Windgespenster,
die Wolken jagen, und die Dächer zischen,
und Guß auf Guß versehrt die grauen Fenster.
Vor Tagen kreuzt' ich noch in ruhiger Jolle
der nahen Müggel leicht bewegt Gewässer,
doch gestern die Regatta ward schon nässer,
und manche Yacht fiel kenternd aus der Rolle.

16.
Oh sonderbarer See, wie ich dich liebe!
So nüchtern auch der Ort an deinem Ufer,
er war doch immer schön genug als Rufer
aus dieser Stadt verwirrendem Getriebe.
Du See so hehrer Sonnenuntergänge
mit deinem Flutspiel ruhlos-umgestaltig,
mit deiner Kiefernforsten bronzner Strenge,
mit deinen Nächten lieblich und gewaltig.

17.
Wie hab ich oft des Mondes Feerien
vom Altan aus beträumt auf deinem Spiegel,
indes von ferne drüben Raben schrien,
und welchen Friedens war sein Silber Siegel!
Und blieb er fort und stand das Nachtgewände
voll glühnder Welten ohne Zahl und Namen,
wie reich und elend dehnt' ich da die Hände
empor oft nach dem unermeßnen Samen!

18.
Und hier – wie lernt' ich hier die Welt verachten,
mit ihrem hier und dort und heut und morgen,
mit ihren großen Worten, kleinen Sorgen,
und wie unmöglich ein gemeinsam Trachten.
Ich sah im Geist der Hauptstadt planlos Leben,
dem allerorten mangeln rechte Meister,
da ist kein Einheitsbau von großem Streben,
nur ein Asyl für obdachlose Geister.

19.
Was ist, darum ihr so viel Hände reget?
Wo liegt das Ziel, das eure Arbeit adle?
Wie heißt die Sehnsucht, die euch tief beweget?
Wen setzt ihr euch, daß er euch lob' und tadle?
Was sind die Grundgefühle eurer Herzen –
und dienen sie aus ganzer Lust der Erde –
und wissen um Kultur, und wie sie werde, –
und dürsten sie nach Schönheit unter Schmerzen?

20.
Ach, Lieber, der so schön am Schreibtisch spricht,
du glaubst, wir hätten Zeit zu solchen Dingen?

Die Pferdebahn, die Stadtbahn warten nicht, –
doch möchtest du es nicht der »Zukunft« bringen?
Gedichte lesen sich nicht gut, hingegen
vermag uns dort ein witziger Erguß
vielleicht zu manchem Guten anzuregen –
entschuldige, da kommt der Omnibus!

21.
September heult und rüttelt an den Scheiben,
wie kurz vorher der März die Gassen fegte
und durch sein tolles ungestümes Treiben
mir Herz und Hirn empörerisch erregte.
Man eilte Willehalm für Moltkes Siege
inmitten wilder Löwen aufzutürmen.
Ich aber flog, womit ich immer fliege,
ein breiter Adler mit den freien Stürmen.

22.
Und sah der Wimpel bunten Wirrwarr flattern,
auf Pforten des Triumphs die schwarzweißroten
und andre auf den Gräbern kühner Toten,
mir war, als hörte ich Gewehre knattern.
Und wie von Tränen dunkel ward mir alles –
von Tränen sagt' ich? nein! von Lachen, Lachen,
wie auch in Staats- (nicht nur privaten) Sachen
mein Volk sich reif benimmt gegebnen Falles.

23.
Mein Deutschland, ja, nun stehst du auf dem Gipfel,
und deine schöne Seele heißt Berlin;
verschwunden ist dein Michelzopf und -zipfel
(daß er dem Pickelhelm zum Polster dien').
Er tanzt dir nicht wie einst mehr um die Ohren,

wenn jäh zu Boden deine Stirn geflohn,
wie anders nun, die Spitze einzubohren
vor dem, dem dies condicio sin' qua non!

24.
»Schon wieder müssen wir dich, Bester, mahnen,
doch dieses Mal mit ganz ergebner Frage:
Warum, wenn Stadt und Volk dir so zur Klage –
warum dann wandelst du nicht andre Bahnen?
Man druckte doch, wenn wir uns recht besinnen,
du wärst gewandt im lyrischen Gedicht, –
es gibt so viele Gretchen anzuminnen!
Wir brauchen dich bei Gott und Teufel nicht!«

25.
Ja, ja, ihr habt nicht unrecht, und wer weiß es,
ob ich, gebunden nicht an diese Stätte,
die Kräft' und Mittel langen Jugendfleißes
nicht beßren Stoffen zugewendet hätte.
Jedoch, hier bin ich nun einmal und stehe
und wage für mein freies Wort die Knochen
und glaube, daß ich kaum vom Platze gehe,
eh daß sich Haß und Liebe nicht gerochen.

26.
Ihr wißt ja nicht, wie Gram und Hoffen streitet
in einem Herzen, das da recht betrachtet,
wie reich das Schiff der Gegenwart gefrachtet,
und doch wie träg und festelos es gleitet.
Oh nicht so einfach mit Entweder-Oder
ist diese Zeit dem Fühlenden zu richten!
Von Keimen grünt es zwischen Schutt und Moder,
doch eben der kann stündlich sie vernichten.

27.
Hier staubt und stinkt es aus vergilbten Akten
zum Spott gewordner Überlieferungen,
dort geilt der Pöbel nach dem freien Nackten,
und was er preist, besudeln seine Zungen.
Und so bedroht von Pöbel oben, unten,
zu seiten, vorne, hinten, gestern, heute,
erglimmen, ach nur allzuleichte Beute,
der neuen Kämpfe blutgetränkte Lunten.

28.
September peitscht den greisen Sommer nieder –
und du, mein Herz, du magst noch hoffen, glauben?
Nun ja, es kommen doch die Vögel wieder,
und wieder wird der Frühlung uns umlauben.
Wie oft mich auch der Zweifel unterwühle,
und schwerer Sinn mir Kraft und Mut begrenze,
das bürgt den Lenz mir, daß ich, ich ihn fühle!
Ich bin ja selbst ein Stück von diesem Lenze.

Berlin

Ob's Deutschland ist zum Wohle,
daß du der Musen Sitz,
du nordische Metropole,
mit deinem klugen Witz?

Mich kümmert diese Wendung
von Süd nach Norden hin,
ich glaub' an deine Sendung
nicht recht, du Spötterin.

Im Reich der Forschung säumen
wir, dir zu huld'gen, nicht –
das Sinnen und das Träumen
steht fremd dir zu Gesicht.

AN BERLIN

Wie ich dich hasse
und alle die in dir hausen,
diese kompakte Masse
elender Banausen.

AN BERLIN

Nein, sandentrungene Blume,
du lockst mich nicht mit deinem Duft,
mich hält der Äcker glänzende Krume
und nährende Ährenluft.

Wiege dein eitles Haupt nur!
Ich lache dein.
Dein Blütenstaub bestaubt nur
den Sonnenschein.

Dort in den Wäldern bei Berlin
dort will ich meine Hütte baun –
der Vers fiel heute früh mir ein.

Wie schließ ich ihn? Wie rund ich ihn?
– »und mit der liebsten aller Fraun«.

Über die weite märkische Ebene
wandre ich heim.
Irdische Sterne, blitzen
von fern mir entgegen
die Lichter der Riesenstadt.

Hinter mir
türmt sich der Kiefern
schwärzlicher Wall
höher und höher
vor dem reglosen Sonnenauge.
Die Ebne kehrt von seiner Gnade
sich ab in das kühle Schattenreich.
Unter den kalten Glanz
der weißen Sonne der Nacht
fliehen mit mir die stillen Lande.

So kehrt sich alles
zu seiner Zeit
vom Lichte ab.
Umsonst
strecken bittende Arme wir
gegen die scheidende Sonne aus.
Nicht *sie* versinkt,
uns reißt das wuchtige Rad,
drauf wir, machtlos, geflochten,
von ihr hinweg in die Nacht.
Das Leben beharrt,
die Lebenden wechseln.

Oh du düstere Glut
über dem Schweigen der Wälder,

oh ihr schwermuttrunkenen
Abschiedsgrüße der Sonne,
gehaucht, geküßt
wie ein Vermächtnis
auf errötende Wolkenstirnen,
über der Trauer
vereinsamter Reiche
wie ein schmerzlicher Segen ruhend.

Bis in die Tiefen meiner Seele
schleicht euer müdes Gold
und legt sich um meine Gedanken,
daß sie einherwandeln
wie finstre Mönche,
auf deren braunen,
verstaubten Kutten
ein letzter Strahl sich trüb vergaß.

Und meine Gedanken
wandern aus mir heraus
und schreiten,
ein Zug barfüßiger Pilger,
vor mir her. Sie rufen »Wehe«
auf Baum und Feld,
auf Bach und Dorf,
daran mich
mein Heimweg vorüberführt,
und ihre bleichen Lippen flüstern:
»Alles ist eitel«,
und »Alles ist eitel«
flüstern zurück
die lichtlosen Lande.

Durchs reifende Korn
fahren die knochigen Finger
der dunklen Gesellen.
Weißt du, wozu du reifst?
Elenden Menschen die Kraft
eine Spanne zu fristen,
daß sie unter unsäglicher Qual
die Kreuzlast weiterzuschleppen
vermögen.
Oh daß du stürbest,
eh' daß deine Ähren
den Verhungernden
von seinem ewigen Frieden trennten.
Und aus den Halmen
raunt es schaudernd:
»Oh daß wir stürben.«

An Hütten vorüber
gleitet vor mir
die schwarze Schar.
Auf einer Bank
schaut nach dem Liebsten
ein Mädchen aus.
Weißt du, wonach du schaust?
Nach deiner Hölle!
Durch ein Rosentor trittst du ein,
aber als Kerkertür fällt es zu.
Sorgen und Qualen,
Enttäuschung und Öde
werden die braunen
Flechten dir bleichen,
und gleichem Lose
wirst du wehklagend

Kinder gebären.
Nimm einen Schleier
vor dein Antlitz
und geißle die Lust
aus dem törichten Leib.

Und wie von bangem
Ahnen ergriffen,
geht, aufseufzend,
das Mädchen in seine Kammer.
Von ferne blitzen
die Lichter der Riesenstadt.
Funkelt nur lustig,
ihr Eintagssterne!
Wie lange:
da fragen
die schweifenden Winde der Nacht
vergeblich
nach eurem Glanze;
auf eurer Städte
lockeren Bau
legt die Zeit
ihre malmende Hand,
und Haufen Schutte,
von Unkraut bewuchert,
zeugen dem späten
Fernherwandrer,
daß einst ein Volk
da gewohnt.

MOABITER ZELLENGEFÄNGNIS

Tag und Nacht vorüber rollen
ungezählte Stadtbahnzüge
an der Jammers übervollen
zwinggetürmten Burg der Lüge –

Drin die Auserwählten schmachten
unsrer Schuld und unsrer Fehle,
jener Teil von unsrer Seele,
den wir so versinken machten.

Unaufhörlich lauscht ihr trüber
Sinn des Lebens-Kantilene.
Doch die Züge gehn vorüber,
und nicht einer denkt an jene.

WINTERS IM TIERGARTEN

Seit einer Stunde
flimmern die Lüfte
feinen Schneestaub
auf die dunklen
Formen der Erde.

Und es zieht mich hinaus
aus den nassen Straßen
dorthin, wo in Ehrfurcht
uralte Bäume
das warme Geschenk
des Himmels empfangen.

In weißem Schweigen
liegt der einsame
Park vor mir,
in seiner Weihe
noch unberührt,
und ich trete die ersten
unheiligen Stapfen
in seiner Pfade
keuschen Glanz.

Noch in den tausend
Fragezeichen
nackten Kronengeästs
rauscht es zuweilen
ernst und erhaben.
Und dann wieder
zirpt in den tiefen
großen Frieden
kleiner Vöglein
süßes Geschwätz.

Plötzlich erstarr' ich,
gleich dem steinernen Gott
mir zur Seite.
Denn zwei muntere
braune Eichkätzchen
tummeln sich vor mir
die Kreuz und Quer.
Und eines wagt sich
bis dicht heran,
prüft mich
mit klugen Äuglein,
wittert –

und weiß genug,
um sich mit Grazie
husch, zu empfehlen.

Nahe schon
braust mir wieder
die Großstadt.
Ich schaue zurück:
Im milchigen Duft
der weißen Flocken
verliert sich der Stämme
dumpfes Grün,
je ferner dem Aug',
in ein beglückendes
Grauviolett.

Es war an der Fischerbrücke
hinter dem Köllnischen Markt;
da hat einmal das Schicksal
mit Schönheit nicht gekargt.

Da haben sich zwei Männer,
zwei junge Männer geküßt,
weil etwas in ihrem Herzen
sie hin zur Zukunft riß.

Dann gingen sie auseinander,
im Innersten erstarkt,
der eine auf die Brücke,
der andre auf den Markt.

Man kann sie noch heute sehen
– dazwischen steht ein Sarg –
den einen auf der Brücke,
den andern auf dem Markt.

GROSSTADT-HÖFE

Die Amsel schlägt mit hellem Schall.
Vier Wände geben Widerhall,
mit hundert Fenstern blind und stumm,
und hundert Kammern ringsherum.

In hundert Träume dringt die Lust
der liebestrunknen Amselbrust;
durch hundert rote Herzen geht
ein einzig schauernd Lenzgebet.

Erregter eilt des Blutes Gang
beim lebensheißen Nachtgesang.
Ins erste Grau der Morgenluft
steigt geisterfern ein süßer Duft.

Die Sonne strahlt durch Dach und Stein
in hell sie grüßend Blut hinein.
Es ist ein Haus in dieser Nacht
durch Vogelruf zum Blühn erwacht.

EINER UNBEKANNTEN DAME IN DER STADTBAHN

Zu deinem Aschblond dieses graue Blau!
Wie lieb ich, was du dachtest und empfandest,
als du dies Blau zu deinem Blond gewählt.
Du hast zwei Farben gleichsam so vermählt;
denn auch die Farben lieben, schöne Frau,
und grüßen dich, wenn du die rechten bandest.

TROST

Die alten Tempel brachen sie zu Rom,
als neuer Kirchen sie begehrten.
Wir werden unsern lieben Dom
einst ebenso verwerten.

AN DIE SPREE

O Spree, was wirst du uns noch alles schenken?
Ein Zirkus und ein Dom – das gibt zu denken.

Was sagst du zum neuen Berlin? –
Keine Kultur, viel Disziplin.

GROLL AUF BERLIN · IN IRA VERITAS

Das ist die Liebe, die um Heimat wirbt
und die am klaren Tag zu Frost erstirbt.

Wie kann wohl Heimat sein, wie groß es sei,
was solch ein Wust der tiefsten Barbarei.

Nicht daß man keinen totschlägt, ist Kultur,
Kultur ist Wandel auf der Schönheit Spur.

Ich schaue nur ein großes Sklavenheer,
die hundert fehlen, daß aus viel wird mehr.

Der Adel fehlt, der schöpferische Geist,
der all dies Volksgewirr zur Größe reißt.

Der sein gestaltlos Tun zusammenrafft,
daß er nicht Werte mischt, nur Werte schafft.

NEO-BERLIN

Welche Kunstsiegesalleen!
Welches Neulandgebuddel!
Ein blendendes Phänomen:
Dies Berliner Kulturkuddelmuddel.

Die Zeit ist nah, sich zu erfüllen –
da wird man im Tiergarten – Bäume ›enthüllen‹.

Die Kaiser-Wilhelm-Gedächtnis-
Kirche, sie kränkt mich sehr;
sie ist ein teures Vermächtnis,
doch leider auch nicht mehr.

ZWISCHEN WILMERSDORF UND SCHMARGENDORF

Von Wilmersdorf bis Schmargendorf
da wird die Landschaft beredter.
Der Steglitzer Aussichtspavillon
erinnert mich an St. Peter.

Es grüßt die einzige Kuppel her
vom vatikanischen Hügel –:
Du findest auf Erden ihr Bild nicht mehr,
und nähmst du des Sturmes Flügel.

Der Tag, an dem ich sie nicht sah,
erschien mir wie verloren.
Und sah ich sie, empfand ich: Ja,
es wurde der Mensch geboren!

Und ob er noch so hordenweis
sein Gotteslos verkannte –
es kommt einmal im großen Kreis
ein Julius, ein Bramante.

Du Volk nun auch, versunken tief
in deinem Meer, dem grauen, –
der Kategorische Imperativ –
reicht er zum Kuppeln-Bauen?

Du sieh dich vor, daß dein Gewicht
nicht einst zu leicht erscheine:
»Es stritt um seinen Platz am Licht.
Doch Wunder? schuf es keine.«

DER BERLINER LANDWEHRKANAL SINGT:

Ich bitte, tut mich asphaltieren,
ich nütze nicht, ich schade nur,
und geht und fahrt auf mir spazieren
als wie auf allerschönster Flur
und nennt mich dann mit Haut und Haar
den Kaiser-Friedrich-Boulevard.

Zu Wasser wird so manches Gute,
doch ich, ich würde zu Asphalt,
auf dem dann statt der Äpfelschute
der Autobus des Weges wallt.
In jeder Form – ich dien' euch gern.
Auf, auf! Und füllt mich auf, ihr Herrn!

Doch wenn in Herbst- und Frühlingsnächten
ein Nöck auf dem Trottoir erscheint,
so wollt den armen Geist nicht ächten,
bei Gott, es wär nicht bös gemeint.
Man hat doch nun mal seinen Geist,
auch wenn man längst nicht mehr so heißt.

[Anm.] Im Berliner Tageblatt wurde jüngst meine Auffüllung zu einem großen Boulevard warm empfohlen.

GEDICHTE 1906-1914

MELANCHOLIE

Neue Gedichte

Dem Andenken meines Großvaters
Christian Morgenstern

I

ZEIT UND EWIGKEIT

Auf den Schwingen des Windes
  die Stimme des Bachs …
  Der Wellen Gespräch
auf dem Atem der Nacht …

Mein kleiner Wecker tickt dazu …

  O Zeit und Ewigkeit!

IM TAL VON AROSA

O Stern der Klarheit, mir vor allen fern,
des Berges Sattel, ein Demant, durchfunkelnd,
das dunkle Tal nur immer mehr verdunkelnd;
du meiner Abende geliebter Stern!

Ein Durst erfaßt mich, da ich dich erblicke,
ein Durst, wie nach kristallnem Naß, nach dir.
Wie bist du hell und kühl! Wie zeigst du mir,
was nie mir ward vom dumpferen Geschicke.

Und immer mehr des Dunkels bricht herein,
den kurzen Tag mit Schatten zu verschütten;
und hell erschimmern mehr und mehr der Hütten.
O Herz, genüge dir: Dies Licht ist dein.

NACHTS IM WALD

Bist du nie des Nachts durch Wald gegangen,
wo du deinen eignen Fuß nicht sahst?
Doch ein Wissen überwand dein Bangen:
   Dich führt der Weg.

Hält dich Leid und Trübsal nie umfangen,
daß du zitterst, welchem Ziel du nahst?
Doch ein Wissen übermannt dein Bangen:
   Dich führt dein Weg.

ABEND IM GEBIRGE

Über dumpfen Wäldermassen
baden steile erdenferne
Höhen sich im rosenblassen
Firmament der ersten Sterne.

Tageshelle will nicht scheiden,
ehe nicht der letzte flimmert:
und so leuchten sie, von beiden
zwiefach feurig angeschimmert.

Bis des ehernen Geschickes
strenger Schluß den Wettstreit endet
und der Tag sich langen Blickes
von den vielgeliebten wendet.

Wie beraubt der Seele sinken
stumm die mächtigen zusammen.
Starre kalte Strahlen blinken
statt lebendiger Liebesflammen.

DER GIEBEL

Dunstgewölk verhängt die Sterne,
Dämmer deckt die Erde ganz.
Nur ein Giebel in der Ferne
träumt in geisterhaftem Glanz –

wie ein Haupt, das seinem Hirne
keinen Schlaf zu gönnen scheint
und auf seiner bleichen Stirne
alles Licht der Nacht vereint.

NEUSCHNEE

Flockenflaum zum ersten Mal zu prägen
mit des Schuhs geheimnisvoller Spur,
einen ersten schmalen Pfad zu schrägen
durch des Schneefelds jungfräuliche Flur –

kindisch ist und köstlich solch Beginnen,
wenn der Wald dir um die Stirne rauscht
oder mit bestrahlten Gletscherzinnen
deine Seele leuchtende Grüße tauscht.

ERINNERUNG AN WOLFENSCHIESSEN

Ihr Wege einer gedankenvollen Einsamkeit –
wie wandelt oft mein Fuß im Traum euch wieder!
Von neuem tönen einst empfangne Lieder,
und meine Seele wird von Liebe weit.

Es eilt der Bach durch abendfeuchte Wiesen,
die Uferbüsche regt ein herber Hauch,
die Berge glühn von goldnen Matten-Vliesen,
und drüber geistert veilchenroter Rauch.

Ich säume bis zur Nacht auf dunklem Stege,
des Tales volles Bild im Angesicht...
Dann kehr' ich heim durch Hecken und Gehege
und grüße jedes Haus und jedes Licht.

Du warst mein Tal vor allen Erdentälern,
so wie dein Land mein liebster Aufenthalt.
Und nichts soll deinen Ruhm mir jemals schmälern,
du Tal von Wolfenschiessen nid dem Wald.

(Für Efraim und Fedscha Frisch)

EBENENGEWITTER

So löst sich denn die Spannung schwer.
Erfüllt ist, was wir baten:
Vom Himmel rauscht ein breites Meer
auf durstig-dürre Saaten.

Und herrlich stürzt ein Donnerkeil
sein Siegel auf all den Segen.
O Frucht, nun reifst du wieder heil
dem hohen Herbst entgegen.

TRAUMWALD

Des Vogels Aug verschleiert sich;
er sinkt in Schlaf auf seinem Baum.
Der Wald verwandelt sich in Traum
und wird so tief und feierlich.

Der Mond, der stille, steigt empor:
Die kleine Kehle zwitschert matt.
Im ganzen Walde schwingt kein Blatt.
Fern läutet, fern, der Sterne Chor.

NEBELWEBEN

Der Nebelweber webt im Wald
ein weißes Hemd für sein Gemahl.
Die steht wie eine Birke schmal
in einem grauen Felsenspalt.

Im Winde schauert leis und bebt
ihr dämmergrünes Lockenlaub.
Sie läßt ihr Zittern ihm als Raub.
Der Nebelweber webt und webt...

DU SCHLANKES REH

Du schlankes Reh, das du die Menschen fliehst,
bewegte dich dein Herz, wenn du mich siehst,
mich nicht zu fliehen, meinem Blick zu traun,
wie deinesgleichen mir ins Aug zu schaun!

Ich weiß mich frei von jeder Mordbegier,
ich jage mich, mein Bruder, nicht in dir.
Du glaubst mir nicht? Ich bin dir nur ein Mann,
ein Mensch ... Ach, Reh, was geht der Mensch mich an.

NEBEL AM WATTENMEER

Nebel, stiller Nebel über Meer und Land.
Totenstill die Watten, totenstill der Strand.
Trauer, leise Trauer deckt die Erde zu.
Seele, liebe Seele, schweig und träum auch du.

II

BEZAUBERUNG

Ich ging einmal des Abends, den du kennst, den Weg,
mit einem Freund, der mir von seinen Plänen sprach.
Da ward mir seltsam: Wie ich schweigend neben ihm
und halb ihm lauschend ging im Dämmerlicht,
geschah's,
daß ich mich selbst als dich empfand, als gingest du
in mir und lauschtest, wie ich seinem, meinem Wort ...

Und leise nickt' und murmelt' ich ihm zu,
mein Augenaufschlag war der deine, dein mein Leib
in jeglicher Bewegung bis ins Innerste ...
Und deine scheue Jungfraunseele liebte mich aus mir ...

EVAS HAAR

Als wie ein Feld, das erstes Licht ereilt,
sind deines Hauptes wunderblonde Wellen:
Ein sanfter Morgen scheint ihr Gold zu schwellen,
darauf der Sonne Auge zögernd weilt.

Nun flammt es auf, als käm' es Purpur malen, –
ist es der Mohn, der heimlich in ihm wohnt?
Doch wann der Abend naht mit kühlern Strahlen,
so ruht es wieder blaß, wie keuscher Mond.

EIN ROSENZWEIG

Im Süden war's. Zur Nachtzeit. Eine Gasse.
Ich trat aus deinem Haus und schloß das Tor
und wandte noch einmal den Blick empor:
da flog ein Zweig aus deinem Dachgelasse

und fiel aufs Pflaster, – daß ich rasch mich bückte
und deinen Hauch noch warm vom Munde nahm
der schweren Rosen, deren Gruß den Gram
der kurzen Trennung duftend überbrückte.

SCHAUDER

Jetzt bist du da, dann bist du dort.
Jetzt bist du nah, dann bist du fort.
Kannst du's fassen? Und über eine Zeit
gehen wir beide die Ewigkeit
dahin – dorthin. Und was blieb?...
Komm, schließ die Augen, und hab' mich lieb!

III

IN DER SISTINA

Die Sistinische Kapelle
dröhnt von wüsten Hammerschlägen:
Männer zimmern für die Feste
eines Baldachins Gerüst.

An die zarten Farbenleiber
stößt des Lärms gemeine Welle:
Unverrückt an ihrem Werke
bleibt die hohe stille Schar.

Nur Ezechiel schilt und eifert,
während Jeremias trauert, –
doch sie eifern, doch sie trauern
nicht ob eignen Untergangs.

Höheres erfüllt ihr Herze,
als auf niedres Volk zu achten;
noch zerfallend, noch zerbröckelnd
werden sie das gleiche tun.

Leise rinnen Stäubchen nieder,
Mauerstäubchen, Farbenstäubchen,
bleicher wird, doch niemand merkt es,
fahler wird der Leiber Pracht.

Hundert, aberhundert Jahre
lärmt der Schwarm sein Eintagstreiben
wüst empor zum Geisterreigen,
Körnchen rinnt herab um Korn.

Doch die Hohen, unbeweglich,
leben fort ihr hohes Leben,
fern der Zeit und ihren Tücken,
überweltlich bis zum Tod.

VOR DEN FRESKEN DER APPARTAMENTI BORGIA

In dieser düstern Gottespracht
lebten Menschen nicht gemeiner Triebe;
hier wuchs ins Ungeheure Haß und Liebe;
hier hatte man der Welt nicht acht.

Du warst nicht mehr die Jungfrau blind,
verführerischste der Madonnen!
Du warst das Weib der höchsten Wonnen,
und süßer Sünde Frucht dein Kind.

Was galt dir noch der Jesus dort,
du »Ewigheitrer« auf den Knien!
Du hattest dem »Wort« nur noch die Macht entliehen,
du galtst dir selbst als letztes »Wort«.

Und du, Lucrezia, weißer Schwan,
mit deinen goldnen Sonnenflechten!
Was disputierst du? Laß sie rechten!
Du lächelst, – und so ist's getan.

Und du im Schlummer, Genius!
Warst du von denen, die nie Ohren haben?
Cäsar! Erwachtest du erst ganz im Graben,
im finstern, von des Todes Kuß?

Was ward – ihr wissenden Wände seid's gefragt! –
Himmelssturm wie deiner zu Spott?...
Er war – Geflüster schwillt und flucht und klagt –
ein Dämon nur – kein Gott.

BEI DER PYRAMIDE DES CESTIUS

(Vor einem Grabmal mit der Statue eines jungen Weibes)

Ein Mädchen sitzt und zaudert wehmutvoll;
zur Linken laden – die sie wandeln soll –
die Stufen abwärts in ein ernstes Tor,
das, angelehnt, der stillen Jungfrau harrt.

Sie sträubt sich noch; sie sitzt und sinnt und starrt,
daß sie so bald den teuren Strahl verlor,
so früh der Liebe kaum erglühtes Rot;
sie faßt noch nicht das dunkle Wörtlein: tot.

Ein Vogel singt in ihren holden Gram,
die Erde winkt und lockt wie nie zuvor...
Doch in der Tiefe wartet stumm das Tor,
in dem die Form verschwindet, wie sie kam.

PAPSTJUBILÄUM 1903

Historische Momente nennt's die Menge,
wenn über schwärzlichem Gedränge
ein toter Papst die Hände hält...
Als ob man sie nicht besser kennte,
die wirklichen »historischen Momente«!

Doch haben sie noch ganz die Liebe
der Weiblein und der Taschendiebe.

Welch glänzender Theatercoup!
Man hat doch ein Billet dazu?

ANGELSACHSEN

Mit herrlichen Gefühlen
kommen sie angerennt
(und mit Klappstühlen)
zum historischen Moment.

MÖNCHE

Ein dickes Kreuz auf dickerm Bauch.
Wer spürte nicht der Gottheit Hauch!

MAN KENNT SICH

»Pret'chen, Pret'chen«
fleht die kleine Gierige,
»Sie haben gewiß ein Billetchen –
ich bin ganz die Ihrige!«

IN DEN KIRCHEN

Und immer wieder winkt ein Sakristan:
»Was fliehst du, lieber Bruder, unsre Näh'?
Gestattet ist, erwünscht sogar, zu nahn, –
die Kirche liebt dich – und dein Portemonnaie.«

LEO XIII.

Du bist an diesem großen Tag
ein Bild mir, alter Mann,
der Kirche, die nicht sterben mag
und nicht mehr leben kann.

FIESOLANER RITORNELLE

Oliven.
Erst wenn der Wind euch beugt und schaudern macht,
enthüllt ihr eure silbernen Tiefen.

Zypressen.
Ihr lehrt mit nicht gemeinem Maß
die Dinge messen.

Feigen.
So sinnlich sah ich keinen zweiten Baum
Unfaßbares umzweigen.

Käuzchenschreie.
Des Unglücks Bote ruft durch stille Nacht.
Wann kommt an uns die Reihe?

Mondnächte, klare.
In solchen Nächten stiehlt man nichts
denn Liebesware.

Nachtschatten.
Erinnerst du dich, fernes Mädchen, noch
wie lieb wir uns einst hatten?

Judasbäume.
Daß ich vor euch nicht von verratner Liebe
träume!

Verfrühter Falter.
Du flogst, verwegner Geist, der Zeit voraus;
noch dämmert erst dein Alter.

Glänzende Dächer.
Im Mittagschleier ruht die Arnostadt,
ein edelsteinbesetzter Fächer.

Zwölfuhr-Schuss.
Dem Aug' blitzt Mittag schon, indes das Ohr
sich noch im Vormittag gedulden muß.

Domglocke brummt:
Aus Höhn und Tiefen keine Antwort mehr:
Mein Gott, mein Mensch sind beide längst verstummt.

Ihr sanften Hügelketten!
Umsonst versuch' ich in mein Buch zu schaun;
wer könnte sich vor eurer Anmut retten!

Eidechse.
Solang ich pfeife, hältst du still und horchst, –
doch greif' ich zu, entwischst du, kleine Hexe.

Amsel flötet, Biene summt,
Frühling jubelt über allem Leben...
Mund des Glücks, du warst mir lang verstummt.

O Welt!
Wie gern genöß ich als ein Schauspiel dich,
von halber Höh', nur locker dir gesellt.

Von halber Höh' – ein Adel, der mir paßt.
So lebt' ich immer, zwischen Tier und Gott,
halb Mensch, halb Vogel, zweier Reiche Gast.

Glanzgrauer Tag.
Aus deinem Taft soll man die Flagge machen,
darin man mich dereinst begraben mag.

Der Freund schreibt:
Des Herzens unverwandte Einsamkeit,
du fühlst sie auch – und wie sie nichts vertreibt.

Mohn im Winde.
So neigen wir uns glühend geneinander, –
doch nie wird zwei zu eins – als einst im Kinde.

Efeuranke.
So reich verkleidet Trümmer und Zerfall
nur e i n s noch: der Gedanke.

Die Fünfuhr-Glocke ruft durch bleiche Nacht:
Wer schläft, wach' auf, und wer da wacht, schlaf' ein;
so hab' ich jedem, was ihm frommt, gebracht.

Morgenhauch.
Aus Bett und Haustür ziehst du mich hinaus,
wie aus der Esse den verschlafnen Rauch.

Giottos Grabschrift von Polizian.
Zwiefacher Hauch der Vorzeit traf uns voll,
als wir im Dom die stolzen Verse sahn.

In meinem Burckhardt wühlt empört der Sturm:
So war es einst, so soll es wieder sein!
Das gafft nur, schafft nicht mehr um Giottos Turm.

Kaum mehr erhoffte Tage!
Mit dreißig Jahren fand ich eine Stadt,
zu deren Bild ich ja und amen sage.

IV
Aus einem Zyklus: Berlin

BERLIN

Ich liebe dich bei Nebel und bei Nacht,
wenn deine Linien ineinander schwimmen, –
zumal bei Nacht, wenn deine Fenster glimmen
und Menschheit dein Gestein lebendig macht.

Was wüst am Tag, wird rätselvoll im Dunkel;
wie Seelenburgen stehn sie mystisch da,
die Häuserreihn, mit ihrem Lichtgefunkel;
und Einheit ahnt, wer sonst nur Vielheit sah.

Der letzte Glanz erlischt in blinden Scheiben;
in seine Schachteln liegt ein Spiel geräumt;
gebändigt ruht ein ungestümes Treiben,
und heilig wird, was so voll Schicksal träumt.

JUNGE EHE

Er wies nichts ab in diesen Wintertagen,
er wollte gehn, wohin man immer schriebe:
Nur um ihr nachts im Wagen dann zu sagen,
wie sehr er sie, wie sehr er sie nur liebe.

Und sie zu küssen in erlöstem Jubel
im dunklen Wagen leis und ohne Ende,
und ihr zu sagen, wie nach all dem Trubel
er nur an ihr, in ihr Genügen fände.

DRAUSSEN IN FRIEDENAU

Es bläst wer in der Winterluft
zum Blut der Abendröte ...
Ein fragender Vorfrühlingsduft
mischt sich dem Klagen der Flöte.

Vor einer Schenke steht ein Kind,
ein schlankes, mit kurzen Röcken.
Es steht mit seinen Locken im Wind
wie ein erstes Frühlings-Erschrecken ...

Dahinter flammt durch Pappelreihn,
die Welt mit Schmerz durchseelend,
der tiefe himmlische Widerschein
von unendlichem Glück und Elend.

DIE ALLEE

Ich liebe die graden Alleen
mit ihrer stolzen Flucht.
Ich meine sie münden zu sehen
in blauer Himmelsbucht.

Ich bin sie im Flug zu Ende
und land' in der Ewigkeit.
Wie eine leise Legende
verklingt in mir die Zeit.

Mein Flügel atmet Weiten,
die Menschenkraft nicht kennt:
Groß aus Unendlichkeiten
flammt furchtbar das Firmament.

BILD AUS SEHNSUCHT

Über weite braune Hügel
führt der Landmann seinen Pflug.
Droben mit gestrecktem Flügel
schwimmt des Adlers breiter Bug.

Fern aus Höfen unter Bäumen
zittert Rauch im Morgenglanz.
Und die fernste Ferne säumen
Wälder wie ein dunkler Kranz.

HERBSTABEND

Der Ofen schnauft als wie ein Hund
im Traum.
Es fährt der Wind in seinen Schlund
vom Raum...

von Sternen fernen angeglüht,
der Wind...
Es lauscht ihm liebend mein Gemüt,
ein Kind.

Er kommt wohl noch aus Abendluft
daher,
in seinem Mantel hängt noch Duft
vom Meer,

noch letztes Gold vom Sonnenrund
am Saum...
Der Ofen schnauft als wie ein Hund
im Traum...

DER GÄRTNER

Ich seh' ihn täglich schalten
von meiner Trambahnfahrt,
den irren Tolstoi-Alten
mit weißem Haar und Bart.

Er recht mit seinem Rechen
das dürre Laub zuhauf,

er kann den Spaten stechen,
als grüb' ein Grab er auf.

Er kehrt auf den Beeten den Mist um,
wann Winterfröste drohn,
er denkt an Jesum Christum,
der Erde tiefen Sohn.

Er war dereinst ein Großer
und tat der Erde weh;
jetzt ist er Gärtner bloßer
im Kurhaus Halensee.

Er steht auf seinen Spaten
gelehnt und murmelt leis;
er kann der Welt entraten,
er weiß, was niemand weiß.

Er streut den Vögeln Futter,
kennt all die Pflänzlein zart.
Die große Erdenmutter
sein ein und alles ward.

Er kehrt auf den Beeten den Mist um,
wann Winterfröste drohn.
Er denkt an Jesum Christum,
der Mutter tiefen Sohn.

V
Aus zwei geplanten Büchern

EIN GEDICHT
WALTHERS VON DER VOGELWEIDE

Unter der Linden,
an der Heide,
da unser zweier Bette was,
da möget ihr finden
hold sie beide
gebrochen Blumen so wie Gras.
Vor dem Walde in einem Tal
tandaradei!
lieblich sang die Nachtigall.

Ich kam gegangen
zu der Aue,
da schon mein Trauter kommen hin.
Da ward ich empfangen,
hehre Fraue,
daß ich noch immer selig bin.
Küßt' er mich? Wohl tausend Stund.
tandaradei!
Seht, wie rot mir ist der Mund!

Da hat er gemachet
mir und sich
von Blumen eine Bettestatt.
Des wird noch gelachet

inniglich,
kommt jemand an den selben Pfad.
   Bei den Rosen er wohl mag
      tandaradei!
merken, wo das Haupt mir lag.

   Daß er bei mir lag,
wüßt' es einer,
(nun, behüte Gott!) so schämt' ich mich.
   Was er mit mir pflag –
keiner, keiner
befinde das, als er und ich,
   und ein kleines Vogelein:
      tandaradei!
Das mag wohl getreue sein.

EIN KINDERGEDICHT

Spann dein kleines Schirmchen auf;
denn es möchte regnen drauf.

Denn es möchte regnen drauf,
halt nur fest den Schirmchen-Knauf.

Halt nur fest den Schirmchen-Knauf –
und jetzt lauf! und jetzt lauf!

Und jetzt lauf! und jetzt lauf!
Lauf zum Kaufmann hin und kauf!

Lauf zum Kaufmann hin und sag:
Guten Tag! guten Tag!

Guten Tag, Herr Kaufmann mein,
gib mir doch ein Stückchen Sonnenschein.

Gib mir doch ein Stückchen Sonnenschein;
denn ich will mein Schirmchen trocknen fein.

Denn ich will mein Schirmchen trocknen fein.
Und der Kaufmann geht ins Haus hinein.

Und der Kaufmann geht hinein ins Haus,
und er bringt ein Stückchen Sonne heraus.

Und er bringt ein Stückchen Sonne heraus.
Sieht es nicht wie gelber Honig aus?

Sieht es nicht wie gelber Honig schier?
Und er tut es sorgsam in Papier.

Und er tut es sorgsam in Papier.
Und dies Päckchen dann, das bringst du mir.

Und zu Haus da packen wir es aus –
sieht es nicht wie gelber Honig aus?

Und die Hälfte kriegst dann du, mein Irmchen,
und die andre Hälfte kriegt das Schirmchen.

Und jetzt spann dein Schirmchen auf –
und lauf! und lauf!

VI

VOR DEM BILDE MEINER VERSTORBENEN MUTTER

Dieser zarte Leib hat mich geboren;
grausam drängt' ich mich aus seinem Schoß,
riß mein Leben von dem seinen los,
hab' ihn hinter mir in Nacht verloren.

Kehrst du nie zurück, auch nicht im Geiste?
Bist du mir gestorben ewiglich?
Und doch gab es eine Zeit: da kreiste
deines Herzens Blut durch dich und mich!

AN P. B.-H.

Du bist ein stiller See im Hochgebirg.
Wenn klarer Himmel freundlich in dich schaut,
so ruht dein Spiegel lauter bis zum Grund.
Doch wenn ein unversehner Wind dich trifft,
so überläuft ein schmerzhaft Zittern dich,
und wie mit einem grauen Netz verhüllst
du ein in seiner Tiefe scheues Herz.

AN E. S.

Du liebes junges Menschenkind,
was hast du Hände feine!

Wie meine derb daneben sind,
du Wunderliche, Reine!

Und doch riß dich das Leben schon
in seinen verwirrenden Reigen:
du bist einmal herumgeflohn –
und tratst dann zurück ins Schweigen.

Und nun die Hände aufs Herz gepreßt
seh' ich dich stillhin gehen –
die feinen Hände so fest, so fest
auf dem Herzen, dem heimlich wehen.

SIE UND ER

Bleich in bleichen Kissen liegst du,
süßer Schwäche Bild.
Deines Leibes Pein besiegst du
durch ein Lächeln mild.

Wünschtest du die Schuld der Herzen
ungeschehen, sprich?
Doch du lächelst unter Schmerzen:
Nein – ich liebe dich.

REINHEIT...

Weißt du, was Reinheit ist? So sieh den Abendstern
hoch über blassen Wolken glänzen, still und klar.
So glänzt auch unser armer Erdenball vielleicht
nach einem fernen Stern, und dort erhebt ein Mensch,

wie hier, den Blick und fragt: Weißt du, was Reinheit ist?
Und eine Frauenstimme sagt vielleicht zu ihm:
Du meinst den Abendstern da droben, still und klar?
Dort muß es wohnen, dort, das Glück, das wahre Glück!
Und feucht wird beider Aug. – Weißt du, wo Reinheit wohnt . . .

DIE PRIMELN BLÜHN UND GRÜSSEN

»Die Primeln blühn und grüßen
so lieblich mir zu Füßen,
die Amsel singt so laut.
Die Sonne scheint so helle –
nur ich weiß eine Stelle,
dahin kein Himmel blaut.«

– Feins Kind, mußt nicht so sagen!
Es bringt der Himmelswagen
auch deiner Brust den Tag.
Es wird auch deine Seele
der lieben Vogelkehle
gleichtun mit lautem Schlag.

»Die Primeln blühn und grüßen
so lieblich mir zu Füßen,
die Amsel singt so laut.
Die Sonne scheint so helle –.
Mein freundlicher Geselle,
mir ward viel Leid vertraut.«

WEIN UND WAFFE

Verzicht, das ist der Wein, das ist die Waffe.
Von diesem Safte wirst du stark und still.
Und wenn dein Wunsch sich nicht ergeben will,
sieh zu, daß dir dies Schwert den Frieden schaffe.

Mit diesem Wein im Kruge lebst du gut.
Mit dieser Waffe wirst du mächtig sein.
Verzicht – so sticht ein Stahl ins Herz hinein.
Verzicht – so löst den Krampf der Rebe Blut.

GOETHE

Nur eine Seite deiner teuren Werke –
und schöner wird mein Wesen wie von Licht.
Du strahlst mich an. Wo blieb die eigne Stärke,
du, mir zugleich Erfüllung und Gericht?

Wie kann der Lebende vor dir bestehen?
Und über Wolken wandelt Antwort her:
Du bist von denen, die doch immer gehen.
Geh weiter denn, kein Sterblicher kann mehr.

TOLSTOI

Zu ganz Europen furchtlos redest du,
erzürnter Greis, und machst das stolze klein.
Wer wagt wie du so nackte Worte sonst?
Wem strömt so eines Lebens ganze Kraft

in alles, was er spricht, daß ehrfurchtsvoll
der Gegner selbst bezwungen steht, gedenk
der eignen Schwäche vor so herbem Ernst?
Wer unter Lebenden ist heut wie du
so großen Zorns, so großer Liebe voll!

FÜR VIELE

Wieviel Schönheit ist auf Erden
unscheinbar verstreut;
möcht' ich immer mehr des innewerden;
wieviel Schönheit, die den Taglärm scheut,
in bescheidnen alt und jungen Herzen!
Ist es auch ein Duft von Blumen nur,
macht es holder doch der Erde Flur,
wie ein Lächeln unter vielen Schmerzen.

VII

SCHLUMMER

Dies eine laß mir, dunkler Geist der Nacht,
dies eine laß mir: Schlummer, bis zum Ende, –
wann müd ich mich von Tag und Menschen wende,
traumlosen Schlummer, der vergessen macht.

Des Lebens Tag ist spielend überwunden;
doch wenn das Grauen aus dem Schweigen tritt
der fürchterlichen zweiten, dritten Stunden,
dann fühl' ich, daß ich stets vergeblich stritt.

Es stürzt der Ungewißheit Übermacht
mein Herz in Angst und Zweifel ohne Ende...
O wenn ich mich von Tag und Menschen wende,
so laß mich schlafen, dunkler Geist der Nacht!

SCHWEIGEN

O Schweigen, Schweigen, komm, du letzter Schluß,
da mitzuteilen Haß nur weckt und Fehde.
Ergreif an ihrer Wurzel meine Rede,
laß einwärts sprossen, was denn sprossen muß.

Ich will dich tragen, wohin niemand kommt,
in Wälder, wo nur Tiere uns erfahren, –
bis du vielleicht nach vielen, vielen Jahren
das Wort mir schenkst, das mir und andern frommt.

Dann laß mich noch einmal vor Menschen stehn
und ihnen dieses eine Tiefste sagen –
und dich dann wieder in die Wälder tragen
und wie ein Wild dort fallen und vergehn.

GEBET

Dich ruf ich, Schmerz; mit aller deiner Macht
triff dieses Herz, daß es gemartert werde
und, das ich bin, dies Häuflein arme Erde,
emporhält aus der allgemeinen Nacht.

Dich ruf ich, Menschenfreund der besten Art;
mißtraue nicht, daß ich dich je verkennte;

du Schmerz, durch den uns wohl das Größte ward,
was Menschenwert von Gott und Tiere trennte.

Dich ruf ich; gib mir deinen bittern Krug;
und siehst du mich auch bang mich von ihm wenden; –
da mir das Glück allein nicht Kraft genug,
so hilf denn du mein Tagwerk mir vollenden.

DAS LICHT

In deine Flamme schau' ich, Kerzenlicht,
die wie ein Schwert die Finsternis durchbohrt.
Hab' Dank, du schonest auch den Schatten nicht,
der meinen schlafgemiednen Sinn umflort.

Ich nähre mich an deiner ruhigen Kraft,
du Bild der Seele, die das Dunkel trennt
und ihres Leibes erdenschweren Schaft
gleich einer Fackel in den Raum verbrennt.

UNHEIMLICHE ZEITUNG

Der Pfünder Gedröhn,
der Flinten Alarm,
das Schrein und Gestöhn,
die Wut und der Harm –

der Sturm und die Flucht,
die Hügel voll Qual
der köstlichen Frucht,
der Dörfer Fanal –

der Mensch als Held
und der Mensch als Tier –
in Lettern gestellt
auf ein Blatt Papier.

IMMER WIEDER

In allen tiefen Stunden mußt du's empfinden:
Es gibt nur e i n Mittel: Gewalt.
Und würdst du tausend Jahre alt, –
nie wird der Mensch allein sich überwinden.

Du mußt ihn an das Rad der Zukunft b i n d e n,
an d e i n e s Willens Rad, dafür's kein Halt!
als deines Willens Halt! gibt; glühend-kalt
mußt du dein Volk zu seiner Größe – schinden.

Befiehl! Nur daß du immer g r o ß befiehlst, –
sonst ist dein Reich auf e i n e n Schlag verloren
und dich verbrennt der Reif, nach dem du schielst.

Befiehl! Laß sich erheben, was geboren,
wag's Gott zu sein, mach's wahr, wonach du zielst,
geliebt vom Edlen und beknirscht vom Toren.

Sprüche

(Henrik dem Dreizehnten)

Ich riß des Herzens Furchen auf:
Da säten Wind und Sonnenschein
ihr Korn hinein;
da schoß es auf
aus rotem Grund
und wuchs mit zuckendem Pupurmund
zum Licht hinauf.

Alles Leben steht auf Messers Schneide.
Gleite aus und du ertrinkst in Leide.

Dulde, trage.
Bessere Tage
werden kommen.
Alles muß frommen
denen, die fest sind.
Herz, altes Kind,
dulde, trage.

Gib, gib und immer wieder gib der Welt,
und laß sie, was sie mag, dir wiedergeben;
tu alles für, erwarte nichts vom Leben, –
genug, gibt es sich selbst dir zum Entgelt.

WORTE

Worte sind wie Rettungsringe,
die dem Leben dienen;
auf den tiefen Grund der Dinge
kommst du schwer mit ihnen.

WACHSENDE UNSICHERHEIT

Ich geh' wie auf dem Meer in Dunkels Schoß,
ein jeder Schritt ist schwankend wie auf Tod...
Doch immer wieder hält in höchster Not
den zagen Fuß ein unsichtbares Floß.

LEHRE

Was die Welt an Lehre mir gegeben,
willst du wissen?
Unser Bestes dürfen wir nicht leben,
weil wir »leben müssen«.

IN SO VIELEM

Wie hat man oft im tiefsten Mark
gefühlt: nein, nein und aber nein!
Aber das Leben ist so stark,
es reißt einen immer wieder hinein.

Γνῶθι σεαυτόν

Kein Brunnen ist so tief wie du;
und schöpfst du aus dich bis zum Grund,
so wird dir mehr vom Menschen kund,
als trüge dich Ahasvers Schuh.

DANKBARKEIT UND LIEBE

Dankbarkeit und Liebe sind Geschwister.
Dankbarkeit *ist* Liebe, mild doch stet.
Wer ein Liebender durchs Leben geht,
auch ein Dankender für alles ist er.

O Freunde, liebt mich nicht,
niemals *den*, der ich bin;
doch was ich *werden* möchte,
das, das liebt an mir!

EWIGES EINERLEI

Was längst beantwortet ist
oder längst zu beantworten wäre,
das wird noch immer gefragt,
das frißt noch immer Gehirn.

Wer alles ernst nimmt, was Menschen sagen,
darf sich nicht über Menschen beklagen.
Alles Reden ist meist nur Gered.
Weiß man erst, was dahinter steht,
läßt man's klappern wie die Mühlen am Bach
und geht stillfein in sein eigen Gemach.

VERWUNDERUNG

Hier stand einst eine Bank. Wer nahm sie fort?
Hier saß einmal ein Mensch. Wo ging er hin?
Was stehst du, fremder Mann, am fremden Ort...
Verwunderlich, daß ich noch immer »bin«.

TRAGIKOMÖDIE DES PHANTASTEN

Ich schnelle meinen Zollstock mit der Hand –
und halbe Welt entwächst dem dürren Sparren.
Ich schnelle meinen Zollstock mit der Hand –
und ihr, was seht ihr? Nichts plus einen Narren.

O ihr, an so viel »letztem Wissen« Leidenden,
wie seid ihr oft instinktlos im Entscheidenden!

Die Sonne grübelt nicht, warum sie scheine.
Sie scheint. Ihr Leben, Künstler, sei das deine.

SCHULE

I

Das erste, was ich sah, war Heuchelei.
Ein Lehrer faltete die fetten Hände
und sprach ein weinerlich Gebet dabei.

II

Und lieber Gott und aber lieber Gott.
Ich fühlte, fromm, mir Seligkeit verbrieft.
Dann kam der Sturz. Der wilde Schmerz und Spott.
Und doch. Was tat's. Selbst ihr habt mich – vertieft.

III

Aus reifem Leben nun zurückgewendet:
Zu keinem Haß mehr fühl' ich mich beherzt.
Kein Fluch mehr, einem Teil der Welt gespendet!
Das Ganze ist's, das Ganze, was heut schmerzt.

Es martert dich,
daß wir Menschen gleich fraglich sind,
ob wir lachen oder weinen.
Mein Freund, du mußt beiseite gehn,
nur selten einem ins Antlitz sehn,
sonst wirst du uns stets verneinen.

Die Lösung ist – so sieh doch hin:
Wer entdeckte doch erst des Menschen Sinn?
Begreif's – und du erträgst die Herde:
»Der Übermensch sei der Sinn der Erde!«

NIETZSCHE

Wen er nicht einmal zu Tode beschämt,
wen er nicht einmal zu Tode gelähmt,
hat nie auch nur im Traum geahnt,
was für ein Geist da fragt und mahnt.

Ja, gib der Welt nur Wein und Brot,
doch sieh nicht hin, wenn du gespeist.
Bei dem und jenem wird's wohl Geist,
doch bei zu vielen nichts als – Kot.

SUPREMA LEX

Fürchte nie, zu überraschen.
Das »harmonische Gesetz«
ist ein Netz mit güldnen Maschen.
Du sei wider jedes Netz.

Denn allein das einzig Deine,
deines Wesens letzter Schluß,
ist das unersetzlich eine,
was ich von dir fordern muß.

JE NACHDEM

Kein Täter fragt im Ernstfall nach Gesetzen.
Die strengste Satzung ist nur Konvention.
Und heilig ist allein der große Hohn,
mit dem Befugte »Heiligstes« verletzen.

Ein andres ist, Gesetze willig achten.
Der Freiste wird vielleicht der Strengste sein.
Er fügt sich gütig in ein Ganzes ein; –
(man kann die Welt auch bürgerlich betrachten).

VOM NEUEN REICH

Was auch der Lober Schar anstellt:
Dies Reich ist nicht von unsrer Welt.

Wozu, so fragt man sich, Reich, Wohlstand, Macht,
wenn alles das die Menschen nur verflacht.

ZU RUSSISCHEM UND WEITEREM

Erfahr' ich, wie Mitchristen sich geberden,
möcht' ich aus Scham und Ingrimm Jude werden.
Noch mehr! Wie's Jude, Christ und Heide treiben,
verwehrt mir fast, noch länger Mensch zu bleiben.

ALLEN KNECHTSCHAFFENEN

An alle Himmel schreib' ich's an,
die diesen Ball umspannen:
Nicht der Tyrann ist ein schimpflicher Mann,
aber der Knecht des Tyrannen.

FREIHEIT

Freiheit ist kein käuflich Gericht;
man hat sie oder man hat sie nicht.
Und wer sie hat, wer wirklich »frei«,
hat noch ein kleines Lächeln dabei.

GELEHRTE

Müßt ihr euch immer prügeln,
wenn ihr aufs Forum wandelt,
könnt ihr euch nie beflügeln,
wenn ihr von Großem handelt?

MODERNE ÄSTHETEN

Näscher hier und Näscher dort,
jeder Stimmung Töpfegucker,
bleibt von unserm Werke fort,
klaubt und klebt an eurem Zucker!

Ein Münzen-Bild für Psychologengaben:
Man muß die Menschen wechseln können
und noch Überschuß haben.

Einen Einzelnen abschätzen heißt schon lügen.
wer i s t denn der Einzelne! Eine Fiktion.
Ein Wort in einem Riesensermon,
den wir nicht fassen trotz allen Flügen.

Hirn als Mechanismus
erklärt nur das Werk;
des Werks Selbstbemerk
kein Katechismus.

Wie süß ist alles erste Kennenlernen!
Du lebst so lange nur, als du entdeckst.
Doch sei getrost: Unendlich ist der Text,
und seine Melodie gesetzt aus – Sternen.

WALTHER VON DER VOGELWEIDE

Ich mußte dir als reifer Mensch begegnen,
um dich als köstlichen Gewinn zu segnen.
O Walther, einem Lied wie »Unter der Linden«
ist wohl in weiter Welt nichts gleich zu finden.

AN DOSTOJEWSKI

Du tiefer Wegeweiser, warte mein.
Das Buch, in dem ich einst mich selbst will schreiben,
es ist schon heut, noch ungeboren, dein.
Hilf mir, bis es am Licht, am Leben bleiben.

ZUM TÄGLICHEN LEBEN

Harmlosigkeit – wie atm' ich gern darin!
»Intelligent« und »heiter« sind die Worte,
die geben mir den frohsten Klang und Sinn.
Beglückt das Haus, hoch über dessen Pforte
sie glänzen!

SCHACH, DAS KÖNIGLICHE SPIEL

Du bist nicht nur ein Spiel, von Leben schwer,
du bist sein Kampf selbst, formuliert als Spiel.
In dir erflog der Geist den großen Stil. Noch mehr:
Du bist des Geistes großer Stil.

IN WALD UND WELT

Lebendige Wesen schreitend aufzuscheuchen,
will Lust im Wald wie in der Welt mich deuchen.
Ein herrlich Wort aus Nietzsches hartem Lachen:
»Das Individuum unbehaglich machen«.

EIN ANDER MAL

Drei Rehe stehn wie eine Gruppe starr –
wird er vorübergehn, der fremde Narr?
Er wird vorübergehn, liebreizend Bild;
er ist ein Jäger nur auf Seelenwild.

DER SPECHT

Wie ward dir, kleiner Specht, so große Kraft!
Von deinem Klopfen tönt der ganze Schaft
der hohen Kiefer. Wär' auch mir vergönnt,
daß ich den Menschen so durchklingen könnt'!

SEI BEREIT

Wenn die Abendschatten steigen,
überhaucht von Zeit zu Zeit
meiner Seele sinnend Schweigen
unversehne Traurigkeit.
Und wie sich die Fackeln neigen
draußen zu des Tags Geleit,
fühl ich auch auf mich sie zeigen
und wir winken: Sei bereit!

Wenn die Abendschatten steigen...

Dunkler Tropfe,
der mir heut in den Becher fiel,
in den Becher des Lebens,
dunkler Tropfe Tod –

Willst du den klaren Wein mir trüben –
soll ich mich an ihm müde trinken –
müde – müde – vom Leben fort?

Dunkler Tropfe,
der mir heut in den Becher fiel,
in den Becher der Freude
dunkler Tropfe Tod …

EINKEHR

Gedichte

Dem Andenken meiner Mutter

Du bist in jedem Augenblicke neu;
Drum sei dem Alten nicht zu knechtisch treu.
Und war dein Herz bis heut' wie Kohle schwarz –
Du hast die Macht: und es wird weiß wie Quarz.

I
Im Hochgebirge

Die Menschen klein, den Menschen groß
vom Felsen hoch zu sehn, so lieb' ich's mir:
Das sprießt und wimmelt aus der Erde Schoß –
Und mächtig ringt das Ich sich aus dem Wir.

JUNGES MÄDCHEN IN DEN BERGEN

Die Nebel hangen tief ins Tal herein...
»Ich weiß nicht, was ich bin und was ich soll...
Ich bin so jungen, drängenden Lebens voll...
O Leben, komm, ich will dein eigen sein.

O Leben, Leben, laß mich nicht allein!
Dies Herz hier ist bereit zu jeder Last:
Gib mir das Schicksal, das du für mich hast!«
Die Nebel hangen tief ins Tal herein...

RAUMSCHWINDELGEFÜHL

Euch engen Berge ein –
Mir zeigt ihr scharfer Saum
nur um so grausiger
den grenzenlosen Raum.

Wie einer Schleuder Kelch
den flugbereiten Stein,

so engt mich des Gebirgs
verwünschter Sattel ein.

NOTSCHREI

Laß mich, Berg, mich an dich klammern,
werde, Berg, mir nicht zum Hügel,
laß dich, Berg, mein Elend jammern!
Meines Geists entschwerte Flügel

reißen mich aus deinen Toren
in den Raum hinaus – – und zeigen
mir den Ball in grausem Schweigen
im Unendlichen verloren ...

AM QUELL

Rausche hinter mir, mein Quell,
weil ich in den Himmel schaue;
plaudre, plaudre, mein Gesell,
doppelt von der Erdenaue,
daß sie fester mich umfängt,
da Unendlichkeit mich drängt.

Halte mich mit deiner Stimme
an der Erdenmutter treu,
daß der Raum umsonst ergrimme,
daß ein Mensch so sonder Scheu
mit versucherischem Geist
ihn in seine Seele reißt.

Schütze mich vor Sturz und Fall,
Wiesenader, Erdgeschwister;
wie ein Reifen von Kristall
schling' dich um den Fortsichlister
Geist: der sonst, zu schwach umschürzt,
sich und mich in Abgrund stürzt.

GEWITTERANFANG

Erste große Perlen fallen
wie aus grober Siebe Augen ...

Hell des Daches Bleche knallen,
Fels und Straße sprühn und saugen ...

Laut betupft es Laub und Matten ...
Sind es Tropfen, sind es Schlossen?

Da zerreißt ein Blitz die Schatten –
und der Regen kommt geschossen.

DER WILDBACH

I

Gespenstisch, – wie der Bach den Schutt der Mure,
dem Berg entwühlt von Wetterwolkengüssen,
ununterbrochen, eine Donnerfuhre,
talab wälzt nach der Ebne breiten Flüssen!

Das mahlt, als schössen Schädel toter Trolle
im Schoß der Flut vertrackte Purzelböcke,
als schlurfte Knochenwust zermalmter Nöcke
der Grube zu mit schotterndem Gerolle.

Mir wird, da ich am Brückenbalken lehne,
wie einem selbst Zermalmten und Entmannten,
mich stößt der dumpfe Tanz in jeder Sehne,
der Totentanz zerschmetterter Giganten.

II

Des Baches zügellosen Ansturm seh' ich
sich zornaufschäumend am Granitblock brechen,
und wie betäubt und staunend steh' ich:
War auch so unverwandt – m e i n Widersprechen?

Mein Widersprechen all der Zeitgedanken,
die wie ein wilder Schwall den Geist bestürmen?
Erwehrt' ich mich so wacker ihrer Pranken
und auch so schlicht im Mich-dawider-Türmen?

III

Die kleinen Steine springen wie die Fische,
der angeschwemmten Sandbank wirr entstrudelt,
und sammeln abwärts sich um neue Tische
und werden auch von dort hinweggesprudelt.

Bis endlich all die ruhelos Gerollten
sich drunten lagern im verzweigten Bette –
und wieder gilt, was gestern hat gegolten:
der Flut die Ferne und dem Stein die Stätte.

AUF EINEM VERFALLENEN KIRCHHOF

Was gehst du, armer bleicher Kopf, mich an –
Es ist kein Grund, um Lebensform zu trauern.
Den Gott wird über seine Tiefe schauern,
doch – reut ein Meer die Welle, die zerrann?...

Ich will dir eine kleine Krone malen,
mein Bruder Tor, um deine kahle Stirn:
Auch du in Lebensnot und Todesqualen
warst Gottes Aug', wie ich, und Gottes Hirn.

VERSUCHUNG

Ich stand ein einem Abgrund still
und sah hinab und sprach mich an: –
Hinab, Unsterblicher, wohlan!
Es kostet dich nur ein »Ich will«.

Gott schläft hier ein, Gott wacht dort auf, –
so sprachst du selbst. Wohlan! schlaf ein!
Nicht einen Nu erlischt dein Sein,
denn Form nur gibst du in den Kauf...

– Mein Tagwerk ist noch nicht vollbracht.
Wer an der Schale sich vergreift,
bevor sie ihren Kern gereift, –
er schläft zu früh ein – und erwacht –
zu spät.

MITTAG

Tage gibt es, da des Mittags Bläue
übermild um braune Berge zittert
und in unaussprechlich linder Läue
sie wie Himmelsliebesrausch umwittert.

Ja, wie Liebe bricht es aus den Räumen,
und nur noch aus Frauenaugensternen
kannst du dies aus fast zu seligen Träumen
hergesunkene Gottesleuchten lernen.

ABENDWEISE

Wunder-voller Hain der Nacht,
den wir Tag um Tag betreten,
drinnen Tag um Tag wir beten,
zueinander tief erwacht...

Wölbe deiner Wipfel Pracht
über unserm stillen steten
Opfer, aus emporgewehten
Seelenflammen fromm gebracht!

MONDNACHT

Vorn ein Wall von schwarzen Hügeln...
doch astralhaft über ihnen –
bleiche Wände mondbeschienen,
wie aus Flor von Geisterflügeln...

Schau' ich hier zum Bild gewoben –
Erdendumpfheit, Himmelstrachten?
Rings das Unten noch voll Nachten ...
doch voll Seelenlicht das Droben ...

VOR SONNENAUFGANG

Raben halten wo im Alpenwald Gericht ...

Durch den Raum hin schwebt im Morgenlicht
geisterleis der mütterliche Ball ...

Raben schrein im geisterstummen All ...

II
Herbst

Vergänglichkeit! Wort, das Gott-Welt enthüllt!
Wer dürfte dauern, den ein Ziel erfüllt?

ÄHREN-WALD

Wie dicht
ein Wald aus Ähren ist,
wie dicht und doch zugleich
wie licht!
Kein Buchenwald ist also hell,
kein Birkenhain so schattenlos,
wie unterm goldigen Gewell
des weiten Felds
sein stiller Schoß.

SÜDWIND

Dies ist der Süd, der nicht die Köpfe nur,
der selbst die Welt verwirrt, – daß harte Berge
in Süßigkeit wie Liebende entbrennen
und sich dir geisterhaft zuhauchen – nicht
wie Felsen, nein, wie Träume, die der Himmel
in einer Mittagsstunde träumt...
Dies ist der Süd, der Berge selbst verführt...

O BUNTE WELT

O bunte Welt,
was schillerst du mir her!
Auf mich gestellt,
bedarf ich dein nicht mehr.

Nicht mehr? Und doch,
wie bangt mich oft nach dir...
Zu innig noch
verschlingt sich Dort und Hier.

DER WIESENBACH

Kühl-und-Klarer! Ohne Laut
führst du über Moos und helle
Steine die bewegte Welle,
Busch und Wiese gleich vertraut.

Blätter, Blumen, Früchte schwanken
dann und wann auf dir dahin,
wie verlorene Gedanken
einer großen Träumerin.

BLÄTTERFALL

Der Herbstwald raschelt um mich her...
Ein unabsehbar Blättermeer
entperlt dem Netz der Zweige.
Du aber, dessen schweres Herz
mitklagen will den großen Schmerz –
sei stark, sei stark und schweige!

Du lerne lächeln, wenn das Laub,
dem leichten Wind ein leichter Raub,
hinabschwankt und verschwindet.
Du weißt, daß just Vergänglichkeit
das Schwert, womit der Geist der Zeit
sich selber überwindet.

HERBSTSCHLACHT

Ich ging den Berg hinauf nach Haus.
Um mich nächtlicher Herbstwindbraus.

Stille und Stoß. Stille und Stoß.
Die Kurortlandschaft ward sterbend – groß!

Ich ging – mir klang wie dumpf Dodona-Erz:
»Dies ist der Herbst, der bricht dir noch das Herz.«

Und aber kommt, den Tod in der Faust,
eine neue Windsbraut einhergebraust.

Vierer Trompetenbäume Laub
wird auf ein einziges Mal ihr Raub.

Wie ein Steinschlag vom Bergeskamm
übermurt es den breiten Damm.

Wie in Buonarottis Gericht
schaudert's herab durch das fahle Licht.

Noch ein Blatt, noch zwei, noch drei,
gaukelnd, schaukelnd, – dann ist's vorbei.

Ich wate hindurch ... Durch Astgitter leere
dämmert der Hochalpen schneeige Hehre.

Schon baut der Winter an seinem Nest
hoch droben ... Nun, Herz sei doppelt fest!

DER WOLKENBAUM

Hoch im Dunkel steht ein Wolkenbaum,
darin wohnen hundert Vögel grau,
schmettern stumm ihr geisterhaftes Lied.
Seinen Fuß umfunkelt Wiesentau.
Seinen Stamm umwebert Nebelflaum.
Seinem fahlen Wipfelwerk entflieht
der Mond ...

NACHTS ÜBERN MARKT

Die Luft ist schwarz und kalt.
Der Löwe pfeilt
den starren Maulstrahl in den finstern Born.

Der Zeder Spalt
durchsticht ein Sternendorn.

Weh dem, der weilt...

AUS STILLEN FENSTERN

Wie oft wirst du gesehn
aus stillen Fenstern,
von denen du nichts weißt...
Durch wieviel Menschengeist
magst du gespenstern,
nur so im Gehn...

NOVEMBERTAG

Nebel hängt wie Rauch ums Haus,
drängt die Welt nach innen;
ohne Not geht niemand aus;
alles fällt in Sinnen.

Leiser wird die Hand, der Mund,
stiller die Geberde.
Heimlich, wie auf Meeresgrund,
träumen Mensch und Erde.

III
Winter

Rosenweiß, ein Geist, unwirklich ganz,
ein Gebild aus Schnee und Sonnenglanz,
streitet sich der Berg aus Wolkenschleiern,
seines Winters ersten Tag zu feiern.

VOR DEM SCHACHBRETT

Ein Kunstwerk sei wie ein Schachproblem.
Da ist's auch nicht an dem oder dem;
da ist ein jeder Zug bestimmt
für den, der Schicksal gibt wie nimmt.
Da lerne, wer schafft, wie wer genießt,
wie sich ein Kreis zum Ganzen schließt.

VOR EINEM ALTEN SCHRANK

Wie fass' ich dich in deinem ganzen Reiz?
Ist es allein dein Alter, das mich rührt,
der Umriß, in der ältern Art geführt,
des Baues Ernst, der hellen Farben Geiz?

Es ist, daß du in deinem Mittag stehst
vom Werden zum Verfall. Einst warst du nur
das Werk der Kunst, als das du einst vergehst, –
jetzt gleichst du einen Tag lang der Natur:

In eins gewachsen wie ein Baum, ein Schiff,
ein Staat, den keiner mehr zergliedern kann,
der in ein Ganzes so zusammenrann,
daß es wie Eigenleben ihn ergriff.

Drum wird all Neues uns so spät vertraut,
drum täuscht das Aug' so gern sich Alter vor
und freut sich doppelt an dem Werk empor,
an dem die Zeit, als Helfer, mitgebaut.

AN MEINEN BADESCHWAMM

Großer Schwamm, du braver Bronnen,
drauf mein Aug' erwachend säumt,
der an seinem Garn versonnen
an des Ofens Vorsprung träumt!

Brüt' ich über Denkdoktrinen,
nehm' ich dich als Vorwurf gern;
und dann dienst du deinem Herrn
anders, als sonst Schwämme dienen.

Wie vom Schwert der Cherubim
wirst du dann von ihm entkleidet –
Farbe, Form, Charakter scheidet,
und du wirst ein Ding an ihm.

Doch nur etliche Minuten
schwebst du so, des Selbst beraubt ...
Und dann strömst du kühle Fluten
über sein erquicktes Haupt.

MEINEM KOFFER

Stämmiger Gesell
meiner Wanderfahrt,
dessen rostbraun Fell
all mein Gut bewahrt!

In mein Wappen tu
ich dein Bild hinein
und ein Spind wie du
sei mein letzter Schrein.

In der Ecke dort
ist dein Aufenthalt,
nimmer sollst du fort
auf den Speicher kalt.

Gerne dann und wann
ruh' ich auf dir aus,
fühle stark: Wohlan,
hier bin ich zu Haus.

Bis der Traum mich dir
enger noch gesellt,
und dann fliegen wir
über alle Welt.

DER SCHATTEN SPRICHT:

Mensch, willst du einen Gegenstand
zum Reden über sich reizen,
so frag' seinen Schatten an der Wand;
der wird mit Weisheit nicht geizen.
Der wird dir sagen: Lieber Geist,
ich bin sein wahres Wesen.
Das, was du seinen Körper heißt,
das ist nur Schrift, zum Lesen;
der Körper ist der Buchstab nur,
mit dem die Gottheit schreibet,
die Gottheit oder die Natur,
und der nicht lang verbleibet.
Sieh mich an, mich, der nichts an sich
und doch ein Schmuck deiner Wände;
sieh mich an, Mensch, ich lehre dich
den Geist der Gegenstände.

DAS SINTHO-BUCH

Da trag' ich fünfzehn Jahre nun ein Augenglas
mit schmalem goldnen Rand, das eine Frau,
das eines Freundes Mutter mir geschenkt.
Es war vielleicht ihr eignes dermaleinst,
an einem dünnen Kettchen trug vielleicht
ihr junger Hals das zierliche Gebild
des Petersburger Goldschmieds – ja, wer weiß:
Durch diese feinen Reifen (denn die Gläser
sind längst nicht mehr die alten) sah vielleicht
ihr reines Aug' noch i h n – Michailowitsch –

den Großen – – ! Und das trug ich nun
gedankenlos drei Lustren ... Oh –
was ist der Mensch! Des Rings, durch den er blickt,
tagaus, tagein, durch den er sich der Welt,
der sichtbaren, vermählt und sie sich ihm,
vergißt er, achtet sein nicht; denkt nicht des,
der ihn geformt, nicht ihrer, die ihn gab,
nicht seiner, dessen Bild einst in ihm lag –
wer weiß, als wie in einem Rähmchen ... bis –
vor einem Buch, vor einem Sintho-Buch,
in einer Nacht dies alles ihm erscheint
und ihn erschüttert, anklagt und betrübt ...

GLOCKENTON NACH MITTERNACHT

Eine Glocke in stiller Nacht ...
Was mag sie wollen? Was ist geschehn?
Nirgends Feuerzeichen zu sehn.
Nirgends eine Seele, die wacht.

Klingt es nicht, als schlüge sich
dumpf wer an die Brust von Erz:
Schmerz – Schmerz – Schmerz – Schmerz.
Welt, mein Ich, wie quälst du Mich!

Doch, sagt Meister Eckehart,
war auch solche dunkle Klage
schon am Anfang aller Tage
Seinem Geiste Gegenwart.

Seinem Geist? O Mund, gib Ruh';
laß mich nicht in Worte fallen.

Einer Glocke nächtlich Lallen
darf mich lehren; doch nicht du.

AN EINE UNBEKANNTE SCHAUSPIELERIN NACH EINEM OPERETTENABEND

Du siehst jetzt auch vielleicht auf deine Decke,
darunter sich dein schlanker Körper zeichnet,
und sinnst dem Rätsel deines Lebens nach...
Das wilde, wüste, aufgejagte Treiben
des Abends fiel zusammen wie ein Schaum,
von dem das Meer zurücktrat stumm und tot.
Die Maske liegt, der taube Trödel liegt
verachtet irgendwo, das Auge lächelt
nicht fürder; jener tiefe Leidenszug,
der abends schon dein Lächeln abgelöst,
beherrscht, verdunkelt nun dein Antlitz ganz.
Du bist von denen, Kind, die nicht die Lust
erregter Augenblicke sättigt, du willst mehr.
Ich fühle, wie so sehr noch Kind du bist,
bereit, so sehr zu lieben noch, zu traun,
und doch erfahren schon bis übers Maß
im Weh der Welt... Wie blickst du seltsam starr;
wie adelte dich Sorge schon so früh;
daß du mit mir in dieser Mitternacht
im selben einsam großen Sinnen wachst
und deine edeln schmalen Glieder sich
abzeichnen siehst im Linnen, das sie deckt,
und fremd zugleich und zärtlich sie betrachtest,
dies hingestreckte Dich, das soviel lacht
und soviel weint und noch vor kurzer Frist
vor andern Menschen tanzte, spielte, sang –

dies dunkle Dich, das, dunklem Falter gleich,
der Flamme zu mit jedem Nerv sich sehnt,
daß es als Psyche, wie ein Hauch entschauernd,
an Eros' Brust auf ewig schliefe ein.

IM THEATER

Ihr seht die Spieler, wie Gewohnheit lehrt.
Ich sehe dort geheimnisvolle Wesen,
ein schlechter Forscher nach der Dichtung Wert.
Ich such' in ihnen wie in Schrift zu lesen,
dem Lebensrätsel selber zugekehrt.
Und während ihr vor ihnen euch entscheidet,
hab' ich sie schier der Rolle MENSCH entkleidet.

Euch rührt ein ödes, leeres Lächeln nicht, –
wie dürft' es auch! Doch wem der Mensch erschlossen
ihm ist nichts öd und leer. Des Auges Licht –
sein bloßes Licht – ob so, ob so ergossen,
erregt ihn wie das tragischste Gedicht!
Ihm ist der leerste Blick noch eine Brücke ...
Wohin? Ihr fragt es – und die Brücke bricht –
der Träumer stutzt – – und springt zu euch zurücke.

NÄCHTLICHES HAUS

Das wälzt sich hin und her
im finstern Haus
und bricht in Seufzer schwer
und Ächzer aus.

Das stöhnt geheimnisvoll
in Leid und Lust
und zahlt der Nacht den Zoll
aus dunkler Brust.

BRIEFE

I

Warum versankst du mir so ganz?
Ein Stein auf irgendeines Flusses Grund,
tief unter Wellentanz und -glanz,
ist mir nicht stummer als dein Mund.

Geh hin zum nächsten Fluß, geh hin,
und blick hinab, und siehst du einen Stein,
so grüß dein dunkles Brüderlein
und sag ihm traurig, wer ich bin.

Nein, sag ihm fröhlich, wer ich war!
Ein Freund, mit dem du einst e i n Herz und Sinn.
Nein, sag ihm traurig, wer ich bin:
ein Freund, nun aller Freundschaft bar.

II

Oh, ich weiss wohl, was noch fehlt.
Doch, o glaubt, der Tag wird kommen,
wo mir gleich dem frömmsten Frommen
jede Silbe sich beseelt!

Wo die Härte und die Kühle
so in Wärme schmilzt und taut,
daß ihr fühlt, was ich geschaut,
nicht nur schauet, was ich fühle.

III

Ich glaube nicht an Ungerechtigkeit,
ich glaube, was geschieht, geschieht mir Recht;
wir sehn nur nicht ins fiebernde Geflecht
der unaufhörlich fortgewobnen Zeit.

Die Mär vom blinden Wandel der Natur
bedünkt mich schal; dies Wandeln ist nicht blind.
Es faßt sich selbst ins Aug' im Menschenkind
und prüft sich Schritt vor Schritt in Wald und Flur.

Ein Blindes geht im Grund wohl seinen Trott,
doch ewig formt sein Geist es um und um.
Natur ist weder roh noch kalt noch dumm
noch ungerecht, Natur ist In-Sich-Gott.

IV

Sag' nicht: dies ist nicht vorzustellen,
nicht auszudenken! Eines Tages
erscheint ein Mensch bestimmten Schlages
und steigt hinunter zu den Quellen.

Und trägt vom Urborn der Natur
zwei Hände voll ins lichte Leben.
Und als Erfahrung bleibt gegeben,
was Vorzeit nur als Traum erfuhr.

Und wie sie kommen all und trinken,
verwandelt Sinn sich und Gesicht:
Wie Schleier scheint's hinwegzusinken,
und Dunkelstes wird seltsam licht.

V

In die Berge sehnst du dich,
  an das Meer, –
und der Berg des Himmels
mit seinen steilblauen Wänden:
  ragt er nicht ewig
    vor dir auf?

In die Berge sehnst du dich,
  an das Meer, –
und das Meer des Himmels
mit seinem tiefblauen Spiegel:
  wogt es nicht ewig
    vor dir hin?

Wie ein Knabe
  träumst du von Bergen,
  träumst du von Meeren . . .
So wirf den Nacken doch zurück
und habe mehr denn Berg und Meer –
  hab' – Ewigkeit!

IV

DIE WUNDERFRUCHT

In meiner Rechten ruht, gleich einer Frucht,
darum die Finger greifen, meine Schläfe.
Wer, was da werkt in dieser Wunderfrucht,
im Innern dieser harten warmen Schale
in allerfeinsten Zellen sich vollzieht, –
wer diese Frucht, die denkt, be-greifen könnte!
Wie eine ungeheure Nuß, – so hält
die Hand das heilige Gewölb gefaßt,
aus dessen unerforschtem Tempelbauch
die Glorie quillt persönlichen Gefühls,
die seiner selbst gewahre Strahlung: Geist,
die Ahnung eines Gottes von sich selbst …

AN DIE FURCHT

Du langverlorne, laß dich wiederum,
erhabne Furcht, in unsre Tage ziehn,
die allzu platte Heiligkeit verdarb!
Dich nicht mehr ganz verkennend, werden wir
uns enger aneinander drängen und
uns tiefer lieben – zitternd vor dem Frost
der ungeheuren Rätseleinsamkeit,
die unsern Ball umarmt, und deren wir,
zum Unheil uns, vergaßen, –
gute Furcht,
zusammenschauernd, doch zu unserm Heil,

laß abermals, wie vordem, uns den Kuß
der bleichen Lippen dein empfangen,
grause Göttin...

DER KELCH DER EWIGKEIT

Tief, tief, ihr nennt die Becher tief, die – Becher?...
Der Kelch der Ewigkeit ist ohne Grund –
den greif ich um, den setz ich an, den trink ich aus...
Trank ich mich selbst?
tief, tief, was nennt ihr – tief?
die ihr so Mensch wie Tier wie Baum wie Stein
als Mensch und Tier und Baum und Stein verehrt.
Was ist das alles doch? Ich frage mich
umsonst.
Nein, tief sind eure Becher nicht –,
doch süß zu trinken.
Immer nicht. Doch oft.
Stark, frisch, wie Morgentrunk.
Mein Kelch
birgt –
Tod.

JESUS, EIN »MENSCH«

Du, der du sagst: Ei, Jesus war ein Mensch!
So sag' mir doch, du wunderlicher Mund:
Was ist denn dies nur, was du so voll Kraft
und Ernst und Klugheit einen »Menschen« nennst?
Was ist denn dies: Ein Mensch!
Du lachst? Mein Freund, –

wenn du das wüßtest, wärst du schon nicht mehr
im selben Augenblick; denn wer Gott sieht
(und Gott und Mensch und jedes andre Wort
von all den fünfzigtausend, die du kennst,
sind Eines vor dem Unaussprechlichen)
der stirbt. Nun lachst du nicht mehr. Doch du gehst
unwillig weg und denkst: »Der Narr! Nun ja, –
das weiß ich selbst, daß alles Rätsel ist,
jedoch wo kämen wir denn hin, wenn wir
nicht sagten: dies, und: das, und: so, und: so!
Wir müssen's doch. Im Anfang war das Wort.«
Ja, ja, – »wo käm' die Wissenschaft dann hin«!

DESPERADO-TROST

Ob du so bist oder so,
sei getrost, – was will's bedeuten?
Laß dich nicht vom Gram erbeuten;
selbst als Frevler sprich noch froh:
In dem Raum, dem ungeheuern,
brennend voll von Sonnenfeuern,
was bin ich und wer bin ich!
Was ist dies mein kurzes Leben –
was dies ganze Erdenstreben –
was verschlägt's, verlor ich mich!
Was verschlägt's! Denn daß ich zahle,
leb' ich noch Legionen Male; –
dies ist doch der Welten Sinn:
daß ich Schritt vor Schritt mich wende
durch ein Leben schier ohn' Ende
bis zu meiner Gottheit hin.

KLEINE ERDE ...

Kleine Erde!
Kleine Werde!
Bist vielleicht ein Dutzendball!
Unerschöpflich ist das All.
Bist vielleicht kein sondrer Himmel
im Gewimmel
der Myriaden,
bloß ein Himmelchen und Höllchen,
bloß ein spärlich Nebenröllchen,
Boden zwar für Gottaufgänge,
aber selbst voll Not und Enge.

Und doch, doch,
du karge Scholle,
dürftst du noch einmal mich laden,
ja wohl viele Male noch!
Du aus Mann und Weib geballte,
gottesjunge, gottesalte!
Du – trotz aller Abseitsrolle –
Göttin mit den Möglichkeiten
allerletzter Tragischheiten,
allerletzten Glücks und Leides, –
Mutter und Geliebte ... beides ...

V

Die Gestirne – die Gehirne
Gottes, suchend seinen Sinn ...
Die Gestirne – die Gehirne
Eines, der Ich Selber bin ...

Vielleicht der Zweck all der Erden:
Gott will zu Göttern werden –.

Gott wird zu allen Zeiten –
Nicht Person, doch: Persönlichkeiten.

Gott ist nicht etwas über uns hinaus.
Gott ist ich, du, – doch wir nur Unser Haus.

Vielleicht gilt auch für ihn, den Geist der Geister:
In der Beschränkung zeigt sich erst der Meister.

»Trostlos«? Das Wort ist mir entschwunden,
seitdem ich Mich in mir gefunden.

Den Kelch der Ewigkeit am Munde,
was sorgst du der verlornen Stunde!
Empfandst du nur ein einzig Mal: Ich Bin; –
so gibst du stumm wohl auch ein Leben hin.

Jeder trägt, so fühlt' ich schon als Knabe,
um sein Haupt ein unsichtbares Glänzen –

Wundervolle Tage seh ich nahn,
wo die Menschen,
ahnungsvoll bewußt,
ihres wahren Sinnes Glück empfahn.

Komme endlich, Mensch, zur Ruh',
du bist Ich, und Ich bin du.

Traure doch nicht so im Dunkeln,
siehst du Mich nicht oben funkeln,
Mich, nein dich, Dich rings im Raum?
Laß uns doch auf allen Erden,
das wir sind, das Eine werden,
unsre Menschheit unter uns als – Traum.

VI
Vorfrühling

Zittern meiner Augen Schleier nur?
Oder zittert rund um mich Natur?
Zittern beide wohl vom gleichen Geist,
der für Menschen »Frühlingsanfang« heißt.

VERSE BEIM ERWACHEN

An dieser Verse kleinen Gliedern hängt
noch Tau der Nacht.
Ich hab' sie aus dem stummen Born, darin
der Morgen seine Pferde tränkt,
heraufgebracht.
Sie frösteln noch, als eben erst erwacht.
Ihr Auge flackert noch, als ohne Sinn,
denn den der fremden, dunklen Macht,
die drunten in der Tiefe wohnt...

FEBRUARMORGEN

Bleiche Morgenhelle,
drin der Vogel singt,
deren Frühlingswelle
Land der Nacht verschlingt –

Früh' um Frühe eher
weckt dein Lerchenschlag,
und der Spätaufsteher
tritt in lichten Tag.

ABENDDÄMMERUNG

Wie lang nun schon die Dämmrung wieder
die großen Augen offen hält!
Ich fühle fast die schweren Lider,
die halber Schlummer schon befällt –

und doch, trotz allem Drosselschlag,
noch nicht zum Sinken bringen mag.

Du zagst, den Leuchter zu entzünden,
und wartest, großgeäugt, auch du,
und starrst, wie sie, den bleichen Gründen,
darin ein Weltall schlummert, zu,
darin Besonnte mit Besonnern
in noch verborgnem Taumel donnern.

Doch bald ergrünt ein Stern im Hellen,
und langsam lischt ihr Wachen hin...
Und hunderttausend Früchte schwellen
zu Häupten einer Träumerin:
als hätte sie ihr Blick gereift –
die Fülle, die kein Maß begreift.

VORFRÜHLING

Die blätterlosen Pappeln stehn so fein,
so schlank, so herb am abendfahlen Zelt.
Die Amseln jubeln wild und bergquellrein,
und wunderlich in Ahnung ruht die Welt.

Gespenstische Gewölke, schwer und feucht,
zerschatten den noch ungesternten Raum
und übergraun, im sinkenden Geleucht,
Gebirg und Grund, ein krauser, trunkner Traum...

SIEHE, AUCH ICH – LEBE

Also ihr lebt noch, alle, alle, ihr,
am Bach ihr Weiden und am Hang ihr Birken,
und fangt von neuem an, euch auszuwirken,
und wart so lang nur Schlummernde, gleich – mir.

Siehe, du Blume hier, du Vogel dort,
sieh, wie auch ich von neuem mich erhebe...
Voll innern Jubels treib' ich Wort auf Wort...
Siehe, auch ich, ich schien nur tot. Ich lebe!

EINEM BERGE

Du, Berg, bist gut. Auf deinen Matten ruht
das Auge gern und gern auf deinem Wald;
du bist nicht hoch noch stattlich von Gestalt,
doch macht dein sanfter Reiz dem Träumer Mut.

Die Sonne liegt auf deiner breiten Brust
den langen Tag; du gibst sie uns zurück;
und über deinem gütevollen Glück
entläßt das Herz die letzte böse Lust.

AN EINE LANDSCHAFT

Verliere dein Geheimnis nicht vor mir,
ich bitte dich, verbirg mir deine Reize,
und wenn ich sehnlich nach Erkenntnis geize,
so schweige sphinxhaft meiner Wißbegier.

Erkennen heißt, ich hab' es längst erkannt,
die Welt in seine armen Grenzen pferchen;
du lehre mich aus deinen hundert Lerchen,
daß deine Schönheit kein Verstand umspannt.

LIED DER ERDE AN DIE SONNE:

Was wär' ich ohne deine Liebe,
mein hoher Vater und Gemahl?
Du glühst mich an, und Berg und Tal
erschleußt dir seine schönsten Triebe.

Du glühst mich an, da werd' ich reich
und danke dir mit tausendfachem Glücke,
und meine Meere spiegeln dich zurücke
und ehren dich der Gottheit gleich!

VII
Ein Nachmittag

AN EIN ALTES HAUS

Was lieb' ich denn an dir, du altes Haus,
wenn nicht den Geist, du gutes, der du bist?
Was drückst du andres denn als Gottheit aus,
die mein Gemüt nun nirgends mehr vermißt!

Ich nehme deinen Geist in mich hinein,
vermählt mit mir ver-wirst du ganz und gar,
und schauen andre nichts in dir als Stein,
mir machst du Mich-Demiurgos offenbar.

DER BAUERNKNABE

Ein Bauernknabe liegt im Wald
und liest.
Warum erschüttert mich dies Bild?
Weil ihm nichts ahnet
von ihm selbst.
Ich wollt', ich wär' Maria,
daß ich ihm die Füße salben könnte
und mit meinem Haar
sie trocknen...

»ICH UND DER VATER SIND EINS«

...und jede Pflanze sollst du in dir fühlen
und jeden Stein und jeden Hauch der Luft!
Sie sind ja nur in Dir!
Sie sind ja nur mit Dir!
Tu ab die Fremdheit, die dich häßlich macht!
Das Schaffen deines Gottes, der du selbst,
lieb' es voll Schmerz und Seligkeit, wo irgend
du sein gewahrst!
...und schönres Wort vielleicht
fand nie ein Mensch für sich,
den dreimal Unbegreiflichen,
als da er, ratlos, anders sich zu nennen,
sich Sohn und Vater nannte –
und in Christus sprach:
Ich und der Vater –
sind Eins.

DER EINSIEDLER

Menschen kommen auf meinen Berg,
jahrelang, jahrzehntelang;
alle denken sie dies und das,
alle denken sie das und dies;
keiner denkt, was jener denkt,
der sie kommen sieht und gehn,
dem sie nichts sind außer ihm;
er, der bis zum Gipfel drang,
wo der Berg in Geist sich auflöst
und als Geist den Geist empfängt...
Keiner findet bis herauf,
wo ich warte, ganz allein...
Keiner fühlt: Eins ist die Welt!
Geist ist die Welt! –: Gott!

VIII
Aus einem Christus-Zyklus

(nach Matthäus)

MATTH. 4, 8

Und Jesus stand auf einem hohen Berg
und sah vor sich die Herrlichkeit der Welt
und sprach zu sich: Dies alles wäre mein,
wenn ich vermöchte unter Zwergen Zwerg,
wenn ich vermöchte mit dem Dinkel Spelt,
wenn ich vermöchte nichts als Mensch zu sein.

Dies alles: Haus und Acker, Weib und Kind,
und wohlzutun und mitzuteilen Macht,
ein friedsam Leben und ein sanfter Tod...
Statt daß mein Tag, gestaltlos wie der Wind,
dahinfährt und nur Brand auf Brand entfacht,
bis daß von meinem Wahn der Erdkreis loht –

Denn Vater, Vater, bist du denn nicht Wahn,
nicht Wahnwitz bloß – wer sagt mir denn, du seist,
wer sagt mir denn, als ich mir: ich bin Du,
und Du bist ich? Wer nickt mir Zeugnis zu,
als ich, dem seine Augen aufgetan
auf Sich, den Vater, Sohn und Geist?

Den Vater, Sohn und Geist! Gespenstisch Wort!
Sag' Mensch zu dir, sei Mensch wie andre auch!
Du Wurm im Staub, vergänglich, wie ein Rauch,
wessen vermißt du dich, armselig Tier?
Dort ist dein Reich, dort unter Menschen, dort,
nicht hier im Sturm der Ewigkeit, nicht hier!...

Ja, Vater, gib mich los, ich bin zu schwach,
laß einen andern deine Werke tun,
mich hungert und mich dürstet, auszuruhn
von Dir. Ich weiß nichts mehr. Ich will nichts mehr...
Doch! Mensch sein will ich, Mensch sein, hundertfach:
Als Mensch will ich dir dienen, Vater!... Schwer

fiel Jesus nieder, wie ein Toter fällt,
mitten aufs Antlitz. Seine Hände riß
der Dorn, er achtete des nicht, er lag
als wie im Krampf. Aufzieht die Finsternis, –

doch durch die Erdnacht bricht der Weltentag
und mit dem Tag der Welt der Frost der Welt –

und rührt ihn an ... Da richtet er sich auf.
Und schaut der flammenden Gestirne Lauf.
Und langsam löst der Krampf sich. Wie ein Kind
ergreift ihn Scham, unendlich tief und lind.
Und tränenlächelnd haucht er ihnen zu:
Vergib, du meines Ich urewig DU!

(nach Johannes)

Mir kann niemand geben,
mir kann niemand nehmen,
ich bin, der ich bin.
In mir kam der Sinn
des Lebens zum Leben.
So nehmt mich denn hin.

JOH. I, 26

Er ist unter euch getreten,
den ihr nicht kennet:
Der Prophete der Propheten,
den danach brennet,
daß ihr euch vom Tiere trennet,
das ihr waret,
und mit Ihm als Euch erfahret,
den kein Mund nennet.

JOH. 4, 31

Die Jünger mahnten: »Rabbi, iß!«
Er aber brannte, wie ein Licht,
und sah auf ihre Speise nicht
und fühlte in der Finsternis
der Welt, ein Stern, sich einsam stehn...
»Wir ließen ihn zu lang allein,
es hat ein andrer ihn gespeist!«
So rieten sie. Er aber spricht:
»Ihr sagt es, – meines Vaters Geist.
Meine Speise ist, daß ich künde Den,
der mich gesandt, und vollende, was Sein.«

JOH. 8, 53

»So bist du mehr denn Abraham?
So bist du mehr denn ein Prophet?
Was machst du aus dir selbst, Mensch ohne Scham?«

Der Christus drauf: »Mein Ich vergeht
wie eures. Doch, der aus ihm spricht,
Er, den ich sehe und ihr nicht seht,
der Gott, zu dem ihr im Tempel fleht,
und der hier eure Tempel bricht,
der Vater, der hier vor euch steht
im Sohn – vergeht mit diesem nicht.
Ich gehe und bleibe, verwerde und bin, –
faßt ihr ihn nicht, den Sinn
Des Drei-Einigen?...«

Da hoben sie Steine auf, ihn zu steinigen.

JOH. 14, 6

Ich bin der Weg, die Wahrheit und das Leben,
niemand kommt zum Vater denn durch mich.
Ihr mögt nach allen Winden streben –
wer flöhe – Sich?
Sich aber sah nur einer: ich.
Mich fassend, mich, in Geist und Wahrheit mich,
wirst du der Finsternis entschweben.
O faß mich doch! O laß mich dich erheben!
Ich liebe dich.

LIED DER ERDE AN DEN MENSCHEN

»Mein lieber Mensch, du willst – Mich – fassen –?
Mich – singen lassen? Ja, denn! Hilf auch du!
Sei denn auch du ein Schritt auf meinen Gassen
dem Gotte zu!«

»Dem ungeheuren Brausen meiner Seele
mische dein Lied, mein Kind, nun denn auch du –
ein Ton mehr in dem Jauchzen meiner Kehle
dem Gotte zu!«

»Im Anfang war –«, dies ist das tiefste Wort
aus Menschenmund, »im Anfang war das Wort.«
Ja, vor dem Wort »war« »nichts«. Verstehst du mich?
Verstehst, daß »sein« auch nichts als nur ein Wort,
daß »Anfang« auch nichts weiter, nichts »an sich«,
wie wir zu sagen lieben? – »Anfang« ist

ein Wort und »war« auch bloß ein Wort und »Wort«
auch bloß ein Wort. – Im Anfang war das Wort –
das heißt: Das Ewig-Unaussprechliche,
von dem kein Wort je gilt – »begann« als »Zeit«,
»Welt«, »Schöpfung«, »Gottheit« – kurz, »begann« als »Wort«.
Im Anfang war – dies ist das Schlüsselwort
der »Wirklichkeit«, »im Anfang war das Wort«.

ICH UND DU

Sonette · Ritornelle · Lieder

Meiner lieben Frau

»Wer nicht stirbt, vor er stirbt,
der verdirbt, wenn er stirbt.«

Sonette I

DER MORGEN

Der Morgen drängt sich scheu mir in die Arme,
der blasse, den noch fröstelt im Gelände,
und schmiegt die kühlen Rücken seiner Hände
ans Herz mir, daß mein Blut sich sein erbarme.

Und erst entweicht, dann wiederkehrt das warme
und weiht ihm willig die begehrten Brände...
Doch schon erblickt er fahl der Kammer Wände –
und läßt mich wieder, nach dem kurzen Harme.

Und siehe da, wer war's, den seine Nöte
mir zugetrieben oder sein Gelüst,
wer war der Knabe blaß, den ich enthärmte?

Es war die hohe Jungfrau Morgenröte,
die sich an mir die jungen Glieder wärmte, –
und mich nun leuchtend auf die Augen küßt!

AUF WIEDER-HÖREN

Hör zu! Wir wollen uns erst wieder-hören,
eh wir uns wieder-sehn! Du kommst geweht
und hältst die Türe fest und – »Margaret«
so rufst du leis »ist da und will dich stören!«

Drauf ich, mich zwingend, nicht mich zu empören
wider das Spiel, das ich ja selbst erfleht:
O Geisterstimme, liebe, dein Poet
vernimmt dich, aber läßt sich nicht betören!

»Kein Geisterspuk!« so zürnst du zärtlich her.
»So sieh doch nach, ob nur mein Geist dich narrt,
ob so viel Liebe ein Gespenst ertrüge!«

Da spring ich auf, da schau ich deine Züge,
da halt ich deine ganze Gegenwart –
und fasse dich und lasse dich nicht mehr.

SIE SPRICHT

»Ich drücke deinen Brief ans Herz, – so fühle
ich dich mir näher durch die grause Weite:
Mir ist, als knietest du an meiner Seite
und hieltest mich umfaßt auf meinem Pfühle ...

und legtest deine Stirn, die steile, kühle,
und deine Lippen, die ich nie noch weihte,
stumm auf dies Herz, das dir so ganz bereite,
daß es der böse Feind nicht mehr durchwühle.

Es dräut der Wind im alten Dachgestühle,
dorch sorglich gibt der bangen Nacht Geleite
der Gang der kleinen bronzenen Pendüle, –

Du weißt von ihr, und wie sie einst mich feite
und tröstete in kalter Todesschwüle – –
So wie jetzt du mir hilfst im bittern Streite.«

DAS LANDHAUS

Ich sah vom Weg aus in ein Landhauszimmer,
drin eine junge Dame Karten legte...
Sie war in Weiß... und bei dem matten Schimmer
der Lampe kam's, daß mich ihr Bild bewegte...

Du hast hier einst gewohnt! – Ich stand und dachte:
Dort hat sie also auch einmal gesessen...
und unerlebt noch lag und undurchmessen
der Weg vor ihr, der sie zum Weibe machte...

Begnügst du dich mit dem Gewinn der Reise?
Möchtst du der Jahre Zeiger rückwärts drehen?
Mein lieb fern Seitenbild zu jenem nahen!

Oh Teuerste, ich weiß, – nun wehrst du leise:
»Wie könnt' ich das! Dann würd ja ungeschehen –!«
Doch war's dein Glück denn, daß wir – uns –
geschahen?...

DIE BANK

Die Nacht ist lind und lockt mich auf die Warte
auf halber Höhe über meinem Flecken;
ich schau ihn sich den Bach hinauf erstrecken,
und diesen selber durch der Mauer Scharte.

Durchs Laubwerk mir zu Häupten spielt das harte
Geblink der Sternenschar mit mir Verstecken;
indes von unten mich Laternen necken,
wie Blitzer einer transparenten Karte.

Vor allem aber ist die Bank da droben
mir wert. Denn meine Freundin kommt, die ferne,
sooft ich dort, mein nächtlich Säumen teilen.

Gemeinsam hören wir die Wasser toben.
Gemeinsam schaun wir Häuser, Lichter, Sterne...
Und wünschen nichts als ewig so zu weilen.

DIE UHR

Da steht die Uhr zum ersten Male still,
die Uhr, die vierzehn Tage nun gegangen,
die ersten vierzehn Tage einer langen
Umfassung, die, so scheint's, nicht enden will.

Denn ungelöst noch halten sich umfangen
die Seelen, die kein launischer April,
die Herbst vermählt mit goldenem Sigill,
und die vereint nun vor dem Winter bangen, –

dem Winter nicht, der dieses Jahr entkleidet;
wir lächeln seines grimmen Sichvermessens,
das uns, wir wissen's fröhlich, nichts verschlägt; –

doch ihm, dem Winter, der die Herzen scheidet,
auf immer, ihm, dem Winter des – Vergessens,
dem Winter, der den Tod im Mantel trägt...

SCHIROKKO

Ja, wer so immer wüßte, was ihn quält,
wie heute, da der laue Südwind brütet
und jeden Geist, der sich nicht streng behütet,
wie einen roten Docht erstickt und schwält.

An solchen Tagen wird, wie man erzählt,
in Süditalien, wenn das Messer wütet,
dem Rasenden ein Teil der Pön vergütet
und seine Schuld der Schuld des Sturms vermählt.

Wohl dem, der stärker als solch Fieber ist,
womit oft Erde sich und ihn verstört,
wohl dem, der's klar erkennt und niederzwingt.

Und wehe, wer nur einen Tag vergißt,
wie sehr er dunklen Mächten gleich gehört,
wenn er nicht unablässig wacht und ringt.

MERAN-VINETA

Die Nacht ist finster, ohne Stern und Mond.
Jetzt schläfst du, Stadt, auf tiefem Meeresgrund,
vom Trollenvolk Ertrunkner bloß bewohnt;
und ist in deinem Reich kein andrer Mund,

als der dem Schrei der Geisterstunde front,
dem Erzschrei, der aus Tor und Pforte rund
die Toten wirbelt, blinden Auges und
der Spanne durstig, die der Schemen schont.

Hoch droben übern Spiegel zieht ein Boot ...
Das Ruder ruht. Und eine Stimme bebt:
Horch, Herz, da drunten läutet jetzt der Tod ...

Da fühl ich, wie mein Sinn dem Graun entstrebt –
Ich reiße los mich von Vinetas Not
und sage laut: Doch dein Geliebter lebt!

SCHAUDER

Das ist es, was mich zittern läßt vor Grauen
in allem Glücke, das ich dir verdanke:
der Zweifel: wohnt in diesem Liebestranke
der Zauber einer oder vieler Frauen ...

Du lehrtest einen lang Versunknen schauen!
Doch wird entflorter Blick nun nicht die Schranke
durchtaumeln, wie der süßen Weines Schwanke,
dem jählings schwant, was alles Reben brauen?

Du bist doch nicht bloß Zauberstab und -türe
zu Gärten, die nicht schon in dir beschlossen?
Du wirst doch selbst mein Garten sein und Hafen?

O komm, daß mich allein dein Herz verführe,
in ihm, ein Quell auf alle Zeit ergossen,
von neuem blind, zu wachen und zu schlafen.

ABGRUND

Sieh, wer sich so voll Wachheit selbst betrachtet
und abwägt, jeden Tag, ja, jede Stunde, –
wie sollte der nicht oft ganz Weh und Wunde
und Weinen sein, von Jammer ganz durchnachtet.

Ein Opfer, lebt er, das sich selber schlachtet
und annimmt und verwirft, je nach Befunde,
ein Richter, der sich stumm im Seelengrunde
erforscht und hier sich ehrt und dort verachtet.

Ach, kann, wer solch ein Wild, das selbst sich jaget,
sein Los mit eines Weibes Los versprechen?
er, der da weiß, wie zwölfmal er versaget.

Er würde sie noch mehr als sich betrüben;
denn – trüg' sie viel: eins würd' sie ganz zerbrechen:
Dies sein selbst an sich selbst Vergeltung Üben.

DAS SCHNELLSTE ROSS

»Das schnellste Roß, uns tragend zur Vollendung,
ist Leiden.« Doch was schafft das ärgste Leiden?
Was reißt uns ganz aus allen Narreteiden
und bringt in unsern Weg die Todeswendung?

Erkenntnis (die der stärksten Selbstverblendung
den Star sticht) dessen, was (nicht auszuscheiden
durch Säuren, noch durch Messer auszuschneiden)
uns Hölle mitgab in geheimer Sendung.

Dies dulden müssen – diese herbe Würzung,
so Gott und Tier unwillig in uns gattend,
zu ernst wie heiter gleichwohl zur Entschürzung –

Dies Leiden, ja, uns folgend bis ins Hellste,
ja, dort im Hellsten just uns ganz durchschattend, –
das ist von allen Rossen wohl das schnellste.

BRAND:

»Das ist der Liebe ewige Kleinwelt, daß
sie sich an Bilderchen und Zettelchen
und andern Krimskrams hängt und hohe Flamme
zu leicht in Götzendienerei erniedert.

Was Löckchen, Röckchen, Mützchen, Agnes, was!
was diese Kinderstuben-Bettelchen –
wo es die Seele gilt, von Gottes Stamme,
der Seele Pfeil, mit Sterngestrahl gefiedert!

Ja, laß nur drunten die Parkette toben,
ich sei un-menschlich, sei ein finstrer Quäler; –
was kümmern uns der ganzen Welt Parkette!

Du sei mit mir über die Welt erhoben,
die ich nur kennen will als Neubeseeler,
die mir nur Stoff noch ist, längst nicht mehr Stätte.«

AGNES:

– »Ich will, ich will, jawohl, mein Brand, ich will!
Nur hab Geduld mit meinen schwachen Füßen.
Ich will mit dir die Erde abschiedgrüßen, –
nur einen Augenblick noch halte still!

Wir Frauen hängen nun einmal am süßen
Zufälligen, an Kleinwelt und Idyll, –
sonst müßte wohl das Kind, das aus uns will,
zu sehr, daß es auch Gottes Same, büßen.

Vielleicht kann Gott nur überall so leben,
indem wir ihm aus unsern Menschlichkeiten
ein Vogelnest und Schneckenhaus bereiten.

Da mag er wachsen – und uns dann entschreiten...
Oh Brand, dies sprach dein Weib noch zu den Zeiten,
nun laß uns unsrer Ewigkeit zu streben!«

EIN GLEICHNIS

So wie das Fenster anfangs nur ein Schimmer
von künstlichen, doch blinden Eiskristallen,
durch die gedämpft ins winterliche Zimmer
der Morgensonne liebe Strahlen fallen –

doch mehr und mehr löst sich der Reif und Glimmer,
verästeln sich die Blumen zu Korallen,
und lang bevor die Mittagsglocken hallen,
bestehn auch diese Taugebilde nimmer –

der ganzen Sonne liegt der Raum nun offen,
das Glas ward klar und läßt nun ohne Schleier
den schöpferischen Segen einwärts fluten – –

so wehrt, seit deine Liebe mich getroffen,
mein Sinn, vom Eis der Abwehr täglich freier,
kaum länger ihren unverwandten Gluten.

EIN ANDERES

Gleich wie ein Brand, im Anfang kaum erspäht,
den sommerlichen Kiefernhain durchspringt
und Stamm um Stamm inbrünstiglich umschlingt,
daß sturmgleich er sein Innerstes entlädt –

Gleich wie, was erst bloß Fünklein, stät und stät
an Gras, Moos, Flechte, Reisig aufwärts dringt,
bis es sich endlich in die Kronen schwingt
und aus Legionen Nadeln Blitze sät –

So fällt die Leidenschaft den Menschen an,
als Spiel zuerst, doch unversehens Ernst, –
nichts rettet mehr, nicht Flucht, nicht Kraft, nicht Stolz.

Du mußt sie schaudernd dulden, Weib wie Mann:
Daß du im Feuertod erkennen lernst,
wie wild Holz Feuer liebt und Feuer Holz.

DER ABEND RUFT:

Komm heraus auf die Altane:
Sieh des Mondes Sichel grünen
und der Berge blaue Bühnen,
deren Nachtstück freudig ahne!

Bald aus blassem Hintergrunde
kommt der erste Stern getreten;
denn schon naht des Schauspiels Stunde,
rüsten Sonnen und Planeten.

Komm heraus auf die Altane!
Sieh, aus bleichem Weltengrunde
ruf ich überall die Meinen.

Bald nun schlägt des Schauspiels Stunde,
werden dir und Margareten,
horch! die Mütter groß erscheinen.

ABENDS HINUNTER

Dunkle Laubengänge
empfangen mich und der milchig bleiche
Mond und das taubenweiche
Hochgebirg und verflogne Violenklänge

von dem Stadtpark drunten, wo bunt Gedränge
auf und ab wandelt, das immer gleiche, –
ich aber, eh ich den Lärm und Schwarm erreiche,
wandle erst noch durch orphische Traubengehänge,

wandre hügelabwärts, gehalten stürmend,
unter Zedern, Platanen, durch Tulpenrabatten,
im Gemüt demiurgische Quadern türmend:

Baustoff, vom Sternodem der Nacht durchgeistert,
und gemarmort von den silbernen Schatten
deiner Liebe, die mich noch immer meistert.

MONDNACHT ÜBER MERAN

Die Geisterstadt... Als wie ein Teppichbild,
daran ein Träumer jahrelang gewebt,
so steht sie da im Mondenduft und lebt,
ein ganz zu Traum verflüchtigt Erdgefild.

Und drüber seidet Allblau dämmermild,
von Sternen-Kinderaugen scheu durchstrebt.
Und jetzo! Mitternacht! Der Äther bebt,
als rührte Geistergruß an einen Schild.

Ein Traumbild, – leichtlich tausenden gesellt
auf einer Göttin Brünnenüberhang,
die schimmernd steht auf Speer und Schild gelehnt...

Und eben war's, daß dieser zwölfmal klang:
Gott grüßt im Traume seine Göttin Welt,
die sich nach Ihm, wie er nach Ihr sich, sehnt.

Ritornelle

Du warst mir heut wie aus dem Sinn geschlagen...
Da überkommt es mich zur Dämmerstunde:
Du bist ja jetzt in meinem Leben, – du!

Du lebst es – mit? Ich darf's zu glauben wagen?...
Dein Antlitz grüßt von meines Kelches Grunde...
und schauernd trink ich mir dies Antlitz zu...

»In meinen Tränen halt ich dich gefangen,
als wie in einem Spiegel, der zu Perlen
zerrann – doch jede Perle Spiegel noch.

Im Spiegel meines Auges wohntest du.
Der Spiegel brach. Doch jede seiner Perlen,
als die er hintropft, – spiegelt noch dein Bild.«

Die blassen Blätterschatten der Platane
gespenstern auf der schwach erhellten Mauer...
Die blassen Blätterschatten der Platane...

und strecken ihre geisterhafte Trauer
nach mir... daß ich erschüttert Botschaft ahne...
Die blassen Blätterschatten der Platane.

Wir mischen unsre Wesen in den Briefen,
die allzulang auf langen Reisen jagen,
einswerdend so in geistigen Regionen.

So über hundert Alpentälertiefen
vermählt der Winde Hin- und Widertragen
den Odem ewiglich geschiedner Zonen.

»Wie du Personen oft vergleichst mit Ziffern:
Der ist dir – 2, die – 3, der – 5, die – 7!
So hab auch ich, am Flügel, meine Chiffern.

Tonarten sind mir – Menschen (lach du nur!).
So bist du meist es-Moll, doch auch Fis-Dur.
Und sieh: so lern ich selbst Tonleitern – lieben.«

»Auf der Treppe sitzen meine Öhrchen,
wie zwei Kätzchen, die die Milch erwarten...
Auf der Treppe sitzt mein Herz und harret,
wie ein Geistchen, Kinn in Hand gestützet.

Doch der Bote mit den Briefen kommt nicht.
Taub und ohne Seele drin im Zimmer
lieg ich. Wünsche nichts zurück zu haben.
Nicht die rosa Kätzchen, nicht das Geistchen.«

In einer Nacht, da ich dein Herze küßte –
(ach, das ist alles Traum, nur Traum, du weißt es)
sprachst du zu mir: Laß mich auch dein Herz küssen.

Und beugtest dich in schmerzlichem so Müssen
auf mich und küßtest hingegebnen Geistes
(das ich so gern dir hingegeben wüßte).

Ich hebe gerne Blumen auf vom Boden,
die andre achtlos fortgeworfen haben,
und gebe ihnen, was man Blumen gibt.

So sterben sie, statt kalt im Kot begraben,
doch noch den süßesten von allen Toden:
den Tod bei einem Wesen, das sie liebt.

Was ist das? Gibt es Krieg? Den Abendhimmel
verfinstern Raben gleich geschwungnen Brauen
des Unheils und mit gierigem Gekrächz.

Südöstlich rudern sie mit wilder Kraft,
und immer neue Paare, Gruppen, Völker...
Und drüber raucht's im Blassen wie von Blut.

Ist es Herbstlaub? Sind es Ratten?
was dort rauscht und huscht im Schatten?
Sind's gestürzte Fledermäuse?

Sind's gespenstische Gedanken,
die vom Baum des Lebens schwanken?
Oder spien Grabgehäuse
ihren Spuk durch Kirchhofsplanken?

Dämmrig blaun im Mondenschimmer
Berge ... gleich Erinnerungen
ihrer selbst; selbst Berge nimmer.

Träume bloß noch, hinterlassen
von vergangnen Felsenmassen:
So wie Glocken, die verklungen,
noch die Luft als Zittern fassen.

Ja, wenn ich jetzt nur noch von all dem wüßte,
was ich mit so viel Ernst mir vorgebetet!
Wo blieb der Wirklichkeit vertraute Küste!

Dein Herz hat alle Nägel der Vernunft,
gleich jenem Berg, aus mir herausmagnetet,
von welchem Schiffern keine Wiederkunft.

Vielleicht kehrt sich's in grausem Scherz einst um:
Du bist der Mann und ich das Weib, und du
liebst mich dann so, wie ich jetzt dich, und ich –

ich liebe dich, wie du jetzt mich, nichts mehr;
nur dies. Nur daß die Waage wieder still,
und jeder Schale so ihr Maß zuteil.

Vor dir schein ich aufgewacht,
und ich küsse dich am Halse,
und du, ohne Lid zu heben,

legst den Arm um mich, und sacht,
wie nach einer Chopin-Valse,
meinst du mit mir hinzuschweben ...

So ziehn zwei Flammen, inniglich verschwistert,
die eine silberlicht, die andre dunkelgolden,
dem Himmel zu vom marmornen Altare.

Umschlingen sich, durchdringen sich im holden
Verbund, und wie sie glühn und glühn, verknistert
in ihnen Erdrest langer unerlöster Jahre.

Es gilt fast mehr als dich und mich allein,
es gilt hier fast etwas wie ein Problem,
das da ist und in uns der Lösung harrt.

Zu deuten ist das keinem. Wie im Wein
schreib ich das hin. Denn: ein Problem? von wem?
für wen? ... Oh Gottesabgrund, der hier starrt ...

Wie Sankt Franziskus schweb ich in der Luft
mit beiden Füßen, fühle nicht den Grund
der Erde mehr, weiß nicht mehr, was das ist.

Seid still! Nein, – redet, singt, jedweder Mund!
Sonst wird die Ewigkeit ganz meine Gruft
und nimmt mich auf wie einst den tiefen Christ.

Wie eine Nonne schwarz, mit weißen Litzen
ums Eulenantlitz, bist du, Wintertag,
mit deinem Schnee auf Kanten, Dächern, Spitzen.

Und deine Augen, lebenstot und vag,
betrachten mich mit kaltem, stumpfen Blitzen
und fragen mich: was soll dein Hoffen, sag'!...

Wie sehr versteh ich dich, Mitdichtersmann,
Henrik – (der XIII. – für viele),
und jene schauerlichen Innenspiele,

wie eins davon im »Solness« Form gewann!
Wir fürchten uns, wir Herrn der Phantasie,
vorm Leben stets, – nur vor Gespenstern nie.

Ein paar Pappeln gegen den – Horizont?
Nein: drei Pappeln gegen die – Ewigkeit,
und von unsrer frommen Sonne besonnt...

Seele, denk es: wider den Weltenraum
(den nur »Gott« vielleicht allein ermißt)
die drei Bäume! – wie Wirklichkeit wider Traum!...

Dies ist das Wunderbarste, dieses feste,
so scheint es, ehern feste Vorwärtsschreiten –
und alles ist zuletzt nur tiefer Traum.

Von tausend Türmen strotzt die Burg der Zeiten
(so scheint's) aus Erz und Marmor, doch am Saum
der Ewigkeit ist all das nur noch Geste.

Das Tier, die Pflanze, diese Wesen hatten
noch die un-menschliche Geduld der Erde;
da war ein Jahr, was heut nur noch Sekunde.

Jetzt geht ihr nichts mehr rasch genug vonstatten.
Der Mensch begann sein ungeduldig Werde.
Sie spürt: »Jetzt endlich kam die große Stunde:

auf die ich mich gezüchtet Jahrmillionen!
Jetzt brauch ich meinen Leib nicht mehr zu schonen,
jetzt häng ich bald als Geist an Gottes Munde.«

Lieder

Kind, wie eine Wolke
hüllt dein Bild mich ein,
macht in Welt und Volke
meinen Schritt allein.

Wunderlich Geberden
vor dem Wanderschuh!
Alle Dinge werden
mir ein einzig Du.

Mädchen, wardst die Welt du?
Welt, wardst du mein – Weib?
Bist, urewig Zelt, du –
mein – der Gottheit – – Leib?

Den nur Liebeswerben
voll erfühlen kann?
Wenn in ihn zu sterben
Gott vermag, der – Mann?...

Der Morgen war von dir erfüllt...
Dein Bild, von Tränen oft verhüllt,
umfloß mich wie ein lichter Schein;
du warst mein Morgenlicht allein.
Die Sonne schien mir ins Gesicht,
ich sah vor dir die Sonne nicht,
erblindet lag der Augen Au
von dir, als meinem Himmelstau.

Es ist Nacht,
und mein Herz kommt zu dir,
hält's nicht aus,
hält's nicht aus mehr bei mir.

Legt sich dir auf die Brust,
wie ein Stein,
sinkt hinein,
zu dem deinen hinein.

Dort erst,
dort erst kommt es zur Ruh,

liegt am Grund
seines ewigen Du.

Nimm an, es gäbe einen Himmelsherrn;
so wollen wir von ihm für einst erflehn:
er lasse uns auf irgendeinem Stern
als einen Strauch voll Rosen auferstehn.
Ich will die Wurzel sein, du sei der Strauch,
ich will die Zweige sein, du sei das Blatt,
ich sei die Rose, du sei ihr Arom.
So ineinander unaufhörlich satt,
so eins in jeder Faser, jedem Hauch,
sei unser Leben dann ein Dankesstrom.

Der Morgen war von übersanftem Schmelz,
der harte Berg war nicht mehr Stein und Krume,
der Wald wie purpurbrauner Falter Pelz.
Und drüber quoll des Weltraums Blaue Blume
aus ewigem Kelch ihr tiefstes Ja und Amen.
Und vor dem allem stand im jungen Strahl
ein Mensch und nahm dies Heilige Morgenmahl
dir zum Gedächtnis und in deinem Namen.

HOCHSOMMERNACHT

Es ist schon etwas, so zu liegen,
im Aug der Allnacht bunten Plan,
so durch den Weltraum hinzufliegen
auf seiner Erde dunklem Kahn!

Die Grillen eifern mit den Quellen,
die murmelnd durch die Matten ziehn;
und droben wandern die Gesellen
in unerhörten Harmonien.

Und neben sich ein Kind zu spüren,
das sich an deine Schulter drängt,
und ihr im Kuß das Haar zu rühren,
das über hundert Sterne hängt...

Es ist schon etwas, so zu reisen
im Angesicht der Ewigkeit,
auf seinem Wandler hinzukreisen,
so unaussprechlich eins zu zweit...

EIN EINUNDDREISSIGSTER AUGUST

Das war der letzte leuchtende August:
Der Sommer gipfelte in diesem Tage.
Und Glück erklang wie eine Seegrundsage
in den Vinetatiefen unsrer Brust.

Ein leises fernes Läuten kam gegangen –
und welche wollten selbst die Türme sehn,
in denen unsres Glückes Glocken schwangen:
so klar ließ Flut und Himmel sie verstehn.

Der Tag versank. Mit ihm Vinetas Stunde.
Septembrisch ward die Welt, das Herz, das Glück.
Ein Rausch nur wie von Tönen blieb zurück
und schwärmt noch über dem verschwiegnen Grunde.

ÜBERETSCH

Ich schaue von der Brücke aus das Gleis
den Berg erklimmen, den wir jüngst besucht.
  Mit leisem Plätschern zieht der Fluß...

Ein Pfiff. Ein Dröhnen. Und von oben rollt
ein Zug in unbeholfnem Trott herab.
  Mit leisem Plätschern zieht der Fluß...

Ja, dort, in solchem Zug auch, fuhren wir
unlängst – und unsrer Trennung Stunde zu.
  Mit leisem Plätschern zieht der Fluß...

Ich sehe dich im engen Wagenraum
mir gegenübersitzen, fast verstummt...
  Mit leisem Plätschern zieht der Fluß...

Nun ist er fort, der kleine Zug, auch er –
Ich stehe auf der Brücke, sinne noch...
  Mit leisem Plätschern zieht der Fluß...

So rollt vorüber Zeit und Los und Liebe –
Nein – Liebe nicht! Sie nicht! Oh Herz! Sie nicht!...
  Mit leisem Plätschern zieht der Fluß...

Sonette II

DIE ZWEI OZEANE

Genug von solchem! Andere Gedanken!
Du denkst noch jener Bergkammnacht gewiß,
und wie der Blitz des Himmels Brust zerspliß,
daß Ströme Wassers seinem Groll entsanken.

Da sah – ein Schiff ich: in der Finsternis
des Ozeans, der brüllend seine Pranken
einschlug in seine schon verlornen Flanken,
indes der Sturm es an den Haaren riß ...

Erbärmlich war das Häuflein anzuschauen,
das da dem Tod ins Maul geschleudert ward –
ich sah's vor mir, mich fast in ihm vergessend ...

Doch mit und unter all dem Höllenbrauen –:
hinschoß zugleich, in unbewegter Fahrt,
der – Erdstern: S e i n e n Ozean durchmessend!

ER

Der Gott, der solche Kraft in sich beschloß,
sich aus Myriaden Sternen aufzubauen:
Er ist kein Gott, den Menschengram und -grauen
beschränkt. – Und ob er selber sich begoß

auf Erden hier mit Honig, von den Brauen
bis zu den Fersen... und als Henkertroß
selber um sich herumstand... und genoß
und litt, wie Fliegenbrandung, nicht zu stauen,

ihn überfloß und fraß lebendigen Leibes,
er selbst auch wieder sie, die ekle Last,
er selbst die Sonne, die ihn sengte, und

der Geier, dem er stank, er selbst im Bund
all das zusammen – – diesen Gott umfaßt
vielleicht nur eins –: die Seele Seines Weibes...

SIE

Sie, die er – in sich – aus sich – selbst gezeugt...
Er... einsam, traurig, all in seiner Glut
sinn-, seelenlos noch, grausig eingeäugt
hinbrütend, voll von Macht, doch krank an Mut,

sich dann erhebend, wie wer schamgebeugt
sein Bündel nimmt, nein, abwirft, und sein Blut
ihn übermannen fühlt, und schwerbeschuht
fortstürzt vom Jammer seiner selbst gesäugt...

Doch dann... unmerklich schier... wie er voll Gram
als Chaos dunkel dunkle Wege ging,
es aus ihm quellend fühlend wie ein Wehn,

das seine Stirn wie Liebeswort umfing – –
bis daß aus Seinem Eignen Welt-Erstehn –
sein DU ihm, seine Seele: Psyche! kam.....

STERNENSTIL

Dies nenn ich Sternen-Stil: Unendlich glühen,
unendlich stürmen und unendlich kreisen – –
und doch, gleich einer Lanzenspitze Eisen
und Eis, nur fern aus Himmeln blitzend blühen.

Du schaust nichts mehr vom ewigen Bemühen,
vergißt den Wirbel ungezählter Reisen;
und spräng ein Stern sogar aus seinen Gleisen –
so säh ihn leicht dein Enkel erst zersprühen.

An diesem Stile miß die eigne Daheit,
verwirf das Eintagsurtel, komm zu Größe,
und schweig dies Sterngelübde in die Sphären:

»So unersättlich will ich sein in Jaheit,
daß ich der Mütter fürchterliche Schöße
will kreißen schaun in Ewigem Gebären«!

VERMESSENHEIT

Wir wagen es, vom Sternenall zu reden,
wir wagen es: obwohl wir Menschen sind,
nicht Tiere bloß, dem Sinn des Lebens blind,
nein, Ausgetriebne aus der Blindheit Eden.

Wir wagen es, von Ewigkeit zu reden,
als wie von Wasser, Feuer, Erde, Wind,
und ordnen ihre Welten, wie ein Kind,
und wissen Ort und Namen einer jeden.

Noch mehr: wir achten uns hineingesponnen
in diesen Wunderknäul aus Gold und Schweigen,
ja, lieben – uns im Herzen ihm zu fühlen...

Ja – in dies Herz selbst so uns einzuwühlen,
daß uns vor all den hunderttausend Sonnen
bedünken kann: wir sei'n dies Herz selbeigen!

SCHACHSONETT

Dem edlen Schach vergleich ich das Sonett.
Eröffnung, Aufbau, Mittel-, Endspiel – traun,
das alles ist so hier wie dort zu schaun,
und auch selbst hier sitzt oft ein – Paar am Brett.

Vier Züge schon vorbei! Gefährlich Baun!
Verwirrung trübt mich... Opfer und – Verlust!...
Doch dieser Zug jetzt macht den Fehler wett.
Und auch dem Endspiel darf ich noch vertraun.

Jetzt brenn ich erst; und spür mich Brust an Brust;
und greife nicht mehr fehl im strengen Kriege;
und lege meisternd Hand auf Brett und Blatt.

Noch einmal blitzt das feindliche Florett –
doch ich parier's, – und nun auch schon: Schachmatt!
(Ich muß erst immer fallen, eh ich siege.)

HUMOR

Mir war Humor mein Lebtag schier – Problem.
Ich frug mich: »Tränenlächeln – ist's auch nicht
ein (letzten Ends) – germanisch Leibgericht,
ein Rausch-Met, ein biderb Trau-schau-nicht-wem?

Ist nicht Humor – bequem (lies: unvornehm)?
Ein kirchweihkraus Gefährt, Art und Gewicht
des »Bürgers« angestimmt: – doch welches bricht,
entlenkst du drin der acht Planeten Lehm?

Was für den Mars noch gilt, gilt's noch für das,
was unabsehbar wimmelt? Was der Zeit
entspricht, entspricht's dem Ewigen noch? – Gott?

»Sprich, kann Humor je groß sein!« – Ja! Und baß! –:
Als Brecher, Einmensch, deiner Wichtigkeit!
Als: wenn du »Gott« sagst, – dieses »Gotts« noch:
Spott!

AN DIE TIERE

Mein Bruder, mein Geschwister Tier – komm her,
(hat man auch dich entgeistert zur Maschine?)
kommt her, du Katze, Vogel, wilde Biene, –
ihr Siege nicht ersättlicher Begehr!

Aus euch ja komm ich, noch von Erde schwer,
daß ich urewiger Kraft und Sehnsucht diene,
noch hab ich eure Seele, eure Miene,
nur Selbsterkenntnis ist mein schmerzlich Mehr.

Ihr fragt: »Doch wenn wir euch so viel gegeben, –
wie seid ihr oft gar undankbare Erben!
Wir morden, ja! Doch Ihr ersannt das – Töten!«

Doch höret: Tod ist ja kein Raub an Leben.
Wir müssen? nein! wir – wollen alle sterben!
Denn endlos locken neue Morgenröten.

IN AETERNUM

Seitdem ich jenen Sklavenring zerbrochen,
womit mich meine Zeit zu fesseln wähnte
an ihren Block aus Tüchtigkeit und Torheit,
und auf dem Drachenflieger ihr entwischte –

frag ich mich oft, in Freiheit ganz gebadet:
wo sollte dieser Welt der Möglichkeiten
je End und Grenze winken, welche Staffel
der Schönheit je als letzte grüßen mögen?

Ist Ewigkeit denn nur ein Schall, o Seele?
oder ein Weg uns, wie dem Durst die Traube,
dem Kuß der Mund, dem Gott der Mensch, geboten?

(dem Gott der Mensch, ja; der in ihm vielleicht
sein eines Blitzes Frist erstaunt gewahr wird –
um dann durch ihn zu Höherem fortzutrachten ...)

Oh, ich verleumde meine Erde nicht;
ich liebe sie, – nur sei sie mir nicht Schranke!
Sie ist mir nicht der letzte Seins-Gedanke,
sowenig wie ihr Licht das letzte Licht.

Ich liebe sie – und den, der also spricht:
»Daß eure Treue zu ihr nimmer wanke!«
Nur daß an knechtischer Treue nicht erkranke,
was freiste Treue sein muß, freiste Pflicht!

Das gibt der Erde erst den Eigen-Wert:
daß sie als Stufe sich vollenden soll.
Vollenden! hör's! – doch auch zugleich als Stufe!

Weh dem, der sie als ganzen Tempel lehrt.
Gott-Welt, unausdenkbaren Baustoffs voll,
gehorcht denn doch ganz andrem Schöpferrufe!

Es ist so viel, so vieles heut – vorbei!
Die alte Welt versinkt in dunkler Röte...
Durchkämpft sind unzählbare Erdennöte,
und heißes Weinen löst den letzten Schrei.

Zum ersten Male fühlt der Mensch sich frei
und macht sich auf, der geisterhaft erhöhte,
daß er nun ganz die Nacht und Schale töte,
die ihn umfing, wie Vogelwuchs das Ei.

Zurück in Urweltschlünde treibt sein Schwert
berauschter und doch klarster Welterkenntnis
jahrhunderttausendalter Dumpfheit Brut –

Und überirdisch widerschimmernd kehrt
sein Antlitz sich, noch halb vor Kampfes Endnis,
dem Gott entgegen, seiner letzten Glut.

Ich schein ein Doppeltes. Einmal schein ich
Gott selber, Mein bewußt in Raum und Zeit;
zum andern ringende Persönlichkeit,
ein Nur-ich-Eines, nur Problem-für-mich.

Als Einzelseele – kämpfend bitterlich
nach einem Himmel, der plejadenweit;
als Allgeist über meinem eignen Streit
ruhend, dem Aar gleich, der zur Wolke wich.

Bin ich so Vater denn und Kind zumal?
Bin Gott und muß mich doch er-ringen erst?
Bin Gott und nicht Gott, Gottesbildstoff bloß?

– »Du und der Vater –« ... ja, du hellster Strahl,
ich kenne, ich erlebte, was du lehrst;
und doch – dies ist nur Ruhm in einem Schoß ...

Quellen des Lebens fühl ich in mir springen,
Quellen alturalten Lebens,
Quellen des Lebens hör ich in mir singen:
»Nichts ist vergebens! Nichts ist vergebens!

Tief aus Chaos führt der Weg alles Strebens
hoch zu Gott in tausend Spiralenringen ...
Gott selbst bist du auf Vogel-Phönix-Schwingen
ewig neuen zu dir selbst Erhebens.

Höher immer, bis zum Unfaßbaren,
lebst du dich die Leiter der Möglichkeiten –
bis du dein in deiner unendlichen Fülle

innewirst, Herr dann der Gestirnheerscharen,
in dir, Welt-Ich, dann alle Räum und Zeiten,
Ewigkeit allein dann noch deine Hülle!«

Nun wollen wir uns still die Hände geben
und vorwärts gehen, fromm, fast ohne Zagen,
und dieses größte Lebenswagnis wagen:
Zwei miteinander ganz verschlungne Leben.

Und wollen unermüdlich weiterweben
an den für uns nun völlig neuen Tagen
und jeden Abend, jeden Morgen fragen,
ob wir auch ganz ein Ringen und ein Streben.

Auch ganz ein unersättlich Langen, Dürsten,
im Maß des Körperlichen, das uns eigen,
uns immer geistiger emporzufürsten:

Daß wir wie eines Pfeiles Schaft am Schlusse,
ineinsverflochten und in einem Schusse,
ein neues Reich höhrer Geburt ersteigen.

WIR FANDEN EINEN PFAD

Neue Gedichte

Für Dr. Rudolf Steiner

So wie ein Mensch, am trüben Tag, der Sonne vergißt, –
sie aber strahlt und leuchtet unaufhörlich, –
so mag man Dein an trübem Tag vergessen,
um wiederum und immer wiederum
erschüttert, ja geblendet zu empfinden,
wie unerschöpflich fort und fort und fort
Dein Sonnengeist
uns dunklen Wandrern strahlt.

NACH DER LEKTÜRE DES HELSINGFORSER ZYKLUS 1912

Zur Schönheit führt Dein Werk:
denn Schönheit strömt
zuletzt durch alle Offenbarung ein,
die es uns gibt.
Aus Menschen-Schmerzlichkeiten
hinauf zu immer höhern Harmonien
entbindest Du das schwindelnde Gefühl,
bis es vereint
mit dem Zusammenklang
unübersehbarer Verkünder GOTTES
und SEINER nie gefaßten Herrlichkeit
mitschwingt im Liebeslicht
der Seligkeit ...
Aus Schönheit kommt,
zur Schönheit führt
Dein Werk.

I

O NACHT ...

O Nacht, du Sternenbronnen,
ich bade Leib und Geist
in deinen tausend Sonnen –

O Nacht, die mich umfleußt
mit Offenbarungswonnen,
ergib mir, was du weißt!

O Nacht, du tiefer Bronnen...

Erblinden mag ich, sprach ich kühn, –
mir bleibt nichts Neues mehr zu schauen!...
Da wandelt sich der Erde Grün
zum odemraubend kühlen Grauen.

Ein Schleier fällt auf die so recht
geliebten Wesen und Gelände,
und zu der – Geister Lichtgeschlecht
erhebt – ein Blinder seine Hände...

Nun wohne DU darin,
in diesem leeren Hause,
aus dem der Welt Gebrause
herausfloh und dahin.

Was ist nun noch mein Sinn, –
als daß auf eine Pause
ich einzig DEINE Klause,
mein Grund und Ursprung bin!

Die zur Wahrheit wandern,
wandern allein,
keiner kann dem andern
Wegbruder sein.

Eine Spanne gehn wir,
scheint es, im Chor...
bis zuletzt sich, sehn wir,
jeder verlor.

Selbst der Liebste ringet
irgendwo fern;
doch wer's ganz vollbringet,
siegt sich zum Stern,

schafft, sein selbst Durchchrister,
Neugottesgrund –
und ihn grüßt Geschwister
ewiger Bund.

Leis auf zarten Füßen naht es,
vor dem Schlafen wie ein Fächeln:
Horch, o Seele, meines Rates,
laß dir Glück und Tröstung lächeln –:

Die in Liebe dir verbunden,
werden immer um dich bleiben,
werden klein und große Runden
treugesellt mit dir beschreiben.

Und sie werden an dir bauen,
unverwandt, wie du an ihnen, –
und, erwacht zu einem Schauen,
werdet ihr wetteifernd dienen!

EVOLUTION

Kaum daß sich, was sich einst von Dir getrennt,
in seiner Sonderwesensart erkannt,
begehrt zurück es in sein Element.

Es fühlt sich selbst und doch zugleich verbannt
und sehnt sich heim in seines Ursprungs Schoß...
Doch vor ihm steht noch ehern unverwandt

äonengroß sein menschheitliches Los!

Überwinde! Jede Stunde,
die du siegreich überwindest,
sei getrost, daß du im Pfunde
deines neuen Lebens findest.

Jede Schmach und jede Schande,
jeder Schmerz und jedes Leiden
wird bei richtigem Verstande
deinen Aufstieg mehr entscheiden.

Ohne Erbschuld wirst du funkeln,
abermals vor Enkeln rege,
ungezähltem Volk im Dunkeln
weist ein Sieger Sonnenwege.

Geschöpf nicht mehr, Gebieter der Gedanken,
des Willens Herr, nicht mehr in Willens Frone,
der flutenden Empfindung Maß und Meister,

zu tief, um an Verneinung zu erkranken,
zu frei, als daß Verstocktheit in ihm wohne:
So bindet sich ein Mensch ans Reich der Geister:

So findet er den Pfad zum Thron der Throne.

II

I

Sieh nicht, was andre tun,
der andern sind so viel,
du kommst nur in ein Spiel,
das nimmermehr wird ruhn.

Geh einfach Gottes Pfad,
laß nichts sonst Führer sein,
so gehst du recht und grad,
und gingst du ganz allein.

II

Verlange nichts von irgendwem,
laß jedermann sein Wesen,
du bist von irgendwelcher Fem
zum Richter nicht erlesen.

Tu still dein Werk und gib der Welt
allein von deinem Frieden,
und hab dein Sach auf nichts gestellt
und niemanden hinieden.

O wie gerne lern ich Milde,
liebes Herz, von deinem Munde,
folge dir in stillem Bunde
in geläuterte Gefilde!

Und wir schaun zurück zusammen
auf die Welt, samt ihrem Schelten,
und anstatt sie zu verdammen,
lassen wir sie gehn und gelten.

Du Weisheit meines höhern Ich,
die über mir den Fittich spreitet
und mich vom Anfang her geleitet,
wie es am besten war für mich, –

wenn Unmut oft mich anfocht: nun –
es war der Unmut eines Knaben!
Des Mannes reife Blicke haben
die Kraft, voll Dank auf Dir zu ruhn.

O gib mir Freuden, nicht mit dem verstrickt,
was ich als niedres Ich in mir empfinde,
gib solche Freuden mir zum Angebinde
wie Geist sie Geist, der Seele Seele schickt.

O nicht mehr dieser schalen Freuden Pein,
die doch erkauft nur sind von fremden – Leiden!
Schenk Herzen mir, die sich für DICH entscheiden,
so wird auch meines wahrhaft fröhlich sein.

MIT-ERWACHT . . .

Dein Wunsch war immer – fliegen!
Nun naht dir die Erfüllung.

Du wirst den Raum besiegen,
nach jener Weltenthüllung,
die uns zu Freien machte
vom Schlaf der blinden Runden.

Nun hast du, Mit-Erwachte,
dein Schwingenkleid gefunden!

Stör' nicht den Schlaf der liebsten Frau, mein Licht!
Stör' ihren zarten, zarten Schlummer nicht.

Wie ist sie ferne jetzt. Und doch so nah.
Ein Flüstern – und sie wäre wieder da.

Sei still, mein Herz, sei stiller noch, mein Mund,
mit Engeln redet wohl ihr Geist zur Stund.

AN DEN ANDERN

Ich hatte mich im Hochgebirg verstiegen.
Die Felsenwelt um mich, sie war wohl schön;
doch konnt ich keinen Ausgang mir ersiegen,
noch einen Aufgang nach den lichten Höhn.

Da traf ich dich, in ärgster Not: den andern!
Mit dir vereint, gewann ich frischen Mut.
Von neuem hob ich an, mit dir, zu wandern,
und siehe da: Das Schicksal war uns gut.

Wir fanden einen Pfad, der klar und einsam
empor sich zog, bis, wo ein Tempel stand.
Der Steig war steil, doch wagten wir's gemeinsam...
Und heut noch helfen wir uns, Hand in Hand.

Mag sein, wir stehn an unsres Lebens Ende
noch unterm Ziel, – genug, der Weg ist klar!
Daß wir uns trafen, war die große Wende.
Aus zwei Verirrten ward ein wissend Paar.

III

O ihr kleinmütig Volk, die ihr vom Heute
nicht loskommt, die ihr meint: so ist es, war es
und wird es sein, solange Menschen leben –.

O würdet ihr doch andrer Hoffnung Beute
und lerntet wieder schauen Offenbares
und Hirn und Herz zu höchstem Ziel erheben!

»Ich will aus allem nehmen, was mich nährt,
was übereinstimmt mit mir längst Vertrautem;
so wird mir manches stille Glück gewährt.

In eurer Weisheit fand ich manch geheime
Bestätigung zu von mir selbst Geschautem
und brachte sie zu meiner Art in Reime.

Es gibt so vieles Schöne, Gute, Wahre;
wie bin ich dankbar, daß ich Mensch sein darf
und immer Neues solcher Art erfahre!«

Erfahre denn noch dies dazu: entfernt
bist du vom Ernst noch. Dein Gewissen warf
dir noch nicht vor, daß Weisheit sich nur – lernt.

Mit solchem Blumenpflücken, Kränzchenwinden –
was ist getan? sieh dir ins Angesicht
und prüfe, ach, solch allzu lau Empfinden.

Du fühlst der Weisheit Weg noch nicht als – Pflicht.
Und so: ob von Glühwürmchen oder Sternen
dir Licht zufließt – dir ist's das gleiche Licht.

Dir sind die echten Tiefen, wahren Fernen
noch stumm; sie, deren Siegel einzig bricht:
ein tiefdemütig lebenlanges – Lernen.

Das ist der Ast in deinem Holz,
an dem der Hobel hängt und hängt:
dein Stolz,
der immer wieder dich
in seine steifen Stiefel zwängt.

Du möchtest auf den Flügelschuhn
tiefinnerlichster Freiheit fliehn,
doch ihn
verdrießt so bitterlich
kein ander unabhängig Tun.

Er hält dich fest: da stehst du starr:
dürrknisternd-widerspenstig Holz:
ein Stolz-
verstotzer Stock, ein sich
selbst widriger Hanswurst und Narr.

Du hast die Hand schon am Portal
und tastest nach der Klinke Hand
(denn noch erhellt sie dir kein Strahl).

Du wirst erst wach, wenn sie sie fand,
sei's dieses, sei's das nächste Mal; –
dann wirst du weiß stehn wie die Wand,

davor du lange dumpf geirrt;
und wie ein Leichnam hinfällt, wird
dein Leib hinfallen in den Sand.

Wer vom Ziel nicht weiß,
kann den Weg nicht haben,
wird im selben Kreis
all sein Leben traben;
kommt am Ende hin,
wo er hergerückt,
hat der Menge Sinn
nur noch mehr zerstückt.

Wer vom Ziel nichts kennt,
kann's doch heut erfahren;
wenn es ihn nur brennt
nach dem Göttlich-Wahren;
wenn in Eitelkeit
er nicht ganz versunken
und vom Wein der Zeit
nicht bis oben trunken.

Denn zu fragen ist
nach den stillen Dingen,
und zu wagen ist,
will man Licht erringen;
wer nicht suchen kann,
wie nur je ein Freier,
bleibt im Trugesbann
siebenfacher Schleier.

Was klagst du an
die böse Welt
um das und dies?
Bist du ein Mann,
der niemals Spelt
ins Feuer blies?

Hat Haß und Harm
und Wahn und Sucht
dich nie verführt,
daß blind dein Arm
der Flammen Flucht
noch mehr geschürt?

Was dünkst du dich
des unteilhaft,
was Weltbrand nährt!
Zuerst zerbrich
die Leidenschaft,
die dich noch schwärt.

In dich hinein
nimm allen Zwist,
der Welt sorg nit.
Je wie du rein
von Schlacke bist,
wird sie es mit.

Das blosse Wollen einer großen Güte
ist ganz gewiß ein hohes Menschentrachten.
Doch es erhebt sich erst zur vollen Blüte,

wenn Gnaden eines seherisch Erwachten
den Kosmos nachtentleitetem Gemüte
als Geisterkunstwerk zum Bewußtsein brachten.

Dann wächst aus Riesenschöpfungsüberblicken,
aus Aufschau zu verborgnen Bildnersphären,
aus Selbstmiteinbezug in deren Stufen –

ein Mitgefühl mit dieser Welt Geschicken,
das mehr als dunkle Herzenstriebe nähren,
das höchste Götter mit ans Werk berufen.

Bedenke, Freund, was wir zusammen sprachen.
War's wert, daß wir den Bann des Schweigens brachen,
um solche Nichtigkeiten auszutauschen?

So schwätzen wohl zwei Vögel miteinander,
derweil in unablässigem Gewander
des Stromes strenge Wogen meerwärts rauschen.

Erwacht in dir nicht ein Gefühl der Leere,
erwägst du, wie so auftut Jahre, Jahre
nichts als Geschwätz aus dir sich und dem andern,

indessen nach der Gottheit Schoß und Meere
der Geistesweisheit sternenspiegelklare
Gewässer ruhlos und gewaltig wandern?

AN EINE FREUNDIN

»Laß den Helden in deiner Seele nicht sterben!«
Welkst du hin wie die Blume, der Baum im Herbst, –
höre nimmer doch auf, um den Kranz zu werben!

Alle andern Kränze bleiben zurücke,
schwinden hin wie die Glieder, die sie bedecken ...
Dieser bleibt dir allein auf der großen Brücke –

hält dir droben die Geisterstirn noch umschlossen;
und dereinst, wenn du wieder hinabgestiegen,
wirst du gehn, wie von heiligem Schein umflossen.

EINEN FREUND ÜBER SEINEN LIEBESKUMMER ZU TRÖSTEN

Wir müssen immer wieder uns begegnen
und immer wieder durch einander leiden,
bis eines Tages wir das alles segnen.

An diesem Tage wird das Leiden weichen,
das Leiden wenigstens, das Blindheit zeugte,
das uns wie blinden Wald im Sturme beugte.

Dann werden wir in neues Ziel und Leben
wie Flüsse in ein Meer zusammenfließen,
und kein Getrenntsein wird uns mehr verdrießen.

Dann endlich wird das ».... suchet nicht das Ihre«
Wahrheit geworden sein in unsern Seelen.
Und wie an Kraft wird's uns an Glück nicht fehlen.

DER KRANKE:

»Oft zu sterben wünscht ich mir...
Und wie dankbar bin ich doch,
daß ich leb' und leide noch
im gesetzten Nun und Hier.

Bleibt mir doch damit noch Zeit,
abzubauen manch Gebrest,
komm ich nimmer auch zum Rest,
werd ich besser doch bereit.

Wenn ich jetzt nicht wirken kann,
helf ich also doch dem Mir,
das dereinst nach Nun und Hier
wirken wird im Dort und Dann.«

(AN VIELE)

Ihr kennt sie, die Leidenschaft,
die uns verbindet:
Helfen, helfen, mit einer Kraft,
die alles überwindet.

(AN MANCHE)

Ihr kennt es, das harte Leid,
heißt es entsagen,
mitzuwirken im Sturm der Zeit
zu neuem Gottestagen.

(AN EINIGE)

Ihr kennt den Trost, der enttrübt,
die fern den Schranken: –
Werden draußen Taten geübt,
entsenden sie – Gedanken.

»BRÜDER!«

Lied für ein neu Gesangbuch studierender Jugend

»Brüder!« – Hört das Wort!
Soll's ein Wort nur bleiben?
Soll's nicht Früchte treiben
fort und fort?

Oft erscholl der Schwur!
Ward auch oft gehalten –
doch in engem, alten
Sinne nur.

Oh, sein neuer Sinn!
Lernt ihn doch erkennen!
Laßt doch heiß ihn brennen
durch euch hin!

Allen Bruder sein!
Allen helfen, dienen!
Ist, seit ER erschienen,
Ziel allein!

Auch dem Bösewicht,
der uns widerstrebet!
Er auch ward gewebet
einst aus Licht.

»Liebt das Böse – gut!«
lehren tiefe Seelen.
Lernt am Hasse stählen –
Liebesmut!

»Brüder!« – Hört das Wort!
Daß es Wahrheit werde –
und dereinst die Erde
Gottes Ort.

Ich habe den MENSCHEN gesehn in seiner tiefsten Gestalt,
ich kenne die Welt bis auf den Grundgehalt.

Ich weiß, daß Liebe, Liebe ihr tiefster Sinn,
und daß ich da, um immer mehr zu lieben, bin.

Ich breite die Arme aus, wie ER getan,
ich möchte die ganze Welt, wie ER, umfahn.

IV

Gib mir den Anblick deines Seins, o Welt...
Den Sinnenschein laß langsam mich durchdringen...

So wie ein Haus sich nach und nach erhellt,
bis es des Tages Strahlen ganz durchschwingen –
und so wie wenn dies Haus dem Himmelsglanz
noch Dach und Wand zum Opfer könnte bringen –
daß es zuletzt, von goldner Fülle ganz
durchströmt, als wie ein Geisterbauwerk stände,
gleich einer geistdurchleuchteten Monstranz:

So möchte auch die Starrheit meiner Wände
sich lösen, daß dein volles Sein in mein,

mein volles Sein in dein Sein Einlaß fände –
und so sich rein vereinte Sein mit Sein.

Ich bin aus Gott wie alles Sein geboren,
ich geh im Gott mit allem Mein zu sterben,
ich kehre heim, o Gott, als Dein zu leben.

Erst wurde ich aus Deinem Ich gegeben,
dann galt es dies Gegebne zu erwerben,
Dir als ein Du es Brust an Brust zu heben.

Da wollte Stolz es mittendrin verderben,
und es ward Dir, und Du warst ihm verloren ...
Bis daß Du übermächtig mich beschworen!

Da ward ich Dir zum andernmal geboren:
denn ich verstand zum erstenmal zu sterben,
denn ich empfand zum erstenmal zu leben.

DIE FUSSWASCHUNG

Ich danke dir, du stummer Stein,
und neige mich zu dir hernieder:
Ich schulde dir mein Pflanzensein.

Ich danke euch, ihr Grund und Flor,
und bücke mich zu euch hernieder:
Ihr halft zum Tiere mir empor.

Ich danke euch, Stein, Kraut und Tier,
und beuge mich zu euch hernieder:
Ihr halft mir alle drei zu Mir.

Wir danken dir, du Menschenkind,
und lassen fromm uns vor dir nieder:
weil dadurch, daß du bist, wir sind.

Es dankt aus aller Gottheit Ein-
und aller Gottheit Vielfalt wieder.
In Dank verschlingt sich alles Sein.

LUZIFER

»Ich will mein Licht vor eurem Licht verschließen,
ich will euch nicht, ihr sollt mich nicht genießen,
bevor ich nicht ein Eigenlicht geworden.

So bring ich wohl das Böse zur Erscheinung,
als Geist der Sonderheit und der Verneinung,
doch neue Welt erschafft mein Geisterorden.

Aus Widerspruch zum unbeirrten Wesen,
aus Irr-tum soll ein Götterstamm genesen,
der sich aus sich – und nicht aus euch – entscheidet.

Der nicht von Anbeginn in Wahrheit wandelt,
der sich die Wahrheit leidend erst erhandelt,
der sich die Wahrheit handelnd erst erleidet.«

DER ENGEL ...

»Wo bist du hin? Noch eben warst du da –
Was wandtest du dich wieder abwärts, wehe,
nach jenem Leben, das ich nicht verstehe,
und warst mir jüngst doch noch so innig nah.

Ich soll hinab mit dir in deine Welt,
aus der die Schauer der Verwesung hauchen,
ins Reich des Todes soll ich mit dir tauchen,
das wie ein Leichnam fort und fort zerfällt?

Wohl gibt es meinesgleichen, eingeweiht
in eure fürchterlichen Daseinsstufen ...
Doch ich bin's nicht. Nur wie verworrnes Rufen
erschreckt das Wort mich eurer Zeitlichkeit.

Laß mich mein Haupt verhüllen, bis du neu
mir wiederkehrst, so rein, wie ich dich liebe,
von nichts erfüllt als süßem Geistestriebe
und deinem Urbild wieder strahlend treu.«

LICHT IST LIEBE

Licht ist Liebe ... Sonnen-Weben
Liebes-Strahlung einer Welt
schöpferischer Wesenheiten –

die durch unerhörte Zeiten
uns an ihrem Herzen hält,
und die uns zuletzt gegeben

ihren höchsten Geist in eines
Menschen Hülle während dreier
Jahre: da Er kam in Seines

Vaters Erbteil – nun der Erde
innerlichstes Himmelsfeuer:
daß auch sie einst Sonne werde.

Fass es, was sich dir enthüllt!
Ahne dich hinan zur Sonne!
Ahne, welche Schöpfer-Wonne
jedes Wesen dort erfüllt!

Klimm empor dann dieser Geister
Stufen bis zur höchsten Schar!
Und dann endlich nimm Ihn wahr:
Aller dieser Geister Meister!

Und dann komm mit Ihm herab!
Unter Menschen und Dämonen
komm mit Ihm, den Leib bewohnen,
den ein Mensch Ihm fromm ergab.

Faßt ein Herz des Opfers Größe?
Mißt ein Geist dies Opfer ganz? –
Wie ein Gott des Himmels Glanz
tauscht um Menschennot und -blöße!

Wie macht' ich mich von DEINEM Zauber los
und tauchte wieder nieder in die Tiefe
und stiege wieder in des Dunkels Schoß,

wenn nicht auch dort DEIN selbes Wesen riefe,
an dessen Geisterlicht ich hier mein Sein,
als wie der Schmetterling am Licht, erlabe,
doch ohne daß mir die vollkommne Gabe
zum Untergang wird und zur Todespein.

Wie könnte ich von solcher Stätte scheiden,
wo jeder letzte Glückestraum erfüllt,
verharrte nicht ein ungeheures Leiden,
sogar von diesem Himmel nur – verhüllt.
Und da mir dessen Stachel ist geblieben,
wie könnt' ich nun, als brennend von DIR gehn,
um DICH in jener Welt noch mehr zu lieben,
in der sie DICH, als Sonne, noch nicht sehn.

Von Liebe so von DIR hinabgezwungen
vom Himmel auf die Erde, weiß ich doch:
nur immer wieder von DIR selbst durchdrungen,
ertrag' ich freudig solcher Sendung Joch.
DU mußtest DICH als Quell mir offenbaren,
der unaufhörlich mir Erneuung bringt.
Nun kann ich auch gleich DIR zur Hölle fahren,
da mich DEIN Himmel ewiglich verjüngt.

Da nimm. Das laß ich dir zurück, o Welt...
Es stammt von dir. Es sei von neuem dein.
Da, wo ich jetzo will hinaus, hinein,
bin ich nicht mehr auf dich gestellt.
Da gilt der blasse Geist allein,
den ich mir formte über dir
ach, nur wie einen blassen Opferrauch, –

da gilt nur noch der ach, so schwache Hauch,
der von dem CHRISTUS lebt in mir.

HYMNE

Wie in lauter Helligkeit
fließen wir nach allen Seiten ...
Erdenbreiten, Erdenzeiten
schwinden ewigkeitenweit ...

Wie ein Atmen ganz im Licht
ist es, wie ein schimmernd Schweben ...
Himmels-Licht – in Deinem Leben
lebten je wir, je wir – nicht?

Konnten fern von Dir verziehen,
flohen Dich, verbannt, verdammt?
doch in Deine Harmonien
kehren heim, die Dir entstammt.

Ich hebe Dir mein Herz empor
als rechte Gralesschale,
das all sein Blut im Durst verlor
nach Deinem reinen Mahle,
o CHRIST!

O füll es neu bis an den Rand
mit Deines Blutes Rosenbrand,
daß: DEN fortan ich trage
durch Erdennächt' und -tage,
DU bist!

R

Die Sonne will sich sieben Male spiegeln,
in allen unsern sieben Leibesgliedern:
daß sie ihr siebenmal ihr Bild erwidern.

Die Sonne will uns siebenmal entsiegeln.

K

V

Im Baum, du liebes Vöglein dort,
was ist dein Lied, dein Lied im Grund?
Dein kleines Lied ist Gotteswort,
dein kleiner Kehlkopf Gottes Mund.

»Ich singe« singt noch nicht aus dir,
es tönt die ewige Schöpfermacht
noch ungetrübt in reiner Pracht
in dir, du kleine süße Zier.

VON ZWEI ROSEN ...

Von zwei Rosen
duftet eine
anders, als die
andre Rose.

Von zwei Engeln
mag so einer
anders, als der
andre schön sein.

So in unzähl-
baren zarten
Andersheiten
mag der Himmel,

mag des Vaters
Göttersöhne-
reich seraphisch
abgestuft sein...

MOND AM MITTAG

Der weite blaue Raum
im Mittagsonnenschein,
getrübt von keinem Flaum...
Der weiße Mond allein

geistert in hoher Ferne,
der Stern des Eloah,
der sich vom Sonnensterne
verbannte, um von da

des Logos Licht zu strahlen,
bis daß er selber kam
und in den dunklen Talen
auf ewig Wohnung nahm...

Der weite blaue Raum
im Mittagsonnenschein,
getrübt von keinem Flaum...
Der weiße Mond allein

geistert in hoher Ferne...

WASSERFALL BEI NACHT

I.

Ruhe, Ruhe, tiefe Ruhe.
Lautlos schlummern Menschen, Tiere.
Nur des Gipfels Gletschertruhe
schüttelt talwärts ihre
Wasser.

Geisterstille, Geisterfülle,
öffnet Eure Himmelsschranke!
Bleibe schlafend, liebe Hülle,
schwebt, Empfindung und Gedanke,
aufwärts!

Aufwärts in die Geisterhallen
taste dich, mein höher Wesen!
Laß des Leibes Schleier fallen;
koste, sein genesen,
Freiheit!

II.

Unablässig Sinken
weißer Wogenwucht,
laß mich, deine Bucht,
dein Geheimnis trinken.

Engel wölken leise
aus der Wasser Schoß,
lösen groß sich los
nach Dämonenweise.

Strahlen bis zum bleichen
Mond der Häupter Firn...
Und auf Schläfer-Stirn
malen sie das Zeichen...

Taufen gern Erhörten
mit der Weisheit Tau.
Und von ferner Schau
dämmert dem Enttörten.

ANHANG

NACHWORT

Christian Morgenstern wurde am 6. Mai 1871 in München geboren und verlebte seine frühe Kindheit in einer Gartenvilla an der Nymphenburger Straße. Er entstammte einer Malerfamilie – sein Vater Carl Ernst, sein Großvater Christian Ernst, der Urgroßvater Carl Heinrich und der Vater seiner Mutter Josef Schertel waren Landschafts- bzw. Porträtmaler. Als Kind verbrachte er daher mit seinen Eltern die Monate vom Frühjahr bis zum Herbst in der Natur der oberbayerischen Seen, wo sein Vater im Freien an der Staffelei arbeitete. Hier erhielt er seine ersten elementaren Eindrücke von Tieren und Pflanzen, von Wasser und Himmel im Wechsel der Jahreszeiten, und er erlebte, wie sie in den Bildern seines Vaters als Kunstwerke erschienen. Sein *Malererbe* (Gedicht) war ihm zeitlebens bewußt. 1894 schrieb er Marie Goettling, einer Jugendfreundin: »Ich bin ein Maler bis in den letzten Blutstropfen hinein. – Und das will nun heraus ins Reich des Wortes, des Klanges; eine seltsame Metamorphose«, und 1913 resümierte er in einer *Autobiographischen Notiz* über sich selbst: »Diese Jahre waren grundlegend für sein Verhältnis zur Natur, das ihm später die Möglichkeit gab, zeitweise völlig in ihr aufzugehen.« Die Fähigkeit zu bildhaftem Erleben ließ Morgenstern in seine Naturlyrik einfließen. Der Dichter Wilhelm von Scholz charakterisierte sie in einem Brief vom 5. Mai 1904 auf treffende Weise: »Sie erzeugen Bilder der Welt, bannen in feste Form, in bleibende Gestalt das Fließende. Auch in Ihren neuen Büchern finde ich noch Stellen, in denen dies innere Auge gezeugt hat. Ich glaube, Sie bezeichnen es nicht zu Recht mit Phantasie. Innerlich sehen Andre die Bilder vielleicht ebenso; aber sie haben die Wortkraft nicht, die Bilder mitteilbar zu machen. Zwei Dinge also sind's: 1) Die unerhörte Genauigkeit, mit der Sie innere Bilder sehen, 2) die Fähigkeit, ein Bild ins Wort zu bannen und zwar nicht nur farbig, sondern gezeichnet.« Und dabei ging es Morgenstern nicht wie den Naturalisten darum, die Dinge in ihrer äußeren Erscheinung möglichst präzise zu beschreiben, sondern ihnen aus der Vereinigung mit seinem Inneren eine neue, ihrem Wesen angemessene Kunstgestalt zu geben und den Sinn ihrer Gegenwart in Bildern auszusprechen.

Im Alter von neun Jahren verlor Morgenstern seine Mutter; sie starb an Lungentuberkulose, einer Krankheit, die später auch sein eigenes Leben bestimmen sollte. Die Familie löste sich nach dem Tod der Mutter auf, und der Sohn mußte in den folgenden Jahren häufig die Wohnorte und Schulen wechseln, bis er 1892 am Gymnasium des Niederlausitzer Städtchens Sorau (heute Żary) das Abitur ablegen konnte. Nach dem Willen seines Vaters begann er nun das Studium der Nationalökonomie zunächst in Breslau, dann in München. Hier erlitt er im Sommer 1893 die erste schwere Lungenerkrankung und mußte, der damaligen Therapieauffassung entsprechend, den folgenden Winter weitgehend isoliert im Hause seines Vaters verbringen, der inzwischen als Professor an die Königliche Kunstschule in Breslau berufen worden war. In diesen fünf Monaten der »Zimmerhaft«, wie er es nannte, hatte er die Begegnung mit den Schriften Friedrich Nietzsches, dessen Fundamentalkritik an der Kultur der Wilhelminischen Gesellschaft seine eigenen Ansichten auf ein philosophisches Niveau hob. Nietzsches Forderung, das moderne technische Bewußtsein müsse überwunden werden, entsprach den Erwartungen des jungen Morgenstern und löste in ihm den Entschluß zu einer selbstbestimmten Wende seines Lebens aus. Damals schrieb er in sein Tagebuch: »Wenn die Sonne emporsteigt, erwachen die Lerchen. Die Sonne ging auf – da bin ich erwacht, eine Lerche Zarathustras.« Von jetzt an stand für ihn fest, daß er die Bahn einer bürgerlichen Berufskarriere verlassen und seiner inneren Bestimmung als Dichter und freier Schriftsteller folgen werde. Nach seiner vorläufigen Genesung ging er im Mai 1894 nach Berlin, dem kulturellen Mittelpunkt des neuen Deutschen Reiches. Mit seinem Vater ergaben sich auf die Dauer tiefgreifende Differenzen, die schließlich zum endgültigen Bruch führten, dem ein 14 Jahre anhaltendes Schweigen folgte.

Der junge Morgenstern war nun unwiderruflich auf sich selbst gestellt und verdiente seinen Unterhalt schlecht und recht mit Berichten und Kritiken in Kulturzeitschriften. In Berlin schloß er sich dem »Friedrichshagener Kreis« der Brüder Julius und Heinrich Hart an und machte im folgenden die Bekanntschaft vieler fortschrittlicher Schriftsteller, Theaterleute und Kritiker wie Georg und Julius Hirschfeld, Bruno Wille, Otto Julius Bierbaum, Paul Scheerbart, Otto Erich Hartleben, Paul Schlenther, Caesar Flaischlen, John Henry Mackay, Oscar Bie, Ludwig Jacobowski, Fidus u. a. In diesem Künstler- und Literatenmilieu erlebte er die Befreiung von der Enge seines bisherigen Daseins, die Lösung von den poetischen Konventionen in seiner eigenen Lyrik und die Leichtigkeit des Schreibens im Hymnenton freier Rhythmen nach der dithyrambischen Sprache seines großen Anregers Nietzsche. Im Herbst 1894 begann er mit den Gedichten, die er im folgenden Jahr unter dem Titel *In Phantas Schloß – Ein Zyklus humoristisch-phantastischer Dichtungen* als Auswahl aus einer sehr viel größeren Sammlung veröffentlichte. Seine poetische Phantasie greift dabei in die Traumsphäre, ins Weite, in den Kosmos – Phanta ist selbst so etwas wie ein Wesen aus dem Sternenreich, zugleich aber auch Naturgöttin und Muse des Dichters. Im Entstehungsprozeß dieser Gedichte notierte er sich: »Höchste Empfindungen, Phantasie im Gewande intimster Natur – – – eine Durchgeistigung der Realität auf allen Punkten, künstlerischer Polytheismus (im Sinne der Kunst), das meine ich, muß das Programm der Zukunft sein. Der Sieg des menschlichen Geistes über die Außenwelt muß vollkommen werden« (Dezember 1894). Und bei Überreichung seines Erstlingswerkes schreibt er an Marie Goettling: »Das Alte, was ich nicht mehr sagen will, ist jene Lyrik, welche sich heute langsam überlebt hat, weil in ihr schon alles klassisch gesagt ist.« (12. 5. 1895).

Bemerkenswert erscheint an dem *Phanta*-Zyklus das Phänomen der ursprünglichen Verbindung von Ernst und Humor, die Morgensterns gesamtes Werk – nicht nur die Lyrik – prägt. Denn in das Jahr 1895 fällt auch, mit einer echten Gründungslegende, die Entstehung der *Galgenlieder*, die ihn später berühmt gemacht haben. Ende April schlossen sich einige junge Künstler und Literaten bei einem Ausflug in die Umgebung von Werder bei Potsdam und dem sogenannten Galgenberg zu einem »Galgenbund« zusammen. Die Vorstellung, vom

Galgen herab die Zeitgenossen zu betrachten, eröffnete ihrer lebhaften Phantasie die Aussicht auf eine schaurig-reizvolle Gegenwelt aus der Sicht der Gehenkten. »... Nun wohl, ein Galgenbruder ist die beneidenswerte Zwischenstufe zwischen Mensch und Universum. Nichts weiter. Man sieht vom Galgen die Welt anders und man sieht andere Dinge als Andere« (S. 269). Bei ihren nachfolgenden Zusammenkünften erfanden die »Galgenbrüder« dazu ein grausig-komisches Ritual, in dessen Verlauf zum Schein die Verkündigung und die Vollstreckung des Todesurteils an einem der anwesenden Delinquenten vorgenommen wurde. So ähnlich beschreibt es der fiktive (in der Erstausgabe: »Lic. Dr.«) Jeremias Müller in seinem bis zur Unverständlichkeit verschachtelten *Versuch einer Einleitung* (S. 11 ff.). Hinter den ausgewählten Galgennamen verbergen sich die Bundesbrüder mit ihren Ämtern: »Schuhu: der hängt zuhöchst und gibt den Klang«, das ist Julius Hirschfeld, musikalisch begabt und Komponist der Gesänge »zum Hauch des Rabenaas, der das Mysterium verwest«, d. h. zu den Versen von Morgenstern selbst, dem Zeremonienmeister; »der Dritte heißt Verreckerle: der reicht das Henkersmahl«, so der Bruder Georg Hirschfeld, freier Schriftsteller; »der Vierte Veitstanz, zubenannt der Glöckner: der zieht den Armesünderstrang«, was das Amt des Schauspielers Franz Schäfer war; »der Fünfte Gurgeljochem: der schert den Lebensfaden durch«, der Schauspieler Friedrich Kayssler, Morgensterns lebenslanger Freund; »der Sechste Spinna, das Gespenst: der schlägt zwölf«, der Schulfreund aus Sorau Paul Körner; »der Siebente Stummer Hannes, zubenannt der Büchner; der singt Fisches Nachtgesang«, das ist Fritz Beblo, Freund aus der Schulzeit in Breslau,

Architekt und Maler, als schweigsam bekannt, »singt« *Fisches Nachtgesang* (S. 20); »und der Achte Fahe-rügghh, mit dem Beinamen der Unselm: der kann das Simmaleins und spricht das große Lalulā«, Robert Wernicke, ein junger Mediziner, rezitiert die Gedichte (S. 119 und 16).

Der Galgenbund bestand in zwei Perioden von April bis Juni 1895 und von Oktober bis Juni 1895/96; in der zweiten Phase kamen zu den sechs ersten Mitgliedern noch Körner und Wernicke hinzu. Die Gesänge wurden mit roter Tinte auf Pergament geschrieben und sowohl in ein Hufeisen als auch in ein aufklappbares Henkersbeil eingeschlossen. Das waren gewissermaßen die acht Ur-Galgenlieder, (nicht ganz konsequent) den einzelnen Bundesbrüdern zugewiesen: *Laß die Moleküle rasen* (als Motto), *Bundeslied*, *Galgenbruders Lied*, *Nein!*, *Das Geburtslied*, *Die Beichte des Wurms*, *Schlachtgesang*, *So hängen wir*, *Das Weiblein mit der Kunkel*. Bei der Auflösung des Galgenbundes war die Anzahl der Lieder von 8 auf 15 gestiegen, doch in den folgenden Jahren kamen immer neue Gedichte hinzu, so daß Morgenstern ab 1898 an eine Veröffentlichung dachte. Aber erst 1905 fand er in Bruno Cassirer einen Verleger, der das Wagnis auf sich nehmen wollte, die *Galgenlieder*, eine damals völlig neuartige Poesie, zu publizieren. 1910 folgte noch der vom Dichter selbst besorgte Band *Palmström*, und nur die zögerliche Haltung des Verlegers verhinderte den Druck weiterer Gedichte. Erst nach dem Tod des Dichters 1914 war es seiner Frau Margareta Morgenstern möglich, aus dem reichen Vorrat die weiteren Auswahlen *Palma Kunkel* (1916) und *Der Gingganz* (1919) herauszugeben.

Mit diesen ersten Liedern und Gedichten, entstanden

aus scheinbar zufälligem Anlaß, hatte Christian Morgenstern den Keim zu einem bisher unbekannten lyrischen Typus gelegt, den er in seinen folgenden Lebensjahren in immer reicheren Möglichkeiten und Gestalten seiner poetischen Phantasie entfalten konnte. Diese Lyrik wurde seine persönliche Form und erhielt dabei den charakterisierenden Titel »Galgenpoesie«, obwohl sich die Bilder und Einfälle im Laufe der Zeit immer mehr von ihrem düsteren Ursprung entfernten, indem sie weitere poetische Dimensionen erschlossen. Kern seiner humoristischen Sprache ist und bleibt die freischwebende Phantasie, mit der die Wörter aus ihren gewohnten Bedeutungen gelöst, in eine neue Sphäre gehoben, im Klang musikalisch verwandelt und als neue Wesen quasi aus dem Nichts erscheinen. So verbinden sich der Zwölf-Elf, das Mondschaf, das Vierviertelschwein, die Auftakteule und die Fiedelbogenpflanze mit Gingganz, Nasobēm, Steinochs, Ochsenspatz, E. P. V. (dem Exerzierplatzvogel) und Mondberg-Uhu bis zum Heiligen Pardauz. In all diesen neuen Wesen spielt das Geistige ins Physische hinüber, oder es wird sogar – in Umkehrung des bürgerlichen Realitätssinns – das Geistige als das eigentlich Wirkliche zur Erscheinung gebracht. In Abwandlung eines Nietzsche-Zitats nennt Morgenstern seine Sprachkunst »Umwortung aller Worte« (*Aphorismen*).

Über diese Bildphantasie dringt Morgensterns Verwandlungsfähigkeit weiter in die Sprachmelodie, in die Musikalität der Vokale und Konsonanten selbst vor. Unübersetzbare Gebilde wie »Der Flügelflagel gaustert / durchs Wiruwaruwolz / die rote Fingur plaustert / und grausig gutzt der Golz«, oder gar der Zenit aller Neubildungen, *Das große Lalulā*, bringen die gewohnten festgefügten Wörter und ihre Begriffe in Fluß, sie werden lebendig und bewegen sich wie von selbst. Diese poetische Klangphantasie lockert den Intellekt und bringt das Alltägliche zum Tanzen; sie befreit den Geist für Momente vom einengenden Zwang der Logik und stimmt uns heiter. (Ernst Kretschmer hat zuletzt die Vielfalt dieser humoristischen Sprache in seiner Studie *Die Welt der Galgenlieder Christian Morgensterns und der viktorianische Nonsense*, 1983, untersucht.)

Das Komische verwirrt somit die saubere Ordnung des Verstandes, mit dem normalerweise die Vorstellungen der Welt sortiert werden, es mischt Chaos ins Denken. Dadurch entsteht ein Widerspruch zwischen den Dingen und ihrem Begriff, von dem sich der Intellekt durch Lachen befreit. Würde man z. B. das *Möwenlied* (S. 44) rein logisch analysieren, geriete man in einen Abgrund von Widersprüchen: Es wird darin behauptet, die Möwen sähen alle aus, als ob sie Emma hießen, und dies wird damit begründet, daß sie einen weißen Flaus trügen und mit Schrot zu schießen seien (Emma?). Aus dieser absurden These zieht der Dichter am Ende die Schlußfolgerung, der Mensch, wofern er Emma heiße (weshalb nur dieser?), möge zufrieden sein, ihr zu gleichen. Stellt das Gedicht nun lediglich eine unfaßbare Behauptung neben eine unsinnige Schlußfolgerung? Geht es nur darum, den Verstand in unerträgliche Widersprüche zu stürzen, oder liegt nicht die Botschaft des Gedichts an ganz anderer Stelle? Wird nicht das Gemüt von der stillen Freundschaft zwischen Mensch und Tier und der – zugleich unsinnigen wie heiter-freundlichen – Humanität des lyrischen Ich sympathisch berührt, erzeugt dies nicht eine zarte Komik? Die Mißverhältnisse zwischen Mensch und Tier sind – in der Gegenwart zumal – akut und universell. Ein Gedicht wie dieses (oder *Die Mausefalle* und viele andere) schafft durch seine Komik die momentane Befreiung vom Anblick eines dauerhaften Widerspruchs.

Die Quelle dieses Vorgangs ist letztlich ein tiefes Gefühl für den scheinbar unauflöslichen Gegensatz zwischen Anspruch und Realität, zwischen Ideal und Wirklichkeit. Dieser untergründige Ursprung der Komik wird als Humor bezeichnet. Morgenstern äußert sich 1907 selbst dazu: »Gedanken zu einer Philosophie des Humors. Ich definiere den Humor als die Betrachtungsweise des Endlichen vom Standpunkte des Unendlichen aus. [...] Der Humor ist sonach die höchste, aber auch die schwerste aller Weltbetrachtungen; denn er lehrt uns das tiefste Leid und Elend nur als eine Phase aufzufassen, die, aus dem Zusammenhang des Weltlebens gerissen, für sich allein keine absolute Beurteilung gestattet.« (*Aphorismen*). Der Humorist sieht sich wie der Tragiker der Zerreißprobe absoluter Disharmonien ausgesetzt, doch geht er nicht im Leiden unter wie der tragische Held, sondern fügt das Unvermeidliche dem »Zusammenhang des Weltlebens« ein und gewinnt so Distanz zum Ganzen und zu sich selbst. Der echte Humor hat immer ein weinendes und ein lachendes Auge. »Es gibt nur eine Rettung: vor dem Ekel muß man sich durch Lachen schützen« (*Aphorismen*). In dem Gedicht *Igel und Agel* (S. 45) wird eine solche komisch-tragische Situation ins Bild gebracht: Der Igel flötet auf seinem eigenen Stachel, seine Musik gefällt, und Feinslieb Agel tut ihm »schniegel schnagel zu seinen Melodein«. Doch verbraucht er dabei sein Stachelkleid vollständig und erscheint am Ende »furchtbar fremd«, so daß Agel sich abwendet und zum Nachbarn geht. »Den Igel aber hat der Bach / zum Weiher fortgeschwemmt.« Igels Kunst hat das Opfer seiner eigenen Substanz bewirkt, und er muß daher untergehen. Zugleich ist das Bild des auf seinen Stacheln musizierenden Igels, ganz abgesehen von dem lautmalenden »Schnigula schnagula ... Wigula wagula / waguleia wü / tü tü«, für sich schon heiter, doch die Komik wird gedämpft durch das traurige Ende des Flötenspielers. In dieser Szene könnte man gleichwohl auch ein tieferes Problem erkennen, das den modernen Dichter grundsätzlich betrifft: Die überkommenen großen Begriffe und ihre Sprache aus Klassik und Romantik sind verbraucht, ihre Bedeutung gerät in Zweifel. So kann der nachgeborene Künstler sich nur glaubwürdig machen, wenn er das Wesen der Dinge ganz neu erfaßt und sich selbst dabei vollständig zurücknimmt. Er muß die eigene Subjektivität untergehen lassen, um die Welt rein zu erfahren. Sonst bleiben seine Bilder im Persönlichen stecken und erheben sich nicht ins Allgemeine. »Der Dichter muß 77mal als Mensch gestorben sein, ehe er als Dichter etwas wert ist« (*Aphorismen*).

Mit scharfsichtigem Blick erkannte Christian Morgenstern die Defekte der Wilhelminischen Epoche und nahm in seinen Aphorismen, Kritischen Schriften, Epigrammen und Briefen illusionslos Stellung zur Fortschrittsgläubigkeit der Zeitgenossen und ihrer Technikbesessenheit, dem Flottenenthusiasmus, der Mechanisierung des Lebens, der brutalen Anwendung der Todesstrafe durch die Justiz und der Unterdrückung der Frau in einer maskulinen Gesellschaft. Aus seiner hohen und reinen Sicht auf menschliche Verhältnisse konnte er nur in einen ständigen Widerspruch zu dieser

Ära geraten, die zum Ersten Weltkrieg führte. So entsteht sein Humor im Umgang mit dem Leiden an der Zeit – er ist Melancholiker wie fast alle deutschen Humoristen vor ihm. Das Bedeutsame dabei ist, daß Morgenstern in seiner Dichtung, d. h. seiner Lyrik, den Prosaparodien oder dramatischen Szenen, fast nie mit der Schärfe der Satire vorgeht; er verhöhnt seine Opfer nicht, sondern überläßt es dem Leser, ihre Fehler ins Rechte zu denken. Man könnte diese Art als »weißen« Humor bezeichnen, als eine doppelsinnige Selbsttherapie des Menschen. Aus dieser Haltung mögen die beiden skurrilen Phantasiegestalten Palmström (die luftige Idee) und v. Korf (der praktische Blick auf die Realität) entstanden sein. – Man muß ferner auch daran denken, daß Morgenstern seit dem Ausbruch seiner Lungenkrankheit 1894 sich nie mehr physisch gesund fühlen konnte und in immer kleiner werdenden Abständen Kliniken, Sanatorien und Höhenkurorte aufsuchen mußte und daß ein bedeutender Teil seiner humoristischen Gedichte auf dem Krankenbett entstanden ist.

Nehmen wir den Faden des Erstlings *In Phantas Schloß* wieder auf, so zeigt sich, daß in den folgenden Jahren nach 1895 parallel zur Entstehung der *Galgenlieder* der junge Morgenstern die Bilder der Traumsphäre und der Elementarwelten weiterdichtet, denn in ihnen kann sich seine poetische Phantasie besonders frei entfalten. In den jetzt erscheinenden Gedichtsammlungen *Auf vielen Wegen* (1897) und *Ich und die Welt* (1898) treten darüber hinaus die Naturbegegnungen verstärkt hervor, und die Form des lyrischen Selbstgesprächs wird deutlich weitergebildet. Gedichte wie *Entwickelungsschmerzen* oder *Der Wissende* sind heftige Selbstbefragungen, die, hier noch keimhaft, in den späteren Jahren ein großes Gewicht in Morgensterns Lyrik erhalten. Die bleibende Wirkung dieses Blickes in die eigene Innenwelt beruht nicht zuletzt auf der Glaubwürdigkeit seiner Selbstbeobachtung und Selbsterkenntnis, in der das moderne, sich selbst überlassene Ich sich wiedererkennen kann.

Der Gedichtzyklus *Ein Sommer* (1900) bildet in seiner lichten und heiteren Gestimmtheit etwas Besonderes. Morgenstern hatte vom S. Fischer Verlag den Auftrag erhalten, für eine neue Ibsen-Ausgabe deutsche Nachdichtungen mehrerer Dramen und eines Teils der Lyrik auszuführen. Um sich intensiv in die neue Sprache einzuarbeiten, verbrachte er die Zeit von Mai 1898 bis September 1899 in Norwegen. In Christiania (Oslo) begegnete er in der Familie des schwedischen Fabrikanten Eduard Fett der Tochter Dagny und verliebte sich in sie. Ihr sind die Gedichte gewidmet. In ihnen erklingt ein neuer lyrischer Ton, eine neue Einfachheit der Sprache, und sie erzeugen kraftvolle Bilder der nordischen Natur. Als Ergänzung zu diesen Gedichten erschien 1902 noch der Band *Und aber ründet sich ein Kranz*.

Als Morgenstern nach Berlin zurückgekehrt war, brach seine Krankheit im Juli 1900 wieder mit besonderer Heftigkeit aus. Es folgten Jahre, in denen er die Winter in Schweizer Sanatorien, im milden Klima Merans, und die Sommer in anderen Höhenorten verbringen mußte, unterbrochen nur durch einen längeren Aufenthalt in Rom 1902/03 und die Tätigkeit als Redakteur der Zeitschrift *Das Theater* für die Berliner Bühnen Max Reinhardts 1903/05. Die Lyrik aus diesen Jahren sammelte er in dem Band *Melancholie* (1906). Ein Gedicht aus dem Nachlaß beginnt: »Dunkler Tropfe, / der mir heut in den Becher fiel, / in den Becher des Lebens, / dunkler Tropfe Tod – ...« In derselben Zeit bereitete sich langsam ein Ereignis vor, das seiner geistigen Existenz eine neue Richtung gab. Im November 1905 mußte er mit erneut fiebrigen Hustenanfällen das Sanatorium Birkenwerder bei Berlin aufsuchen, in dem er den ganzen Winter und das folgende Frühjahr in bewußter Zurückgezogenheit verbrachte. Hier erlebte er den Durchbruch einer mystischen Erfahrung, das Einssein mit Gott als Einheit von Ich, Erde und Kosmos. Er berichtet darüber in der *Autobiographischen Notiz* rückblickend: »Inzwischen war dem Fünfunddreißigjährigen Entscheidendes geworden. Natur und Mensch hatten sich ihm endgültig vergeistigt. Und als er eines Abends wieder das Evangelium nach Johannes aufschlug, glaubte er es zum ersten Male wirklich zu verstehen.« In einem handschriftlichen Entwurf ergänzte er: »Im Lauf der Zeit war ihm ein Gottesbegriff erstanden, der in das ›Ich und der Vater sind eins‹ geradewegs hineinführte.« In diesem Eintauchen in das Göttliche erscheint dem Mystiker die cartesianische Spaltung des modernen Menschen in Bewußtsein und Natur, Innen und Außen aufgehoben. Nach diesem Ereignis begann Christian Morgenstern das *Tagebuch eines Mystikers*, das posthum Eingang in sein Aphorismen-Buch gefunden hat.

Die Erfahrung der Unio mystica bedeutete im Selbstverständnis des Dichters eine Vertiefung des bisher Angelegten, so daß er nicht nur das eigene Ich als zeitlos empfinden, sondern auch die Natur in einer intensiveren Weise aussprechen konnte. Seine Art des Sehens, sein *Malererbe*, von dem eingangs die Rede war, erreichte jetzt eine neue Stufe. In dem Band *Einkehr* (1910), der die Lyrik der Jahre 1906-1910 enthält, finden sich nun Naturgedichte, in denen die Bilder in einer besonderen Weise ihre Lebendigkeit und ihren gemeinsamen Untergrund durchscheinen lassen. Die poetische Phantasie geht dabei fast vollständig in der Erscheinung der Dinge auf. In Briefen und Tagebuch-Aufzeichnungen dieser Zeit wird sichtbar, daß Morgenstern sich nicht nur mit den Schriften Meister Eckharts und Jakob Böhmes, sondern auch mit den Reden Buddhas beschäftigte. Er möchte sich »über die äußere Technik zur Hervorbringung kontemplativer Zustände« unterrichten, er denkt sich »private Ordensregeln« aus, und er will in sich »den inneren Herrscher« finden. Vom Buddhismus und seiner Weltverneinung distanziert er sich schon bald wieder, doch empfindet er in einer Darstellung der christlichen Gnosis des Philosophen Eugen Heinrich Schmitt die gnostischen Vorstellungen und ihre Auffassung Christi »wie eine Erlösung« (an Kayssler, 14. 7. 1908). Aus allem wird deutlich, daß Morgenstern jetzt über eine allgemeine Mystik hinaus nach einer konkreten Methode geistiger Selbsterziehung fragt und nach einer christlichen Lehre sucht, auf die er seine inneren Vorsätze gründen könnte.

Im Leben Christian Morgensterns, dem durch Krankheit und Veranlagung stets einsamen Dichter, trat im August 1908 eine Wende ein, denn er lernte seine spätere Frau, Margareta Gosebruch von Liechtenstern, kennen. Durch sie fand er neue schöpferische Anregungen, die in den Gedichten der Sammlung *Ich und Du* (1911) ihre poetische Gestalt erhielten. Margareta half ihm bei der Redaktion seiner Manuskripte und bei seiner umfangreichen Korrespondenz, und sie übernahm später die Fürsorge und Pflege des Schwerkranken bis zu seinem Tod. Gemeinsam mit ihr besuchte er im Januar 1909 in Berlin einen Vortrag von Rudolf Steiner. Morgenstern äußerte dazu später: »Sein Vortrag erhob sich zu so triumphierender Großzügigkeit, daß ich wußte, hier ist mein Land, und hier wollen wir unsere Hütte bauen ...« Er war so beeindruckt, daß er danach Steiners Vortragszyklen des Jahres 1909 in Düsseldorf, Koblenz, Christiania, Budapest, Kassel und München verfolgte und sich in den späteren Krankheitsjahren intensiv mit Steiners Schriften, und darin besonders mit der Christologie, auseinandersetzte. Morgenstern sah diesen neuen Weg als »Erfüllung« seiner inneren Entwicklung. Er war – verkürzt gesagt – über Nietzsche, seine frühen kosmischen Phantasien, die humoristische Verwandlung der Wirklichkeit, seine lyrischen Selbsterkundungen und durch mystische Vertiefung einen »Weg nach innen« gegangen und fühlte sich jetzt *Am Tor* (so lautet das letzte Kapitel der *Aphorismen*). Seinen späten Gedichten, die er noch redigieren, deren Erscheinen er 1914 aber nicht mehr erleben konnte, gab er den Titel *Wir fanden einen Pfad*. Morgenstern mag gefühlt haben, daß er hier sein Letztes sagen würde, und so änderte sich noch einmal sein lyrischer Ton. In einfachen Versformen und in unprätentiöser Sprache spricht er innere Prozesse aus und verwendet dazu das Symbol des ansteigenden Pfades. Er will jetzt aufrufen, anregen, überzeugen. »Die Zeit des bloßen Suchens ist jetzt vorbei, und handeln will jetzt alles in mir«, schrieb er schon am 5. Januar 1910 dem Freund Friedrich Kayssler.

Christian Morgenstern ist ein Dichter der kleinen Form. Sein Gesamtwerk umfaßt außer den Gedichten Erzählungen, Prosaskizzen, Sketche für das Kabarett, dramatische Szenen, Einakter und die Mitarbeit an einer Komödie, Aphorismen, Essays und Kritiken. An den Plänen zu einem großen Roman arbeitete er fast zwei Jahrzehnte immer wieder vergeblich, und ein fünfaktiges Drama im klassischen Stil, *Savonarola*, gedieh nur bis zur Niederschrift von Einzelszenen und zahllosen Notizen.

Seine Begabung beruhte auf dem blitzhaften Einfall, dem Festhalten des inspirierten Augenblicks, dem Aperçu. Dies ist nicht zuletzt der Grund für seinen Erfolg als Lyriker. Die Gedichte sind unbestritten sein Hauptwerk. Ihre Einordnung in die Geschichte der deutschen Literatur ist gleichwohl schwierig. Die Zeit zwischen Naturalismus und Expressionismus (1895-1914) kann, wie vielfach festgestellt wurde, kaum mit einem allgemeinen Epochenbegriff beschrieben werden. Sie ist vielmehr geprägt von getrennten, verbundenen oder auch gegensätzlichen Strömungen, die mit Bezeichnungen wie Impressionismus, Décadence und Fin de siècle, Ästhetizismus und Symbolismus, literarischer Jugendstil oder Neuromantik nur immer als Teilaspekte der bewegten Epoche vor dem Ersten Weltkrieg beschrieben werden. Man zählt Morgenstern gelegentlich unter die Neuromantiker und hier wiederum zu den sogenannten Kosmikern wie Carl Spitteler, Alfred Mombert oder Theodor Däubler, mit denen er jedoch allenfalls in seiner Jugenddichtung im Umkreis von *In Phantas Schloß* einige Berührungspunkte besitzt. Mit seinem konsequenten Antinaturalismus, seiner Befreiung der poetischen Phantasie bis in die Wortbedeutungen und Klangqualitäten hinein, mit der Verbindung von Natur und Kosmos, mit Humor, Innerlichkeit, Kritik, Mystik und Spiritualität erscheint sein Werk als ein solitäres Phänomen innerhalb der Literaturströmungen, die wie er die überkommenen lyrischen Formen des 19. Jahrhunderts zu überwinden suchten.

ZU DIESER AUSGABE

Die Textüberlieferung. Christian Morgensterns Werke haben eine bewegte Geschichte. Als der Dichter am 31. März 1914 in seinem 43. Lebensjahr starb, war nur weniges an die Öffentlichkeit gelangt. Aus seiner Lyrik konnte er selbst nur die *Galgenlieder* (1905-1914 in 13 Auflagen), *Palmström* (1910 in 8 Auflagen) und die anderen, hier aufgenommenen Gedichtsammlungen von *In Phantas Schloß* (1895) bis *Wir fanden einen Pfad* (1914) publizieren. Ein kleiner Teil war darüber hinaus im Lauf der Jahre in Tageszeitungen oder Zeitschriften erschienen. Von den übrigen Werken wurden 115 Kunstkritiken, Buchrezensionen, Glossen und Essays in 21 Periodika gedruckt, die jedoch fast alle seit langem nicht mehr existieren. Die gesamten Aphorismen sowie die erzählenden und die dramatischen Werke blieben bis auf geringe Ausnahmen unbekannt. Den verbliebenen umfangreichen und zumeist handschriftlichen Nachlaß hat Morgensterns Frau Margareta gesammelt, teilweise abgeschrieben und bis zu ihrem Tod gewissenhaft verwaltet. Daraus entstanden weitere Auswahlsammlungen, z.B. der humoristischen Gedichte mit *Palma Kunkel* (1916), *Der Gingganz* (1919) und der beliebten Ausgabe *Alle Galgenlieder* (1932, vermehrt 1938) oder der Aphorismen unter dem Titel *Stufen* (1918). Die ernste Lyrik wurde durch Neuauflagen lieferbar gehalten und darüber hinaus in wechselnden Zusammenstellungen mit ausgewählten, bisher unbekannten Texten herausgegeben. Es gelang Margareta Morgenstern durch diese mühevolle Arbeit, das Lebenswerk des Dichters in einer zwar eingeschränkten, aber dennoch repräsentativen Weise bekannt zu machen und das Interesse des ständig wachsenden Leserpublikums lebendig zu erhalten. Die Textbearbeitung geschah dabei gewiß nach bestem persönlichen Wissen, aber doch auch mit Übertragungsfehlern bei den überaus schwer lesbaren Handschriften und mit Texteingriffen, bei denen Verse ausgelassen, Überschriften neu erfunden, vom Autor gestrichene Fassungen als gültig übernommen und in mehreren Fällen auch Wörter und Wortfolgen durch »geschönte« Varianten ersetzt wurden. Zudem blieb auch jetzt noch ein Drittel der Lyrik und der größte Teil der übrigen Werke bzw. des Briefwechsels unveröffentlicht. Diesem Stand der Textüberlieferung waren notwendigerweise auch alle späteren Ausgaben verpflichtet, da die Herausgeber keine Möglichkeit hatten, die Handschriften einzusehen.

Die *Stuttgarter Ausgabe*. Margareta Morgenstern starb 1968. Wenige Jahre danach gelangte der gesamte literarische Nachlaß an den Verlag Urachhaus in Stuttgart zur Veranstaltung einer Neuausgabe, mit der Vereinbarung, daß nach ihrer Beendigung die Materialien zur endgültigen Aufbewahrung dem Deutschen Literaturarchiv in Marbach am Neckar übergeben werden. Mit dem Konzept der Edition wurde Reinhardt Habel beauftragt, der auch die Leitung übernahm. Zur Vorbereitung der Ausgabe wurden als Hauptquellen die 50 erhaltenen Tagebücher Morgensterns mit Gedichten, Entwürfen, Skizzen, Essays, Plänen und Schemata vollständig transkribiert und der Textbearbeitung zugrunde gelegt, so daß der ursprüngliche Wortlaut der Nachlaß-Gedichte gesichert war. Hinzu kam ferner die Übertragung der sechs kalendarischen Notizbücher (die vor allem der Datierung dienen), der mehr als tausend losen Blätter und der über 2500 Briefe, Postkarten etc. Als Editionsform wurde die kommentierte »Studienausgabe« gewählt, bei der bestimmte definierte Grundsätze der historisch-kritischen Textphilologie angewendet werden. Ab 1987 erschien diese Edition unter dem Titel *Christian Morgenstern, Werke und Briefe. Stuttgarter Ausgabe. Kommentierte Ausgabe.* Band I Lyrik 1887-1905. Band II Lyrik 1906-1914, hrsg. v. Martin Kießig. Band III Humoristische Lyrik, hrsg. v. Maurice Cureau. Band IV Episches und Dramatisches, hrsg. v. Reinhardt Habel und Ernst Kretschmer. Band V Aphorismen, hrsg. v. Reinhardt Habel. Band VI Kritische Schriften, hrsg. v. Helmut Gumtau. Bände VII-IX Briefwechsel 1878-1914, hrsg. v. Katharina Breitner (in Vorbereitung). Die Textdarbietung des vorliegenden Bandes übernimmt den Wortlaut dieser Ausgabe.

Die Editionszeichen bedeuten:
[ ] Zusätze des Herausgebers.
[?] Am Schluß einer unsicheren Lesung.
[...] Vom Herausgeber weggelassen, z. B. Satzfragmente oder zusammenhanglose Worte.
[bricht ab] Text der Handschrift endet hier.
⟨ ⟩ Von Morgenstern im Manuskript gestrichen.

Die Anordnung der Texte folgt dabei dem üblichen Prinzip der Trennung zwischen den von Morgenstern selbst publizierten und den nachgelassenen Werken. Durch diese Zweiteilung wird die endgültige

Gestalt des vom Autor zur Veröffentlichung Freigegebenen in der letzten Auflage von dem möglicherweise oder tatsächlich noch vorläufigen Charakter seiner handschriftlichen Manuskripte deutlich unterschieden. Dieser Grundsatz hat dazu geführt, daß auch die gesamte Galgenpoesie gegenüber der von Margareta Morgenstern gebrauchten Abfolge mit den – nicht vom Dichter festgelegten – Sammlungen *Palma Kunkel* und *Der Gingganz* neu geordnet werden mußte. Der Herausgeber, Maurice Cureau, hat deshalb entschieden, nur die Gedichte der Bände *Galgenlieder* und *Palmström* in ihrer historischen Gestalt der »Ausgaben letzter Hand« zu belassen und die humoristische Lyrik aus dem Nachlaß in einer *Nachlese zur Galgenpoesie* zu vereinigen. Es ist sein großes Verdienst, die Entstehungszeiten dieser Gedichte erforscht und in der *Nachlese* entsprechend chronologisch geordnet zu haben, wodurch die Möglichkeit eröffnet wird, Morgensterns Schaffensprozeß zu erschließen. Bei den ernsten Gedichten mußte in der vorliegenden Ausgabe anders verfahren werden. Hier war eine Beschränkung auf die von Morgenstern selbst besorgten Bände erforderlich, während auf die zugehörigen *Nachlesen* aus Platzgründen verzichtet wurde. Auch der »Studentenscherz« *Horatius travestitus* (1897), die humoristische Übertragung einiger Oden des römischen Dichters Horaz mit Anspielungen auf Berliner Lokalitäten, und die große Zahl der *Epigramme und Sprüche* konnten nicht übernommen werden.

Die Textwiedergabe sucht einen Ausgleich zwischen der alten Rechtschreibung und den heutigen Lesegewohnheiten. Morgensterns Werke fallen in die Zeit der preußischen Rechtschreibreform (1901/03), bei der vor allem die th-Schreibung (Thür, Thal) abgeschafft wurde, so daß unsere Orthographie ohne nennenswerte Verluste diesem Stand angeglichen, d. h. modernisiert werden konnte. Die neueste Rechtschreibreform wurde dagegen aus historischen Gründen nicht berücksichtigt. Der Lautstand des Dichters, also alles akustisch Wahrnehmbare der Sprache, blieb selbstverständlich gewahrt (z. B. Hülfe, ohngefähr, er frägt). Ähnliches gilt für die Interpunktion: Sie wurde in allen zu Morgensterns Lebenszeit erschienenen, d. h. von ihm selbst auch korrigierten Drucken unverändert beibehalten, denn sie enthält gerade bei den Inkonsequenzen immerhin die Möglichkeit einer beabsichtigten Satzrhythmisierung durch Zeichensetzung, was in der Lyrik von besonderer Bedeutung ist. Die Gedichte aus dem handschriftlichen Nachlaß wurden, da Morgenstern hier oft weniger genau war, an solchen Stellen behutsam ergänzt.

In allen Zweifelsfragen zu den Gedichten kann auf die Kommentarteile in den Lyrik-Bänden I-III der *Stuttgarter Ausgabe* zurückgegriffen werden. Sie enthalten biographische Einführungen zu den Gedichtgruppen und in den Einzelstellenkommentaren die Herkunftsnachweise der Texte (Handschriften, Drucke), Datierungsfragen, eine Auswahl der sinnverändernden Textvarianten zum Verständnis der Entstehungsprozesse, die Auflösung der Anspielungen auf Personen und Ereignisse der Zeitgeschichte sowie Literaturhinweise.

Hannover, im Juni 2003 Reinhardt Habel

ALPHABETISCHES VERZEICHNIS DER ANFÄNGE UND ÜBERSCHRIFTEN

insel taschenbuch 3015
Christian Morgenstern
Gedichte